역사, 눈앞의 현실

眼前: 漫游在《左转》的世界
Copyright 2016 ⓒ By 唐諾
All rights reserved
Original Language Published by 印刻文學生活雜誌出版有限公司
Korean translation copyright ⓒ 2018 by Next Wave Media Co., Ltd
Korean language edition arranged with 印刻文學生活雜誌出版有限公司
through Linking-Asia International Inc.

역사,
눈앞의 현실

엇갈리고 교차하는
인간의 욕망과
배반에 대하여

탕누어 지음 | 김영문 옮김

추천의 글

탕누어의 이 책 『역사, 눈앞의 현실』은 『좌전』에 대한 기존의 여러 책들과는 매우 다르다. 춘추열국의 역사를 담고 있는 방대한 양과 내용의 『좌전』은 당시 사회 현실을 진실하고 상세하게 묘사하고 있을 뿐 아니라 날카로운 눈으로 역사적 동향을 지적하고 작자의 관점을 예리하면서도 두툼하게 표현하고 있는 책이다. 표현은 간결하면서도 인상적이며 묘사가 풍부해서 문학적으로도 높은 평가를 받는다.

대개의 『좌전』에 대한 서술이 정치나 경세의 면에서 다루어지는 것은 일종의 지적 관습이며, 그것이 담고 있는 내용과 해석의 여지 때문에 자연스럽기는 하다. 그래서 정작 문학적 묘미를 제대로 풀어낸 책들은 드물었다. 그래서 문학의 눈이 멋대로의 상상이 아니라 당대성과 현대성을 잇는 생명감 넘치는 '가능한 해석'이라는 점에 충실한 책을 만나는 건 큰 기쁨이다.

탕누어의 이 책은 중국의 문학과 사상뿐 아니라 서양 문학과 사상들을 초대하여 시간과 공간을 마음껏 가로지르는 다양한 인물들과 작품들의 만남으로 끌어오면서 비로소 『좌전』의 진면목과 매력을 새롭게 느끼게 해준다는 점에서 매우 각별한 가치를 갖는다. 또한 저자의 독특한 해석과 자신감은 공부하는 사람들에게 좋은 모범이 될 것이다. 무엇보다 상투적인 기존의 독법이나 해석을 뛰어넘는 대담하고 혁신적인 해석들은 그 자체로 하나의 '사고의 전환'이라는 힘을 얻게 해줄 것이다.

예를 들어 많은 사람들이 별로 주목하지 않는 자산(子産)이라는 인물이 탕누어의 눈을 통해 어떻게 그려지는가는 이 책이 단순한 평전이 아님을 드러낸다. 탕누어의 눈은 예리하면서도 온후하고 유연하다. 그러나 무엇보다 그 깊이와 너비의 면목이 웅숭깊어서 엄청난 분량의 『좌전』 속에서 캐내는 몇몇의 사건과 사람의 사례를 통해 비로소 『좌전』의 힘과 매력을 마음껏 맛볼 수 있게 한다. 기록의 박제가 아니라 살아 숨 쉬는 생동감은 단순히 묘사의 능력에서 오는 게 아니다. 그만큼 탕누어의 글은 매력적이다.

"인간은 도대체 무엇을 생각할까? 또 무엇을 생각할 수 있을까?"라는 물음에 대한 탕누어의 끝없는 성찰과 고민 그리고 상상과 논리가 씨줄과 날줄로 잘 짜인 이 직조물은 하나의 새로운 '문화를 읽는 힘'의 본보기가 될 것이다.

인문학자 김경집

공자의 '춘추필법'이라는 말은 들었어도 『춘추』를 직접 읽어보진 못했다. 『춘추』의 주석서로 유명한 『좌전』이야 말할 것도 없다. 그러니 '좌전 읽기'를 이야기한 이 책도 여느 때 같았으면 지나쳤을 것이다. 하지만 저자 란에 적힌 이름이 탕누어라면 이야기가 달라진다. 지난해 국내에 소개된 전작 『마르케스의 서재에서』에 매료되어 또 다른 저작 『한자의 탄생』을 찾아 읽고 난 후로는 그의 다른 책도 번역되어 나오기를 내심 고대해 왔다.

역시나 실망시키지 않는다. 이번엔 그의 시선이 춘추시대로 향했다. 2000년 전 혼미했던 세상, 그 속의 명멸했던 사건과 부침했던 인물들을 되살려내는 조심스러운 해석은 치밀하되 풍부하며, 빈곳과 행간을 채우는 역사적 상상력에는 인간적인 온기가 가득하다. 고개 들어 먼 곳을 향했던 시선은 결국 지금 이곳 우리 눈앞에 반복되는 것들을 응시하게 하고, 다시 그 너머 무언가를 생각하게 한다.

대국 틈바구니 속 작은 노나라의 운명에 대한 저자의 자조 섞인 연민은 남의 일 같지 않다.

"아침에 저녁을 보장할 수 없는 현실 의식이야말로 작은 나라 국민이 가장 침중하게 느끼는 부담이다."

그러면서도 "작은 나라 국민은 큰 나라 국민은 생각할 필요도 없고 근본적으로 생각할 수도 없는 깊은 사유에 이르게 된다"는 위로의 말을 잊지 않는다.

본문 어딘가에서 저자는 책의 생명은 작가가 다루는 독특한 내용에 달렸다면서 그것은 "일념으로 노심초사한 것, 끊임없는 질문으로 얻은 것, 부서진 조각까지 수습한 것, 깊은 곳으로 뚫고 들어가서 얻은 단독의 목소리 등"이라고 썼다. 이 책의 생명도 짧지 않을 것이다.

카카오북클럽오리진 대표 전병근

일러두기

1. 이 책은 탕누어(唐諾)의 『眼前』(INK, 臺灣 新北, 2015년 10월)을 완역한 한국어판이다.
2. 이 책의 중국 현대 인명이나 지명은 '국립국어원 중국어표기법'에 따랐다.
   고대의 경우는 우리말 한자음으로 표기했다.
3. 이 책의 주는 모두 옮긴이 주다.
4. 원저의 본문 속에 삽입된 인용문이 너무 길 경우 따로 독립된 인용문으로 처리했다.

적어도 먼저 그걸 진실이라 믿자

이 책 전에 쓴 『끝(盡頭)』을 완성하기까지 꼬박 2년 반의 세월을 소비했다. 그 과정이 아주 피로했을 뿐 아니라 밑천을 다 쏟아 붓는 느낌도 있었다. 가슴에 품고 있던 것을 다 말해버리는 그런 느낌 말이다(나는 책 한 권을 끝낼 때마다 늘 그런 느낌에 젖지만 그때는 특히 강렬하고 절실했다). 그래서 당시 나는 다음에는 좀 가벼운 필치로 '작은 책(小書)'을 써서 나 자신이 다른 어떤 감탄사를 내뱉을 수 있을지 두고 보리라 생각했다. 마치 먼 곳으로 가벼운 여행을 떠나듯이 말이다. 목적지는 『좌전(左傳)』이었다. 그곳에서 꼬박 1년 동안 다른 사람, 다른 언어, 다른 환경 및 일상 경험, 다른 번뇌와 희망으로 살아보려고 마음먹었다. 나는 모두 여덟 개 장(章)과 여덟 개 주제를 정하고 모든 주제마다 1만 자 내외의 분량을 채울 계획이었다.

먼 여행에서 돌아온 결과물이 바로 이 책 『역사, 눈앞의 현신』이다. 나의 『좌전』 읽기 결과물인 이 책의 유일한 착오는 바로 글자 수

인데 모든 장(章)이 계획보다 두 배 넘게 팽창하여 결국 다소 두꺼운
'작은 책'이 되어버렸다. 나는 또 내 친구들 앞에서 체면을 구기게 됐
다. 나의 작업에 대해 그들은 전혀 의외가 아니라며 하나같이 '그럴
줄 알았다'는 표정을 지어보였다.

    집필 과정에서 참고한 책이 있다. 그것은 바로 보르헤스(Jorge Luis
Borges)가 『신곡』을 다룬 책, 『단테에 관한 아홉 편의 에세이(Nueve
ensayos dantescos)』다. 이것은 보르헤스가 50세를 전후해서 쓴 작품
이다. 내가 모방한 것은 그의 글쓰기 스타일에 그치지 않는다. 더 중
요한 건 그의 글쓰기와 『신곡』이라는 텍스트가 맺고 있는 '관계', 특
히 그 내부의 신뢰 관계다. 그것은 또 보르헤스가 여러 번 인용한 콜
리지(Samuel Taylor Coleridge)의 명언 "시의 신념은 가볍게 믿을 수
없는 마음을 자진해서 높이 내거는 것이다"라는 말에도 잘 드러난
다. 한 걸음 더 나아가 그는 더욱 분명하게 "네가 결심을 했다면 다시
의심하지 마라. 너는 좋은 책을 끝까지 읽을 수 있다"라고 말했다.
    『신곡』에는 오늘날 우리가 어쩌면 더욱 믿지 않으려는 지옥, 연옥,
천당이 묘사되어 있다. 물론 이 지점에서 크게 논쟁을 벌일 수도 있지
만 그렇게 되면 우리는 우리 자신을 아마도 밑도 끝도 없는 화두 속
에 묶어놓게 될 것이다. 그러나 이것은 『신곡』의 설정이거나 배경일
뿐이어서 (토론을 하고자 한다면) 우리는 근본에서 출발도 하지 못하거
나, 진정으로 시작도 하지 못하게 될 수 있다. 바로 시 자체를 향해서
말이다. 게다가 우리의 심사가 이와 같은 진실과 허위의 분별에 집중
될 때 우리는 단테가 실제로 무슨 말을 했는지 듣기 어렵게 된다. 틀
림없이 그렇다. 따라서 보르헤스는 차라리 먼저 단테가 말한 모든 것
이 진실임을 믿어야 한다고 말했다. 진정으로 믿고 (읽기를) 시작해야

한다는 것이다.

"나는 이런 천진한 생각, 즉 우리가 진실한 이야기를 읽고 싶어하는 생각이 그래도 적절한 것이며, 그것이 독서할 때 우리를 (책 속에) 붙잡아둘 수 있다고 여긴다. … 적어도 독서를 시작할 때는 이와 같아야 하고, (책을 이해하는) 가장 좋은 길은 이야기의 실마리를 따라가는 것이다. 나는 누구도 이렇게 하는 걸 거부할 수 없다고 생각한다."

나는 『좌전』이 진실임을 믿어보려 했다. 먼저 글쓴이의 생각 및 그가 본 것과 보고 있었던 세계의 변화를 따라가려고 노력했다. 나는 이미 55세를 넘었으므로 당시의 보르헤스보다 좀 늙은 편이다. 내가 처음 『좌전』을 읽은 건 35년 전인데, 그때 이미 적지 않은 일들을 알고 있었고, 또 이른바 '사실'이라고는 하지만 실제로는 모두 근거가 희박하기 이를 데 없다는 점을 분명하게 알고 있었다. 게다가 임의로 구성된 이야기도 더 많을 게 자명했다.

『좌전』을 당시의 현실 자체라고 믿는 건 아마도 『신곡』을 믿는 것보다 더 곤란하고 더 우려스러운 일이다. 어쨌든 『좌전』은 역사이기 때문이다. (역사 속에서) 실제 인물과 실제 장소는 더욱 큰 힘으로 갖가지 긴장된 마음과 다양한 요청을 해온다. 때문에 사람들은 더욱 쉽게 의심하고, 이에 따라 더욱 그것을 멀리하고, 그 대부분의 내용을 놓쳐버리곤 한다. 그러나 나는 그러한 것들을 좀 더 진지하게 대하면서 좀 더 오래 보아야만 우리가 더 세심하게 주의할 수 있고 또 지속적으로 떠올릴 수 있게 된다고 생각한다. 이것은 더 언급할 필요조차 없는 사실이다.

의심은 유익하고 건강한 것이다. 그렇지만 의심은 모든 것들과 마찬가지로 한계효용체감의 법칙이라는 무정한 법칙의 제한을 받는다. 시간이 오래 되면(예를 들어 100~200년을 지속하면) 그 효용은 점차 줄어들다가 마침내 0으로 귀결된다. 심지어 마이너스가 됨과 아울러 노쇠기의 포악함을 드러내기도 한다(사상이 처음 발생할 때는 온화하지만 노쇠기에 접어들면 결국 포악하게 변하는 것과 같다). 의심의 또 다른 통상적 특징은 우리가 비교적 쉽게, 심지어 아무 것도 준비할 필요도 없이 "No"라는 말 한 마디만 배우면 되는 것처럼 보인다. 쉽게 의심하는 태도가 꼭 틀린 것이라 할 수는 없다. 하지만 결국 그런 의심이 한꺼번에 너무 많이 몰리면 정리할 필요가 있는데, 그것이 일종의 습관으로 고착되더라도 그건 겨우 한 가지 습관에 그칠 뿐이다.

내가 지금 『좌전』이 진실하다고 믿는다고 해서 나중에 역사 연구자들이(인류학과 고고학의 유익한 연구를 포함) 본서 내용 및 본서에서 서술하고 있는 그 시대에 대해 더욱 정확한 발견을 하거나 더욱 필요한 정정을 행할 때, 그것을 거부하려는 건 아니다(사실 이것은 이미 부지불식간에 우리의 인식 기초가 되었다. 우리는 모두 이렇게 수정된 기초 위에서 있다). 이것만 제외하면 서둘러 의심할 것도 없다. 아직 실증되지 않은 모든 역사의 오류를 마주하면, 또 침착해야 할 필요가 있는 드넓은 회색지대를 마주하면 가장 재미있는 대상이 모두 그곳에 있음을 알 수 있다. 아무 의미 없는 의심에 마음을 뺏기지 않으려면, 또 의심이 우리 자신의 전진을 방해하지 않게 하려면 한 대상의 완전한 이미지와 한 시대의 완벽한 면모를 부숴버려야 한다.

진실과 허위, 옳고 그름은 그 자체에 더욱 깊은 뜻과 더욱 다양한 지향이 포함되어 있지만, 특히 종횡 교차하는 역사에서 그것들은 부족하고 불완전하며 그리 타당하지도 않고, 또 제지하기 어려운 상상력에 불과한 경우가 많다. 이론으로는 종종 그것을 받아들일 수 없거나 심지어 문자로도 그것을 포장할 수 없다. 이에 따라 오직 사람의 마음, 강인한 마음만이 가까스로 그것을 용납할 수 있고 또 용납할 필요가 있기도 하다. 그렇지 않으면 최종 결과가 발표되기 전에(아마 영원히 발표될 수 없을 테지만) 우리는 그것을 완전하게 머물게 할 다른 장소를 찾을 수 없을 것이다.

휘트먼(Walt Whitman)은 유쾌하게 선언했다. 아마 보다 더 경쾌한 어투였으리라.

"너는 나더러 자기모순에 빠져 있다고 하는데, 나는 물론 모순에 빠져 있어. 왜냐고? 내 흉금이 드넓기 때문이지."

그러나 바로 휘트먼의 이와 같은 흥겨움으로 인해 우리는 이 말 속에 일종의 특별한 자유, 의심에 의해 틀어 잡히거나 제한되지 않을 자유, 걸핏하면 버려지거나 세계의 비교적 완전한 면모만을 엿볼 필요가 없는 자유, 멀고도 깊은 모든 곳으로 달려갈 수 있는 자유가 포함되어 있음을 분명하게 간파할 수 있다.

나는 『좌전』을 하나의 텍스트로 삼아 이 책을 믿으면서, 그 시대가 아니라 이 책의 선택과 이 책의 모든 한계까지 포함한 이 책 자체로만 향한 채 글을 써내려갔다. 이 때문에 이러한 사고의 전환에도 레비 스트로스(Claude Levi-Strauss)가 "그것은 실증할 수 있는 영역의 사물일 수도 있고, 몇몇 사람이 사상적으로 경험한 어떤 것일 수도 있다. 그들이 자신의 감성적인 자료를 관찰할 때 다소 편파성을 드러내기도 하지만, 그들의 소망은 타당한 행위의 규범이 무엇인지를 발견하는 데 놓여 있다"라고 말한 바와 같은 고귀한 어떤 것이 수반되어 있다.

그건 사람들이 무엇을 했는가에 그치지 않고 그들이 무엇을 믿었는지 혹은 무엇을 해야 했는지를 인식하는 것이다. 또한 비교적 완벽한 인간이나 인간의 역사에 이르기까지 그가 행한 그리고 그가 생각한 것("사상적으로 경험한 어떤 것", 이건 정말 훌륭한 말이다)을 모두 포괄해야 한다고 말할 수도 있다. 또 여기에는 '행위'와 '생각'이 반복 교차하는 과정에서 출현한 차이, 지연, 격차와 괴리도 포함되어 있고, 또 이런 결과를 마주하며 다시 발생한 좀 더 진전된 느낌, 반성, 사유도 포함되어 있다.

인간은 도대체 무엇을 생각할까? 또 무엇을 생각할 수 있을까?

이 책을 위해 나는 반복해서 제목을 생각했다(나는 줄곧 책 제목은 그리 중요하지 않으며, 책 제목을 과장하는 건 결국 허장성세의 혐의가 있다고 생각해온 사람이다). 마침내 나는 『역사, 눈앞의 현실』이라 부르기로 결정했다.

이건 복수의 '눈앞'으로, 다시 말해 '눈앞들'을 가리킨다. 말하자면 서로 다른 공간 혹은 서로 다른 시기에 위치한 수많은 사람들의 눈앞이 포함된다. 예를 들면, 정자산(鄭子産), 조무(趙武), 숙향(叔向), 하희(夏姬)와 신공(申公) 무신(巫臣), 송(宋) 양공(襄公), 진(秦) 목공(穆公), 초(楚) 장왕(莊王) 및 공자(孔子)가 바로 그들이다. 또한 『좌전』 저자의 눈앞, 2000년 후 나 자신이 위치한 이 시각, 이곳의 눈앞도 포함된다. 모든 사람에게는 자신이 바라보는 것이 있고, 자신이 소망하고 근심하는 것이 있고, 자신의 처지에 대한 갖가지 관찰과 추측, 부득이 해야만 하는 추측도 있다.

타이완의 작가 양자오(楊照)는 시간이 갈수록 더 나를 탄복하게 하는 저자이다. 그는 두려움도 없고 게으름도 없는 해설자다. 그는 나와 고등학교와 대학 역사학과를 함께 다녔는데, 나중에 또 하버드로 가서 계속 역사 공부의 길을 걸었다. 내게 부족한 근엄한 역사학의 바탕을 그는 갖추고 있다. 『끝』을 다 쓰고 난 후 양자오는 자신이 주관하는 방송 인터뷰에서 내게 물었다.

"왜 여태까지 역사 부문의 저작을 쓸 생각을 하지 않았죠?"

지금 돌아보면 양자오는 이미 내가 『좌전』을 저본으로 글쓰기에 나설 것이라는 사실을 알고 공을 내게 던졌음에 틀림없다. 이건 방송 진행자의 기교다. 나는 당시에 둔감하게도 전혀 알아채지 못하고 애매모호하게 대답했다. 물론 그건 모두 나의 진심이었다. 오늘날 현실 세계의 사물은 너무 많고 그 사물의 실존도 너무나 당연한 것으로 변했으며, 또 그 사물은 거의 모든 공간을 점거해가고 있는 듯하다. 나는 그런 당연한 측면을 더 많이 생각하는 방향으로 나아가고 있다. 또 아마도 나이가 든 탓인지 인류 역사는 읽으면 읽을수록 그 불의와 폭력 때문에 더 불쾌한 느낌만 받는다.

오늘 나 자신이 다시 읽어본 결과 이 책『역사, 눈앞의 현실』은 하나의 문학작품에 해당한다고 생각한다. 글쓰기 규범에서 우리는 문학을 다소 관대하게 대하며 때문에 지나친 서술도 용인해주곤 한다. 그러나 그것이 아무런 대가 없는 용인은 결코 아니다. 우리는 그 성과를 추궁하며 문학에 더 진전된 담론 생산을 요구하고, 독특하면서도 구체적이고 전문적인 발견 성과를 제출하라고 주장할 수 있다―모든 글쓰기 체례는 자체적인 '보고성'을 가지고 있고, 그것은 각각의 글쓰기가 거치는 강물 같은 유장한 시간 속에서 자연스럽게 형성된다. 이것은 사실 공평한 것이다.

나는 모든 사람의 시선이 각각 한 줄기 도(道)의 빛이고, 한 가닥 한 가닥의 직선이며 아주 고독한 것이라고 상상한다. 그 빛은 투과할 수도 있고 가로막힐 수도 있다. 어떤 지점을 환하게 비출 수도 있고,

그럼에도 어떤 노선은 오히려 늘 광막하고 깊은 어둠에 아득히 잠겨 있을 수도 있다―춘추시대 사람들의 눈앞, 『좌전』 저자의 눈앞, 나의 눈앞에서 그것들을 차곡차곡 쌓을 수 있기를 나는 바란다. 나는 사방으로 종횡하는 직선이 서로 교차할 수 있기를 바란다. 그렇게 되면 우리는 하나하나의 고귀한 교차 지점을 보고 자신이 어느 시대 어느 곳에 있는지 알게 될 것이다. 이 또한 가장 기본적이고 가장 간단한 '위치 측정' 방식이다.

　책 한 권을 다 쓰고 나면 자신의 일부와 천천히 고별해야 한다. 레이먼드 챈들러(Raymond Thornton Chandler)가 말한 『기나긴 이별』●처럼.

　나의 이 책은 흑녹색 모직 정장본(대만 판본)으로 출간되었다. 꼭 『십삼경주소(十三經注疏)』 완질 중 한 권처럼 보인다. 나는 대학교 2학년 때 『십삼경주소』 완질을 구하려고 돈을 모았다. 가난한 시절이었기에 꽤 오랜 시간이 걸렸다. 30여 년이 지난 지금도 나는 그 시절 그 책의 참신한 모양을 기억하고 있다. 하지만 지금 그 책은 이미 낡아버렸다. 그래도 실처럼 끊어지지 않는 모직 섬유에 의지하고 있어서 표지가 아직 떨어지지 않고 있지만.

　이 책을 이전처럼 한번, 또 한번, 계속해서 읽을 수 있을까? 책 상자에 담긴 낡고 두꺼운 책들을 보고 있으면 이 책들이 여전히 온갖 비바람과 천둥번개를 맞으면서도 내가 아직 알지 못하고, 어쩌면 영

● 원서 제목은 『The Long Good Bye』다. 우리나라에서는 박현주가 『기나긴 이별』(2005, 북하우스)이라는 제목으로 번역했다. 사립 탐정 필립 말로와 살인범 테리 레녹스의 우연한 만남을 통해 벌어지는 불합리하고 복잡한 현실 상황을 묘사했다. 필립 말로의 냉소적이고 무심하고 날카로운 통찰이 돈과 권력으로 고착화된 현실에 생명을 불어넣는다. 테리 레녹스의 자살은 지루하고 무미건조한 현실에 대한 "기나긴 이별"로 읽힌다.

원히 알 수 없는 어떤 것을 감추고 있다고 느껴진다. 먼 곳에서 들려오는 천둥 소리처럼 말이다. 나의 뇌리엔 까닭 없이 노래 가사 한 구절이 떠오른다.

"시간은 농담처럼 지나가버렸네."

정말 시간은 농담처럼 지나가버렸다.

차례

서문 적어도 먼저 그걸 진실이라 믿자 ·9

제1장 ─────── 스러져가는 작은 나라에서 태어나다 ·26
왜 자산인가   너무 정확했기 때문에 그 감각이 아주 준엄했다 ·36
                더 이상 작은 나라가 존재하지 않는 세계 ·45
                어떻게 세계로 진입해야 할지 모른다 ·55
                개인에서 국가에 이르는 관용 과정 ·64

제2장 ─────── 원래 문자로 기록된 것이다 ·84
저자를   책과 저자에 관련된 한 가지 토론 ·93
상상하다   더더욱 '한 사람의 작품'처럼 보인다 ·104
                그가 좌구명이라면 ·112
                이미 주공을 잃어버린 노나라 ·118
                학교나 도서관 같은 노나라 ·125
                꽃으로 만발하다 ·135

제3장 ─────── 진정으로 떠나오지 못한 귀신 세계 ·159
2000년 전의   정확하면서도 황당한 예언 ·165
한 가지 꿈   모두 천명을 경청해야 하는 시대 ·168
                당시 가장 훌륭한 사람들은 어떻게 봤을까 ·180
                상아의 문과 소뿔의 문을 통과하다 ·196
                정 목공 어머니의 꿈 ·208
                꿈과 대낮의 경계 지점 ·214

제4장 ─────── 하희, 특히 신공 무신 ·240
『좌전』에   하나의 근친상간 공식 ·248
기록된   인간의 관계를 어지럽히다 ·255
근친상간 사건   일종의 부적절한 정욕일 뿐이다 ·272
                정욕만으로 그칠 수 없다 ·280

제5장 ──────── 미지, 불신, 공포 ·297

한 차례의 회맹, 당위적 주장에서 현실 속 진상으로 다시 돌아온 『좌전』 ·310

한 명의 군주와 회맹 후 그들은 모두 어디로 갔는가 ·319

한 명의 노인 공자 위에서 초 영왕 건에 이르기까지 ·325

조무, 한 노인의 죽음 ·347

제6장 ──────── 말 한 필로 결말이 난 전쟁 ·371

아주 이오라는 사람 ·374

황당한 전쟁 백성과 사대부의 극단적인 의견 ·381

전쟁은 아직 새로운 것이 아니었다 ·389

소위 충돌 상태 ·399

한 가지 정당한 전쟁 ·416

제7장 ──────── 정나라의 일곱 사람은 도대체 무슨 말을 했나 ·449

음악 혹은 악 음악과 문자가 교차하는 곳 ·463

『악경』도 틀림없이 여기에 있었으리라 ·479

사실 반음악적인 것이었다 ·489

제8장 ──────── 분명하게 시간을 기록하다 ·523

뱃전에 새긴 한 구절 ·532

흔적 한 글자 ·539

가장 두려운 것은 시간이다 ·549

『춘추』 편찬은 공자에게 가장 어울리지 않는 일이었다 ·564

가장 좋은 사람, 가장 좋은 사물은 여기에 있지 않다 ·571

옮긴이의 글 ·581

공자의 운명, 좌씨의 역사, 탕누어의 일기 ·586

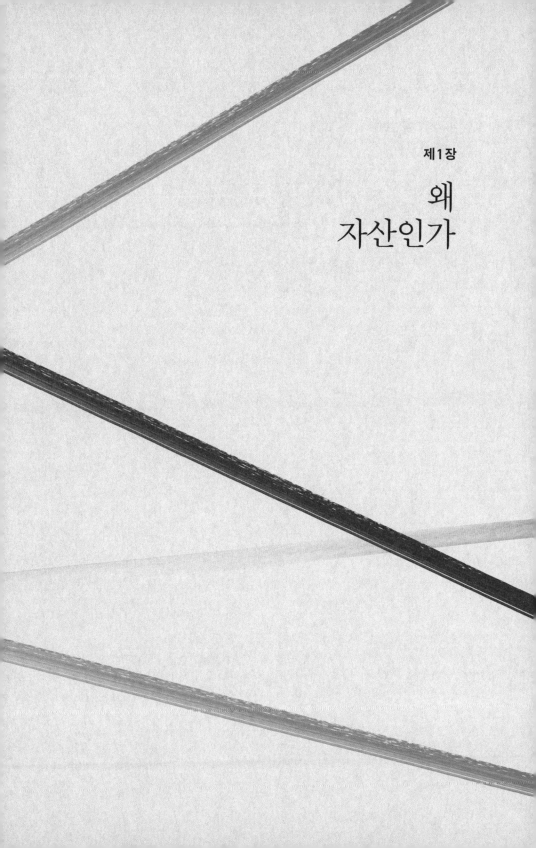

제1장

왜
자산인가

『좌전』은 노(魯)나라의 역사를 담고 있다. 하지만 이 책에 가장 자주 등장하는 사람은 정(鄭)나라의 집정관 자산(子産)이다. 글쓴이는 도대체 무슨 생각을 한 것일까?

왜 계문자(季文子)가 아닐까? 노나라의 위대한 집정관이었던 계문자는 계손씨(季孫氏) 가문의 주군으로 3세(世) 동안 노나라 권력을 잡았다. 그는 노 양공(襄公) 5년(기원전 568년)에 죽었는데, 그의 유산에 대한 기록이『좌전』에 실려 있다.

"비단옷을 입은 첩이 없었고, 곡식을 먹는 말이 없었으며, 금과 옥을 감춰두지 않았고, 기물과 무기를 쌓아두지 않았다."(無衣帛之妾, 無食粟之馬, 無藏金玉, 無重器備.)

계문자는 결코 사사로운 재산을 축적하지 않았다는 의미다. 노나라의 권력구조는 상당히 안정되어 있었다. 계손씨, 맹손씨(孟孫氏), 숙손씨(叔孫氏) 3대 가문에 의해 아주 견고한 삼각 시스템을 이루고 있었기 때문이다. 이것이 바로 유명한 '삼환(三桓)' 가문이다. 노나라의 진정한 권력은 노나라 임금이 아니라 이 세 가문이 쥐고 있었다. 이런 형태는 계문자가 권력을 잡았을 때 갖춰졌고, 이후 누구도 그 기반을 흔들 수 없었다. 사실 삼환의 권력을 무너뜨리려고 거듭 노력했던 공자도 계손씨와 실타래처럼 복잡하게 뒤엉켜 있었다. 공자 자신과 그의 뛰어난 제자 몇 명은 모두 계손씨 가문과 일을 한 적이 있기 때문이다.

또 왜 조돈(趙盾)이나 조무와 비교하지 않았을까? 조돈은 소무의 조부로서, 이 두 사람은 진(晉)나라에서 가장 오랫동안 정권을 좌지우지한 인물이다. 진나라는 또 춘추시대 전 기간 동안 요지부동의 맹주로 100년 이상 군림했다. 노나라는 줄곧 진나라의 국정 조정 방향에서 벗어날 수 없었다. 이 때문에 온갖 방법을 강구하여 진나라 집정관의 성격, 기호, 약점, 생각과 행동 방식을 파악하려 노력했다. 고상한 농담으로 말하자면, 그 일은 노나라의 절대적인 '국가대사'였다.

노나라는 당시 맹주의 명령에 가장 순종적인 나라였는데, 그건 국력의 강약을 초월한 순종이었다. 노나라와 진나라는 줄곧 직선적인 관계, 즉 정치 교통의 고속도로와 같은 관계를 맺고 있었다. 당시 노나라 정계의 거물이 합법적인 예물이나 불법적인 뇌물을 들고 그 도로 위를 치달리는 걸 수시로 목격할 수 있었는데, 그건 노나라 군주가 아닌 삼환 가문의 주군을 위한 일이었다.

또 왜 『좌전』에서는 관중(管仲)을 많이 거론하지 않았을까? 후세 중국 역사에서는 보편적으로 관중을 춘추시대의 가장 뛰어난 인물로 꼽으며 누구도 그의 공적에 미칠 수 없다고 여긴다. 관중의 출세에 관한 일화는 너무나 신비롭게 느껴진다. 그는 제(齊) 환공(桓公)의 원수인 사형수에서 일약 일인지하 만인지상의 중보(仲父)로 뛰어올랐다. 그것은 마치 꿈과 같은 일이다. 이 일은 특히 사람들의 말로 전파되기에 적합하고 각종 요소를 더 보태기에도 좋은 소재다.

예를 들어, 오늘날 우리가 읽을 수 있는(읽는 사람이 많지 않지만) 『관자(管子)』에는 글로 쓸 소재가 너무나도 풍부하다. 관중은 1000년 후 당시(唐詩)에서 자주 언급되는 춘추시대 인물이다(아마 공자 바로 다음일 것이다). 제나라와 노나라는 닭소리와 개소리가 들릴 정도로 가까운 이웃이어서, 당시 두 나라의 공기 속에도 득의만만한 관중의 사적이 무수하게 떠돌았을 것이다.

그러나 자산의 거대한 존재가 『좌전』을 가득 채우고 있다. 마치 별똥별이 하늘 끝을 스쳐가는 것 같다고 말할 수 있지만, 그것은 자산의 이성적이고 신중하고, 누에고치에서 명주실을 뽑듯 부지런하고 고생스럽게(苦澁) 살아온 일생에 전혀 부합하지 않는 일이다―일본 바둑계에서 '苦澁(고삽)'은 일종의 바둑스타일을 가리킨다. 느리고, 견실하고, 두텁게 두는 기풍인데, 우칭위안(吳淸源)이 평생토록 가장 존경한 맞수 키타니 미노루(木谷實)의 기풍이 이와 같다.

『좌전』에서는 유독 자산 개인을 알아줬지만 그건 『좌전』에 그쳤다. 이보다 조금 뒤에 나온 사마천(司馬遷)의 『사기(史記)』는 춘추시대를 기록할 때 거의 판에 박은 듯이 『좌전』을 베꼈지만 교묘하게 자산은 빼버렸다. 자산은 사마천에 의해 맨 뒷줄로 밀려서 이미 흘러간 시대와 유관한 사람이 되었다. 이것은 이후 중국에서 더 이상 그와 같은 사람이나 그와 같은 사유와 행위에 관심을 기울이지 않게 되었다는 사실을 의미한다. 혹은 이후 중국에서는 더 이상 그런 인물의 처지에 관심을 기울이거나 역사적 인물로서 인정하지 않을 것임을 말하는 것이다. 자산보다 조금 이후의 역사에는 불연속의 간극이 크게 생기게 되었고, 자산은 결국 19세기 러시아 사람들이 말한 것처럼 이와 같은 역사의 전환기에 모종의 '잉여인간'으로 전락하고 말았다. 한마디로 정리하자면 자산은 모든 방법을 다 강구하여 그의 불행한 조국, 즉 그 작은 나라를 생존할 수 있게 생명을 연장해준 사람일 뿐이다.

스러져가는
작은 나라에서 태어나다

정나라는 노나라와 크기가 비슷한 중형 국가였다. 이와 규모가 비슷한 나라로는 송(宋)나라와 위(衛)나라가 있다. 춘추시대 전체 242년(즉 『좌전』의 시간) 동안 이런 국가들은 중형 국가에서 소형 국가로 몰락하며 끊임없이 생명을 소진했고, 또 생존을 위해 부단히 몸부림쳤다— "죽음의 긴 회랑 속에서 살아갈 수 있을 뿐이었다."

진정으로 이런 생존을 위한 몸부림 과정을 끌어 잡고 문제를 완화시키려 했던 것은 사실 당시 사람들 마음에 잔존해 있으면서도, 그것이 주장인지 아니면 기억일 뿐인지 이미 분명하게 말할 수 없지만 다소간은 아직도 믿고 있던 소위 주나라 천자의 봉건질서 이미지였다. 그것은 하나의 바탕이었거나 적어도 여러 근거와 유희의 규칙이었을 텐데, 그것이 당시 국가 간의 관계와 유희의 방식을 복잡하게 만들었다. 또 이 때문에 대화로 벌이는 논쟁 내지 어떤 가치관의 역량을 이끌어내는 작은 공간도 있었기에 곧바로 무력 충돌의 상황으로 이어지지는 잃았다. 만약 무력 충돌로 이어졌다면 242년 동안 몇몇 나라는 이미 여러 번 멸망했을 것이다—위나라는 정말로 철저하게 멸망했다가 재건되었다.

마땅히 멸망해야 했음에도 실제로는 멸망하지 않은 나라의 비법은 거의 한 가지뿐이었다. 그것은 싸울 힘이 고갈된 후 군주가 고관들을 대동하고 스스로 몸을 포박한 후 무릎을 꿇고 면죄를 청하는 것이었다. 이와 함께 대대로 전해온 국보를 바쳤는데, 그것은 사실 이 상투적 의식의 변명 도구에 불과했다—실제로 바치지는 않았다. 즉 보물을 받는 걸 우리나라를 받는 것과 동일하게 여겨 달라는 것이다. 이 과정에서 항복하는 군주는 이렇게 말한다.

"우리는 형제의 나라로 모두 주나라 천자에게서 분봉 받았는데, 이렇게 전하를 진노케 한 건 물론 우리의 잘못입니다. 우리가 멸망하는 건 아까울 것이 없으나 귀국의 태공과 우리의 태공께서 과거에 서로 함께 이렇게 저렇게 잘 지내지 않았습니까?"

진정으로 순수 무력이 서로 대치하는 세계에서는 교섭의 가장 빛나는 부분에 해당하는 자산의 활동이 존재할 수 없다. 우리가 목도한 춘추시대 사람들은 완전히 상이한 사람들일 수 있다. 나 자신은 서른 살 이후까지도 그런 사람들을 제대로 봐줄 수 없었다. 의로운 전쟁이 없었다고 일컬어지는 춘추시대에는 사실 명장이 전혀 배출되지 않았다. 242년 동안 오직 명신과 용사, 타고난 역사(力士)만 출현했을 뿐이다. 명장은 조금 뒤인 전국시대에야 출현했다. 손자(孫子)는 이론상으로 춘추시대 오나라 장수인데, 그가 바로 명장 역사의 첫 장을 장식한 인물이다. 그러나 『좌전』 전체에서 우리는 이 인물을 전혀 찾아볼 수 없다.

이 때문에 아마도 춘추시대라는 이 242년의 역사가 사람들이 이미 갖고 있던 세계상을 천천히 해체하는 과정이었다고 말할 수 있다.

중국의 역사는 어떤 한 부류의 사람이 결코 준비할 수 없고, 또 충분히 경험할 수 없는 미지의 세계를 향해 뒤돌아보지 않고 달려가고 있었다. 중국의 역사가 흘러가자 이후로는 서로 상이한 업무와 상상이 존재하게 되었고, 여기에 역사의 단절 지점이 생겨났다. 옛날의 세계상에 매달려야 생존할 수 있는 국가 및 그 운명, 그 방식을 통해 성립할 수 있는 인간의 행위가 우리가 이 일이 사실이었다는 걸 증명하는 데 도움을 준다.

정나라와 노나라는 국가 규모 및 근본 처지가 비슷했지만 정나라의 운명이 훨씬 불행했다. 그 원인은 오직 지리적 위치 때문이었다. 이런 점이 정말 사람을 슬프게 한다. 사람이 역사에서 자주적으로 만든 효율적인 공간 중에서 거듭거듭 자신이 채울 수 있는 부분은 정말 크지 않다. 인간의 자유 의지는 정말 있을까? 보르헤스와 같은 사람은 그걸 의심했다. 노나라는 먼 동쪽에 숨어 있었다. 따라서 그들이 늘 대응한 나라는 아직 진정한 강국으로 성장했다고 할 수 없는 강성(姜姓)의 제나라뿐이었다. 오랜 기간 동안 제나라와 노나라의 충돌은 일련의 혼인 문제에 따른 윤리적 문란에 의해 야기되었다. 즉 정욕이 문제의 화근이었다. 태산에 올라 천하를 하찮게 본다는 말처럼 노나라는 확실히 춘추시대 여러 나라 중 방관자로 살아가기에 좋은 위치와 각도를 갖고 있었다.• 이 나라는 마치 이 시기의 역사 기억을 책임지기 위해, 즉 역사를 기록하기 위한 방관자로서 존재한 것 같았다. 정나라는 사방이 전쟁터로 노출된 천하의 중앙에 위치하고 있었다.

• 노나라는 주나라 건국일등공신 주공(周公)이 봉해진 나라였으므로 제후국임에도 불구하고 주나라 천자의 예법을 모두 쓸 수 있었다. 노나라는 당시 제후국 중에서 문화적으로 가장 앞선 나라였다. 이에 노나라는 국력은 약했지만 문화적 우월성을 바탕으로 다른 나라의 상황을 관망하며 야만시하는 태도를 보였다. 또 노나라는 지정학적으로 중국 동쪽에 치우쳐 방관자적 태도를 갖기 쉬웠다.

득히 노 문공(文公) 이후로는 남하하던 강력한 진(晉)나라와 계속 북상하던 강력한 초나라가 정나라 땅에서 줄곧 전투를 벌였다. 이처럼 국가가 다른 나라의 전쟁터가 되자(2000년 후 일본과 러시아의 전쟁이 중국에서 재연되었다) 정나라는 본래의 조용한 일부 공간조차 거의 모두 잃게 되었고, 조금이라도 의미가 있는 자국의 모든 목표는 너무나 멀고 사치스러운 것으로 변했다. 이것이 바로 자산이 무대에 등장하던 때의 상황이었다.

자산은 집권 중후기에(이 해에 공자는 열여섯 살 전후의 젊은 나이로 세상에 처음 얼굴을 내밀었다) 형서(刑書)를 주조했다. 즉 정나라 형법(분명 몇 조항을 넘지 않았을 것이다)의 명문(明文)을 큰 솥에다 주조해 넣어 모든 사람이 볼 수 있게 했다. 여기에는 성문법의 의미가 담겨 있는데, 2000여 년 후 오늘날 우리는 이 일에 어떤 부당한 점이 있다고 인식하기 어렵다. 응당 '진보성'이 있는 조치로 봐야 한다. 그러나 자산의 이 조치는 즉각 그의 친구이며 당시 가장 중요한 국제정치 이론가였던 진나라의 숙향에 의해 매서운 비판을 당한다. 이것은 본래 서로 토론할 만한 한 가지 주제라고 할 수 있다. 여기에는 숙향이 걱정한 일이 일어날 수 있는지 여부도 포함된다. 그의 걱정은 대략 이러했다.

명문 형법 규정이 전체 사회의 근본적 규범을 크게 타락시킬 것이고 사람들이 이로부터 구체적인 행위에서 명문 형법의 몇 가지 조항만 피하기만 하면 된다고 생각할 수도 있다. 이에 따라 긴 시간이 걸려서야 천천히 획득되고 습관화되는, 그리고 인간의 가치관에 속하는, 또 전체 사회의 자율성일 뿐 아니라 전체 사회의 자아향상을 위해 추구하는 더욱 고상하고 더욱 아름다운 어떤 것들, 즉 작은 솥에는 담을 수도 없고 다 써넣을 수두 없는 어떤 것들은 아마도 다시는 사람들이 진실하게 취급하지 않을 것이고, 그렇다면 전체 사회는 지나치게 현실적이고 거칠면서 황량하게 변하게 될 수도 있다. 말하자면 법률만 남고 도덕은 사라지거나 적어도 법률이 도덕 가치의 성장 공간을 압박하고 박탈하게 된다는 것이다. 그러나 자산은 다음과 같이 간단하면서도 겸손하게 대답했다.

"저는 재능이 없어서 자손 대의 일까지 미칠 수 없고, 당대의 일만 구제할 수 있을 뿐입니다. 제가 공의 명령을 받들 수는 없으나 베풀어주신 큰 은혜를 감히 잊을 수 있겠습니까?"(僑不才, 不能及子孫, 吾以救世也. 旣不承命, 敢忘大惠?)(『좌전』「소공(昭公)」6년)

이것이 외교적인 언사가 결코 아니라면 자산이 기본적으로 숙향의 의견에 동의했음을 의미한다. 자산은 아마도 숙향이 본 것을 봤고, 숙향이 걱정한 것을 걱정했을 가능성이 크다. 다만 숙향은 진나라에 있었고 자산은 정나라에 있었을 뿐이다. 이 불행한 나라는 자산에게 숙향처럼 사치스러운 공간을 제공해주지 못했다. 생명 가운데서 어쩌면 자산이 믿고, 동경했으며, 젊고 깨끗한 마음에서 연원한 어떤 것들, 그리고 자산 역시 똑같이 품고 있던 응당 그렇게 되어야 할 세계상이 그가 정치 무대에 올라 정무를 돌보는 그 순간부터 모두 모질게 끊어야만 하는 대상이 되어버렸다. 사람들이 담배를 끊거나 술을 끊듯이 말이다. 사람의 생명은 한 번뿐이다. 그런데도 우리는 우리의 생명을 완전히 자신에게만 쓰일 수 있도록 귀속시킬 방법이 없다. 이런 느낌은 참으로 쓸쓸하다.

나중에 우리 모두는 알게 될까? 법률, 중국 및 세계의 것, 그것은 자산의 길이었지 숙향의 길이 아니었다. 법률은 명문화를 지향하는 글쓰기일 뿐 아니라 갈수록 두꺼워지는 글쓰기다. 또 자산, 숙향 두 사람이 함께 걱정한 것이 세상에 두루 존재하게 되었으며(변호사라는 직업도 나타났다) 또 그 시비 득실을 한 마디로 다 말할 수 없게 되었다.

그러나 정말 그렇녀라도 안타깝지 않은가? 자산이 몇 마디 더 변호해야 했던 것, 그가 실제로 이미 깨달았지만 그렇게 하지 않을 수 없었던 이유 내지 그가 은연중에 이미 깨달았던 역사가 어떤 개인에 의해 움직이지 않는다는 사실은 지리멸렬하고 불완전하게 말해도 아무 상관이 없는 것이다. 인류 역사의 어떤 변이는 모두 이와 같은 한 점의 서리, 한 점 물방울의 한기에 의해 시작되고, 분명하게 말할 수 없거나 일리가 없는 듯한 담론으로부터 시작된다. 이건 적어도 당위의 세계와 현실의 세계가 벌이는 흥미로운(목전에서는 아마 사람들이 받아들이기 어렵겠지만) 한 차례 충돌이다.

사실 인간이 이후 100년, 1000년 동안 게으름 없이 사색하고 토론할 수 있는 기회는 아주 많다. 근래 몇 세기 동안 서구에서 이루어진 사유 성과를 생각해보라. 그러나 이미 역사에서 확실하게 접촉한 여러 난제는 정체 상태에만 머물러 있고, 이후로도 진정으로 그것을 해결할 사람은 보이지 않는다. 하지만 인간의 경험을 다시 성찰하고 다시 설명하지 않으면, 또 한나 아렌트(Hannah Arendt)가 말한 것처럼 "유언에 따르지" 않으면 인간의 진귀한 역사적 경험에서 얻을 수 있는 가장 양호한 부분을 결국 망각하고 상실하게 될 것이다. 그리고 이로 인해 인간은 또 현실에만 집착하고, 이 끝도 없고 경계도 없는 유일한 현실을 떠날 수 없게 되고, 아울러 이런 현실의 경험 속에서 곤경으로 빠져들 수밖에 없을 것이다. 형법을 솥에 주조해 넣은 이 일에 대해 후세에 『좌전』을 읽은 많은 사람은 숙향의 의견에 따라 자산을 질책했다(망각의 의미에서 멀지 않은 불성실한 질책 방식으로). 그러나 여기에는 응당 말을 해야 할 한 사람이 시종일관 말을 하지 않았거나 의견을 남기지 않았다. 그는 바로 공자다─존경하지 않는 건 아니나 이렇게 말하겠다.

"개는 왜 짖지 않았을까?"

『좌전』의 저자 외에 공자가 중국 역사에서 자산을 가장 좋아하고 존경한 사람이었을 가능성이 매우 크다. 그 자신의 어떤 제자나 후세에 그를 받든 독서인보다 훨씬 정도가 심하다(공자는 관중에게도 이와 유사한 태도를 보였으나 몇 마디 비판을 한 적은 있다. 자산은 관중보다 훨씬 총체적이고 깊이 있는 모습을 보였고, 더욱 어려운 일을 했다. 또 자산은 인격, 기질, 행동에서도 비교적 약점이 적다). 공자는 공자주의자가 아니다. 그는 너무나 복잡하고 재미있는 인물이다. 사실 나는 『좌전』의 저자가 틀림없이 자산을 논평한 공자의 말을, 그리고 공자 스스로 노나라 역사 『춘추(春秋)』를 수정할 때 넣지 않은 흥미진진한 말을 더 많이 들었을 것으로 믿고 있다. 아마 직접 들었거나 전해 들었을 것이다. 내가 가리키는 건 『좌전』 저자가 자산의 감동적인 사적 한 단락을 서술한 후 인용한 공자의 찬사(贊詞)에 그치지 않는다(그 횟수와 강도는 공자가 다른 어떤 사람을 말할 때보다 훨씬 빈번하고 세다). 나는 오히려 그런 구절, 그런 단락의 찬사를 쓰기 전에 어떻게 그런 내용을 알게 되었는지에 관심이 있다. 어떤 결론이든 앞뒤 맥락 없이, 신경질 부리듯 갑자기 튀어나올 수는 없다. 공자가 제자들에게 춘추열국과 당시 인물에 대해 유쾌하게 이야기하던 상황을 상상해보라. 그것은 그가 줄곧 관심을 기울이고 좋아한 화제이거나 직접 겪은 이야기였을 것이다. 그는 일생 동안 거의 낭만적이라 말해도 좋을 위험한 여행을 했다. 어떤 의미로 보면 돈키호테가 한 무리의 산초 판자를 거느리고 다닌 것과 같다. 나중에 그는 제자들에게 소문보다 더욱 정확하고 더욱 명쾌한 사실과 진상을 이야기해줄 수 있었을 것이고, 또 그들이 무엇을 봐야 하고 어떻게 봐야 하는지를 알려줄 수 있었을 것이다. 공자 스쿨의 사도제(師徒制)에서는 사실 시시각각, 수시로 마주치는 화제를 가지고 긴밀하게 토론을 진행했다.

또 역사 기록 뒤에 붙이는 찬사는 본래 글쓴이가 스스로 이야기하는 영역인데, 이것이 이후 일종의 체례로 성립하기 전에는 자연스러운 역사 서술 과정의 일부였다. 글쓴이는 먼 여행에서 돌아온 사람처럼 어떤 역사를 다시 기억하면서 억제할 수 없는 감상과 감탄을 찬사에 써넣었다. 그는 역사 서술 중 오직 이 대목에서만 직접 이야기할 수 있는 공간을 확보했고, 그것은 일종의 권리였다. 그러나 『좌전』의 저자는 이 유일한 자리를 공자에게 양보했다. 그는 마치 자신은 저자가 아니고, 또 직접 말해서는 안 되는 것처럼 행동했다. 그는 마음속으로 진정한 저자는 공자가 되어야 한다고 생각한 듯하다.

말하자면 나는 『좌전』에서 이와 같이 자산을 서술한 것이 바로 공자의 뜻이라고 생각한다. 혹은 이 부분에 대한 공자의 사유를 기술하고 보존하려는 의도라고 생각한다. 어쩌면 나중에 더 보충하고 더 설명하려 한 부분일지도 모르겠다. 그것은 저자가 기억을 재생할 때 일관성과 연결성을 확보할 필요성에 의해 보태진 것으로 비교적 완전하게 사실을 이야기하기에 좋은 방법이다. 또 어쩌면 나중에야 깨달은 어떤 반성이 포함되어 있을 수도 있다. 이와 같을 가능성은 늘 존재한다. 옛날에 들었던 일부 이야기가 기억 깊은 곳에 가라앉아 있다가 오랜 시간이 흐른 후에야 갑자기 생각날 수도 있다. 그렇기에 우리는 중요한 어떤 대목에서 비약이나 공백을 간파할 수 있다. 당시에는 이에 대해 더 추궁할 필요성을 못 느끼다가 오늘에야 스스로 힘을 발휘하여 대답하거나 보충할 수밖에 없다.

독서인이나 저작자의 세계에는 이른바 '지금 것을 박대하고 옛 것을 우대하는' 관점이 계속 존재해왔다. 그러나 그것이 완전히 정확하다고 할 수 없으며 보통 표면적인 관찰인 경우가 많다. 좀 더 깊이 있게 관찰해보면 우리는 동시대인을 늘 자연스럽게 중시하면서 그들에게 더 많은 관용을 베푼다. 이것은 같은 처지에 놓인 사람으로서의 동일한 체험에서 기인한 것이다. 우리 모두는 이 침중한 시대의 압박을 함께 받으며 목하 끝을 알 수 없는 저 드넓은 세계에서 파생되는 온갖 의구심과 아득함을 마주하고 있다. 이 때문에 우리는 말로 표현할 수 없지만 교묘한 인연 때문에 같은 시대 같은 역사의 운명 속에서 나보다 나이가 조금 많고, 나보다 한 걸음 앞서간 사람, 즉 그의 길을 따라 걸으며 무서운 세계로 들어갈 수 있도록 이끌어준 출중한 사람을 인정한다. 이 과정에서 아주 특별하면서, 타인은 이해하기 어려운 흠모의 정과 감격의 마음이 저절로 우러난다. 이런 감정은 특히 세상의 여러 갈림길에서 방황하던 우리의 어린 시절에 많이 발생한다.

이런 사정은 향후 총체적인 역사 평가와는 아무 관련이 없다. 이것은 그 시절 개개인의 은밀한 필요성, 즉 어떤 한 지점을 정확하게 타격하는 것과 같은 확실한 필요성에 의해 유발된 감정이다. 우리는 그가 나를 도와 대문을 열어준 사람이고, 나의 길을 이끌어주며 나와 동행한 사람임을 스스로 알고 있다. 아마 그는 그 구간만을 함께 걸을 수 있었을 뿐 몇 년 후에는 헤어진 사람이었다. 하지만 그것은『신곡』에서 단테가 베르길리우스(Vergilius)의 인도에 따라 지옥과 연옥으로 들어갔다가 나온, 다시 반복할 수 없는 그 여정과 흡사하다. 그러나 잠시 후 단테 자신은(바뀐 안내자는 베아트리체다) 천국에 당도하여 최고의 하늘을 구경한다. 그것은 베르길리우스가 천당으로 갈 수 없는 운명(능력의 한계가 아니다)을 타고났기 때문이다. 우리 생각으로는 가르시아 마르케스(García Márquez)가 아마 더욱 뛰어난 소설가일 수도 있다. 그러나 이 때문에 당시에『백 년 동안의 고독(Cien Anos de Soledad)』을 크게 펼쳐 놓고 그에게 시간 처리 방법을 이해하도록 가르친 사람이 버지니아 울프(Virginia Woolf)라는 사실은 바꿀 수 없다. 나중에 다시 젊은 나이로 돌아갈 수 없는 공자는 아마 이곳저곳에서 자산을 뛰어넘었을 뿐만 아니라 그를 비평할 능력을 갖게 되었고, 또 적어도 자산이 말한 어떤 구절이나 그가 행한 어떤 일에 의심을 품었을 것이다. 그러나 공자는 그렇게 하지 않고 오로지 자산을 찬양했다 (사람은 어느 곳에서 성장하든 아버지를 죽이지 않으면 안 된다). 우리가 보고 있는 것은 나중에 '완성'된 공자다. 공자 자신만이 자신의 젊은 시절을 깊이 기억할 수 있는 것이다.

계몽의 진정한 모습은 바늘 끝과 같은 하나의 점이다. 따라서 계몽이란 한 마디 말, 한 차례 행동, 하나의 판단이나 선택에 그치는 경우가 대부분이다. 전혀 오류가 없는 정확한 표정과 몸짓일 수도 있지만 그럴 경우도 단지 우리가 마주한 시간과 장소가 어떤 특정한 곳에 출현했거나 존재했던 것일 뿐이다.

너무 정확했기 때문에
그 감각이 아주 준엄했다

"자손 대의 일까지 미칠 수 없고, 당대의 일만 구제할 수 있을 뿐입니다."

자산의 이 말은 사실 꽤 위험한 발언이다. 우리는 결코 적지 않은 역사 경험에서 그 사실을 증명할 수 있다—만약 뉘앙스가 서정에 편향되어 있고, 또 만약 발언할 때 심한 비분을 참지 못한 채 내면의 열기를 갑자기 표출하면서 그런 건곤일척의 신성한 감정만을 무수하게 쏟아낸다면 이것은 오히려 이 말을 하는 사람을 지나치게 자유롭고 방종한 사람으로 쉽게 변모시킬 수 있는 상황이 되므로 결국 폭력도 합리화할 수 있게 된다. 융(Carl Gustav Jung)이 말한 것처럼 폭력의 상부구조*를 만들게 되는 것이다.

"오이처럼 냉정한 녀석(This guy is as cool as a cucumber)"이라는

---

* 융의 상부구조는 개인무의식이나 집단무의식 위에 드러나는 자아를 가리킨다. 융에 의하면 개인의 어릴 적 심리 상처가 적절하게 치유되지 못하면 현실에서 다양한 폭력으로 나타난다고 한다.

말이 있다. 뜨거운 열기가 수시로 인간의 본능적인 충동을 부추기던 200여 년 동안 우리는 자산이 가장 냉정한 사람이었다고 감히 말할 수는 없다. 그러나 적어도 전체 『좌전』에서는 자산보다 더 냉정한 사람을 찾을 수 없고, 또 자산이 격정을 토로하며 흥분한 순간이나 사건을 찾을 수 없다. 자산에 대해서 우리는 정나라의 생존 여부가 결코 한 번의 위기, 한 번의 도박에 그친 것이 아니라 근본적인 환경이었기 때문에 지극히 정밀한 공작을 지속적이고 반복적으로 할 수밖에 없었다고 말할 수 있다. 자산은 이런 상황을 일찍이 농경으로 비유한 적이 있다.

"정치는 농사와 같아서 밤낮으로 생각해야 하오. 처음을 잘 생각하여 마지막 결과를 이루도록 해야 하고, 아침부터 저녁까지 행하고, 그 행함이 애초의 생각을 넘지 않고, 농토에 경계가 있는 것처럼 하면 과오가 거의 없을 것이오."(政如農功, 日夜思之. 思其始而成其終, 朝夕而行之, 行無越思, 如農之有畔, 其過鮮矣.)(『좌전』 「양공」 25년)

여기에서 가장 재미있는 부분은 "그 행함이 애초의 생각을 넘지 않고(行無越思)"라는 구절이다. 행동이 신중하게 생각을 따라가게 하고, 일을 할 때는 반드시 먼저 생각해야 한다는 뜻이다. 무엇에도 비할 수 없는 인내심을 갖고 있으므로 앞으로 치고 나갈 수도 없고 치고 나갈 방법도 없다. 마음이 조급해지는 건 모두 같지만 가장 중요한 것은 잘못을 저지르지 않는 것이고, 또 쉽게 잘못을 저지를 수 있는 심리상태에 빠져들지 말아야 한다는 것이다.

자산은 노 양공 10년 정나라의 대규모 내란 때 두각을 나타내기 시작했다. 그의 부친 자국(子國, 당시 정나라 사마●●였음)은 피살되었고

●● 사마(司馬): 중국 고대에 병력을 총괄하던 관직이다. 수(隋)·당(唐) 이후로는 병부상서(兵部尙書)라 했다.

도적이 궁궐로 침입했다. 깊은 원한을 품은 채 조금도 긴장을 늦출 수 없었던 시련의 시기에 당시 젊은 나이였던 자산은 무엇을 했을까?—그는 조금도 어지럽지 않게 하나하나 일을 처리했고 흉악한 패거리를 정밀하게 해체하고 "아차" 하면 지나가버리는 시간을 황금 같이 썼다. 그것은 마치 『장자(莊子)』에 나오는 포정(庖丁)이 소를 해체하는 과정과 같았다.

그의 침착한 모습은 부친이 막 살해된 젊은이 같지 않았다. "문지기를 배치하고", "문무백관에 책임을 지우고", "창고를 단속하고", "전적(典籍)을 신중하게 지키고", "수비를 완벽하게 하는" 등 모든 것을 완료하고 나서야 건실하게 군사를 동원하여 적을 공격했다. 난리를 평정한 후 나라의 대권을 잡은 자공(子孔)은 적에게 부역한 모든 공범을 잡아 죽이려 하다가 자산에게 제지당했다—그는 이렇게 말했다.

"공이 하려는 일도 이루고 백성도 안정을 이루면야 얼마나 좋겠습니까?"

이 대목에서 자산의 성품이 가장 잘 드러난다. 그것은 바로 그가 조금의 거리낌도 없이 자공을 향하여 당신이 가장 큰 이득을 얻었으므로 이제 그만하라고 지적하고 있다는 점이다. 사실 자공은 내란이 발생할 걸 사전에 알고도 묵인했던 사람이다. 난리를 틈타 사리사욕을 채우고자 했기 때문이다. 이후 자산은 자공을 설득해 범죄 증거와 관련된 모든 문건을 불태우고 살상을 그치게 했다. 거기에는 부친의 죽음 및 그 원수와 관련된 기록도 포함되어 있었다.

이 일은 흡사 향후 자산의 집권 일생을 미리 보여주는 것 같다. 그는 이성적이었고, 마음이 깨끗했으며, 일이 일어나기에 앞서 생각하여 어떤 세부 항목도 명확하게 장악했다. 그에게는 갑자기 일어나는 일이 없는 듯했고, 급박하게 닥쳐온 일이라 해도 이탈리아 소설가 칼비노(Italo Calvino)가 말한 것처럼 "해결의 실마리를 찾아서" 인과의 논리와 업무의 순서를 명확하게 세울 수 있었다. 그것은 수시로 관심을 갖고, 수시로 예상하고, 수시로 현실 변화의 희미한 물결까지 주시한 사람이 갖고 있는 시간표였다. 거기에는 미래(바로 이어서 발생할 수 있는 일)에 대한 한 발 앞선 투시와 장악이 포함되어 있었고, 이것이 그로 하여금 인내심을 갖고 자신의 원칙을 견지할 수 있게 했다. 이러한 원칙에 근거하여 자산은 도박이 필요할 정도로 위험한 지경으로까지 일을 끌고 가지 않을 수 있었고, 또 시시비비를 분명하게 판단해 사건이 언제 어느 곳에서 멈출지, 어느 정도까지 실현할 수 있을지를 알았다. 또한 자산은 권력에 의지하여 일을 하지 않고(권력에 의지하여 일을 하는 건 신속하고, 거칠고, 많은 생각이 필요 없는 업무 방식이다) 오히려 각종 권력이 교차하는 틈새에서 진지하게 이치를 이야기할 수 있고, 인간적 설득력을 갖출 수 있는 공간을 찾아냈다. 이 점이 매우 중요하다. 그렇지 않았다면 어떻게 더욱 파괴성을 갖춘 권력자로서 결국 병거를 몰고 쳐들어올 진(晉)나라와 초나라에 대응할 수 있었겠는가?

따라서 진정으로 하나의 단어를 고르라고 한다면 나는 자산을 '냉정'하다고 형용해서는 안 되고, '정확'하다고 형용해야 한다고 생각한다—정나라의 생존 환경은 좋지 못해서 큰 실수가 용납되는 나라가 아니었고, 심지어 강국에 시비와 선악을 꼬치꼬치 따질 수 있는 나라도 아니었다. 자못 감동적이기까지 한 자산의 냉정함은 그가 사사건건 정확함을 추구해야 할 필요성 때문에 나온 태도이고, 또 그가 그런 위태로운 국가에 태어나서 자신에게 가혹한 요구를 해야 했기 때문에 생긴 자세였다

정확함과 정밀함, 사물을 모종의 미립자의 상태로까지 분해하는

태도는 사람들에게 엄격하고 무정하다는 느낌을 주게 마련이다. 이 때문에 자산의 정치는 쉽게 오해를 불러일으켰는데, 당시에 그런 느낌을 받은 사람은 숙향 한 사람에 그치지 않았다. 나는 이 점도 그의 고려 범위 안에 포함되어 있었다고 믿는다. 자산의 입장에서는 사람들의 오해도 예상 범위나 계산 범위 안에 들어 있어야 했다. 다만 그 오해가 산과 바다를 뒤집어엎을 정도로 커서 일을 이룸에 방해가 되지 않는다면 그건 무방하거나 견뎌야 할 부담일 수밖에 없었다. 자산의 일생에서 후세 사람들에게 가장 많이 거론된 한 가지 일이 노 양공 30년에 기록되어 있다. 당시에 공자는 겨우 아홉 살이었다. 전설에 의하면 자산이 정나라에서 집권한 첫 해에 한 가지 민요가 유행했다.

"누가 나를 위해 자산을 재상으로 만들어줬나? 내 모든 토지와 옷을 그에게 줬네."

3년 후에 가사가 바뀌었다.

"내게 어린 아이가 있는데 자산이 예의를 가르치네. 내게 논밭이 있는데 자산이 재산을 늘려주네. 자산이 세상을 떠나면 누가 그를 계승할까?"

우리가 이것을 해피엔딩이라 여긴다면 모두들 이로부터 얼음이 차갑게 녹는 것을 끓는 물에 용해되는 것이라고 오해할 것이다. 『좌전』은 현실 역사이지 통속소설이 아니다. 게다가 많은 대장장이와 많은 장사치가 일찍부터 힘 있는 단체를 만들어온 정나라의 백성들은 주공의 노나라에 비해 길들이기가 쉽지 않았다. 5년 후 자산은 구부(丘賦)를 제정했다. 제도를 바꿔 세금을 올린 것이다. 이를 두고 정나라 백성의 말은 아주 험악했다. 그들은 자산의 부친이 곱게 죽지 못했는데 이번에는 자산 본인이 전갈이 꼬리 독침을 사방으로 휘두르듯 곳곳에서 사람들을 찌르며 해친다고 말했다. 정나라 대부 혼한(渾罕)

이 자산에게 우아한 험담을 했다.

"국씨(國氏, 자산의 씨족)가 먼저 망할 것인가?"(國氏其先亡乎?)(『좌전』「소공」 4년)

자산의 일족이 정나라 여러 가문 중에서 한 걸음 먼저 멸망할 것이라는 의미다. 현대어로 직접 번역하면 '자손이 끊어진다'라는 뜻인데, 이것은 예지력이 있는 예언이었을까 아니면 저주였을까.

진정으로 처음부터 끝까지 자산의 가능성을 의심하지 않은 사람은 오직 공자 한 사람뿐이었다. 공자 자신도 정확성을 추구하며 수시로 엄격함을 드러낸 사람이다. 그에게 결점을 지적당하지 않은 사람은 결코 많지 않다. 공자는 자산을 '사랑이 넘치고' '어진' 사람이라고 칭송하며 언제나 부드럽고, 관대하고, 따뜻하게 행동했다고 평가했다. 이것은 공자가 가장 아름답게 여기는, 그리고 다른 사람에게 쓰기를 아까워하는 진귀한 말이다—자산이 죽었을 때, 공자(당시 서른 살이었다)는 눈물을 흘리며 "(자산은) 옛 사람이 물려준 사랑을 구현한 사람"(古之遺愛也)이라고 말했다. 공자는 이전에도 "다른 사람이 자산을 어질지 않다고 하면, 나는 그 말을 믿지 않았다"(人謂子産不仁, 吾不信也)라고 말하기도 했다. 변호하는 뉘앙스가 묻어 있는 두 번째 문장은 정나라의 향교 문제를 언급하는 뒤편에 나와 있다.

정나라 향교는 오늘날의 대학과 비슷하여 자연스럽게 사람들, 특히 피가 뜨거운 젊은이들이 한데 모여 시정을 비판할 때 그 화약고로 작용했다. 대부 연명(然明)은 마치 이후 2000년 동안 적지 않은 집권자들이 했던 것처럼 아예 향교를 폐쇄하자고 건의했지만, 자산은 허락하지 않았다. 그는 당시에는 틀림없이 가장 비참하게 매도될 것임이 분명했지만 여론은 건강한 것이고, 필요한 것이라고 인식했다. 교육과 시정 비판은 공자가 일생동안 가장 중요하게 실천한 일이었다.

이 옛 이야기는 공자가 당시 자산을 변호하고 해명할 때 거론하던 예증이었을 가능성이 있고, 따라서 앞의 두 문장은 바로 결론에 해당하는 것으로 볼 수 있다.

좀 더 자세하게 『좌전』을 읽어보면 우리는 공자가 더 완전한 사실을 보고 있었음에 동의해야 할 것이다. 자산에 관한 이와 같은 종류의 사적이 『좌전』에 끊임없이 기록되어 있는데, 전체적으로 자산의 엄정한 태도에서 시작하여 관용적인 태도에서 멈추고 있다. 그가 관용을 베푼 사람은 상식적으로 징벌을 받아야 할 자들이었다. 관용은 비위를 맞추는 것이 아니고, 어떤 목적을 위한 수단도 아니다. 깊이 있게 말하자면, 관용이 바로 목표다. 왜냐하면 관용은 인간의 공간, 즉 인간이 진지하게 찾아낸 가장 가능성이 큰 공간이기 때문이다. 더 근본적인 것은 자산이 20년 동안 국가대사를 담당했지만 처음부터 끝까지 정나라 권력의 진정한 1인자가 아니었다는 사실이다(그가 권력을 가장 많이 가졌던 시기는 죽기 전 몇 년 간이다). 이 20여 년 동안 정나라의 정경(正卿)●은 자전(子展, 公孫舍之)과 자피(子皮, 罕虎) 부자 두 사람으로 이어졌다. 실제 위계에서 가문의 실력에 이르기까지 두 사람이 1인자 역할을 계속 수행했다. 자산에게 행운이었던 점은 자전과 자피가 점점 그를 신임하고 갈수록 그의 말을 잘 듣게 되었다는 점이다.

어떤 사람이 누구의 말을 듣고 싶어 하고, 듣고 이해할 수 있다는 건 말할 것도 없이 행운에 속한다. 사람은 나이가 많아질수록 이것이 엄청난 행운이란 걸 알게 된다. 사실 자산도 도주나 망명의 위험에 직면한 적이 몇 번 있다. 자산의 역량은 정확하고 검증 가능한 이치 및 정확하게 집행하면 현실이 될 수 있는 행위에서 기원했다(이것이 자피

● 중국 춘추시대 제후국의 최고위관리.

가 그의 부친 자선보다 자산에게 더 순종적이고 자산을 더 신임한 이유다). 자산은 권력의 균형을 잡고, 권력을 두루 안배하고, 권력을 제압하는 경우가 더 많았지, 오직 권력만을 사용하지는 않았다. 뿐만 아니라 이러한 이치와 행동에 의지하여 현실세계와 마주했다. 현실세계와 일반 백성은 흔히 권력자에 비해 억지가 심하고 더 설득하기 어려우므로, 현실세계로 진입할 때 그는 한 차례 더 큰 상처를 입어야 했다. 일반 백성의 논리는 바로 이치상, 논리상으로는 정확함에 턱없이 모자라고, 또 시간의 선택에 따른 정확함에 더욱 도달하기 어려우므로, 우리는 머물지 않는 시간 또는 빠르거나 늦어서는 안 되는 정확한 그 한 시점을 찾아서 손을 써야 한다. 이런 연유로 인간은 쉽게 고독을 느끼고 아울러 낙심하게 되고, 또 자신이 일생동안 할 수 있는 일이 실제로는 매우 적다는 사실을 알게 된다.

자산은 시종일관 자신이 엄격하다는 걸 알고 있었다. 사람이 엄격함을 자각하는 건 자기 내면에 심성을 초월하여 강경하게 일을 추진하는 어떤 것이 있음을 의미한다. 자산은 임종 전에 집정 임무를 이어받은 자대숙(子大叔)에게 대략 이렇게 말했다—진정으로 덕을 갖춘 사람이어야 남을 관대하게 대할 수 있으므로 우리는 좀 더 엄격해지지 않을 수 없다. 사람들로 하여금 불을 피하듯 위험을 피할 수 있게 해야지, 물과 친하듯 친근함에 쉽게 다가서게 해서는 안 된다. 물에 빠져 죽는 사람이 불에 타 죽는 사람보다 훨씬 많기 때문이다. 그렇지 않은가?

하지만 자산은 자대숙이 진정으로 자신의 당부를 믿지 않을 것이라고 추측했고, 정나라는 그의 죽음 이후 한바탕 혼란에 휩싸였다. 우리는 대체로 이렇게 말할 수 있다. 역사의 방향과 정나라 미래의 운명에 대한 판단에서 말미암았든, 자신의 능력에 대한 그리고 감히 요행을 바라지 못하는 타인의 마음에 대한 이해에서 말미암았든 자산은 아주 괴로웠을 것이라고. 그는 계속 추락하는 국가와 시대를 근면하게 때로는 전심전력을 다해 지탱하려 했고, 그렇게 할 수 있을 뿐이었다. 자산의 역사 판단과 그가 한 일은 서로 반대 방향으로 나아갔다고 말할 수도 있다. 자산은 결국 손을 놓아야 했다. 정나라는 자산을 보탰다가 자산을 빼버렸다. 이 나라에 자산이 남겨놓은 한 가지 역량은 오래 지속될 수도 없었고 자손에까지 미칠 수도 없었다. 자산은 그 사실을 분명하게 예측하고 있었다.

더 이상 작은 나라가
존재하지 않는 세계

자산은 사실 하나의 전형이 될 수도 있었을 것이다. 혹은 더 유익한 방향으로는 그의 인물 됨됨이를 통해 색다른 한 가지 사유나 또 다른 한 줄기 재미있는 역사의 길을 시작할 수도 있었을 것이다. 하지만 애석하게도(애석하게 여겨야 하는 건지는 확신할 수 없지만) 이후 중국 역사에서 그런 일은 전혀 발생하지 않았다.

　간단하게 말해서 중국 역사는 다른 길로 나아갔다. 그것은 바로 통일, 즉 단일 대국으로의 길이었다—천하는 분열된 지 오래 되면 반드시 통합되고, 통합된 지 오래 되면 반드시 분열된다고 한다. 이 '반드시'라는 어휘에는 실제로 어쩔 수 없는 부분이 포함되어 있지만 인간의 사상이 응당 지향하는 적극적인 부분도 포함되어 있다. 기본적으로 어떤 중국인이라도 줄곧 믿어온 이 역사 법칙은 사실 통합을 상수로 보고 있다. 따라서 분열은 변칙, 동란, 계속 건더야 하는 불행한 역사이며 '잠시 출현한 상황'에 불과한 것으로 간주되므로 현실의

'도치'일 가능성이 지극히 크다. 현실에서는 분열이 자연스러운 상태이고 통합은 인간의 주장과 성과일 뿐이다. 이 때문에 이 광활한 땅과 유구한 역사에서는 이후 작은 나라가 정말로 존재하지 않게 되었고, 단지 사슴을 좇는 자(천하의 패권을 잡으려는 자)만 남게 되었다. 이것은 완전히 다른 두 가지 방식이고, 완전히 다른 사람 및 그 사유와 행위를 흡수하여 양성한 방식이다. 자산은 스스로를 농부에 비유했지만 이와는 달리 사슴을 좇는다는 비유는 수렵 단체의 행위를 가리킨다. 이런 행위의 진정한 핵심은 무력이다. 이들은 기존 토지에 연연하지 않고, 어떤 토지와도 복잡하고 고정적인 관계를 맺지 않고, 다른 '국가'의 존재도 인정하지 않고, 또 자신을 국가라고도 간주하지 않는다. 이 때문에 다른 사람을 소멸시키는 것은 정당한 행위이고, 다른 사람에게 소멸당하는 것은 비참하긴 하지만 군말 없이 승복해야 하는 도박으로 간주한다. 이것은 모두가 복종해야 하는 게임의 법칙이다. 따질 수 있는 건 승부 과정이나 살육 과정에서 다소라도 베풀 수 있는 인정과 도량 정도다.

오랜 기간 동안 타이완(臺灣)도 스스로를 중원에서 패권을 다투는 수렵 단체로 생각해왔다. 허우샤오셴(侯孝賢)은 자신이 감독한 영화 『동년왕사(童年往事)』(1985)에서 타이완에 안주하지 않으려는 아버지의 행동을 묘사했다. 아버지가 사는 가구는 모두 죽제품이다. 죽제품은 값싸고 가벼울 뿐 아니라 쉽게 썩고 쉽게 버릴 수 있는 물건이어서 때가 오면 바로 버리고 떠날 수 있다.

고개를 돌려 계산해보자. 정나라와 같은 약소국이 얼마나 오래 생존했을까? 적어도 자산이 사망했을 때 정나라는 벌써 200여 년 동안 약 10대의 군주가 역사를 잇고 있었다. 살아 있는 임금도 여러 번 교체되었다. 이는 이후 중국 역사에서 절대 일어나지 않은 불가사의한 일이었다. 또 정나라는 여러 제후국 중에서 역사가 가장 일천한 나라였다. 정나라는 주 평왕(平王)이 동쪽으로 천도하기 얼마 전에 봉토를 받았다. 그런데 이와는 달리 노(魯), 송(宋), 위(衛)는 주 무왕(武王)과 주공(周公)의 시대에서 시작했으므로 정나라 이전 400년의 역사를 더 가지고 있다. 어떤 땅에서 이미 200년 동안 생존해온 나라 및 600년 동안 역사를 유지해온 작은 나라(小國)가 있을 수 있는지 생각해보라. 이것은 분명 죽제 가구로 지탱할 수 있는 시간이 아니다. 이는 인간 스스로가 자신이 살고 있는 토지와 이미 복잡하고 단단하게 관계를 맺고 하나의 완전한 세계를 이룬 장구한 시간이다. 『좌전』을 근거로 살펴볼 때 이 몇 나라가 견지한 최고의 목표는 계속 이런 방식으로 생존해나가거나 기존의 생활 방식을 이후로도 50년 또는 100년 동안 변함없이 보존해나가는 것이었다.

우담바라와 같은 유일한 예외가 송 양공이었다. 그는 제 환공에서 진(晉) 문공(文公)으로 패권이 바뀌는 역사의 틈새에서 패주가 될 가능성을 추구했다. 그는 기회를 목격했지만 그것은 모종의 환영이었다. 후대의 독사가(讀史家)들은 그가 사람들에게 쓴 웃음을 짓게 할 정도로 실패를 맛본 후 사망했다고 말했다. 그러나 진정으로 찬란한 모습을 보인 사람은 송 양공의 서형(庶兄)인 좌사(左師) 자어(子魚)였다. 그는 두뇌가 너무나 명석한 사람이었다. 자어는 송 양공이 파멸을 향해 매진하고 있음을 가장 먼저 알아챘다. 송 양공은 그에게 보위를 양보했지만 자어는 거절했다. 송 양공은 진실한 마음이었을 것이다. 그는 줄곧 너무 진실한 마음으로 생활했기에 진실한 마음을 경직화시켜 일종의 병폐로 만들었다. 이보다 앞서 송 양공은 녹상(鹿上) 회맹에서 초나라와 패권을 다퉜다. 지어는 깊은 근심에 젖어 송나라가 실패하기를 희망했다. 그것은 쓰라린 일이었지만 성공이 아니라 실패를 해야만 송나라를 보존할 수 있고, 송나라와 같은 다른 나라를 보존할 수 있다고 생각했다. 그는 말했다.

"작은 나라가 맹주를 다투는 건 재앙이다. 송나라는 아마도 망할 것이다. 행운이 따른다면 실패를 뒤로 늦출 수는 있을 것이다."(小國爭盟, 禍也. 宋其亡乎. 幸而後敗.)

그해 가을 제후들은 다시 우(盂) 땅에서 회맹을 했다. 자어는 계속해서 이렇게 말했다.

"참화가 아마도 여기에서 발생할 것 같다. 주군의 욕심이 이미 심하니 어떻게 감당할 수 있을까?"(禍其在此乎. 君欲已甚, 其何以堪之?)

자어의 예상대로 초나라는 기회를 틈타 송 양공을 억류하고 아울러 군사를 보내 송나라를 쳤다. 그러나 얼마 지나지 않아 겨울에 양공을 돌려보내고 군사를 물렸다. 그러나 그게 좋은 일이었을까? 자어의 말은 이렇다.

"참화가 아직 다하지 않아서 주군에 대한 징벌로는 아직 충분하지 않다."(禍猶未也, 未足以懲君.)(세 인용문 모두 『좌전』 「희공(僖公)」 21년에 나옴)

다음 해 여름 양공은 자어의 악몽처럼 군사를 크게 일으켜 정나라를 쳤다. 초나라는 당연히 군사를 보내 정나라를 구원했다. 이것이 바로 유명한 홍수(泓水) 전투다. 중국 역사에서 그런 전투를 한 사람은 더 이상 나오지 않았다. 송 양공의 화려하고도 희극적인 최후 연출에 대해서도 자어가 최종 확인을 했다.

"이것이 이른바 참화가 여기에서 발생한다는 말이다."(所謂禍在此矣.)(『사기』 「송미자세가(宋微子世家)」)

그렇다. 녹상 회맹은 재난을 야기했고, 자어는 송 양공이 신바람을 내며 연옥으로 한 걸음씩 자진해서 걸어 들어가는 것을 보았다. 그것은 일방통행 도로였고, 송, 정, 노, 위와 같은 작은 나라 입장에서는 그레이엄 그린(Graham Greene)이 말한 것처럼 "용서 받지 못할 죄"를 짓는 일이었다. 『좌전』에서는 자어의 비애 가득한 말을 적어놓은 후 곧바로 시(詩)와 같은 매우 슬픈 이야기를 기록해놓았다. 그것은 마치 갑자기 솟구쳐 오른 심사나 어떤 이미지처럼 기록자의 흥분한 마음을 잘 보여주고 있다.

"당초에 주 평왕이 동쪽으로 도읍을 옮길 때, 신유(辛有)가 이천(伊川)에 갔다가 머리를 풀어헤치고 들판에서 제사 지내는 사람을 보았다. 그리고 말했다. 100년을 채우지 못하고 이 땅은 아마 오랑캐 땅이 될 것이다. 그런데 중원의 예(禮)가 먼저 없어질 것이다."(初, 平王之東遷也, 辛有適伊川, 見被髮而祭於野者. 曰, 不及百年, 此其戎乎. 其禮先亡矣.)(『좌전』 「희공」 22년)

그렇다. 본래의 국가가 사라지는 건 보석이 변하여 돌이 되는 것과 같다. 생활방식도 완전히 변하고 심지어 앞서 발생했거나 예고된 더욱 거대한 파괴가 계속 이어지기도 한다. 또 미래는 우리가 소환하거나 재촉할 필요도 없이 자동으로 닥쳐오므로 내쫓으려 해도 내쫓을 수 없는 경우가 많다. 그것은 소설가 커트 보니것(Kurt Vonnegut)의 말과 같다.

"미래는 작은 발바리다. 그것은 당신의 발 앞으로 달려와서 귀엽게 애교를 부릴 수 있다. 어떤 때(정말 더 많은 어떤 때)는 당신이 진정으로 미래를 위해 뭔가를 해야 하지만, 오히려 더 좋은 어떤 가능성을 위해 있는 힘을 다해 미래를 거절하거나 적어도 연기할 방법을 찾기도 한다. 연기함으로써 몇몇 기회를 다시 잡을 수도 있지 않은가? 이런 저런 우연이 발생하면 미래를 조금이라도 바꿀 가능성이 생긴다."

자산의 정확한 대책과 생생한 연출은 국내 정치가 아니라 국제 업무에서 펼쳐졌다. 전체 『좌전』을 읽어보면 자산은 한 번도 실수한 적이 없다. 명중률 100퍼센트로 그 정확함이 불가사의한 경지에 이르렀다. 게다가 전체 판세를 읽는 능력과 대응 방식(전체 판세는 오히려 잘못 읽을 가능성이 적다. 예컨대 가을이 오면 날씨가 시원하게 변하는 경우처럼), 심지어 정밀함에 있어서도 어떤 회맹에 참여하는 경우든 그 구체적인 절차까지 완벽하게 파악했다. 즉 누가 회맹에 가고, 얼마나 많은 사람을 동원하고, 얼마나 많은 예물을 준비하고, 언제 그곳에 도착하고, 먼저 무엇을 해야 하고, 무엇을 강조해야 하고, 무엇을 쟁취할 수 있고, 어떤 장애를 극복해야 하는지 등 모든 사항에 대해서 말이다. 자피는 여러 차례 자산의 말을 듣지 않았지만 곧 자산의 대처가 영원히 옳다는 걸 증명해줬다. 이런 정확함은 인간의 기지를 훨씬 초월하는 능력이다. 그것은 상황에 대한 완전한 이해 및 예상, 사전준비에 의해 체득된 대처방안이다. 마치 뛰어난 기사(棋師)가 정확하게 바둑의 판세를 읽고 상대방의 모든 수가 유발할 수 있는 변화의 가능성에 대처하는 것과 같다.

춘추시대의 회맹은 화려하지만 위험이 충만한 모임으로, 이후 중국 역사에서는 사라져버린 외교 행사였다. 그것이 가장 특별한 이유는 다시 재현될 수 없는 역사라는 점이다─열국이 병립하여 사냥개들이 서로 이빨을 세우고 수시로 물어뜯는 것과 같은 상황이었지만 회맹에서 정한 엄격한 약속을 잠시라도 지켜야 하므로 다른 나라를 멸망시키는 일은 기본적으로 할 수 없었다. 하지만 실제로는 자산이 진나라를 질책한 것처럼 병탄이 가능한 상황이었다. 그렇지 않다면 대국이 어떻게 형성될 수 있었겠는가?

회맹은 며칠 내로 시한폭탄을 제거하는 것처럼 철회하기 어렵고 (철회에는 무거운 정치적 대가가 따랐다) 통제하기 어려운 역량을 약화시키러는 모임인데, 잘못해서 폭발할 확률은 폭탄을 완전히 제거하는 것보다 그다지 낮지 않았다. 사실 회맹은 모종의 특수 경쟁장으로 신속하게 변하여 그것으로 전쟁을 대체하기도 했다. 또 회맹을 통해 무력 과시, 위협, 이익을 취할 수도 있었다. 제 환공 이후부터는 상호 신뢰의 공간이 거듭 줄어들었지만 아무도 해결 방법을 제시하지 못했다. 겉으로 그럴싸하게 보이는 회맹은 모두 소위 병거지회[兵車之會, 군사를 대동하지 않고 모든 제후가 큰 소매를 휘날리는 의관지회(衣冠之會)와 구별된다]였다. 담판, 시 읊기, 음주가 벌어지는 회담장 밖에는 겹겹의 포위망이 둘러쳐지고 수시로 진격이 가능한 군대가 주둔해 있었다. 진(晉)나라 군주나 초나라 임금처럼 강력한 힘을 갖는 인물들도 회맹장을 안전하게 여기지 않고 풍성한 예복 밑에 늘 견고한 전투복(衷甲)을 받쳐 입었다. 오늘날의 방탄복인 셈이다. 회맹에 참여한 여러 나라 인물들은 겉으로 보기에 평소보다 훨씬 뚱뚱하게 보였지만, 서로 내막을 알고도 모른 척할 뿐이었다.

정, 송, 노, 위 이하 약소국들 입장에서 회맹은 영광의 회합이 아니라 감히 말로 표현할 수 없는 고통의 자리였다. 불참 여부를 스스로 결정할 수 없었고, 지각조차도 허용되지 않았다. 지각을 하게 되면 당장 잡혀서 구금되지는 않더라도 자신의 국토가 공격을 받을 수도 있었다. 이런 일은 실제로 몇 번이고 발생했다. 당시의 교통수단, 도로 상황, 국가 간 거리를 생각해보면 이들 작은 나라의 군왕이나 경대부들은 흔히 집도 없이 떠도는 나그네 신세와 같아서, 새 회맹 소식을 들으면 짐을 풀 틈도 없이 다시 그곳으로 출발해야 했다. 이런 일도 실제로 거듭해서 발생했다.

밀란 쿤데라(Milan Kundera)는 『커튼(Le Rideau)』에서 1938년 기 을 세계대전 전야 뮌헨(München)에서 개최된 열강의 유명한 협상을 회고했다.

"4대 강국(독일, 이탈리아, 프랑스, 영국)은 함께 모여 한 약소국의 미래 운명을 상의하면서도 당사국에는 발언권조차 주지 않았다. 그 옆방에서는 체코 외교관 두 명이 밤새도록 대기하고 있었다. 하루가 지나고 다시 아침이 되어서야 두 사람은 긴 복도를 지나 체임벌린(Arthur Neville Chamberlain)과 에두아르 달라디에(Edouard Daladier)가 있는 방으로 안내되었고, 그곳에서 피로에 지친 두 거물이 한편으로 하품을 하며 다른 한편으로 두 사람을 향해 내리는 사형 선고를 들었다."

쿤데라의 어투를 통해 그가 당시의 판결을 잔혹하고 황당하게 여기고 있음을 알 수 있다. 그러나 이와 같은 일은 춘추시대 200여 년 동안 실제로 자주 발생했다.

나도 쿤데라의 글을 통해 폴란드 국가의 내용이 대략 어떤 것인지 알게 됐다.

"폴란드 국가의 첫째 구절은 매우 격동적이다. '폴란드는 아직 멸망하지 않았다.'"

이처럼 쓴웃음을 자아내게 할 정도로 쓰라린 아픔을 담은 그들의 국가는 정, 송, 노, 위 이하 약소국 사람들에게 부르게 해도 아주 적합할 듯하다. "아직 멸망하지 않았다"는 경지는 이미 약소국 사람들이 추구하는 최고 목표였고 또 지금도 가장 과장할 만한 가치가 있는 성취다.

『좌전』에는 자산이 회맹에서 마치 자신의 특기를 발휘하듯 활약한 내용이 상세하게 기록되어 있다. 저자가 과장한 혐의는 있지만 나는 이것이 바로 당시 그들 국가의 백성이 흥미진진하게 이야기하던 내용이라고 믿는다. 여기에는 노나라뿐 아니라 송나라와 위나라 등 약소국도 포함되어야 한다. 이들 국가가 당면한 난제는 전혀 일치하지 않았지만 회맹 기간에만 한곳에 함께 존치되어 같은 종류의 국가로 취급되면서 동일한 현실 상황과 역사 운명을 마주하곤 했다. 동시에 또 같은 시험지를 받아 정답을 적는 것처럼 옳고 그름이나 좋고 나쁨을 한눈에 알 수 있어서, 서로 답안지를 비교하며 참고자료로 삼을 수 있었다. 자산은 진나라와 초나라에 대해 "강하면서도 아름답다(强悍而美麗)"고 묘사했다. 이처럼 강자는 더욱 강해지고 약자는 더욱 약해지는 (이후 진나라는 세 강국으로 분열되어 전국칠웅 중 세 곳을 차지했다) 양 극단의 역사 흐름 속에서 자산은 그 흐름을 역행하며 생존을 추구했다.

자산의 집권 기간이 끝나고도 정나라에는 생사존망의 위기가 출현하지 않았으며, 심지어 회맹에서 어떤 손해도 당하지 않았다. 오히려 발언권을 포함한 적지 않은 이익을 쟁취하기도 했다. 여기에는 공납 비용 삭감, 개인 뇌물 금지, 회맹 횟수와 규칙 조건 완화 등의 내용도 포함되어 있다. 자세히 살펴보면 자산은 초나라보다 진나라를 더욱 강경하게 대하면서 성공을 거두었고, 또 비교적 많은 이익을 얻었음을 알 수 있다. 그것은 진나라가 초나라에 비해 도리를 잘 알기 때문이었다. 이 점은 자산이 신중하고 정확하게 강경책을 구사했음을 설명해준다. 그는 상세하고 계산적으로 대상을 분별했다. 자산은 정나라가 강대국에 복종하지 않을 수 없는 모든 한계를 분명하게 알고 있었고, 상이한 한계 내에서 어떻게 가능성을 극대화할 수 있는지도 알고 있었다.

정나라는 할 수 있는데 왜 우리는 할 수 없는가? 당시 다른 약소국은 아마도 이런 의문을 가졌을 것이다. 그럭저럭 상상의 나래를 펼쳐볼 수는 있다. 모든 회맹마다 자산이 제시한 훌륭한 답안은 약소국들이 자신의 조건을 돌아보는 가운데, 당시 똑같은 답안을 낸 국가들 사이에서 반드시 한바탕 소동을 일으켰을 것이며, 이 과정에서 약소국들은 흥분하고, 자괴감을 느끼고, 만족하면서도 낙담했을 것이다.

또(어쩌면) 마치 희미한 빛이 새나오는 것과 같은 계시가 있었다고 말하기도 했다(했을지 모른다). 게다가 회맹의 규정 비용 삭감과 같은 이익은 실질적으로 약소국에게 혜택을 주는 조치여서 당사국은 감사의 마음을 느끼기도 했다. 결국 이런 마음이 '이번에는 자산이 무슨 일을 할 수 있는지 보자'라는 일종의 기대로 변할 수 있었을 것이다. 마치 어떤 공연이나 어떤 놀라운 사실을 기다리듯이 말이다. 공자도 당시에 자산에게 감동한 사람 중 한 명이었다. 공자는 특히 자산의 문장을 찬양했다. 정확한 이치는 정확하고 감동적으로 말할 수 있는 사람이 나타난 후에야 널리 퍼질 수 있다. 미학 문제는 사실 인식의 문제다. 어쩌면 복사꽃, 자두꽃은 말이 없어도 그 나무 아래로 저절로 길이 생긴다는 상황일 수도 있다. 그러나 복사꽃과 자두꽃 자신은 다른 꽃보다 먼저 아름다운 꽃을 피우지 않는가? 사람들을 찾아오게 하려면 고압적인 자세나 게으른 모습으로 밋밋한 나무줄기만 내보여서는 안 되는 것이다.

다만 사람들이 득의만만하게 칭송하며 토론하는 이런 옛 일들과 정확한 문장 및 거기에 담긴 이치들, 약소국이 어떻게 생존할 수 있는지에 관한 모든 정밀한 기교 및 사유는 중국 역사에서 자산이 정점을 찍었다. 이후로는 약소국이 생존을 위해 몸부림치고, 자신의 생활방식을 보존하기 위해 몸부림치는 세계가 더 이상 존재하지 않았다. 더욱 철저하게 말하자면 중국 대지에는 이후 2000년 동안 단지 강성한 대국(大國)의 국민만 존재했을 뿐이다.

어떻게 세계로
진입해야 할지 모른다

나는 때때로, 특히 중국 대륙에 있을 때 그곳 사람들에게 다음과 같은 질문을 던지곤 했다. 만약 당신이 네덜란드나 아일랜드와 같은 나라에서 태어났다면 당신의 사정은 어땠을까? 당신의 인생은 어땠을까? 당신의 세계상, 생명에 대한 당신의 태도와 선택, 다른 사람을 대하는 당신의 방식에 어떤 상이점과 전환점이 있었을까?

자신이 작은 나라 국민이라고 상상해보라. 당연히 그럴 가능성이 있을 것이다. 혹은 최소한 이런 질문이 사람의 마음속이나 사유 속에 존재할 가능성이 있도록 시험해봐야 한다. 결국 인생은 어디에 있든 결코 우리 자신에 의해 결정되지 않고, 어떤 성취나 공로에 의해서도 결정되지 않는다(자산은 정나라에 있었고, 공자는 노나라에 있었으며, 숙향은 진나라에 있었다. 따라서 어떤 대국에서 태어난 국민이라는 이유로 교만한 마음을 갖는다면 어떻게 말하더라도 가소롭고, 비겁하고, 지극히 무례하다고 할 수밖에 없다). 이 때문에 우리는 종종 사람이 어디에서 '태어났는지'는 말하지 않는다. 인간이 운명의 장난에 의해 어디에 '던져졌는지'는 논쟁할 수 없는 사안이다.

　큰 나라와 작은 나라를 생각하다가 내가 맨 처음 떠올린 것은 토크빌(Alexis de Tocqueville)과 그의 책 『미국의 민주주의(De la démocratie en Amérique)』다. 그는 세계의 변화를 가장 잘 읽을 줄 알았던 사람이고, 그의 책은 아마도 영원히 전해질 것이다. 토크빌은 우리에게 대략 다음과 같은 이야기를 했다. 이것은 아주 다른 눈앞의 두 세계로, 근본적인 출발 지점이 다르다. 작은 나라의 자연스러운 상태는 모종의 평탄함과 투명함에 가까울 뿐 아니라 모든 면에서 구체적인 소박함과 민주적 양식을 드러낸다. 그러나 큰 나라의 자연스러운 상태는 계층적이고, 신비하고, 전제적이다. 이 두 가지는 시작부터 상이한 기본 한계를 갖고 있으며, 여기에서 서로 다른 맹점, 난관, 위험이 초래된다. 또 이에 따라 각각 서로 다른 좋은 물건과 나쁜 물건을 길러낸다. 이 두 가지는 잔혹성조차도 상이하다. 작은 나라는 본래 인간이 거주하기에 좀 더 편리한 것처럼 보인다. 그러나 토크빌이 지적한 것처럼 작은 나라는 피하기 어려운 골칫거리가 있으니, 그것은 바로 쉽게 멸망할 수 있다는 사실이다. 이처럼 아침에 저녁을 보장할 수 없는 현실의식이야말로 작은 나라 국민이 가장 침중하게 느끼는 부담이다. 그러나 시간이 지연되면 오히려 작은 나라 국민은 더욱 깊은 사유를 시작하면서 큰 나라 국민은 생각할 필요도 없고 근본적으로 생각할 수도 없는 일을 생각하도록 압박을 받게 된다. 그리고 가능하지 않을 듯한 곳에서 기회의 공간, 희망의 공간, 숨쉬기 공간을 간파해내거나 최종적으로는 사람을 의기소침함에서 벗어나지 못하게 하는 모종의 불가능을 인식해내기도 한다. 바로 이와 같기에 자산과 같은 사람이 존재할 수 있고, 제임스 조이스(James Joyce)와 쿤데라 같은 저술가 및 그 사유도 존재할 수 있는 것이다. 겨우 그 정도 크기의 국토를 가지고 겨우 그 정도의 인구를 길러낸 아일랜드가 근대 300년 동안 얼마나 많은 위대한 저작자와 사상가를 배출했는지 아는가?

　토크빌이 당시에 생각한 건 물론 큰 나라에 속하면서도 동시에 작은 나라에도 속하는 어떤 새로운 것, 즉 버나드 쇼(George Bernard Shaw)(그도 아일랜드 사람임)의 두뇌와 이사도라 던컨(Isadora Duncan)의 미모를 겸비한 것과 같은 새로운 것이었다.* 그런 것이 있을까? 그는 이런 관찰에 근거하여 아메리카합중국, 즉 이 작은 식민지 조각(뉴잉글랜드 13주 및 기타. 미국 성조기에는 본래 15개의 별만 그려져 있었음)을 붙여 만든 새로운 형식의 대국을 하나하나 조사·분석했고, 장차 인류 역사에 전개될 모종의 아름다운 가능성을 위해 이 완전히 새로운 대국에 신중한 기대를 걸었다. 아마도 토크빌의 내면 깊은 곳에는 멸망하지 않는 작은 나라(그게 가능할까?)에 대한 생각이 계속 유지되고 있었을 것이라고 나는 대담하게 추측한다.

　아메리카합중국의 이후 250년에 대해 그 헌정사와 미국연방 대법관사를 알고 있는 사람들은 모두 미국이 연방(대국)과 주(소국)라는 두 가지 국가와 두 가지 법률을 겸비하고 있기 때문에 인류와 세계 역사에서 가장 복잡한 헌법을 갖고 있으며, 또 더욱 의미 깊은 토론 방식과 개정 방식을 갖고 있다고 분명하게 인식한다. 미국의 저명한 헌법 개정안은 거의 모든 조항마다 인류 역사(미국에만 그치지 않는다)의 사유에 관한 중대한 진전과 확인이 들어 있기 때문에 인류의 공동자산

---

* 당시 미모의 발레 스타 이사도라 던컨이 버나드 쇼에게 "내 얼굴과 당신의 머리를 물려받은 아이가 태어나면 근사하겠지요?"라고 묻자 버나드 쇼는 "아니오, 내 (못생긴) 얼굴과 당신의 (우둔한) 머리를 물려받은 아이가 태어날 수도 있소"라고 대답했다고 한다. 그러나 이것은 이사도라 던컨과 아무 관련이 없고 당시 어떤 여성이 한 말이 와전된 것이라고 한다. 이후 이 대화는 와전되어 알베르트 아인슈타인과 마릴린 먼로의 이야기로 알려지기도 했다.

으로 인정되고 있다. 우리가 통상적으로 무미건조하고 천박하다고 느끼는 이 대국을 대할 때 이런 점은 가장 훌륭하면서 반박하기 어려운 역사적 표현으로 다가온다.

대국은 장기적인 생각과 장기적인 발전에 적합한 사유를 갖고 있다. 나는 대국의 가장 근본적인 장점이 안정되고 튼튼한 국력이라고 생각한다. 대국의 입장에서 살펴보면 시간은 믿을 만하고 세계는 견실하다. 사유도 궁지에 몰린 것처럼 모험을 추구할 필요가 없고, 또 지나친 생략과 비약을 감행할 필요도 없다. 생각한 것을 완전하게 발전시키기만 하면 모든 나무가 거목으로 자라듯 쉽게 성장할 수 있다. 그러나 총체적으로 말해보면 인간 사유의 복잡함과 풍부함은 작은 나라의 사유 성과인 경우가 더 많다. 우리가 그 흐름을 하나하나 거슬러 올라가보면 최초로 소국이나 변방에서 어떤 한 지점을 돌파하거나 그 지점을 발견(발명)했음을 알 수 있다.

중국의 경우, 마지막으로 사유가 찬란하게 꽃핀 시절이 200여 년의 춘추시대에서 이어진 전국시대였다. 그것은 소국이 무수하게 병립했던 세계를 마지막으로 이은 시대였다. 온갖 꽃들이 만발한 것 같은 전국시대의 사유는 그런 소국이 병립한 세계의 결과였고, 그런 소국들이 사라진 후 생겨난 결정체이자 석양이자 메아리였다. 그것은 또 그렇게 살다간 사람들의 유언이었다. 나는 그런 시간의 긴밀한 결합이 우연의 일치일 뿐이라고 생각하지 않는다. 우리는 역방향의 검사를 시도해볼 수도 있다. 이러한 사유 성과가 이후 단일 대국 유지에 얼마나 부적합하고, 대국이 필요로 하는 수직 체계 건립에 얼마나 위험하며, 그렇기에 대국이 그와 같은 사유를 일일이 제거해야 했음을 실증적으로 증명해 보이는 일이 그것이다. 여기에서 우리가 가리키는 것은 횃불 하나로 모든 것을 불태워버린 진시황 한 사람에 그치지 않는다. 한 사람이 어떤 일을 한 결과가 그가 미지광이였기 때문일 뿐이라면 사실 이후 2000년 동안 이런 사유의 성과는 이단 학설로 간주되는 비율이 지극히 높다. 그러나 후세 사람들에 의해 비난받고 매도되는 것이 최악의 상황은 아니다(사실 매도의 정도도 그렇게 엄중하지 않다). 진정으로 나쁜 상황은 매도조차 발생하지 않거나 완전히 망각되는 경우다. 이런 상황이야말로 철저한 봉쇄다. 이럴 경우 우리는 애석하게 느껴야 할까 아니면 불가사의하게 느껴야 할까? 모종의 사유들 혹은 어떤 한 가지 사유 영역 개발이 중국에서는 2000여 년 전 어떤 한 사람에 의해 정점에 도달했다면 오늘날 그것을 생각하는 사람들은 그다지 부끄럽게 여기지 않아도 되지 않을까?

대국 사유의 한계는 우리가 각종 경로를 통해 탐색해볼 수 있다 (예컨대 관료 시스템의 삼엄한 구조를 함께 수용한다든가 문제를 배척하는 등, 막스 웨버도 이에 대해 적지 않은 견해를 밝혔다). 하나를 선택하여 집중적으로 말해보자면, 나는 "모든 하늘 아래 왕의 땅이 아닌 곳이 없다"는 말처럼 하나의 국가만 남는 경우를 가정해볼 때, 그것은 마르크스 (Karl Heinrich Marx)가 하나의 계급만 남겨야 한다고 말한 것과 같다고 생각한다. 즉 그것은 더 이상 계급이 존재하지 않고 계급이 사라진 것과 같은 사회다. 유일하게 남은 하나의 국가도 국가라는 존재가 사라진 것과 같다. 국가는 더 이상 생각 속에 존재하지 않고 끝도 없고 경계도 없이 무제한으로 뻗어나간 '하나의 덩어리'만 남는 현실이 된다. 인간에게도 외부세계는 존재하지 않게 되고, 자기 세계 밖의 사유 지점도 사라지게 된다. 또 멀찌감치 떨어진 곳에서 견고하게 서서 자신을 돌아보고, 반성하고, 점검하고, 상상할 수 있는 곳도 없어지고, 아울러 '국가'를 여러 대상 중 하나의 완전체로 간주하거나 다양한 대사(大事) 중 하나의 일로 간주하여 생각할 수도 없게 된다. 비교할 방법도 없게 되는데, 비교하려면 적어도 두 가지 혹은 두 종류 이상의 국가가 존재해야 한다. 또 양자(또는 그 이상)에 대한 진정한 믿음은 양자가 완전하게 성립하고 완전히 대등한 관계가 되어야 가능하다. "이해하려면 비교해야 한다"라는 말은 에른스트 블로흐(Ernst Bloch)의 명언이자, 진리에 근접한 기본 상식이다.

오직 하나의 국가로서 거의 대국의 최종 단계에 도달한 듯한 모습은 중국의 장구한 역사에서도 현실로 존재했다기보다는 뿌리 깊은 의식(염원) 속에 존재했다고 말하는 편이 더 낫다. 의식은 통상적으로 현실보다 더욱 강고하고 더욱 끈질긴 양상을 보인다. 현실에서는 더 이상 존재하지 않더라도 의식 속에서는 여전히 존재하는 것이 거의 일반적인 법칙이다. 현실의 끊임없는 확장에 따라 이후에도 중국은 여전히 다른 민족을 만나게 될 것이다. 거기에는 심지어 한나라 초기의 흉노와 오늘날 미국처럼 중국에 비해 '잠시' 더 강한 나라도 있을 것이다. 그러나 문제는 이 '잠시'라는 말에 놓여 있다. 이것은 의식 속에서 판정한 결과이지 현실 속에서 인지한 결과가 아니다. 혹은 현실을 인정하지 않는다고 직접 말하기도 한다(현실은 어떤가? 타국의 생존방식과 생존형식은 거의 대부분 태곳적부터 시작된 유구한 세월에서 유래했을 가능성이 있고, 또 저들의 대지와 단단하게 결합되어 있는데, 그곳은 결코 중국의 왕토가 아니다). 현실 속 중국에서는 이에 대해 다양하면서도 심지어 세상 물정에 정통한 책략, 즉 온화한 야만, 인도적 잔혹, 참을성 있는 경솔함 등의 책략을 내놓기도 한다(50년 동안 천천히 네 땅을 소화시키겠다고 하다가도 당장 군사를 동원하여 멸망시키거나 병탄하겠다고도 한다).

그러나 이런 것들은 모두 의식 속에 포함된다. 이런 의식이 현실에서 집행된다고 해서 마음 속 의식이 흔들리거나 바뀌지 않는다(물론 의심은 생길 것이고 조용히 자라날 것이다). 또 이 때문에 몇 세대 사람들이 대항하며 수선하는 과정에서 동원한 것은 아마 온 나라의 자원이 었을 것이다. 그러나 이러한 민족에 대한 중국의 호기심과 이해는 사실이 증명하듯이 전략적 의의 및 필요성보다 더 강하거나 깊은 경우가 거의 드물다.

소무(蘇武)는 북쪽 나라 흉노에 장장 19년 간 체류했다. 19년이면 엄청나게 많은 것을 목격하고 인식하고 깨달을 수 있는 기간이다. 직무에 충실한 인류학자도 그렇게 할 수 없다. 그러나 역사책에서는 소무를 석상처럼 철저하게 자신을 단속한 불굴의 인간으로만 묘사하고 있다. 전설에 의하면, 그는 백이(伯夷)와 숙제(叔弟)가 주나라 곡식을 먹지 않으려 했던 것처럼 양고기조차 먹으려 하지 않고, 빙설과 담요 털만 씹으며 생존을 위한 최소한의 열량만 섭취했다고 한다. 19일이 아니라 19년 동안 말이다!

이릉(李陵)은 분명 대화를 원했고 자신을 설명할 기회를 찾으려 했다. 그러나 쿤데라가 말한 고국의 사람들처럼 아무도 그에게 말을 거는 사람이 없었다. 사실 그들도 나중에는 무슨 말이든 했을 것이다. 하지만 실제로 우리는 그런 기록을 찾을 수 없다. 이처럼 흔들림도 없고 의심도 없는 고고한 의식 아래에서는 '쓸데없는 군더더기'로 여겨지는 말들은 거의 진지한 경청의 대상이 되지 못하고, 무시되거나 망각될 뿐이다. 그것은 후세 사람이 자산을 마치 호박(琥珀)처럼 『좌전』 속에 가둔 것과 같다.

고착된 의식은 현실에 비해 완강하고 유구하며, 심지어 상당히 심하게 현실을 무시한다. 여기에 특이하고 이상한 점이 있을까? 사실 그럴 리는 없다. 이런 경향은 어떤 의미에서 인성의 필연성에 더욱 근접한 결과일 가능성이 지극히 크다. 만약 인간이 억지로 자신에게 무엇을 강요하지 않고, 또 더 적극적으로 방법을 강구하여 자신을 끌어

올리려 하지 않는다면 마지막에는 결국 한 차례 한 차례 더 포악해지는 억지 논리에 의지해야만 죽음 뒤 부활과 같은 고착된 의식을 분쇄할 수 있다(그때가 되면 이미 분쇄이지 조정이 아니다). 내가 가리키는 것은 우리가 타인을 추종할 수 있고, 자신의 성장 과정에서 이런 보편적인 사실을 재삼 목도한다는 것이다. 우리 모두는 타인의 확실한 존재가 나의 존재와 마찬가지로 생존하고 있다는 사실을 아주 일찍부터 목도했고, 또 자신의 밖에 존재하면서 자신보다 원대한 세계가 있다는 사실을 목도했다. 그런 세계에는 견실하면서 물질적인 두께와 강도가 있어서 거기에 부딪히면 코와 눈에 피멍이 들 수 있지만 우리는 모종의 '유아독존' 의식을 여전히 견지하기도 하며, 때때로 어떤 사람은 그것을 더욱 오래 심지어 한 평생 유지하기도 한다. 현실 세계는 눈앞에 펼쳐지지만 그곳으로 진입하는 것은 초월이 아니라 과정이다. 그것은 결코 쉽지도 않고 편하지도 않은 과정이다. 좌절하고, 고민하고, 망연자실하는 경우가 많으며 실패할 수도 있다. 그것은 마치 쿤데라가 자신의 소설『생은 다른 곳에(Život je jinde)』에서 묘사한 젊은 시인이 죽음에 이르러서도 "어떻게 그 세계로 진입해야 하는지 모른다"고 한 상황과 같다. 이런 과정이 연장되고 지속되면 우리는 그것을 인간의 의식과 사유의 '유년 상태 지속(neoteny)'이라고 말할 수 있다. 인간이 자신의 유년기를 벗어날 수 없으면 어떻게 자신을 정확하게 축소할 수 있을지 알지 못하게 되며, 또 어떻게 자신을 이 광대한 세계 속에 타당하게 자리 잡게 할지 알지 못하게 된다.

중국은 역사적 경험이 풍부한 나라이다. 중국인은 세상 물정보다 더 노련할 뿐 아니라 모든 일을 처리할 때도 지혜가 부족하지 않지만, 이처럼 의식의 유년 상태에서 벗어나지 못하고, 이처럼 정체된 채 전진하지 못하고 있다. 생각해보면 분통 터지는 일이지만 사실상 마지막에는 마치 석금을 붓늣 거대하고 슬픈 그리고 불필요한 대가를 더 많이 쏟아 붓게 된다. 그런데 2000년 후의 근대, 특히 청나라 말기와 중화민국 초기에 이르러 중국은 광활한 바다와 견고한 함선을 만나면서 더욱 드넓은 세계에 직면했지만 그 대응 방법은 기본적으로 한 나라 때 흉노와 맞서던 방식에서 그리 멀리 벗어나지 못했다. 같은 시기 일본—쇄국 심리와 신경과민의 자련자애(自憐自愛)로 유명했던 나라—과 비교해보면 중국은 강압에 의해 현대 세계로 진입하는 과정에서 비틀거렸으며, 그 노정 역시 순탄치 않고 편협했다. 이런 상황으로 인해 중국에서 더욱 심각한 사유가 발생했음은 더 말할 필요도 없다(중국인은 너무나 많은 서양 학문을 일본을 통해 배우는 데 급급했다. 거기에는 수많은 번역 학술 용어도 포함되어 있었다).

일반적으로 이 난감한 역사를 설명할 때 학자들은 흔히 중국이 5000년 동안 늙고 부패하여 일어난 일이라고 주장한다. 그러나 나는 이것이 2000년 동안 지속된 중국의 '유년 상태'가 야기한 일이라고 생각한다. 2000년 간 이어진 길고 긴 시간 속에서 그런 상태는 조정되지도 못했고, 또 새로운 일에 대비하지도 못했다. 따라서 창졸지간에 방어할 수도 없는 낯선 상황을 맞아 손발조차 어디에 둘지 몰랐다. 그렇게 범한 잘못의 대부분은 어린 아이 같은 아주 유치한 착오였다.

당시의 역사에 대한 반성은 아주 침통하지만 그로 인해 자산을 그리워한 사람이 있었는가? 혹은 자산을 알아보고 그의 활동을 진지하게 기록한 노나라 사람(들)을 그리워한 사람이 있었는가? 전혀 없었던 듯하다. 우리는 자산의 시대가 너무 멀다고 말할 수 있을 것이다. 그런 사유와 행위들, 일찍이 존재했던 그런 사람들의 처지는 이미 기억조차 불가능할 정도로 깨끗하게 망각되었음에 틀림없다.

개인에서 국가에 이르는
관용 과정

오늘날 우리는 한 걸음 앞선 수많은 사유가 결코 '내' 속에서 발생하는 것이 아니라 나의 바깥, 나와 너, 나와 그들의 이빨이 교차하는 지점에서 진화하듯 천천히 발생하고, 발견되고 아울러 발명된다는 사실을 충분하게 알고 있거나 직접 말하고 있으며 또 전부 목도하고 있다.

예를 들어, 권력이라는 이 혐오스러운 것에 대해서도 우리는 이미 알고 있거나 목도하고 있다. 이것은 없어서는 안 될 정도로 중대하기 그지없는 현대 사유의 근본적 핵심으로, 한 가지 사유의 기점이자 초점이다. 그 성과에 기대 우리는 이미 국가나 정치적 테두리에 머물지 않고, 거듭해서 모든 권력의 이른바 '본질'이나 더욱 완전한 형태를 꿰뚫고 이해하며 아울러 그것을 장악하려 시도한다. 우리는 각종 경로를 통해 각개격파식으로 이것이 도대체 무슨 기괴한 물건인지 분명하게 이해하려 한다. 권력이 또 어디에 분산되고 의존하고 은신하며, 어떻게 변모하고, 우리에게 어떻게 작용하는지, 어떻게 우리를 내버려누지 않고 괴롭히는지 명확하게 알고 싶어 한다. 아울러 우리가 과연 권력에서 벗어날 수 있는지, 권력이 전혀 존재하지 않는 어떤 세계가 있을 수 있는지 혹은 적어도 권력이 존재하지 않거나 존재할 필요가 없는데도 여전히 위태롭지 않게 운행하는 세계의 한 모서리가 있을 수 있는지 명확하게 이해하려 한다.

권력은 소멸될 수 있을까? 아니면 더 좋은 대체물이 있을까? 권력에는 만물의 존재가 저절로 질량과 생산 작용을 갖고 있는 것과 같은 자연의 자장이 얼마나 많이 들어 있을까? 또 권력에는 사실 인간의 행위이거나 인간의 간계일 뿐인 여러 가지 요소가 어느 정도 비율을 차지하고 있을까? 권력에 대한 이와 같은 사색에서 가로막을 수 없는 것은 결국 전체 대 사유 네트워크의 형성과 전진을 위한 지속적인 확장이다. 이런 경향은 거의 모든 현대 사유, 모든 눈앞의 세계와 중첩된다. 이에 대한 성과를 실증하려는 사람은 서점으로 달려가 해당 서적을 뒤적여보기만 해도 된다. 그러나 중국에서는 사람들의 사고가 단일한 국가의 유아독존적 의식 안에 폐쇄되어 있기 때문에 권력을 온전하면서도 경계(境界)가 있는 하나의 사물로 간주하여 관찰하고 생각하고 반박할 기회를 갖기가 매우 어렵다(어떤 한 가지 사물의 완전한 모양을 관찰하려면 반드시 그 사물 밖이나 일정한 거리를 두고 자리를 잡아야 한다. 즉 그 사물과 완전히 동떨어진 어떤 지점에서 고개를 돌려 바라봐야 한다). 이에 인간은 가없이 드넓은 현실과 단단히 결합하여 살아갈 수밖에 없고, 현실의 기복에 따라 3차원이 아닌 2차원의 방식처럼 일을 처리하게 된다. 즉 우리가 완전히 그 속에 매몰되면 다른 사람을 건져 올릴 수 없음은 물론이고 자기 자신도 건져 올릴 수 없게 된다. 따라서 진일보한 수많은 발견과 진정한 반성은 견국 발생할 수 없게 되고 또한 그 의의를 사색하기도 어렵게 된다—이탈로 칼비노(Italo Calvino)

에 따르면 "한 가지 의의를 얻기"도 어렵다.

이후 2000여 년 동안 권력에 대한 중국의 어떤 이해와 응용은 매우 정밀해져서 어둡고, 잔인하고, 음험하고, 변태적인 지경에까지 이르렀지만 제왕의 통치술이라는 좁은 범위에서 벗어나기 어려웠다. 인간은 대체로 권력에 영합하거나 권력을 거부하는 두 가지 선택만 할 수 있을 뿐이다(개인적으로 선택한 서정적 방식과 언어를 쓸 수도 있지만, 그것은 사실 도피다. 그래서인지 나는 때때로 이 광대한 천하에 내 몸 둘 곳이 어디인가라는 느낌에 사로잡히기도 한다). 오늘날에 이르러서도 우리를 슬프게 하는 건 사람들이 여전히 걸핏하면 주원장(朱元璋)과 옹정제(雍正帝)처럼 현재 영도자를 거론하며, "오늘 저녁은 어떤 저녁인가"(今夕何夕兮)●와 같은 언어, 형식, 시각을 드러내고 있다는 사실이다. 현대라는 시대는 마치 몇 백 년 간 발생하지 않은 듯하고, 목전의 세계도 없는 듯하고, 상당한 양의 새로운 사유 성과와 방법과 도구(경제분석, 사회분석 등)도 없는 듯하다. 이런 일을 증명하려는 사람은 서점으로도 달려갈 필요 없이(서점에는 이런 책들이 눈에 가장 잘 띄는 곳에 다량으로 진열되어 있다) 집에서 텔레비전을 켜고 이리저리 채널만 돌려도 된다.

여러 해 동안 나는 마키아벨리(Niccolò Machiavelli)를 높게 평가하지 않았다. 결코 그의 역사적 의의와 가치를 몰라서가 아니다. 그의 사상은 유럽 대륙에서 즉시 실행할 수 있는 사유의 출발점이었다. 그러나 그뿐이었다. 실제로 마키아벨리는 대단한 것을 말하지 않았다. 그는 기본적으로 서정적인 언어를 썼으며 심지어 공연 언어를 썼

● 〈월인가(越人歌)〉에 나오는 구절이다. 〈월인가〉는 한(漢)나라 유향(劉向)의 『설원(說苑)』 「선설(善說)」에 나오는 춘추시대 초나라 노래다. 왕자를 만나 기뻐한다는 내용으로, 현대의 지도자와 왕조시대의 군주를 동일시하는 경향에 대해 비판하고 있다. 이 시 전반부에 다음과 같은 구절이 있다. "오늘 저녁은 어떤 저녁인가? 강물 위에 배를 띄웠네. 오늘은 어떤 날인가? 왕자와 함께 배를 탔네."(今夕何夕兮, 搴舟中流, 今日何日兮, 得與王子同舟.)

다. 특히 당신이 자산을 알고 있고, 『손자병법(孫子兵法)』과 『한비자 (韓非子)』를 읽은 적이 있다면 내용의 차이를 크게 느낄 것이다. 그 넓이, 깊이, 정밀함, 치밀함 등 모든 면에서 그렇다. 나는 여기에서 우리 중국 쪽이 서구 쪽보다 훨씬 대단하고 또 서구인들에게 1000년 이상의 시간을 양보할 수도 있다고 말하려는 게 아니고, 꽃이 떨어지는 것처럼 어쩔 수 없는 역사적 사실을 지적하려는 것이다. 서구에서 마키아벨리는 술(術)에서 도(道)로 나아가는 길을 걸었다. 중국에서 자산과 한비자(韓非子)는 도(道)를 제거하고 축소하면서 술(術)로 되돌아가는 길을 걸었다. 이것은 본질의 내용과는 무관하게 양자의 역사적 방향이 그렇게 만든 것이다. 중국 쪽에 본래 더욱 충분한 진화의 시간이 있었음에도 말이다.

묵자의 상황도 대체로 이와 같다. 『좌전』을 읽어보면 정나라의 하층 노동자와 장인(匠人)들 사이에 일찍부터 어떤 단체와 유사한 조직이 형성되어 있었고, 또 그들이 분명 일정한 주체적 힘을 갖고 있었음을 알 수 있다. 정나라 통치계층은 심지어 그들과 금석맹세와 같은 정중한 협정을 맺기도 했다. "너희들이 나를 배반하지 않으면, 나는 강제로 물건을 매매하지 않겠다"(爾不我叛, 我無強賈)라는 언급이 그것이다(『좌전』「소공」16년). 이것을 모종의 계약 관계로 볼 수도 있다―계약이라는 개념이 권력에 관한 사유 중에서 얼마나 중요한 위치를 차지하고 있는가?

협정 시행 도중 장인들을 동원하여 축성하는 과정에서 핍박을 참지 못한 사람들이 여러 번 난동을 부린 적이 있다. 그러나 단일 통치자에게 축적되지 않은 이러한 역량 및 사유는 이후 역사의 강물 속으로 신속하게 사라지고 나서 더 이상 떠오르지 않았다. 완전히 사라질 수 없는 사납고 고집스러운 사람들이 조금이라도 남아 있었다 해도 통치의 주변부를 떠도는, 즉 소위 회색지대를 떠도는 현실 불안 세력이 될 수밖에 없었을 것이다. 예를 들어, 조방(漕幫, 조운업 관련 모임)과 마방(馬幫, 말을 이용한 수송 관련 모임) 같은 단체들도 관련 사상은 언급할 수조차 없고 1000년이 지나 좌파 사상(유럽 대륙)이 등장한 이후에야 그것에 대해 생각하고 설명할 기회를 갖게 되었다. 그것은 마치 영국 좌익 대사학자 에릭 홉스봄(Eric Hobsbawm)의 『밴디트(Bandits)』에 나오는 상황들과 흡사하다.

중국은 통일 제국을 형성했고, 유럽은 여러 나라가 병립했다(유럽 대륙이 통일에 가장 근접한 시기는 중세기다. 물론 "신성하지도 않았고, 로마인이 주도하지도 않았다." 그것은 처음부터 끝까지 하나의 제국이 아니었다. 그것은 바로 신성로마제국 천주교 조정이었다). 그것은 "인간의 예지가 아니라 인간의 역사일 뿐"이었다. 사실 유럽을 통일 조직체로 만들려는 건 줄곧 유럽의 일부 사람들이 추구해온 이상이었다. 실처럼 끊임없이 이어진 이 이상은 특히 근대에 이르러 현실적이고 절박하게 변했지만, 정확하게 말하면 그 규격만 더 높였을 뿐이었다. 우리가 말하려는 것은 바로 양차 세계대전인데(사실 세계를 끌어들인 유럽의 전쟁이지만), 총 1억 명에 가까운 사람이 30년이라는 단기간에 부당하게 죽었다. 유럽 총인구로 계산해 봐도 그 비율은 공전(空前)의 사례이고 또 장차 무후(無後)가 될 것으로 생각된다(개인적 바람일 뿐이다). 살육을 멈추게 하려면, 즉 어떤 살육도 다시 발생하지 않도록 그 뿌리를 뽑으려면 이들 국가보다 더욱 고차원의 어떤 조직을 찾아내고 발명해내서 국가를 잘 단속해야 한다. 가장 간단한 최종 답안이 바로 단일 대국가 건설이다. 그러나 가장 어려운 건 어떤 대국가를 건설하느냐이다. 상이한 사람과 상이한 생활방식 및 감정과 사유를 배제하지 않고 모두 포괄하는 대국가의 모양, 구조, 효과적인 작동 방식을 규정하고, 어떻게 한 걸음 한 걸음 성공석으로 그 목표에 도달할 수 있을까? 유럽연합은 내부의 강대한 단일 역량(무력)으로 통합의 장애를 제거할 방법이 없다 (예컨대 독일이나 러시아가 진시황이 무력으로 중국을 통일한 것처럼 유럽 전역을 정복하는 것과 같은 경우를 말한다). 이런 일은 상상조차 할 수 없다. 또한 모종의 파괴적인 외침을 빌려 (영국 식민지였던 북미의 접착 방식처럼) 유럽을 한 차례 접착시킬 수도 없다. 유럽인들은 유럽연합을 위해 희생하겠다고 비장하게 맹세하는 사람 없이 조용하게 이 일을 완성해야 한다. 현실 역사의 시간 및 처지는 각국이 상이하고, 또 인간의 근본 요구는 이미 이전과 완전히 다른 규격으로까지 높아졌다. 지난날 아메리카합중국을 건설하고, 운영하고, 수호한 그 일단의 역사 경험이 유익한 자료를 제공했지만 여전히 너무 많은 미지의 사실과 인류가 진정으로 실행해본 적이 없는 일들이 존재하고 있어서 유럽인들은 고독하게 그 해결방법을 사색하고 또 발명해야 한다. 근래 몇 백년 동안 그들이 전체 인류보다 한 걸음 앞서 생각하고 실천했던 것처럼 말이다.

유럽연합은 정확하게 말해서 단일한 대유럽국이 아니라 유럽의 (소)국가를 잘 포용하고 보호할 수 있는 모종의 대 연합체다. 이 연합의 기본 사유 가장 깊은 곳에는 과거 인류 역사에 출현한 통일 주장과 역행하는 생각이 들어 있고, 전통적 의미의 '통치' 개념은 전혀 담겨 있지 않으며, 어떤 영광스러운 상상도 거의 포함되어 있지 않다. 이것은 아주 어려운 일이고, 사람들이 좋아하지도 않는 현실 업무다.

지금 이 시각 유럽연합은 곤경에 빠져 있는 듯하고, 그것은 종종 가소로운 모습으로 드러나기도 한다. 그러나 황당함을 면치 못하는 각국 정객들의 언어와 행동에서도 나는 어떤 숭고한 것이 포함되어 있다고 믿고 있지만 그것이 곤경이나 실패 속에서 실의하지 않기를 바란다. 나는 얼마나 오랫동안 현실세계에서 조롱기 없이 순수한 마음으로 '숭고'라는 어휘를 사용하지 못했는지 모르겠다. 나 자신의 일생을 회고해보건대, 나는 모범적인 사람의 절대 비율은 유럽 대륙에서 태어나 생활한 사람들이 차지한다고 본다. 이것은 무슨 낭만적이고 서정적인 사상이 아니라 내가 매일 책을 읽고 글을 쓰는 과정에서 확실하게 느끼는 인식이다. 근래 몇 백 년 동안 그들은 확실히 가장 훌륭한 언행을 보여줬다. 어렵고, 진정으로 아무도 생각한 적 없고, 실천한 적도 없는 중대한 역사 임무를 어떻게 신속하게 달성할 수 있을까? 신속 그 자체는 사실 가장 위험하고 가장 방지해야 할 행동 방식이다. 움베르토 에코(Umberto Eco)가 『장미의 이름(Il nome della rosa)』에서 '순결 속에서 가장 두려운 것이 신속'이라고 말한 것처럼 말이다.

우리는 무력 사용이 통상적으로 가장 신속하고 가장 참을성 없는 방식이라는 걸 알고 있다(그 다음이 권력 사용이다). 그러나 진나라의 무력 통일 기간은 무려 100년이다. 중국이 진정으로 안정을 찾고 대체적인 통일을 이뤘다고 볼 수 있는 시기는 조금 뒤의 한나라였다. 진나라의 짧은 통합은 기존의 장애를 제거했다는 의미가 있다.

네덜란드에서 태어난 미국의 사학자 반 룬(Hendrik Willem Van Loon)은 그의 책 『관용(Tolerance)』을 통해 말했다. 진실한 역사에서 예컨대 종교가 피차 관용으로 이해하는 것은 어떻게 형성되었는가? 그것은 기진맥진할 정도로 싸워 만신창이가 된 결과다. 사람들은 몇 백 년, 몇 천 년을 싸우다가 더 이상 싸울 수 없게 되었기 때문에, 또 가장 중요하게는 누구도 다른 어떤 누구를 정말 철저하게 궤멸시킬 방법이 없게 되었기 때문에 모두 함께 앉아서 처음으로 머리 위의 동일한 별을 바라보게 되었다. 여전히 서로 신뢰하지는 않지만 사람들은 서로의 신을 인정하려고 했다. 소위 "인간의 예지가 아니라 인간의 역사"라는 말은 바로 이런 뜻을 갖고 있다. 관용은 처음에 부득이하게, 어쩔 수 없이, 전혀 기껍지 않게 시작했고, 아마 이후로도 여전히 이와 같을 것이다. 이는 조롱의 어감으로 들릴 테지만 좀 더 자세히 생각해보면 반드시 좋지 않은 말이라고 할 수 없다. 왜냐하면 이것은 관용이 고도의 절제된 덕성일 뿐 아니라, 이와 동시에 이성적이고 심지어 자신에게 유리한 덕성임을 무의식중에 설명해주는 것이기 때문이다. 게다가 장기적으로 살펴볼수록 이성적 인식 성분이 더욱 분명하게 드러나면서 그에 수반된 이익도 더욱 분명한 모습을 보인다.

중국이 신속하게 통일로 나아간 것도 역시 인간의 역사일 뿐이며 어쩌면 화북평원이라는 지형 여건 때문에 쉽게 통일이 시작되었는지도 모른다. 평원에서는 지형상 상대적으로 쉽게 다른 나라를 멸망시킬 수 있다(『좌전』에서 성을 쌓는 건 바로 인공 장벽을 만드는 것이다. 이것은 많은 비판을 받은 일이며, 심한 인력 소모로 인해 불만이 야기될 줄 분명하게 알면서도 스포츠 경기처럼 갈수록 더욱 격렬하게 열중한 일이기도 하다. 진나라가 제나라에 승리한 후 화해 조건으로 제시한 요구 사항의 하나는 바로 제나라 경작지의 두렁을 남북 방향에서 전부 동서 방향으로 바꾸라는 것이었다. 그것은 나중에 진나라 병거의 운행을 편리하게 하여 재차 제나라를 침공할 때 유리한 조건을 만들기 위한 방법이었다). 그리고 그런 요구는 마침내 모종의 관성적인 역사 인식이 되었다. 이후로는 방법을 강구하여 천연 참호로 일컬어지던 장강(長江)을 건너야 하는데도 "위태롭고도 높도다"(危乎高哉)라고 비명을 지르는 수많은 인명을 해치면서까지 사천(四川)으로 진공(進攻)하려 했고, 본래 자족적인 천지를 이루어 너희 대국 통치가 우리와 무슨 상관이냐고 말하던 더 많은 소국들 영역에까지 결코 손익을 따지지 않고 침입하려 했다.

역사의 성패와 득실에 대해서는 자세한 계산서를 쉽게 뽑을 수 없다. 하지만 대체로 인간에게 더 높고 더 아름다우면서 역사에 굴복하지 않는 특수한 주장이 없다면, 중국의 무력 통일도 유럽 대륙의 피곤한 역사(중지할 방법도 없어 서로 견고하게 대치하는 전쟁, 예컨대 제1차 세계대전과 같은 전쟁 말기에는 서로가 반걸음조차 전진할 수 없었다. 쌍방은 매일 많은 인명을 고정적으로 청산하는 유명한 참호전을 벌여야 했다. 이런 전쟁 경험은 줄곧 가장 지옥에 가까운 것으로 묘사되었다)와 비교해볼 때, 결과적으로 확실히 전쟁 기간을 줄이고, 살육과 인명 손상도 감소시킨 사례로 강변할 수 있다.

중국은 역사상 끊임없이 외부 민족을 다룰 때, 집요하면서 지극히 무례하게 신복과 합병을 요구한 일 외에는 그 수단이 오히려 상대적으로 좀 온화한 편이었다. 왜냐하면 이런 태도에는 이미 일종의 소유감이 포함되어 있기 때문이다. "모든 하늘 아래 왕의 땅이 아닌 곳이 없다"(普天之下, 莫非王土)라는 구절 바로 뒤에는 "모든 땅의 물가에는 왕의 신하가 아닌 사람이 없다"(率土之濱, 莫非王臣)라는 구절이 이어진다. 즉 토지, 사람, 재물을 기본적으로 자신의 소유로 간주하기 때문에 너무 거칠고 또 너무 불필요하게 그것들을 훼손시킬 필요가 없는 것이다. 오늘날 중국 대륙 정부가 타이완 정부와 담판을 할 때 씩씩하게 여러 조건을 양보하는 것도 대체로 이와 같은 태도가 반영된 것이다(그러나 타이완이 분할할 수 없는 조국의 일부분이라는 말은 절대로 양보하지 않는다).

그러나 어떻게 말해야 할까? 인간은 관용을 배울 수 있고 대등한 대화를 배울 수 있다. 처음에는 아마 기진맥진해 만신창이가 되는 곤욕을 치루고 나서야 알게 될 것이다. 그러나 두 번째는 그럴 필요가 없다. 인간은 타인의 고통스러운 경험과 막대한 대가를 빌려 총명하게 대책을 습득한다. 배워서 알게 되는 것, 이것이 바로 우리가 역사를 기록해야 하는 이유다. 두 번째 기회에 관용을 배우고 나서도 여전히 첫 번째 재난을 반복한다면 인류는 너무나 처량한 신세를 면치 못할 것이다.

오늘날 유럽인들은 더욱 높은 표준의 통일, 수단과 절차에서 결과에까지 이르는 통일, 또 관용을 고정화시켜 보존하려는(자손 대대로 영원히 보존하려는) 완전히 새로운 형식의 통일을 모색하고 창조하고자 한다. 구체적인 구성에서 이 화려하고 위대한 꿈은 아직 확신하지 못하는 인류가 너무 많고, 또 역사적 경험 및 완제품에 대한 믿음이 충분하지 않아서 많은 사람들이 조마조마한 마음으로 바라보고 있다. 그러나 그중 한 가지를 나는 핵심이라고 생각하고, 또 마음을 불러일으키는 진의와 요구라고 여긴다. 그것은 또 인류가 이미 참혹한 역사적 대가를 지불하고서야 얻은 것이므로, 이번의 유럽연맹이 실패하거나 와해되어도 조롱이나 회의의 대상이 되어서는 안 되고, 또 후퇴의 이유가 되어서도 안 된다—그것은 어쩌면 공공성이 부족하고 성실성이 부족할 수도 있지만 관용적인 현실은 구체적으로 진전되고 확보되었다고 말할 수밖에 없다는 사실이다.

오늘날 타자를 대등한 존재로 인정하고, 인간은 자신의 신을 믿을 수도 있고 또는 신이 있다는 사실을 근본적으로 믿지 않을 수도 있다. 인간은 자신의 생활방식을 선택할 수도 바꿀 수도 있으며, 또 자기 혼자만의 꿈을 꿀 수도 있다. 이것은 구체적인 한 개인과 다른 개인 사이에서 어떤 불변의 진리처럼 함께 인지되고 함께 준수되는 사항이다. 비교적 어려울 뿐 아니라 시종일관 정체되어 앞으로 나가지 못하고, 마치 돌파할 수 없는 담장에 가로막혀 있는 것처럼 느껴지면 어떻게 일정한 인원 수 이상의 집체 관계에 도달할 수 있겠는가? 단체와 단체 사이, 국가와 국가 사이도 이와 같아서 우리는 거의 매일 실망스러운 일을 목도하고 있다. 온화하고, 예의바르고, 자상하고, 길을 물을 때 참을성 있게 설명하고, 심지어 직접 사람을 안내해주기까지 하는 개인이 소위 '국민'으로 둔갑하면 난폭하고 공격성이 강할 뿐 아니라 입만 열면 쌍소리를 내뱉는 경우가 허다하다. 일본에서도, 중국 대륙에서도, 타이완에서도 모두 그러하다. 특히 타이완의 타이난(臺南)이나 가오슝(高雄) 등지에서는 더욱 그러하다. 이것은 인류가 진정한 관용을 배워서 나아가는 다음 단계와 다음 역사가 더욱 어려운 과정, 즉 길고 긴 또 하나의 길이어야 함을 알려준다. 그것은 아마도 빨리 확정되지 않을 수 있으므로, 어쩌면 처음부터 고도로 경계하고 가장 두렵게 거절해야 할 것이 여전히 '신속'임을 말해준다. 일단 '신속'만을 생각하고, 내 생애에 완성하고 내가 직접 봐야 한다고(순결하고 고귀한 마음에서든 모종의 세속적 영광에서든 마찬가지다. 인간은 자신만 믿지 말고 역사를 믿으려고 노력해야 한다) 생각하는 순간 자칫하면 무력과 권력 사용으로 회귀할 수 있다.

　이것이 무엇인가? 바로 후퇴다. 한 푼의 에누리도 없는 역사의 후퇴다. 어디까지 후퇴하는가? 재난 순환의 고리를 다시 잇는 그 시간대까지 후퇴하여 역사의 대가를 하나하나 다시 지불하게 될 것이다. 이에 따라 인류의 집체 역사는 다시 진흙탕이 되고, 기억상실의 지경에 빠지고, 몸부림치며 깨어나려 해도 깨어날 수 없는 순환 악몽으로 변하게 된다.

　오늘날 중국에서는 아마도 더 이상 자산을 생각할 필요가 없을 것이다. 결국 그런 사람의 처지 및 발전 가능성은 중국 역사에서 사라졌지만, 유럽에서는 어쩌면 우리 눈앞 모든 세계의 모습에서 수시로 그 세계의 더욱 완전한 진상과 모든 단계의 역사적 결과를 볼 수 있다고 직접 말할지도 모른다. 2000년 전 그 복원하기 어려운 시대를 복원할 필요도 없이 지금 이 시각에 존재하는 세계가 바로 그러하며, 그것이 우리가 매일 마주하는 현실이기도 하다. 인간은 후세에 이름을 남길 방법을 찾아야 한다고 공자가 말했다. 나는 그의 말이 옳다고 생각한다. 공자는 이 세계에 그가 있음으로써, 자신이 다소 상이한 점을 보탤 수 있음으로써, 무엇인가를 효과적으로 또 오래 지속될 수 있도록 변화시킬 수 있기를 기대했다. 그러나 자산은 본래 미래 역사에 자신이 기록되기를 바라지 않았다. 따라서 자신의 어떤 행위도 "자손에게 영향을 미칠 수 없었다." 그는 정확하게도 자신을 위해 몽상과 희망을 포함한 어떤 여지도 남기지 않았다.

나의 뇌리엔 지금 까닭 없이 보르헤스가 노년에 했던 온화한 말이 떠오른다. 아마 미간을 찌푸리고 말했으리라.

"좋은 묘지명은 그렇게 정확할 필요가 없다."

제2장

저자를
상상하다

『좌전』의 저자는—우리로 하여금 먼저 이 '좌(左)' 자를 잊게 만드는—누구일까? 숫자와 관련된 질문을 던질 수도 있다. 『좌전』의 저자는 도대체 한 사람일까? 여러 사람일까?

그 질문에 답하기 전에 멀리서 가져온 한 가지 이야기부터 시작해보자. 미국 남서부 사각형 땅의 인디언 최대 부족인 나바호족과 그들에게 '가장 친한 친구'로 존경받는 소설가 토니 힐러먼(Tony Hillerman)에 관한 이야기다. 그의 소설 『시간의 도둑(A Thief of Time)』에는 더욱 오래 전의 인디언 부족인 아나사지족(Anasazi)의 오지그릇을 연구하는 인류학자 엘레노어 프리드먼-버너(Eleanor Friedman-Bernal)가 등장한다. 아나사지족은 북미 역사의 어느 한 시점에서 신비하게 사라졌다. 누구도 이 부족에게 도대체 무슨 일이 일어났는지 분명하게 설명할 수 없다. 그러나 그들은 수천수만에 이르는 유적지와 그보다 더 많은 유골과 오지그릇 등의 유물을 남겼다. 그것들은 비가 내리지 않는 건조한 대지에 의해 충실하게 보존되었다. 엘레노어는 출토된 오지그릇 문양에 근거하여 그것을 만든 예술가를 식별하면서 지속적으로 그 자취를 추적한다. 물론 그 옛날 예술가의 성명은 알 수 없지만 개인적인 창작 스타일이 매우 독특하고 분명하여 마치 사인(sign)이 되어 있는 것처럼 느껴졌다. 재주가 뛰어난 이 도공은 솜씨가 너무나 출중해서 당시 다른 도공의 머리 위로 우뚝 솟은 것처럼 인식되는 여성이었다(엘레노어는 그 도공이 여성임을 알아냈다). 그녀의 작품은 분홍색 유약으로 채색되어 있었고, 또 학계에서 '세인트존스 오색'이라 부르는 파도형 곡선과 톱니형 무늬 및 말로 표현할 수 없지만 너무나 정확하고 많은 '터치'들로 장식되어 있었다. 이 몇 개의 오지그릇을 근거로, 즉 역사의 어두운 통로에서 새어나오는 희미한 빛과 같은 이 몇 개의 오지그릇에만 의지하여 엘레노어는 그녀의 존재를 확인하고 아울러 그녀 작품의 창작 순서를 성공적으로 판별해낸다. 그녀의 완성품과 폐기해버린 실패작이 이로 인해 점에서 선으로 나아가듯 그녀의 기본적인 생명 궤적과 생김새, 그녀의 거주지와 이동 노선, 그녀의 몇몇 만남들, 그녀와 이 대지의 관계에 연결되고 심지어 그것은 그녀의 일부 심리 상태와 그 변화에까지 이어진다. 더욱 기묘한 것은 이것이 거꾸로 엘레노어에 도움을 주어 어렴풋이 그녀가 다시 어디로 갔는지도 알게 해주고 그녀의 더 많은 작품을 찾을 수 있게 해주었다는 점이다. 엘레노어가 보기에 그녀의 행동은 예측할 수 있게 변화하는 것 같았다. 그녀가 여전히 무명이라는 점만 제외하면, 그녀는 사람들이 아직 이름을 붙여주기 전의 한 송이 장미와 같았다. 아마 엘레노어도 사람들이 가장 먼저 그 향기로운 꽃에 아름다운 이름을 붙여주는 것처럼 그녀에게 이름을 붙여줄 수도 있었다(그러나 엘레노어는 근엄하고 엄격한 학자였으므로 그녀에게 알파벳으로 약식 코드를 부여했을 뿐이다).

엘레노어와 여성 도공, 이 이야기에는 인간이 전율을 느끼며 이해해야 할 주제가 담겨 있다. 이건 쿤데라가 이야기한 것처럼 몇 세기를 뛰어넘는 아름다운 만남이다. 이해는 인간의 한 차례 만남을 다중의 만남으로 전환시킨다. 흡사 서로 이야기를 주고받을 수 있는 것처럼 말이다. 지금 누군가가 "이거 얼마나 좋아"(위대한 화가 프랜시스 베이컨이 만년에 이렇게 감탄한 적이 있다)라고 이야기할 수 있으면 "당신은 머나먼 거리를 뛰어넘어 내게 손을 내미는 것이다."―엘레노어처럼 나 역시 이런 방식으로『좌전』의 저자를 찾아내 추적해보려고 한다.

『좌전』의 저자에 대해 우리가 만약 '다수의 대상자'를 답안으로 선정하면(우리는 지금 이런 경향에 편중되어 있다) 분명히 더 안전할 수 있고, 불필요한 논란을 없앨 수도 있다. 또한 이와 관련된 모든 어려움과 의혹, 진흙탕 같은 가공할 만한 언쟁, 무미건조한(그러나 때로는 유익하면서 필요한 것이고, 누가 잘 말하기만 하면 틀림없이 재미있는) 고증과 견강부회 등이 한순간에 얼음 녹듯 전부 해결될 수도 있다. 마치 맑은 바람이 스쳐지나가는 것처럼 말이다—그런 시대, 인류의 길고 긴 역사가 물결처럼 흘러가는 시대에 책 한 권이 형성되는 건 한 사람의 범위에 그치지 않는다. 그것은 마치 인간의 수명을 뛰어넘고, 한 사람이 할 수도 없고 완성할 수도 없는 큰일을 하려는 것, 모든 돌멩이가 도도하게 쉬지 않고 흘러가는 큰 강물 속에서 구르고 부딪치고 마모되는 것과 같다. 이 과정을 통해 온통 둥글고 영롱하게 변했다고 해야 할까? 아니면 본래의 각진 모서리를 잃어버렸다고 해야 할까?

결국 이것은 역사적 기본 사실이므로 반박하기 어렵고 또 인간의 논쟁을 흡수하여 화해시킨다. 기본 사실을 되돌려 논쟁 발생 전의 그 교량 위로 되돌아가서 "그 근본을 따라 돌아보도록 하자." 장자(莊子)는 일찌감치 직접 시범을 보인 적이 있다. 언쟁을 좋아하고 아직도 고증 기풍을 갖고 있던 혜시(惠施)도 이야기를 계속할 수 없었다. 물고기도 자유롭고 즐겁게 놀고, 인간도 이쪽에서 음풍농월을 즐겼다.●

● 『장자(莊子)』 「추수(秋水)」에 나온다—장자와 혜자가 호수(濠水)의 다리 위에서 놀았다. 장자가 말했다. "피라미가 조용하게 헤엄치고 있소. 이건 물고기의 즐거움이오." 혜자가 말했다. "그대는 물고기가 아닌데 물고기가 즐겁다는 걸 어떻게 아시오?" 장자가 말했다. "그대는 내가 아닌데 내가 물고기의 즐거움을 알지 못함을 어떻게 아시오?" 혜자가 말했다. "나는 그대가 아니므로 물론 그대를 알지 못하지만, 그대도 본래 물고기가 아니므로 물고기의 즐거움을 알지 못하는 것이 확실하오." 장자가 말했다. "근본으로 돌아가 보시지요. 그대는 '당신이 이찌 물고기가 즐겁다는 걸 아시오?'라고 말했소. 하지만 그것은 이미 내가 안다는 걸 알고 물은 것이오. 나도 호수 위 다리에서 물고기가 즐거워하는 걸 알고 있었소."

'다수 저자'의 또 한 가지 유용한 효과는 공격자들로 하여금 쉽게 목표를 잃어버리게 하고, 시비와 선악도 하찮게 변하게 하여 힘을 쓸 수 없게 만든다는 점이다. 범죄자가 일정한 숫자에 도달하게 되면 냉정한 법률조차도 우물쭈물 손을 떼게 되고 '다 그런 거지 뭐'라는 경지에 이르게 된다. '다 그런 것'은 보이지 않게 숨어 있는 규칙이고 추궁하기 어려운 불변의 진리다. 근래에 나 자신도 베이징에서 '중국식 무단횡단법'을 배웠다. 신호등의 빨간 불이 꺼질 때 길을 건너는 것이 아니라 사람이 충분하게 모였을 때 로마 군단의 무적 진영처럼 모두가 고개를 쳐들고 전진하면 아무도 그 앞을 가로막을 수 없다.

그러나 재미있는 건 사람들이 가장 일찍 저자가 아무개다라고 무단으로 확정하는 것이 실제로 논란을 없애기 위한 방책이라는 사실이다. 그건 고대 그리스인들이 그들의 양대 서사시 『일리아드(Illiad)』와 『오디세이(Odyssey)』(체제를 보면 끊임없이 유전되고, 낭송되고, 수정되고, 증보되었다)의 저자를 호메로스(Homeros)라고 말한 것과 같다. 그러나 그리스인들은 이와 동시에 시적이면서 은유적으로 이 눈먼 시인이 "일곱 개 상이한 도시에서 같은 시기에 탄생한" 사람이라고 언급하기도 했다. 그리스인들은 이런 기본적인 사실을 결코 모르지 않았다. 심지어 그들은 그리스 일곱 도시에 살았던 사람들이 이 양대 서사시를 공동으로 완성했다는 사실을 정확하게 지적했다. 논란을 없애기 위한 목적 외에도 이처럼 아름답고 의미심장한 견해는 '일곱 도시의 여러 사람'을 다시 응축시켜 한 사람으로 만들었는데, 이 때문에 우리는 다음 질문들에 경각심을 갖지 않을 수 없다―그리스인은 무엇을 더 많이 의식했을까? 무엇을 더 많이 토로하려 했을까? 그들은 이 양대 서사시에서 어떤 특별한 유약과 어떤 희미한 광채를 간파하고 잡아내려 했을까? 그럼 '개인'만이 이야기할 수 있고 또 다행히 집체에 의해 개칠되거나 제거되지 않은 잔여 성분은 과연 무엇일까?

그리스인들은 인간과 인간의 대화를 진정 끊임없이 왕복하며 깊이 있게 진행해나가려 했는데, 이것은 반드시 일대일로 진행되어야 한다. 사람이 많아져서 많은 말을 하게 해서는 성립될 수 없다(보르헤스는 "나는 '너'와 대화하는 것이지 '너희들'과 대화하는 것이 아니다"라고 말했다). 이 일에 대해서는 그리스인들이 풍부한 경험을 갖고 있다. 그리스 도시국가는 인류 역사에서 사람들이 대화를 나눈 가장 기묘한 장소였다. 플라톤(Plato)의 대화록은 이런 방식의 끊임없는 대화를 통해 탄생했다. 이 때문에 그들은 오류를 범할지언정 단일 작가 한 사람이 필요하다는 것을 깨달았다. 그렇기에 그들은 다른 모든 것은 제쳐두고 호메로스라는 단일 작가를 창조해냈다.

원래 문자로
기록된 것이다

『좌전』은 본래 노나라의 단일 역사다(이 점을 계속 강조할 것이다. 쇠못 머리를 두드려 박는 것처럼 이 사실을 단단히 고정시키기를 희망한다). 당시 비교적 늦게(당시의 '현대화'에 비춰 말해서) 출발한 남방의 초나라를 포함해서 나라꼴을 갖춘 모든 국가에서는 이미 사관(史官)을 두고 있었고, 각국의 국사(國史)는 각각 다른 명칭을 갖고 있었다.* 노나라에서는 춘추(春秋)라는 이름을 붙였다. 이 이름은 가장 아름답고 가장 광대할 뿐 아니라 그 내면에 끊임없이 앞으로 나아가면서도 끊임없이 뒤를 돌아본다는 의미가 포함되어 있다. 노나라는 이 이름을 통해 자국이 미학 수준과 역사 지각에 있어서 비견할 수 없는 고도의 품격을 갖고 있음을 드러내고 있다. 이것은 또 소위 국사는 본래 한 권의 책이 아니라 일상적인 업무이며, 군주에 의해 임명된 사관이 끊임없이 기록

● 『맹자(孟子)』「이루(離婁)」 하에 의하면 당시 진(晉)나라 역사는 승(乘), 초(楚)나라 역사는 도올(檮杌)이라고 불렸다고 한다.

한 국가의 '일기'였음을 말해준다. 이 일기의 '나' 및 저자는 바로 국가였다.

그러나 공자는 천지개벽에 버금갈 특별한 일을 했다. 자신도 그 사실을 알았기 때문에 불안해하며 머뭇거렸다. 그건 바로 개인으로서 노나라 역사를 수정하는 일이었다. 그는 약 200년의 역사를 거슬러 올라가 그가 태어나기 이전, 그의 선조가 노나라로 망명하기 이전의 일부터 기록하기 시작했다—공자 역시 '외부인'인데, 본인 스스로도 노년으로 갈수록 그 생각을 더욱 확신했다. 여기에는 "꿈에 은(殷)나라 상례에 따라 자기 시신을 두 기둥 사이에 안치하는"** 일도 포함된다. 이런 일은 그가 노나라에서도 외부인이었을 뿐 아니라 주나라 천하에서도 외부인이었음을 설명해준다. 공간과 시간으로 볼 때 공자는 은나라 유민의 후예였지만 자신을 주나라 사람과 동일시했고, "찬란하도다, 문물이여! 나는 주나라를 따르겠다"(郁郁乎文哉, 吾從周)*** 라고 했으며, 이런 생각을 진보적이라고 인식했다.

이것이 바로 우리가 지금도 여전히 읽고 있는 『춘추』 판본인데, 한 사람이 처음부터 끝까지 새롭게 쓴 것이 확실하다. 여기에 이르러 『춘추』는 더 이상 열린 성격의 기록이 아니면서, 또 끝없는 현실과 결합된 즉시적인 기록이 아니게 되었지만, 처음으로 시작도 있고 끝도 있으며 또 한 사람의 식견과 의도도 들어 있는 완전한 책으로 재탄생했다. 그건 또한 처음부터 끝까지 중단되지 않는 한 차례의 기억이라고 할 만했다. 이 때문에 이후 역사를 읽는 사람들은 기록으로 나열된 단일한 대사건 속으로 진입할 수 있게 되었다. 예를 들어, 누가 노 은공(隱公)을 살해했고, 어느 해 어느 달에 이후 철거할 수 없는 어느 성

●● 『예기(禮記)』「단궁(檀弓)」상에 관련 기록이 있다.
●●● 『논어(論語)』「팔일(八佾)」에 나온다.

을 건설했는가 등의 사건이 그것이다. 또 처음부터 이 200여 년을 하나의 대상과 하나의 시대로 간주하여 그 시비·성패·득실을 따지면서 읽고 생각할 수도 있게 되었다. 공자가 쓴『춘추』는 지금까지 전해 내려오는 책 중에서 단일 저자가 쓴 첫 번째 저작으로 봐야 한다. 게다가 처음부터 구술이 아닌 문자로 기록되었으며 설령 저자의 본래 의도가 결코 한 권의 저서를 쓰기 위한 것은 아니었다 해도 저자는 창작이 아니라 서술의 책임만은 단단히 지겠다고 강조했다.

이것이 또한『좌전』의 가장 특별한 점이다.『좌전』이 근거로 삼은 것은 단일 저자가 썼을 뿐 아니라 문자로 기록되어 다시 고칠 수 없는 바로 이 저서였다.

그런데 왜 노 은공 원년에서 기록을 시작했을까? 그것은 공자의 선택이었다(보존된 사료에 근거해야 하는 현실적 이유 때문이었을 수도 있고, 또 공자가 어떤 역사 시기의 잠재된 종점과 기점 등을 의식했을 수도 있다). 그러나 이 점은 적어도『춘추』가 천하사에 뜻이 없었음을 설명해준다. 그렇지 않았다면 주 평왕이 견융(犬戎)에 쫓겨 동쪽으로 천도한 그 해가 더욱 타당하고 절대 빠뜨릴 수 없는 기점이 되었을 것이다. 주 왕실에서는 물론 더욱 유구하고 더욱 당당한 사관을 두어 역사를 기록했을 것이다. 전설에 의하면 노자가 바로 그런 사관의 직책을 맡아 일을 했다고 한다. 공자가 불원천리하고(이때의 1000리는 절대 과장이 아니다) 도움을 청하러 간 것도 아마 진귀한 자료를 둘러볼 수 있을 거라 기대했기 때문일 수도 있다. 역사에는 의외의 결과가 자주 생기는 법이다. 결국 당시 중국의 200여 년 역사는 동방의 소국 노나라 기록인『춘추』를 선택하여 자신을 설명하게 되었다.

내 생각은 이렇다.『춘추』는 그처럼 평범하지 않은 공자의 신중함과 두려움으로 쓰였다. 그리고『춘추』의 결말은 그처럼 슬프고 절망적이다. 즉 이 세상에 잘못 나타났고, 제때가 아닌 시절에 출현했으며, 사람들이 그 가치를 몰라서 포획하여 죽인 기린을 공자는 바로 자신과 자신의 일생이라 생각하고 마침내 이 책의 기이한 결말 및 자연스러운 은유로 삼았다. 더욱 중요한 점은 이런 내용을 공자가 확실히 한 필획, 한 글자씩 직접 썼다는 점이다─『좌전』의 저자는 공자의 친필 판본, 즉 물질적 촉감을 느낄 수 있는 목간이나 죽간을 보았을까? 공자의 옛 전서(篆書)는 아름다웠을까? 필체가 사람의 인품과 같았을까?

공문(孔門)의 경전 중 다른 어떤 것도 이와 같지 않다. 『좌전』과 『공양전(公羊傳)』, 『곡량전(穀梁傳)』●은 모두 감히 『춘추』 본문에는 손을 대지 못했다. 공양씨와 곡량씨는 심지어 역사 내용을 감히 토론할 자격이 없다고 자인하는 것처럼 조심스럽고 신중한 태도를 취했다. 다만 그들은 공자가 왜 어떤 것은 기록하고 어떤 것은 삭제했는지, 왜 그 대목에서 성명을 강조하거나 숨겼는지, 왜 모종의 칭호나 어휘를 사용하거나 사용하지 않았는지를 해명하려 할 뿐이다. 그것은 마치 『춘추』에 부록으로 곁들인 '사용설명서'와 같다. 『좌전』은 공자의 본문을 각 대목의 맨 앞에 베껴서 제공하고 있다(아마도 후대의 지혜로운 편집자가 그렇게 했을 것이다). 그것은 체제상으로 수업 노트와 유사하다. 시간에서 역사 화제에 이르는 선택을 할 때 완전히 공자의 뒤를 따라 다시 한 번 그 길을 걷는 것 같고, 다시 한 번 그 242년 역사의 사건과 인물을 회고하는 것 같다.

거듭 회고하고 있지만 정확하게 말해서 『좌전』은 첫머리에서 『춘추』보다 더 많은 서술을 하고 있다. 즉 시간을 좀 더 앞으로 당겨서

● 『춘추』에 관한 이 세 가지 주석서를 흔히 『춘추삼전(春秋三傳)』이라 부른다.

노 은공의 내력과 그가 어떻게 서자의 신분으로 보위를 계승할 수 있었는지, 그가 왜 평생 섭정(攝政)만을 자처하며 어린 적자 아우를 위해 잠시 보위를 관리하려 했는지 해설하고 있다(나중에 그의 아우 노 환공은 내막도 자세히 모르고 그를 죽인다). 그리하여 역사의 현장에 없었던 우리도 임금을 죽인 이 비극의 진정한 내용을 정확하게 이해할 수 있게 되었다. 그것은 고귀하게 마음을 쓴 사람이 불행에 얽혀 든 비극, 즉 선행이 좋은 보답을 받지 못하고 결국 사망에 이른 심각한 비극이었다.『춘추』의 역사는 마음이 순결했지만 불행한 죽음을 맞은 노나라 군주 은공에서 시작된다(셰익스피어의 비극과 너무 많이 닮지 않았는가? 이것이 공자가 역사 서술 시간을 노 은공으로 선택한 하나의 이유가 아닐까?). 이에 우리는 이것이(『춘추』 속의 역사) 혼란스럽고, 포악하고, 인간을 쉽게 살해하는 역사에만 그치지 않는다고 느낀다. 그것은 아주 특별한 시대, 즉 우리가 다시 진지하게 생각하고 기억할 만한 가치가 있는 비상 시대다. 그 속에는 침중하기 이를 데 없는 것들이 다양하게 감춰져 있다.『좌전』에는 공자의 친필본 노나라 역사『춘추』가 갑자기 중지된 후(노 애공 16년에 공자가 죽었다) 11년 간 발생한 일이 자연스럽게 추가되어 있다.

이렇게 추가된 11년이 또 일찍이『좌전』저자의 죄상이 되었다— 감히 누구기에 공자께서도 쓰지 않은 기간을 감히 기록한단 말인가? 그건 정말 너저분하고 불량한 기록이다. 그러나 나는 그런 기록이야말로 진정으로 생존자들이나 후배들이 해야 할 일이며, 그들이 갖는 자연스러운 어드밴티지라고 말하겠다. 미국 추리소설가 대실 해밋(Dashiell Hammett)이 말한 바와 같이 그것은 "결국 어떤 사람은 살아남아서 시체를 헤아리는 책임을 져야 하는" 시간상의 어드밴티지인 셈이다. 우리는 이렇게 상상할 수 있다. 당시에 그(『좌전』의 저자)를 이 늘어주던 스승은 영원히 세상을 떠났다. 기린이 잡히자 절필을 했고, 바로 이어서 죽음이 닥쳐왔다. 절망은 죽음에 앞서 큰 걸음으로 다가왔고, 역사 서술은 사실 강압에 의해 중단되었다. 그는 단독으로 광대한 세계에 직면했고, 또 계속 걸어서 부지불식간에 목전의 세계, 즉 그가 지금을 살아가는 현실세계에 당도했다.

역사가 직접 현실로 흘러들어오면 역사가 바로 현실이 된다. 역사는 이런 방식으로 우리에게 박두해온다. 그러나 스승은 그에게 어떻게 하면 이전 200여 년을 꿰뚫고 나갈 수 있는지를 가르쳐주었다. "숲을 관통하며 나뭇잎 때리는 빗소리를 듣지 말라"(莫聽穿林打葉聲)● 는 시구처럼 이 진귀한 발걸음을 통해 그는 어떻게 계속해서 이 세계를 보고, 또 어떻게 점차 낯설어지는 이 세계로 진입해야 하는지를 알게 되었던 것 같다. 목전의 세상을 살아가는 사람들은 늘 두려움과 당혹감에서 벗어나지 못한다. 그러나 그는 혼자 남은 상황으로 인해 대중들과 다른 마음, 즉 맑고 안정된 마음을 갖게 되었다. 한편으로는 본래 혼돈스럽고, 경계선도 없고, 뒤엉킨 실타래 같은 목전의 현실세계가 각각의 사건이 하나하나 전개되듯 각각의 내력을 갖게 되면서 기묘하게 역사의 통시적 시간 속에서 하나하나 연결되고 수납되어 그는 실마리를 얻게 되었으며, 이에 정확한 실마리를 어떻게 잡아당겨야 하는지를 알게 되었다. 이로써 현실세계는 분해되어 역사의 한 페이지가 되었고, 인과관계가 있고, 각각의 단계, 원근, 경중이 있는 '잠정적인 결과'를 갖게 되었다. 이 때문에 그는 스승(공자)이 목도할 수 없었던 일련의 일들을 더 많이 알게 되었다(혹은 확인하게 되었다). 그 속에는 정말 마침내 '물이 줄고 돌멩이가 드러나는'(水落石出) 것

● 북송 소식(蘇軾)의 사(詞)『정풍파(定風波)』의 첫째 구절이다.

같은 이른바 '정답'도 들어 있었다.

이와 같이 추가된 11년은 지금 우리도 볼 수 있다. 역사 속에서 폭풍처럼 강렬했던 남방의 오(吳)나라는 결국 월(越)나라에 멸망당했다. 오나라 임금 부차(夫差)는 스스로 목을 매어 죽었다. 스스로 부끄러움을 느끼면서도 아주 고요하게 죽었다. 그것은 (그에게 있어) 가장 좋은 모습이었다. 그는 오나라 임금 자리를 막 계승할 때의 진지하고 깨끗한 부차로 되돌아간 것 같았다. 그는 죽기 전에 진(晉)나라 권력자 조양자(趙襄子)와 짧은 대화를 나눴다. 특히 깊은 생각에 잠겨 예의바르게 조양자에게 질문한 그 문제—"사암(史黯)은 어떻게 군자가 될 수 있었소?" 이것은 뜻밖에도 부차가 최후로 죽음에 직면하여 생각한 문제다—는 『좌전』의 묘사 중에서 가장 훌륭한 대목 중 하나인데, 역사 기록보다는 문학에 더 가깝다. 문학적인 재능이 있어야만 이와 같은 감정, 즉 희미한 빛과 같은 인간 감정의 흔들림을 포착하고 보존할 수 있다.

노나라에서는 몇 대 동안 임금과 신하가 투쟁을 벌여왔다. 따라서 『좌전』을 쓰던 그 순간에도 그 사실을 완전히 부인하거나 외면할 방법이 없다는 사실을 분명하게 알고 있었다. 노 애공(哀公)은 큰길에서 맹무백(孟武伯, 맹손씨)에게 물었다.

"나도 천수를 누리고 죽을 기회가 있겠소?"

돌아온 대답은 놀랍게도 "신은 알 수 없습니다"였다. 즉 '(우리) 삼환(三桓) 가문은 당신을 살해하지 않겠다고 약속할 수 없습니다'라는 의미다. 가장하는 말조차 하고 싶지 않다는 뜻이다. 패주 진(晉)나라는 당시의 천하 질서를 유지하고 진정으로 시대가 더 이상 타락하지 않도록 책임을 지고 있던 대국이었지만, 범씨(范氏)와 중항씨(中行氏)는 먼저 멸망했고, 바야흐로 지백(知伯) 순요(荀瑤)와 한(韓)·조(趙)·

위(魏) 세 가문이 서로 강역(疆域)을 다투던 시대로 접어들고 있었다. 『좌전』의 기록은 여기에서 멈췄다.

그러나 가장 흥미로운 것은 『좌전』의 저자가 시간의 도둑처럼 기록의 욕망을 참지 못하고 한·조·위 세 가문이 연합하여 진나라 최강 지씨 가문을 멸망시킨 일을 드러내고 있다는 사실이다. 이 일은 나중에 합리적인 시각에서 춘추시대의 정식 종말로 간주된 사건이다. 진나라가 없었다면 춘추시대도 없었다는 의미다. 하지만 이는 사실 (『좌전』의 기록이 멈춘 후) 10여 년이 지난 이후에야 발생한 일이므로 『좌전』에서는 알 수 없는 일이고, 오직 『좌전』의 저자만 알고 있는 일이다. 그는 그 사건이 발생하는 것을 눈앞에서 보았다. 그것은 그가 겪은 현실이었다. 또 그것은 바로 가르시아 마르케스가 말한 "여러 해 뒤의 일"로 작중 인물은 아직 알 수 없는 장래의 사건이었다. 하지만 그것은 저자의 현재 시각 및 기억이므로 아우렐리아노 부엔디아(Aureliano Buendía)●가 몇 년이 지나 총살을 당하게 되는 순간도 저자가 "회상할 수 있는" 것과 같다.

생각해보라. 누구든 이렇게 할 수 있지 않을까? 어떤 한 가지 사실, 즉 반박할 수 없고 더 이상 부인할 수도 없는 현실이 하나의 결과로 우리의 눈앞에 펼쳐졌을 때, 시간은 본래 지속되는 것이고 분할할 수 없는 것이지만, 우리는 지금 바로 일종의 단절점이 출현한 것처럼 느끼게 된다. 이 때문에 우리의 기억은 앞서의 기억과 상이해진다. 실마리가 바뀜으로써 기억과 망각, 강조와 소홀의 내용이 교환되어 마치 기억을 다시 설정하는 것과 같다. 따라서 우리는 어떤 일, 어떤 디테일을 훨씬 많이 생각하게 되고, 특별히 어떤 사람, 어떤 인상을 더

● 마르케스의 소설 『백 년 동안의 고독』의 작중인물이다.

욱 집중적으로 주시하게 된다. 마치 이제야 그들의 존재 및 그들의 뜻을 주의하게 된 것처럼 말이다—우리가 인정한 모든 '결과'가 새로운 기억의 통로를 연다.

책과 저자에 관련된
한 가지 토론

여기에서 고개를 돌려 질문해보자. 책은 저자를 필요로 할까? 우리가 소유하고 사용하는 다른 여러 가지 물건의 경우와 마찬가지로 우리는 그것을 제작한 사람이 누구인지, 나이는 얼마인지, 품행과 덕성은 어떤지 등의 문제를 개의치 않거나 질문을 던지지 않을 수도 있지 않을까?

플로베르(Gustave Flaubert)도 거의 이와 유사한 뜻을 밝힌 적이 있다. 『보바리 부인(Madame Bovary)』, 『감정 교육(L'Education sentimentale)』, 『부바르와 페퀴셰(Bouvard et Pecuchet)』 등의 소설이 그의 작품이라는 건 잘 알려져 있다. 그러나 플로베르는 이렇게 말했다.

"작가는 자신의 작품 뒤로 완전히 몸을 숨겨야 한다."

"작가는 후대인들에게 자신이 전혀 존재하지 않는 것처럼 여기게 해야 한다."

갈수록 실천하기 어려운 이 충고는 소설가에게 있어서 하나의 이

상이다—그러나 우리는 여기에서 공교롭게도 이와는 반대로 저자가 존재하지 않았던 시대로(아직 저자라는 의미가 없거나 지위도 없었고, 저작권에 관한 논의도 없었다) 거슬러 올라가서 저자를 찾아야 한다.

플로베르는 저자의 성명이 내용 앞에 인쇄되어 독자가 그것을 먼저 목도하는 근대에 저자의 사퇴를 요구했다. 책에 저자가 있어야 하는가라는 질문과 관련해서 우리는 두 가지 상반된 견해가 펼쳐진 공간, 즉 양 극단의 장력이 펼쳐진 공간에서 사색해야 한다.

플로베르는 아마도 느낀 바가 있었을 것이다. 오늘날 우리가 이미 너무나 분명하게 알고 있는 어떤 것에 대해서 더욱 심각한 느낌을 받았을 것이다(우리는 이미 온 거리에 작가가 넘치는 시대, 즉 작가가 작품의 앞을 가로막으며 작품을 필요로 하지 않는 기이한 시대에 살고 있다. 문학 및 모든 창작 예술은 점차 공연업으로 귀속되고 있다. 독자가 책을 사는 것도 내용을 읽기 위한 것이 아니라 일종의 관계를 확인하기 위한 행위로 변했다). 그러나 그는 목전의 한 가지 현상과 한 가지 편견을 교정했을 뿐 타당한 정답 찾기를 대표하려 하지는 않았다. 나는 그가 서정적인 그리움에 젖어 이미 영원히 사라진 어떤 시대를 소환하거나 그 시절로 돌아가려 하지 않았다고 생각한다. 서정이라는 말을 플로베르에게 갖다 붙이는 건 거의 불가능한 일이다. 플로베르는 이성적이고 너무나 이성적이어서 이미 냉혹한 경지에 도달한, 인간에 대한 멸시의 감정을 불시에 노출해온 작가다. 또한 그는 현대소설사와 현대문학사에서 '직업적인' 저술가에 가장 가까이 다가간 사람이다. 제임스 조이스도 서정에 반대했지만 그의 배후에는 위대한 서정시 같은 고국, 즉 격정 남발이 폭력을 부르는 아일랜드가 존재한다. 이에 대한 단호한 항거로서 조이스의 냉정은 우리로 하여금 반대 방향으로 나아가려는 작가의 몸부림을 느끼게 한다. 우리는 이를 통해 그의 외로움, 고독 그리고 깊은 침묵 속 슬픔을 깨닫는다.

플로베르의 반서정은 그 자신의 냉정한 사유의 결과다. 그 근원으로 거슬러 올라가면 어떤 소설가—라블레(Francois Rabelais)나 세르반테스(Miguel de Cervantes)와 같은—가 아니라 데카르트(René Descartes)에 닿게 될 것이다. 데카르트는 우리에게 관찰과 사색 대상을 최소단위까지 잘게 분할할 것을 요구한 철학자이면서 과학자다. "플로베르가 과학을 지지한 것은 그것이 모든 일에 의심을 품고, 결정을 유보하고, 방법을 강구하고, 신중하면서도 인성을 포함하고 있기 때문이다. 그는 한편으로 교조주의자, 형이상학자, 철학자를 혐오했다."

플로베르는 지극히 '현대적인' 사람이다. 그는 단일 작가(작가로 인식되는 사람)가 없었던 더욱 이른 시대, 지극히 불안정한 언어에 기대 메시지를 첨부하던 시대, 누구에게 맡겨도 간섭이 가능했던 부정확한 시대를 동경하지 않았다. 이런 면에서 그는 러시아 출신의 미국 소설가 나보코프(Vladimir Nabokov)와 비슷하다. 두 사람은 엄격한 면에서 유사한 모습을 보인다. 나보코프는 문학적 글쓰기가 '과학적 정확성'을 갖춰야 한다고 강조하면서 '원시적인' 집필자를 경멸했는데, 그들은 바로 플로베르 이후에 나타난 수준 이하의 '소설 직업인'이었다.

플로베르가 어느 시대에 속하는지 분명하게 말해야 한다. 그것은 틀림없이 다음과 같은 시대였다. 유럽 대륙, 특히 데카르트가 살았던 프랑스에서 과학은 일찍이 궁극적인 이상(형식)이었다. 정확하게 말하면, 문학, 종교 및 기타 모든 것에 과학적인 모습이 갖춰질 수 있도록 방법을 생각해야 했다. 프랑스에서 멀지 않은 곳, 지금의 벨기에에 거주하며 유리 안경알을 갈아 생계를 유지한 스피노자(Baruch Spinoza)는 기독교의 하느님과 같은 유일신도 과학적으로 증명될 수 있고 증명되어야 하며, 또 묘사될 수 있고 묘사되어야 한다고 했다. 그는 그것이 진리가 되거나 원리로 말해지고 심지어 하나의 방정식이 되어야 한다고 굳게 믿었다. 그래야 어떤 곳(공간), 어느 시대(시간)에서도 더 이상 논쟁할 필요도 없고 인간이 영원히 그 지점에서 물러날 수밖에 없는 영원한 존재가 된다는 것이다―스피노자는 또 이렇게 말했다. "나는 입체, 평면, 선을 묘사하는 것처럼 인간을 묘사하려 한다."

만약 우리가 '한 시대' 전체를 가지고 말할 때 당시 신에 대한 입장에 유예할 만한 점이 보인다면, 거기에는 두 가지 원인이 있다고 봐야 한다. 첫째, 그것이 '시대를 벗어난' 주장으로, 일종의 비시간적인 것을 찾으려는 시도이며, 신을 어떤 특정한 시공간 혹은 인간의 역사로부터 뽑아내고 구출하여 인간의 간섭과 오염을 받지 않게 하고 심지어 인간의 변호도 필요하지 않게 하려 했기 때문이다. 그것은 마치 『구약성경』「욥기」에서 하느님이 자신을 원망하는 사람에게 징벌을 가하고, 자신을 변호하는 사람에게 더 강력한 질책을 가하는 것과 같다. 둘째, 더 이상 시대의 보편적인 목소리가 될 수 없지만, 그런 이상이 완전히 파괴되거나 소실되지 않고, 모종의 더욱 심도 있는 양식으로 전하려 했기 때문이다.

플로베르와 같은 사람이 신의 심원한 흐름을 회복했다. 플로베르가 생각한 것은 작품과 인간의 정확한 순서 관계, 즉 "작품이야말로 주체"라는 아주 깨끗하고, 순수하게 사람들(글쓴이 본인에서 독자까지 포괄하는)로 하여금 더할 나위 없이 집중할 수 있게 하는 관계였다. 그는 어떤 시대를 그리워한 것이 아니라 하나의 이치를 단단하게 기억했다. 그러나 작가의 위치와 역할이 어쩔 수 없이 애매해지기 시작했다. 작가와 독자의 간격도 모호하게 변해서 더 이상 공급자와 수용자라는 간단한 이분법적 관계에 그치지 않게 되었다. 따라서 작가는 종종 한 걸음 앞서 발견하고 한 걸음 앞서 지식을 갖게 되는 독자에 불과한 듯했다. 우리 모두는 '본래 이미 그곳에 있는' 어떤 것을 공동으로 대면하게 되었다. 그렇다. 지구 인력은 본래 존재했고, 지구는 생명이 탄생하기 이전에도 이미 태양 주위를 선회하고 있지 않았는가?

독일 물리학자 막스 플랑크(Max Planck)는 양자론을 제기하기 전날 오후에 자신의 아들과 산보를 했다. 아들의 회고에 의하면 그날 그의 부친은 생각이 많은 듯 우울해 보였다고 한다. 그리고 프랑크는 낮은 목소리로 아들에게 "만약 내가 틀리지 않는다면 뉴턴에 필적할 만한 것을 발견했다"고 말했다. 이것은 경천동지할 역사의 한 순간이지만 나중에 물리학계에서는 이런 이야기가 오갔다.

"그날 플랑크가 양자론을 제기하지 않았거나 플랑크 같은 사람이 없었다 해도 10~20년이 지나기 전 틀림없이 또 다른 물리학자가 똑같은 학설을 제기했을 것이다."

공자는 평생 "옛일을 서술만 하고 창작은 하지 않았다"(述而不作)● 라고 말했다. 이 또한 "작가는 자신의 작품 뒤로 완전히 몸을 숨겨야 한다"라는 입장이다. 그렇다. 모든 연원은 심원하고 유장하다.

깨끗함과 순수함과 집중성이 궁극에 달하는 지점에서는 글쓰기를 완료한 작가 본인이 퇴장하는 데 그치지 않고 인간조차 사라지는데, 인간이 완전히 제거될 수 있고 또 완전히 제거되어야 한다고 한다. 플로베르가 가장 극한적인 소설『부바르와 페퀴셰』를 쓰는 과정이 바로 인간 소실과 인간 제거를 발견하는 과정이었다. 이 소설을 쓰면서 플로베르는 한 친구에게 자신이 '허무'에 관한 소설을 쓰고 있다고 말

● 『논어』「술이(述而)」에 나온다.

했다. 그러나 이 말은 그의 본래 의도가 그랬던 것이 아니라 창작 과정에서 어쩔 수 없이 발견한 현상이라고 봐야 한다. 이는 마치 소설 속 주인공 부바르와 페퀴셰가 본래 인류의 지식을 모두 망라하는 '신화적 인물'이 되려 했지만 결국 지식을 단순히 베끼고, 자기 의견을 담지 않으면서 완전히 투명한 인간이 된 것과 같다("부바르와 페퀴셰는 세계를 이해하려는 염원을 포기하고 필사자의 업무를 운명으로 받아들이기로 했다." '포기'라는 두 글자에 주의하라). 인간은 어떤 일을 집행할 수는 있지만 자신을 그 속에 쉽게 가담시키지는 못한다(알베르트 아인슈타인도 자신의 존재를 상대성이론 속으로 집어넣지 못했다). 인간이 더 수준 높은 어떤 것, 어떤 규칙 혹은 어떤 진리나 어떤 지상명령을 신봉하여 결과를 획득하고 작품을 생산하고 나면 자신의 몸을 둘 곳이 없어진 걸 발견하게 된다.

플로베르 언설의 가장 깊은 곳에는 완전무결한 작품에 대한 추구와 동경이 잠재되어 있다. 완전무결함은 온전한 정지를 필요로 한다(혹은 마찰도 없고 변이도 없는 원주 형상의 영원한 순환인 경우가 가장 많다). 마치 천당에 여전히 강물처럼 흐르는 무엇이 있어서 만사와 만물, 인간을 함께 대동하고 노쇠의 시간으로 흘러간다는 걸 우리가 상상할 방법이 없는 것과 같다. 완전무결함에는 또 자유도 존재하지 않고, 인간의 개별 의지도 존재하지 않는데 어떻게 인간의 정밀한 정감을 논할 수 있을까?

이 또한 줄곧 기독교 교리에서 거의 해소할 수 없는 한 가지 곤혹이다. 인간의 자유의지 내지 인간 자체의 의의는 너무나 위험한 상황에 처하게 된다. 이것은 사도 바오로(Paulus)가 「로마 신자들에게 보낸 서간(The Epistle to the Romans)」을 쓸 당시부터 눈앞에 박두한 문제였다. 이는 그들이 솔선해서 완전무결한 하느님을 창조했기 때문에

야기된 일이었다. 온몸에 약점이 가득한 그리스 신들에게는 이런 곤혹감이 수반되지 않았다. 사실 『구약성경』 시기에 단일 부족의 전쟁 신이었고 완전무결함과는 거리가 멀었던 야훼도 곤혹감에 젖거나 긴장하지 않았다. 그리스 신들과 『구약성경』의 하느님에는 여전히 자연적 성격, 역사적 실재로서의 흔적과 예각이 보존되어 있다.

이 때문에 시 창작 세계에서도 줄곧 "좋은 시는 특정한 풍격이 없다"라는 견해가 존재해왔다. 가장 엄격한 의미에서 풍격은 여전히 인간 개인의 특징이 '남아 있는' 증거이므로, 풍격이 있는 한 인간은 완전무결함을 달성하지도 못하고, 또 완전무결함이 깃들 장소에 도달하지도 못한다. 중국의 서예 세계에서도 일찍부터 이 일을 의식했다. 예를 들어, 서예계의 북송사대가(北宋四大家) 소식(蘇軾), 황정견(黃庭堅), 미불(米芾), 채양(蔡襄)은 각자가 훌륭한 성취를 이루었다. 그런데 서예계에서는 이 가운데 채양의 글씨가 가장 개성이 없다고 평가한다. 그러나 한편으로는 채양의 서예가 가장 완전무결함에 접근했거나 최소한 서예 기법의 완결무결함을 견지하려 했지만, 소식, 황정견, 미불은 각각 개인의 풍격 속으로 도피했다고 평가한다.

보르헤스는 단테의 『신곡』에 나오는 천당에 응당 존재해야 할 인물이 분명히 빠져 있다고 정확하게 지적했다. 그는 바로 예수다. 왜냐하면 예수는 너무 '인간적 성격'이 강하고 한편으로 인간의 얼굴을 하고 있어서 묘사적 측면에서는 그것을 극복하기가 어렵기 때문이라는 것이다.

전체적 완전무결함에는 도저히 미칠 수 없지만, 모든 구체적 영역이나 업무에서는 실제로 완전무결함이 너무 빨리, 너무 일찍 발생하여 이로부터 할 일이 없어지는 경우도 있다. 이 때문에 사람들은 직막감을 느끼게 된다. 마치 플로베르가 『부바르와 페퀴셰』를 쓸 때 소설

한 부의 창작 시간이 곧바로 종점에 도달한 것처럼 말이다. 이 때문에 보르헤스는 사람들에게 완전무결한 작품을 쓸 생각을 할 필요가 없다고 타일렀다. 왜냐하면 그렇게 되면 보통 마음이 위축되어 내용을 삭제하고 오류를 피하려고만 하기 때문이라는 것이다. 비교적 부드럽고 완전한 토론은 아마도 칼비노에게서 이루어진 듯하다. 내가 가리키는 것은 그의 『보이지 않는 도시들(Le citta invisibili)』이라는 과도기적 순수소설 안에서 모든 사람이 그냥 지나치지 못하는 그 대목, 즉 눈앞이 환하게 밝아오며 마음이 따뜻해지는 그 대목이다. 쿠빌라이 칸(Khubilai khan)과 마르코 폴로(Marco Polo)는 똑같이 장기판을 응시하고 있다. 쿠빌라이의 장기판은 스피노자의 말처럼 수학의 점, 선, 사각형으로 이루어져 있어서 인간도 없고 실체도 없다. 혹은 모든 인간과 모든 실체가 사라지면서 모종의 장기말로 변했다고 할 수 있다. 이 때문에 그의 사색은 놀라울 정도로 빠르고 종잡을 수 없을 정도로 신속하여 두세 수만에 바로 종점에 도달한다. 남은 것은 아득한 허무뿐이다. 그러나 마르코 폴로의 장기판은 정말 흑단목(黑檀木)과 단풍나무로 짜서 만든 실물이라 튼실한 두께가 있다. 그는 목재의 아름다운 무늬를 바라보다가 옹이 자국을 주목하며(장기판이 이로 인해 완전무결해지지 않는가? 혹은 장기판에 일찍이 더 많은 가능성이 있었던가?), 그곳은 일찍이 꽃봉오리였는데 아마도 너무 일찍 내린 초봄의 서리 때문에 꽃으로 피어나지 못한 채 오그라들었다고 지적한다. 마르코 폴로는 계속해서 삼림과 나무의 생장, 자연스럽게 흐르는 강물과 뗏목, 부두와 시장, 창가에 기대 선 여인을 이야기한다.

인간은 혼란만 가져오는 존재가 아니다. 인간이 가져오는 층위는 세계에 두께와 조밀감(稠密感)을 부여하고, 완전히 새롭고 아득히 먼 곳 및 그 방향을 제시한다─애석하게도 칼비노는 갑자기 세상을 떠났기에 최후의 작품에서 우리에게 말하려 한 '조밀함'을 남겨줄 수 없었다.

역사의 전환은 종종 인간이 대처할 수 없을 정도로 신속하고 느닷없이 진행된다. 이 때문에 인간의 생각, 특히 마음속에 고착된 기본 이미지를 수정할 겨를이 없을 때도 있다—인간은 열심히 노력하여 자연을 인식해야 한다. 그것은 아마도 생존이 절박하기 때문이기도 하고 인간 내면에서 수시로 솟아오르는 억제 불가의 설렘 때문이기도 하다. 애초에는 그런 설렘이 아마도 시각에만 의지하여 일어났을 것이다. 그건 마치 우리가 오늘날 고개를 들고 하늘의 별을 바라보면 마음이 설레는 것처럼 어떤 거대한 힘에 빨려 들어가는 단순한 믿음 같은 것인지도 모른다.

가장 심오한 비밀 내지 최후의 해답은 우주의 깊은 곳, 한 개인의 시력 밖에 숨어 있기 마련이다. 이에 냉정한 지식의 만족에 그치지 않고 아주 쉽게 지혜에 대한 추구로 나아갈 수 있으며, 지식을 직접 인간친화적이고, 따를 수 있고 실천할 수 있는 따끈한 그 무엇으로 변화시킬 수 있다. 이것은 과학에 신화가 동반되게 하는 것이며, 깨끗한 이성에 무속처럼 사람의 마음을 매혹시키고 마취시키는 힘이 수반되게 하는 것이다—나는 일찍이 어떤 칸트 연구자가 이렇게 말하는 걸 들었다. "이성, 나는 이 어휘를 듣는 순간 온몸이 떨리는 걸 참을 수 없었다."

사람들은 수학 및 물리학의 발견 성과를 간절하게 기다리면서 최종적으로는 이들 학문의 사유방식과 형식을 모방하려 한다. 그러나 지금(역사는 오늘날에 이르러 가장 의문이 많고 가장 곤혹스러운 연대에 직면했다) 우리는 대자연이 궁극적인 지혜의 책을 갖고 있지 않으며, 또 예정된 계획도 갖고 있지 않고, 인류의 앞길을 미리 알지도 못하고, 인류의 여망에 부응하지도 못하고, 더욱이나 인간의 개별적이고도 특수한 질문에 책임도 지지 않는다는 사실을 이미 확실하게 알고 있다. 인간은 질문을 하고 스스로 대답해야 한다. 처음에는 수학이, 나중에는 물리학이 적막하고 썰렁한 지경으로 떨어지면서 이제 더 이상 옛날처럼 세계를 흔들지 못하게 되었다. 이는 결코 이 학문들이 실패했기 때문이 아니라 그것들이 이미 가장 중요한 업무를 대략 수행하고 성과보고서까지 제출함으로써 그 끝자락에 도달했기 때문이다. 칼비노의 『우주만화(Le comsmicomiche)』는 정말 사랑스러운 소설이다. 놀이 같기도 하고 기쁨의 실험 같기도 하다. 그러나 우리는 칼비노와 어떤 한 시대를 중첩해서 사는 사람이다. 우리는 우리 몸에 덧씌워진 어떤 '과학적 분위기'를 알고 있다. 우리는 또 칼비노 본인이 평범하지 않은 과학지식, 독해능력, 관심과 동경을 갖고 있음을 알고 있다. 그래서 우리는 또 망연자실한 심정으로 본래 그럴 수밖에 없었구나 하는 느낌을 금할 수 없다.

『좌전』을 위해 저자를 새롭게 상상하고 그 저자를 본래의 자리로 돌려보내는 것은 결코 1000년 전 사람들이 한 일을 다시 한 번 반복하자는 것이 아니라 "작가는 자신의 작품 뒤로 완전히 몸을 숨겨야 한다"는 플로베르의 말을 이해한 후에 새로운 시도를 하자는 것이다. 또 기존의 논란을 종식하고 편안하게 지내기 위한 것이 아니라 사유를 새롭게 열어가자는 것이다.

"인간을 본래의 자리로 돌려보내는 것"이야말로 우리가 당면한 이 세계의 진실한 면모이고, 지금까지 줄곧 지속되어 왔고 또 시간이 지날수록 더욱 분명해진 인간의 상황이다. 문학과 역사는 각각 할 수 있는 일이 물리학이나 수학보다도 훨씬 많다. 문학과 역사는 '정확도가 조금 떨어지는 과학'으로만 그치지 않고, 결국 완전무결함을 추구하다가 마음이 위축되어 오류를 피하려고만 하게 될지도 모른다. 이 것은 사실 하이데거(Martin Heidegger)가 이미 한 일이다. 인간을 본래 의 자리로 돌려보내는 일은 사람들의 눈길과 정신을 황홀하게 하는 일이다—그러나 나는 줄곧 하이데거에게 특별하고도 이해하기 어려 운 점이 있다고는 인식하지 않았다. 그는 이와 유사한 어떤 것까지 의 식하면서 우리의 언어 혹은 그리 익숙하지 않은 언어를 사용하여 우 리가 이미 적지 않게 생각한 것들을 새롭게 사색했다.

인간을 본래의 자리로 돌려보내는 일에 탐욕스럽게 한 사람을 더 보태고자 한다. 그는 바로 『좌전』의 저자, 즉 과거 책 속으로 편입되 지 못한 사람이다. 이것은 『좌전』의 내면 깊이를 한 겹 더하는 일이 고, 또 먼 곳을 바라보는 새 시각을 하나 더 보태는 일이다. 역사책 한 부는 여태까지 '사실의 창고'가 아니었고, 누가 보더라도 똑같은 사실 을 마구 모아 놓은 무더기에 불과했다. 역사 기록은 더러 확대되기도 한다. 하지만 소위 문화는 처음부터 끝까지 인간의 선택에 의해 이루 어진다. 인간은 끊임없는 선택을 통해 이 사람을 기억하고 저 사람을 망각하며, 이 일을 강조하고 저 일을 등한시한다. 이와 같은 결정, 특 히 목전의 결정은 본래 그 시대의 사실일 뿐 아니라 일련의 폭로이기 도 하다.

더더욱
'한 사람의 작품'처럼 보인다

우리는 『좌전』과 관련된 하나의 관점, 즉 습관에 젖어 문제를 살피지 못하는 관점을 타파해야 한다―『좌전』은 문자를 제한적으로 사용할 수밖에 없는 시대에 완성되었지만, 무작위의 집체 언어로 이루어진 책으로 함부로 귀결시켜서는 안 된다. 그러나 춘추시대를 다룬 또 다른 책 『동주열국지(東周列國志)』●는 집체 언어로 완성된 저작으로 봐야 한다.

『동주열국지』는 견융(犬戎)에게 재앙을 당한 주 평왕이 동쪽으로 천도할 때를 묘사하며, "크게 울고 또 크게 웃는다"(大哭又大笑)는 귀기(鬼氣) 가득한 예언으로 이야기를 시작하고 있다. 이것은 정말 코미디 같은 이야기인데, 『좌전』이 노 은공의 침중한 내력을 저작의 첫머

●『동주열국지』는 명나라 풍몽룡(馮夢龍)이 완성한 춘추전국시대 역사 이야기 『신열국지(新列國志)』를 청나라 채원방(蔡元放)이 개편한 총 108회의 장회소설(章回小說)이다.

리로 삼고 있는 것과는 사뭇 다르다. 말하자면 『동주열국지』는 '정확하게' 소설의 시작 시점을 바꿨고, 이는 매우 흥미로운 점으로 볼 수 있다. 그러나 『동주열국지』에서는 『좌전』의 기존 문장을 너무 많이 사용하여 거의 소화불량에 걸린 듯하고, 결국 중국 연의소설 중에서 가장 읽기 어렵고, 가장 구어답지 않고, 곳곳에 모래와 자갈이 섞인 듯한 문언문 덩어리가 남아 있게 했다. 『동주열국지』가 바로 『좌전』이 후세에 집체 언어 속으로 진입한 결과물이다.

『좌전』의 최종 문장이 언제 완성되었는지, 도대체 몇 세대, 몇 사람의 손을 거쳐 이루어졌는지는 중요하지 않다. 그것은 그 시대의 작업 방식일 뿐이다. 중요한 점은 여러 세대 사람들과 시간을 거쳐서 문자로 고착화되는 이 과정이 결코 개방적이지 않았다는 점이다. 다시 말해 "××가 이곳에 와서 놀았다"(××到此一游)와 같은 관광지 낙서처럼 누구나 마음대로 글자를 첨가하거나 새길 수 없었다는 점이 매우 중요하다. 오히려 『좌전』의 내용은 과도기를 거치면서 신중하게 대대로 암송되었다고 보는 편이 더 합리적이다. 자신을 모종의 '교양' 공부에 종속시키거나 혹은 처절한 역사 담당자로 자리매김하게 하고, 한 글자 한 글자씩 학습하고 이해하고 암송할 책임을 지면서 자신이 그 역사의 마지막 암송자가 되지 않도록 모든 노력을 기울인 것으로 봐야 한다. 이 때문에 『좌전』은 기이할 정도로 전아한 품격을 지니고 있다.

'수많은 개인'이 기본적으로 자신의 기억 기능을 사용한 이 부분이 우리가 말하는 저자는 아니다. 그것은 한 대, 한 대의 인쇄기였고, 기억은 일종의 인쇄 업무였다. 언급한 바 있듯이 이 한 가지 기억의 최초 원천은 바로 신성한 분위기를 갖고 있고, 한 글자도 바꿀 수 없으며, 엄연히 저자가 있는 문자 텍스트다. 공자가 그들에게 물려준 것은 아마 친필로 쓴 책이었지 구두로 불러준 책은 아니었을 것이다.

우리는 여기에서 한 걸음 더 나아가 여러 사례를 비교해볼 수 있다―이후 중국의 정통 역사책은 국가가 저작의 임무를 이어받았기 때문에 오히려 진정한 저자는 없어지고 전문 종사자(工作者)만 그들의 성명을 남기게 되었다[『한서(漢書)』의 반고(班固), 『삼국지(三國志)』의 진수(陳壽) 등과 같이 후대로 갈수록 저자의 존재는 더욱 희미해졌다]. 그러나 진정한 저자는 국가, 왕조, 시대일 뿐이었다.

『자치통감(資治通鑑)』의 경우도 사마광(司馬光)이 다량의 앞 시대 사서와 자료를 잘라 와서 그것을 당시의 문자와 언어로 바꿔 쓴 것이다. 그 목적은 황제 및 집정자로 하여금 신속하고 요령 있게 역사를 알게 하고 옛 사람의 치세 경험을 얻게 하여 장차 있을 수 있는 통치의 맹점, 위험, 불행한 후과를 피하기 위한 것이었다. 그러나 사마광도 마찬가지로 편집자의 신분에 편향된 종사자였다(나 자신이 여러 해 동안 편집자로 일해서 쉽게 분별할 수 있다). 그 차이는 주체적으로 나섰느냐 아니면 명령을 받고 참여했느냐, 녹봉을 받았느냐 받지 않았느냐에 달려 있을 뿐이다. 『자치통감』은 바라보기만 해도 두렵고 막연하게 느껴질 정도의 산더미 같은 앞 시대 사서를 발췌하고 요약한 역사 안내서이자 중국의 역사·정치를 널리 보급하기 위한 대중서다. 이 책은 날마다 수많은 일을 처리하며 대권을 행사하는 임금의 시간, 인내심, 수준을 고려하여, 역사의 밝은 지혜로써 사상의 심각성을 대체한 저작이다.

전문 종사자와 저자는 어떻게 구별될까? 우리는 그 차이를 분명하게 알고 있는 듯하지만, 성 아우구스티누스(Aurelius Augustinus)가 탄식한 것처럼 말로 분명하게 설명하기가 쉽지 않다. 이 대목에서 우리는 여전히 보르헤스의 통찰력 있는 두 마디 말로 분별을 시도해보고자 한다.

"한 시대처럼 쓰지 말고, 한 작가처럼 쓰라."

책의 생명은 시대의 유행을 따르는 표지가 아니라 작가가 다루는 독특한 내용에 달려 있다는 의미다. 즉 그 한 가지는 공통의 내용, 공약수의 부분, 여분은 삭제한 것, 오직 평면적으로만 펼치는 시대의 목소리, 통상적으로 모종의(비슷함을 위해 끊임없이 반복하는) 지혜로 응결되는 교훈이다. 다른 한 가지는 일념으로 노심초사한 것, 끊임없는 질문으로 얻은 것, 부서진 조각까지 수습한 것, 깊은 곳으로 뚫고 들어가서 얻은 단독의 목소리 등이다. 이 두 가지는 결론을 내기 어렵다. 다만 어떤 특별한 사람만이 자신의 노정 막바지까지 진력해서 달려간다. 그러나 너무나 멀다. 날은 저물고 길은 험하다. 우리는 실제 독서 내용을 통해서 이런 점을 바로 간파할 수 있다(보르헤스의 도움을 받지 않고도 우리는 바로 간파할 수 있다). 표지에 사마광의 이름이 인쇄된 『자치통감』에는 한 시대, 또 한 시대의 공통의 목소리가 수록되어 있다. 그러나 그것은 또 다른 방식의 집체 창작이다. 이에 비해서 『좌전』(및 『사기』)은 '한 개인의 작품'처럼 보인다.

시간이라는 도깨비 같은 물상도 이 사이에 끼어든다. 그것이 어찌 끼어들지 않을 수 있을까? 후대의 역사서는 모두 모종의 간명한 시간 분할 방식으로, 풍파가 잦아들고 상황도 변한 이후의 사유 상태로 앞 왕조의 일을 자세히 정리하고 확인하고 평가했다. 이것은 역사서 집필에 필요한 지연 전술이다. 왜냐하면 역사 집필은 마치 법정의 최종 판결과 같기 때문이다. 그러나 이렇게 써나가면 "세상의 모든 눈물을 맡겨도 어떤 한 줄기 눈물도 씻어줄 수 없다." 이와 같은 최후의 말은 심신이 고달파서 임직 4~5년만에 사임한 미국의 연방대법관이 한 이야기처럼 들린다(연방대법관은 종신직이다). 이 말은 펜으로 쓴 것 같지 않고, 조각칼로 화강암에 하나하나 새긴 것 같다.

그러나 『좌전』(및 『사기』)의 저자는 그가 쓴 내용이 완전히 끝난 이후의 위치에 서 있지 않다. 그는 시간의 강물 저편으로 건너간 것이 아니라 강물 속에서 헤엄치고 있다. 역사서의 입장에서 이것은 매우 위험한 지점이다. 목전의 세계에는 특수한 강조점이 있어서 그 상대편에 대해서는 완전히 등한시하거나 눈을 감을 수 있기 때문이다. 목전의 세계에서는 삶과 죽음처럼 중요한 인물과 사건들도 미래 역사에서는 망각의 물거품으로 사라져갈 뿐이다. 그것은 또한 계절이 교체되는 시기의 겨울옷과 유사하다. 또한 이처럼 열렬하면서 생사가 걸린 시대일수록 결국 번제(燔祭)의 행사처럼 원래 훌륭한 사람들이 더욱 많이 다치고 불태워진다. 이러한 일반 법칙은 애석하게도 우리가 살고 있는 이 시대에도 여전히 적용되고 있다(근래 20~30년 동안 민주화가 진행된 타이완도 마찬가지다). 그러나 역사가가 자신의 시대를 의식하면서 역사를 서술하지 않으면 이와 같은 시대를 순조롭게 통과할 수 없어서 한 세대 사람들을 모두 일정한 굴레 속에 묶어두게 될 것이다.

한때 혹은 천추의 긴 시간 동안 우리는 감당하기 어려운 선택을 해야 한다. 시간의 강물은 자기배반의 소용돌이를 만들 수도 있다. 이 때문에 당년의 장자도 한 편의 우언에서 자신을 시간의 소용돌이 속에서 몸부림치던 불행한 물고기가 이미 물이 말라버린 도로 곁 도랑에 갇혀 곤궁을 당하고 있는 것처럼 비유했다. 그런 상황에서 물고기는 작은 물방울 하나하나로 연명해야 하므로, 당신이 천 리 먼 곳으로 달려가 임금을 설득하여 동해로 치달려 가는 세찬 강물을 끌어오도록 기다릴 시간이 없다.

이 때문에 『좌전』(및 『사기』)은 엄격한 의미에서 후세의 역사서와 같지 않다. 이 책 속에는 역사서로서의 내용에 부합하지 않거나 넣어서는 안 될 특수한 시간 요소가 감춰져 있다. 즉 현재 및 미래와 관련된 내용이 지나치게 많다. 이것은 집필자가 그 속에 몸을 두고 있다가 몰래 갖고 나온 금지된 관심과 희망이다. 일반적으로 말해서 이것은 문학으로나 쓸 수 있는 일이다. 문학적 글쓰기에서는 시간이 늘 남몰래 절도를 하듯 조금씩 앞당겨 암시된다. 그 정확한 시간은 과거이면서 아직 완전한 과거가 아닌, 과거와 현재가 마구 뒤엉킨, 시간이 잠시 멈춘 듯한 그 지점이다. 마치 『성경』에서 밤을 꼬박 샌 사람이 "캄캄한 밤은 이미 지나갔지만 새벽은 아직 밝아오지 않았다"●라고 한 그 시간의 틈새와 같다.

『좌전』도 어쩌면 메타픽션이 의식하고 드러내려 한 효과(메타픽션은 항상 묘사가 표면적일 뿐이어서 문학적 효과가 크지 않다. 일종의 유행 기법은 되었지만 유익한 실험은 아니었다)를 닮은 듯하다. 글쓴이가 이야기 밖에 있을 뿐 아니라 이야기 속에도 존재하는 그런 효과 말이다. 그가 진술하는 이야기의 완벽한 세계 밖에는(아마도 바로 곁에서 나란히 행진하거나 그 뒤를 바짝 따르며) 끊임없이 변동하는 현실세계가 여전히 진행 중이므로, 이것은 이야기 세계의 유장한 목소리 가운데서 망각되어서도 안 되고 망각되도록 허락해서도 안 된다. 또한 (『좌전』의) 이야기가 끝났을 때 우리는 여전히 이 현실세계로 되돌아가야 하거나 현실세계에서 방금 꿈을 꾸다 깨어난 듯한 상황을 발견하게 될 것이다. 그가 이야기하는 이 세계, 마치 머리에서 꼬리까지 모든 것이 잘 갖춰져 있

● 『구약성경』 「욥기」 제7장 제4절에 "누우면 '언제나 이 밤이 새려나' 하고 기다리지만 새벽은 영원히 올 것 같지 않아 밤이 새도록 뒤척거리기만 하는데"라는 구절이 있다(『성경』, 천주교중앙협의회 새번역, 2005년).

고, 단독으로 구성하여 진행하는, 깨끗하게 포장된 듯한 이 견실한 세계는 불안정하게 이동하고 끊임없이 흘러가면서 사망하는 시간의 기초 위에 (다시) 놓이게 된다. 본래 고요하게 구술되어야 할 한적한 이야기가 이 때문에 구구절절마다 긴장이 높아지고, 위험이 강화되고, 서로 관련을 맺게 된다. 이에 200년 전에 이미 존재가 사라진 노 은 공의 가슴 아픈 비극이 지금 이 시각 사람들의 눈앞으로 직접 닥쳐온다. 그것은 여전히 사람들의 목전에서 펼쳐지는 고통이 되므로 우리가 조금 더 용감하고 조금 더 총명하다면 현재의 입장에서 당연히 설명과 깨우침을 추가할 수 있게 된다.

이 때문에 『좌전』(또 다른 많은 책은 결코 포함하지 않겠다)을 가지고 우리가 저자에 대해 질문하고, 저자를 상상하고, 아울러 내용으로부터 저자를 응축시켜보는 것은 아주 정당한 일이라고 생각한다. 저자의 존재는 바로 책의 일부분인데, 우리가 알고 싶어 하는 것이 바로 그 부분에 집중되어 있다. 이와 관련된 저자의 이름, 생김새, 평생 경력 등에 대해서는 우리가 아무 것도 모르고, 또 (그렇게) 알고 싶지도 않다. 이것은 마치 좋은 소설 속 등장인물과 같아서, 작가는 독자의 집중력을 깨뜨리면서까지 등장인물의 눈동자 색깔을 진술하고 싶어 하지 않으며, 독자도 시간을 낭비하면서까지 그런 호기심을 채우고 싶어 하지 않는다. 중요한 것은 우리가 이미 『좌전』 저자의 존재 시점(춘추시대가 끝났을 무렵)과 공간 좌표(소국인 노나라)를 대략 확인했는데, 과연 다시 좀 더 압축할 기회를 가질 수 있을까 하는 점이다. 그가 어느 날 어느 지점에서 발돋움을 하고 이 모든 사건의 발생을 목격하여 마치 콸콸 흐르는 강물 속에 솟아 있는 굳건한 바위를 보듯 명확한 실상을 알게 되었다고 상상해보자(이는 은유가 포함된 표현이다. 왜냐하면 정말 그렇게 할 수는 없기 때문이다). 조금이라도 더 정확할수록 우리의 상상은 조금 더 멀리까지 갈 수 있고, 조금 더 많이 알 수 있다. 그것은 마치 어린 시절 나무토막 쌓기와 같아서(사람들이 직접 집을 지어본 경험은 비교적 드물다고 생각하지만) 바닥에 쌓은 것이 정확해야 비교적 높이 쌓을 수 있다.

그가
좌구명이라면

『좌전』에서 '좌(左)' 자는 좌구명(左丘明)에게서 취한 것이다. 그는 노나라 사람이다. 그의 집안은 대대로 노나라의 사관을 담당했다(공자의 『춘추』는 좌구명과 그의 선조들이 기록한 성과를 개작한 것이다). 전해오는 학설에 의하면, 그는 동시에 춘추시대의 또 다른 역사서인 『국어(國語)』의 저자라고도 한다―장소와 직업과 신분은 모두 맞아떨어진다. 더이상 깊이 탐구하지 않는다면 사람들의 첫 번째 호기심을 확실히 잠재울 수 있다. 하지만 이후 2000년의 시간은 길고도 길었으며, 사람들의 사유도 막을 수 없어서, 은폐된 사실이 끊임없이 드러났다. 임시변통의 계책은 그렇게 오래 지속될 수 없었다.

　『좌전』의 저자가 정말 그 좌구명이라면 오히려 더욱 흥미롭다. 상상해보자. 공자가 먼저 그의 기록 중에서 넣을 것은 넣고 뺄 것은 뺐다. 그런 후 그가 다시 진심으로 탄복하며 공자의 개인 판본에 근거해 이 『좌전』을 완성했다. 이것은 아름답고도 사심 없는 과정이다. 이와 같이 총명한 두 사람이 이어달리기를 하듯이 서로 도움을 주고받으며 앞을 향해 치달렸다. 오직 진리만 따르면서 역사의 깊은 곳으로 달려갔다.

우리는 좌구명이라는 사람에 대해 아는 바가 거의 없다. 전설에 의하면 그는 맹인이라고 한다. 이것은 그리스인이 호메로스를 맹인이라고 말하는 것과 유사한 이유일지도 모르겠다. 또 그는 공자와 동시대 사람이면서 나이가 공자보다 조금 더 많다고 전해진다. 그렇다면 그는 아주 장수한 사람일 것이다.

좌구명과 공자가 동시대 사람이라는 사실은 대체로 믿을 만하다. 왜냐하면 『논어』에서 공자가 무심코 그의 이름을 한 번 거론했기 때문이다. 무심코 거론했기 때문에 더욱 신빙성이 있다―공자의 언급은 본래 고단수의 허위, 더욱 진실하게 보이는 가장을 비판하면서 한 말이다.

"좌구명이 그것을 부끄러워했는데, 나도 그것을 부끄러워한다." (左丘明恥之, 丘亦恥之.) [『논어』 「공야장(公冶長)」]

이 말은 또 우리에게 은연중 좌구명이라는 사람이 아주 정직하지만 속임수에 쉽게 넘어가지 않는 사람이고(정직한 사람이 꼭 멍청한 것은 아니다), 틀림없이 개인적 속셈과 공공장소에서의 말이 일치하는 사람이며(이것은 또 내가 존경하는 홍콩의 량원다오가 자신에게 요구한 엄격한 준칙이다), 과감한 발언으로 다른 사람을 불편하게 하는 사람이라는 사실을 알려준다. 그러므로 그는 권력자, 부자, 다수인에게 아부하거나 몸을 굽히거나 무릎까지 꿇는 행위를 할 리가 없다. 이 점은 확실히 중국에서 역대로 사관에게 요구한 기본적인 품성과 부합한다.

이런 여러 가지 요소 중에서 유일하게 『좌전』의 내용과 특수한 긴장 관계를 맺고 있는 것은 좌구명이 장수(長壽)했다는(또는 장수해야 한다는) 사실이다. 기술적으로나 산술적으로 좌구명은 좀 더 오래 살아야만 한다. 좌구명은 죽을 수 없다. 적어도 공자 이전에는 죽을 수 없다. 『좌전』에서 분명하게 공자 사후의 일을 기록한 것이 적어도 11년에 달하기 때문이다. 『구약성경』에는 상서로운 일이 가득 기록되어 있다. 마치 유태인이 야훼의 은총을 받아서 후세에는 소실된 장수 유전자를 갖고 있는 것 같다—소실 시점은 대체로 그들이 가나안으로 진입한 때를 전후한 유사(有史) 시대로 보인다. 말하자면 장수 유전자와 신빙성 있는 역사는 서로 용납하지 못하는 셈이다.

어떤 사람은 동일한 산술적 이유로 족히 900세를 살고 나서야 죽음을 맞을 수 있었다. 그것은 역사의 시간을 꿰어 맞춰서 세계의 시작인 창세기의 첫 번째 엿새(일곱째 날에는 야훼가 만족하여 휴가를 즐겼다)와 연결하기 위한 궁여지책이었다. 그러나 그것은 헛수고일 뿐이다. 원인은 아주 간단하다. 대대로 더해지는 인간 역사의 세대 계산은 한 사람이 얼마나 오래 사느냐로 결정되는 것이 아니라 그가 몇 살에 후대를 낳았느냐에 의해 결정되기 때문이다. 따라서 역사에 꿰어 맞추기 위해 인간의 생명을 연장하는 일은 아무 소용이 없다. 연장해야 할 것은 인간 신체의 생식 기능 부분이고 거기에는 생물의 내분비선 기능과 섹스에 대한 관념 변화가 포함된다(쿤데라는 인간의 첫 번째 섹스가 천 번째, 만 번째 섹스와 같을 수 없다고 지적했다. 싫증이 나지 않겠는가?). 그건 늙을수록 정력이 더 강해져야 가능하다.

『성경』에 나타난 가장 노년의 출산 기록은 아브라함과 그의 늙은 아내의 사례다. 말하자면 관건은 장수 유전자가 아니다. 아마도 더욱 환영받아야 할 것은 강장 유전자다. 그러나 너절한 사람들은 펜이나 계산기로 모든 것은 무시한 채 구약 시대 각 세대 사람들의 목숨을 더하여 그것을 최대치로 끌어올렸다. 그렇게 되어 역사의 시간이 지금부터 겨우 6000년 전으로 밀어 올려졌을 뿐이었다. 그러나 지금 우리는 6000년을 훨씬 초과한 사물, 즉 그런 계산의 원리로 보면 존재해서는 안 될 사물을 늘 목도하고 있다. 그것은 전부 우리의 환각이나 마음속 이미지일까? 눈앞의 저 산, 손을 뻗으면 바로 주울 수 있는 저 돌멩이, 인간이 대대로 고통스럽게 살아온 저 드넓은 대지를 포함하여, 우리 머리 위의 별들 사이에서 흘러가는 세월, 도시의 하늘에서는 하나하나 빛을 잃어버린 듯한 저 항성들이 모두 그러하다.

따라서 설령 『성경』이라 해도 이렇게 읽어서는 안 된다. 문자는 은유다. 특히 더 많은 문자는 단지 은유일 수밖에 없다. 혹은 그것은 오래전 사람들이 그들 생명의 제한된 조건 하에서 한 차례 한 차례 진상에 더욱 접근해간 노력이자 곤혹이다. 그러므로 거기에는 사각, 편견, 온갖 불안감과 불확실성이 포함되어 있기 마련이다. 모든 구절을 경건하게 믿는 건 당시 사람들에게 매우 불공평한 처사이고, 더욱 많은 사실과 진상을 알고 있는 오늘날 사람들에게는 더욱 불공평한 처사다. 그렇다면 『성경』을 단단하게 암기한 사람들은 동성 간의 사랑 및 장기 동거에 더 이상 반대하지 말고 그들의 자유를 허락해야 할까?

이제 진정한 『좌전』의 저자가 존재했던 가장 적절한 시점을 말해야 한다. 공자 사후에 11년만 더하는 것은 불가능한 일이다. 왜냐하면 『좌전』 저자는 진(晉)나라의 한씨, 조씨, 위씨가 지씨를 멸망시키는 걸 분명하게 목격했고, 춘추시대를 지탱한 진(晉)나라의 멸망도 예언에 그치지 않았음을 목격했기 때문이다. 즉 진정으로 춘추라는 시대의 종말이 닥치자 그는 이 역사의 단애 끝에 서서 그 시대 사람들을 바라보기도 하고 추억하기도 했다. 틀림없이 눈앞의 역사가 전부 이동하며 빨라지기 시작했을 뿐 아니라 뭔가에서 벗어나는 것처럼 날아오르는 느낌을 받았을 것이다. 시간에 대한 느낌도 순환에서 직선으로 바뀌었고, 수많은 사물이 시간의 추이를 따라가지 못하고 버려졌으며, 또 수많은 사물이 이로부터 다시 돌아올 수 없었고, 다시 생겨날 수도 없었다. 사람은 일생동안 이런 시기를 대비한 학습과 준비를 하지만 이 역사의 단절 지점에서는 한 발로 허공을 딛고 있는 것처럼 별 쓸모가 없었다.

만약『좌전』의 저자가 자신의 실제 스승이거나 마음 속 스승인 공자, 즉 훨씬 많은 준비와 훨씬 좋은 준비를 했던 공자를 다시 상기했다면 그 슬픔은 더욱 깊었을 것이다. 이런 이미지를 가장 잘 서술한 대목의 하나는『성경』「신명기」에서 마지막으로 모세를 묘사한 부분이다. 당시에 유태인은 정식으로 이미 젖과 꿀이 흐르는 가나안으로 들어가서 이전에 경험해보지 못한 완전히 새로운 생활과 역사를 시작하고 있었다. 그러나 모세는 홀로 남겨진 채(야훼가 가나안 진입을 허락하지 않았다) 산 위에 서 있었다. 손을 뻗으면 가나안 땅이 잡힐 듯한 거리였다. 그는 여전히 두뇌가 맑았고 시력도 분명했다. 그러나 그에게 남은 생명의 시간은 많지 않았다. 상이한 세계와 시대에 대응하기 위해 새로운 준비를 할 시간이 충분하지 않았다. 모세나『좌전』의 저자 입장에서 이후의 세계는 그처럼 낯설어서 더 이상 직접 묘사할 수 있는 대상이 아니었으므로 다른 묘사법으로 바꿔야 했다. 따라서 저자는『좌전』에서 한바탕의 회고와 서술을 진행하다가 이 지점에 이르러 피로감을 느끼고 붓을 놓을 수밖에 없었다.

그 저자는 여전히 좌구명일 가능성이 크다. 그러나 그는 훨씬 젊은 좌구명이어야 한다. 비교적 적당한 연배를 생각해보면 공자의 제2세대 제자가 되어야 하고, 공자가 노나라로 돌아온 후에 받은 제자, 즉 비교적 안정된 상태에서 천천히 학문을 가르치며 대화를 주고받

은 제자일 가능성이 있다. 자로(子路), 자공(子貢), 안회(顔回)와 같은 제
1세대 제자들은 공자와 함께 물속과 불속에서 함께 뒹굴었다. 또한
공자처럼 집 잃은 개꼴을 하고 천하를 주유했다. 공자는 그 일을 생각
하며 매우 가슴 아파했다.

"진(陳)나라와 채(蔡)나라에서 나를 따르던 사람들은 이제 나의 대
문으로 오지 못하고 있다."(從我於陳蔡者, 皆不及門.)[『논어』「선진(先進)」]

공자는 자신의 위대한 꿈을 이루기 위해 그들을 데리고 다녔다.
아침에 저녁을 보장하지 못하는 생명방식으로 살아가면서도 아마 그
들은 기꺼이 그런 생활에 자원하거나 심지어 그런 생활을 영광스럽
게 느꼈겠지만 공자는 여전히 마음 아파했다. "나의 대문으로 오지
못한다"는 구절에 대한 비교적 정확한 해석은 그런 사람들이 사라져
버렸거나 다시는 본래의 생명 자리로 돌아오지 못하게 되었음을 의
미한다. 일찍이 큰 풍파를 겪었던 사람들이 변심을 했거나, 서로 뜻이
맞지 않게 되었거나, 현실의 변방으로 쫓겨나 표류하게 되었다. 마치
마르코 폴로 장기판의 그 옹이 자국처럼 성장의 계절을 놓쳐서 꽃을
피우지 못한 것과 같다. 사실이 증명하는 바에 따르면 공자의 제1세
대 제자들은 소양이 비교적 훌륭했지만(천부적 자질이 그랬을 수도 있고
아니면 그들이 겪은 기이한 생명 역정이 그렇게 만들었을 수도 있다) 그들은 모
두 이후 경전을 전하며 침착하게 앉아서 학습한 내용을 암송하고 학
습하지는 않았다. 공자 자신도 마음을 가라앉혔다면 당시에 대응방식
을 바꿀 시간은 충분했을 것이다. 그러나 그들은 다시는 그런 상황을
따르는 것조차 어렵게 되었고, 그리하여 더 이상 시간이 충분하지 않
다고 느꼈을 것이다.

이미 주공을
잃어버린 노나라

좀 더 실제적으로 당시 노나라의 변화를 살펴보고자 한다. 구체적으로는 『좌전』 저자의 공간과 시간, 즉 그가 직면했던 당시의 처지에 가까이 다가가려는 것이다.

『좌전』 말미를 보면 당시 공자는 제나라가 노나라를 침략하는 일이 점점 더 치열하고 빈번해지고 있음을 목도하고 있었다. 소위 주공(周公)과 강태공(姜太公)—두 사람은 두 나라의 시조로 600년 전에 함께 어깨를 나란히 하고 주나라 건국에 참여했다—은 형제와 같았다고 상투어를 늘어놓아도 아무 의미가 없었다. 노 애공 11년에 벌어진 전쟁에 노나라는 거의 모든 것을 쏟아 부으며 망국이 진정으로 가까이 다가오고 있음을 느끼고 있었다. 정말 일패도지하여 망국의 수렁에 빠져들 가능성이 현실화되고 있었다. 당시의 전쟁 국면을 타개하기 위해 삼환도 한마음으로 협력했다. 공자의 제자 염유(冉有)와 번지(樊遲, 아마도 공자 문하에서 가장 뛰어난 운전기사였을 것이다. 즉 수레 몰기의 고수였으나 좀 우둔했다)가 모두 전선으로 달려가 육박전을 벌였다. 그 얼마 전 오나라와의 전쟁에는 유약(有若)이 300명의 결사대에 참가했다. 그날 밤 군장을 완전하게 꾸미고, 충성 맹세 구호까지 마친 후 죽음의 전장으로 출발하려 했으나 다행히 적군이 임시로 퇴각해서 전투를 치르지는 않았다. 미성년자 왕기(汪錡)도 관례를 깨고 전선으로 달려가 전사했다. 이런 상황은 우리가 오늘날 텔레비전에서 보는 중동이나 아프리카의 참혹한 전란과 유사하다. 이게 대체 무슨 세상이란 말인가?

이른바 역사의 재난이 닥쳤을 때 이렇게 취급되는 것이 어쩌면 인간 사회의 통례일지도 모르겠다. 그것은 바로 인간이 아주 저렴하게, 아무 타당성도 없이, 불합리하게 징발되어 폐기처분되는 상황을 말한다. 가장 훌륭한 시인과 소설가가 파견 명령에 의해 총을 들고 참호 속으로 들어갔다가 다시 돌아오지 못했다(유럽의 시집과 소설을 읽다보면 놀랍게도 작가들이 첫 번째나 두 번째 전투에서 바로 전사한 사실을 자주 발견할 수 있다. 그렇지 않으면 유격전을 전개하는 레지스탕스 활동 과정에서 전사했다). 어떤 세계 최고의 인류학자나 음악가들은 자신이 가까스로 도달한 가장 성숙한 상태에서의 20~30년이라는 시간을 돼지 사육에 허비했다고 말하기도 했다. 인간은 흔히 자신이 가장 잘 하면서 가장 좋은 성과를 낼 수 있는 일을 하지 못하고, 시간과 능력을 낭비하는 경우가 많다. 이것은 물론 보상받을 수 없는 손실이다. 재난은 역사의 전진 과정에서 맞닥뜨리는 수렁이므로 많은 사람들의 육체로 그것을 메우고 지나가야 한다.

당시 그 전쟁에서 노나라는 오나라의 지원으로 가까스로 승리할 수 있었다. 그러니 참으로 참담한 승리였다. 노나라 집정사 계강자(季康子)는 조금의 기쁜 기색도 없이 근심을 토로했다.

"작은 나라가 큰 나라를 이긴 것은 재앙이다. 제나라가 조만간 들이닥칠 것이다."(小勝大, 禍也. 齊至無日矣.)(『좌전』「애공」11년)

그렇다. 제나라의 군대는 또 공격해올 것이다. 깎인 체면을 세우고 치욕을 갚으려고 얼마나 다급하겠는가? 이런 나라는 패배를 감당하지 못한다. 그러나 더욱 말도 안 되는 경우는 승리도 감당하지 못한다는 사실이다. 그러니 어디서부터 손을 써야 할까? 계강자의 말은 이전 송나라 대란 때 자어가 한 말과 거의 동일하다. 또 그의 말은 우리로 하여금 정나라의 또 다른 전투 때 자산이 내놓은 대처 방안을 상기하게 한다—노 양공 26년 초나라가 침입하자 자산은 초왕의 진정한 의도와 당시의 국제정세를 정확하게 판단했다. 그는 무저항 전략을 선택하여, 친히 군대를 거느리고 온 초왕이 제한된 범위에서 한바탕 약탈을 하게 했다. 그러자 자랑할 만한 전과를 얻은 초왕은 체면과 실속을 모두 차리고는 즐거운 마음으로 정나라를 떠나갔다. 이것은 더욱 진일보한 전략이다. 승리와 패배를 모두 감당할 수 없지만 때로는 승리가 패배에 비해 더욱 위험할 수도 있다.

이렇게 보면 600년 역사를 가진 주공의 노나라는 이미 망해버린 은나라의 유민이 세운 송나라나 200년 역사를 가진 정나라와 대체로 다를 바가 없다. 줄곧 노나라를 수호해온 어떤 특별한 것(주공의 문물제도)은 이미 사람들의 망각에 맡겨졌다. 그들은 현실에서 그것을 더 이상 상기하거나 강구할 겨를이 없으므로 먼 시간 뒤편에 남겨둬야 한다고 강박했다.

전해오는 이야기에 의하면 오나라에서 원군을 보낸 것은 자공의 공훈이라고 한다(『좌전』에서도 당시 자공이 외교의 중임을 맡아 재난 구조에 나섰음을 알 수 있다). 그는 위기 상황에서 명령을 받고 네 나라를 뛰어다니며 자신의 모국이 아니라 자신의 스승을 구했다. 자공 자신은 또 다른 소국인 위(衛)나라 출신이다. 전설에 의하면 그를 외교 사절로 보낸 사람은 바로 공자라고 한다—『공자가어(孔子家語)』는 그리 엄밀하지 못한 책이라 그 내용을 모두 믿을 수는 없다. 적어도 과장된 측면이 있고, 공문에서는 대대로 이 책을 읽으며 즐거워했다. 그러나 지극히 핵심적인 부분에는 기본적인 진실이 포장되어 있거나 잔존해 있을 가능성이 있다. 당시 자공의 행차는 오랜 맹주 진(晉)나라를 설득하여 사태에 간여하도록 하려는 것이었다. 그것이 당시의 관례였고, 비교적 쉽고도 간단한 방법이었다.

그러나 오왕 부차에게 군사를 이끌고 북상해달라고 부탁하려면 오나라의 배후를 노리고 있는 월나라의 위험을 제거할 수 있어야 했다. 이 때문에 자공은 남쪽으로 내려가서 월왕 구천(勾踐)에게 오나라가 이미 월나라를 의심하고 있어서 여러 해 동안 참을성 있게 준비한 복수 계책이 물거품이 될 상황이라며(전해오는 말에 의하면 월왕 구천은 당장 겁을 먹고 식은땀을 흘렸다고 한다) 한 가지 방책을 제시했다. 그것은 월나라에서 자발적으로 군대를 파견하여 오왕의 통제를 받으며 거짓으로 오나라와 행동을 같이 하라는 것이었다. 더욱 훌륭한 행보는 그가 직접 적국인 제나라로 들어가서 당시 최고 권력자 가문 진씨(陳氏)의 분명하고도 돌이키기 어려운 국가 찬탈 음모를 폭로했다는 것이다. 그는 제나라가 취할 수 있는 가장 지혜로운 방법은 군대의 실력을 그대로 보유한 채 패배한 척 철군하는 것이라고 유세를 펼쳤다. 그리고 진씨로 하여금 노나라를 목표로 정하여(노나라는 제나라를 위협할 가능성이 전혀 없었지만) 병력을 모으고 확대할 핑계로 삼은 후 계속해서 제나라의 생사가 달린 군권(軍權)을 장악해야 한다고 설득했다. 이 외교전은 자공의 인생에서 가장 화려한 공연이었다. 한 사람이 대문을 나서서 다섯 나라를 진동시켰다. 즉 진나라를 존중하고, 오나라의 패권을 이루어주고, 월나라를 강하게 해주고, 제나라를 약화시키고, 노나라를 보존했다.

그러나 자공의 외교적 언사는 완전히 당시 눈앞의 현실적 이해관계를 근거로 한 것이지, 어떤 도덕적 역량을 끌어들인 것이 아니다. 또 당시 누구도 거들떠보지 않는 역사적 역량을 탐구하지도 않았다. 이는 이후 전국시대 종횡가 소진(蘇秦)과 장의(張儀)가 펼친 외교전의 예고편이라 할 수 있으며, 자공이 이 분야의 첫 번째 활동가였음을 알려준다. 춘추시대에는 의로운 전쟁이 없었다. 자공은 의로움의 껍질을 모두 벗겨 버리고 이와 같이 솔직담백하게 외교전을 펼쳤다. 이것은 물론 당시의 새로운 현실이 그렇게 시켰기 때문이다.

공자 문하의 제1세대 제자들 중에서 자공만이 시대적 격차를 순조롭게 뛰어넘어 단신으로 완전히 새로운 세계로 진입했다. 전설에 의하면 자공 자신은 마치 스스로 빛을 내는 물체처럼 의연히 뛰어난 활동을 펼치며(사마천은 일찍이 공자 문하의 제자들을 가리켜 달처럼 공자의 태양빛을 반사하는 사람들이라고 했다) 국경을 뛰어넘는 천하 갑부가 되었다고 한다. 후세 화식자(貨殖者, 상인)의 선구자 중 한 사람인 셈이다. 한 사람이 두 가지 분야 역사의 첫 번째 인물이 되었으니 정말 대단하다고 할 수 있지만 그건 또 다른 하나의 인생임이 분명하다.

나는 자공이 사람을 감동시킬 정도로 정이 깊은 사람이라고 믿는다. 전해오는 말에 따르면 공자 사후에 그만이 홀로 공자의 묘를 꼬박 6년 간 지킨 후 떠났다고 한다. 자공은 우둔할 정도로 성실한 증삼(曾參), 본래 자신에게 익숙한 고향에서 책을 암송하고 베끼는 일에 적합한 증삼과는 달리, 온몸으로 예민하게 현실을 느끼는 감각과 강한 힘을 지닌 사람이어서 광대한 무대에서 활동하기에 적합했다(공자도 이렇게 평가했다). 이 때문에 6년의 세월이 자공에게 얼마나 길고 슬펐을

지 짐작할 수 있다. 하지만 그것은 그가 자신의 스승 및 당시 세월과 천천히 석별하는 방식이었을 것이다. 그는 무엇을 생각했을까? 스승이 떠난 후의 노나라와 당시 세계가 어떤 양상인지, 나중에 더욱 열심히 공부한 사제(師弟)들이 어떤 모습을 하고 있는지 더 많이 보았을 게 분명하다.

나는 공자의 제자들 중에서 자공이라는 인물에 가장 흥미를 느낀다. 그는 제자 중에서 가장 복잡한 사람으로, 공자가 생각한 당위의 세계와 외부의 불편한 현실 세계의 교차 지점에 서 있었다. 이 두 가지 세계는 끊임없이 서로 배척하고 조롱하며 사람의 마음을 격렬한 변증법적 전투 현장으로 내몰았다. 자공의 진정한 견해가 어떠했는지는 너무나 안타깝게도 전혀 자료가 남아 있지 않다. 이에 우리는 그에 대한 상황을 가능한 합리적으로 실마리를 찾는 입장에서 추정해볼 수밖에 없다. 가장 좋은 추정 방식은 잃어버린 세계와 잃어버린 사물을 다시 세울 수 있는 소설로 써내는 것이다. 다만 합리적이면서, 동일한 꿈을 꾸고, 생명의 질료가 비슷한 좋은 필자가 있기를 바란다. 비교적 두려운 마음으로 바라는 또 하나의 소망은 영화감독 장이머우● 식의 필자가 자공을 함부로 망치지 못하게 하는 것이다.

전국시대에도 자공은 틀림없이 사방에서 환영받고 존경받았을 테지만, 나는 그가 자신의 젊은 시절 및 이미 젊지 않았고 천진하지 않았던 시절의 그 외교 현장을 절대 잊지 않았다고 믿는다. 이른바 생명이 가장 찬란했던 시절에 그는 거대하고 아름다운 어떤 것과 그가 뜨겁게 사랑한 어떤 세계 간의 거리가 가깝다고 굳게 믿었다. 그는 틀

● 장이머우(張藝謀)는 중국 대륙의 제5세대 영화를 대표하는 감독이다. 그의 초기 작품 『인생(活着)』, 『귀주이야기(秋菊打官司)』 등은 중국의 현실적인 모순을 성공적으로 드러낸 것으로 평가받지만 후기의 역사물, 즉 『영웅(英雄)』, 『연인(戀人)』, 『황후화(滿城盡帶黃金甲)』 등은 현실 권력과 타협한 안일한 작품으로 평가받는다.

림없이 자신의 스승 공자가 이야기한 적이 있는 것과 전혀 이야기하지 않은 것, 이미 내린 적이 있고 또 응당 내려야 할 역사 판단, 아울러 갑자기 멈춰서 완성할 겨를이 없었던 많은 일을 늘 생각했을 것이다. 또 마음 속 이야기를 나눌 수 있는, 지금은 떠나 버린 친구들을 상기했을 것이다.

롭 라이너(Rob Reiner) 감독이 영화『스탠 바이 미(Stand by me)』로 개작한 스티븐 킹(Stephen Edwin King)의 원작 소설『더 바디(The body)』에서 헛된 모험이 끝나고 나서 여러 해 뒤 '나'는 소설을 쓰는 사람으로 변했다. 친구 세 명 중 하나는 착실하게 시골 마을에 남아 가업을 계승했고, 또 하나는 군대를 동경하다가 교도소를 드나드는 범죄자가 되었다. 마지막으로 큰 형 같았던 그 친구는 열심히 공부하여 변호사가 되었지만 술집에서 선의로 분규를 해결하려 하다가 칼에 찔려 죽었다. 어지럽고 곤혹스러우며 별 볼 일 없는 삶들이지만 소설 마지막 대목에서 소설가 '나'는 타자기를 두드려 다음과 같이 쓴다.

"내 평생 더 좋은 친구를 만나지 못했다."

노나라는 무엇을 잃었는가? 가장 간단하게 말하자면 노나라는 주공을 잃었다. 모든 사람이 함께 망각하는 가장 흔한 방식으로 말이다. 공자는 만년에 자신이 꿈에서도 더 이상 주공을 만날 수 없다고 탄식했다. 일반적으로 우리는 그가 말한 것이 자신의 늙음과 모종의 절망감에 대한 은유라고 인식한다. 그러나 그것이 일종의 현실을 말한 것은 아니었을까?

학교나 도서관
같은 노나라

주공을 잃자 노나라는 완전히 평범하게 변했다. 정말 또 하나의 정나라와 송나라일 뿐이었다. 이들 나라는 모두 '역사의 회랑' 속에서 시간이 되면 조용히 멸망할 수밖에 없는 소국에 불과했다—노나라, 정나라, 송나라의 확실한 망국 시간을 기억하는 사람은 거의 없고, 역사에서도 그리 많이 언급되어 있지 않다.

춘추시대 각 지방 열국의 흥쇠(興衰)와 변화를 통해 우리는 또 하나의 역사 법칙을 마음에 새겨야 한다. 그것은 바로 중심이 끊임없이 소모되고, 지치고, 늙어간다는 점이다. 새로운 활력 및 상상력은 부단히 새 흐름이 주입되는 강물처럼 주변부에서 계속 발생한다. 우리가 보기에 춘추시대 말기에서 100년 동안의 전국시대는 일방통행 도로처럼 줄곧 강대해지는 국가들이 사방에 군림하고 있었다. 진(秦), 제, 초 및 춘추시대에는 근본적으로 존재하지 않았던 것 같은 연(燕)나라가 이에 해당한다. 삼진(三晉) 중에서 조(趙)나라가 가장 뛰어났고 가장 오래 저항력을 갖고 있었다. 그것은 틀림없이 조나라와 경계를 맞대고 있었던 호족(胡族)과 관련이 있다. 사실 조나라의 적통 혈맥은 바로 화하족(華夏族)과 이민족의 혼혈인데, 그 연원은 바로 가장 이른 시기의 조최(趙衰)에서 비롯되었다.● 진정으로 따져보면 일찍이 매우 신속하게 앞서거니 뒤서거니 패자(霸者)를 칭했던 오나라와 월나라도 중국의 가장 동남쪽 구석에서 발원한 나라다. 성씨는 끊임없이 분리·변화하고, 큰 성씨에서 작은 성씨로 분파되고, 씨족 전체에서 한 집안, 한 사람으로 갈라지므로 중요성이 아마 그렇게 크지는 않을 것이지만, 다음 상황을 살펴보는 것도 무방하리라 생각된다―주나라 천자의 직계 후예인 희성(姬姓) 국가 중에서 멸망할 나라는 멸망했고, 도망갈 나라는 도망갔다. 오나라는 월나라에게 멸망당했고, 진(晉)나라는 강력한 세 가문에 의해 해체되어 소실되었다[한, 조, 위, 세 가문은 일찌감치 자리 잡은 이성(異姓) 귀족이었지 공족이 아니었다]. 그 나머지는 본래 대수롭지 않은 것들이다. '서주(西周) 집단'과 함께 오랜 세월 긴밀하게 어울려 살며 혼인을 맺고 함께 동쪽으로 진군하여 천하를 얻은 강성(姜姓)의 제나라조차도 진성(陳姓, 田姓)의 새로운 제나라로 바뀌어 시대에 등장했다. 진성(陳姓)을 당시 사람들은 순(舜) 임금의 후예로 굳게 믿고 있었다.

지리상으로 노나라는 먼 동쪽에 위치해 있었지만, 개념상으로는 줄곧 또 다른 하나의 중심이었다. 때문에 노나라는 건국하자마자 바로 욱일승천하는 국가가 될 수 없는 운명에 처하게 되었다―『좌전』에 이를 회고하는 기록이 실려 있다. 즉 『좌전』에서는 제나라와 노나라 양국 제1대 군주 강상(姜尙, 姜太公)과 백금(伯禽, 주공의 아들) 및 풍

● 조최는 진(晉) 문공(文公)과 함께 적(翟)나라에 망명했을 때, 고여국(咎如國) 군주의 딸 숙외(叔隗)와 혼인하여 세 아들을 낳았다. 고여국은 북방 이민족 적적(赤狄)의 나라다.

토와 인정이 본래 크게 차이가 나지 않았던 두 이웃 나라의 상이한 건국(치국) 이념, 아울러 이로부터 마치 프로스트(Robert Frost)의 명시에서 읊은 것처럼 두 갈래로 갈라진 길을 비교하고 있다. 이 두 갈래 길은 각각 사람들이 모여드는 땅과 인적이 드문 숲으로 이어졌다. 전해오는 이야기에 의하면 봉건 제후국이 새로 서면 온갖 일을 처리해야 하지만 제나라는 5개월 만에 바로 결과를 보고했다. 주공(당시 어린 성왕의 섭정이어서 노나라에서는 통치를 행한 적이 없다)은 제나라의 이처럼 놀라운 효율을 기이하게 생각했다. 그런데 그 해답은 바로 민심에 맞춰 조치를 시행하고 현지의 민정과 풍속에 순응하는 방식으로 일을 처리했기 때문이었다. 상하의 협력이 쉬워서 정치가 신속하게 본궤도에 올랐던 것이다.

노나라는 3년이 지나 결과를 보고했다. 이것은 너무 늦은 결과라고 할 수밖에 없다. 조금씩 민심, 관념, 습관, 생활방식을 바꾸느라 빨리 진행할 수 없었고, 가까스로 나라 모양을 갖추는 데 3년이 걸린 셈이다. 이 대목에 이르러 주공은 장탄식을 내뱉으며 100년 후에는 제나라가 강해지고 노나라는 약해져서 장기적으로 노나라가 제나라의 압제를 받게 될 것이라고 예언했다. 주공의 이유는 역대 독서인들이 상상한 것보다 훨씬 현실적이고 예리하다. 후세 사람들은 늘 주공의 전공이 정치라는 걸 망각하곤 한다. 그는 자신의 형 주 무왕을 따라 은나라를 멸망시키는 결정적인 대전에 참가했다(틀림없이 사람을 죽였을 것이다). 또 일찍 세상을 떠난 형을 도와 전쟁보다 더 복잡하고, 민심의 간악함과 관련되어 있고, 자기 형제(관숙과 채숙)의 반란과 얽혀 있는 국가대사를 처리했다. 밥을 먹고 머리 감을 시간도 없을 정도로 바쁜 나날이었다.••

•• 토포악발(吐哺握髮)의 고사성어가 여기에서 나왔다. 주공은 현인이 찾아오면 입에 든 밥을 뱉어내고, 감던 머리를 움켜쥐고서 뛰어나와 맞이했다고 한다.

그가 예악을 제정한 것은 이러한 바탕과 정치적 요구를 기반으로 이룬 일이었다. 정치 세력 간의 대항이 아닌 정치 공작의 일종인 셈이다. 주공은 치국이란 백성을 다스리는 일이고 집체와 관련된 일이므로 간단하고 명쾌함이 기본 원칙이라고 인식했다. 따라서 어려워서도 안 되고, 강제적이어서도 안 되고, 이해할 수 없는 방식으로 집행해서도 안 된다는 것이다. 말하자면 노나라는 시작부터 현실 속의 새 나라를 건설하는 것이 아니라 천하 중심인 주나라의 동방 지부를 만드는(심지어 도읍을 옮기는) 것처럼, 마치 학교나 도서관을 짓는 것처럼 일을 처리했다는 것이다.

이후 이런 성향은 우연에만 그치지 않은 듯하다. 춘추시대 242년간 나라를 다스린 12명의 노나라 군주를 살펴보면 각각 성격, 자질, 기회가 모두 달랐지만 영웅이라 할 만한 군주는 한 사람도 없었다. 심지어 잠시라도 그렇게 되려고 생각했거나 꿈을 꾼 사람조차 찾아볼 수 없다. 정나라에는 그래도 장공(莊公)이 있었다. 그는 제 환공과 진 문공이 나타나기 전에 패주의 모습, 인격, 자질, 잠재력을 가장 잘 갖춘 사람이었다. 그는 당시 위력과 실력이 남아 있던 주나라 천자의 군대를 격파하면서(주나라 천자의 영향력은 바로 이 전투의 패배로 종결되었을 가능성이 지극히 크다) 화살로 주나라 천자의 어깨를 맞췄다.• 송나라에도 한바탕 패주(霸主)의 꿈을 꾼 양공이 있었다. 그는 자신의 꿈속에서 아무도 볼 수 없었던 천하 쟁패의 기회를 명확하게 보았다.

주공이 앞에서 언급한 예언을 했는지 우리는 실제로 전혀 알 수가 없다. 나의 추측으로는 그것이 노나라 사람들의 회고이거나 가탁(假託)에 불과한 듯하다. 분명 노나라와 제나라는 봉건 제후국으로서의

• 정확하게는 정 장공이 쏜 것이 아니라 그의 수하 장수 축담(祝聃)이 쏘았다. 당시 주나라 천자는 환왕(桓王)이었다.

국격이 같았다. 두 나라 모두 후국(侯國)으로 높은 등급의 나라였고, 주 천자와의 친소 관계와 특별대우로 말하자면 노나라가 제나라보다 훨씬 우월한 위치에 있었으며, 후대의 노나라 사람들은 반드시 아주 불편한 마음으로 자신들의 해석에 따라 왜 제나라는 가능했는데 노나라는 불가능했을까라고 생각했을 것이기 때문이다.

『구약성경』에서 모세가 권력을 잡고 나서 이스라엘 각 부족을 나눈 역사와 비교해보면 노나라는 레위족(Levi族)과 가장 비슷하다. 레위족은 기본적으로 전투를 하지 않았고 심지어 일상적인 경제활동에조차 참여하지 않았다. 각 부족이 일을 나누어 서로를 부양했기 때문에 레위족은 제사 업무를 맡았다. 그들은 성질이 고약한 야훼를 전심전력으로 경배함과 아울러 성궤**라는 최대 성물을 보관하고 보호할 책임을 졌다. 혹자는 이것을 유태인의 생존 상징이라고도 한다—성궤의 종적은 알 수가 없는데, 일설에는 미국 어느 지역의 큰 창고 안에 들어 있다고도 한다. 인디아나 존스 박사의 「잃어버린 성궤를 찾아서(Raiders of the Lost Ark)」에 근거하면 말이다.

노나라는 태산에서 제사에 참여하는 천자를 주기적으로 시봉하는 임무를 맡고 있었다(천자가 순행에 나서서 친히 왕림하는 일은 쉽게 일어나지 않는 국가대사여서 춘추시대 전체를 통틀어 봐도 그런 광경을 찾아볼 수 없다). 따라서 예를 행하고 음악을 연주하는 품격이 모든 제후국보다 높아서 거의 천자에 근접한 상황이었다. 이처럼 유일무이하고 영광스러운 업무가 몇 백 년 동안 진행되면서 점차 노나라의 독특하고 기본적인 현실이 만들어졌고, 심지어 민심에까지 널리 스며들어 노나라 사람들의 기본적인 심리 상태가 되었다. 또 그것은 인간의 현실 행위 일

** 성궤는 야훼의 율법과 계명을 기록한 두 개의 돌판을 보관하는 궤짝이다.

부 및 세계를 바라보고 생각하는 방법을 결정했다. 이것은 사람들로 하여금 단독으로 더욱 높고 더욱 깊은 어떤 곳을 지향하게 만들지만, 다른 한편으로는 오히려 이런 방향을 아예 무시하게 만들거나 하나의 제한으로 작용하게 하거나 현실에서 침중한 부담으로 느끼게 할 수도 있다. 마치 고대 그리스의 탈레스(Thales)가 별만 쳐다보고 깊은 생각을 하며 걷다가 우물에 빠져서 트라케(Thrace) 출신 하녀에게 비웃음을 당한 것처럼 말이다.

나 역시 일본 교토(京都)에서 이와 아주 유사한 느낌을 받았다. 교토인들은 일본 전역에서도 가장 붙임성 없는 사람들일 것이다. 교토인(특히 오래된 상점의 주인)들은 오만하게 보일 정도로 자존심이 강하고 태도가 뻣뻣하며, 사람들에 대한 기이한 저항감과 남들을 아랑곳하지 않는 자세를 지니고 있다. 그들은 설령 당신이 '영원히 대접받아야 할' 고객 신분으로 돈을 내고 물건을 사는 사람인 경우에도 먼저 모종의 '자격'을 갖추거나 모종의 감상능력을 갖춰야 되는 것처럼 대한다. 한 차례 한 차례 이런 일을 겪으면서 나는 비로소 천천히 생각하게 되었다. 이것은 바로 그들의 신분이 교토인인 까닭이다. 까닭모를 운명에 의해 이와 같은 천년 고도에 떨어진 그들은 마치 생래적으로 거부할 수 없는 처지와 임무를 부여받은 것 같다. 그들은 대대로 세습 받은 전통 수호자처럼 역사의 전환기, 특히 요란한 현대화 시기에 소실된, 이제는 볼 수 없는 것들을 여전히 군건하게 보위하고 있는 것 같다. 수많은 오사카인(大阪人)과 도쿄인(東京人)은 할 수 있는 것을 그들은 할 수 없고, 저들이 가질 수 있는 것을 교토인들은 가질 수 없다. 예컨대 교토에서는 너무 높은 현대식 빌딩을 지을 수 없는 것도 이에 포함된다. 특히 히가시야마신사(東山神社) 마을 곁에 어떻게 사람의 먼 시선을 가로막는 건물을 지을 수 있으며, 또 어떻게 8월 16일

저녁에 불을 피워서 만드는 '대(大)' 자(두 곳) 모양, '묘법(妙法)' 글사 모양, 배 모양, 토리이(鳥居) 모양의 '고잔노 오쿠리비(五山送火)'를 보지 않을 수 있겠는가?●

누군가 교토의 어떤 곳에 너무 높은 호텔을 지었다가 교토에 있는 모든 신사와 사찰의 연명 항의를 받았다. 그들은 공고문을 붙이고 이 호텔에 묵는 손님의 참배를 환영하지 않는다고 알렸다(그러나 어투는 매우 점잖았을 뿐 아니라 미학적으로도 아름다워서 분노한 사람들의 항의 선전물 같지 않았다). 교토에서는 땅도 마음대로 굴착할 수 없다. 이 때문에 교토에는 지하철이 발달하지 않았고 도로 역시 넓지 않다. 교토의 많은 곳―특히 가장 아름다운 기온(祇園) 주위―에서는 전봇대와 전선조차 지하화 할 수 없다. 이런 작은 마을 사람들은 모두 현대화의 성과를 향유하기 어렵고, 교토인들도 마찬가지다. 이런 사례는 매우 많다. 이곳에서 사람들은 역사라는 대시간을 이용하여 일을 관찰하고 일을 생각하지 목전의 시간만을 이용하지 않는다. 또 이들이 갖고 있는 모종의 세계사적이고 인류사적인 드넓은 관점은 하나의 도시에만 입각해 있지 않다. 이것이 교토인의 독특한 시공간적 포지션이다.

역사에서 가장 총명하고 가장 예민한 사람이 다음과 같은 사실을 우리에게 증명했다.

오나라 군자 계찰(季札)은 줄곧 소문으로만 들어오던 역대 천자의 음악을 노나라에서 직접 감상했다. 노나라는 주공의 아들 백금이 봉

● 고잔노 오쿠리비(五山送火)는 매년 8월 16일 일본 교토 시에서 조상의 영혼을 보내기 위해 피워 올리는 불놀이 행사다. 다섯 개의 산 정상 부근에서 특정한 글자나 형상으로 불을 피운다. 그 장소와 형상은 다음과 같다. 첫째, 죠오도지(淨土寺)와 뇨이가 타케(如意ヶ岳)의 '대(大)' 자 모양. 둘째, 니시야마(西山)와 히가시야마(東山)의 '묘법(妙法)' 글자 모양. 셋째, 후나야마(舟山)의 배 모양(舟形). 넷째, 사다이몬지야마(左大文字山)의 '대(大)' 자 모양. 다섯째, 사가 토리이모토(嵯峨鳥居本)와 만다라산(曼陀羅山)의 토리이 모양(鳥居形). 토리이는 일본 신사 입구에 세우는 기둥 문이다.

해진 나라였기 때문에 제후국 중에서 유일하게 천자의 음악을 연주할 수 있는 특권을 누렸다. 당시에는 노나라 사람들만 천자의 음악을 연주할 수 있었을 것이고, 실제로 그런 음악과 관련된 특수한 악기, 무용복, 무용 도구 등을 소장하고 있었을 가능성도 지극히 크다. 또 몇 백 년 후 사마천은 일부러 역사 현장 곳곳을 찾아다녔다(그는 연구실의 자료에만 의지하지 않았다. 그는 상당히 문학적이다). 제나라 땅에서 그는 그곳 사람들의 사납고 거친 모습을 보았지만, 바로 이웃인 노나라 땅에서는 여전히 아름다운 노래가 그치지 않는 모습을 보았다. 여러 해 전쟁을 겪었지만 그곳은 아직도 학교 같고 도서관 같은 모습을 하고 있었다. 어떤 유령이 여전히 그곳을 배회하는 것 같아서 태사공 사마천은 기이하다고 칭송했다. 이런 경향은 아마도 공자에게서 직접 왔을 가능성이 있다. 그러나 우리는 무엇이 공자와 같은 특이한 사람을 길러냈으며, 또 무엇이 공자에게 공전의 그리고 불가사의한 일을 할 수 있는 공간을 제공했느냐 하는 점을 말해야 한다. 주공이 사라진 노나라에서 공자의 존재(그의 견해, 그의 거대한 실험, 그가 느낀 삶의 책무, 그의 교육 등)가 있었다는 건 상상하기 어렵다. 공자가 정나라에서 태어났다면 그의 견해와 행동은 더욱 자산에 가까웠을까? 가능성이 있다. 하지만 우리가 의심할 만한 이유는 있어도 진실을 알 수는 없다.

주공 사후 주 성왕은 낙읍(雒邑) 묘지에 묻어달라는 주공의 유언에 따르지 않고(주공은 생전과 마찬가지로 사후에도 가까운 거리에서 주나라 정치를 보좌하기를 희망했다) 그의 유체를 필(畢) 땅으로 보내 장례를 치렀다. 그곳은 주나라 왕족 역대 선왕들이 안장된 성지였다. 주 성왕은 "주공을 감히 신하로 여기려 하지 않았다."(不敢臣周公) 이것은 주 성왕이 천지신명에게 맹세한 일이다. 왜냐하면 다재다능하고 부지런한(이 두 가지 특징을 한 사람이 오래 유지하기가 결코 쉽지 않다) 그의 삼촌 주공이 그를 보호했을 뿐 아니라 그를 도와서 온 천하의 일을 세세하게 수습해줬고, 그가 자란 이후 대권을 계승할 수 있게 해줬기 때문이다. 이것은 마치 서양인들이 말한 것처럼, 레드카펫을 깔고 술을 가득 채운 술잔을 공손하게 바치고는 자신은 조용하게 신하의 자리로 돌아가 북쪽으로 임금을 바라보는 것과 같은 상황이다. 주공의 후손인 노은공은 대략 이 일을 기록하고 당시의 상황을 동경했다. 또 본인 역시 그렇게 하려고 생각했지만 결국 불행한 일을 당하고 말았다.

『상서(尙書)』「금등(金縢)」에는 그런 과정에서 주 성왕이 의심을 품은 일을 기록해놓았다. 그러나 성왕은 쇠줄로 밀봉한 상자에 감춰놓은 역사적 문건을 열어보고 부친 무왕의 병이 위중할 때 주공이 세 분의 선왕(신이 아니라 선조에게 빌었음)에게● 기도를 올리며 무왕 대신 자신이 죽으려고 소원했다는 사실을 발견했다. 이것은 매우 재미있는 기도 문건이다. 내용을 보면 마치 시장에서 가격을 흥정하듯 선왕의 혼령을 위협하는 대목이 나오고("선조님들께서 무왕을 낫게 해주지 않으시면 나는 보배를 바치지 않겠습니다." 등), 또 주공 스스로 자신의 능력과 재주가 형 무왕보다 훨씬 뛰어남을 과장하고 있다. 이 때문에 자신이 하늘로 가서 세 분의 선조를 모시는 것이 더욱 적합하다고 생각하지 않느냐는 것이다. 전해오는 기록에 의하면 성왕이 스스로 마음을 잡지 못하자 하늘이 기상이변을 일으켜 곡식을 익지 않게 하고, 벼를 쓰러뜨렸으며, 또 강풍을 일으켜 큰 나무의 뿌리까지 뽑히게 했다. 이와 같은 일이 일어나고서야 성왕은 밀봉 상자를 열고 해결 방안을 찾았다. 당시 사람들은 하늘이 주공에게 오해가 발생하지 않도록 해주었다고 믿었다.

● 주나라를 강국으로 만든 세 사람, 즉 태왕(太王), 왕계(王季), 문왕(文王)이다.

천자이면서 신하였던 주공이 분봉 받은 노나라는 이 때문에 아주 독특한 제후국이었다. 나는 이것을 "대국가의 영혼과 소국가의 육체"가 결합된 나라라고 말한다. 큰 영혼이 그렇게 작은 육체에 억지로 끼어 있었으니 어떻게 그런 기괴한 일들이 일어나지 않을 수 있겠는가?

과거에 나는 『세간의 이름(世間的名字)』이라는 책 마지막 대목에서 이런 사례로 유엔 안전보장이사회에서 퇴출되기 직전의 타이완을 생각해본 적이 있다. 일찍이 '중국'이라는 호칭으로 세계 5강을 대표한 타이완은 내 유년과 청소년기가 담겨 있는 나라였다. 여러 해 뒤에야 나는 그것이 특이하고도 특이하여 황당함에 가까운 일이라는 걸 천천히 알게 되었다.

꽃으로
만발하다

마지막으로 우리는 다음 문제를 추측해보려고 한다—사마천은 『사기』에서 춘추시대 242년의 역사를 쓸 때, 왜 『좌전』을 그대로 베끼면서 의심하지 않았을까? 사마천은 있는 사료를 그대로 가져다 쓰는 사람이 절대 아니었다. 그처럼 총명하고 진지한 사람의 입장에서 만약 사실적인 내용이 아니었다면 어떻게 춘추시대 역사의 내용을 인정할 수 있었겠는가?

앞에서도 이야기한 것처럼 춘추시대에는 최소한 조금이라도 모양을 갖춘 국가에서는 관례에 따라 사관을 두었다. 남방에서 늦게 흥기한 초나라에도 사관이 있었다. 초나라의 좌사(左史) 의상(倚相)은 온갖 고대 경전을 읽을 수 있었다고 한다. 이는 역사학의 뿌리가 매우 깊었음을 의미한다.

많은 국가가 노나라보다 훨씬 강대했고, 정치도 정상적이었고, 자원도 풍부했다. 그런데도 이후 더욱 긴 역사를 거치면서 전국시대에서 진나라에 이르기까지의 기록은 거의 모두 사마천에 의지하고 있다. 우리는 물론 이 모든 상황을 예측 불가의 전화와 역사의 운명으로 귀속시킬 수 있다. 그러나 합리적으로 말해 보면 사마천이 참고한 선대의 역사책은 『좌전』 한 부에 그치지 않을 것이다. 『사기』의 실제 내용을 봐도 곳곳에 이런 추측을 증명할 만한 기록이 많다. 제 환공과 관중에 대한 비교적 상세하고 흥미로운 기록도 다른 자료를 근거로 삼았음이 분명하다. 말하자면 사마천은 자료를 선택했고, 그중에서 작은 나라의 역사책인 『좌전』에 공감하여, 자신이 그 당시 역사를 다시 서술하는 기본 주체로 삼았다. 사마천이 생각하는 서술의 좌표, 시각, 화제의 강조와 생략, 시간의 중심선 및 그 분할 방식과 어투에 이르기까지 『좌전』의 저자가 사마천보다 먼저 그 시대를 훌륭하게 기록해놓은 것으로 보인다.

　『사기』와 후대의 정사가 가장 다른 점은 바로 중국의 이 위대한 역사책이 관방에서 편찬된 것이 아니고 단일 왕조의 관점으로 서술된 것도 아니라는 점이다. 이 때문에 『사기』는 후대의 사서에 비해 훨씬 복잡하고, 풍부하고, 심층적이고, 재미있다. 왜냐하면 집필자가 왕조의 바깥 먼 곳에 서서 물리적·심리적 장애 및 맹점을 거의 제거했기 때문이다. 우리는 이렇게 하는 것이 비교적 공정하다고 말할 수 있다. 그러나 공정은 가장 확실한 문자를 의미하는 것이 아니라 비교적 다양한 사실의 진상을 말할 기회가 있어야 함을 의미한다(이 때문에 우리는 비로소 사마천이 공정하다고 느낀다). 더 많은 사실을 말하는 걸 가로막는 건 결코 이기심만은 아니고(비겁, 영합, 부당 이득 추구 등) '기술적' 어려움 탓인 경우가 더 많다. 여기에는 집필자 자신의 갖가지 한계도 포함된다. 즉 인간이 충분한 인식 능력, 감별 능력, 판단 능력, 구술과 글쓰기 능력을 갖출 수는 없을까? 더욱 중요하고 더욱 근원적인 것은 자신이 처한 시간과 장소의 한계를 벗어던지고 더 많은 것을 생각하고, 보고, 찾을 수 있느냐 하는 점이다. 이 점이 바로 긴 시간 동안 인식 능력을 포함한 다양한 능력들이 획득되고, 단련되고, 발전되어야 할 이유다.

역사 쓰기는 결국 전문적 업무이지 도덕적 연출이 아니다. 그러나 전문적 업무의 깊은 곳에 이르면 역사 쓰기(모든 글쓰기도 포함하여)도 피할 수 없는 도덕적 요구에 직면한다. 그러나 『좌전』에서 제나라 태사가 과감하게 모종의 진실을 기록하기 위해 죽음을 불사한 일은● 단지 역사 쓰기 업무의 한 가지 위험이고 특수한 불행일 뿐, 일상적인 도덕적 요구와 곤경은 아니다. 글쓰기의 도덕적 요구는 이와 같은 격앙된 내용보다 더욱 전면적이어야 하고, 더욱 유연해야 하고, 더욱 풍부한 사고와 변증법적 판단 능력을 갖춰야 한다. 또한 사람들에게 알려지지 않은 것은 틀림없이 우리가 앞으로 더 많이 토론할 기회가 있을 것이다.

누구나 알고 있는 것처럼 『사기』에서는 항우(項羽)를 「본기(本紀)」에 편입하여 한(漢) 고조(高祖) 유방(劉邦) 앞에 배치했다. 이것은 그가 황제라고 말하는 것과 같고, 또 고조가 일찍이 그의 밑에 있다가 그의 수중에서 천하를 탈취했다고 말하는 것과 같다. 사마천에 대해 말하자면 이 대목은 반박할 수 없고 고칠 수 없는 역사적 사실로 인정했을 가능성이 지극히 큰데, 그는 그것을 직접 말하며 항우를 폄훼하지도 않고 지나치게 미화하지도 않았다. 또 안타까움을 표현하면서도 그의 한계와 부족한 점을 설파했지만 이러한 서술 기법이 한나라 천자를 자극할 수도 있었다(2000년 이후의 오늘날은 민주시대로 불리는데 우

● 제 장공(莊公)의 재상 최저(崔杼)가 장공을 시해하고 경공(景公)을 옹립하자, 당시 제나라 태사 형제 네 사람이 죽음을 불사하고 사실을 기록한 일을 가리킨다(『좌전』 「양공」 25년).

리의 국사편찬 과정에 진정으로 더 강한 기개가 담겨 있는가? 청나라 말기와 중화민국 초기의 얼마나 많은 사람과 사적이 이런 역사의 틈새로 사라졌는가? 장이허가 지난 일은 결코 연기처럼 사라져서도 안 되고, 그렇게 사라지게 내버려둬서도 안 된다고 말하는 것을 나무랄 수 없다). 그러나 또 이 때문에 우리는 비로소 비교적 완전하게 항우를 바라볼 수 있게 되었다. 그는 결국 특수한 역사 시기에 활동한 특별한 인물이었다. 그러나 그는 적이며 악마였을 뿐 아니라 결국 이렇게 말하기도 쉽지 않고, 저렇게 말할 수도 없는 부서진 영웅이었다.

진실로 『항우본기』는 묘사가 탁월하여 문학이나 심지어 소설 쓰기의 가장 엄격한 요구를 가지고 평가해보더라도 지극히 훌륭한 문장이라고 할 수 있다. 이후 범위가 바다와 같고 인물도 물고기 떼처럼 많은 20여 부의 역사책 가운데서 과연 어떤 글이 이러한 높이와 수준에 도달할 수 있었던가? 사마천이 후대 사관보다 훨씬 뛰어나서 정말 도덕만으로 그들을 압도할 수 있었을까?(과감하게 직서하는 것과 훌륭하게 쓰는 것은 다른 일이다.) 혹은 이렇게도 볼 수 있겠다. 2000년의 길고 긴 역사에서 이론상, 확률상으로 항우는 이처럼 독특할 수 없고 이렇게 유일한 캐릭터에 가까울 수도 없다. 역사라는 큰 게임은 돌연변이의 가능성이 크지 않아서 100년, 1000년의 긴 역사를 살펴보면 단지 중복, 순환, 재수 없는 상황의 연속일 뿐이다. 규모가 확대되고 권력의 하사품이 증가한 것만 제외하면 더더욱 그러하다. 이처럼 사람의 마음을 전율케 하는 실패, 우리가 손을 뻗어서 가장 멋진 모습을 감촉할 수 있을 정도로 그려진 몰락과 파멸은 다른 사람에게도 발생한 적이 있지만 오직 사마천만 항우를 이와 같이 묘사할 수 있었다. 헬레네(Heléne)의 뛰어난 모습이 호메로스의 묘사 덕분인 것처럼 항우의 독보적인 모습도 사마천의 서술 때문이라 할 수 있다.

중국의 사관은 일반적인 관직 밖에 독립적으로 존재했으므로, 천자도 그를 신하로 삼을 수 없고 신하로 부릴 수 없는 일면을 갖추고 있었다. 심지어 『정관정요(貞觀政要)』•에도 잘 드러나 있는 것처럼 매일 황제의 언행을 하나하나 모두 기록했고, 황제 자신도 그 기록을 볼 수 없었다(당 태종 이세민은 이 규칙을 준수했지만 다른 황제들은 반드시 준수하지는 않았다. 그러나 그것은 일종의 이상으로 작용했다). 그것은 올바른 일이었고 또 경험에서 우러난 일이기도 했다. 사람들은 사관을 중심에서 떨어지게 하고, 권력 이익이 종횡하는 뜨겁고 소란한 장소에서 벗어나게 하여, 모종의 특수한 곳, 권력이 특별히 손을 뻗어 조종할 수 없는 시간적·공간적 위치에 자리 잡게 해야 함을 일찌감치 깨달았다—미국 연방대법관의 사무 공간인 높고 넓고 조용하고 냉랭한 건물은 현대 정치 기구 같지 않고 고대 신전과 유사하다. 어떤 사람은 종신직의 쓸쓸한 9명의 대법관만이 그 건물 속에 자리 잡고 있는 것이 마치 이집트 신전의 아홉 마리의 신성한 갑충과 같다고 아름답게 묘사했다. 사관도 역사의 대법관이 아니던가?

　　그러나 중심에는 사람을 두렵게 하는 중심만의 병폐가 있고(이런 역사 경험은 매우 풍부하다), 마찬가지로 변방에도 변방만의 통상적인 골칫거리가 있다(사람들에게 잘 알려져 있지 않고, 더러 변방 스스로 그것을 감수하려 한다고들 한다). 일반적으로 말해서 변방의 글쓰기는 인간의 시선을 막힘없이 광대하게 확장할 수 있고, 또 비교적 쉽게 용기를 드러내게 할 수도 있다. 그러나 중앙과의 거리가 너무 멀기에 쉽게 문외한으로 전락하여 너무 거칠고 단순하게만 바라보기도 한다. 그러다가

●『정관정요』는 당 현종(玄宗) 때의 사관 오긍(吳兢)이 정관지치(貞觀之治)로 일컬어지는 당 태종의 정무 기록을 10권 40편으로 정리한 정론집이다. 중국, 한국, 일본 역대 임금의 제왕학 교과서 역할을 했다.

모든 면에서 원칙만 내세우고 세부적인 내용은 파악하지 못하여 사물의 세밀하고 깊은 곳에는 진입하지 못한다. 이런 결과로 따뜻함이 결여되어 인간에게 필요한 동정심과 감수성도 부족하게 된다. 따라서 동정심이 있어야만 얻을 수 있는 더욱 진전된 이해가 사라지고, 또 동정심이 있어야만 행할 수 있는 더욱 정확한 판별과 판정도 사라져서, "사정은 사실 네가 말한 그런 상황과 다르다"라고 하며 가장 전형적인 문외한의 오류를 범하곤 한다. 즉 지나친 광대함과 지나친 용기가 일정한 경계를 넘게 되면 이어서 바로 내용이 공허해지고, 글쓰기가 아주 쉽게 도덕적 교훈으로 치우치게 된다. 그렇게 남은 도덕은 점차 일종의 규탄으로 변하거나 만용의 맹세로 변한다. 도덕이 횡행하면 만물이 쇠미해진다. 특히 전공, 모든 이의 전공 및 자신의 전공이 그러하다.

실질적인 내용의 부족과 실종은 중심에서 너무 먼 거리가 하나의 원인으로 작용한 결과다. 그러나 더욱 근본적인 원인은 아마도 변방 소국 사람들의 일상적인 처지와 심리 상태에서 기인했을 가능성이 크다. 밀란 쿤데라는 다른 것은 돌볼 겨를이 없는 이 긴장된 어휘, 즉 '생사와 관련 있다'라는 어휘를 소국가와 긴밀하게 연관시켰다. 이것이 그가 말한 '소국가 시골티'의 유래다. 쿤데라의 해석에 의하면 소위 '소국가 시골티'란 바로 모든 사안을 대세계가 필요로 하는 배경 위에서 관찰할 수도 없고 관찰하려 하지도 않는 것을 말한다―소국가는 대세계의 게임 안에서 어떤 역할도 맡도록 허락되지 않는다. 시간이 오래 되면 소국가도 큰 문제를 생각하고 대세계의 변화에 관심을 가지려 하지만 아무 소용이 없다. 이에 시선을 옮겨 어떤 개인이 그렇게 해야 한다고 한다. 또한 쿤데라가 말한 것처럼 남에게 비웃음을 당하거나 거짓 행동을 하는 것으로 인식될 수도 있다.

『좌전』맨 마지막 부분을 보면, 기린을 포획한 그 해에 공자는 이미 곧 세상을 작별할 70세 노인이었고, 제나라 진항(陳恒)은 서주(徐州)에서 자기 임금을 시해했다. 이 일이 노나라와 무슨 상관이 있는가? 특히 당시 노나라는 3년 전 치렀던 생사존망의 대전 때문에 정신을 못 차린 상태였다. 그런데도 공자는 제나라를 치려는 시의에 맞지 않는 일을 하려고 했다. 이는 사실 사람의 마음을 슬프게 한다. 공자는 사흘 동안 목욕재계한 후 노 애공에게 군사를 일으켜 자기 임금을 시해한 역적을 토벌해야 한다고 세 차례나 상소했다. 그 결과는 물론 코미디로 끝났다(거짓 행동으로 조소당했다). 공자는 이렇게 말했다.

"나는 대부의 후예이기 때문에 감히 아뢰지 않을 수 없다."(吾以從大夫之後也故不敢不告.)(『논어』「헌문(憲問)」)

대부의 후예라는 공자의 신분은 그가 태어나고 자란 노나라에서 부여받은 것이 아니라 100~200년 전 공자 선조가 송나라에 있을 때 맡은 관직에서 유래했다—노 환공 때 이런 기록이 있다. "2년 봄, 주 천자 정월 무신일, 송나라 화독(華督)이 자신의 군주 여이(與夷) 및 대부 공보(孔父)를 시해했다." 공씨 가문은 분명 임금을 시해한 일에 연루된 피해자였다.

그는 이 불행한 선조의 이름을 기록하기도 하고 보류하기도 했다. 말하자면 공자의 신분과 공자의 건의는 주공의 천하질서가 작동할 때에만 성립 가능한 일이었다. 즉 그와 같은 대세계를 배경으로 삼고 또 그와 같은 대세계의 기억 속에서만 의미를 획득할 수 있는 일이었다. 이와 마찬가지로, 전해오는 기록에 의하면 노나라가 처음 제후국으로 분봉되었을 무렵, 관숙과 채숙이 무경(武庚)과 연합하여 천하대란을 일으키자, 노나라 제1대 군주 백금은 역적 토벌에 가장 큰 힘을 쏟아 부었고, 또 전공도 가장 많이 세우면서, 3년 동안 혈전을 치렀다.

아주 오래 전에 노나라는 확실히 이와 같은 일을 할 수 있는 국가였다. 그러나 우리가 바로 알 수 있는 바와 같이 당시에 그와 같이 하려는 건 정말 가소롭고 뜬금없는 생각이었다. 주공은 더 이상 기억되지 않는 사람으로 변했다. 노나라가 품고 있던 그 거대한 영혼은 이미 그곳을 떠난 뒤였다.

이후의 일이 증명하는 것처럼 우리가 만약 사마천이라 해도 『좌전』을 기본 사료로 선택했을 것이다. 이것은 매우 현실적인 가정이다—우리는 또 그럭저럭 이런 상상도 해볼 수 있다. 우리가 만약 대국 내지 주 왕실의 역사 기록에만 의지한다면 '대국의 상투성'이라는 또 다른 함정에 빠질지도 모른다. 즉 그것은 역사를 기록할 때 대국 자신의 디테일만 남기고 '소국은 큰일을 할 수 없다'는 기본적인 심리 상태에 입각하는 일이다. 그렇게 되면 먼 변방에 존재한 의미 깊은 인물과 사건들이 소홀하게 취급되거나 아예 머릿속에 존재하지 않게 된다. 또 대국가 내지 주 왕실은 화려한 꿈처럼 흥망성쇠의 기복이 크기 때문에 마지막에는 결국 단순하게 변하기 쉽고, 유유한 천고 역사라는 개탄과 소위 역사의 '지혜'만 남기 쉽다.

노자의 경우가 그렇다. 전설에 의하면 노자의 직업이 바로 역사 기록자였다고 한다. 따라서 사마천은 도가가 역사가에서 연원했다고 정확하게 지적했다. 즉 인류의 역사에 너무나 오래, 너무나 많이 침잠해서 오히려 역사에 혐오감을 갖게 된 역사가 말이다. 노자는 결국 모든 것을 포기했다. 지나치게 많지만 끝내 좋은 결과를 맺지 못한 역사의 세밀한 내용과 결별했다. 노자 자신도 고개를 떨구고 현실을 떠났다. 마치 인간의 역사가 부조리극이고, 미치광이의 일기이고, 한 개인이 몸부림치며 깨어난 악몽이고, 한바탕 허망인 듯이 말이다. 『노자』라는 책은 겨우 5000자로 모든 것을 포괄하고 있다. 그러나 구체적인 사림, 구체적인 사물에 대해서는 전혀 언급하지 않으면서 구름 속으로 들어갔고, 우주로 들어갔고, 원리 속으로 들어갔고, 아무도 거부할 수 없는 배치와 명령 속으로 들어갔다. 인간에게는 언급할 만한 자유 의지가 없고 오직 살기 위해 노력하고 고통을 피하려는 몸부림이 있을 뿐이다. 모든 것이 이와 같을 따름이다. 공자는 인간의 실종을 간파했다. 그는 자신이 뗏목을 타고 바다로 나가겠다는 마음을 억제할 수 없었던 것처럼 노자의 말이 옳다는 사실을 알았지만, 항변이라고 할 수 없을 정도로 상당히 미약하게 자신은 사람들과 함께 인간 세계에 머무는 방향을 선택해야 했다고 말했다.

우리는 '소국가 시골티'라는 또 다른 함정을 언급한 적이 있고 소국가들은 서로 이유는 다르지만 자기 나라에 대해서만 쓸 가능성이 매우 크므로, 대세계에는 관심을 가질 수 없다. 만약 정나라와 송나라 같은 국가의 역사 기록을 선택하면, 자산처럼 그렇게 총명하고, 시각이 날카롭고, 일과 습관을 생각할 때 아무도 미칠 수 없는 가장 풍성한 정치와 외교의 경험을 갖고 있고, 모든 것을 아주 쉽게 간파하는 사람에 대한 기록을 보유할 수는 있다. 자산이 원했다면 틀림없이 당시의 수석 정론가가 되어 그의 친구 진(晉)나라 숙향을 능가했을 것이다(숙향은 진나라 공족으로 대국의 상투적 태도에 젖어 있었으며 다소 오만한 태도를 드러내는 경우도 많았다). 그러나 『좌전』에서 자산이 말한 것, 생각한 것, 논쟁한 것, 방어한 것 내지 꿈속에서조차 행한 것은 모두 정나라만을 위한 일뿐이었다.

이에 우리는 합리적으로 추측해볼 수 있다. 그것은 대체로 사마천이 나중에 실제로 구해서 본 역사 기록이었는데 그중에서 춘추시대 기본 사료로 이용하기에, 또 역사에 대한 그의 기본적인 관심을 충족시키기에 노나라 역사보다 더 적합한 사료는 없었다. 한편으로는 대세계와 큰 시간에 주목하면서 다른 한편으로는 변방 구석에서 한순간 스쳐 지나간 계명구도(鷄鳴狗盜)와 수레꾼과 간장 장수 같은 사람들을 응시하기 위한 면에서도 더더욱 그러했다(『좌전』에는 또 결벽 때문에 죽어간 사람도 기록했다).* 노나라와 같은 국가는 건국 때부터 당시 역사를 관찰하고 기록하기 위해 존재한 듯하다. 말라르메(Stéphane Mallarmé)가 말한 것처럼 "모두가 이 한 권의 책을 위해서" 말이다— 원본 노나라 역사 〈춘추〉 판본은(아마도 좌구명 집안에서 대대로 기록해온 성과물일 것이다) 공자의 수정을 거치면서 본래 모습이 가려졌다. 그러나 우리는 공자가 조심스럽게 온 신경을 집중하여 원본을 수정했으며, 또 미언대의(微言大義)**라는 지극히 정밀한 업무 방식으로 작업했음을 알고 있다. 그것은 큰 칼이나 도끼로 거칠게 깎아내며 개칠하는 작업이 아니라 바늘처럼 세밀하고 분말처럼 미세한 문자로 핍진한 형상(혹은 응당 그러해야 할 진상)을 선택하는 일이었다. 원본 〈춘추〉 판본도 최소한의 근본적인 관심과 '천하/노나라'를 서술한 비율은 틀림없이 우리가 현재 볼 수 있는 공자의 새 판본과 비슷했을 것이다. 노나라는 줄곧 위대한 영혼이 작은 육체에 깃든 기이한 국가로 존재했다. 그러나 이것은 또한 노나라 입장에서 세계를 바라보는 '정상' 비율이었을 것이다. 『좌전』은 우리에게 어떤 사람이 이 원시 판본을 보고 감상을 남긴 사실이 있음을 알려준다. 그는 진(晉)나라 한기(韓起)였다. 노 소공(昭公) 2년 그는 노나라를 방문하여 "주나라의 예(禮)가 모두 노나라에 있다"(周禮盡在魯矣)라고 말했다. 이것이 우리의 추

● 『좌전』 「정공」 3년에 나오는 주(邾) 장공(莊公)에 관한 기록이다. 이 책 8장에 자세한 내용이 소개되어 있다.
●● 작은 말에 담긴 큰 뜻이라는 의미다. 공자가 『춘추』를 편찬하는 과정에서 역사의 잘잘못을 밝히기 위해 글자마다 인간이 지켜야 할 대의를 함축시켜 놓았다는 견해다.

측을 증명해주는 사실이다.

다만 이처럼 균형이 맞지 않고 불편한 특수 상태는 오래갈 수가 없다. 시간이 오래 되면 모든 간계(奸計)는 실상이 밝혀지게 마련이고, 개별적인 특수한 역할과 역량도 고갈되게 마련이다. 가벼운 연기는 하늘로 올라가고, 무거운 돌멩이는 땅으로 떨어진다. 소국가는 부인할 수 없는 냉혹한 현실 경험을 거친 후 점점 원형으로 되돌아가야 함을 분명하게 인식하게 된다―집체(集體)로는 특수상태를 계속 유지할 수 없다. 집체는 매우 눈치가 빨라서 늘 현실의 물결에 맞춰 앞으로 나아간다. 이 방면에서 그것은 심지어 '밝은 지혜'로 간주되기도 한다. 특수상태를 지탱할 수 있는 건 오직 몇몇 개인의 능력일 뿐이다. 그것은 아마도 어떤 신념의 힘에 의지했거나 또 어쩌면 인생이 너무 짧아서 다른 생각과 실천으로 변경할 시간이 없었기 때문일 것이다. 그리하여 마침내 어떤 사람은 자신의 미신에 도박을 걸면서 그렇게 하지 않으면 너무 무료한 삶이 될 것이라 말하기도 한다.

『좌전』에서 기린을 포획한 그 해 제나라는 강하고 노나라는 약한 상황이었다. 노나라는 그런 현실에서 늙은 공자 한 사람의 의견은 무시해야 했다. 물론 공자 이외에도 우리가 알 수 없는 개인들도 있었을 것이다. 예를 들어, 지금 우리가 추정하고 있는 『좌전』의 저자 같은 사람도 이에 속한다. 그는 우리에게 이 불쾌하고 후속 결말이 없는 일을 특별히 기록해주었다(또한 이것은 『춘추』에는 기록이 없고 『좌전』에만 기록이 있다. 공자가 자신이 노나라 임금에게 아뢴 일, 즉 아무 결과도 얻지 못하여 언급할 가치조차 없는 일을 기록하지 않은 건 너무나 당연하다). 이에 이 일은 노나라 관방의 기록 〈춘추〉와(노나라가 멸망하지 않았다면 줄곧 기록이 보존되었을 것이다) 공자가 쓴 민간 판본 『춘추』가 이미 갈라졌음을 의미한다. 이것이 바로 『좌전』 저자가 갖고 있는 또 다른 의미의 시공간적 위치다. 이 책에는 저자의 기본 심리 상태와 정감 상태가 포함되어 있는데, 여기에서 바로 글쓴이와 그가 소재한 국가 및 그와 현실 속 대중의 분리 지점(시점)이 시작된다. 일이 발생할 때마다 바로 기록해 놓은 국가의 '일기', 즉 무한의 현실을 향해 끝없이 개방된 국가의 '일기'에서 시작도 있고 결말도 있는 완전한 책, 다시 말해 전체를 관통하는 시간의 실마리 내지 인과 관계가 갖춰진 완전한 책으로 성격이 바뀌는 것이다. 또한 일종의 집체의 목소리, 다시 말해 전체 국가에 속한 공동의 목소리에서 글쓴이 개인의 목소리로 전환되면서, 역사의 의미에 대한 사색을 시작할 수도 있고, 글쓴이의 뜻을 담을 수도 있게 되었다.

『좌전』은 현실을 계속 기록하거나 미래의 방향을 계속 수정한 노나라의 역사 판본이 아니라 이미 완결된 공자의 『춘추』 판본(이미 한 권의 책으로 완성된)을 새로 읽고, 학습하고, 회상하고, 사색한 책이다. 이에 이 책은 역사서를 쓰는 공자의 기본적인 뜻에다 당시의 상황 변화가 한 겹 더 가미된 저작이다. 혹은 이렇게도 말할 수 있겠다. 본래의 『춘추』 판본에서 공자는 글쓴이에 불과했지만 『좌전』에서는 이와 동시에 공자가 책 속 인물로 변하여 관찰되고, 회고되고, 다시 사색되는 대상이 되었다. 행위와 주장을 포함한 그의 일생은 그 242년의 역사 속으로 되돌아가서 급격하게 사라지는 시대의 일부분이 되었다. 이런 점 때문에 『좌전』은 공자의 『춘추』 판본에 대한 한 가지 해석에만 그치지 않는다. 아마도 『춘추』는 본래 한 가지 해석으로 그칠 생각만 했을 테지만 『좌전』에 이르러서는 더욱 다양하고 아름다운 꽃으로 만발했다. 본래의 『춘추』 판본에서는 전혀 개화하지 않은 꽃봉오리로만 존재했지만 『좌전』에 이르러 구체화되기 시작한 것이다. 이 대목에서 벤야민(Walter Benjamin)의 아름다운 언급이 생각난다(카프카의 우언에서 소설까지 이야기하면서). 전개의 방식은 두 가지다. 한 가지는 아이들이 종이접기로 완성한 종이배를 펼쳐서 한 장의 종이로 되돌리는 방식이다. 이런 방식으로 쓴 책이 『공양전』과 『곡량전』이다. 다른 한 가지는 꽃봉오리를 터뜨려 꽃이 되게 하는 방식이다. 이런 방식으로 쓴 책이 바로 『좌전』이다.

『좌전』의 저자는 작은 나라의 국사를 천하의 역사로 만들었다. 노나라 역사 기록물 이름에 불과했던 '춘추'라는 명칭도 한 시대를 가리키는 명칭 및 시대 분할 방식으로 승격해서, 이 242년의 역사가 시간의 큰 강물로부터 독립을 성취하게 했다. 그러나 이후 관방에서 계속 기록한 노나라 역사는 어떻게 되었는가? 누가 그것이 어디로 갔는지 알 것이며, 또 누가 그것에 관심을 기울이겠는가?

나는 이런 결과가 전쟁의 불길 때문이라고 생각하지 않는다. 그건 이후 중국의 역사가 내린 정확한 판결이었다. 대단한 건 전쟁의 불길보다 한 발 앞서 그것이 완성되었다는 사실뿐이다. 나중에 그것은 틀림없이 쿤데라가 말한 것처럼 "사람들에게 망각되기에 적당할 뿐인" 기록이 되었지만, 마찬가지로 사람들에게 망각되기에 적당할 뿐인 현실 속 노나라의 기록으로 남게 되었다. 나는 오히려 이 『좌전』을 읽으며 아주 큰 재미를 느낀다. 공자가 지은 『춘추』와 공자도 없고 아직 수정하지도 않았고 이로부터 갈라진 노나라 역사 기록을 대조해보면 그럴 수밖에 없기 때문이다.

현실적으로 말해 보면 위대한 영혼이 깃든 작은 육체는 결코 축복이 아니다. 이런 땅에서 살아가는 것은 고통스러운 일이거나 여전히 불행하고 위험한 일이다. 나는 과거 몇 십 년 동안 타이완에서 생활하며 그런 사실을 분명하게 알게 되었고 또 목도하게 되었다. 이것은 마치 동시에 둘로 분열된 목표, 즉 끊임없이 끌어당기면서도 화해하기 쉽지 않은 목표를 추구하는 것과 같다. 토끼 두 마리를 좇으면 한 마리도 잡을 수 없으며, 구체적인 사물에서도 모순과 충돌을 면치 못한다. 따라서 지극히 제한된 자원과 인력을 분배하기 어렵다. 인간은 도저히 미칠 수 없는 요원한 목적을 열렬하고 절실하게 주시하지만 진정으로 그것을 가질 수 있거나 실천할 수는 없기 때문에, 오히려 현실 속에서 금방 사라져버리는 시기와 가능성조차 거듭 놓치게 된다. 이런 상황은 심지어 인간을 자신이 감당할 수 없는 게임 속으로 몰아넣어, 자신의 미미함과 허약함을 망각하게 하기도 한다. 대개 이런 점만으로도 인간은 더욱 많은 것과 더욱 심각하고 복잡한 것을 생각하게 되므로, 글쓰기를 할 때 좋은 조건으로 작용할 수 있다. 게다가 그것은 대부분 실천하기 어렵고 현실로 실현될 수 없는 사유이기 때문에 특별히 문학적 글쓰기에 유리하게 작용한다.

대체로 시간의 흐름에 따라 근래 수십 년간 타이완의 문학적 성과를 회고해보면 정말 기적에 가까울 정도로 불가사의한 결실을 거두고 있다. 특히 인구 숫자, 영토 크기, 객관적인 시공간 조건(타이완은 변방의 총알처럼 생긴 섬에 전혀 길지 않은 역사를 갖고 있으며 또 매우 늦게 발전을 시작했다. 모든 것이 무에서 유를 창조한 것과 같다) 및 현실에서 정말 발생한 일을 고려해보면(크게 다룰 만한 일은 거의 발생하지 않았다. 전란도 없었고 대형 천재지변이나 인재도 없었다. 심지어 전염병, 굶주림, 빈궁조차 사라졌다. 장팡저우의 책 제목처럼 "나는 내가 파란만장한 삶을 살지 않았음을 인정한다.") 타이완 사회의 모든 일은 이처럼 양과 질이 뛰어난 소설 성과 및 1950년대에서 1970년대까지 모더니즘 시의 '융성기'를 지탱하거나 설명하기에 부족하다(중국어 문학 세계에서 창작된 모더니즘 시의 공전무후의 피크일 가능성이 지극히 크다). 그렇다. 타이완 작가들이 의지한 것은 경험이 아니라 끊임없이 불태운 그들의 위대한 영혼이었다. 문학 창작의 성공은 결과적으로 불길한 일임에 틀림없다. 여전히 타이완을 떠나지 못하기 때문이다. 이 거대하고도 견딜 수 없이 침중한 영혼은 타이완을 떠나는 것이 더 낫다. 하늘의 도움으로 이번에는 영원히 타이완을 떠나는 것이 더 낫다.

노나라도 이와 같았을까? 사람들은 노나라가 보다 가볍고, 편안하고, 실제적으로 변했음을 발견한다. 『좌전』의 저자에 대해 우리는 다음과 같은 집필자를 상상할 수 있다. 당시 노나라를 배경으로 한, 또 장차 도래할 상이한 미래를 배경으로 한 사람으로서, 오래오래 장수한 직업 사관 좌구명과는 그리 부합하지 않는 듯하다. 그러나 그런 사실과 관계없이 설령 그가 여전히 좌구명으로 불린다 해도 그는 역사에 짙은 향기를 남긴 사람임에 틀림없다.

제3장

2000년 전의
한 가지 꿈

춘추시대 사람들도 우리와 마찬가지로 꿈을 꾸었다. 『좌전』에도 수많은 꿈 이야기가 기록되어 있다. 그러나 여기에서 우리는 이런 꿈 이야기를 하고자 한다―그 꿈이 아주 중요해서 다른 무엇을 촉발시킨 것이 아니라 본래 조금도 중요하지 않은 꿈 이야기 말이다. 중요하지는 않지만 사실 당시 매우 제한적이었던 역사 기록물 지면을 고려해보면 왜 그것을 특별히 기록해 놓았을까 하는 의문이 든다.

꿈을 꾼 사람은 노나라의 공손영제(公孫嬰齊, 子叔聲伯)로 그 시기는 노 성공(成公) 17년이었다. 나는 그 원문을 인용하여(전혀 이해하기 어렵지 않은 문언문이다) 본래 문장의 뉘앙스, 맛, 촉감을 보존하고자 한다.

일찍이 성백이 꿈을 꿨다. 원수(洹水)를 건너는데 어떤 사람이 자신에게 경괴(瓊瑰, 옥의 일종)를 주고 먹게 했다. 성백이 울자 눈물이 옥이 되어 그의 품에 가득 찼다. 이어서 그는 노래를 불렀다. "원수를 건너는데 내게 옥구슬을 주네. 돌아가려나, 돌아가려나, 옥구슬이 내 품에 가득 찼네." 성백은 두려워서 감히 점을 치지 못했다. 정나라에서 돌아온 임신일에 이신(貍脤)에 이르러 점을 치고는 이렇게 말했다. "나는 죽을까 두려워서 감히 점을 치지 못했다. 지금은 사람들이 많고 나를 따른 지 3년이나 되었으므로 내게 아무 해가 없을 것이다." 이 말을 하고 그날 저녁에 세상을 떠났다.(初, 聲伯夢涉洹. 或與己瓊瑰, 食之. 泣而爲瓊瑰, 盈其懷. 從而歌之曰, "濟洹之水, 贈我以瓊瑰. 歸乎歸乎, 瓊瑰盈吾懷乎." 懼不敢占也. 還自鄭, 壬申, 至于貍脤而占之, 曰, "余恐死, 故不敢占也. 今衆繁而從余三年矣, 無傷也." 言之, 之莫而卒.)

말하자면 너무 아름다워서 불길하게 느껴지고 거의 틀림없이 사망과 관련된 것으로 추정할 수 있는 이 꿈은 그날 꾼 것이 아니다. 공손영제는 마치 자칫 땅바닥에 쏟을 수 있는 옥구슬을 품속에 가득 품은 것처럼 줄곧 조심스럽게 그 꿈을 마음속에 간직하다가 그 특별한 날에 그것을 실토했다.

공손영제(성백)를 누가 그리 중요하지 않다고 하겠는가?『좌전』의 제한된 기록에 의거해봐도 그의 가계는 바로 위 세대에서 시작된다. 그의 부친 숙힐(叔肹)은 노 선공(宣公)의 동모형제(同母兄弟)였지만 그의 모친이 정식 혼례 절차를 밟지 않은 탓에 부담스러운 일에 연루되어 있었다. 그건 그의 모친의 혼례 절차가 불완전하고 비정상적이었기 때문에 야기된 일이었다. 노 선공의 부인은 노 성공의 모친인 목강(穆姜)이었는데, 그녀는 포악한 권력자였다. 그녀 역시 숙힐과 성백 모친의 혼사를 인정하지 않았다. 그러나 좀 너그러움을 보이며 성백이 출생하기를 기다렸다가 성백 모친을 제나라 관우해(管于奚)에게 시집보냈다. 그녀는 아들 둘과 딸 하나를 낳은 후 남편이 죽어 과부가 되었다. 성백은 모친과 이부 남매를 전부 돌아오게 하여 이부 형제는 노나라 대부에 임명했고, 이부 여동생은 시효숙(施孝叔)에게 시집보냈다. 일이 원만하게 처리된다 싶었지만 당시 맹주 진(晉)나라의 극주(郤犨)가 한사코 성백에게 혼인을 청해왔다. 성백은 어쩔 수 없이 이부 여동생을 강제로 돌아오게 했다. 여동생이 그에게 항의한 건 당연한 일이었다. 그녀는 금수도 짝을 버리지 않는데 인간이 어찌 그럴 수 있느냐고 힐난했다. 그러자 성백은 "내가 죽을 수는 없다"라고 대답했다. 즉 진나라에 정말로 죄를 지으면 혼례는 없고 상례만 있을 뿐이라는 뜻이다. 그렇게 개가한 여동생도 어머니처럼 아들 둘을 낳았ㅡ비슷한 유전자와 운명이라도 있는 것인지. 그러나 진나라에는 이후 정변이 발생하여 극씨 집안이 멸문지화를 당했다. 그의 여동생은 다시 노나라로 추방되었고, 시씨 집안에서는 잔혹하게도 그녀의 두 아들을 강물에 던져서 죽였다. 성백의 여동생은 슬픔과 분노에 젖어 시씨 집안이 자신의 아내도 보위하지 못했으면서 지금은 또 아이들을 죽여 복수를 한다고 항변했다. 그녀는 마침내 이생에서 다시는 시씨 집안의 대문을 넘지 않겠다고 하늘을 가리키며 맹세했다.

성백은 대체로 노나라 행인(行人) 벼슬을 한 것 같다. 바로 국제 외교를 담당하는 관직이다. 당시 국제 관계의 기본 형세는 진나라가 홀로 강국이었고 극씨가 진나라의 권력을 장악하고 있었다. 진나라는 먼저 동방의 제나라를 격파했고, 다시 언릉(鄢陵)에서 숙적 초나라를 대파하여 득의만만한 자신감에 차 있었다. 당시 노나라의 큰일은 숙손(叔孫) 가문의 숙손교여(叔孫僑如)가 일으킨 소란이었다. 교여는 여색을 밝히는 남자여서 노 성공의 모친 목강과 사통하고는 다른 두 유력 가문 계손씨(季孫氏)와 맹손씨(孟孫氏)의 뿌리를 뽑으려고 했다. 목강은 그를 위해 심지어 아들 성공을 위협하며 협조를 요청했으며, 그렇게 하지 않으면 보위조차 바꿔버리겠다고 했다(손가락으로 성공의 두 아우를 가리키며 얘들도 모두 노나라 임금이 될 수 있다고 말했다). 숙손교여는 마지막으로 진나라 극주를 설득하여 회맹에 참여한 계문자를 구금해 달라고 부탁하면서, 자신도 국가 보위의 책임을 맡은 맹헌자(孟獻子)를 죽일 준비를 하겠다고 했다. 성백은 바로 이처럼 긴박한 순간에 어명을 받들고 사신으로서 진나라로 갔다. 이것은 그의 마지막 업무였고, 그의 인생에서 가장 중대하고 가장 결정적인 순간이었다. 그는 혼인 관계에 있는 극주를 순리로 설득하여 계문자를 구해내고 숙손교여를 추방한 뒤 이미 시한폭탄처럼 추진되던 정변을 진압했다.

추방당한 숙손교여는 아무도 걱정할 필요가 없었다. 그는 즉시 제나라에서 제 영공(靈公)의 모친 성맹자(聲孟子)를 유혹했고, 이에 그의 지위가 제나라 두 유력 가문인 국씨(國氏)와 고씨(高氏)에 비견될 만큼 높아졌다─그렇다. 그는 각국 군주의 모친을 좋아하는 사람이었다. 숙손교여에게는 천하의 어머니가 단지 여인에 불과했다.

성백 자신은 다시 노나라로 돌아올 수 없었다. 마치 그의 생명 용도가 이미 다해서 그의 힘이 더 이상 필요하지 않게 된 것 같았다. "임신일 공손영제는 이신에서 세상을 떠났다."(壬申, 公孫嬰齊卒于貍脤.)─공자가 『춘추』 판본에서 특별히 그의 죽음을 기록한 것은 이처럼 평범하지 않은 그의 공훈을 기념하기 위한 것으로 보인다. 그의 사망은 다음과 같은 몇 가지 천하대사와 함께 나란히 기록되었다─그 해에 제후들이 연합하여 정나라를 공격했다. 일식이 있었다. 교제(郊祭, 하늘에 올리는 제사)를 지냈다. 인근 소국 군주 주자(邾子)가 세상을 떠났다. 초나라가 서용국(舒庸國)을 멸망시켰다. 진(晉)나라에서 당시 최고 권력자들인 극기(郤錡), 극주(郤犨), 극지(郤至) 세 거물이 한꺼번에 살해되는 경천동지할 사건이 일어났다.

『좌전』은 본래 『춘추』라는 경전의 문장을 해설한 책이지만 공손 영제의 그 꿈을 기록했다.

일반적으로 그 기록은 예언류 서적에 편입되어 천기누설을 한다는 혐의를 무릅쓰고 천재지변, 대화재, 개인의 실각과 사망을 예고하는 것이 더 적절해 보인다. 성백은 자신이 옥을 삼키는 꿈을 꿨다. 그것은 당시 장례에서 사자의 입에 옥을 물리는 모습과 비슷해서 즉시 재난이 닥칠 것을 상상하기란 어렵지 않다. 그러나 그 꿈을 꾸고 나서도 오랜 시일 동안 죽음이나 병란이 발생하지 않고 잠복해있었다. 성백의 죽음은 다시 그 꿈을 상기하고 발설해서 일어난 일이지 그 꿈을 꿔서 발생한 일이 아니다. 추측하기 어려운 사망의 발자국 소리는 거부할 수 없는 심야의 꿈속에서 늘려온 것인가? 아니면 그처럼 특수한 성백의 그 날 그 심정에(당시 그는 막 큰일을 마친 상태였다. 우리는 당시 득의만만하고 유쾌하고 피로하면서도 형언하기 어려운 그의 심정을 상상할 수 있다) 의해 비로소 분명하게 울려 퍼진 것인가?

입에 옥을 물었든 물지 않았든 그 꿈은 도처에 죽음의 이미지로 가득 차 있다. 우리는 문학 특히 시에서 우리에게 익숙하면서 자주 감지할 수 있는 죽음의 이미지를 발견하곤 한다. 그것은 너무나 평범하지 않은 아름다움 때문인 경우가 많다—공손영제의 꿈도 그렇다. 시간처럼 세차게 흘러가는 강물, 그 강물을 건너려는 건 과거의 자신을 건너려는 것이다—어디로 가려는 것인가? 강을 건너 숲으로 들어가려는 것인가?

또 기이한 선물, 더욱 기이한 옥돌 삼키기 그리고 어찌해도 멈출 수 없는 눈물, 그 눈물은 전부 둥근 옥구슬로 변한 후 와르르 쏟아져 품속에 가득 쌓인다. 나는 보르헤스가 일찍이 성백의 이 꿈 이야기를 들었으면 좋았겠다고 생각한다. 보르헤스는 꿈을 좋아한 사람이다. 게다가 이 꿈속에는 그가 좋아하는 강(시간과도 같은) 및 특이하게 인간의 눈물이 옥구슬로 변한 일도 포함되어 있다. 문학에 뛰어난 이 위대한 무당에게 그 꿈 이야기를 하게 하면 점술가들보다 훨씬 재미있고도 정확하게 할 것이다. 나는 운명이나 귀신 따위를 믿지 않는 사람들과 같은 입장이지만 내가 그런 꿈을 꿨다 해도 틀림없이 이상하고 불안한 느낌과 반드시 무슨 일이 발생할 것이라는 느낌을 받았을 것이다.

그 꿈이 평범하지 않다고 느껴지는 또 다른 점은 갑자기 하늘의 빛이나 인간의 공기를 접촉한 것처럼 투명해져서 흩어지다가 성백에 의해 완전하게 수습되었고, 성백이 그것을 갖고 갔다는 점이다.

성백의 행동도 재미있다. 그는 그 꿈이 불길하다고 깨달았지만(거의 확신했지만) 죽음이 두려워 혼자 있을 때는 감히 꿈 이야기를 하지 못했다. 그날 그는 햇볕이 환한 대낮에 사람들에게 둘러싸여 있었다. 그들은 모두 그를 따라 사신 활동을 하러 가서 함께 그 어려운 임무를 완수한 오랜 부하들과 동료들이었다. 당시 공기 속에는 틀림없이 유쾌한 어떤 요소와 한숨 돌렸다는 기운 그리고 오늘 못할 일이 무엇이며 무서울 게 무엇이겠나 하는 집단적 분위기가 떠돌고 있었을 것이다. 성백은 그 꿈 이야기를 털어놓았고, 해가 지는 황혼 무렵 세상을 떠났다.

진정으로 떠나오지 못한
귀신 세계

우리가 『좌전』을 갑자기 읽으면 보통 신기한 느낌을 받는다. 그것은 믿기 어려운 또 다른 세계처럼 보인다. 도처에 신탁 예언이 가득 하고 거의 모든 국가대사와 모든 사망은 미리 꿈에 징조가 보이고 먼저 결과가 예시되며 또 이후의 결과가 앞서 언급된다. 이게 어떻게 된 일일까? 사람이 다른 것일까? 아니면 우리는 이미 잃어버린 모종의 능력과 기술을 당시 사람들이 갖고 있었던 것일까?

『좌전』에는 2000년 전 사람들의 정감 상태, 사유 방식, 행위 방식이 기록되어 있다. 당시 사람들의 세계는 비교적 협소해서 처음 개척을 시작하는 상황이었고, 인간의 역량은 대자연과 상대하기에 여전히 미약했다. 때문에 인간은 대자연 속에 몸을 숨기고 있었다. 이에 인간과 천지 만물은 비교적 가깝게 기대서 실질적으로 의지하는 관계였고, 인간은 시시가가 곳곳에서 대자연의 목소리를 경청하고 있었다. 부지불식간에 이루어지는 생활 속 실제 상황에서도 그러했을 뿐 아니라 흔히 생사와 관련된 중요한 업무에서도 그러했다. 따라서 인간은 자신의 '듣기 능력'(능력과 설비를 포함함)을 한 걸음 더 발전시켰고, 점차 그런 능력을 직업으로 삼는 사람까지 나타났다. 그것은 마치 토니 힐러먼의 소설 『리스닝 우먼(Listening Woman)』에 나오는 상황과 같다—이는 단순히 '듣는 여자'를 의미하는 어휘가 아니라 나바호족의 정식 직명(職名)이다. 이력서 직업란에 명기할 수도 있다.

『국어』에는 초 소왕(昭王)이 관역보(觀射父)에게 질문하는 저명한 대화가 실려 있는데,• 이 대화는 오늘날 갈수록 중요하고 의미 있는 것으로 간주된다. 왜냐하면 우리가 인류학적으로 이 대화를 읽어야 할 뿐 아니라 이 대화를 통해 춘추시대 사람들의 생각을 엿볼 수 있기 때문이다. 초 소왕은 분명히 태초에 하늘과 땅이 서로 통했다는 그 유구한 신화 이야기를 들었을 것이다. 그런데 신은 떠나고 인간만 남아서 결국 두 세계는 단절되었다. 초 소왕은 옛날 사람들은 하늘로 올라갈 수 있지 않았을까 하고 의심했다. 2000년 전 관역보가 초 소왕에게 대답한 말에는 이미 인류학적인 내용이 강하게 내포되어 있다. 그가 말한 천지상통(天地相通)은 그런 뜻이 아니라 단지 신화의 변형일 뿐이다.

이 기록이 말하는 것은 가장 일찍 쉴러(Johann Schiller)가 언급한 '소박한 시의 시대'처럼 인간이 직접 대자연과 소통한 상황을 가리킨다. 그러나 이런 상황이 갈수록 많아지면서 "집집마다 무당이 있게

• 『국어』 「초어(楚語)」 하(下)에 나온다. 번역문만 제시한다. "초 소왕이 관역보에게 물었다. 『주서(周書)』에 중(重)과 여(黎)가 하늘과 땅이 통하지 않게 했다는데 이게 무슨 말이오? 그렇지 않았다면 사람이 하늘로 올라갈 수도 있었다는 말이오?' 관역보가 대답했다. '그런 말이 아닙니다. 옛날에는 사람과 신령이 잡되지 않았습니다. 백성 중에서 정령이 밝으면서 두 마음을 품지 않는 사람은 … 그 눈 밝음이 만물을 환하게 비출 수 있었고, 그 귀 밝음이 모든 소리를 남김 없이 들을 수 있었습니다. 이와 같이 되면 밝은 신이 강림했는데, 신이 강림한 남자를 격(覡)이라 했고, 여자를 무(巫)라 했습니다.'"

되었다." 따라서 인간은 신비한 사물에서나 대자연의 계시와 지시를 찾는 과정에서 집집마다 너무 많은 시간, 정성, 자원을 중복 허비하게 되어 현실 생계에 장애가 발생하는 지경에 이르렀다. 게다가 이런 상황은 분명히 통치에 불리했고, 질서 확립에도 불리했다. 왜냐하면 각 개인들이 현세의 통치자를 뛰어넘어 더욱 높고 더욱 큰 원천적 역량을 따를 수 있게 되었기 때문이다. 이에 인간이 쉽게 불손해져서 자연이나 신령에 대한 각자의 해석권을 갖게 되었다. 이밖에도 관역보가 이야기하지 않았지만 우리가 쉽게 상상할 수 있는 건 천지신명과 소통하는 이 은밀한 업무가 시간이 좀 지나면서 비교하고 경쟁하는 대상이 있게 되었다는 사실이다. 그러나 일정한 경지에 오르는 것은 모든 사람들이 가질 수 있는 능력이 아니라 특수한 천부적 재능과 훈련이 있어야 가능한 일이었고, 신비하고 희귀한 도구를 보유해야만 가능한 일이었다. 이 때문에 후대의 통치자들은 무격(巫覡)을 전문적인 직업 내지 하나의 관직으로 만들어 인간과 신령 사이의 연결고리나 중개자가 되게 했다. 이렇게 되자 인간과 신령은 자연스럽게 격리되었다. 소위 '하늘과 땅의 소통이 끊어졌다'라는 말은 실제로 이 심원한 역사 과정을 지나치게 희극적으로 표현한 언설이다.

이것은 물론 천천히 앞으로 나아가는 역사 과정이다. 희극성이라는 물거품 아래에서 깊고도 유장하게 흘러가는 역사의 큰 강물은 대자연과 상대하여 인간의 세계를 천천히 확장했고, 인간의 능력을 천천히 강화했다. 그것은 말하자면 우리가 끊임없이 도깨비를 제거하고 귀신과 허망의 본질을 간파해온 역사 과정이었다. 귀신의 시대는 이미 끝났을까? 아니다. 직설적으로 말해서 소위 그런 시대를 끝낼 가능성이나 귀신 세계와 인간 세계가 이로부터 단절되고 불통되는 일이 일어날 가능성은 거의 없다. 귀신 세계와 인간 세계는 중첩된 부분이 너무 많고, 경계선이 들쭉날쭉하고, 너무나 많은 실제 현장과 너무나 많은 접촉점이 있어서 일일이 서로 대응하고 방어할 방법이 없다. 따라서 이는 무당을 '국가 관리'로 흡수한다고 해서 해결될 수 있는 일이 아니다. 도깨비와 귀신 제거를 평생의 임무로 삼은 과학 작가 겸 과학 사자(使者) 칼 세이건(Carl Edward Sagan)은 분명히 이 과정의 느린 진척과 시종일관 완성할 방법이 없는 무력감 때문에 실망했다. 그의 명저 『악령이 출몰하는 세상(The Demon-haunted world)』은 책 이름에서도 분명하게 드러나듯 귀신 세계가 여태껏 사라지지 않고 있음을 밝혀주고 있다. 사정은 우리가 백주 대낮에 마주치는 상식적인 인상에 비해 훨씬 심각하다. 귀신들은 암흑의 구석자리에서 비밀리에 의연히 자리 잡고 활약하다가 한밤이 되면 신비하게 날아오르고, 아울러 모종의 특수한 시각, 인간이 감내할 수 없을 정도로 허약해진 시각, 인간의 욕망이 자신의 인내와 노력을 훨씬 초과하는 시각에 또 다시 지난날의 강대함 내지 통치력에 근접한 역량을 회복한다.

『좌전』에는 2000여 년 전 사람들과 사건들에 대해 기록되어 있다. 그것은 완만한 역사 과정의 초기 조각들이다. 당시 사람들은 여전히 영혼이 떠도는 세계에서 살았다. 혹은 『황금가지(The Golden Bough)』의 저자 프레이저(James George Frazer)가 말한 것처럼 인간은 아직 꿈 세계와 현실 세계의 경계선을 그다지 분명하게 구별하지 못했다. 인간 자신의 세계가 너무나 광활하고 빈틈이 많아서 기이한 일과 사물이 꼭 저 먼 심산유곡에서 발생할 필요도 없었다. 노 애공 16년에 기린이라는 신성한 짐승이 직접 인간의 생활 현장으로 틈입한 것과 같은 상황이 그러하다. 사람들은 또 용이 살아있는 동물이라고 믿었다. 수시로 사람들은 일찍이 용을 기르는 걸 자신이 직접 보았다거나 소문을 들었다는 말을 하면서, 아마도 용을 사육하는 일은 소나 양을 기르는 일보다 특별한 기술을 필요로 할 것이라고 했다. 가장 재미있는 것은 『역경(易經)』 「건괘(乾卦)」 효사에 묘사된 여섯 가지 용의 생태 변화가 『좌전』에 기록되어 있는데 거기에 매우 일리 있는 주장이 담겨 있다는 사실이다. 평소에 자주 보면서 장기적으로 관찰하지 않았다면 어찌 그렇게 상세하고 생생한 지식을 기록할 수 있겠는가? 따라서 『좌전』이라는 책에 나오는 신기한 꿈, 영험한 점괘, 신령한 예언을 지금 우리가 그렇게 많이 읽을 수 있는 것도 결코 기이한 일이라 할 수 없다. 그건 단지 평범한 서술에 불과하다―우리는 주나라가 상(商)나라의 실패를 거울삼아 지나치게 신비한 사물에 탐닉하거나 지나치게 귀신을 신봉하는 것이 망국의 중대한 원인의 하나(또 다른 중대한 망국 원인은 바로 술이다. 이것도 동일한 성격으로 거론할 수 있다. 왜냐하면 술은 바로 제사 지낼 때 신령을 불러 천지가 다시 소통하게 하는 매개체이기 때문이다. 술의 기본 이미지는 밤, 탐닉, 꿈이다)임을 믿고, 그것을 깊이 경계하며 금석에 새겨 국가의 문서로 승격시켰음을 보았다. 또 음사(淫祀, 과도한 제사를 말한다. 제사의 종류, 횟수에서 규모까지 모두 포함한다)가 당시에 이미 비판적인 관용어가 되었고, 이러한 용어가 오랫동안 입에 오르내리는 것은 그런 개념이 사람들 마음에 폭넓게 뿌리 내리고 있었음을 의미한다. 이를 통해 당시 사람들이 이전과 다른 의식 형태와 가치 판단을 분명하게 드러내고 있음을 알 수 있다. 그렇다고 해도 우리가 앞에서 말한 바와 같이 이것은 단지 한 차례씩 이루어진 확실한 진전에 불과하지 전반적이고 철저한 변화는 아니었다.

여기에서 우리는 두 가지만 지적하고자 한다. 하나는 '기술적'인 진실이고 또 하나는 역사의 통상 법칙이다―기술적인 진실은 『좌전』이 당시 일을 즉시 기록한 사서가 아니라 여러 해 뒤에 다시 완전하게 서술한 회고록이라는 사실이다. 즉 『좌전』은 완전히 사후에 기록한 역사책이어서 어떤 일이든 이미 발생한 것을 돌이켜 생각하는 특징을 보인다. 따라서 당연한 이야기지만 모든 예언의 결과나 해답을 이미 알고 있는 상태에서 기록했다. 역사의 통상 법칙의 경우도 이렇다. 『좌전』에 기록된 춘추시대는 사람들이 큰 게임을 펼친 역사 시기다. 경쟁, 전란, 살육 등 불확정적인 요소가 지극히 많았고, 인간은 상대적으로 허약하고 망연한 상태에 처해 있어서 정상적인 세월에 비해 귀신에 의지하고 귀신의 도움에 기대는 경우가 훨씬 많았다. 따라서 당시는 인간이 장기적으로 귀신을 제거하는 과정에서 역류 시기에 해당하므로 귀신들이 대거 회귀하여 곳곳에서 활약했다.

대략 이와 같았다. 동란의 현실로 인해 신기한 사물의 숫자가 다량 증가했고, 이에 사후에 소급하여 서술한 『좌전』 기록에 예언의 적중률이 급격하게 높아졌다. 그렇지 않다면 너무나 이상할 것이다. 흡사 당시 활동한 사람들이 특수한 별종처럼 보이지만 그들은 모두 겹겹이 둘러쳐진 시간의 장막을 꿰뚫고 우리는 볼 수 없고 확실히 알 수 없는 미래의 결과를 직접 목격할 수 있었다—또 다른 한 가지 기이한 점은 『좌전』의 글쓰기 기조가 기본적으로 절제되고, 신중하고, 이지적인데, 이렇게 많은 신비한 사물이 이성적인 글쓴이에게서 유래할 수는 없다는 사실이다. 역사 서술자는 기록만을 책임질 뿐이다. 보르헤스가 말한 것처럼 그는 "신기한 이야기를 하나하나 조용하게 서술했을" 따름이다. 또 그것은 그가 세르반테스(Miguel de Cervantes)의 『돈키호테(Don Quixote)』 창작 과정을 이야기하는 것과 같았다. 미치광이 기사 돈키호테가 목도한 것은 거대한 악마였지만 세르반테스 자신은 그것이 풍차임을 알고 있는 것처럼 두 사람은 전혀 다른 사람인 것이다.

정확하면서도
황당한 예언

먼저 『좌전』에 나오는 100% 적중률의 실례를 한 가지 들어보겠다. 그것이 정확하지만 황당한 예언이기 때문이다. 정확하면서도 황당하게 200년 이후의 결과를 맞춘 이야기다―그것은 위(魏)나라와 관련된 예언이다. 당시 진(晉)나라 군주는 조금 뒤에 여희(驪姬)를 맞아들여 몇 십 년 동안의 대혼란을 야기한 진 헌공(獻公)이었다. 당시 진나라는 처음으로 군대를 2군 체제로 확대하여 동족인 경(耿), 곽(霍), 위(魏) 세 희성(姬姓) 소국을 멸망시키고, 경(耿) 땅은 군주의 수레 몰기 담당관인 조숙(趙夙)에게 하사했고, 위(魏) 땅은 거우(車右)*를 담당한 필만(畢萬)에게 하사했다. 조숙과 필만은 바로 나중에 조씨(趙氏)와 위씨(魏氏) 가문의 제1대 주군이 되었다. 예언자는 점술을 전문적으로 담당한 복언(卜偃)이었다. 그는 "필만의 후예는 반드시 크게 될 것이다"(畢萬

---

* 고대에 수레를 탈 때 존귀한 사람은 왼쪽에, 수레를 모는 사람 어자(御者)는 중간에, 호위하는 사람은 오른쪽에 탄다. 오른쪽에 타는 사람을 참승(驂乘) 또는 거우(車右)라고 한다.

之後必大)라고 예언했다. 그 이유는 '만(萬)'이 가장 큰 숫자 단위이고, '위(魏)'가 외(巍), 즉 크고 높다는 의미를 갖고 있기 때문이라는 것이다. 그리고 또 천자가 다스리는 백성은 조민(兆民)이라 하고, 제후가 다스리는 백성은 만민(萬民)이라 하기에 만(萬) 자 인물이 다스리는 위(魏)나라가 나중에 틀림없이 대제후국이 된다고 했다. 그것은 바로 200년 후 전국칠웅의 하나인 위(魏)나라와 같은 국가를 말한다.

정확한가? 이보다 더 정확할 수가 없다. 그럼 무엇이 황당하다는 것인가? 왜냐하면 복언의 대예언 이론이 '만(萬)'과 '위(魏)' 두 글자에만 근거해 있고, 또 그 글자 풀이도 초등학생 수준 정도면 다 알 수 있는 내용이기 때문이다. 즉 이것을 예언이라 할 수 있다면 우리 모두가 예언을 할 수 있다. 통상적으로 이런 말은 예언이라 하지 않고 의례적인 인사말이라고 한다. 이를테면 필요에 따라 가식적인 말로 다른 사람에게 축하를 보내는 것이다. 새 집을 샀다던가, 결혼을 했다던가, 아이를 낳았다던가 같은 경우에 우리는 의례적인 인사를 한다. 또 작명할 때 좋은 의미를 따지며 그런 글자들을 선호하지만, 우리는 그것을 완전히 믿지도 않고, 거기에 사치스러운 생명의 희망을 담지도 않는다. 이 때문에 좋은 글자와 아름답고 광대한 의미의 글자를 찾아 쓴다 하더라도 이성적인 사람이라면 그런 의미를 진짜로 여기지는 않는다. 만약 이와 같은 글자가 정말 징험이 있어서 반드시 큰 효과를 발휘하게 되면 드넓은 중국의 대지에서 전 세계에 이르기까지 이를 감당할 만한 땅은 없을 것이고, 밑지는 장사를 하는 회사도 사라질 것이며 온 천지에 절세미인만 가득 차게 될 것이다.

그럼 조숙은? 진(晉)나라에서 함께 봉토를 받아 200년 후에 함께 대 제후국이 되는 조(趙)나라에 대해서는 어째서 예언이 없을까? 사실 춘추시대에서 전국시대에 이르기까지 조나라는 위나라보다 훨썬 중요하고 빛나는 활동을 많이 했다. 또한 준추시대의 조씨 가문이든 아니면 전국시대 조나라이든 그 일단의 역사에서 가장 많은 인물을 배출한 가문과 나라는 조숙의 후예일 가능성이 지극히 크다. 명신, 현군, 모사, 장수, 바보까지 모두 포함하여 대대로 인물이 그치지 않았다. 위나라는 전국시대 초기 위 문후(文侯) 시절에만 유성처럼 잠시 조나라를 압도했을 뿐이다.

만약 우리가 이것이 예언이 아닌 회고라는 사실을 안다면 『좌전』에 실린 거의 모든 예언을 설득력 있게 설명할 수 있다―그것은 아주 단순한 시간 돌리기 술책이다. 당시 위나라는 이미 욱일승천하는 대국으로 독립했고, 시위를 떠난 화살은 이미 과녁 중앙에 정확하게 꽂혀 있었다. 이런 순간에 사람들은 시간의 한 끝에 서서 자신의 내력을 회상하며 고개를 돌려 이 화살이 날아온 궤적을 거꾸로 추적하곤 한다. 심지어 우리는 그것이 어렴풋한 회상이든 아니면 새로운 창조이든 이 예언이 위나라에서 발생했다고 합리적으로 단언할 수 있다. 이것은 어떤 역사 시기에도 흔히 볼 수 있고 또 시대적 필요성도 있는 예언이다. 어떤 꿈, 어떤 동요, 어떤 미혼 여성이 임신하는 일―주나라 선조 기(棄)는 바로 미혼의 모친이 낳은 아들인데 이는 예수의 사례와 같다―등이 그것이다. 이것은 인성에 관계된 일이면서 동시에 모종의 통치 기술이기도 하다. 왜냐하면 바야흐로 새로 건립된 국가(특히 다소 찬탈의 의미가 있어서 도덕적인 부담을 안고 있는 새 국가)에는 신화가 필요하고, 예언이 필요하고, 이와 같이 자신을 순결하게 포장하고 백성의 의심을 제거하기 위한 모종의 천명이 필요하기 때문이다.

우리는 이런 예언을 독해하기 어렵지 않으므로 마음 놓고 큰 걸음으로 『좌전』이라는 신비한 밀림 속으로 들어갈 수 있다.

모두 천명을
경청해야 하는 시대

그렇다면 이 200여 년 동안 사람들이 미래를 바라보며 꾼 꿈, 점친 예언 및 어떤 사람이나 어떤 일에 대해서 행한 비평 의론이(시간의 큰 강물 속에서 이런 비평은 모두 하나하나 예언으로 변할 수 있다) 대체 얼마나 많이 발생했는지 추측해보자.

당시 사람들이 만약 미래에 발생할 수 있는 결과를 앞당겨 추궁했다면 어떤 질문을 했을까?―『상서』라는 신성한 전적이 우리에게 이에 대한 이상적인 기본 모델 및 순서를 알려준다.

『상서』는 주나라까지 작성된 중국의 가장 중요한 역사 문헌을 집대성한 책으로 '중국 고대의 가장 위대한 목소리다.' 그중에서 「홍범(洪範)」편은 주 무왕이 상나라를 멸망시킨 후 기자(箕子)를 방문한 기록으로 전해진다. '홍범(洪範)'을 직역하면 바로 '대법(大法)'이 된다. 나라를 다스리고 천하를 다스리는 기본적이고 큰 법률이라는 뜻이다. 주 무왕은 멀리 서쪽 땅을 출발하여 중원으로 와서 옛날부터 계속

'중국'에 전승되면서 천천히 결실을 맺은 이 신귀한 방법을 신속하게 파악하려 했다. 때문에 그는 이 중원 내부의 정치 전문가이면서 성실하고 사심 없는 사람인 기자(箕子)를 찾아갔다. 이 부분을 「홍범」에서는 '계의(稽疑)'라고 불렀다. 사람의 마음속에 있는 큰 의문을 분명하게 풀어야 한다는 의미다. 기자는 무왕에게 지금까지 전해온 정확한 방법을 다음과 같이 제시했다. 의문이 있으면 먼저 진지하게 자신에게 묻고, 다시 거북점에 묻고, 시초(蓍草) 점에 묻고, 경사(卿士)에게 묻고, 서민에게 물어야 한다. 이 다섯 가지 절차를 거친다는 것은 어떤 소식이나 어떤 의견도 빠뜨리지 않도록 노력한다는 뜻이다. 골치 아픈 일은 이 다섯 가지 자문 대상이 상이하거나 심지어 상반된 답변을 내놓을 때 어떻게 하면 좋은가이다. 이것은 실제로 발생할 수 있는 일이다. 「홍범」에서는 결코 답변을 회피하지 않고, 비교적 단순하고 거친 해결 방식으로 다수결을 선택하라고 충고한다. 그러나 「홍범」의 이해 및 처리 과정은 이보다 훨씬 세속적이고 세밀하며 '이성적'이다. 예를 들어, 만약 나 자신과 거북점만 동의하고, 시초첨, 경사, 서민은 모두 반대의 결과를 내놓아서 2대 3이 되었다면 "안에 적용하면 길하고, 밖에 적용하면 흉한"(作內吉, 作外凶) 형상이 된다. 또 거북점과 시초점 두 가지만 동의하여 나를 포함한 모든 사람에게 반대되는 결과를 내놓았다면 "조용한 일에 적용하면 길하고, 움직이는 일에 적용하면 흉한"(用靜吉, 用作凶) 형상이 된다.

안(內)이 가리키는 것은 비교적 개인적이고 사사로운 경향인데, 독립적이고 조용한 판단에 적합한 일이다. 밖(外)이 가리키는 것은 공공성이 있고, 대중과 관련이 있으며 심지어 대중의 협력을 얻어야 할 수 있는 일이다. 고요함(靜)은 움직이지 않고 지금 입장을 견지하는 것이다. 움직임(作)은 적극적이고 발전적이고, 창조적인 것이다. 대체로 이와 같다. 여기에서 우리는 사람들이 이 다섯 가지 자문 대상에 대해 더욱 진전된 분별을 하고 있음을 간파할 수 있다. 이 다섯 가지는 각각 상이한 맹점을 갖고 있다. 또한 안(內), 밖(外), 고요함(靜), 움직임(作)이라는 성질이 다른 질문에 대해 상이한 예언을 하게 된다. 따라서 이것은 단지 길/흉, Yes/No에만 그치지 않고, 길흉의 밑바닥에 복합적인 층위와 내용을 갖게 된다.

천지와 귀신을 경건하게 믿는 사람은 거북점과 시초점에서 상반된 결과가 나오는 것을 불가사의하게 생각하면서 괴로워할 것이다. 그것은 마치 두 명의 점쟁이가 완전히 다른 점괘를 내놓는 것과 같다. 우리는 그중 하나는 부정확하거나 심지어 기만술이라고 인정할 것이다. "하느님은 사람과 주사위놀이를 하지 않을" 것이기 때문이다. 그러나 기자는 거북점과 시초점을 치는 정확한 방법은 각자 한 가지 방식을 가지고 세 사람이 동시에 진행하는 것이라고 했다. 따라서 거북점과 시초점이 모두 불일치하게 나와서 자기모순이나 자기 배반에 빠질 가능성이 있으므로 서로 불일치하면 "두 사람의 말을 따른다"라고 했다. 이것도 여전히 다수결의 방법이다. 이것은 천지, 귀신, 자신, 경사, 서민 다섯 가지가 평등하게 배열되고, 천지와 귀신의 존재 및 그 지각은 특별히 신기한 것이 아니라 '정상적'인 것임을 설명해준다. 이 다섯 가지는 각각 틀릴 가능성도 있고 누가 누구에 비해 더 고귀하고 더 타당하다는 근거도 없다. 적어도 이상적으로는 이와 같다. 사람들은 거북점과 시초점의 신비성을 보호하기 위해 고심하지 않았을 뿐 아니라 오히려 그런 점술을 인간의 일반적인 인지 속으로 끌어들여 이성으로 하여금 그것을 소화하고 판별하게 하려고 했다.

이것은 한 차례 자문할 때의 이상적인 숫자 비율이지만 그렇다면 어떤 일을 이렇게 자문해야 할까?(이 두 가지를 곱해야 총 수량을 얻을 수 있다.)

우리는 명확한 준칙을 찾을 수 없는 대신, 느슨한 원칙들, 느낌으로 아는 인식들, 어떤 일에 대한 제지의 사례들만 찾을 수 있다. 『좌전』에 이와 관련된 내용이 있는데, 그중에서 비교적 흥미로운 것은 다음과 같다. 예컨대 의심하지 않고 반드시 해야 하는 일, 즉 신념이 굳건하여 의심도 없고 두려움도 없는 일이나 일상적인 관례에 따라 하는 일은 천지를 뒤덮는 이런 자문(점술) 시스템에 물어볼 필요도 없고 물어서도 안 된다. 또 '모험을 하기 위해 점을 쳐서도' 안 된다. 다시 말해 점술을 이용하여 몸을 던지는 모험을 감행하려 해서는 안 된다는 것이다(즉 2대 1의 점술 확률로 만분의 일의 요행을 점치는 건 재난으로 치우칠 가능성이 있고 동시에 점술의 기능과 신용을 훼손하는 일이다). 또 어떤 일에 대한 제지라는 것도 어쩌면 이 자문 시스템, 특히 거북점과 시초점 두 가지가 실제로 권력에 의해 이미 조종당하고 이용당하는 불량한 상황이 거듭 발생하고 있음을 깨달아야 한다. 거북점과 시초점에 물어서 얻은 해답이 거스를 수 없는 신의 뜻임을 믿지 못할 수도 있지만 우리 자신, 경사, 서민에게 물어보는 것에 비해 그래도 더 뛰어난 초월성과 더 심오한 안전성을 갖고 있으므로 결국 인간(자신, 경사, 서님)은 목전의 상황에 매몰되어, 인간으로서 깨닫기 어렵고 벗어나기 어려운 동일한 맹점을 지닐 가능성이 있다. 인간이 현재 세계 밖의 거점과 상이한 시야에서 사안을 살피고 사고하는 위치를 찾고, 한나 아렌트가 말한 것처럼 "비참여자이면서 방관자"로서 "흥미와 이익을 추구하지 않는" 특수한 위치를 찾는 건 정당하면서 매우 재미있는 자세일 수 있다.

하지만 인심은 어떤 일, 어떤 때에 의구심을 갖고 불안해할까? 그건 사람마다 모두 다르고 매우 유동적이며 변화의 폭이 크다. 대체로 인간은 자신의 지식과 능력이 너무나 미약하고 수준이 낮을 때, 또 특히 줄 수 없고 잃을 수 없는 물건을 갖고 있을 때, 그리고 대담하게 평상시와는 다른 사물이나 결과를 요행으로 얻고 싶어 하는 등의 경우에 점술에 기대곤 한다.

일상생활에서 우리는 수시로 자신이 이와 같은 처지에 빠져 있음을 깨닫곤 한다. 그 일목요연한 광경을 보려면 일본의 신사로 한 번 가보는 것이 좋다. 여기에서 말하고자 하는 건 신사 문전에 설치된 기념품점이다. 그곳에서는 하나에 몇 천 원짜리의 형식화된 오마모리(御守)를 파는데, 이른바 일상의 평안과 행복을 기원하는 호신부(護身符)다. 100년, 1000년 동안 끊임없이 참배하러 온 사람들 마음속에 깃든 일상의 두려움이 시간의 큰 강물 속에서 천천히 응축되어 구체적인 물건이 되었으므로 거기에는 너무나 진실한 마음이 담겨 있다. 오마모리의 종류를 보면 보통 건강(질병과 생사), 학업(시험), 인연(연애와 혼인), 교통, 순산 및 액막이(순환하는 것이거나 비정기적으로 급습하는 액운) 등과 관련된 것이다. 이 몇 가지는 모두 인간이 감당할 수 없고, 변수가 크고, 운세 성분이 강하고, 인간이 자신의 본분을 다해도 늘 부족하다고 느끼는 것들이다.

우리는 보통 오래된 시대일수록 귀신이 더 많고 인간도 더 '미신적'이라고 단순하게 생각한다. 기본적으로는 맞는 말이다. 그러나 왜 그럴까? 심층적으로 탐구해보면 그건 사실 시간의 작용이 아니라 세계에 대한 인간의 이해가 천천히 변화하기 때문이다. 귀신의 수량과 인간 지식의 총량은 반비례하면서 대체 관계임을 드러내는데, 그건 마치 빛과 어둠의 관계와 같다. 이러한 시각이 어째서 귀신 축출이 역사의 방향을 향해 진행되다가도 갑자기 후퇴하는, 소위 역류 현상과 역류 시기가 거듭 발생하는지 그리고 어째서 귀신이 갑자기 어떤 시기와 어떤 시역에 부활하여 다시 활약하는지를 해석하는 데 도움이 된다. 이것은 물론 시간의 역류가 아니라 세계가 소위 모종의 '불확정 시대'로 되돌아가 다시 위험에 빠졌고 심지어 온 세계가 거대한 도박에 운명을 거는 시대가 되었기 때문이다. 이에 미지(未知)의 대상은 방치해둘 수 있는 인간의 호기심에만 그치지 않게 되었다. 또 미지의 대상이 절박하게 다가오면서부터는 생사와 관련된 문제에도 반드시 '답변'을 해야 하게 되었다. 이런 공백 상태가 출현함으로써 공중을 떠돌던 귀신이 마치 부름을 받은 듯이 다시 강림할 수 있게 되는 것이다.

이에 따라 우리는 특히 어떤 사람(업종을 포함)들이 의구심과 불안감에 젖어 귀신의 역량을 찾는지 아주 쉽게 판별할 수 있다. 아울러 우리는 그 귀신들을 추방하는 것이 쉽지 않다는 사실도 알고 있다— 정치인, 전쟁터의 병사, 노름꾼, 연예인, 프로스포츠 선수, 투기꾼, 연애 중인 남녀, 외동자식의 어머니, 장사를 하며 부당한 야심에 빠져 성공한 사업가들을 부러워하는 자신감 및 신념 상실자 등이 그들이다.

칼 세이건의 과학만능주의에도 맹점은 있다. 시대의 변화가 오직 과학지식의 발견과 보급이라는 직선의 길을 통해서만 달려온 것은 결코 아니다. 사물의 변화가 어찌 그리 간단하겠는가? 자본주의의 발전이 다시 귀신을 소환한 것인가? 사실 그렇게 되었을 가능성이 있다. 그럼 민주정치의 발전은? 이 또한 가능성이 있다. 우리가 진정으로 봐야 할 것은 권세와 재산이 한 곳으로 집중되었느냐 여부와 게임이 크게 변하여 글로벌화 되었느냐 여부다. 또 인간의 소득이 자기 능력 및 노력의 인과관계에서 점차 이탈하고, 인간의 성공이 결국 운명, 미묘한 시대조류, 전혀 이치에 맞지 않는 어떤 유행에 의해 결정되는 경우가 더 많은지 여부도 봐야 한다. 그리고 인간과 인간 자신의 입각점, 또 그 주위 사람과의 안정적 관계가 심하게 흔들리거나 갈수록 불확정적으로 변하는지 여부도 살펴야 한다. 아울러 인간이 분명하게 말하기 어렵고 충고 대상도 찾기 어려워서 계속 의구심과 불안감이 쌓이는지 여부 등도 잘 관찰해야 한다. 자본주의와 민주정치는 상이한 발전 단계에서 이런 문제를 보태고 있는가, 아니면 줄이고 있는가? 바로 이처럼 예상치 못한 각각의 장소와 시각에서 우리는 계속해서 귀신을 제거해온 것처럼 여겨왔지만 모퉁이만 하나 돌면 또 몰래 귀신 세계와 바로 접할 수도 있다.

춘추시대 200여 년은 주 평왕이 동쪽으로 천도하기 이전의 서주시대와 비교해보면 불안정하고 불확실한 시대였으므로 귀신이 줄지 않고 늘어난 시대였음이 확실하다. 늘 발생하는 전쟁이 이 점을 더욱 충족시켰을 것이다. 특히 톨스토이(Lev Nikolayevich Tolstoy)가 『전쟁과 평화(War and Peace)』에서 거듭 묘사한, 모스크바 함락 이전의 보로디노 대회전(Battle of Borodino)* 같은 전쟁은 양군의 접전이 벌어지자 왼쪽은 오른쪽 상황을 알 수 없고, 전방은 후미의 상황을 돌아볼 수 없어서 장차 무슨 일이 발생할지 그 누구도 몰랐고, 승패는 미묘한 계기에 의해 갑자기 결정되었다. 이 때문에 톨스토이는 프랑스와 러시아의 최고 사령관 나폴레옹(Napoléon Bonaparte)과 쿠트조프(Mikhail Illarionovich Golenishchev-Kutuzov)를 큰소리로 조롱했고, 또 승패가 갈린 이후 이 두 전쟁 영웅이 얼마나 지혜롭고 얼마나 계획적으로 전체 국면을 통찰했느냐고 찬양한 모든 사람을 비웃었다. 『좌전』을 통해 우리는 실제로 한 차례 전쟁이 결국 점술로는 길흉과 승

• 나폴레옹의 러시아 정벌 과정에서 벌어진 전투다. 1812년 9월 7일, 모스크바 서쪽 보로디노에서 프랑스 나폴레옹 군과 러시아 쿠투조프 군 사이에 전투가 벌어져 쌍방 합쳐서 거의 10만 명에 달하는 전사자가 발생했다. 해가 저물어도 승패가 나지 않자 러시아의 쿠투조프는 희생을 피하기 위해 후퇴했고, 나폴레옹 군은 그 뒤를 따라 진격하여 모스크바로 입성했다. 톨스토이의 소설 『전쟁과 평화』의 소재가 된 전쟁이다.

패를 단정하지 못한다는 사실을 읽어낼 수 있다. 병거 한 대에 세 사람이 탈 때 누가 수레를 몰고 누가 거우(車右)를 맡을지도 일일이 거북점과 시초점에 물었다. 이것은 당시의 표준 절차였고, 크고 작은 전쟁에서 모두 그렇게 했다.

노 소공 3년, 공자가 겨우 열두 살이었을 때 역사의 현장에는 한 가지 아주 특별한 사적 회담과 대화가 있었다. 당사자는 당시에 실제로 정치에 종사한 가장 전문적이고 총명한 두 사람이었다. 그들은 바로 제나라 안영과 진나라 숙향이었다. 『춘추』 본문에는 기록이 없으므로 소위 전(傳)만 있고 경(經)은 없는 대목인데, 『좌전』의 저자는 특별히 감각적으로 이 일을 묘사했다─당시에 안영은 두 나라의 혼사를 위해 진(晉)나라에 사신으로 갔다. 아마도 임무를 완수한 날 저녁 축하연이 벌어졌고, 시끌벅적한 행사가 끝난 후에 대화가 오고갔을 가능성이 지극히 크다. 오랜 친구인 두 사람은 아마 함께 앉아 대화를 나누었을 것이다. 조용하게 흉금을 터놓고 각자의 생각을 말하며 슬픔에 젖었다. 안영은 자기가 살고 있는 제나라에 대해 말했다.

"제나라는 지금 말세에 이르렀소. 나머지는 잘 모르겠소."(此季世也, 吾弗知.)(『좌전』 「소공」 3년)

안영이 유일하게 인정한 것은 제나라가 강씨(姜氏)의 나라에서 전씨(田氏)의 나라로 옮겨간다는 사실이었다. 이것은 거의 100년 후에야 현실이 되는 단정이었다. 그러나 안영의 말은 대충 두루뭉술하게 내뱉은 탄식도 아니었고 신기한 예언도 아니었다. 그는 제나라 정치 일선에서 일하는 재상으로 실무적이고 구체적이며 매우 상세하게 제나라가 당면한 갖가지 상황을 설명했다(이 때문에 이 내용은 『좌전』 저자의 날조가 아니다). 그것은 마치 돌이킬 수 없는 역사의 일방통행로 같았다. 숙향도 그의 의견에 동의하고 공감을 표시하며 말했다.

"진나라도 지금 말세입니다."(今亦季世也.)

당시 여전히 제후의 맹주로 군림하며 바람을 부르고 비를 부를 정도로 강대한 진나라에 대해 숙향은 하나하나 증거를 들어, 공족이 끊임없이 약화되고 돌이킬 수 없는 쇠퇴의 길을 걸으며 멸망을 향해 나아가고 있다고 지적했다. 안영은 숙향에게 그 해결책을 물었다. 숙향의 대답은 매우 비통했다. 그는 정답도 없고 방법도 없으므로 정상적으로 죽기만을 바란다(行而得死)고 하면서, 가업이 자손들에게 이어지길 바라는 것은 불가능하며, 사치스러운 소망이라고 했다. 이 역사적인 밤은 투르게네프(Ivan Sergeevich Turgenev)가 『루딘(Rudin)』에서 묘사한 마지막 장면과 매우 유사하다. 오랜 친구 두 사람은 아무도 없는 역참에서 한밤중에 약속도 없이 우연히 만난다. 두 사람 모두 온몸이 만신창이가 된 채 피로에 젖어 있다. 하늘에는 폭설이 쏟아지고 눈앞에는 러시아의 얼어붙은 대지가 끝도 없이 펼쳐져 있다. 그러다 한 사람이 말한다.

"우리 모두 천명을 경청해야 해."

이보다 조금 앞서 총명한 방관자 오나라 계찰은 북으로 유람을 떠나 제나라 안영, 진나라 숙향, 정나라 자산에게도 이와 유사한 시대 판단을 언급했다. 계찰이 이들 모두에게 충고한 내용도 기본적으로 일선에서 후퇴하여 재산과 토지를 버리고 자신을 보호하라는 것이었다. 이런 점에 우리가 주의한 적이 있던가? 계찰, 숙향, 안영, 자산은 모두 당시에 가장 훌륭한 자질과 인격을 갖춘 가장 완벽한 인물들이었다. 이런 사람들이 모두 일선후퇴를 선택할 수밖에 없었다. 이런 현상은 장차 춘추시대 역사가 이들보다 아래 등급의 사람들이나 또 다른 부류의 사람들, 즉 자신의 생명을 로또복권 한 장에 맡기고 운명과 우연에 부침하는 사람들에게 맡겨질 수밖에 없음을 의미한다. 초나라의 석걸(石乞)이 아마도 가장 극단적인 사례일 수 있지만 그 정도의 지경에 빠지지는 않았다. 초 혜왕(惠王) 때 석걸은 백공승(白公勝)을 따라 반란을 일으킨 후 한결같이 흉악하고 냉정하지만 정확한 대책을 건의했다(혜왕을 죽이고 초나라 왕실 창고를 불태우자는 것 등). 그는 대단한 각색을 맡았지만 애석하게도 중요한 대목마다 백공승이 그의 건의를 채택하지 않아서 반란은 성공 직전에 실패하고 말았다. 석걸은 홀로 백공승의 시신을 보호하기 위해 그의 자살 지점을 누설하지 않고 솥에 삶겨 죽는 형벌(烹殺)을 자원했다. 그는 담백하게 말했다.

"일이 성공했다면 나는 초나라 정경(正卿)이 되었을 것이나, 일이 실패해서 삶긴 고기 한 덩이가 될 뿐이다. 일이란 본래 그런 것이다."

가장 뛰어난 사람들은 이런 일에 휩쓸리지 않았다. 이른바 현인들이 들판에 있는 경우인데, 우리는 줄곧 이런 상황을 군왕이나 집권자의 업무 태만이라고 말해왔다. 그러나 이것은 인류 역사 어느 시기에나 존재해온 기본 사실로 그 이치는 너무나 간명하다. 정치는 기본적으로 집체적 행위여서 가장 좋은 사물이나 가장 훌륭한 사람을 판별할 수도 없고, 용납할 수도 없고, 필요로 하지도 않고, 감내할 수도 없기 때문이다. 현인이 조정에 등용되는 건 하나의 이상일 뿐 아니라 인류 역사의 지극히 특수하고 짧은 순간에 군왕이나 집권자가 지극히 비상식적이고 독단적으로 행한 감별력, 선의, 계획에서 얻은 결과인 경우가 대부분이다(게다가 독단으로 행할 수 있는 권력을 갖고 있어야 한다).

그러나 마음먹는 것과 행하는 건 완전히 다른 일이다. 진정으로 이른 현실에서 시행하려면 겹겹의 난관을 돌파해야 하고 또 대단한 모험을 무릅써야 한다. 왜냐하면 실제로 시행하는 과정에서 거역하기 어려운 집체성 체제 규범 및 집체의 관습, 견해, 편견, 이익을 끊임없이 침범할 수 있기 때문이다. 그리하여 더욱 많은 경우에는 이런 의도가 선의에만 그치는데도, 그 일을 현인을 찾아내고 끌어들인 것으로 간주하고, 현인을 융숭하게 접대만 하면서 아무 일도 할 수 없는 위치로 방치해둔다. 결국 접대 받는 현인은 한 가지 견본이나 소장품과 마찬가지가 된다(우리가 노나라 군주와 계손씨가 진심으로 공자를 임용하고 싶어 했다고 믿는 것과 같다). 후대로 갈수록 집체적 정치체제가 더욱 완전한 형태를 갖추면서 이런 경향이 더욱 심해졌다. 따라서 공자는 천하를 주유할 때 나라의 운명이 조석에 달린 삼급 국가에 머물 수밖에 없었다. 국가가 강대할수록, 정치체제가 완전한 국가일수록 등용의 기회가 없었으며, 그 국가의 대문으로 들어가는 것조차 불가능했다.

또한 이 때문에 우리는 또 다른 보편적인 역사 착각에 빠지곤 하는데, 그 진상은 다음과 같다. 우리는 늘 관성적으로 혼란스럽고 불확정적인 시대에 가장 훌륭하고 우수한 인재가 천재일우의 등용 기회를 얻을 수 있다고 인식한다. 그러나 『좌전』이 실제로 보여주는 진상은 전혀 다른 모습이다. 아마도 처음에는 이와 같았던 듯하다. 혼란은 동시에 해방이므로 사람들은 오랫동안 억압당한 자유를 얻어 잠시나마 무슨 일이든 할 수 있을 것 같은 착각에 빠진다. 그러나 이런 현상은 오래 지속될 수 없다. 왜냐하면 이어서 등장하는 적나라한 경쟁(경쟁은 끊임없이 수량과 다양한 가능성을 소멸시킨다) 구도가 직접적으로 경쟁 중인 양 당사자에게 양자택일의 결정을 내리도록 강요할 수밖에 없기 때문이다(사실 동일화라고 말할 수도 있다). 그것은 집체의 편견 및 역사의 끝없는 운명이다. 이것은 더욱 거칠면서 전혀 감별력이 없는 역사의 선택이므로 좋은 사람이나 정책을 알아채는 건 더욱 불가능한 일이다.

그렇다면 결론은 무엇인가? 인류의 역사, 특히 모든 승패의 대단원은 늘 평범하다는 것이다―나는 이와 같은 결론이 너무나 온건한 표현이라고 생각한다. 또 다른 저명한 견해에 의하면 인류의 역사는 미치광이의 일기라고 한다. 만약 우리가 이런 평범함을 견딜 수 없고, 인간에 대한 이와 같은 저평가와 모독을 원치 않는다면 시선을 역사의 주류에서 이동하기 위해(역사 쓰기나 역사 읽기를 막론하고) 노력할 수밖에 없다. 정치의 주류, 현실 성패의 주류에는 인류가 일찍이 보유했던 가장 좋은 사물이나 모습이 존재하지 않는다. 그런 좋은 것들은 각 변방에서 희미한 빛을 발산하므로 우리는 그것을 찾아내고 알아챌 방법을 생각해야 한다. 이는 마치 좋은 독자가 베스트셀러 코너에서 좋은 책을 찾지 않는 것과 같다.

당시 가장 훌륭한 사람들은
어떻게 봤을까

이에 우리는 한 가지 일을 확정할 수 있다. 그것은 바로 보편적으로 의구심과 불안감이 팽배한 춘추시대 200여 년 동안 고개를 돌려 귀신에게 도움을 청하고, 신비한 능력 및 그런 조짐을 찾고, 거북점과 시초점에 해답을 묻는 총수량이 늘어났으며, 그 규모도 천지를 뒤덮을 정도로 매우 커졌다는 점이다. 이와 같이 말한다면 우리는 또 『좌전』에 포함된 신탁 예언이 충분히 많지도 않고 충분히 만족스럽지도 않을 뿐 아니라 너무나 들쭉날쭉하다는 사실을 깨달을 수 있을 것이다. 정말 이런 종류의 사례들만 수집했을까?

『좌전』 저자는 이런 신기한 예언을 어떻게 보았을까? 저자는 역사 기록자, 사실 전달자라는 신분 뒤로 자신의 몸을 숨기고 쉽게 태도를 노출하지 않았다. 이것은 또한 우리가 알고 있는 공자와 공문(孔門)의 기본 태도와 비슷하다. 그것은 귀신을 부인하지는 않지만 가까이 하지 않으면서 유한한 심신의 역량과 시간을 지속적으로 인간 세게 쪽에만 두려는 태도다. 사실 이런 일을 하고, 이런 생각을 하고, 이런 걱정을 해도 시간이 모자랄 것이다—소크라테스의 말을 빌려올 수 있겠다. 친구와 저명한 절벽 위를 산보할 때(전설에 의하면 북풍의 신이 그곳에서 오레이티아를 납치했다고 한다) 친구가 그에게 그 전설을 믿느냐고 묻자 소크라테스는 그 전설을 위해 일반적, 상식적, 합리적 해석 방법을 찾는 건 결코 어렵지 않다고 했다. 예를 들어, 오레이티아가 사실 오직 이곳에서만 놀다가 조심성이 없어서 갑자기 불어 닥친 북풍에 날려 추락하여 죽었다 할 수도 있지만 이렇게 하면 우리는 곧 더욱 많은 신기한 전설, 즉 불을 뿜는 괴물이나 날아다니는 말과 같은 전설을 하나하나 다시 해석해야 한다는 것이다. 이어서 소크라테스는 매우 중요한 말을 했다. 즉 그 자신은 이런 해석에 참여할 만큼 한가한 시간이 전혀 없는데, 이는 그가 시종일관 델포이(Delphi) 신전에 새겨진 '너 자신을 알라'라는 말을 아직도 실천할 수 없기 때문이라는 것이다. 따라서 차라리 해석하지 않을지언정, 차라리 전설로만 시간을 허비할지언정, 그 전설들을 그대로 보존하겠다는 것이다. 그는 '인간은 도대체 무엇이고, 자기 자신은 도대체 무엇인지'를 분명하게 알고 싶은 생각뿐이었다. 이런 태도는 더욱 온화한 것인가? 아니면 눈이 100개 달린 거인보다 더욱 포악하고 더욱 위험한 것인가?

여기에서 좀 더 깊이 들어가기 위해 저 신기한 조짐과 예언들의 내용과 경과를 하나하나 실제 사례를 들어 살펴보고자 한다. 우리는 『좌전』에서 비교적 중시했고 또 모범으로 삼은 몇 사람이 스스로 맞닥뜨린 신기한 일을 어떻게 보고, 어떻게 말했을까 하는 점에 특히 유의할 것이다. 만약 『좌전』의 저자에게 어떤 특정한 태도가 있다면 바로 이 부분에 숨어 있을 가능성이 비교적 크다.

먼저 제나라 안영이다. 노 소공 26년 하늘에 혜성이 나타나자 제나라 군주가 명령을 내려 양제(禳祭)를 지내라고 했다. 그러자 안영이 만류했다.

"이렇게 하는 건 아무 의미도 없고, 오직 자신을 속이고 남을 속일 수 있을 뿐입니다. 왜냐하면 정말 하늘에서 재난을 내릴 뜻이 있다면 어찌 간단하게 이 양제를 통해 뜻을 바꾸겠습니까? 게다가 하늘에 혜성이 나타나는 것은 전설에 의하면 오염을 제거하기 위한 것이라고 하는데 만약 군주의 덕이 오염되지 않았다면 왜 군주와 무관한 혜성에 반응할 필요가 있겠습니까? 또 정말 군주의 덕이 오염되었다면 어떻게 제관 몇 명에 의지하여 그것을 구제할 수 있겠습니까?"

다음은 진(晉)나라 사광(師曠)이다. 전설에 의하면 사광은 맹인 최고 악사라고 한다. 그러나 지혜롭고 정직한 말을 하는 철인으로 활동한 경우가 더 많다. 노 소공 8년 진나라 위유(魏楡) 땅에서 돌멩이가 말을 하는 괴이한 일이 일어났다. 진 평공(平公)이 사광에게 자문을 구했다. 사광은 조용하게 대답했다.

"돌멩이 자신은 말을 할 수 없습니다. 다만 어떤 혼령이 돌멩이에 의탁할 수 있습니다. 그렇지 않다면 사람들이 잘못 들었거나 유언비어를 퍼뜨리고 있는 것입니다. 또 제가 듣기로는 백성의 힘을 과도하게 동원하면 백성이 마음 가득 원망을 품고 있으면서도 하소연할 곳이 없어서 본래 말을 할 수 없는 사물이 말을 하는 기괴한 일이 발생할 수 있습니다. 지금 군주의 궁궐은 높고 화려한데 백성의 힘은 피폐하여 사방에 원망이 가득합니다. 이에 백성이 본마음을 잃었기 때문에 돌멩이가 본성을 벗어나 말을 하는 것입니다."

이 또한 합리적인 말이 아닌가? 당시에 진 평공은 사기(虒祁) 땅에 새 궁궐을 짓고 있었다. 숙향은 완전히 사광의 의견에 동의하고 한 걸음 더 나아가 그 자신의 예언을 추가했다.

"사기궁(虒祈宮)이 완공되는 날 제후들이 틀림없이 반란을 일으킬 것이고, 주군 자신도 반드시 재앙을 당할 것입니다."

그 다음은 앞에서 제시한 노 희공(僖公) 16년에 발생한 춘추시대의 가장 괴이한 사건이다. 그것은 바로 운석(隕石) 다섯 개가 송나라에 떨어지는 동시에 익조(鷁鳥)가 거꾸로 날아간 일을 가리킨다.● 이 일 때문에 당시 송 양공은 깜짝 놀랐다. 그는 마침 송나라를 방문 중이던 주 왕실의 내사(內史) 숙흥(叔興)에게 자문을 구했다(주 왕실에서 온 사람은 분명 비교적 학문이 뛰어났을 것이다).

"이것은 무슨 조짐이고, 길흉은 어떻게 됩니까?"

숙흥은 으쓱대며 엄청난 해답 세 가지를 제시했다.

"올해 노나라에 큰 상사(喪事)가 있을 것입니다. 내년에 제나라에서 동란이 일어날 것입니다. 또 전하께서 제후의 영수가 되시겠지만 선종(善終)할 수 없을 것입니다."

재미있는 것은 숙흥이 고개를 돌려 사람들에게 또 이렇게 말했다는 사실이다.

"송 양공이 부당한 질문을 하여 운석이 떨어지고 익조가 거꾸로 날았는데, 이런 것은 모두 천지와 음양의 자연스러운 일이어서 인간의 길흉과는 아무 관계가 없다. 나는 부끄럽게도 그의 뜻에 거스르는 말을 하며 건성으로 대답했을 뿐이다."

문제는 숙흥의 삼대 예언이 나중에 모두 신묘하게 들어맞았다는 사실이다. 이건 또 어찌된 일일까? 아주 간단한 일이다. 당연히 그건 모두 그가 이미 '목도'한 사실이다. 예를 들면 이렇다. 노나라 집정관

● 『공양전』 「희공」 16년에 의하면 송나라에 운석이 다섯 개 떨어졌다고 한다. 『춘추(春秋)』 「희공」 16년에 의하면 송나라 도성에 세찬 바람이 불자 익조(鷁鳥) 여섯 마리가 바람에 밀려 거꾸로 날았다고 한다. 익조(鷁鳥)는 풍파를 잘 견디는, 백로와 비슷한 새다. 여기에서 '오석육익(五石六鷁)'이라는 고사성어가 나왔다. 천재지변이나 여의치 못한 상황을 비유한다.

계우(季友)는 이미 병에 걸려 조만간 세상을 떠날 것인데 올해를 넘길 수 없다. 제나라에서는 공자들이 병립하여 난국이 이미 조성되어 있고, 아무도 그걸 제지할 수 없다. 송 양공 본인에 대해서도 숙흥은 분명 그의 부당한 야망을 알고 있었고, 또 그런 야망에 그의 실력이 전혀 부응하지 않는다는 사실을 알고 있었다. 다른 사람에게 이처럼 한눈에 내막을 간파당하는 건 사실 좀 비참한 일이다.

"익조 여섯 마리가 송나라 도성에서 거꾸로 날았다"는 기록을 읽고 나는 오래 전 일 한 가지를 상기하게 되었다. 당시 나는 고등학교 2학년이었는데, 타이완의 국학 대가 웨이쥐셴(衛聚賢) 교수가 『좌전』에 나오는 이 기이한 일을 근거로 익조는 바로 아메리카 대륙의 벌새라고 단언했다. 그는 대자연 속에서 거꾸로 날 수 있는 유일한 새가 벌새라고 하면서 이 증거가 그의 특수한 주장을 강렬하게 지지해준다고 말했다. 즉 그는 중국과 아메리카 대륙은 예전에 이미 상당한 교류를 하고 있었고, 벌새가 바로 이런 과정을 통해 중국에 들어왔으며, 공자가 열국을 주유하며 바다에서 뗏목을 탄다고 말한 것은 사실 자신이 직접 아메리카 대륙에 가본 적이 있음을 표현한 것이라고 주장했다.

그 다음은 진나라의 사회(士會)와 조무다. 이것은 사실 안영이 인용한 내용이다. 노 소공 20년 제나라 군주가 병이 들어 오랜 시간이 지나도 치유되지 않았다. 그러자 축사(祝史, 제사 담당관)를 원망하며 그를 죽일 준비를 했다. 이 때 안영은 이 이야기를 들려주며 그 일을 그만두도록 만류했다. 이 이야기에 조무, 사회 그리고 안영 자신의—사실은 초나라 굴건(屈建)과 강왕(康王)도 등장한다—기본 태도가 드러나 있다. 조무(바로 조씨 고아다)*는 진나라의 마지막 집정관으로 지금까지 사적이 많이 남아 있어서 여기에 말을 더 보태면 대부분 견강부회로 치우친 가능성이 크다. 그러니 사회에 대해서는 몇 마디 더 보탤 만한 가치가 있다. 사회는 역사에 의해 저평가되었지만 대단한 인물이다. 그는 총명하고 기지에 넘쳤으며 상상력도 풍부했다. 그는 그렇게 앞날이 불명확한 중요 시기에 결단력을 발휘하여 좋은 방법을 찾아낸 사람이다. 그리고 진정으로 쉽지 않은 것은 그가 뜻밖에도 정직하게 행동하며 아부하지 않고 그런 혼란한 시기를 부침하면서도, 시종일관 자신의 총명함에 유혹되지 않고 소위 '해결 방법을 제시한 사람'이 되었다는 사실이다. 실제로 일을 해본 사람들은 모두 이런 사람이 얼마나 사람을 안심시키는지, 또 이런 사람을 얼마나 찾기 어려운지 잘 안다.

사회는 당시를 전후하여 5세 동안 진나라 군주를 섬겼다. 한 번은 숙적 진(秦)나라로 흘러가서 죽음에 직면한 적도 있지만, 진(晉)나라 쪽에서 그가 진(秦)나라에 있는 것이 자신들에게 얼마나 위협적인지를 알고 방법을 강구하여 그를 귀국시켰다. 필(邲) 땅 전투는 100년 동안 이어진 진(晉)·초(楚) 대전에서 진(晉)나라가 가장 처참하게 패배한 전투였다(그 상대가 바로 초나라의 첫 번째 영명한 군주 초 장왕이었다). 당시에 사회는 진나라 상군(上軍)을 통솔했는데, 오직 그만이 이 전쟁에서 승리도 패배도 하지 않고 온전하게 자신의 상군을 보존했고(사회는 신중하게 일곱 곳에 군사를 매복시켜 자신의 부대를 지켰다), 이후 그의 부대는 진나라의 철군을 보호하면서 전멸의 위기에서 벗어나게 했다. 『좌전』의 기록은 이와 같다. 초나라 측에서도 분명 그에 대해 깊은 인상을 받고 호기심을 가졌을 것이다. 적수에 대해서는 가장 잘 알아야 하

● 조씨 고아(趙氏孤兒)는 진나라 권력자 조삭(趙朔)의 아들 조무(趙武)를 가리킨다. 진 경공(景公) 때 간신 도안고(屠岸賈)의 참소로 조씨 집안이 멸문지화를 당했는데, 어린 조무만 공손저구(公孫杵臼), 정영(程嬰), 한궐(韓厥) 등의 도움으로 살아남았고, 이후 장성하여 집안의 억울함을 풀고 원한을 갚는 이야기다.

는 법이다. 이 때문에 굴건은 사회의 덕이 어떤지 물었다. 조무의 대답이 매우 훌륭하고 정확했다. 그가 사회를 정확하게 보고 있었음이 증명된다.

"그분은 집안일을 잘 다스리고 진(晉)나라에 대해 말할 때도 마음을 다해 사사로움을 개입시키지 않습니다. 축사(祝史)가 제사를 올릴 때도 진실을 고하니 부끄러울 것이 없고, 집안일에도 의심을 살 만한 것이 없으니 축사도 귀신에게 기원할 것이 없습니다."(夫子之家事治, 言於晉國, 竭情無私. 其祝史祭祀, 陳信不愧, 其家事無猜, 其祝史不祈.)(『좌전』「소공」 20년)

그렇다. 인간이 잘못된 일을 하지 않고, 나쁜 일을 하지 않고, 악한 일을 하지 않으면, 축사는 제사를 올릴 때 직접 진실을 아뢸 수 있다. 하늘과 땅과 귀신을 속이며 또 하나의 죄를 범할 필요가 없는 것이다. 인간이 침착하게 자신의 일을 하고, 물처럼 맑은 마음을 유지하고, 얻을 수 있는 것과 얻을 수 없는 것에 대해 잘 알고, 요행의 마음과 본분 밖의 욕망을 갖지 않으면 귀신에게 제사를 올릴 때 제사에만 집중하면 되지 무엇을 기원할 필요는 없다.

"축사가 귀신에게 기원할 것이 없었다"는 이 간단한 말은 가장 감동적인 말이기도 하다. 안영은 이 말을 자세하게 풀어서 제나라 군주에게 들려줬다. 다만 제 경공은 멍청하고 욕심이 많아서 안영은 실제로 계산한 숫자를 그에게 보여줬다.

"만약 전국의 백성이 모두 끊임없이 저주를 퍼붓는다면, 축사가 최선을 다해 거듭 기원한다 해도 어찌 저들 억조창생의 저주를 이길 수 있겠습니까?"

산술적으로 보면 축사하는 사람 몇몇이 억조 인에게 패배하는 건 의심할 바 없으므로, 저들 몇몇을 죽여서 뭘 하겠느냐는 반박이다.

다음은 정나라 자산이다. 앞에서 말한 것처럼 『좌전』에는 자산의 사적이 가장 많이 실려 있다(혹은 『좌전』 저자는 그를 가장 모범으로 간주했고, 소설가들이 작중의 어떤 인물을 뽑아서 자신을 투영하듯이 그의 말을 통해 자신의 입장을 드러냈다고 할 수 있다). 따라서 우리는 여기서 그에 관한 몇 가지 사례만 선택해서 살펴보고자 한다.

노 소공 원년, 진(晉) 평공이 병을 앓았다. 거북점을 치니 이 병은 실심(實沈)과 대태(臺駘)라는 괴이한 이름의 신령이 야기한 것이라고 했다. 그러나 모든 진나라 사람에게 물어봐도 그것이 도대체 어떤 방위의 신령인지 아는 사람이 없었다. 그때 마침 정나라에서 자산을 진나라에 사신으로 파견하여 문병을 했다. 숙향이 이 기회를 빌려 그에게 가르침을 청했다. 이 대목에서 자산은 분명 좀 으스대는 모습을 보였을 것이다. 그는 옛날 사례를 들어 자세하게 설명하며 실심은 참신(參神)이라고 지적했다. 즉 참신은 이후 두보(杜甫)가 "사람이 살면서 만나지 못하면, 참성과 상성이 멀리 떨어져 움직이는 것과 같다"(人生不相見, 動如參與商)라고 읊은 참성(參星)의 신을 말한다. 사냥꾼 자리 허리 부분에서 가장 밝게 빛나는 세 별이다. 대태는 분수(汾水)의 신이다. 자산은 여유 있게 이야기를 마치고는 첫 번째 결론을 내렸다. 이 두 신령은 모두 "군주의 몸에 영향을 미칠 수 없습니다." 즉 진 평공의 몸에 관여할 수도 없고 동티를 일으킬 수도 없다는 것이다. 그는 질병이란 인간의 음식과 희로애락에 의해 발생하는데 "산천과 별자리의 신령이 무슨 짓을 할 수 있겠습니까?"(山川星辰之神又何爲焉?)라고 반문했다. 이어서 자산은 또 다른 논리를 설파하며 근친상간에 의한 자녀 양육의 위험성을 지적했다(도덕 문란의 사례가 많은 춘추시대를 다루면서 『좌전』에서는 이 때 처음으로 이에 대한 공개 토론의 자리를 마련했다). 자산은 갑자기 핵심을 찌르고 들어갔다.

"진나라 군주께서는 궁궐 안에 총애하는 여인이 많은데, 이중 동성(同姓)인 희성(姬姓) 여인이 네 명으로 가장 많습니다. 병의 근원이 여기에 있지 않겠습니까?"

이 사람은 정말 무슨 말이든 과감하게 한다. 논리도 올바르고 기세도 당당하다. 공자는 그의 말솜씨에 혀를 내두르며 감탄했다. 즉 온갖 어려운 일을 어떻게 모두 알고 정확하게 말할 수 있느냐는 것이다. 그러나 이것은 단지 수사기교로만 이해해서는 안 되고, 인식방법으로 이해해야 한다. 말하자면 이것은 자산의 사유방식이다. 그는 사안을 특례화, 희극화 하지 않고 그 독특한 외피를 벗겨내고 전혀 기이하지 않은 본래의 면목을 분명하게 인식하려 한다. 이렇게 하면 그 사안은 본래의 이치 속으로 되돌아가 용해된다. 괴테는 말했다.

"세계에 단 한 차례만 출현하는 것은 없다."

인간은 어떤 이치를 대할 때 그것이 자신에게 편한지 여부, 또 그것을 수용할지 여부에 상관없이 늘 불필요한 정서를 줄여야 한다. 이 때문에 자산은 외국인의 한 사람으로, 또 소국 사신의 신분으로 진나라 사람들이 쉽게 말할 수 없는 금기어를 말할 수 있었다. 물론 우리는 이것이 진 평공의 병의 원인일 수 없다는 사실을 알고 있다. 근친혼인의 병폐는 아주 완만한 속도로 후대에 나타난다. 그러나 이것은 2000년 전 의학 지식의 한계 때문에 이런 정도에 머물 수밖에 없었다—이후 진(秦)나라에서 초빙해온 명의도 자산의 말과 일치하는 진단을 내렸고, 이에 진 평공도 기꺼이 수긍했다. 중점은 질병이 인간의 음식과 희로애락 때문에 발생하는 것이지 귀신과는 관계없다는 사실이다.

노 소공 18년, 그해 여름은 아마도 기상이변으로 가뭄이 들고, 예년과는 다른 초특급 강풍이 불었던 것으로 보인다. 온 나라가 평탄하고 막힘이 없었던 송·위·진(陳)·정 네 나라의 대지는 천재지변이 만연한 지역이 되어 같은 날 큰 화재가 발생했다. 이 재난은 일찌감치 예언으로 제시된 바 있고(그것이 기상예보인지 귀신의 경고인지는 분명하게 말할 수 없다) 해결 방법도 나와 있었다. 그것은 바로 정나라의 보옥을 갖고 와서 신령에게 제사를 올리는 방법이었지만 자산은 가져다주지 않았다. 큰 화재가 지나간 후 예언을 말해주고 보옥을 청하던 비조(裨竈)는 자신의 권고에 따라 신령에게 제사를 올리지 않으면 정나라에 또 화재가 발생할 것이라고 위협했다. 그의 이 말에 정나라는 공황 상태에 빠졌고 자대숙이 명령을 받아낼 책임을 졌다(그는 보옥은 백성 보호용이므로, 나라를 구제하고 백성을 보호할 수 있는 물건인데 왜 그것을 아끼느냐고 말했다). 자산의 대답은 이랬다. 천도(天道)는 멀고 인도(人道)는 가깝다. 따라서 천재지변은 인간이 통찰하거나 파악할 수 없다. 비조가 어떻게 그런 능력을 갖고 있겠는가? 그는 말 많은 사람 중 한 명일 뿐이다. 말을 많이 하다보면 한 번씩 적중할 때가 있다고. 『좌전』에는 자산이 여전히 보옥을 주지 않았고 정나라에도 다시 화재가 발생하지 않았다고 기록되어 있다.

이런 면에서 자산은 공자와 상당히 일치한다. 그는 인간 세계와 귀신 세계 사이에 한 줄기 경계선을 그어 두고 있다. 그것은 인간의 인지 능력이 도달할 수 있는 최종 경계선이고, 그 경계선 밖에 귀신의 자리를 마련하고 있다. 그곳은 인간이 알 수도 없고 해결의 희망도 없는 영역이라는 것이다. 그는 귀신에 호기심도 갖지 않았고 도움도 구하지 않았다. 또 그는 귀신에 대해 고의로 저항했다고 말할 수는 없어도, 모두들 안전하고 무사하면 된다고 생각했다. 예를 들어, 용 두 마리가 싸우는 기이한 구경거리가 펼쳐질 때도(그것이 홍수나 회오리바람일 수도 있고 아니면 모종의 특별한 구름 형상일 수도 있다. 중국 한자에서는 번

개나 무지개도 용으로 간주했다) 그것이 재난만 되지 않으면 눈코 뜰 새 없이 바쁜 자산으로서는 한 번 구경 가고픈 흥미조차 느끼지 않았다. 그는 인간들이 날마다 한 덩어리가 되어 싸울 때 용이 와서 구경한다는 말을 들은 적이 없는데, 용들끼리 싸우는 곳에 인간이 왜 구경하러 가느냐고 말했다.

나는 줄곧 불가지론이 무신론에 비해 더욱 성숙하고 더욱 복잡한 사상이라고 믿어왔다. 무신론은 유신론의 반면이어서 한 걸음 뛰어넘기만 하면 되지만 불가지론은 비교적 완전한 이성적 바탕을 갖고 있어야 한다. 여기에는 이성에 대한 인간의 의심과 이성의 한계에 대한 인간의 사색도 포함된다.

그러나 『좌전』 가운데서 자산의 태도를 가장 잘 보여주는 기록은 아마도 다음에 이야기할 사건일 것이다. 노 소공 7년 정나라에 귀신 소동이 일어났다. 아주 사나운 귀신은 바로 정나라 3세 귀족이면서 생전에 심성이 흉악했던 백유(伯有, 良霄)였는데, 그는 반란을 도모하다가 피살되었다. 그가 죽은 지점은 곤혹스럽게도 양고기 점포 안이었다. 소문에 의하면 백유가 복수를 위해 돌아왔다는 것이다. 또 어떤 사람이 꿈을 꿨는데(누가 그렇게 무료해서 백유에 관한 꿈을 꾼단 말인가?) 백유의 유령이 온몸에 갑옷을 입고 다니며 임자일(壬子日)에 자사(子駟)를 죽이고, 임인일(壬寅日)에 공손단(公孫段)을 죽이겠다고 말했다고 했다. 그날이 되자 정말 자사와 공손단이 모두 죽었다. 이런 사건은(혹은 유언비어일 수도 있음) 오늘날 발생했다 해도 텔레비전 뉴스 프로그램에 방영되었을 것이다(적어도 타이완에서는 틀림없이 열정적으로 보도했을 것이다). 하물며 2000년 전 민심이 흉흉했던 정나라에서야 말해 무엇하겠는가? 그렇다면 집정관이었던 자산은 어떤 조치를 취했을까? 그는 신속하게 백유의 아들을 대부로 임명하여 가업을 잇게 했다. 그러자 귀신 소동은 바로 가라앉았다. 자대숙이 자산에게 질문을 했다. 아마도 백유가 전혀 무고하게 죽은 게 아니기 때문에 자산의 조치에 의문을 품은 것 같다. 자산은 아주 솔직하게 말했다. 이 조치는 확실히 타협이고 비위 맞추기다. 시시비비를 묻지 않고 남의 환심을 사려는 것이니 사람이 이렇게 해서는 안 된다. 그러나 위정자는 때때로 이렇게 하지 않으면 안 된다. 이렇게 하지 않으면 백성을 안정시킬 수 없고 백성을 기쁘게 할 수도 없고, 백성을 명령에 따르게 할 수도 없다. 정치는 어떤 것이라도 가로막으면 안 된다.

자산은 "백성을 기쁘게 하지 않으면 신복시킬 수 없고, 백성이 신복하지 않으면 명령에 따르지 않는다"(不媚, 不信, 不信, 民不從也.)(『좌전』「소공」7년)라고 했다. 이것은 유령의 비위를 맞춘 조치가 아니라 백성을 편안하게 위무한 조치이고, 귀신의 명령에 따른 조치가 아니라 이성의 명령에 따른 조치다. 사실 이 조치에는 백유의 아들 양지(良止)뿐 아니라 이전 집정관이며 대정변으로 피살된 자공(子孔)의 아들 공손설(公孫洩)도 포함되어 있었다.● 자산은 순리대로 두 사람을 한꺼번에 발탁하여 문제를 해결하면서 또 다음에 발생할 가능성이 있는 더욱 크고 더욱 흉악한 귀신 소동을 순리대로 철저히 제거했다. 자대숙이 관심을 가진 시비와 선악에 대해서는 어떻게 인식했을까?

우리는 『좌전』을 읽을 때 다음과 같은 사실을 간파하기가 결코 어렵지 않다. 정변이든 반란이든 자산의 입장에서는 그 정치적 이미지가 모두 정나라 몇몇 가문의 정권 투쟁에 불과했다. 그는 일찍부터 그런 실상을 간파하고 거기에 전혀 개입하지 않았다. 당년에 백유가 양

● 이 책 원본에는 백유의 아들을 공손설이라 했고, 자공의 아들을 양지라고 했으나, 실제로는 백유의 아들이 양지이고, 자공의 아들이 공손설이므로 바로잡는다. 『춘추경전집해(春秋經傳集解)』「소공」7년 참조.

고기 점포 안에서 죽자 자산 혼자만 그곳으로 가서 그의 시신을 어루만지며 곡을 했다. 이는 제나라 안영이 자국 대신의 권력투쟁 과정에서 보여준 행동과 같다. 진정으로 견지해야 할 시비와 선악은 여기에 있지 않고 더 높은 곳에 있다. 여기의 성패와 생사는 단지 행운과 불행, 총명함과 어리석음, 결과의 좋고 나쁨에 불과할 뿐이다.

이와 같은 자산의 행동으로부터 우리는 귀신에 대한 춘추시대 사람들의 또 다른 일면, 즉 가능한 빨리, 가능한 멀리 귀신에서 벗어나려는 일면을 엿볼 수 있다. 빨리 그리고 멀리 벗어나려는 사람들에 대해 말하자면 귀신 소동은 단지 처리해야 하고 고려해야 할 한 가지 현실일 뿐이다. 자신이 믿는 게 무엇인지가 중요한 게 아니라 일반 백성이 믿는 게 무엇인지가 중요했다. 이는 한 시대의 경계선, 하나의 기본적인 한계, 사안의 실행 가부와 관련된 하나의 권역을 구성한다. 여기에도 매우 간단한 역사 법칙 한 가지가 있다. 그건 숫자로는 결코 많지 않은 사람들이 자신이 처한 시대의 기본 한계를 성공적으로 꿰뚫었다는 사실이다. 계몽은 즉시 이루어진다고 볼 수 없고, 또 자연스럽게 발생하지도 않는다. 왜냐하면 이 하나의 경계선을 전방으로 밀고 나가거나 외부로 확대하는 건 인간의 고유 업무나 저절로 그렇게 되는 일이 아니라 인간의 특별한 행위이기 때문이다.

계몽은 고통스럽고, 오래 걸리고 심지어 위험하기까지 하다(그것은 마치 종교재판정에 꿇어앉은 갈릴레오가 그래도 지구는 돈다라고 말한 상황과 같다). 계몽은 비격정적인 결심, 어떤 충동이나 어떤 선의보다 더욱 굳건하고 끈질긴 결심을 해야 비로소 가능해진다. 그것은 공자가 가까스로 행한 일과 같다. 비교적 유리하기에 비교적 상투적으로 쓰이는 방법은 비밀을 유지하며 대중의 뜻을 범하지 않은 채 이런 계몽적 인식을 독점적인 비밀이나 유용한 무기로 삼는 것이다. 그렇다면 당신은 동시대의 모든 사람들보다 좀 더 각성한 상태에서 좀 더 확대된 시야 및 상상력을 발휘할 수 있고, 삼엄한 제한 조치가 모든 사람을 가로막을 때도 유독 당신에게만은 아무런 영향도 끼치지 않게 된다. 이 때문에 당신은 오히려 가장 안정되고, 가장 예상 가능한 판단 근거를 갖게 되며, 당신 자신의 자유는 예측할 수 없더라도 사람들이 어떻게 반응하고 어떻게 행동할지 완전하게 파악할 수 있기에 계몽적 인식을 이용할 수도 조작할 수도 있다. 그를 통해 갖가지 간계를 만들어내기도 하는 것이다.

플라톤도 이런 부류 사람들의 '인성'에 대해 깊은 인식을 하고 있었고, 개별자의 각성과 다수인의 계몽이 동시에 발생하지 않고, 그것이 같은 일이 아니며, 둘 사이에는 깊은 간극이 놓여 있다는 사실을 잘 알고 있었다. 그는 『국가론』에 기록한 대화에서 저명한 동굴의 비유로 이 일을 제시했다. 아주 드물게 쇠사슬을 끊고 어둠과 환영을 벗어난 몇몇 각성자(자유인)가 있다고 할 때 당신이 그들을 '강제하여' 동굴로 귀환하게 하는 목적은 아직도 쇠사슬에 묶여 있는 사람들을 각성시켜 이상국을 건설하기 위함이다.

우리가 『좌전』에서 읽을 수 있는 귀신 이야기는 이미 곳곳에 조작의 흔적을 발견할 수 있다. 당시에 어떤 사람은 이미 쇠사슬을 끊었고, 우리는 그 사실을 목격할 수 있다. 그런데 이런 일을 우리에게 들려주는 『좌전』의 저자가 그것을 몰랐거나 감지하지 않을 수 있었을까? 예를 들어, 조간자(趙簡子) 조앙(趙鞅, 공자가 마지막으로 몸을 의탁하여 설득해보려 한 거물이다. 그러나 공자는 결국 황하를 건너지 않고 그 도도한 강물을 바라보며 탄식했다. 이것은 영원한 역사의 풍경이 되었다)은 노 애공 10년 직접 진(晉)나라 군사를 이끌고 제나라를 공격할 때, 전투에 임해 관례에 따라 점을 쳐보라는 부하의 요청을 거부했다. 그 원인은 출병할 때 이미 점을 쳐서 길조를 얻었기 때문이라는 것이다. 소위 "점괘는 길조를 거듭 보여주지 않는다"라는 말도 사실 좋은 점괘를 얻으면 바로 받아들이라는 의미다. 예를 들어, 난서(欒書)는 노 성공 6년 진나라 대군을 이끌고 정나라 구원에 나섰다. 그는 초나라 군사를 핍박하여 격퇴했지만 그들을 깊이 추격하여 공적을 보탤 것인지 고민에 빠졌다. 수하 보좌 장수 11명 중에서 순수(荀首), 지섭(知燮), 한궐(韓厥) 세 사람만 추격에 반대했다. 난서의 결정은 아전인수격이었다. 그는 「홍범」에 나오는 "좋은 견해가 동등하다면 다수의 의견을 따른다"(善鈞 從衆)는 원칙을 인용했다. 원본의 뜻은 두 파당의 의견이 좋고 나쁨을 나누기 어렵거나 대체로 대등할 때는 다수결로 결정한다는 것이다. 그러나 난서의 독특한 해석에 의하면 세 사람(三人)으로 이루어진 글자가 다수를 나타내는 중(众, 衆)이므로 순수, 지섭, 한궐을 합치면 바로 세 사람이 되지 않느냐는 견해다. 이 때문에 이들 세 사람의 의견에 따라 마침내 군사를 거둬들이고 전과를 보존했다.

이런 아전인수의 사례로 가장 유명한 것이 바로 성복(城濮) 전투다. 이것은 아마도 춘추시대를 통틀어 가장 결정적인 전투의 하나일 것이다. 진나라의 100년 맹주 지위와 춘추시대의 독특한 국제 질서가 바로 이 전투의 승리에서 시작되었다. 이 전투 전에 진(晉) 문공은 무서운 꿈을 꿨다. 꿈속에서 그는 초왕과 1대 1로 힘겨루기를 했다. 진 문공은 땅바닥에 누워 관절꺾기를 당한 채 꼼짝도 할 수 없었고, 초왕은 그의 몸 위에 엎드려서 그의 뇌를 파먹고 있었다(이 꿈에는 진실이 갈라진 틈과 모서리를 통해 드러나 보이고, 악몽에 포함된 독특한 공포감도 들어 있다. 전체적으로 볼 때 사후에 날조된 것은 아닌 듯하다). 가장 강력한 힘을 가진 주장(主將) 자범(子犯)은 진 문공을 위해 해몽을 했는데, 그의 의지와 상상력이 가득 담겨 있다고 말할 수 있다.

"내가 하늘을 보고 누웠으니, 초왕은 엎드려서 죄를 자복하는 자세입니다. 게다가 사람의 뇌는 '부드러우므로' 내가 부드럽게 초나라를 굴복시키는 모습입니다."

원래 이렇게 풀이해도 말은 통한다. 또 누가 들어도 공포를 느끼고 식은땀이 흐르는 이런 악몽이 본래 최상의 길몽이었다니? 이와 같은 100년 패업, 즉 대체할 수 없고 바꿀 수 없는 도도한 역사가 갑자기 닥쳐온 악몽 위에 위태롭게 건설되었고, 또 입에서 나오는 대로 지껄이는 자범의 과장된 말과 그런 허접한 수준의 의식과 듣는 사람조차 민망하게 느끼는 '해몽' 위에 건설되었단 말인가? 이 꿈이 당시 역사를 또 다른 길, 또 다른 가능성으로 이끌고 가지 않았는가? 인류의 역사를 많이 읽은 사람은 이렇게 말하곤 한다.

"인류의 역사는 내가 발버둥 치며 가까스로 깨어난 악몽이다."

상아의 문과 소뿔의
문을 통과하다

꿈은 인간의 육체와 함께 존재하고, 인간의 생명과 함께 존재한다. 마치 영원처럼 오랜 시간을 함께 했다. 생물의 진화가 어떤 육체, 어떤 두뇌 혹은 어떤 신경계통에 도달함으로써 꿈을 꾸게 되었을까? 동물이 꿈을 꾸는가 꾸지 않는가의 경계선은 영원히 단정할 수 없다. 그러나 일상생활에서 우리는 고양이와 개가 꿈을 꾸는 모습을 목격하곤 한다. 그들의 격렬한 꿈은 틀림없이 사냥물을 뒤쫓는 상황일 터이다. 또 다른 세계에서 신속하게 치달리며 목청껏 짖어낼 것이다. 아득히 멀고 오랫동안 이루지 못한 어떤 일을 상기하는 듯하다. 다만 그것이 현실세계에 도달했을 때 우리는 그 동물의 네 다리가 움찔거리며 떠는 모습만 볼 수 있고, 잠꼬대처럼 간헐적으로 끙끙대는 목소리만 들을 수 있을 뿐이다. 『파우스트(Faust)』 제2부 2막 중의 하나인 「에게 해의 바위 만(灣)」에는 바다 깊은 곳에서 들려오는 노래 소리가 기록되어 있다.

밤길을 가는 어떤 나그네는

저 달무리를 공기의 현상으로 불렀다지.

우리 정령들은 전혀 다르게 생각하는데,

그게 유일하게 올바른 생각일 거야.

저건 분명 비둘기란 말이다.

내 딸이 조개수레를 타고 올 때

예부터 익혀온 독특한 방법으로

기이하게 날면서 인도하는 것이지.●

셰익스피어(William Shakespeare)는 "우리는 우리의 꿈과 동일한 재료로 만들어졌다"라고 했다. 이것은 이미 상당히 현대적인 표현이다. 보르헤스는 이 말을 매우 좋아했고, 나도 그의 말이 사람을 가장 쉽게 유혹하는 꿈의 한 요소라고 생각한다(그가 우리의 꿈을 우리 앞에 던져놓고 그것을 거꾸로 살펴볼 때, 마치 그것이 더욱 깊은 시간의 내력을 지닌 것처럼 느껴지는 점에 주의하자). 진정으로 의미심장하게도, 꿈에서 깨어나도 경이로움이 사라지지 않게 할 수 있는 것은 꿈과 같은 이 세계의 불가사의함이나 어디에서 온 것인지도 기억하지 못하는 생소함이 아니다. 이와는 반대로 우리는 이처럼 당연히 낯설고, 아직 가 본 적이 없는 꿈속 세계에 대해서 기이한 친숙함과 태연함, 거의 의심할 수 없는 일종의 연대감을 느끼곤 한다. 또 꿈에 완전히 다른 얼굴이 등장할 때도 나는 그가 누구인지 안다(혹은 인정한다). 꿈에서 경관이 완전히 다른 도시에 있더라도 나는 여전히 내가 타이베이시(臺北市)에서 있다는 사실을 안다. 나는 어슴푸레한 가운데 꿈을 구성하는 자료

● 요한 볼프강 폰 괴테 지음, 정서웅 옮김, 『파우스트 2』(민음사, 2010, 1판 38쇄) 197쪽의 번역문을 따랐다.

의 출처, 내력, 원형을 기억하고 판별할 수 있다. 꿈속에서 그것들은 또 다른 모습으로 변형되어 있을 수도 있지만 말이다. 이런 자료들에는 내가 가까스로 처리한 일, 방금 만나 함께 한 사람이 포함되고, 또 내가 얼마나 오랫동안 생각하지 않았는지도 모르는, 이미 망각했다고 여기는 사건과 인물도 포함된다. 또 아마도 갖가지 이유 때문에 내가 생각하고 싶지 않았을 뿐 아니라, 아직 발생한 적도 없고 아직 알지 못하는 것으로 간주하는, 성공한 일과 사람도 포함될 가능성이 있다. 이에 꿈의 진정한 시각적 이미지는 결국 꿈의 줄거리 자체로만 살펴볼 때 온전한 개인, 온전한 생명이 몇 시간 혹은 하루 내에 겪은 일로 구성되지만 거기에는 우리의 온전한 생명 역정을 한 차례 재구성하는 의미가 감춰져 있다. 게다가 이처럼 오래된 꿈의 자료는 다시 거슬러 올라갈 필요도 없고, 다시 탐색할 필요도 없이 늘 바로 이곳에 존재하면서 우리를 벗어나지도 않았고 또 우리에게 망각되지도 않은 것처럼 느껴진다. 즉 그것들은 흡사 바로 우리의 현재인 것처럼 여겨진다.

꿈의 변형은 너무나 흥미로운 또 다른 주제다. 꿈속의 우리는 이상하게도 이런 변형을 전혀 놀랍게 생각하지 않는다. 오히려 놀라는 것은 꿈에서 깨어 본래 세상으로 돌아온 현실 속의 우리다. 꿈의 변형은 무엇 때문에 발생할까? 또 무슨 의미를 담고 있을까? 어떻게 삼엄하면서 초월할 수 없는 형식으로 자유로울 수 있으며 변신이 가능할까? 생명이란 무엇인가? 나의 존재는 또 무엇인가?—"꿈에서 나는 총사령관이 된 적도 있고, 손 안의 보검이 된 적도 있고, 60줄기의 강을 가로지르는 큰 교량이 된 적도 있고, 일찍이 물거품 사이에서 마법을 펼친 적도 있고, 하나의 별이 된 적도 있고, 한 줄기 빛이 된 적도 있고, 한 그루 나무가 된 적도 있고, 책속의 단어가 된 적도 있고, 애초에 한 권의 책이 된 적도 있다. 나는 일찍이 아이였고, 아가씨였고, 관목이었고, 한 마리 새와 해면으로 떠오른 소리 없는 물고기였다.”

물론 나비가 된 장자(莊子)도 있다. 앞에서 소개한 바 있는 악몽의 주인공 자숙성백도 있다. 그의 꿈에서는 소리 없는 눈물이 맑은 소리를 내며 와르르 쏟아져 옥구슬로 변했다. 아울러 그는 매우 아름다운 노래도 불렀다. 어찌하여 성백 같은 사람, 즉 평범하고 착실하면서 꺼리는 게 많은 사람이 또 다른 세계(꿈속)에서는 그처럼 상상력이 풍부하고 경쾌할까? 나 자신도 전혀 알 수 없는 또 다른 내가 꿈속에서 깨어난 것일까? 아니면 모종의 정령이나 혼령 따위의 신비한 힘이 우리 몸으로 들어와 우리의 입을 빌려 말을 한 것일까? 우리가 카프카(Franz Kafka)의 『변신(Die Verwandlung)』, 오비디우스(Publius Ovidius Naso)의 『변신이야기(The Metamorphoses of Ovid)』, 신화 속에 즐비한 각종 기이한 변형 동물, 여섯 개의 상아가 있는 흰 코끼리나 각종 짐승의 몸을 한 인간에 대해 읽게 되면 그런 것들에 주의를 기울이지 않을 수 없다. 그것들은 시기가 이를수록 더욱 종류가 많고 몸집이 클 뿐 아니라 더욱 거칠고 자유롭다. 심지어 일부는 다시 복원하기 어려운 이미지로 존재하기도 한다. 또 그것들은 인간이 꿈을 더욱 굳게 믿으며 의문을 갖지 않은 시절이나 꿈과 현실의 경계선이 더욱 모호한 시절, 꿈과 현실 세계의 교차점이 더욱 심하게 중첩된 시절에 더 많이 탄생했다. 우리는 그것이 옛 사람들에 의해 남김없이 묘사되고 이용되었기 때문에 더 많은 것처럼 보인다고 담백하게 말할 수 있다. 그러나 우리는 꿈을 믿는 또 다른 이유도 갖고 있다. 그 이유는 인간의 꿈, 즉 눈부시게 찬란한 각종 꿈과 사람을 두렵게 만드는 각종 악몽과 가위눌림 및 꿈에서 얻은 계시, 꿈에서 배운 가능성과 모방으로부터 연원했을 가능성이 지극히 크다. 그것은 인간이 백주대낮에 터무니없는 상상과 창조를 통해 빚어낸 것이 아니다. 변형의 폭과 크기는 꿈에 대한 인간의 믿음과 몰입 정도에 의해 결정된다. 보르헤스는 이렇게 말했다.

"내가 내린 이 결론이 과학적인지는 모르겠다. 그러나 '꿈은 바로 가장 오래된 미학 활동이다.'"

여기에서 우리가 계속 말해야 할 것은 꿈을 구성하는 이런 자료, 즉 낮에 깨어 있을 때는 우리 내면에 잠시 멈춰 있는, 문득 중지되어 있는, 겹겹이 쌓여 있는, 깊이 묻혀 있어서 태양을 보지 못하는 것들이 한밤중에는 마술을 부리듯 불가사의한 방식으로 다시 활동을 시작하고 행진을 계속하며(이 두 세계는 빛과 어둠 사이에서 교차한다) 일찍이 발생한 적이 없는 것들을 발생하게 한다는 사실이다. 소위 일찍이 발생한 적이 없는 것은 바로 미래이고, 사물의 내면에 숨어 있는 가능성이다. 이로써 꿈이 드러내는 기본적인 시간 감각과 시간 암시는 매우 흥미롭게 변한다. 즉 그것은 과거가 아니라 미래를 지시하고, 회고가 아니라 리허설이나 조짐처럼 나타난다.

자세히 생각해보자. 내가 등장하지 않고 내가 현장을 떠난 꿈이 있을 수 있을까? 그런 꿈은 결코 없거나 상상하기 어렵다. 꿈은 철저히 나를 중심으로 전개되므로 모든 꿈은 나 개인의 꿈이다(보들레르가 말한 것처럼 인간의 꿈 내지 환각이나 환상은 모두 이미 우리가 갖고 있는 사물이나 의식으로 구성되므로 우리의 밖으로 벗어날 수 없다). 아마도 이와 같기 때문에 꿈의 외형은 흔히 등장인물, 사건, 장소, 시간, 사물이 갖춰진 소설처럼 보이지만 우리는 꿈을 시나 노래로 느낀다―나는 처음부터 끝까지 꿈의 현장에 등장하여 항상 중심 역할을 한다. 나는 꿈의 유일한 주인공이다. 나는 세계를 내 눈을 통해서 바라보고 있으며, 더더욱 그것은 객관적 실물이 아니라 내 눈에 비친 이미지임을 어떤 때보다 더욱 분명하게 의식한다. 이런 방식으로 꿈은 '나'의 최종 신비성과 직접 연결을 도모하며, 도피할 수 없는 '나'의 개체 생명을 외부 세계와 더 이상 매개물 없이 1대 1로 최종 긴장 관계를 맺도록 해준다. 그것은 일종의 응시이자 일종의 폭로이며, 소위 운명이기도 하다. 또한 그것은 종교가 유래하는 가장 원초적 지점이자 시점이다. 나는 깨어 있을 때보다 더욱 고독한 방식으로 내 꿈속에 출현하여 사람들 속을 돌아다니거나 평상시처럼 사람들과 이야기를 나눈다. 하지만 깨어 있을 때보다 더욱 뜨거운 호기심(꿈의 호기심) 및 수시로 생각하고 성찰하는 감각을 갖고 있다. 사물을 더욱 분명하게 보고 싶어 하고 더욱 단단히 기억하려고 하는 듯이 말이다(대낮의 관성적인 막연함에 비교해보라). 꿈은 언제나 우리에게 "어떤 일이 지금 발생하고 있다"는 기이한 감각이나 기본적인 의식을 가져다준다. 이 때문에 우리는 그것을 하나의 행로나 하나의 여정처럼 느낀다. 이에 우리는 꿈속에서 그곳으로 '가거나' 심지어 '진입'한다.

꿈이 인간에 의해 속절없이 신기한 현상으로 간주되고 계시와 예언에 동원되는 건 결코 기괴한 일이 아니다. 『좌전』 기록의 특징 중 가장 흥미로운 것은 멀고 낡은 꿈의 길을 계속 따라가는 것이 아니라, 애초에는 배회하고 주저하면서도 꿈의 불확정성과 불가촉성을 깨닫고, 그것을 확인하고, 증명하고 있다는 점이다. 우리는 그것을 간파할 수 있다. 꿈의 종류에는 예언이나 신탁에 의해 미래가 결과적으로 그렇게 되는 꿈도 있지만, 사람을 샛길로 빠지게 하고 심지어 파멸시키고, 농락하는 꿈도 있다. 이 양 극단 사이에는 포착할 수 없거나 불확정적으로 흘러가버리는 더 많은 꿈들로 가득 차 있다. 여기에서 인간과 꿈이 함께 존재하는 관계와 방식은 서로 조정 과정을 거치면서 은연중 다음 단계로 나아간다. 그 인간은 아마도 모든 사람이 아니라 『좌전』 저자를 포함한 일부와 저자가 찾아낸 일부 사람들일 것이다—사실 고대 그리스인도 아주 일찍부터 이와 같이 꿈에 대해 의심을 품었다. 어쩌면 이것이 바로 꿈에 대한 경건한 믿음의 끝이었을 것이다. 또 이것은 확정할 수 없는 어떤 것을 확정·고정하지 않으면 안되는 곤혹스러운 과정과 그것을 천천히 교정하려는 어려운 과정이었을 것이다. 그리스 장편 서사시 『오디세이』에서는 인상 깊은 해석(혹은 추측)을 통해 꿈에 대한 극단적인 입장을 완화하려 하고 있다. 즉 꿈은 상이한 두 개의 문을 통해서 인간에게 내려온다고 한다. 하나는 상아의 문으로, 거짓된 꿈, 인간을 우롱하는 꿈의 통로다. 다른 하나는 소뿔의 문으로, 진실한 영혼이 드나드는 통로다. 이런 꿈만이 진실하면서 예언 능력이 있다.

그런데 그걸 어떻게 분별할 수 있을까? 아주 간단하다. 나중에 일이 발생하고 나면 바로 알 수 있다.

『좌전』에서 상아의 문을 통해서 내려온 꿈 중 가장 분명한 것은 바로 다음과 같다. 숙손표(叔孫豹, 叔孫穆子)는 망명 중에 어떻게 보면 하늘의 계시와도 같은 기이한 꿈을 꿨다. 그가 죽고 나서 1년이 지난 노 소공 4년에 그 꿈에 관한 기록이 남아 있다. 그가 그 꿈을 꾼 시점으로부터 이미 30년의 세월이 지난 때였다. 앞에서 서술한 성백의 꿈과 비교해 봐도 훨씬 늦게 꿈의 내용이 공개된 것이다. 『춘추』 원문에는 "겨울 12월 을묘일에 숙손표가 세상을 떠났다"(冬十有二月, 乙卯, 叔孫豹卒)라고 되어 있고, 『좌전』에서는 이 대목을 부연 설명하고 있다. 이보다 앞서 숙손교여가 일으킨 분란 때문에 숙손 가문의 일원이었던 숙손표도 망명생활을 하게 되었다. 그는 경종(庚宗)이라는 곳을 지날 때 한 여인의 집에서 하룻밤을 묵게 되었다. 이후 그는 제나라에 머물면서 바로 이 꿈을 꿨다(시기, 장소, 배경, 꿈의 늦은 실현 및 최종 사망

등의 요인이 앞서 소개한 성백의 신주 눈물 꿈과 정교한 방식으로 연결된다). 꿈속에서 그는 내려앉은 하늘에 눌려서 빠져나올 수도 없었고 심지어 숨조차 쉴 수 없었다. 이것은 스트레스를 풀기 어려운 사람이 흔히 꿈속에서 당하는 전형적인 가위눌림이다. 그때 기이하게도 숙손표가 알지 못하는 '우(牛)'라는 이름의 남자가 나타나 꿈속에서 그를 구조해 줬다. 숙손표는 그 꿈을 분명하게 기억했다. 꿈에서 본 그 남자는 피부가 검었고, 어깨가 구부정했고, 두 눈은 깊었고, 튀어나온 입은 돼지 같았다. 숙손표는 모든 수행원을 소집해서 점검했지만 그런 모습과 이름에 부합하는 사람은 없었다. 나중에 숙손표는 노나라로 돌아가서 숙손 가문의 권력을 장악하고 조정의 아경(亞卿) 지위에 올랐다. 그때 경종 땅의 그 여인이 자신의 아들을 데리고 와서 꿩을 바치며 축하 인사를 했다. 숙손표는 여인의 아들이 바로 꿈에서 자신을 구해 준 영웅임을 발견했다. 숙손표는 너무나 기뻐서 그를 자신의 곁에 머물게 하고 어린 가신(小竪)으로 삼았다. 또 자신의 꿈과 맞아떨어졌기 때문에 그를 '수우(竪牛)'라고 불렀고 마침내 거듭 승진을 시켜 전체 숙손 가문(노나라 두 번째 명문대가)을 관장하는 가재(家宰)로 삼았다. 소공 4년 숙손표가 큰 병에 걸리자 성장하면서 점차 야심을 키워온 수우는 그 기회를 이용하여 숙손 가문 전체를 집어 삼키려 했다. 이에 그는 숙손표를 완전히 격리하여 어떤 사람도 만나지 못하게 하고 모든 명령을 자신이 내렸다. 이 해 겨울 숙손표가 경건하게 믿었던 그 꿈은 종점에 도달했다. 수우는 숙손표를 빙자한 거짓 명령으로 숙손표의 적자 맹병(孟丙)을 죽인 뒤 숙손표까지 굶어 죽게 만들었다(그에게 보낸 찬합은 모두 텅 비어 있었다). 숙손 가문의 대란은 심지어 전체 노나라까지 진동시켰다. 다음 해 수우도 패배하여 제나라와 노나라 변경에서 피살당했고, 참수된 그의 머리는 영풍(寧風) 땅 가시덤불 속에

버려졌다. 그렇다. 이 꿈과 관련해서 좋은 결말을 맞은 사람은 없다. 이 꿈은 결국 악의적이고, 거짓되고, 아무 혜택도 없이 '모든 사람이 죽는' 결말로 막을 내렸다.

영험하지 않은 꿈, 영험하지 않은 귀신, 영험하지 않은 점괘에 대해 『좌전』에서는 숨기지도 않았지만 특별히 과장하지도 않고 조용하게 서술했다. 마치 이와 같이 될 줄 안 것이 하루 이틀이 아니라는 듯이 말이다. 우리가 오늘날 거듭 살펴서 알고 있는 바와 같이 사실 끝도 없고 이유도 없이 선의만을 가득 베풀어주는 위대한 신이나 대자연은 존재하지 않는다.

노 장공(莊公) 32년, 그 해 가을 신(莘) 땅에 신이 강림하여 오래 머물렀다. 이 때문에 주변 나라에 한바탕 소동이 일어났다. 주나라 천자 혜왕(惠王)조차도 어떻게 반응해야 옳은지 물었다. 당시에 가장 경건하게 신을 믿은 사람은 괵공(虢公)이었다. 그는 맨 먼저 대축(大祝), 종인(宗人), 태사(太史) 등 세 명의 고관을 보내 신에게 제사를 올렸다. 신도 상징성이 너무나 명확한 토지를 그에게 하사하겠다고 했다. 그러나 괵나라는 그 이후로도 토지를 확장하며 강국이 되지 못했을 뿐 아니라 오래 지나지 않아 진(晉)나라에 멸망당하고 말았다—이것이 바로 순망치한(脣亡齒寒)이라는 고사성어의 출처. 이후 『좌전』 저자를 포함하여 많은 사람들은 이것이 바로 괵나라 멸망의 시작이었음을 보편적으로 인정하고 있다. 신으로부터 부당하게 상을 받는 이 시점부터 멸망의 길이 열렸다는 것이다—이 일은 숙손표가 죽기 120년 전에 일어났다.

영험하지 못한 점괘 중에서 가장 심각한 내용은 노 희공 15년 기록에 실려 있다. 진정한 사건은 그 이전인 진(晉) 헌공 때 발생했다. 이 일도 사후의 회고와 반성 과정에서 기록되었다. 이번 소동은 꿈이 아니라 '짐패', 즉 『역경(易經)』과 연관된 점술 때문에 일어났다. 당시에 진(晉) 헌공은 딸 백희(伯姬)를 진(秦)나라 명군 목공에게 시집보내려 했다. 그러나 점괘가 불길하게 나왔는데, 그 불길함이 두려울 정도였다. 군사가 패배하고, 나라가 파괴되고, 집안이 망하고, 사람이 죽으며, 살아남은 일부 사람도 재난과 참화에 얽혀든다는 내용이었다. 기괴한 것은 이런 혼인이 모험을 감수하고 맺어졌다는 것이고, 더욱 기괴한 것은 다행히 좋은 결말을 보게 되었다는 것이다. 극단적으로 불길한 점괘를 얻은 백희는 이후 몇 십 년 동안 진(晉)나라의 가장 중요한 수호신 역할을 했고, 진 문공이 보위에 오를 때까지 각종 재난에서 진나라를 지켜주었다. 진 헌공 말년에 발생한 여희(驪姬)의 난●으로 진나라는 가장 혼란스럽고 암흑의 세월을 보내게 되었다. 나라가 멸망할 수도 있었을 뿐 아니라 그 멸망이 한 차례로 그치지 않을 정도로 심각했다. 그러나 당시 백희 부인은 총명하고 용감하게 자신의 모국에 깊은 관심을 표시했고, 어떻게 하면 남편 진(秦) 목공을 설득하여 진(晉)나라를 돕게 할 수 있는지도 잘 알았다. 만약 당년에 그 불길한 점괘에 따랐다면 진(晉)나라는 정말 형편없이 몰락했을 것이며, 이후 맹주 진나라가 없는 춘추시대가 전개되었을 것이다. 그렇게 되었다면 당시 역사는 아마도 큰 폭으로 바뀌었을 가능성도 있다.

사실 진 헌공은 이보다 조금 앞서 여희를 부인으로 맞아들일 때 점을 쳤는데, 당시 거북점과 시초점이 반대의 결과를 나타냈다. 거북점은 불길하게 나왔고, 시초점은 길하게 나왔다. 이미 고령이었던 진 헌공은 당연하게도 좋은 점괘가 나온 시초점을 믿었다. 그는 효성스

● 진(晉) 헌공의 계비(繼妃)인 여희(驪姬)가 자신의 아들 해제(奚齊)를 세자로 삼기 위해 본래의 세자 신생(申生)을 모함하여 죽이고 중이(重耳) 등 여러 공자를 축출한 내란이다. 이 내란으로 진나라는 이후 중이가 진 문공(文公)으로 즉위할 때까지 엄청난 혼란을 겪었다.

럽기 그지없는 자신의 태자 신생(申生)이 말한 것처럼 여희를 부인으로 맞아들이지 못하면 따뜻하게 잠을 잘 수도 없고 배불리 먹을 수도 없다고 했다. 이 결말은 우리가 곰곰이 새겨볼 만하다. 여희의 시초점은 길하게 나왔지만 오히려 백희의 불길한 점괘에 의지함으로써 겨우 액운을 없앤 후에야 회복 불능의 재난에 빠지지 않게 되었다. 이 점괘의 부정확함을 저 점괘의 부정확함으로 교정했으니 이보다 더 크고 더 풍자적인 의심이 있을까?

그러나 부정확한 점괘 중에서 내가 가장 좋아하는 사례를 선택하라면 노 선공의 부인 목강(穆姜)이 얻은 「수괘(隨卦)」를 들겠다. 이것은 사후에 이야기된 것이 아니고 목강 자신이 직접 겪은 것이다.

사정은 대체로 이러했다. 당시 생사여탈권을 장악하고 표독하게 행세하던 이 제나라 출신 여인은 자신이 의도한 정변*이 실패한 후 천 길 낭떠러지로 떨어졌다. 그녀가 공들여 심은 후 나중에 자신의 관(棺)과 송금(頌琴)**의 재료로 쓰려고 했던 고급 목재조차도 집정관 계문자에게 탈취당했다. 계문자는 그것을 목강의 며느리이며 노 성공의 부인인 제강(齊姜)의 장례 때 관재(棺材)로 사용했다. 목강은 동궁으로 물러나 점을 쳐서 「수괘」를 얻었다. 「수괘」의 길흉은 이렇게 나왔다.

"으뜸이고, 형통하고, 이롭고, 바르니 허물이 없으리라."(元, 亨, 利, 貞, 无咎.)(『역경』「수괘」)

그러나 목강은 점괘의 아부성 거짓말을 따르지도 수용하지도 않았다. 그녀는 먼저 원(元), 형(亨), 리(利), 정(貞)의 뜻을 간단하게 해석

---

* 노 성공 16년(기원전 575) 목강이 숙손교여와 사통한 후 노나라 정권을 장악하기 위해 계문자(季文子)와 맹헌자(孟獻子)를 제거하려다 실패한 사건이다.
** 고대 악기인 금(琴)의 한 종류다. 특히 전문적으로 『시경』의 「아(雅)」와 「송(頌)」을 연주할 때 썼으므로 '송금(頌琴)'이라고 불렀다.

한 연후에 그것을 일일이 반박했다.

지금 나는 여인의 몸으로 난리에 가담했소. 본래 지위가 남자 아래였고 어질지 못하니 으뜸이라 할 수 없소. 나라를 편안하게 하지 못했으니 형통하다고 할 수 없소. 난을 일으켜 내 몸을 해쳤으니 이롭다고 할 수 없소. 국모의 자리를 버리고 음란한 짓을 했으니 바르다고 할 수 없소. 이 네 가지 덕이 있는 사람은 '수괘'가 나와도 허물이 없소. 나는 네 가지 덕이 모두 없으니 어찌 '수괘'를 따를 수 있겠소? 내가 악행을 저질렀으니 허물이 없을 수 있겠소? 반드시 여기서 죽을 것이오. 나가지 않겠소.(今我婦人而興於亂. 固在下位, 而有不仁, 不可謂元. 不靖國家, 不可謂亨. 作而害身, 不可謂利. 棄位而姣, 不可謂貞. 有四德者, '隨'而無咎. 我皆無之, 豈'隨'也哉? 我則取惡, 能無咎乎? 必死於此, 弗得出矣.)(『좌전』 「양공」 9년)

분명하고, 강경하고, 예리한 모습이 지난날의 그 목강이라 할 만하다. 그녀는 날짜를 앞당겨 무덤으로 들어가는 것처럼 고개를 꼿꼿하게 쳐들고 동궁으로 들어갔다. 하지만 실제로는 그녀는 아주 오래 살다가 자신의 손자 노 양공 재위 9년에 이르러서야 사망했다.

정 목공
어머니의 꿈

―

『좌전』에는 또 아름답고 향기롭지만 현실에서는 전혀 중요하게 취급
되지 않는 또 다른 꿈이 실려 있다. 이 일은 정 목공(穆公)의 특별한
운명과 그의 죽음을 서술할 때 앞에서와 똑같은 방식으로 기록되었
다. 기록 시점은 노 선공 3년 정 목공이 죽고 그 꿈이 종결된 바로 그
해였다.

정 목공의 모친 연길(燕姞)은 남연(南燕) 여인으로 본래 그의 부친
정 문공(文公)의 천첩 중 한 명이었다. 그녀는 꿈속에서 자신의 조상
백조(伯儵)가 난초를 주면서 장차 태어날 아들의 이름을 '난(蘭)'으로
지으라는 계시를 받았다. 과연 그녀는 회임한 후 나중에 정나라 군주
가 되는 난(蘭)을 낳았다. 『좌전』에 의하면 이 아름다운 꿈은 일찌감치
미담의 하나로 전해졌다. 정 문공은 말년에 보위 계승자 문제로 일련
의 모살(謀殺) 사건을 일으켰고, 이에 본래 아무런 지위도 없었고 보위
계승자 대열에 들지 않았던 공자 난(蘭)이 바로 이 난초 꿈과 맹주 진

문공의 출병 도움에 의지하여 불가사의하게도 정 목공으로 변신에 성공했다. 여러 해가 지난 후(노 선공 3년 겨울) 그가 병이 들자 자신이 손수 심고 세심하게 돌보던 난초도 시들었다. '영혼에 향기를 지닌' 이 작은 나라의 군주는 자신의 시간이 다했음을 알고 이렇게 말했다.

"난초가 죽으면 나도 아마 죽을 것이다! 난초는 내가 태어난 까닭이다."(蘭死, 吾其死乎! 吾所以生也.)

그는 운명 앞에서 발버둥치지도 않고 항거하지도 않으면서 사람을 시켜 난초를 잘라내라고 했다. 그리고 그도 난초를 따라 세상을 떠났다.

이 꿈과 그의 인생 경력 그리고 꿈속에서 보내온 난초를 통해 우리는 쉽게 『초사』를 상기할 수 있고 또 향기 속에서 신이 훨훨 강림하는 기이한 세계를 연상할 수 있다. 오늘날의 어휘를 쓰자면 이것은 전형적인 샤머니즘적 사유다. 인류학 보고서에서 우리는 이와 같은 꿈과 이야기를 자주 읽을 수 있다.

샤머니즘은 인간이 자유롭게 사물 인과(因果)의 삼엄한 쇠사슬을 끊는 술법으로 존재하는 것이 아니라 이와는 정반대로 인류가 가장 믿어 의심치 않는 인과론이 이미 조급증에 도달하여 기타 모든 것을 돌보지 않는 집착 상태에서 나온 술법일 가능성이 지극히 크다. 그것은 아주 가까이 있는 두 가지 구체적인 외재 현상을 직접 틀어잡고 그 두 가지를 한데 묶어 맹목적으로 연관시킨 뒤 그것에 직접 인과관계를 부여하고는 공교로운 결합도 믿지 못하겠고, 우연도 믿지 못하겠고, 같은 방향으로 발전하는 두 사물이 피차 관계가 없을 수 있다는 사실도 믿지 못하겠다고 한다(예를 들면 내가 출판사를 사직하자, 지구 전체의 기후 변화도 더욱 이상 현상을 드러냈고, 지구 전체의 소득 분배도 더욱 악화되었다고 말하는 것과 같다). 정 목공의 인생과 난초는 한 가지 꿈과 하나의 이름(그의 전체 인생에서는 언급할 만한 가치가 없는 아주 짧은 순간이다)으로 인해 한데 묶인 것이다. 그러나 그의 인생과 그 이야기는 사실 우리가 또 다른 방식으로 묘사할 수도 있다. 정 목공의 모친 연길은 우연히 길몽을 꿨다. 그것은 외롭고 적막한 한 여인이 머나먼 북쪽나라 고향과 친척을 그리워하는 꿈이었을 것이다. 본래는 이와 같았을 뿐이었으리라. 그런데 그녀는 아마도 무의식적으로 혹은 교활하게 이 꿈을 이용하여 기회를 포착했고(심지어 그녀가 이 꿈을 발명했거나 수정했다고 말할 수도 있다), 성공적으로 정나라 안에서 자신의 지위를 상승시켰다. 이 꿈은 (이 때문에) 여기에서 한 걸음 더 나아가 흥미로운 전설로 발전하여 당시 진 문공을 포함한 많은 사람을 감동시켰고, 이에 사람들은 점차 이 꿈의 신통함을 믿게 되었다. 따라서 이 꿈에는 본래 없었던 의미와 역량이 끊임없이 추가되어, 마침내 '자아실현에 관한 예언'으로 완성되었다. 이 과정에서 본래 보위 계승자 명단에 오르지 못했던 비천한 서자가 정나라에서 후계자를 찾는 시간의 틈새를 파고들어 드라마처럼 군주의 지위에 올랐다. 죽음이 닥쳐온 그 겨울, 우리가 알기로 겨울에는 난초가 생장을 멈추고 다소 시든 모습을 드러낸다. 이것은 정상적인 초목이 자연의 규율에 따르는 과정이 아닌가? 특히 1년생 화본식물은 더 말할 것도 없다. 매년 겨울에는 모두 이와 같지 않은가? 이 때문에 진정으로 평소와 다른 유일한 일은 정 목공 자신이 위중한 병에 걸렸다는 사실이다. 그는 아마도 "나무는 이와 같이 자랐건만 인간이 늙음을 어찌 견딜까?"(樹猶如此, 人何以堪?)●라는 비애와 탄식을 내뱉으며, 자신의 일생에서 가장 진귀한 난초, 또 그에

● 동진(東晉)의 대사마(大司馬) 환온(桓溫)이 북정에 나섰다가 금성(金城)을 거쳐 가게 되었다. 그는 그곳에서 젊은 시절 자신이 심은 버드나무가 이미 열 아름이나 된 것을 보고 "나무는 이와 같이 자랐건만 인간이 늙음을 어찌 견딜까?"라며 나뭇가지를 잡고 눈물을 흘렸다.(『세설신어世說新語』「언어言語」)

게 행운을 가져다 준 난초를 가엾게 여기면서 자신의 생생한 일생을 회상했을 것이다. 그 난초는 마치 하나의 은유와도 같다. 아마도 그는 정말 어머니의 꿈에 의해 설득 당했고, 특히 생명과 체온이 가장 낮은 지점에 도달하여 꺼져 가는 그 순간에 마치 일종의 부탁과 위로처럼 원래 난초가 바로 나이고, 내가 바로 난초라고 생각하며 "난초는 내가 태어난 까닭이다"라고 말할 수 있었을 것이다.

마술사의 수법과 같은 각양각색의 현란한 처리방식 아래에 숨어 있는 샤머니즘의 기본적인 사유는 단순하다. 믿을 수 없을 정도로 단순하다. 그것은 마치 당년에 복언이라는 위(魏)나라 대예언가가 '만(萬)'과 '위(魏)'라는 두 글자의 가장 단순한 의미와 찰나의 우연한 조합에 근거하여 200년 간 굴절되지 않은 역사의 일방통행로를 만들어 낸 후 위(魏)나라라는 대국의 굴기와 번창을 제시하고 지탱한 것과 같다. 따라서 샤머니즘이 후대에 자연스럽게 쇠락한 것은 인과에 관한 사고를 인류가 정확하게 이해했기 때문이 아니라 인과론을 끊임없이 의심하고 세밀화 했기 때문이다. 이로써 샤머니즘은 마침내 우리가 알고는 있지만 벌써 망각한 가전제품들처럼 한물간 초기 상품 신세가 되었다. 인류는 또 다른 현상, 또 다른 작용의 역량, 또 다른 은닉 관계들을 끊임없이 발견했는데, 이것은 본래 단순한 인과의 쇠사슬로는 보지도 못했고, 고려하지도 못했고, 들여놓지도 못했던 것들이다. 이 때문에 유효하거나 명중률이 높은 인과의 쇠사슬을 끊임없이 정밀하게 다시 만들어야 했다. 그러나 더욱 다양하고 더욱 자잘한(부스러기나 분말처럼) 것들이 끊임없이 솟아나오면 우리는 그것들을 톨스토이가 말한 것처럼 인간이 건설할 수 있고, 구상할 수 있는 어떤 인과의 쇠사슬 안으로 일일이 받아들이기 어렵다. 이 때문에 우리는 그것들을 우연이라고 칭할 수 있을 뿐이며 그것들의 작용을 공교로운 결합이라고 칭할 수 있을 뿐이다. 그 모든 것은 인간이 예견할 수 없고 준비할 수 없고 장악할 수 없는 어떤 부분을 의미한다. 이는 인간을 가장 골치 아프게 하는 것들이다. 그것들은 미래를 열고 부챗살처럼 사방으로 드넓게 퍼져나가면서 직접 역사의 일방통행로를 파괴했고, 한 가지 대답만 존재하는 역사의 단언(斷言)을 파괴했다.

내 서재에는 묘사가 그다지 좋다고 할 수 없는 책 『우연을 길들이다(The Taming of Chance)』가 놓여 있다. 이 책의 내용은 제목이 드러내는 것처럼 우연 길들이기에 대한 신기한 방법이 결코 아니다. 실제로는 통계학이 개량되고 발전해온 역사를 다루고 있다. 그 발전은 바로 우연에 대한 인간의 끊임없는 '거부/수용'의 바탕 위에서 진행되었다. 샤머니즘은 가장 조급하고 맹신적인 인과론일 뿐 아니라 견본수가 너무나 부족한 통계학, 가장 이른 시기의 통계학인 탓에, 우연이라는 첫 번째 파도의 공격도 막아내지 못했다. 샤머니즘의 쇠락은 어떤 배척에 의한 것이 아니었고, 배척할 필요도 없었다. 그것은 효용적 측면 또는 실무 검증적 측면에서의 실패에 의해 야기된 결과이거나 인간이 적어도 그렇게 낮은 적중률을 용인할 수 없어서 초래된 현상이다(흡사 타율이 2할 5푼에 미치지 못하는 프로야구 선수나 슛 성공률이 40퍼센트에 미치지 못하는 프로농구 선수를 장기적으로 용납하지 못하는 것과 같다. 일본인들은 그런 선수를 '전력 외'라고 부른다. 이런 선고는 계약 해지나 계약 지속 불가와 같다). 이에 샤머니즘은 밝음에서 어둠으로, 수면 위에서 수면 아래로 잠복하여, 어두침침한 구석, 어두침침한 한밤중, 어두침침한 욕망 및 알 수 없는 의구심 속으로 숨어들었다. 오늘날 우리는 국가대사를 오직 제사와 전쟁에만 맡기는 상황을 상상하기 어렵다. 그러나 옛날에는 그렇게 중요하고 그렇게 성대한 일을 처리할 때도 이와 관련된 꿈을 직접 조정의 회의석상으로 가져와 그것에 근거하여 대사를 결정하고 정책을 시행했다. 심지어 그것에 근거하여 군왕과 집정관을 뽑고 전쟁을 시작했다. 사람들은 마음 놓고 자신의 생명과 더욱 많은 타자의 인생(운명)을 꿈에 맡겼다.

인간의 역사는 확실히 진보하고 있고, 또 진정으로 계속 진보해야 마땅하다.

꿈과 대낮의
경계 지점

성백은 그처럼 아름다운 꿈을 꾸면서 또 슬픈 노래를 불렀다.

"원수를 건너는데 내게 옥구슬을 주네. 돌아가려나, 돌아가려나, 옥구슬이 내 품에 가득 찼네."

이처럼 아름다운 꿈은 드문 경우다. 왜냐하면 우리가 만약 꿈을 하나의 작품으로 간주하면 통상적으로 실패한 작품이 대부분이기 때문이다.

문학 창작자는 때때로 어리석게도 다음과 같은 상상을 하곤 한다. 특히 작품을 창작할 수 없거나 창작 중에 견딜 수 없는 피로감을 느낄 때 더욱 그렇다—길고 긴 인생에서 그렇게 많은 꿈을 꾸는데, 만약 꿈속에서 좋은 시 한 수, 좋은 문장 한 편 또는 좋은 소설 한 편을 쓸 수 있다면 얼마나 좋을까? 그럼 나는 꿈에서 깨어나서 그것을 한 자 한 자 베끼기만 하면 되지 않을까?

문학사에 이와 같은 일이 있었을까? 전설에 의하면 거의 꿈속에서 완성히여 현실로 진해진 시가 있다고 한나─성백이 꿈속에서 부른 네 구절의 노래는 예외적인 사례다. 그것은 그 꿈을 '시화(詩化)'하여 문자로 묘사한 것처럼 보일 뿐이기 때문이다. 그 시는 바로 콜리지의 저명한 잔결(殘缺) 시편 『쿠빌라이 칸(Khubilai khan)』이다. 바로 원(元)나라의 위대한 칸(Khan)이 꿈속에서 본 궁전을 짓는다는 내용이다. 콜리지의 설명에 의하면 이 시는 1797년 여름 그가 농장에 거주할 때 꿈속에서 쓴 시라고 한다. 꿈속에서 그는 300여 행에 달하는 장시를 완성했고 깨어났을 때도 한 글자 한 구절까지 전체 시구를 분명하게 기억하고 있었는데, 하필 그때 어떤 불청객이 방문하여 그의 기억을 끊어버렸다고 한다. 혹은 진정으로 그를 깨어나게 했는지도 모른다.

"그는 이제 기억이 거의 모호해졌음을 발견하고 경악했다. 엉성한 시구 8~9행을 제외하고 나머지는 깡그리 기억에서 사라져버렸다. 마치 거울 같이 잔잔한 수면이 돌멩이에 의해 산산이 부서진 듯 아무리 해도 본래의 모습을 회복할 수 없다."

결국 꿈속에서 창작된 이 시는 본래 분량의 1/6인 50여 행만 남은 잔결시의 형태로 전해온다.

"시의 규칙에 따라 압운을 했고 시구의 장단은 가지런하지 않지만 운율은 매우 낭랑하다."

쾌락의 궁전 그림자는
물결 가운데서 흔들리고,
그 샘과 동굴에서 흘러나오는
조화의 노랫소리를 들었다.
그것은 희귀한 창조의 기적이었다.

얼음 동굴이 달린 햇빛 찬란한 쾌락의 궁전!

(The shadow of the dome of pleasure

Floated midway on the waves;

Where was heard the mingled measure

From the fountain and the caves.

It was a miracle of rare device,

A sunny pleasure-dome with caves of ice!)

바로 이와 같다. 우리는 이 50여 행 중(꿈속에서 지은 시 중에서 남은 것은 8~9행일 뿐이다)에서 어느 것이 대낮에 지은 것이고, 어느 것이 본래 꿈속에서 지은 것이며, 또 어느 것이 빛과 어둠이 교차하는 순간에 '융합되어' 나온 것인지 이미 분별할 방법이 없다. 사람들은 이 신기한 시에 대해 각종 의심과 추측을 내놓고 있지만 그걸 모두 악의라고는 볼 수 없으며, 감각적이고 깊이 있는 생각도 계속 이어지고 있다―콜리지는 이 시가 꿈속에서 지은 것이라고 공언했는데, 이것은 "아름다운 꿈을 빌려와 자신의 잔결시에 대한 미완성의 책임을 회피하고 변명을 하려 한 것이 아닐까?" 또 실제로는 이런 일이 전혀 발생하지 않았거나 내용이 달랐던 건 아닐까?

콜리지는 어쩌면 어떤 뛰어난 시구를 생각해냈지만 이미 써놓은 시행과 어울리지 않아서 완전한 한 수의 시로 완성할 수 없었을지도 모른다. 이를 해결하기 위해서는 두 가지 방법이 있을 수 있다. 그 한 가지는 모든 시가 그렇게 완성되는 것처럼 다시 두뇌를 짜내어 그것을 완전한 시로 발전시키는 것이다. 다른 한 가지는 이 뛰어난 시구들만 순결하게 보존하는 것이다. 즉 억지로 아귀를 맞춰 어떤 시의 완전한 형식에 집어넣지 않고, 오로지 천지간에 이 몇 행의 시구들만 남은 것처럼 간주하는 것이다. 이와 같이 콜리지는 이 불연속적인 시구들을 위해 특이하면서도 성립 가능한 즉흥 스타일을 생각해냈다. 그는 정말 이처럼 미묘한 즉흥 스타일을 찾은 후 아름다운 꿈 혹은 부서진 꿈의 도움을 받아야 했다. 잔결 형식은 시를 드러내는 데 방해가 되지 않았을 뿐 아니라 오히려 미묘한 형식으로 작용했다. 어쩌면 콜리지는 이 시구들을 시와 꿈의 오랜 접경지대로 보낸 걸지도 모른다. 그곳은 아마도 시가 가장 원초적으로 발생하고 성장한 장소일 터이다.

꿈은 자기 자신에 대한 풀어짐, 즉 철저한 풀어짐이다. 대개 이와 같기 때문에 우리는 흔히 꿈이 어떤 의미에서 '더욱 진실한 나'를 드러내주는 매개라고 믿는다. 이에 우리는 또 꿈에 심원한 의미, 즉 나 자신을 인식하는 예지적 의미를 부여한다. 그러나 여기에는 또 셰익스피어의 말을 이어받은 듯한 재미있는 견해 한 가지가 있다. 꿈은 완전한 책 한 권을 풀어헤쳐서 마음대로 자유롭게 다시 조합한 것과 같다는 견해다. 그 완전한 책은 바로 대낮의 우리 자신이다. 그것은 또 보들레르(Charles Pierre Baudelaire)가 언급한 "꿈속에는 더 많은 것들이 나타날 수 없다"는 견해와도 통한다. 최대한으로 본다면 우리가 이미 망각한 어떤 것들 내지 더욱 원초적이고, 더욱 유치하고, 더욱 개선되지 않은, 더욱 생물성에 가까운 나로 생각할 수도 있다. 이것들을 프로이트(Sigmund Freud)는 '억압'이라고 불렀다(이에 따라 그는 의식적이든 무의식적이든 그 억압에 비상한 가치를 부여했다). 우리가 정신이 맑은 낮 시간에 사람들 무리 속에 서 있을 때는 그 억압된 것을 밖으로 꺼낼 수 없다. 왜냐하면 현실에 존재하는 구체적인 모든 사물이 우리를 제한하고, 타인의 존재도 우리를 제한하고, 또 시간 흐름의 전후 순서가 더욱 더 우리를 제한하기 때문이다. 게다가 우리에게는 본래 보유하고 있는 시간의 마디가 길지 않다. 생명 자체에는 시작과 끝이 있고, 죽음의 경계선을 뛰어넘을 수 없다. 가능하다면, 그건 오직 꿈속에서만이다. 꿈속에는 진정한 세계도 없고 진정한 타자도 없으며, 시간도 마음대로 다시 연결할 수 있다. 따라서 억압된 것들이 자유자재로 해방되어 나타날 수 있다.

이것이 아마도 꿈이 갖는 가장 풍부한 의미일 것이다. 내가 지적하고자 하는 것은 거의 불가능에 가까운 꿈속의 자유, 대낮 세계의 갖가지 경계선을 뛰어넘는 꿈속의 자유다. 즉 꿈의 내용 자체가 아니라 대낮의 삼엄한 경계선에 대한 교정과 해방이다. 말하자면 꿈속에서는 동일한 재료의 조합을 통해(조합이 좋지 않아도 괜찮다) 일종의 과시의 모습과 계시의 모습으로 우리 및 전체 세계가 꼭 한 가지 길만 따르지 않을 수 있음을 우리에게 알려준다.

그러나 우리도 경계선이 깊은 의미를 갖고 있으며 그것이 인간에 대한 제한과 압박에만 그치지 않는다는 사실을 알아야 한다. 경계선에 대한 확인과 사색은 사실 자기생명의 상황에 대한 인간의 확인과 사색 내지 인간 세계의 기본구성과 인간 존재에 대한 확인과 사색이다. 또한 오직 이렇게 해야만 구체적이고 치밀하고 충실한 인식을 할수 있다. 경계선은 아마도 모두 조정될 수 있고 끊임없이 조정되어야한다. 그리하여 경계선을 최적의 상태로 만들어야 하고, 또 외부와 전방으로 담장을 터서 최대의 공간을 만들 듯이 그것을 확장해야 한다(다만 우리는 이 일이 우리의 열렬한 기대에 비해 어렵고, 무겁고, 느리고, 제한적임을 거듭 발견한다). 하지만 경계선은 진정으로 사라지게 할 방법이 없고, 소위 완전한 자유도 불가능하며 또 그것을 거의 진지하게 상상할수도 없다. 세계가 사라지면 우리도 사라질 것이기 때문이다—"완전한 자유와 존재하지 않음은 다른 점이 있는가?"

따라서 움베르토 에코(Umberto Eco), 즉 사유 과정과 자신의 모든 자품에서 인류의 경계선을 하나하나 조롱하고, 초월하고, 파괴히기를 가장 좋아한 이 사람은 결국 우리가 경계선을 긍정해야 할 필연성과 경계선이 필요한 존재여야 함을 정중하게 요구했다. 한 가지 물건, 하나의 도시, 하나의 국가, 너와 나를 포함한 하나의 생명은 모두 안팎을 나누는 경계선이 있어야 존재가 성립하고 비로소 출발할 수 있다. 에코가 자주 인용한 것은『아이네이스(Aeneis)』라는 로마의 서사시로, 『신곡』에서 단테를 인도한 베르길리우스의 작품이다. 그는 이 작품에서 로마의 건설 과정 및 로마인의 찬란한 역사를 이야기했다. 이 서사시는 바로 트로이 전쟁 패배 후 트로이의 후예 아이네이스가 장화처럼 생긴 이 반도로 유랑 와서 그 땅 위에 한 줄기 경계선을 긋고 그들이 새로 거주할 위치와 통치 범위를 정하는 것에서 시작한다. 이전에는 모든 것이 혼돈뿐이었고, 아무 형태도 없는 허무뿐이었다.

경계선은 선택을 의미하고 동시에 인간의 개선과 보위를 의미한다. 그리고 유익한 것은 경계선 안에 머물게 하고, 불필요한 것, 침략해오는 것은 경계선 밖으로 내쳐서 들어오지 못하게 한다. 천체물리학자들은 지구 생명의 역사가 얇은 막처럼 약하면서도 질긴 경계선이 출현하면서 시작되었다고 알려준다. 그것이 바로 열에너지(및 기타)를 머물게 하고 자외선(및 기타)을 차단하는 대기층이다.

우리는 이렇게 가상해볼 수도 있다. 꿈은 한 차례, 한 차례 우리를 '잠시' 경계선 밖, 즉 이 실존의 세계 밖으로 데려가는데, 이때 우리의 실제 삶을 연습하고, 우리의 경험을 감지할 수 있는 모종의 방식을 이용한다. 우리는 이런 방식에 너무나 익숙하지 않은가? 이것이 바로 문학적 글쓰기가 아닌가라고 반문할 수도 있다. 특히 이것은 한 권, 한 권 소설을 쓰는 방식과 닮아 있다. 아마도 문학적 글쓰기는 진정으로 인간이 꿈을 부지불식간에 모방하는 행위이며, 또 한 차례, 한 차례 실제로 시시각각 제한된 조건이 구현되는 대낮 세계에서 힘을 다해 펼쳐놓는 아름다운 꿈이다.

하지만 이 두 가지 사이에 어떤 근본적인 차이점이 있는가?

꿈속에서는 모든 것이 실체가 없고 시간의 순서도 없거나 상관할 필요가 없으며, 공간도 마음대로 연결이 된다. 또 진정한 존재도 없고, 다만 환영 같은 타자만 있을 뿐이다(『오디세이』와 『신곡』에 등장하는 영혼은 단지 '어두운 그림자'로 존재하며 꿈속의 원래 모습을 신중하게 보존하고자 할 뿐이다). 이처럼 완전에 가까운 재결합 방식은 훌륭하게 쓴 책의 한 페이지 혹은 한 글자, 한 글자를 다시 해체하여 조합하는 것과 같다.

나는 꿈과 문학의 가장 뚜렷한 차이점이 다음과 같다고 생각한다. 꿈은 마음대로 조합할 수 있지만 사전에 계획할 수도 없고 또 수정도 하지 못하고 수정할 방법도 없다. 그러나 문학적 글쓰기는 이와 다르다. 문학적 글쓰기는 거의 무한에 가까운 조합 가능성을 갖고 있는 동시에 일일이 검사하고 사색하고 끊임없이 선택한다. 올바른 연결, 올바른 글자, 올바른 견해와 어투를 선택하고, 또 헝클어진 실타래를 정확하게 풀 수 있는 실마리를 거듭해서 찾는다. 이것은 매우 조심스럽고도 끊임없이 뒤를 돌아봐야 하는 작업이다. 선택이 가장 어렵다. 우리는 이렇게 말할 수 있다. 문학적 글쓰기에 비해 꿈은 상대적으로 그다지 진지하지도 못하고, 습관도 그리 좋지 못하며, 좋은 작품이 쉽게 나오지도 않는다.

따라서 이처럼 자유로운 재조합 방식은 이론상으로나 확률상으로 우리가 믿어야 할 절대적인 이유는 되지만, 이로 인해 꿈은 '실패'한 작품으로 치우칠 가능성이 더 크다(직관만 믿고 붓 가는 대로 쓴 작품들도 마찬가지다). 그것은 우리 모두가 실제로 꿈을 꿔본 경험이 있기에 틀림없는 사실로 증명된다. 또 횡방향의 무작위 조합으로는 조금 더 깊이 있는 부분과 접촉할 기회를 가질 수 없다. 때때로 그런 기회가 있을 것처럼 보이기도 하지만 사실 그럴 가능성은 없다. 그것은 어지러운 위장일 뿐이다. 여기에서 문학적 글쓰기 방법은 작가가 먼저 자신이 쓸 것을 대체로 설정해놓고 아울러 어떤 글쓰기 형식, 예컨대 소설이나 시로 각종 경계선을 그려내고 작품과 자신을 경계선 안에 가두는 것을 말한다. 이렇게 해야 집중할 수 있고 시간을 길게 끌고 나갈 수 있어서, 어려움을 만나 바로 피하거나 귀신에게 빌붙어 날아가지 않을 수 있게 된다. 이로써 깊은 곳으로 파고 들어가는 발굴 작업도 가능하게 된다. 이 때문에 꿈은 늘 실패한 작품일 뿐 아니라 초보의 작품이기도 하다.

단테의 『신곡』은 마치 한 사람의 꿈처럼 지옥에서 연옥을 거쳐 다시 최고의 하늘로 오르는 모습을 보여준다. 그러나 단테가 정말 그런 꿈을 꿨을까? 보르헤스는 믿지 않았다. 꿈과 환각은 그렇게 오래 지속될 수 없기 때문이다. 우리가 알기로 꿈은 『신곡』과 같은 수직적 깊이를 가질 수 없다. 그러나 자세히 살펴보면 『신곡』에도 확실히 수많은 꿈이 포함되어 있다. 즉 『성경』에서 헤브라이인이 꿈에서 본 것들, 그들이 당시 다른 부족으로부터 알게 된 것과 간취한 것들, 고대 그리스 도시국가와 고대 로마인의 꿈들, 단테 스스로 꿈에서 본 것들, 단테와 함께 살았던 사람들이 꾸었던 꿈이 그것이다―그러나 『신곡』은 대낮에 창작된 것이다. 그것은 문학적 글쓰기이지 꿈을 베낀 것이 아니다.

이것은 상이한 두 세계, 다시 말해 본래 서로 다를 뿐 아니라 실제로 시간에 따라 끊임없이 멀어지는 확연히 다른 두 세계다. 나는 가장 근본적인 문제가 다음과 같다고 생각하다

인류학자 제임스 프레이저(James George Frazer)는 야만인, 바꿔

말해 초기 인류가 꿈과 현실세계의 경계선을 분간하지 못했고, 또 어른과 어린 아이의 경계선도 분간하지 못했다고 했다—정신병 환자와 문학가도 보태야 하지 않을까? 또 갈수록 유년의 태도를 유지하며 성장하지 않으려 하는 젊은이와 중년은 어떤가?

근본적으로 말해서 꿈이 '쓰임새'를 가지려면 대낮의 깨어 있는 현실세계로 운송되어야 한다. 다만 인류가 지속해온 이 꿈의 운송 역사(해몽을 통한 예언 등)는 줄곧 실패했거나 적어도 도깨비장난처럼 믿을 수 없게 된 것으로 보인다. 예언으로서도 부정확하고, 하나의 완성된 문학작품으로 보기에도 결과가 신통치 않다. 프로이트처럼 꿈을 직접 가져와서 인간의 각종 행위를 해석하거나 심지어 정답을 찾은 사람도 있다. 그러나 그의 이론은 온갖 허점을 노출했을 뿐 아니라 천둥소리만 크고 비는 오지 않는 것처럼 비례가 맞지 않아 다소 우스꽝스러운 면모를 드러냈다. 꿈은 마치 독특한 생존환경에만 의지하는 생명체, 예를 들어 빛을 두려워하고 산소를 싫어하는 미생물처럼 우리 인간 세계의 빛과 공기 속에서는 계속해서 생존하고 성장할 수 없는 듯하다. 몇몇 꿈은 한밤중에는 화려하게 느껴지지만 우리의 대낮 세상, 깨어 있는 세상에서는 한순간에 모든 색채를 잃는다.

낮과 밤의 길이는 1대 1이지만 애석하게도 우리는 밤에도 잠을 자고 꿈을 꾸는 데 모든 시간을 할애하지 못한다. 그러나 우리는 절반의 (혹은 적어도 1/3의) 생명 시간, 절반의 자신이 그곳에 남아 있다고 느끼기도 한다. 꿈은 어느 곳에 존치해야 할까? 과연 다음과 같은 공간이 있을까? 즉각적인 쓰임새가 필요 없는 조금은 느린 세계? 밤은 지나갔지만 낮은 아직 오지 않은 그 교차의 세계? 사람이 잠에서 깨어났지만 아직 깨어나지 않은 것처럼 느껴지는 세계? 그곳에서 인간은 빛과 어둠을 조절할 수 있고, 잠시 현실의 경직된 한계 및 간섭을 떨쳐

버리고 이 두 가지를 엇섞을 수도 있다. 아울러 이 두 세계 사이를 왕복하며 마치 모든 것이 인간의 기억 아래로 깊이 스며드는 것처럼 깊은 꿈을 꿀 수도 있다. 그리하여 사람들은 더욱 참을성 있게 그 꿈을 살펴보며 사색할 수 있고, 또 조심스럽게 수정하게 할 수도 있다.

우리는 어떻게 한걸음 더 나아가 이와 같은 공간과 이와 같은 진행을 묘사해야 할까? 꿈을 꾸고 나서 꿈이 끝나면 수정할 방법이 없지만, 타이완의 소설가 주톈신(朱天心)은 『꿈길(夢一途)』이라는 소설에서 "꿈도 수정 가능하다"고 이야기한다. 그녀는 꿈속에서 매번 동일한 장소이지만, 현실에서는 존재하지 않는 작은 도시로 간다. 꿈속에서 매일 밤(정확하게 말하면 지금으로부터 며칠이 지난 밤이다) 기이하게도 그녀는 줄곧 같은 장소로 간다. 그것은 우리가 거듭 동일한 도시로 가서 점차 그곳을 알고 익숙해지면서 그곳의 도로, 거리, 상점, 모퉁이, 외딴곳, 모든 생활 기능 및 공간의 배치를 분명하게 인식하게 되는 과정과 같다. 그러나 더욱 기이한 건 한밤중의 자신이 하나하나 비밀리에 자신에게 속한 도시를 만들어나가는 것처럼 느낀다는 점이다. 이것은 물론 현실 속 대낮에는 할 수 없고 생각할 수도 없는 일이다. 소설 한 편을 쓰는 경험이 이와 가장 비슷할 것이다. 주톈신은 이 도시가 완성되어 갖출 것을 모두 갖추고 완벽한 거주지가 되면 자신도 보따리를 싸서 그곳으로 가겠다고 말했다. 그렇다. 성백이 그날 저녁 그를 경악시킨 꿈을 마침내 공개한 것처럼 말이다. 그녀는 또 이렇게 말했다.

"이렇게 하자! 죽은 그리고 죽지 않은 친척과 친구 모두를 꿈속으로 데려오자."

여기에서 그 꿈의 슬픈 우의(寓意)는 내버려두고 그것의 진행 과정과 실현 가능성에만 관심을 가져보도록 하자. 이것은 한 차례 꿈이 아니라 연속극처럼 계속 이어지는 꿈이다. 꿈과 꿈을 이어주는 것은 대낮의 세계와 대낮의 주텐신이다. 우리는 대개 이처럼 시적인 맛도 없이(미안하다) 묘사한다. 이 꿈이 대낮으로 진입하면(사람들에게 이야기하면) 꿈에 등장하는 사람들은 이 꿈을 진기하게 생각하고, 꼼꼼히 기억하고, 소중하게 아끼며 인간 세상의 구성이 되게 하고, 인간 세상의 새로운 자료가 되게 하려 한다. 이렇게 하면 조금은 달라지겠지만, 지극히 풍만한 모습으로 다시 꿈이 존재했던 밤으로 돌아가면 한 걸음 더 자유롭게 그것을 해체하고 다시 조합하게 된다. 이는 마치 페넬로페(Penelope)가 시아버지 라에르테스(Laertes)의 수의를 짜면서 낮에 짠 천을 밤에 몰래 다시 풀어버리는 것처럼 계속해서 반복하고 보충하는 일이라 할 수 있다.[•] 따라서 '수정'이라는 단어도 '생장(生長)'으로 바꿀 수 있다. 하나의 꿈은 이런 방식으로 살아남아 재배되고 보호받는다.

이것이 바로 문학의 세계인데, 밤에서 낮으로 운송되어 온 꿈이 유일하게 생존할 수 있는 공간이다. 혹은 오직 문학적 글쓰기만이 이런 공간을 만들 수 있다고 말하기도 한다. 만약 작가가 정확하게 쓸 수만 있다면 말이다. 참을성 있고, 조심스럽게 더 많은 꿈을 보존하고, 또 대낮 세계에 대한 이해를 더 많이 축적하여, 서두름 없이 천천히 꿈을 공개하고, 처리하고, 글로 써두면 아마도 황혼 무렵이 되었을 때, 글쓴이 자신이 이미 천천히 늙어가고 있을 때, 그 꿈을 파노라마

[•] 그리스 호메로스의 작품으로 전해지는 대서사시 『오디세이아(Odysseia)』에 나오는 이야기다. 오디세우스가 트로이전쟁에 참여하기 위해 오랫동안 이타카를 비우자 그의 아내 페넬로페를 차지하기 위해 100여 명에 달하는 구혼자들이 몰려들었다. 페넬로페는 구혼자들의 청혼을 미루기 위해 자신이 시아버지 라에르테스의 수의 짜기를 완성하면 구혼자 중 한 사람을 남편으로 맞이하겠다고 했다. 그러나 페넬로페는 낮에 짠 수의를 밤에 몰래 풀어버리기를 반복하면서 시간을 연기했다. 페넬로페는 끝까지 남편 오디세우스에 대한 지조를 지켰고, 오디세우스는 귀국하여 구혼자들을 모두 죽이고 아내와 행복하게 재회했다.

같은 시간의 흐름 속에 펼칠 수 있을 것이며, 평생에 가까운 완전한 경력으로 그 꿈을 비교할 수 있을 것이다. 거기에는 모종의 확연한 깨달음과 '본래 그런 것이었구나'라는 인식이 포함될 것이다.

그것은 『좌전』에서 성백이 강을 건너는 꿈을 꾸고 나서 바로 꿈 이야기를 하지 않고, 시간을 늦추며 조심스럽게 감추고 있다가, 죽음이 닥쳐온 황혼 무렵에야 비로소 그 꿈 이야기를 털어놓는 상황과 같다. 두꺼운 역사서를 쓰는 경우라면 이와 같은 꿈은 쓸 필요가 없거나 아예 쓰지 말아야 한다. 써놓더라도 흔히 독서인들에게 소홀히 취급된다. 이 꿈을 가장 훌륭하게 포착하여 독해하는 방식은 문학적 상상력이다. 사실 바로 이와 같기 때문에 이와 같은 꿈이 기록되어 지금까지 남아 있지 않겠는가?

제4장

『좌전』에 기록된
근친상간 사건

『좌전』에는 남녀 간의 정욕에 관한 일이 많이 기록되어 있다. 그처럼 높은 비율을 보면 사람들은 경악을 금치 못할 것이다. 우리는 그런 대목을 읽으면서 아주 원시적이라고 느껴야 할까? 아니면 매우 현대적이라고 느껴야 할까?

정욕은 인간의 육체와 함께 존재하기 때문에 자고이래로 항구불변의 욕망으로 지속되어 왔다. 후대의 역사책에도 물론 정욕과 관련된 기록이 있지만『좌전』의 경우와는 조금 상이한 모습을 보인다—『좌전』에 나오는 남녀 간의 정욕 이야기는 훔쳐보기 식의, 소위 후궁 비사나 역사 기록의 또 다른 페이지 혹은 업무 후 밤의 세계가 결코 아니다. 그것들은 환한 모습으로 역사의 전면에서 진행되며, 흔히 국제전쟁의 폭발점이나 대형 정변의 원인으로 작용하기도 한다. 그리고 한 국가, 한 군왕, 한 대정치가 및 관련이 있거나 관련이 없는 사람들이 파멸하고 사망하는 진정한 원인 및 시작이기도 하다. 말하자면 정욕에 관한 기록은 비율도 높고 분량도 많다. 이 때문에 정식으로 기록되었고 또 정식으로 언급되었을 것이다.

그중에는 대체로 제나라 군주의 부당한 사망과 관련된 기록이 가장 많다. 이는 제나라가 노나라에 가장 가깝고 그들에게 미친 영향이 비교적 커서 이처럼 많이 기록한 것일까? 아니면 당시의 원래 풍속에 따라 백성을 다스린 변방 대국에 비교적 오래된 생명 양식이 보존되어 있었기 때문에 이처럼 많은 기록이 남아 있는 것일까?

『좌전』에서 가장 완전하고 가장 자극적인 남녀 정욕 이야기는 하희(夏姬)에 관한 것이다. 하희는 분명 절세미녀였고, 그 아름다움이 소위 불길한 지경에까지 이르렀다. 많은 사람들이 그녀를 얻고 싶어 했는데 그 시간이 장장 몇 십 년에 달했다. 『좌전』에서는 나라를 기울게 했다거나(傾國) 성을 기울게 했다고(傾城) 하지 않고 더욱 구체적이고 더욱 실제적인 측면으로 그녀를 다뤘다. 이와 관련된 내막을 자세하게 열거한 사람은 진(晉)나라 숙향의 모친이었다. 그 목적은 하희의 딸을 맞아들이려는 숙향의 의도를 저지하기 위함이었다―총계를 내보면 하희와 관련하여 남편 셋―진어숙(陳御叔), 윤양로(尹襄老), 신공(申公) 무신(巫臣)―이 그들인데, 사실 이 사람들은 모두 자연사했으므로 하희와는 아무 관련이 없다. 이중 윤양로가 그다지 자연스럽지 않게 필(邲) 땅 전투에서 전사했다. 다른 사건으로는 진(陳)의 임금 영공(靈公), 아들 하징서(夏徵舒)가 죽었다. 또 진(陳)나라가 멸망했고, 이에 연루된 국경(國卿) 두 명이 망명했다―공녕(孔寧), 의행보(儀行父).

숙향의 모친은 더 많은 일을 손가락으로 꼽을 수 있었을 것이다. 이후 강력한 초나라는 이 때문에• 해마다 전화를 겪으며 도주하기에 급급했고, 결국 도성 영도(郢都)까지 함락 당했다. 이미 세상을 떠난 초 평왕(平王)의 무덤까지 파헤쳐져서 그 시신이 오자서(伍子胥)에게 매질 당하는 일까지 벌어졌다. 이것은 춘추시대 200여 년을 통틀어보더라도 거의 유일무이한 참사였다. 또 신공 무신은 하희를 맞아들이기는 했지만 초나라에 남아 있던 그의 대가족은 거의 모두 멸문지화를 당했다.

나라를 기울게 하고 성을 기울게 했다는 말을 하지는 않았지만 사실 나라를 기울게 하고 성을 기울게 하는 일이 발생했다. 진(陳)나라

• 신공 무신은 하희를 데리고 진(晉)나라로 망명했고, 당시 진나라는 강국 초나라를 견제하기 위해 신공 무신을 시켜 초나라 배후에 있는 오나라에 중원의 선진 전투 기술을 전수했다. 이 때문에 초나라는 오나라의 공격을 받아 거의 망국의 지경에 이르렀다.

에서 초나라에 이르는 온 세세가 도미노 조각처럼 기울게 되었다.

이 때문에 단일하면서 단조로운 정욕의 시각으로만 하희의 이야기를 읽는 건 너무나 안타까운 접근법에 그치게 될 터이니 틀림없이 더 많은 것을 놓칠 수밖에 없을 것이다. 그것은 하희 본인뿐 아니라 신공 무신에게도 그럴 것이다. 그는 『좌전』 전체에서 가장 흥미롭고 가장 특별한 사람 중 하나다. 정욕과 인간의 신체는 밀접하게 관련되어 있는데, 인간의 복잡하고 특수한 행위와 사유를 단지 모종의 생물 본능으로 환원하여 정욕은 고금이 모두 같다고만 하면 인간 개개인은 실종되어 버리고 전혀 특색 없는 육체 내지 사유도 없고 생각도 없는 내분비체만 남게 된다. 이렇게 사안을 바라보고 세계를 바라보는 방식은 기본적으로 허무하거나 조악하거나 나태한 것이다.

여기에서 규모가 좀 작고 간단한 이야기 한 가지를 먼저 살펴보자. 그 이야기는 하희의 이야기처럼 사건이 인간 존재를 뒤덮을 정도로 거대하지 않으며, 내용이 풍부하지도 않다. 그 이야기는 오히려 소박하고 유머러스하다. 『좌전』에서는 이 이야기를 작은 점의 형태로만 기록해서 불연속의 공백이 크게 남아 있다. 이 점이 오히려 우리에게 사색과 상상을 위한 더욱 큰 공간을 제공해준다. 그래서인지 이는 사색과 상상을 위한 이야기 소재처럼 보이기도 한다. 작가 및 노련한 독자는 아마도 이런 성격의 글을 더 좋아할 것이다. 예를 들면 중국의 유명한 소설가 장아이링(張愛玲)이 소재로서의 감각이 비교적 강한 『금병매(金瓶梅)』를 정밀한 완성도를 자랑하는 『홍루몽(紅樓夢)』보다 더 좋아한 것과 같다.

이 사건은 노 문공 7년 즈음에 발생한 것으로 보인다. 그 몇 년 간 각국 군주들이 저염병에 걸린 듯 연거푸 사망했다. 그중에서 가장 거물은 주 왕실의 천자 양왕(襄王)이었고, 풍파가 비교적 컸던 사람은 맹주 진(晉) 양공(襄公)으로, 그의 사후에 보위 계승 문제가 야기되었다. 그러나 조돈이 권력을 잡고 단단히 진압하여 전체 국면은 그래도 평온함을 유지했다. 비교적 주목을 받지 못했지만(『춘추』에는 기록이 없는) 후세에 가장 많은 토론 주제로 등장한 사람은 저명한 진(秦) 목공(穆公)이었다. 그의 장례에 진나라의 뛰어난 인재 엄식(奄息), 중항(仲行) 겸호(鍼虎)가 순장되었다(강제로 순장되었을까? 아니면 낡은 결정에 순종했을까?). 당시 상황을 읊은 슬픈 노래로 『시경·진풍(秦風)』「황조(黃鳥)」가 남아 있다. 이로 인해 목공은 불운하게도 그의 뛰어난 업적에도 불구하고 무공(繆公: 잘못되었다는 의미. 진 목공의 진정한 시호)●이라는 시호를 받았다. 전설에 의하면 이 시기에 이르러 진나라는 다시 천하를 쟁패하기 위해 동쪽 정벌에 나설 힘이 없어졌고, 이후로는 100년 간 완전히 잠을 자는 듯 침체된 나라로 몰락했다.

즉 그 몇 년 간 제후국과 제후국 사이의 길을 분주히 오간 건 갑옷 입은 전사가 아니라 각국 장례에 참가하기 위해 급하게 왕래한 사람들이었다. 이런 장면은 가르시아 마르케스가 스스로 가장 우수한 단편소설이라고 인정한 자신의 작품 〈화요일 정오 무렵〉과 비슷하다. 이 정욕 이야기의 주인공은 노나라 공손오(公孫敖: 穆伯)다. 그는 이 해 겨울 명령을 받들고 노나라보다 더 작은 나라인 거(莒)나라로 가서 동맹에 관한 회담을 했고, 내친 김에 사촌 동생 양중(襄仲)의 아내를 얻어주려 했다. 그러나 막 정실부인을 여읜 이 사내는 성에 올라 거나라 기씨(己氏) 여인을 본 후 미모에 깜짝 놀라 선녀로 생각하고는 자신이

● 이 책 원본에는 '謬(류)'로 되어 있으나 '繆(무)'로 써야 옳다. 진 목공은 앞에 나오는 현신 세 명을 순장했으므로 사후에 '繆(무)'라는 시호를 받았다. '繆'는 본래 '謬'의 뜻과 통하므로 오류의 의미를 가진다. 그러나 '繆'는 발음이 '穆(목)'과 통하기도 한다. 따라서 진 목공 생전의 혁혁한 공적을 기리는 후세 사람들은 특히 『좌전』에서부터 '繆(무)'의 발음을 '穆(목)'으로 읽어서 '繆公(무공)'을 '穆公(목공)'으로 칭하게 되었다.

그 여인을 직접 취했다. 아내감을 뺏긴 양중은 당연히 분노했고, 이에 노 문공에게 군대를 보내 공손오를 죽이자고 요청했다. 노 문공도 동의했지만 숙중혜백(叔仲惠伯)이 만류하면서 그가 직접 조정자로 나섰다. 그는 양중이 이 혼사를 포기하는 대신 공손오도 그 거나라 여인을 돌려보내라고 요청했다. 어쨌든 형제는 형제였으므로 일은 그렇게 종결되었다.

다른 사람을 위해 짝을 찾아주다가 그 짝을 자신이 차지하는 이야기는 『좌전』에 끊임없이 등장하므로 전혀 기이하지 않다. 사실 이런 이야기는 부자지간에 더욱 많이 발생한다. 멀리서 볼 때는 아내였는데, 가까이 와서는 어머니뻘로 변한다. 이는 화를 내거나 슬퍼할 문제가 아니라 그런 관계를 어떻게 조정해야 하고, 어떻게 매일 얼굴을 맞대면서 잘 처신할 수 있느냐가 관건이었다.

공손오와 양중 사이에는 본래 아무 일도 발생하지 않았다. 그러나 노 문공 8년 겨울이 되자 공손오는 한 무리 사람들을 거느리고 많은 예물을 갖춰 출국했다. 그는 노나라를 대표하여 주 왕실 천자의 장례식에 참가하는 중요한 임무를 맡고 있었다. 그런데 이 황당한 사내는 갑자기 중도에 함께 조문하러 가던 사람들의 모든 돈과 예물을 갖고 도주했다. 어디로 도주했을까? 물론 거나라였다. 꼬박 1년 동안 만나지 못했던 기씨를 찾아갔고, 아울러 그때부터 거나라에 정착했다—『좌전』에는 연도가 표기되지 않았지만 공손오는 당시에 분명 젊은 나이는 아니었을 것이다. 풍부한 생활 경력을 가진 초로의 사내가 나라, 가족, 지위, 신분을 포기하고, 스스로 입이 열 개라도 변명할 수 없고 다시는 돌이키기 어려운 길을 선택한 것이다.

그와 기씨는 다시 장장 6년간을 함께 보냈다. 이 일은 『오디세이』에 나오는 오디세우스와 칼립소(Calypso)의 사례에 비해 1년이 짧을 뿐이다. 마지막에 공손오도 노나라로 돌아가고 싶어 했다. 그것이 고향 생각 때문인지 아니면 자신과 기씨 사이에 태어난 두 아들의 장래를 위해서인지는 알 수 없다. 다만 이 일은 아무리 해도 성공할 수 없었다. 노 문공 14년 9월 공손오는 제나라 땅에서 죽었다. 틀림없이 거나라를 떠나 돌아오는 중이었을 것이다. 그러나 하늘이 도와주지 않아서 마지막 그 여정은 성공하지 못했다. 물론 꿈에서 깨어났을 때도 자신의 몸이 고국의 그 감람나무 아래에 있다는 걸 깨닫지 못했을 것이다.

『오디세이아』는 매우 상세하게 서술된 이야기다. 한 권을 통째로 그 이야기에 할애하고 있으며 체제로 봐도 비교적 문학에 근접한 양식이다(『춘추』식의 역사 기록이라면 아마도 "00년 00월 오디세우스가 트로이에서 왔다"로만 썼을 것이다). 게다가 오디세우스가 스스로 이야기하는 방식을 쓰고 있기 때문에 우리는 곳곳에서 실마리(언어, 어조 및 각종 자질구레한 심사와 반응 등)를 찾아 오디세우스의 생각 및 그가 이야기하지 않은 부분도 한층 더 깊이 추측해볼 수 있다. 하지만 공손오는 한마디 말도 남기지 않았으므로 그에 대해 뭔가를 더 많이 알고 싶으면 부질없는 상상에 의지할 수밖에 없다

쿤데라는 이런 상황에 근거하여 이렇게 단언했다. 오디세우스와 칼립소가 함께 보낸 그 7년은 즐거운 세월이었을 것이다(물론 누군가에게는 그렇지 않을 수도 있다). 바꿔 말해서 그것은 결코 외로운 기러기 같은 나그네에 대한 위로나 정욕 만족이 아니라(그러나 거기에서 시작되었음은 배제할 필요가 없다) 오디세우스 스스로도 말한 것처럼 "부부 같은 생활"을 보낸 것이다. 그는 결국 이 작은 섬과 칼립소를 떠나 차라리 더욱 큰 운명, 즉 항거할 수 없는 운명을 따르는 것이 낫다고 생각했다. 그는 차마 떠날 수 없는 안타까움과 불쑥불쑥 솟아오르는 거역의

심정, 심지어 후회의 마음을 가득 안고 떠났을 것이다(특히 항해가 위험과 곤경에 빠질 때마다). 물론 이것이 페넬로페에 대한 사랑이나 그리움의 상실을 의미하는 건 절대 아니다. 이런 자술(自述)을 통해 생명 깊은 곳, 기억 깊은 곳으로 천천히 빠져 들어갔다고 해석하는 편이 비교적 합리적이다. 또한 천칭 저울의 페넬로페 쪽에는 다시 고향 땅, 친구들, 이미 알아볼 수 없게 자랐을 아들 텔레마코스(Telemachus)를 더 보태고, 자신의 유래, 더욱 충실한 자신의 원초적 생명 기억까지 보탰을 것이다. 사실 재미있는 건 바로 이 점에 있지 않을까? 이 때문에 오디세우스의 결정은 어렵고 심각했을 뿐 아니라 망설임까지 동반되었고, 공간적 거리도 어쩔 수 없이 고려의 요인이 되었을 것이다. 여기에는 '정감의 무게와 거리는 반비례한다'는 의미가 조금 포함되어 있고, 이 사실이 우리를 슬프게 하기는 해도, 어쨌든 우리는 이런 점이 인생의 팩트에 더 가깝다는 사실을 알고 있다.

하지만 공손오는 어땠을까? 『좌전』에 의하면 전체 사건은 확실히 아름다운 얼굴로 시작되고 있다. 첫째, 거나라에서 처음 이 일이 충동적이거나 단순한 정욕에 의해 발생했다는 사실에 동의할 수 있을 것이다. 그러나 시간은 계속 이어지면서 가장 재미있는 것으로 변한다. 영원히 이와 같다. 우리는 기록에 나타나지 않은 빈 시간을 채울 방법을 생각해야 한다—거나라 여인을 송환하고 나서 끊임없이 후회했을까? 아니면 그 세월 동안 마음속에 근심만 가득 쌓였을까? 또는 오랜 염원은 마침내 이루었지만 그 6년 동안 자신이 치른 대가를 깨닫고 내 인생이 어쩌다 이 모양이 되었을까라고 생각했을까? 공손오가 어떻게 생각했든, 즉 기쁨이든 후회든 아니면 두 가지 모두든 생활 상황에 따라 그런 감정이 끝없이 반복되었을까? 기본적으로 우리는 아무 것도 모른다. 우리가 더 많은 무엇을 알려면 자신의 경험, 기억, 정감, 육체를 이용해야 하고, 자신이 공손오가 되었다고 상상해봐야 한다. 그러나 다음 상황은 거의 확신할 수 있다. 순수한 정욕은 아주 짧고 간헐적이라는 사실이다. 정욕만으로는 처음 1년 및 그 뒤 6년을 절대로 채울 수 없다. 긴 세월 동안 정욕은 적어도 반드시 그리고 필연적으로 그 온도가 내려가서 다른 무엇으로 변해야 하며, 매일 생활하고 어울려 살아야 할 그 무엇이 될 수 있어야 한다. 만약 우리가 시종일관 정욕이라는 단순한 각도로만 생각하면 우리는 대부분의 시간을 정욕과 정욕 사이에서 견디기 어렵게 보내야 하고 인간은 그곳에서 경직되어야 한다고만 여긴다. 이런 생각은 진실이라고 할 수 없다. 적어도 청춘기를 지난 이후에는 진실이라 할 수 없다.

역사와 문학의 집필자는 대부분 그린과 해밋이 말한 "살아남아서 시체를 수습하는" 사람이 되려 한다. 그러나 회상하는 대상은 좀 다르다. 일반적인 언어로 말하자면 역사 집필은 어떤 일이 발생해야 가능하다. 그럼 인간은 반드시 무대나 공공장소에 남게 되는데 역사 집필자가 주목하는 건 인간과 세계의 관계 또는 인간과 세계의 대응이라는 부분(측면)이다. 이런 근본적인 관심에다 갈수록 신중함과 충분한 증거를 더해야 발언을 할 수 있는 글쓰기 규범 때문에 역사 집필자는 사안이 종료되고 사람이 흩어진 후의 개인을 계속 추적하기가 쉽지 않다. 역사 집필자가 이 점에 주의하지 않으면 권세와 이익을 위해 증거도 없이 개인을 추종하고 조작하는 면모를 분명하게 드러내게 된다. 물론 본래의 의도는 결코 그렇지 않고, 집필자 본인의 품성과 심성도 그렇지 않다고 해도 말이다(다만 인간이 행하는 매일의 업무가 어떤 것들을 부지불식간에 내면화 하는 건 제외해야 한다). 뒷날 역사 집필이 낮은 방향의 세밀한 곳으로 진전되기는 했지만, 여전히 뛰어넘을 수 없고 멈추지 않으면 안 되는 경계선 안에 머물러야 했다. 사실 이런 진전은 오히려 우리로 하여금 역사 집필이라는 업무의 어떤 진상, 어떤 '본질'을 분명하게 간파할 수 있게 해줬다. 이렇게 하여 역사 집필의 자체 규범 및 그로 인해 형성된 글쓰기 체제와 문자사용 방식은 결국 역사 집필을 상대적으로 거대한 글쓰기가 되게 했다. 따라서 실제로 그런 집필 방식은 단일하고 사소하고 분량이 충분하지 않은 개인을 어떻게 처리해야 하는지 몰랐다. 특히 인신이나 인심의 더욱 세밀하고 깊은 곳으로 들어가서도 안 되었고, 들어갈 방법도 없었다. 이에 뒤로 물러나 파편이나 분말처럼 흩어진 미세한 개인을 더 많이 모아서 그들로 하여금 크기가 충분한 총체적 현상으로 합성이 되게 했다(혹은 그들 가운데서 추출했다). 예를 들어 어떤 곳의 경제활동이나 어떤 단계(시간)의 종교 숭배 방식을 서술할 때, 그것들과 세계의 밀접한 연계 방식을 다시 세워야 하는 것이 그것인데, 이렇게 해야 역사 집필을 계속할 수 있다.

그렇다면 희미한 빛이 반짝이지만 증거부족에 고심해야 하는 대상, 그럼에도 사람을 유혹하는 대상은 어떻게 처리해야 할까? 예를 들어 "노라(혹은 공손오나 신공 무신)는 집을 나간 후 어떻게 되었을까"라는 질문이 확실히 필요할까? 일찍이(사실 그렇게 오래지 않은) 이 문제들은 특별히 우리를 곤란하게 하지 않아서, 우리는 이것들을 우선 방치해둘 수 있었다. 왜냐하면 역사의 큰 공백, 큰 문제, 큰 화제들이 연구와 서술을 기다리고 있었기 때문이다. 게다가 우리는 미래를 믿을 수도 있었다. 미래 사람들이 틀림없이 더욱 훌륭한 대비를 할 것이고, 지속적으로 믿을 만한 증거를 더욱 많이 찾아서 그것들을 처리해줄 것이라고 말이다. 그러나 지금 우리는 대체로 다음과 같은 사실을 분별할 수 있다. 즉 너무나 많은 그리고 갈수록 더욱 많아지는 문제가 결코 미래에 해결될 여유는 없고, 그것들은 결정적인 증거가 있을 수 없거나 엄격한 의미의 증거가 애매모호한 상태에서 사색되고 추궁당할 수밖에 없는 운명에 처해 있다는 사실이다. 이것은 특정한 집필 방식의 끝일 수밖에 없지만 인간 사유의 끝이 되어서는 안 된다. 그렇지 않으면 뒤이어서 사람들이 할 수 있는 일이 많지 않게 되고 또 그렇게 하는 일도 조금은 황당하게 될 것이다. 우리는 분명히 진정한 의문을 펼쳐놓을 수 있지만, 동시에 상상할 수 있는 일은 거의 없게 되고 항상 한 가지 글쓰기 제목이나 연구 제목을 찾아서 머리를 싸매게 될 것이다.

최근에 역사책을 읽은 매우 총명하고 젊은 친구가 호의로 나를 깨우치며 의미 깊게 말하기를 자신은 "문자는 그렇게 깊이 믿지 않고 기물을 믿는다"고 했다. 나도 확실히 실물을 믿는 편이다. 옥돌, 고금(古琴), 의복 등은 재료와 기술 및 생산 활동에서 생활 상황까지 우리에게 아주 많은 내용을 알려줄 뿐 아니라 그 대부분이 의심할 수 없는 해답이기 때문에 우리는 마음 놓고 그것들을 이용할 수 있다. 다만 나는 매우 불안한 마음으로 문자를 믿지 않을 수 없다. 왜냐하면 역사의 많은 부분에 기물이 없거나 있을 수 없으며 더더욱 믿을 만한 구체적인 유물도 없고 다만 문자만 깔린 위험한 길이 놓여 있기 때문이다(칼비노는 이런 길을 공중에 걸린 구름다리라고 칭했다). 그것은 마치 공손오의 첫 번째 1년과 마지막 6년과 같아서 우리는 그와 관련된 어떤 생활 용품도 찾아볼 수 없으며 마찬가지로 미래에도 그와 거나라 여인이 거주한 가옥이 발굴될 것이라는 희망을 가질 수 없다. 에둘러 말하자면, 당나라 이백(李白)이 당시에 인이 박일 정도로 무슨 술을 마셨다는 사실을 확실하게 알고서 우리는 아마도 이와 관련된 어떤 훌륭한 문학작품이나 성공적인 학술논문을 쓸 수는 있겠지만, 그것이 결코 나의 의문을 진정으로 가로막지는 못한다.

다른 한편으로 역사 집필 업무의 성과로 인해 사람들은 항상 그것을 모종의 소재로 간주하게 되었다. 다른 영역의 종사자들, 특히 문학 창작자들은 그 소재를 이용하여 훌륭한 작품을 썼다. 예를 들어 톨스토이는『전쟁과 평화』를 썼고, 가르시아 마르케스는『미로 속의 장군(El general en su laberinto)』을 썼으며, 그린은 런던대폭격 사건 위에서『애정의 종말(The End of the Affair)』을 썼다. 소재의 의의라는 측면에서 보면 바로 모종의 업무가 이로부터 시작되는 것이다.

하희,
특히 신공 무신

고개를 돌려 하희의 이야기를 해봐야겠다. 많은 사람들이 이 이야기를 잘 알고 있다. 특히 전반부는 더욱 그렇다. 이것은 『좌전』에서 가장 농염하고 자극적인 대목이다. 여성의 속옷까지 출현한다. 진(陳) 영공, 공녕, 의행보 군신 세 사람은 모두 하희와 남녀 관계를 맺는다. 죽어 마땅한 이 세 사내는 갑자기 조정에서 각자가 하희에게서 선물로 받아온 속옷을 서로 돌려 본다. 또 사지인 하희의 집으로 함께 가서 술을 마시고 음악을 즐기며 하희의 아들 하징서가 세 사람 중 누구를 닮았는지 비교한다. 이에 하징서는 그날 바로 진 영공을 죽였고, 공녕과 의행보는 초나라로 도주한다. 초 장왕은 임금을 죽인 역적을 토벌한다는 명분을 내걸고 진나라를 멸망시킨다.

『좌전』에는 하징서의 나이가 기록되어 있지 않지만 당시에 그가 이미 임금을 시해하고 나라를 장악할 능력이 있었음을 감안해보면 그의 나이는 성년이어야 한다. 즉 당시에 미녀 하희도 이미 중년의 나이였을 것인데, 일이 발생한 당시와 그 이후에 그녀는 무슨 생각을 했을까?

단조롭고도 금방 끝나버리는 정욕의 시각으로만 하희의 이야기를 읽는 건 너무나 안타까운 접근법에 그치게 될 터이니 틀림없이 더 많은 것을 놓칠 수밖에 없을 것이다. 그것은 하희 본인뿐 아니라 신공 무신에게도 그럴 것이다. 나 자신은 하희 이야기 후반부를 추천한다. 후반부에서 이야기의 중심은 신공 무신이라는 너무나 재미있는 인물로 옮겨간다. 그것은 초 장왕이 진나라를 멸망시키고 하징서를 죽이고 난 지 8년 후의 일이다. 『좌전』에 의하면 8년 전에 초 장왕 본인조차도 하희를 취하려 했는데, 그것을 만류한 사람이 바로 신공 무신이었다. 그의 말은 정말 당당하고 논리적이었다. 그가 내세운 대의는 초나라가 진나라를 정벌한 것은 하징서의 죄를 묻기 위함인데 군왕이 하희를 차지한다면 미색을 탐한 정벌로 변질되고 만다는 것이다. 당시 초나라 영윤(令尹) 자반(子反)도 하희를 차지할 마음을 품었다. 그러자 신공 무신이 또 하희의 과거사를 하나하나 꼽으며(바로 숙향의 모친이 꼽았던 일) 하희를 차지한 남자가 한 사람도 불행에서 벗어나지 못했다고 하면서 하희가 불길한 여자임을 증명했다. 그는 또 천하의 미녀는 많고도 많은데 하필 하희가 아니면 안 된다 하느냐고 자반을 힐난했다. 하희는 결국 타향인 초나라에서 두 번째 남편 윤양로에게 시집갔다. 하지만 윤양로는 얼마 지나지 않아 필 땅에서 전사했고 그 시신이 정나라로 옮겨졌다. 바로 이 대목에서 신공 무신이 기회를 포착하고(초나라에서 정리 상 윤양로의 시신을 인계받아 본가로 보내줘야 했다) 기민하게 손을 써서 모든 일련의 조치가 이치에 부합하도록 냉정한 행동을 했다. 그는 먼저 하희에게 남편이 시신을 수습하기 위해 정나라로 가야 한다고 설득했고, 아울러 초나라도 하희가 가능한 한 빨리 정나라로 갈 수 있게 보증해야 한다고 했다. 또 정나라도 초나라의 요구에 승낙하라고 한 후 하희가 직접 와서 남편의 시신을 찾아가도록 해야 한다고 했다(오늘날 관방의 업무 처리 방식과 같다. 반드시 당사자가 현장에 와서 일을 처리해야 한다는 것이다). 초 장왕은 신하들에게 그런 방식이 믿을 만한지 물었다. 그러자 신공 무신은 역사적 사례를 인용하고 또 당시 국제 정세를 분석하여 정나라가 수작을 부릴 리도 없고 감히 수작을 부릴 수도 없음을 증명했다. 그는 분명히 모든 단계마다 계산을 철저하게 했을 것이다. 이것이 정욕 충동으로 판단이 흐려진 사람의 전략이란 말인가? 하희는 순조롭게 정나라로 갔고, 신공 무신은 그녀를 그곳에 정착하게 하여 자신을 기다리도록 조치했다. 이렇게 되어 신공 무신의 '하희 옮기기' 대형 작전은 마지막 단계만 남겨놓게 되었다. 즉 신공 무신 자신이 몸을 빼내 정나라로 갈 이유와 기회를 잡는 것이었다. 그는 과연 참을성 있게 기다렸다. 새로 즉위한 초 공왕(共王)은 노나라를 공격할 마음을 먹고 그를 제나라로 파견하여 연합 출병의 확실한 날짜를 받아오라고 했다. 신공 무신은 데려갈 수 있는 '식구를 모두 대동하고' 직접 정나라로 가서 하희를 맞아들였다. 두 사람은 다시 진(晉)나라로 가서 정치적 보호를 요청했다(초나라의 숙적 진나라의 넉넉한 국력이라야 진정으로 그들을 보호할 수 있었다. 그것은 유일한 선택이었고, 신공 무신의 판단은 틀리지 않았다). 그리하여 여러 해를 보내면서 이 한쌍의 남녀는 더욱 나이를 먹었다. 주톈신은 "초여름 연꽃이 필 무렵 시작된 사랑"이 마침내 가족을 이루었고, 아울러 "그때부터 행복하고 즐거운 생활을 하게 되었다"라고 말했다.

초 공왕은 오히려 개명(開明)한 군주였다. 공왕은 공과 사를 나눠서 신공 무신을 완전히 부정하지 않았다. 그가 나라를 위해 진언을 올린 부분(초 장왕과 자반에게 하희를 취하지 말라고 만류한 부분)에는 충심이 담겨 있고 매우 유익한 간언이지만 자신을 위해 계책을 마련한 부분은 좀 지나친 면이 있으므로 결과적으로 일장일단이 있다고 하면서 그 일은 그렇게 끝내자고 말했다. 그런데 생각이 옹졸한 사람은 바로 영윤 자반이었다. 그는 자신이 아내를 빼앗겼다고 원한을 품은 채 은인자중 5년을 기다리다가 마침내 기회를 잡고 무신의 친족을 모두 죽였다. 이 참사가 발생할 때 벌써 진나라에 가 있던 무신은 초나라로 편지 한 통을 보냈다. 그 편지에서 그는 『몬테크리스토 백작(Le Comte de Monte-Cristo)』에서와 같이 하늘을 가리키며 이렇게 맹세했다.

"반드시 네놈을 명령 수행을 위해 분주히 돌아다니다가 죽게 만들겠다."

그는 자신의 말대로 행동했다. 그는 무림고수가 다시 강호에 나오는 것처럼 진나라 군주에게 오나라로 사신을 보내달라고 요청했다. 그는 오나라를 도와 군대를 완전히 새롭게 만들었고, 또 직접 활쏘기와 수레몰기 기술 및 진법(陣法)을 전수했다. 게다가 자신의 아들을 오나라에 남겨서 그곳의 외교와 전쟁 업무를 주재하게 했다. 오나라는 이때부터 나라의 면모가 환골탈태하여 또 다른 일등 국가가 되었다. 오나라는 이제 초나라를 배반하고 적극적으로 서쪽을 향해 공격에 나서기 시작했다. 『좌전』에서는 이 단계의 역사를 총결하며 이렇게 말했다.

오나라는 비로소 초나라를 쳤고, 아울러 소(巢)나라와 서(徐)나라도 쳤다. 자중(子重)은 어명을 수행하기에 바빴다. 마릉(馬陵) 회맹 때 오나라가 주래(州來)로 침입하자 자중은 당시 정나라에 있다가 어명 수행을 위해 분주히 달려갔다 이에 자중과 자반은 일 년에 일곱 번이나 어명 수행을 위해 분주히 오고갔다. 남쪽 오랑캐(蠻夷) 중 초나라에 복속해 있던 나라는 오나라가 모두 공격하여 차지했다. 이런 까닭에 오나라는 비로소 대국이 되어 상국과 소통하게 되었다.(吳始伐楚, 伐巢伐徐, 子重奔命, 馬陵之會, 吳入州來, 子重自鄭奔命, 子重子反於是乎一歲七奔命, 蠻夷屬於楚者, 吳盡取之, 是以始大, 通吳於上國)(『좌전』『성공』7년)

이것은 이후 몇 십 년 동안 쉬지 않고 벌어질 오초혈전(吳楚血戰)의 서막에 불과했다. 오나라와 초나라 간의 전쟁은 빈도에서 내용에 이르기까지 춘추시대에 벌어진 가장 참혹한 전쟁일 가능성이 지극히 크다. 이 두 나라의 전쟁은 다소 유보적이고 다른 무엇까지 강구하는 춘추시대의 전쟁과는 달리, 이후에 등장하는 전국시대의 전쟁 형태와 비교적 가깝다.

신공 무신이라는 사람은 아무도 깨우지 말아야 했던 그런 종류의 거물이었다. 그의 시야는 한 나라나 한 곳에 머물지 않았다. 그가 손을 쓰면 여러 나라가 흔들렸다. 초 공왕이 그에게 내린 개명한 조치는 바로 이런 점을 의식한 것이 아니었을까?

후세에 아무도 미녀 하희를 위해 시를 쓰지 않은 듯하다. 그러나 그녀는 자신을 찬미한 확실한 시 한 수를 갖고 있었다. 그것은 바로 신공 무신이라는 사람 및 그가 행한 일이었다. 만약 하희가 없었다 해도 신공 무신이 어떤 사람이 되어 어떤 인생을 살았을지 상상하기란 결코 어렵지 않다. 그는 아주 간단하게 주위의 모든 사람을 초월했을 것이다. 이런 사람은 일에 대한 판단이 빠르고 정확하다. 학습으로는 얻을 수 없는 뛰어난 상상력과 창조력을 갖고 있어서 현실에 한 가닥 틈이라도 생기거나 아차 하면 사라져 버리는 기회라도 생기면 곧바로 그런 기회를 발견하고, 포착했으며 아울러 그것을 어떻게 효과적으로 이용하고 전개할 것인지를 알아차린다. 더욱 고귀한 품성을 들자면 그는 예민하고 신속한 사람이면서도 인내심이 지극히 강했다는 점이다. 그는 고요하게 마음을 가라앉히고 3년이나 5년, 심지어 더 오랜 기간을 들여 미녀를 얻는 한 가지 일을 이루려 했다. 그는 또 거의 무(無)의 경지에서 진(晉), 초와 필적할 만한 강국 오나라를 창조했다. 오늘날 글로벌 대기업에서 거금을 들여 고급 인재를 초빙하려 한다면 과연 『좌전』 전체에서 누구를 선택할까? 나는 그 첫 번째 인물이 바로 신공 무신이라고 믿는다. 물론 대기업 임원들이 『좌전』을 아주 자세하게 읽어야 하겠지만 말이다.

또한 그는 놀랍게도 좋은 장소, 좋은 시대에 생존했다. 그건 당시 그가 태어난 나라가 초강대국인 초나라라는 사실에만 그치지 않는다. 그는 초나라에서도 초 장왕이라는 가장 좋은 군주 재위 시기에 활동했다. 그의 좋은 조건에는 출신도 포함된다. 그는 대가문의 넉넉한 권력과 정당성을 갖고 있었다. 춘추시대 당시에 이런 조건은 굳이 총명할 필요도 없고 굳이 특별한 노력을 하지 않아도 폭풍우를 부르는 지위를 차지할 수도 있었다. 게다가 당시 자반이나 자중과 같은 무리는 신공 무신에 비해 실력이 얼마나 형편없었던가? 말하자면 신공 무신은 가질 수 있는 건 모두 가진 데다 총명함까지 지니고 있었다. 그러나 초나라에 하희가 출현함으로써 그의 인생은 큰 고비를 맞이했다. 그는 막대한 힘을 기울이며 자신의 몸과 집안의 생명을 걸고서 여러 해 동안 노심초사하여 한 명의 방랑자와 한 명의 남편이 되었다. 사실 자반이 지혜로웠다면 그의 일생은 깊은 꿈에 빠져 깨어나지 못했을 것이다. 즉 또 다른 공손오로 변모하는 데 그쳤을 것이다. 이런 입장에서 신공 무신이 하희를 처음 만난 날을 회상해보도록 하자. 당시 초 장왕과 자반은 억제할 수 없는 소동을 벌였시만 그는 아무런 표정도 노출하지 않았다. 이것은 정말 놀랄 만한 점이다.

하희가 언제부터 신공 무신과 공모했는지는 알 수 없다. 가장 가능성이 큰 시기는 그녀가 초나라를 떠나기 바로 직전이었다. 보편적인 입장에서 말해보면 초나라는 결국 그녀의 조국을 멸망시키고 그녀의 아들을 살해한 남쪽 오랑캐 이민족이다. 그녀가 바란 건 신공 무신이라는 사람 또는 남편이 되어줄 사람이었다. 혹은 그녀는 오직 초나라 땅을 떠나 자신이 본래 살던 세계와 생활 방식에 가까이 다가갈 기회를 찾으려 했을지도 모른다. 그런 기회가 언제 올지는 알 수 없었으므로 그녀 자신조차도 분명하게 말하기가 쉽지 않았을 것이다. 여기에서 우리는 몇 가지 점을 지적해보고자 한다.

하희는 아마 자신의 운명에 대해 자기주장을 지나치게 강하게 내세운 사람도 아니고 그렇게 내세울 방법도 없었던 사람이었을 것이다. 나는 이 점을 확신하고 있다. 『좌전』에 기록된 남녀 정욕 이야기는 여자가 주도권을 행사한 경우가 많다. 그러나 그것은 기본적으로 성별에 의한 주도권이 아니라 권력에 의한 주도권이었다(부계사회라는 배경 하에서). 하희의 이야기는 어느 누구의 이야기보다 훨씬 상세하다. 그러나 우리는 순종에 가깝고 허무에 가까운 그녀의 유순함만 목도할 수 있을 뿐이다. 나는 그녀의 불행이 바로 그녀의 뛰어난 미모 때문에 야기된 것이라고 추측한다. 이에 그녀는 자신으로 인해 초래된 너무나 큰 세계와 마주하게 되었다. 그녀가 우연히 만난 모든 사람들과 그녀가 마주한 모든 운명의 물결은 거의 모두 그녀 자신의 힘보다 훨씬 큰 역량을 갖고 있었다. 따라서 그녀는 편안할 수 없는 인생을 살 수밖에 없었다. 또한 그것은 정욕만 허용할 수 있을 뿐 정감 생성에는 미치지 못하는 바쁘고 거친 인생이었다. 정감은 정욕에 비해 훨씬 정밀하고 완만한 마음의 움직임이다. 그것은 좀 더 작은 세계에 자리 잡고 있어서 침범당하지 않을 아주 작은 공간 및 조금씩 자라나는 자유의 시간이 필요하다. 일상에서 쉽게 얻을 수 있는 이런 감정을 하희는 갖기 어려웠고, 잠시 가졌다 해도 오래 지니기 어려웠다. 그녀의 생명은 수시로 염탐하는 사람들에 의해 둘러싸여 있었다. 이런 상황 또한 그녀의 심성과 인격, 그녀가 세계를 대하는 방식, 생명에 대한 그녀의 기본 태도에 영향을 끼치지 않기가 어려웠다. 이 모든 것이 가능하려면 아마도 그녀가 노년이 된 이후까지 기다려야 했을 것이다. 그러나 그녀는 쉽게 늙지 않는 사람이었던 것 같다.

진나라로 가서 하희는 비로소 『좌전』의 세계에서 완전히 은퇴했다. 그처럼 그녀에게 호의를 보여주지 않던 세계가 마침내 그녀를 풀어줬다. 여러 해 뒤 우리는 숙향의 모친 입을 통해 그녀와 신공 무신 사이에 딸이 하나 태어났고, 신공 무신은 그녀보다 먼저 사망했음을 확인하게 된다. 무소식이 바로 희소식인 법이다. 우리는 그녀와 신공 무신이 마지막 그 세월을 해로하며 어려움 없이, 적어도 평온하게 살았으리라 믿는다(기대에 찬 언급이기는 하다).

하나의
근친상간 공식

여기에서 우리는 놀라운 계산 공식 하나를 살펴보려고 한다. 기억이 틀리지 않다면 나는 그것을 고생물학자 스티븐 굴드(Stephen Jay Gould)의 글에서 봤다(또 다른 과학 저술가 칼 세이건도 언급한 적이 있다). 언뜻 터무니없는 것처럼 보이는 이 공식에는 인류학과 생물학의 엄숙한 질문이 동반되어 있다는 뜻이다.

누구나 알고 있는 바와 같이 사람들은 모두 한 쌍의 부모, 네 명의 조부모, 여덟 명의 증조부모를 갖고 있다. 아울러 여기에서 거슬러 올라가면 이것이 바로 가장 기본적인 거듭제곱수의 세계임을 쉽게 간파할 수 있다. 거듭제곱의 공포스러움을 조금이라도 아는 사람은 이런 계산법이 다소 비정상적이라는 걸 잘 알 것이다. 평범한 사례를 들어보자. 아주 얇고 드넓은 종이 한 장을 단순하게 절반으로 계속 접으면 아주 빠른 속도로 달의 두께에 이르게 된다(나 자신은 종이 접기를 꽤 잘하는 사람이긴 하지만 이런 종이 접기는 사실 불가능하다는 걸 잘 안다).

만약 우리가 합리적으로 25년을 한 세대로 계산하면 100년은 4세대가 되고 1000년은 40세대가 된다. 우선 여기까지 계산하도록 하자. 다시 환산해보면 1000년 전 우리 모두에겐 각각 '2의 40승'의 선조가 있었다. 바로 계산해보면 1조 명에 달하는 선조가 있었고 남녀가 각각 절반씩이었음을 알 수 있다.

1000년은 그리 오래 전이 아니다. 중국에서는 북송(北宋) 시기에 해당한다. 우리는 당시 인물과 사건 및 왕조의 모습을 적지 않게 알고 있다. 사실 정사에도 당시 인구 총수를 간헐적으로 기록해놓았다. 인구 총수는 세금과 관계되기 때문이다. 유럽 대륙에서는 부패한 서로마제국이 멸망하고 오늘날 유럽 각국의 선조들은 그리 공평하지 못한 명칭인 야만인(barbare)으로 불리며 유럽 전역에 흩어져 살고 있었다. 북아메리카 지역은 드넓은 땅에 인구는 드물어서 소설가 보니것이 말한 바와 같이, 많아야 몇 백만 정도의 원주민이 그곳에서 힘들지만 자유롭고 상상력이 풍부한 생활을 하고 있었다. 대체로 이와 같았다. 오스트랄로피테쿠스 아파렌시스(Australopithecus afarensis) 루시(Lucy) 여사의 왜소한 유골이 비틀스(The Beatles)의 〈Lucy in the Sky with Diamond〉라는 환각적인 노래 소리 속에서 출토되었다. 이에 인간 존재의 역사는 300만 년을 뛰어넘게 되었다. 과거에 우리는 문학적인 은유 수법으로, 오늘날 우리는 DNA 추적 기법으로 늘 한 명의 이브, 즉 가장 오래되고 가장 원초적인 어머니와 그 자궁을 찾으려고 시도해왔다. 그러나 앞에서의 공식에 의하면 300만 년 전에는 2의 12만 제곱의 선조가 있어야 한다. 이런 어머어마한 숫자 중에서 그 절반은 어머니이고, 그들은 온 땅에 가득하므로 매우 찾기 쉬운 것처럼 느껴진다.

공식으로 계산하여 드러난 결과는 물론 우리가 확실하게 알고 있는 인류의 역사 현상과 부합하지 않는다. 또한 인류의 번식이 소수에서 다수로 나아가는 상식과 하늘 위 별이나 바다 속 모래의 가장 기본적인 존재 양식에도 불가사의하게 저촉된다(과학적으로 계산해보면 지구의 모래 총수는 10의 20승 개라고 한다). 실제로 우리가 살고 있는 이 푸른 행성에서는 그렇게 많은 선조들을 부양할 수 없었을 뿐더러 발을 딛고 설 자리도 없었다. 그럼 계산 공식은 어디가 틀렸을까? 2의 거듭제곱수는 죽음의 연산에 의한 어떤 간섭도 받지 않는다. 25년을 한 세대로 보는 관점도 절대 과장된 것이 아니고, 이 또한 기본적인 사실이다. 따라서 앞의 계산 결과는 인류가 어떤 긴 기간 동안 무성생식이나 세포분열로 번식을 해야 하거나 그렇지 않으면 이런 남녀 선조들 중 어떤 한 사람도 빠뜨리지 않아야 가능한 일이다. 공식으로는 어떤 파탄도 발견할 수 없지만 그 결과는 사실에 비해 이처럼 막대한 차이를 보인다. 그것은 오차로 해소할 수 없는 큰 차이다. 이는 틀림없이 다른 기괴한 일이 인류의 번식 과정에서 발생했을 뿐 아니라 그것이 장기적이며 지속적으로 영향을 끼쳤음을 나타낸다. 이 귀신 씻나락 까먹는 것 같은 공식의 진정하고 적극적인 의의는 지구 역사의 각 단계 인구수를 바꾸려는 것도 아니고, 흡사 증발된 것처럼 사라진 선조를 찾아보려는 것도 아니다. 그것은 우리를 압박하여 인류의 번식 활동 중에서 우리가 모르는 것과 놓친 것이 무엇인지 혹은 그것과 관련하여 우리 지식의 불성실하고 불철저한 진상이 무엇인지 새롭게 조사하게 하려는 것이다.

여기에서 먼저 말해야 할 것은 죽음이 결코 우리가 이 거대한 모순을 건성으로 둘러맞추도록 도와주지 않는다는 점이다. 죽음은 많아봐야 지구에서 살아가는 인구 총수를 조금 줄일(그러나 사실 전체 사망자 숫자에는 아무런 영향도 미치지 못한다) 수 있을 뿐이다. 죽음은 우리가 필요로 하는 선조의 총수에 대응할 수도 없으며 그 가운데서 한 사람도 줄일 수 없다.

이 공식은 그래도 밝은 측면이 없지는 않다. 그것은 바로 이 공식이 우리에게 거듭해서 실증적일 것을 강하게 요구하며, 사해(四海) 내에서는 모두가 형제나 친척이 되지 않으면 안 된다고 주장한다는 점이다. 여기에는 멀거나 가까운 곳에 사는 서로 모르는 사람이 포함되고, 적의를 품었거나 원한이 뼈에 사무친 사람도 포함되고, 한국인, 소말리아인, 이누이트인(Inuit人)도 모두 포함된다. 우리는 이렇게 생각하는 것이 가장 좋다. 동일한 그룹(족속)의 선조를 함께 이용해야지 그렇지 않으면 300만 년 전의 지구 인구는 또 다시 폭발적으로 늘어나야 할 것이다. 남은 것은 다만 친척들끼리 서로 미워해야 하느냐 여부다.

이런 모순은 건성으로 보아 넘기지 않고 상상 속에서라도 그것을 잘 피하거나 잘 해결해야 한다. 왜냐하면 마지막에는 그래도 거듭제곱수로 계산된 선조 숫자라는 이 높은 담장으로 다시 돌아와, 고삐 풀린 망아지 같은 숫자를 진정으로 크게 감소시키지 못하면 모든 것이 도로아미타불이 되기 때문이다. 그러나 선조의 숫자를 감소시킬 수 있는 가능성은 매우 적다. 사실상 진정으로 의지할 만한 것은 굴드의 다음과 같은 인식뿐인 듯하다.

"나 자신은 목숨 걸고 생각하면서도 다만 이렇게 인식할 따름이다. 우리 선조 자신들에게 대량으로 중첩된 역할, 즉 한 사람에게 두 가지 배역 내지 서너 가지 배역을 맡기는 것이다. 게다가 그런 일은 다량으로 지속적으로 진행해야 한다. 그렇지 않으면 틀림없이 공포의 거듭제곱수를 따라잡을 수 없게 된다."

한 사람이 두 가지, 세 가지, 네 가지 배역을 맡는 종족 번식을 우리는 뭉뚱그려서 근친상간이라고 부른다. 이처럼 이 거듭제곱수로 선조를 계산하는 공식은 아마도 우리 인류 번식의 기본 이미지를 바꿔놓을 수도 있다. 근친상간은 이른 시기에 금지되었거나, 수치스럽게 여겨졌거나, 용서받을 수 없는 죄악으로 인식되지 않았을 가능성이 지극히 크다. 근친상간은 드물지 않은 일이었다. 그것은 인류의 몇 백만 년 역사를 통해 확인할 수 있는 기본적인 사실이다. 그리고 인류가 근친상간을 금지한 제도는 상당히 늦게 제정되었을 뿐 아니라 삼엄하고 단호한 명령으로 출현한 것이 결코 아니었다. 따라서 그것은 인간이 천천히 자각하는 과정이면서 아울러 한 줄기 경계선을 찾아보려는 시도였다고 설명하는 편이 더 낫다. 어쨌든 근친상간은 적어도 원시적 생물 시스템에 의해 규정된 것이 아니라 후대의 인간에 의해 점진적으로 형성된 주장이라 할 수 있다.

아버지를 죽이고 어머니를 아내로 맞아들인 고대 그리스 오이디푸스의 비극을 프로이트가 너무 과격하고 과도하게 그리고 샤머니즘식으로 해석했기 때문에 이에 따라 근친상간도 무서울 정도로 침중하면서, 모든 사람(특히 남자)의 생명 깊은 곳에 존재하는 소란스런 악마라고 설명되어 왔다. 그러나 사실 우리는 코미디처럼 처리한 이 이야기(본래 사실적인 근거가 있는 이야기인가?)를 통해 비교적 합리적인 다음과 같은 사실을 읽어내야 한다. 첫째, 오이디푸스는 전혀 내막을 알지 못하는 상황에서 자신의 어머니를 아내로 맞았다. 이는 당시 그의 마음에 생물로서의 자연 금지 시스템이 전혀 작동하지 않았음을 직접 설명해주는 증거다. 그의 비통함은 인간의 도덕적 참회에서 왔다. 그는 자신의 두 눈을 칼로 찌르고 방랑의 운명을 계속했다. 이 징벌도 인간으로서의 자아 징벌이지(오이디푸스는 상이한 징벌 방식을 선택할 수도 있었고 심지어 징벌을 하지 않을 수도 있었다) 외재적인 징벌이나 가

늠할 수 없는 생물 시스템적 징벌이 아니다. 둘째, 오이디푸스가 하늘에 닿을 만큼 중대한 죄악을 지었다고 깨달은 것은 자신이 아버지를 죽였기 때문일까(의도적인 살인이 아니다) 아니면 어머니를 아내로 맞았기(근친상간) 때문일까? 혹은 이 두 가지가 어떤 비율로 영향을 끼쳤을까? 셋째, 오이디푸스는 분명 자신의 아버지를 증오하지 않았고, 자신의 어머니를 연모하지 않았다. 그는 어떤 국왕 한 사람을 죽이고 그 왕국과 왕후를 빼앗은 것이다. 이는 당시 정벌 전쟁의 약탈 관례에 따라 행해진 일이다(이 이야기의 결과는 그가 스핑크스의 수수께끼를 푼 '상품'이다). 넷째, 설령 오이디푸스의 죄악감이 어머니를 아내로 맞은 자신의 행위에 집중되었다 하더라도 우리는 여전히 그것이 오이디푸스 개인의 생각인지 아니면 그리스인의 보편적인 생각인지 추궁해야 한다. 심지어 그것은 인류가 이어온 뿌리 깊은 생각이고, 모든 사람이 그런 생각을 했을까? 다섯째, 그리스인이 이 이야기를 전한 것은 본래 개인(영웅이라고 할 수 있는 사람)의 불가항력적인 운명을 말하려 한 것일까 아니면 아버지를 죽이고 어머니를 아내로 맞은 일을 강조하려 한 것일까? 그리고 그리스의 대규모 신화와 전설 중에서 오이디푸스 이야기가 모종의 특별한 지위를 차지하고 있는가? 사실 이 오래된 이야기에 이와 같이 혁혁한 지위를 부여한 것은 몇 천 년 후의 프로이트 및 근대의 인류다. 이는 오이디푸스 이야기와 관련된 근친상간 금지 사고가 우리 후대의 경각심에서 기인한 것이지 오래된 역사적 사실에서 기인한 것이 아니라는 사실을 재차 설명해준다.

이 대목에서 나는 인류학자 레비 스트로스의 발언이 떠오른다. 그는 프랑스 프로방스 지방에 지금까지도 생생하게 전해지는 민요를 경쾌하게 인용했다.

"네가 마을에서 결혼할 사람을 찾을 때, 가능하면 같은 거리의 사람을 찾아라. 가능하면 너와 같은 집에 사는 사람을 찾아라."

우리가 조금만 살펴보고 조금만 생각해보면 근친상간이 정말 지나치게 모호하고, 불필요한 오해를 불러일으키는 어휘임을 쉽게 발견할 수 있다. 또 그것이 고대에는 두려운 죄악이 결코 아니었고, 더 나아가 전혀 두렵지도 않고 전혀 죄악도 아닌 행위로 신속하게 변했다. 만약 우리가 그것을 현미경으로 관찰하는 것처럼 가장 엄격하게 대하지 않는다면 그것은 부지불식간에 매일, 아주 흔히 일어나는 일이될 것이다. 내가 말하고자 하는 것은 우리가 살아가는 목전의 현실이다. 이렇게 말하면 우리는 생물성과 유전자성을 지닌 견실한 이유에근거하여 사해(四海) 안에 사는 사람은 모두 형제자매이고, 우리는 모두 공통의 내력(과학적 견해의 근거는 동아프리카 원시 인류 발견이다)과 공동의 어머니(유전자 연구를 바탕으로 우리는 이미 이 이브라는 어머니에 대해묘사하기 시작했다)를 갖고 있다고 선언할 것이다. 그것은 마치 존 레논(John Lennon)이 〈Imagine〉이라는 노래에서 우리에게 말해준 내용과같다. 그렇다면 우리의 혼인과 번식과 양육은 계속해서 모두 형제자매 사이에서 진행할 수밖에 없다(세계의 모든 인류는 한 어머니의 자식이므로). 그런데 어떻게 이와 관련하여 또 다른 측면은 이야기하지 않고이 측면만 이야기하는가?

인간의 관계를
어지럽히다

인류학자들의 고통스러운 연구 성과 덕분에 우리는 인류의 혼인이 매우 복잡할 뿐 아니라 그 속에 어떤 상황도 거의 모두 포함되어 있다는 사실을 알게 되었다. 파푸아뉴기니의 위크 뭉칸(Wik-Mungkan) 부락의 경우에는 한 남자가 자기 외손의 사촌(친사촌, 외사촌, 고종사촌, 이종사촌 모두) 자매를 아내로 맞아들일 수 있을 뿐 아니라 이런 혼인 방식이 일종의 규칙으로 정해져 있다. 그러나 이런 서술을 하면 글의 초점이 흐려지기 쉽기 때문에 우리는 가능한 화제의 초점을 춘추시대 200년 간 및 중국의 대지로 한정할 것이다.

『좌전』의 정욕 이야기에는 근친상간과 관련된 정사가 적지 않다. 그런데도 오이디푸스처럼 자극적인 경지에는 도달하지 못했다. 가장 엄중한 경우라 해도 남매간의 근친상간에 그쳤을 뿐이다. 그중에서 가장 유명하고 시끄러웠던 일은 제 양공(襄公) 제아(諸兒)와 그의 여동생 문강(文姜)의 근친상간이었다. 두 사람은 일찌감치 남녀 관계를 맺었다. 노 환공(桓公) 3년 문강이 노나라로 시집갈 때 제 양공은 그녀를 전송하러 가서 제나라 국경을 넘어 노나라 환(讙) 땅까지 들어갔다. 이는 예법에도 맞지 않고 일반적인 사례도 아니었다. 더욱 나빴던 건 두 사람이 이처럼 옛정을 잊지 못했다는 사실이다(이 일은 사실 정욕 탓이라고만 단순하게 해석하기 어렵다. 왜냐하면 이미 각자가 혼인을 한 상태였기 때문이다. 여기에는 적어도 인간의 어리석음, 방탕함, 불결함이 포함되어야 한다). 노 환공이 제나라를 방문할 때 문강도 따라갔다. 제 양공과 문강 사이에는 14년 전의 열정이 식지 않고 다시 달아올랐다. 두 사람은 공공연하게 밀회를 즐겼고, 결국 탄로 나고 말았다. 이 때문에 제 양공은 역사(力士) 팽생(彭生)을 보내 현대의 레슬링 기술인 허리꺾기로 노 환공을 살해하고 입을 막았다. 사람이면 누구나 목불인견으로 여기는 이 추문은 결국 노나라가 입을 굳게 닫고 제나라 흉수 팽생을 살인범으로 받아들여 처형함으로써 막을 내렸다.

『좌전』에서 오늘날 우리가 근친상간이라고 칭하는 일은 대부분 결혼 후 가족 사이의 사통으로 발생했다. 매우 빈번하고 자주 볼 수 있는 일이었다. 하희가 자신의 두 번째 남편 윤양로가 전사한 후 그의 아들 흑요(黑要)와 사통한 사례도 바로 그런 경우다. 또 진(晉)나라의 장희(莊姬)가 조삭(趙朔)에게 시집갔다가 조삭의 숙부 조영제(趙嬰齊)와 사통한 것도 같은 사례. 오이디푸스 식의 모자 간 근친상간은 없었다. 그런 일이 발생한 적이 없었는지(가능성이 별로 크지 않다) 아니면 여러 가지 원인 때문에 기록하지 않았는지를 막론하고, 이는 아마도 당시에 소위 근친상간 금지에 대한 인정 및 진전 단계가 직계혈족, 그 중에서도 특히 모자지간을 경계선으로 삼았을 가능성이 있음을 보여주고 있다. 이 점을 통해 모종의 소박한 생물계 현상을 쉽게 이끌어올 수 있다. 적어도 중국인은 아주 일찍부터 금수는 어미만 알고 애비는 모른다는 말을 믿었고, 그렇게 말해왔다. 인간도 소, 말, 개, 양처럼 절개가 없을 수는 있지만 자신을 금수보다 못한 지경으로 타락시켜서는 안 된다면서 말이다.

고대 그리스의 아테네에는 특별한 주장이 있었다. 흄(David Hume)은 1748년에 이렇게 질문한 적이 있다.

"도대체 무슨 이유로 아테네 법률에서는 동모이부(同母異父)가 아닌 동부이모(同父異母)의 남매와는 결혼할 수 있도록 규정했을까?"

즉 이것은 후세 중국인의 생각과 상반되는 견해다. 중국과 마찬가지로 부계 통치 경향이 강한 유명 도시 아테네에서 제정한 이런 규정은 상당히 특수하다.

"근친상간 금지법은 어머니 측에 더욱 엄격하게 적용되었다." 나중에 인류학자들은 예컨대 캐나다 브리티시 컬럼비아(British Columbia)의 누차눌드(Nuu-chah-nulth)에서도 이와 똑같은 근친상간 금지 법칙을 찾아냈다. 이런 사례는 아마도 유사한 모자관계에 대한 자각 및 그 연장선에서 유래했을 가능성이 있다. 말하자면 동일한 자궁에서 태어난 남녀의 결합은 허용하지 않은 것이다. 제 양공과 문강을 봐도 두 사람은 동부이모 남매였다(틀림없이 그렇다).

그러나 친족 간에 그렇게 많이 발생한 사통 이야기를 다룰 때,『좌전』에서는 전혀 이야기의 어조를 바꾸지 않았으며, 특히 도덕적 질책도 전혀 가하지 않았다. 다만 어떤 혼란이나 어떤 재난의 원인으로 거론할 때만 우리에게 일이 어찌하여 이 지경에 이르렀는지를 알려 줄 뿐이다. 더욱 정확하게 말해서 검토할 것이 있고 질책할 것이 있다 해도 인간의 도덕에 주안점을 두지 않고 지혜롭지 못함과 부당함에 주안점을 두고 있다. 즉 근친상간이 인간의 명확한 관계를 어지럽히고, 준수해야 할 안정적인 질서를 파괴하여 재난을 유발한 점에 중점을 두고 있는 것이다.

그렇다면 그와 같은 사통이 재난만 야기하지 않으면 괜찮다는 말인가? 그런 의미가 담겨 있는 건 맞지만 비교적 정확하게 말하자면 그와 같은 근친상간 정사와 불행한 재난이 모종의 '친연성'을 갖고 있음을 당시 사람들이 조금씩 각성하게 된 것으로 봐야 한다. 사통과 재난이 필연적인 관계를 갖고 있는 것은 아니지만 그럴 확률은 매우 높다. 이런 경각심이 지속되고 누적되면서 근친상간 금지의 다음 단계와 다음 경계선으로 천천히 발전해나가게 되었다. 일반적인 입장에서 설명한다 해도 그것은 좋지 않은 결과를 초래하는 경우가 훨씬 많았다. 무슨 하늘에 닿을 만큼 큰 죄는 아니었다 해도 피할 수 있으면 피하는 것이 좋은 사례였다.

『좌전』에서 그래도 정면으로 다룬 근친상간 이야기 한 가지를 살펴보고자 한다. 진(晉) 문공 중이는 보통 춘추시대 두 번째 패주이며 현명한 군주로 인식된다. 아마도 그는 험난한 풍파를 겪으면서 기존 습속을 적지 않게 떨쳐 버린 듯하다. 그는 인격적으로 첫 번째 패주인 제 환공에 비해 결점도 적고 깨끗했다—진 문공 중이가 19년 동안 유랑하다가 마지막으로 도착한 곳은 진(秦)나라였다. 진(秦) 목공은 중이가 귀국하여 진(晉)나라 보위를 장악하는 걸 지지하기로 결정했다. 중이가 진(秦)나라에 머무는 동안 진 목공은 그에게 다섯 명의 여성을 제공했다. 그중 회영(懷嬴)은 중이의 조카 자어(子圉), 즉 당시 진(晉)나라 군주 회공(懷公)이 버린 아내였다. 이 때문에 회영이라 불리지만, 나중에 다시 진 문공에게 출가했으므로 문영(文嬴)이라 불리기도 한다. 아무튼 중이는 마음이 꺼림칙했지만 결국 이 여인을 아내로 받아들였다. 『좌전』에서도 이 선택을 지혜로운 일로 여겼다(근친상간이 좋은 결과를 맺은 드문 사례다). 『좌전』에서는 처음 주저하는 과정을 한 가지 일을 통해 생동감 있게 드러내고 있다. 중이는 회영이 처음으로 자신의 세수를 도와줄 때 불쾌한 마음이 들었거나 약간의 적의를 품었던 듯 회영의 몸에 물을 뿌렸다. 이 총명하고 개성적인 진(秦)나라 여인은 즉각 항의했다.

"진(秦)과 진(晉)은 같은 등급의 나라인데 왜 나를 얕잡아 봐요?" [지금 진(秦)은 강하고 진(晉)은 혼란에 빠져 있단 말은 하지 않겠지만 당신이 우리나라에 망명 와 있는 한 겸손해야지요.]

중이는 즉시 표정을 바꾸고 사죄했다. 나중에 사마천은 『사기』에서 『국어』「진어(晉語)」에 나오는 또 다른 자료를 인용하여 당시 사공 계자(司空季子), 자범(子犯), 자여(子余) 등 진 문공의 수하들이 그에게 회영을 받아들이도록 적극적으로 권했다고 기록했다. 그들의 논리는 매우 엉성했다.

"우리는 그(회공)의 나라까지 정벌해야 하는데 그의 아내야 더 말해 무엇 하겠습니까?"

현장의 진실하고 급박한 느낌이 그대로 배어 있다. 내친 김에 좀 더 말하자면 진 문공은 고난의 길을 걸었기에 회영을 아내로 맞이하는 일에 전혀 상관하지 않을 수 없었다. 그러나 그런 길을 걷다가 최고의 여인을 만난 건 그의 운명에서 가장 행운이라 할 만했다. 그는 적(狄)나라 여인 계외(季隗)를 아내로 맞았다가 망명을 떠날 때 이렇게 말했다.

"나를 25년만 기다려주오. 25년 동안 내가 돌아오지 않으면 개가 해도 좋소."

그러자 계외가 웃으면서 대답했다.

"제가 지금 스물다섯인데 다시 25년을 기다리면 늙어죽을 나이에요. 어떻게 다른 사람에게 시집가겠어요? 마음 놓고 떠나세요. 저는 여기에서 당신을 기다릴 거예요."

이것은 『좌전』에서 유일하게 여성이 절개를 지킨 기록이다. 그러나 이것도 일종의 규범이 아니라 부부간의 협의이고 또 계외 혼자 결정한 일이다.

제나라로 망명을 가서도 중이는 제 환공의 딸 강씨(姜氏)를 아내로 맞았다. 그는 그곳에서 아마도 오디세우스와 칼립소가 그 작은 섬에서 7년 동안 보낸 것처럼 너무나 행복한 생활을 한 듯하다. 그는 그곳을 떠나고 싶어 하지 않았다. 그래도 강씨가 먼저 권하고 마지막에 또 자범과 모의하여 중이에게 술을 먹이고 고주망태로 취하게 만든 뒤 그를 강제로 제나라 국경 밖으로 실어냈다. 이 또한 오디세우스의 마지막 항해와 같다. 술에서 깨어난 중이는 창을 들고 자범을 죽이려 했다. 강씨는 비밀을 유지하기 위해 뽕나무 밑에서 우연하게 그녀의 계획을 들은 하녀들을 전부 죽였다. 이후 중이의 아내가 된 사람이 바로 진(秦)나라 여인 회영이었다. 회영의 전 남편 자어는 진(晉)나라로 도망치기 전날 밤 회영에게 함께 가자고 했지만 회영은 거절했다.

"당신은 진나라 태자이니 고국으로 돌아가는 게 당연한 도리입니다. 제가 당신에게 시집온 건 어명을 받들고 당신을 잡아놓기 위해서입니다. 제가 당신을 따라 진나라로 가면 우리 진(秦)나라 군주의 명령을 어기게 됩니다. 이 때문에 저는 당신을 따라가지 않겠습니다. 하지만 저는 반드시 당신을 위해 끝까지 비밀을 지켜드리겠습니다."

이치에도 맞고 정분에도 맞으며, 드러난 심사도 맑은 물처럼 깨끗하다. 『춘추』에 기록된 것은 남성들이 각축을 벌이는 세계이지만 이처럼 뛰어난 여성에 관한 이야기도 적지 않다. 특히 남성들이 매번 혼란에 빠지거나 기가 꺾여 어쩔 줄 모르는 상황에 처했을 때 이 현명한 여성들은 "화강암 같은 침묵에다 견고하고 믿을 만한 역량을 제공했다." 이 시기 여성 중에서 내가 좋아하는 사람으로는 초나라 왕후 등만(鄧曼) 및 혼사가 불길하다고 점괘가 나온 진(晉)나라 백희가 있다. 끊임없이 사통을 계속했던 노 선공의 부인 목강(穆姜)도 사실 매우 뛰어난 여성이었다.

2000년이라는 시간의 간격이 있지만 인간의 기본 욕구, 기본 정감에 대한 감수성과 반응(경제학에서 말하는 '첫 번째 수요'를 모방할 수 있음)은 그리 다르지 않다. 우리는 인간의 기본적인 항구불변성에 근거해야만 당시 사람들과 사건들에 동정심을 가질 수 있으며, 또 그것을 순리대로 이해하고 토론하고 판단할 수 있다. 그러나 인간의 실제 행위로 드러나는 이 측면은 변화가 지극히 크기 때문에 우리는 아주 많은 요소를 한꺼번에 고려해야 한다. 춘추시대 남녀 간의 일이 그런 특징을 보인 것은 당시 인간이 혼인에 대해 서로 상이한 인식, 상이한 기대, 상이한 방어 기제를 선택했기에 야기된 일이라고 말해야 할 것이다. 즉 우선 무엇을 얻어야 하고, 무엇을 보호해야 하느냐를 보고 혼인 형태를 선택했다는 말이다. 예를 들어 번식과 양육의 순리를 따라야 할까 아니면 안정된 관계를 추구해야 할까? 이 두 가지는 목표가 일치하지 않거나 심지어 상반되는 경우가 훨씬 많다. 이 중 하나를 선택하는 것은 당시 인구 숫자의 변화에 직접 연동되기도 했다. 인구의 지속적인 증가로 인간이 멸종 위험에서 벗어남으로써 결혼이 점차 관계를 보호하는 형태로 전향했다는 것이다.

오늘날 인류학 성과를 읽고 인류의 초기 혼인(가정)의 각종 실제 상황 및 변동 그리고 여기에 포함된 '족외혼 제도'에 대해 잘 이해한 사람들이라면, 우리는 그들을 더 많이 깨우쳐 줄 필요가 없다(춘추시대에 벌어진 친척 간의 근친상간은 전형적인 족외혼 제도의 현상이라고 보면 된다). 우리는 이 대목에서 이런 현상을 이해하는 하나의 배경으로서 다음 사실을 대략 회고해보겠다.

인류의 번식과 양육은 필요한 남녀의 결합에서부터 가정을 이루고 나서 다시 오늘날 거의 보편적 제도로 굳어진 일부일처제로 나아갔다(레비 스트로스는 일부일처제가 궁극적인 방향의 합리적 결과물이라고 인식했다. 왜냐하면 이 제도가 남녀의 정상적인 비례 관계와 맞아떨어지기 때문이라는 것이다). 이것은 길고 긴 진화 스토리다. 인류사 전반부의 남녀 관계는 생물성과 육체성을 바탕으로 단순히 자연의 선택에만 따랐다. 목표는 단 하나였는데 그것은 바로 종족 보존이었다. 이런 현상은 대체로 가정의 출현으로 막을 내렸다. 가장 원초적인 가정은 생물 진화의 연장선에서 형성되었으므로 번식을 위한 유효한 경쟁 수단으로 간주되어야 한다. 그것은 인간의 발명이 아니며 또 인간의 전유물도 결코 아니다. 그 목적은 번식의 성과를 확보하기 위해 위험하고도 소모성이 큰 생식이라는 행사를 '효율화'하기 위한 것이다. 우리는 금수, 곤충, 어류 등 기타 생물계에서도 모두 이와 유사한 진화 과정을 목도할 수 있다(그것들은 각자 상이한 신체에 맞게 발전했다).

인간들도 항상 생물계의 그런 현상을 가져와서 자신들의 입장을 지탱하는 증거로 삼았다. 그것은 일종의 우언이 되기도 하고 일종의 계시가 되기도 했다. 혹은 이로부터 근원적인 자연 법칙과 도덕 명령을 상상하기도 했다. 또한 대개 인류의 가정이 출현한 후 이 새로운 기초 위에서 인간의 번식이 문화적이고 사회적인 독특한 진화의 길로 천천히 나아갔다(물론 생물계에서 가장 복잡한 두뇌, 가장 민활한 두 손 및 기간이 길면서도 겉으로 잘 드러나지 않는 발정기, 가정을 계속 꾸려가기에 가장 적합한 성 기관과 성행위 방식 등 인간만의 독특한 신체구조와 행동 양식과도 연동된다). 우리는 또 이 대목에 이르러 인류가 삼엄한 생물계의 생존경쟁 사슬에서 벗어났다고 말할 수 있다. 남녀의 결합이 더 이상 하나의 명령만을 따르지 않게 되었고(따를 필요도 없게 되었고), 목표도 더 이상 하나가 아니게 되었다(물론 번식을 위한 경우가 가장 많기는 하지만). 이것이 인류의 독특한 역사 상황임을 우리는 상식으로 알고 있다. 남녀의 결합에도 더욱 복잡하고 공리적인 목표가 더 많이 포함되었다. 그것은 회영이 스스로 인정한 바와 같다. 즉 그녀가 자어에게 시집간 것은 이 진(晉)나라 출신 중요 인질을 잡아두기 위해서 어명을 받든 것일 뿐 다른 어떤 공리적 목표도 없었다. 이것이 사람들의 의심을 불러일으키면서도 일심으로 추구한 그리고 가장 아름답고 순결하게 생각한 그들의 남녀 결합방식이 아닌가? 또 결합만 하고 출산은 하지 않으면서 생물계의 아주 오래된 명령에 항거할 수도 있다(그리고 이런 생물계의 오래된 명령에 뜻을 둔 각 가정의 가장을 비교해보라). 또 남녀가 결합하지 않고 종신토록 금욕 생활을 하는 것도 인류의 가장 독특한(기이한) 사유와 행위라 할 수 있다. 이는 또한 아주 오래된 번식 명령에 대한 가장 철저한 반역이다. 대자연계에 이처럼 금욕 생활을 하며 정절을 지키는 다른 금수, 곤충, 어류가 있는가? 일벌과 일개미는 열외로 쳐야 한다. 이 곤충들의 육체에는 성별이 없고 진화의 결과 이런 형태가 되었기 때문이다. 게다가 이것들은 아무 것도 따지지 않고 여왕벌과 여왕개미의 번식만을 보호하기 위해 존재한다.

춘추시대 당시에 남녀의 결합은 아직도 비교적 소박한 생물적 특성을 보존하고 있었음이 분명하다. 종족을 늘리는 것이 여전히 가장 중요한 목표였다(그것이 이미 유일한 목표는 아니더라도). 이 때문에 번식과 양육의 근본 목적에 저촉되는 각종 남녀의 금욕 행위는 그렇게 엄격하게 지켜질 수 없었다. 예를 들어 과부는 자식 생산이라는 입장에서 말하자면 생산 자원의 방치라고 말하는 편이 더 낫다. 인간의 정욕 본능을 어기는 경우일 뿐만 아니라 자원의 낭비이기도 하기 때문이다. 이밖에도 끊임없는 전란으로 인간의 사망 비율이 '정상'보다 훨씬 높았던 현실(특히 남성 사망률이 높아서 남녀 인구 비율의 불균형이 초래되었다)도 남녀 결합과 가정 구성에 갖가지 원시적 효과를 야기하게 했다. 이것이 기본 배경이다. 이런 배경을 이해해야 우리는 비로소 당시 사람들을 너무 심하게 몰아붙이지 않을 수 있다. 특히 진정으로 출산과 양육을 책임진 여성에 대해 어찌 이 한 면만 요구하고 다른 한 면은 외면할 수 있겠는가?

우리는 또한 이런 배경과 인식 하에서 춘추시대의 근친상간 정사에 대한 새로운 이해를 시도해봐야 한다. 레비 스트로스는 소위 근친상간 금지가 생물성을 바탕으로 한 근본 설계라고 인식하지 않았다.

"만약 이것을 생물계의 기본적인 금지 명령이라고 한다면 우리는 도저히 이해할 수 없을 것이다. 인류는 왜 이렇게 큰 힘을 들여 줄곧 정욕을 방어하려 했을까?"

확실히 우리는 대자연계에서 아무리 해도 정욕 금지와 비슷한 '증거'를 찾을 수 없다(찾는 사람이 없는 것이 아니라 아예 찾을 수 없다). 이와 가장 근접한 사례는 아마도 자웅동체이면서도 타가수정(다른 꽃 사이의 수정)을 하는 식물일 것이다. 이런 식물은 '정교하게' 수술과 암술의 성숙 시간을 어긋나게 하여 변이의 가능성을 증가시킨다고 한다(정확하게 말하면 이런 식물은 '부지불식간에' 이 번식 방법을 채택하며, 아울러 '부지불식간에' 이렇게 하지 않는 같은 종류 식물을 도태시키거나 대체한다. 생물 진화는 사고하지 않고, 예견하지 않고, 계획하지 않는다). 그러나 이는 다만 자체 분열과 자체 복제를 하는 무성생식 생물이 타가수정으로 나아가는 첫걸음 내지는 진화의 한 연결 고리일 뿐이다. 사실 다른 일부 식물은 철저하게 진화하여 암수 딴 그루 나무가 되었다. 동물계에서는 특히 이 부문에서 가장 늦게 출현한 포유류가 이와 같이 진화했다.

그러나 이와 동시에 레비 스트로스는 이렇게 말했다.

"사실상 근친상간의 금기가 없는 사회조직이 존재하리라곤 상상하기 어렵다. … 동족 혈연의 고립 경향을 반대하는 과정에서 인간은 근친상간 금지 제도를 이용하여 족외 인척 네트워크를 성공적으로 짜서 사회가 계속 유지될 수 있게 했다. 이 제도가 없었다면 어떤 사회도 생존할 수 없었을 것이다."

이와 동시에 근친상간 금지는 '개방'을 의미하기도 했다. 가정, 가족 내지 한 부락을 개방하는 것이 원래의 목표는 아니었다. 그러나 그런 결과가 나타나는 걸 신속하게 관찰하여 깨달을 수 있었다.

레비 스트로스의 생각은 우리가 『좌전』에서 실제로 읽어내려는 결과와 아주 비슷하다. 그는 근친상간 금지가 후세 인류의 주장이고, 그걸 시작한 이유는 생물학적 상황 때문이 아니라고 생각했다. 예를 들어 근친혼이 각종 불량하고 건강하지 않은 후손을 낳을 수 있으며 심지어 『백년 동안의 고독』에 나오는 괴물(돼지꼬리 달린 아이)을 낳을 수 있기 때문에 그것을 금지한 게 아니라는 것이다. 『백년 동안의 고독』에서 우루술라가 신혼 첫날밤에 죽어도 아우렐리아노의 육체적 요구에 따르지 않으려 했던 이유도 바로 돼지꼬리 달린 아이를 낳을 수 있다는 두려움 때문이었다. 하지만 이는 과학적 근거가 전혀 없는 공포심이다. 이 금지 사항을 공고화하기 위해 인과 관계를 거꾸로 서술했다. 따라서 근친상간 금지는 바로 그 시대의 사회적 상황과 관련하여 인류 세계의 특정 구조에 직접 피해를 주는 걸 막기 위해 제정된 지극히 현실적인 조치로 봐야 한다. 우리는 이 두 가지 시간의 불일치에 주의해야 한다. 먼 훗날 아마도 몇 대 동안 반복해서 근친혼이 이루어지면 불량한 출산 결과가 뚜렷하게 드러나겠지만(『백년 동안의 고독』에 서술된 돼지꼬리 달린 아이는 거의 100년 후 마지막 세대의 근친상간 때에야 출현했고, 그 도롱뇽과 같은 작은 신체도 개미들이 떼메고 갔다). 사실 근친상간은 첫 번째로 인간의 관계망을 어지럽게 만들고 인간의 서열이나 위상을 파괴하는 특징을 보인다. 이에 따라 한 가정과 가족 내지 그 위에 건립된 단체(국가)가 어떻게 해도 조직을 관리할 수 없어서, 순리대로 업무를 나눠줄 방법을 찾을 수 없게 된다. 이런 재난은 분명하고 즉각적이므로, 소위 백치나 괴물이 후대에 출현한다는 상상보다 훨씬 일찍 나타났다. 우리는 오히려 의심할 필요가 없다. 인류는 매년 농작물을 심고 가축을 오래 기름으로써 경험적으로 그 불량한 조짐의 일부를 깨달았을 가능성이 지극히 크지만 이런 깨달음은 여전히 모호하고 불확정적이고, 심지어 요행인 경우가 대부분이었다.

앞에서 인용한 바와 같이 『좌전』에서 유일하게 생물학적인 이유로 근친상간을 자제해야 한다고 권유한(질책이 아님) 일은 정나라 자산이 병을 오래 앓은 진(晉)나라 군주에게 내린 처방이었다. 그러나 자산이 내세운 생물학적 이유는 여전히 성립되지 않는다. 그가 말한 폐해는 진나라 군주의 신체에 관한 것이지 후대에 관한 것이 아니었다. 하지만 이 이야기에서 드러나는 더욱 재미있는 정보는 자산도 말한 것처럼 인간이 결합 대상의 혈연 내력을 생물학적으로 변별할 방법이 없다는 것이다(즉 신체적으로 그걸 깨달을 수 있는 시스템은 없다는 뜻이다. 예컨대 오이디푸스가 자기 어머니와 결합한 것처럼 말이다). 인간은 다만 다른 실마리를 빌릴 수 있을 뿐이다. 이 때문에 동성불혼의 원칙을 정했다. 어쩔 수 없이 성씨를 가장 믿을 만한 경계선으로 인정한 것이다. 만약 혼인 대상이 자신의 성씨를 모른다면 운에 맡기는 수밖에 없다. 즉 점을 쳐야 한다. 자산도 그것을 옛날부터 전승해온 해결 방법이라고 했다.

여기에서 인간관계의 혼란을 드러내주는 오랜 우스갯소리 한 가지를 소개하고자 한다. 어떤 아버지와 아들 A, B가 어떤 어머니와 딸 C, D를 번갈아가며 아내로 맞았다고 하자. 그럼 이 새 가정의 관계는 이렇게 된다. D는 A의 새 아내인 동시에 그의 손녀가 되고, B는 A의 아들인 동시에 그의 장인이 된다. 또 A의 아내 C는 그의 장모인 동시에 한 단계 내려가 그의 손녀의 며느리가 된다. 이렇게 되면 보르헤스가 가장 두려워한 거울 미로처럼 인간관계는 끝도 없이 번잡해지고 혼란해진다. 이 가정은 네 사람이 함께 거주하지 않는 것이 가장 좋다. 그렇지 않으면 매일 아침 얼굴을 마주할 때부터 아주 곤혹스럽고 난처한 상황에 빠져들 것이다. 일상적으로 인사를 나눌 때도 상대를 어떻게 불러야 할지 분명하지 않다. 또 후손을 두지 않는 것이 가장 좋다. 후손을 두게 되면 더욱 큰 혼란이 야기될 것이다. 아이들에게 어떤 인사법과 예절을 가르쳐야 할까? 어쩌면 우연히 얼굴을 마주했을 때 모두들 직접 이름을 부르는 것이 가장 좋을지도 모른다(일부 구미 가정에서처럼). 즉 피차간의 신분 관계를 포기하거나 그것에서 도피하면 된다.

말하자면 이런 가정을 꾸리는 게 결코 불가능한 건 아니지만 매일 가정을 건사하기 위해 이런 일상사와 수도 없이 마주치면 그 곤혹스러움에 질리게 될 것이다.

혈친 간의 불륜(『좌전』에 이미 적지 않게 보인다)과 인척간의 불륜(『좌전』에 수도 없이 출현한다)은 기본적으로 인간의 정욕과 관계된 일이다. 똑같은 본능적 충동에서 시작해 똑같은 행위로 진행되므로 구체적인 층위에서 크게 다른 점은 거의 없다. 하지만 전자는 적고 후자는 많아서 서로 비례 관계가 맞지 않다. 실제 숫자가 그러했든 아니면 기록자의 선택이 그러했든 이런 경향은 당시 사람들의 기본적인 생각을 잘 설명해준다. 즉 전자가 후자보다 심각하게 인식되고 있었다는 의미이며 이는 오늘날 우리들의 인식과도 유사하다. 그런데 그 이유가 무엇일까? 내 평범하기 이를 데 없는 생각으로는 그 차이가 정욕 자체에 있지 않고, 외부 세계와 연계된 부분, 즉 신분 지위의 상이함에 있는 것 같다(사실 직장 연애가 특히 수직적인 상하 관계에서 발생할 때 이와 유사한 혼란 효과가 나타난다. 이는 참고하기 좋은 또 다른 사례다). 마찬가지로 인간관계도 혼란하게 만드는데, 혈친 간의 불륜은 가장 제거하기 어렵고 가장 포기하기 어려운 관계를 파괴하거나 일반적으로 제거해서는 안 된다고 믿어지는 관계를 파괴한다. 관건은 아마도 이 대목에 있는 것 같다.

"모든 남자를 남편으로 삼을 수 있다"(人盡可夫)라는 말의 내력을 살펴보면 이 또한 『좌전』에서 나왔다. 노 환공 15년 정나라를 배경으로 탄생한 말이다. 그런데 사실 이 말은 사람을 매도하는 독설이 아니라 상식적인 이치를 제시하는 말이었다. 당시 정나라의 권력을 잡고 있던 사람은 채중(祭仲)●이었다(『좌전』에서는 그를 폄하하는 의도를 드러냈고, 『공양전』에서는 그를 크게 칭송하고 있다). 정나라 군주가 누구든 상관없이 채중이 모든 국사를 결정했다. 정 여공(厲公)은 참을 수가 없어서 채중의 사위 옹규(雍糾)에게 교제(郊祭)를 지낼 때 그를 죽이라고 했다. 그러자 옹규는 그 일을 아내 옹희(雍姬)에게 말했고, 옹희는 군신 간에 교전이 벌어질 상황에서 그녀의 어머니에게 달려가 한 가지 근본적인 질문을 던졌다.

"남편과 아버지 중에서 누가 더 친합니까?"

그녀의 어머니는 그것이 아무 문제도 되지 않는다고 여기며 이렇게 대답했다.

● 채중(祭仲)은 채족(祭足)이다. 본명이 족(足), 자(字)가 중(仲)이다. 두예(杜預)의 『춘추경전집해(春秋經傳集解)』 「은공(隱公)」 3년에는 '祭足'의 '祭' 발음을 '側界切'로 달아놓았고, 「희공」 24년 '祭' 나라의 발음도 '側界切'로 달아놓았다. 따라서 '祭'는 성씨나 나라 이름일 때 '채'로 읽어야 한다.

"모든 남자를 남편으로 삼을 수 있다. 그러나 아버지는 바꿀 수 없는 오직 한 사람일 뿐이다. 어떻게 비교할 수 있겠느냐?"

이 때문에 계략이 들통 났고, 채중이 먼저 손을 써서 자신의 사위를 제거했다. 정변이 실패한 후 정 여공은 옹규의 시신을 싣고 채(蔡)나라로 달아나서 분노를 삭이지 못하고 이렇게 매도했다.

"모의를 아내에게 털어놓은 놈은 죽어 마땅하다."(謀及婦人, 宜其死也.)

대체로 『좌전』과 동시대로 보이는 『예기(禮記)』는 당위의 사색이 실제 역사 기록을 뛰어넘은 저작이다. 이 책에서는 규범이란 바로 인간의 지위, 피차간의 관계, 타당한 행위 방식을 추구(시도)하는 것이라고 했다. 『예기』에서는 끊을 수 없는 유일한 관계가 바로 태어날 때부터 맺어진 혈친 관계이고, 기타 군신, 부부, 사제, 친구 관계는 각각 어떤 지경에 빠지면 버릴 수 있다고 인식했다. 예를 들어 임금과 신하의 경우 신하가 임금에게 세 차례 간언을 올렸는데도 그 말에 따르지 않으면 떠날 수 있지만, 부자 관계는 그럴 수 없다고 했다. 즉 아버지가 아들의 간언을 듣지 않으면 아들은 울부짖으며 아버지에게 매달릴 수 있을 뿐이라는 것이다. 이는 혈친이라는 신분에서 행하는 인간의 행위가 가장 융통성이 적고, 가장 거리낌이 많으며, 가장 접근하기 어려운 행위임을 나타낸다. 또 '효(孝)'를 실천하는 과정에서 인간은 모든 윤리 덕목 중 가장 큰 어려움을 겪게 되고, 시비와 선악에 대한 인간의 기본 인식을 가장 쉽게 어기게 되며, 이로 인한 상처도 가장 많이 받게 될 뿐 아니라 가장 쉽게 절망의 나락에 빠져들기도 한다. 벗어날 방법이 없고, 출구도 없어서 마침내 어떤 저주나 깨어날 수 없는 악몽이 될 수 있기 때문이다. 『좌전』에는 매우 슬프지만 매우 생동감 있는 다음과 같은 두 구절이 있다. 이를 통해 우리는 벗어날 수 없는 불평등 관계의 곤경을 좀 더 깊이 탐색할 수 있다. 이 말은 부진(富辰)이 한 말이지만 실제로는 당시의 속담을 인용한 것이다.

"은혜에 보답하는 사람은 쉽게 지치지만, 은혜를 베푼 사람은 아직 만족하지 못한다."(報者倦矣, 施者未厭.)

은혜를 갚으려는 사람은 이미 모든 것을 다 바쳤지만, 은혜를 베푼 사람은 아직도 뭔가 요구하는 것이 있거나 뭔가 기대하는 것이 있다는 의미다. 여기에서도 우리는 당시 사람들이 이런 점을 깨닫지 못한 것은 절대 아니지만 가족이나 부자 관계와 같은 혈친에는 차마 적용하지 못했음을 알 수 있다(사실 이 부문에 가장 강력하게 적용해야 한다). 이는 오늘날 우리의 상황과 같다. 내가 알고 있는 사람들 중에서 특히 나와 나이가 비슷한 친구들이 적의가 있고, 무정하고, 착취가 만연하고, 사람이 사람을 잡아먹는 것으로 알려진 이런 외부 세계에 대응할 때는 일반적으로 그리 큰 문제없이 여유 있게 대처한다. 그러나 운이 너무나 좋은 극소수를 제외하고 그들 대부분이 진정으로 속수무책일 수밖에 없는 영원히 따뜻한 가정, '관계를 끊는 것이 불가능한' 가족들에 대응할 때, 먼저 아이로부터 부모에 이르기까지 혹은 그 반대의 경우 혹은 아이와 부모에게 함께 얽혀들 경우 모두들 신경병이 발생할 정도로 심신이 쇠약해지곤 한다.

강력한 정력이 드러내는 혼란과 파괴의 힘을 사람들도 일찍부터 깨달았고, 특히 정욕 관계와 일반적인 사회 관계의 상이한 성질, 서로 포용하지도 못하고 화해하기도 어려운 특성을 진작부터 알아챘다— 정욕 관계는 친밀하고 비밀스럽다. 격정적으로 서로 침투한다고 말할 수도 있고, 직설적으로 매우 적나라하다고 말할 수도 있다. 여기에서 우리가 가리키는 것은 섹시한 의상에(만) 그치지 않는다. 오히려 인간이 정욕 관계에서는 통상적으로 모든 것을 내려놓고 가장 원시적이고 가장 단순한 생물성으로 회귀하고, 아무 것도 가리지 않은 육체로 돌아가야 함을 가리킨다. 정욕 관계, 특히 불륜의 정욕 관계는 흔히 지배적인 권력 관계일(혹은 그것에서 시작되었을) 가능성이 매우 크다. 그러나 정욕의 '완성'에 수반되는 것은 오히려 모종의 평등한 것처럼 보이는 그리고 '모두가 대등하다'고 생각되는 소박한 평등감이다. 이런 감정을 속으로 감춘 채 밖으로 드러내지 않을 수는 있지만 인간의 마음속에서 매우 실제적으로 발효를 계속한다. 그러나 사회 관계는 상하 등급이 뚜렷할 뿐 아니라 절제되고 공사가 분명하므로, 인간은 거기에 자신의 온전한 육체로 참여하는 것이 아니라 모종의 신분으로 참여한다. 정욕에 빠진 인간이 생물학적 의미의 'human'인 것과는 달리, 사회 관계 속에 포함된 인간은 역할적 의미의 'person'이다. 한나 아렌트는 'person'이라는 어휘가 거의 본래의 의미 그대로 라틴어 'persona'에서 온 것이라고 했다. 이 어휘의 본래 의미는 입을 매우 크게 벌린 가면인데, 사람들이 그것을 쓰고 외부 세계로 들어가서 자신의 목소리를 내며 말을 한다고 했다.

우리 모두는 이런 일을 경험하기가 어렵지 않다(예를 들어 사무실 안에서도 직접적 혹은 간접적으로 경험한다). 당신의 가면 아래에 감춰진 적나라한 모습을 잘 아는 사람이 현장에 있으면 이 가면을 다시 쓰고 정중한 표정으로 말을 하기가 훨씬 어렵다. 특히 적나라한 내막을 아는 사람이 또 당신에게 잘 협조하고 당신의 비밀을 폭로하지 않는 부부가 아닐 경우에는 더욱 그렇다. 그건 아주 곤혹스럽고 위협적인 상황으로 느껴질 것이다. 마치 어두운 구석에서 불시에 당신을 조롱하는 비웃음 소리가 울려 퍼지듯이 말이다.

일종의 부적절한
정욕일 뿐이다

우리는 대체로 적어도 『좌전』에서 드러난 내용이 다음과 같다고 말할 수 있다. 근친상간은 생물학적 의미에서 기인한 불륜이 아니라 일종의 '부적절한 정욕'인데, 이는 모든 부적절한 정욕 안에서 반대가 진행되어야 한다. 물론 그것은 가장 부적절한 행동의 하나다. 그런데 족외혼 제도 안에서 이루어지는 인척간의 중복 혼인(아버지가 죽고 나서 아들이 아버지의 첩을 취한다든가 형이 죽고 나서 동생이 형수를 취하기 등의 풍속이 그것이다. 또 『좌전』에 거의 규칙처럼 되어 있는 제도도 있는데 그것은 언니가 죽었거나 아내로서 역할을 하지 못할 때 여동생이 그 직책을 이어받는 것이다)은 부적절한 것으로 인식되지 않았다. 따라서 인척간의 사통과 불륜은 특별히 관대하게 수용되었다(이는 혈친, 더 정확하게 말하자면 부계 친족 계통의 엄격함에 대비되는 일이다). 이 또한 진정한 근친상간에 관한 사고가 아니라 당시에 혼인과 가정(가족)의 총체적 관심 하에서 사람들이 정욕 문제와 번식 문제를 일관된 논리로 처리한 것으로 봐야 한다.

우리는 앞에서 근친상간이 너무나 모호한 개념이라고 말했다. 그 것은 주로 경계선이 불명확한 점에서 기인한다. 소위 근친은 어느 범위까지의 근친을 말하고, 친척 관계 중 어느 단계까지를 말하는가? 혹은 과학적으로 분석할 때 유전자가 어느 부분까지 가까워야 위험한 상황인가? 우리는 또 근친상간에 믿을 만한 생물학적 경계선이 없기 때문에 여태까지 외재적으로 이미 존재해온 사회적 경계선을 '차용'해 왔을 뿐이다. 이 때문에 인류의 몇 천 년 역사 현실의 진상 중에서 근친상간의 현실적 정의가 줄곧 편향되어 왔고, 일반적으로 단지 직계 혈친에만 적용되어 왔다. 혹은 범위를 더 넓힌다 해도 관계가 명확하고 호칭을 구별해서 부를 수 있는 두세 단계의 근친으로 한정될 뿐이었다. 이는 어쩌면 '함께 사는 사람'에 근접한 범위일 듯하다. 생물학적 경계나 사회관계의 경계를 막론하고, 부득이하고 부정확한 이 정의가 결국 현명하고 실천 가능한 것으로 인식되었다.

생물학적 삼엄한 금지령과 이에 관한 명확한 징벌(유전학적 기형과 같은)이 전혀 존재하지 않기 때문에 근친상간에 대한 진전된 추궁과 사색은 필연적으로 이와 같은 가장 협소한 근친 범위에서 벗어나 낯선 사람들의 큰 세계로 진입하여 별도로 조금 더 명확한 경계선을 찾아야 한다. 이것은 우리가 상상하는 것보다 훨씬 어렵다. 다만 또 낯선 사람들의 큰 세계에서 진행해야 하기 때문에 그곳의 새로운 사람들을 경계선으로 삼는 것이 타당한지, 또 기존 규범에 위배되는지 여부는 그리 큰 상관이 없어 보인다. 이는 단기간에 소위 근친상간에 대한 생물학적 징벌이 있을 리가 없는 데다 인간이 세우고 보위하려는 사회적 관계가 이로써 교란되거나 파괴될 리가 없기 때문이다. 그러므로 차라리 그것이 도덕적 사색의 제목이나 일부 사람들의 신경과민이 초래한 기우(杞憂)라고 말하는 편이 더 낫다. 프로이트의 경우가 그렇다.

어쨌든 낯선 사람들의 큰 세계에서 더욱 조심스럽게 근친상간의 경계선을 긋기 위해서는 자산이 말했듯이(혹은 『좌전』에서 말했듯이) 옛 날부터 오직 성씨에 의지할 수밖에 없다. 『국어』「진어」에서 중이와 회영의 불안한 국제 혼인을 토론할 때 비교적 다양하고 이론적인 탐 색을 진행했는데(그러나 전혀 통하지 않는), 설왕설래 끝에 결국은 성씨 를 근거로 삼게 되었다. 이 부문은 사람들의 마음에 깊이 새겨졌지만 (동성불혼의 원칙은 몇 천 년 후인 지금까지도 여전히 존재한다) 다른 부문도 여기에 그칠 뿐이다. 우리는 모두 성씨가 본래 고정적인 것이 아니라 는 사실을 잘 알고 있다(또 어떤 사람의 소박한 발견에 의하면 중국인은 성씨 에 쓰는 글자보다 이름에 쓰는 글자가 훨씬 많지만 상대적으로 구미 사람은 이름 에 쓰는 어휘보다 성씨에 쓰는 어휘가 훨씬 많다고 한다). 이와 동시에 성씨를 나누는 원칙도 생물학적 유전자 분류와도 거의 부합하지 않는다. 중 국에서는 몇 천 년 동안 부계혈통을 더 순수하게 생각해왔다. 이처럼 만산창이가 된 성씨의 바탕 위에서 어떤 이론 설계를 상상하는 건 가 능했지만 실제로 이론을 세우는 건 불가능했고, 또 실행할 수 있는 현 실 규범을 제정할 방법도 없었다.

따라서 우리는 선조를 거듭 계산해서 올라가는 제곱 공식이 이제 결코 두렵지 않다고 말할 수 있다. 그것은 시종일관 우리도 모르는 사 이에 진행되고 있으며, 지금 이 시각에도 계속 진행되고 있다. '모르 는 사이에'라는 뜻은 그 영역이 낯선 사람들의 광대한 세계이고, 그 범위에서는 구제할 수 없는 생물학적 악과(惡果)를 수반하지 않을 뿐 아니라 사회 구조와 규범을 파괴하지 않는다는 의미다. 심지어 양심 의 가책조차도 느끼지 않고 흘러가는 물처럼 고요하게 진행되었다. 그리고 마침내 어떤 무료한 사람이 이 공식을 발견하여 우리를 깜짝 놀라게 했다.

타이완(臺灣) 민법의 규정에 의하면 같은 성씨의 형제자매까지 금혼 대상이 된다. 즉 2000년 후 우리 근친혼의 법정 경계선도 여전히 성씨에 머물고 있다. 몇 해 전에야 이 경계선이 외부로 조금 넓어져서 성이 다른 사촌 형제자매(외사촌, 고종사촌, 이종사촌)가 포함되었다. 그러나 이것은 결코 근친상간에 대한 입법자들의 인식 변화에 따른 것이 아니고 남녀평등과 관련된 법률을 수정하고 조정하면서 이루어진 결과다. 즉 부계와 모계를 동일시 하자는 견해가 그것이다. 물론 순수한 생물학적 이유로 살펴보면 이러한 조정은 당연하고도 공평하다. 왜냐하면 모든 사촌 형제자매는 나와 똑같은 거리를 유지해야 하기 때문이다. 실제로 다른 민족의 친족 계통에서는 모든 사촌 형제자매를 동일한 관계로 간주한다.

우리는 이 법령이 엄격하게 집행되는지 또 혼인신고 할 때 담당 공무원이 경각심을 가지고 일일이 윗세대를 조사하는지 전혀 알지 못한다. 특히 성씨가 다른 사촌 형제자매는 성씨의 직접적인 근거를 찾기 어려우므로 한눈에 사촌인지 파악하기 어렵다. 그러나 실제 상황에서는 이런 법령이 아무리 해도 우리를 곤란하게 하지 않는다. 그 원인은 이런 부류의 혼인이 발생하는 경우가 매우 드물거나 발생할 '필요가 없기' 때문이다. 세계는 이처럼 넓고 결혼 상대도 온 거리에 널려 있는데(신공 무신도 이런 논리로 자반을 만류했다), 왜 사촌 형제자매끼리 연애하고 결혼하지 않으면 안 된단 말인가? 오늘날 이런 연애는 사람들의 마음속에 이미 이에 상응하는 약간의 경각심이 있기 때문에 시작될 수도 없고, 발생할 방법도 없다.

그러나 성씨가 다른 사촌 형제자매는 중국에서 몇 천 년 동안 가장 적합한 연애 대상, 즉 천생연분으로까지 여겨지지 않았던가? 중국의 전통 이야기나 전통 연극은 모두 이런 소재를 쓰지 않았던가?

물 가까이 있는 누대에서 달을 먼저 볼 수 있고, 친밀한 관계를 더욱 친밀하게 만든다며 윗세대 사람들은 이런 근친혼이 성사되는 걸 매우 즐거워했다(소위 뱃속에 든 아이의 혼인을 정한다는 것이 이런 경우가 아닌가). 윗세대 사람들은 문벌이 다르고 세력이 다르면 그 혼인은 가로막히기 마련이었으므로, 성씨가 다른 가련한 사촌 형제자매들끼리 더욱더 서로 사랑하지 않으면 안 된다고 여기지 않았겠는가? 이런 풍속은 아주 오랜 역사 동안 이어져 오면서 근대에까지도 매우 성행했다. 예를 들어 충야오(瓊瑤)의 〈외사촌 여동생 완쥔(婉君表妹)〉이라는 소설에서는 형제 세 사람이 모두 아름다운 외사촌 여동생을 사랑한다. 이 단편소설은 얼마 전까지도 영화와 드라마로 끊임없이 선보여졌다.

우리는 성씨가 다른 사촌 여동생을 하늘이 보낸 아름다운 여인이라고 억지로 믿기보다는 흔히 직계 혈친 이외에 처음으로 나의 세계에 진입해 들어온 이성이라고 믿는 편이 더 낫다. 즉 인간의 감정으로 정욕을 느끼는 일종의 인증이자 첫 번째 탈출구인 셈이다.

동일한 이치로 모친, 누이 및 친사촌 누이도 이와 같다. 이것이 바로 레비 스트로스가 강조한 의미다. 인류 초창기의 원시적 근친상간도 혈연관계에 있는 이성에 무슨 특수한 매력이 있어서 발생한 것이 아니고, 또 인간의 육체에 모종의 어두운 정욕이 잠복해 있다가 소동을 피운 것도 아니다. 다만 정욕의 대상을 그렇게 쉽게 찾을 수 없었기 때문에 빚어진 현상일 뿐이다. 그러나 지금은 그런 대상이 온 천지에 널려 있는 시대다. 옛날에는 혼인 대상을 심지어 약탈해오거나 전쟁을 하여 뺏어오기도 했다. 뉴기니의 토착인은 이렇게 말한다.

"사람들은 자신들과 교전하는 사람들 중에서 자기 아내를 찾을 수 있을 뿐이다."

오늘날에 이르러서도 우리는 비교적 예법을 잘 갖춘 결혼식에서 종종 이러한 '흔적'을 발견할 수 있다. 여기에서 한 걸음 더 나아가면 족외혼 제도가 발생한다. 두 가족이나 부족이 천천히 서로 만나 경계를 맞대고 살면서 합리적으로 협정을 개선하다가 협정조차 생략한 관례(약정 방식)로 혼사를 진행한다. 이로 인해 피차 사람을 죽이지 않고 살릴 수 있으며, 인구를 감소시키지 않고 늘릴 수 있다. 또 지불하는 대가는 적지만 서로 제공하는 혼인 대상은 안정적일 수 있다. 이렇게 하면 점차 기타 유익한 관계도 계속 축적할 수 있어서 인간 생존의 상상력도 확대할 수 있다. 우리가 『좌전』을 읽어보면 제나라와 노나라 사이에 특히 이런 현상이 뚜렷이 드러남을 발견할 수 있다. 불시에 이런 통제 시스템이 작동하지 않아서 몇 가지 문제가 발생하기도 했지만 양국 간에 서로 혼인을 맺는 일은 시종일관 의심 없이 대대로 계속되었다. 이것은 아마도 주공과 강태공으로부터 시작된 일이 아니라 연원이 훨씬 오래된 상(商)나라 때부터 서쪽 땅의 희성(姬姓: 주나라)과 강성(姜姓: 강태공의 선조) 부족 사이에서 시작된 일이었을 것이다.

따라서 인류 초창기의 원시적 근친상간은 사실 거의 '자연스럽게' 해결되었다. 사람들이 약간의 불안감과 약간의 경각심만 가지면 그것으로 충분했다. 생물학적 혹은 사회학적 의구심을 막론하고 말이다. 후대에 근친상간이 다시(혹은 의연히) 문제가 된 것은 사실 '인위적'인 이유 때문이었다. 그중 가장 중요한 것은 물론 성(性)에 대한 각양각색의 금지가 소위 성에 대한 억압을 불러온 일이다. 그리하여 성을 수치심 내지 죄책감과 관계된 일로 간주하거나 남녀 사이에 엄격히 방지하고 격리해야 할 일로 간주했으며, 정절, 특히 여성의 정절에 대해 비인간적인 요구를 하기도 했으므로 인간의 정욕은 탈출구를 찾을 수 없었다. 앞에서 제시한 말을 다시 사용해서 말하자면 당시는 결혼 상대가 곳곳에 널려 있어서 자신의 상대를 찾기 쉬웠던 시대가 아니라 강제로 결혼 상대와 접촉할 수 없게 하고, 그 상대를 맞아들이지 못하게 한 시대였음을 알 수 있다. 이것은 눈앞에 직계 혈친만 있거나 이성 친척만 드문드문 있는 오랜 옛날로 다시 되돌아가자는 주장에 다름 아니다.

그러나 이런 주장은 춘추시대의 문제가 아니라 중국에서 오래 잡아도 송나라와 명나라에 이르러서야 발생했다. 춘추시대 당시에는 사람들이 교활하게도 먼저 성(性)의 현실적인 역량 및 그로 인해 얻을 수 있는 이익을 발견했다. 근친상간은 기존의 인간관계와 사회체제를 교란시키거나 파괴할 수 있는 일이었다. 그렇다. 바로 그런 혼란과 파괴를 통해 물을 흐리거나 물길을 다시 파기도 했으며, 이로부터 새로운 현실 이익을 창조하거나 획득하기도 했다. 이 때문에 근친상간은 단순히 억제할 수 없는 정욕이 아니라 동시에 다른 일을 가능하게 하는 매개체였다. 진 문공과 그의 수하들은 망명을 함께 하다가 마지막에 회영을 받아들이기로 결정했는데, 이는 자어와 진(秦)나라의 관계를 파괴하고 취소하고 대체한 일이 아니던가? 사실 『좌전』에는 또 '근친상간을 강요한 일' 한 가지가 명확하게 기록되어 있다. 이 일은 동란 시기에 발생했으며 위(衛)나라 멸망 및 재건과 관련되어 있다.

여기에서 우리는 시기를 조금 더 거슬러 올라가서 위 선공(宣公) 때부터 이야기를 시작하고자 한다. 왜냐하면 이것은 정욕과 근친상간에 관한 연속 시리즈로 전체가 한 덩어리를 이루고 있기 때문이다. 이 이야기는 앞에서 언급한 어떤 아버지와 아들 A, B가 어떤 어머니와 딸 C, D를 아내로 맞아들이는 우스갯소리에 뒤지지 않는 의미를 담고 있다. 우선 위 선공은 자신의 서모인 이강(夷姜)과 사통하여 급자(急子)를 낳았다(이 아이는 아들이면서 형제다). 급자가 장성하자 위 선공은 그를 위해 제나라 여인(宣姜)을 아내로 맞아들이게 했다. 그런데 이 황당한 사내는 제나라 여인의 미모가 뛰어난 것을 보고 자신이 바로 그 여인을 차지했다(원래는 며느리인데 아내로 변한 것이다). 총애를 잃은 이강은 이 때문에 목을 매어 자살했고, 급자도 보위 계승 투쟁에 휘말려 살해되었다. 한바탕 혼란이 지나간 후 선강의 아들 삭(朔)이 욕심대로 즉위하여 위 혜공(惠公)이 되었다. 하지만 혜공의 나이가 너무 어리고 국가가 혼란에 빠져 안정을 찾지 못할까 염려하여 선강의 고국 제나라 측에서는 혜공의 서형 공자 완(頑: 선강의 조카)을 선강과 사통하게 하여 보위 계승자를 계속 출산하게 했다. 『좌전』의 기록에 의하면 공자 완은 본래 이런 불륜을 거부하다가 현실의 압력에 굴복했고, 마침내 선강과의 사이에서 지극히 효율적으로 2남 2녀를 낳았다고 한다. 기왕 내친 김에 일을 아주 철저히 했다는 느낌도 든다. 그중 한 사람이 바로 위나라에서 가장 중요한 군주인 위 문공(文公)이다. 조금 뒤 위나라가 적인(狄人)에게 멸망하자 그는 제나라의 도움으로 보위를 장악하고 병거 30량의 국가로 전락한 위나라를 병거 300량의 국가로 중흥시켰다(이를 근거로 계산해보면 위나라의 인구 및 조세 능력, 경제력도 신속하게 성장했음을 알 수 있다). 이 사람이 "거친 베옷을 입고 거친 비단 관(冠)을 쓴 채" 나라를 새롭게 만든 위나라 명군(明君) 문공 훼(毀)다. 타이완 사람들이 흔히 말하는 "나쁜 대나무라도 없으면 좋은 죽순을 볼 수 없다"는 속어와 비슷한 상황이 전개된 셈이다.

당시에 위나라 공자에게 사통과 불륜을 강요하여 위나라에 대한 영향력과 통제력을 유지한 제나라의 군주는 누구였을까? 그가 바로 춘추시대 첫 번째 패주 제 환공이었다.

레비 스트로스는 이렇게 말했다.

"사회가 어떤 방식으로 그 구성원의 혼인을 비준하든지 상관없이 사실 여전히 혼인은 사사로운 일이 아니고, 여태껏 사사로운 일이 아니었으며, 또 사사로운 일이 될 수도 없다."

정욕만으로
그칠 수 없다

이처럼 춘추시대에는 사람의 눈길과 정신을 현혹시키는 수많은 정욕 이야기가 발생했고, 게다가 지혜로운 사람이나 어리석은 자를 막론하고 모두 이를 피할 수 없었던 듯하지만, 사실 그 기간이 진정으로 인간의 정욕만 난무하고, 인간이 정욕으로만 움직이면서, 정감 선택은 전혀 존재하지 않은 죄악의 시대였던 것은 결코 아니다. 즉 『성경』의 소돔과 고모라 같은 도시가 존재하던 시대에는, 전설에 의하면 오직 롯의 가족만 의인(義人)이거나 인간과 같았고, 나머지는 모두 야수처럼 약탈하고, 먹고, 섹스만 할 뿐이었다고 한다. 그런데 『좌전』의 정욕 이야기는 더욱 소박하고 더욱 진실에 부합하는 해석으로 가득 차 있다. 기본적으로 그것은 섹스나 남녀 생식에 관한 일과는 상이한 관심에 속한다. 또 그것은 상이한 현실 압력과 현실 요구가 존재하던 시대에 당시의 혼인 방식에 상당한 정도로 포함되어 있던 패륜 행위였으며, 적어도 우리의 생각이 미칠 수 있고 보아서 이해가 가능한 패륜 행위였다.

더욱 근본적인 것은 『좌전』이 역사의 대기록으로 그렇게 많은 사람과 그렇게 많은 사건을 서술해야 했다는 점이다. 다룬 시간은 장장 200년에 달하며, 공간의 넓이도 광대할 뿐 아니라 조각조각 나뉘어 있었다. 기본적으로 『좌전』은 큰 인물, 큰 사건만 포착할 수 있을 뿐이었다. 따라서 인간의 정욕이라는 층위만 다루었지 여기에서 한 걸음 더 나아가 인간의 정감을 드러내기는 어려웠다.

하희, 신공 무신, 공손오, 회영 등이 본래 완전한 인간이었음은 당연한 일이다. 하지만 그들에 관한 두세 가지 일만 읽을 수 있을 뿐이며, 그것은 그들 인생 시간의 천분의 일에 불과하거나 심지어 그보다 더 적을 수도 있다. 우리는 그들의 감수성을 비교적 온전하게 알기가 어렵다. 특히 사건의 틈새나 사건이 지난 후 긴 시간 동안 그들이 무슨 일을 했고 무슨 생각을 했는지 우리는 알지 못한다. 또 우리는 그런 시간에 그들이 즐거워했는지 후회했는지조차 모른다. 그것은 절대로 그들에게 이런 감정이 없었거나 그들 인생에 오직 불륜의 사랑만 며칠이나 몇 시간 정도 있었기 때문이 아니라 역사 기록에서 그 부분을 빼버렸거나 망각했기 때문에 야기된 일이다. 이것은 너무나 분명하고 간단한 사실이지만 역사 기록이 일상적으로 범하는 맹점이거나 기본적인 한계이기도 하다.

인간의 정욕이 인생에 있어서 '커다란 부분'을 차지함은 의심할 바 없다. 그것은 단순하고, 동일하고, 항구불변의 특징을 가진다. 아주 오랜 옛날부터 그래왔다. 인간과 인간 모두가 그러할 뿐 아니라 다른 생물도 크게 다르지 않다. 이에 정욕은 가장 포착하기 쉽고, 가장 쉽게 연결이 되고, 또 가장 쉽게 말할 수 있고, 보고 이해할 수 있고, 듣고 이해할 수 있으므로 많은 해석이 필요 없다. 반면에 인간의 정감은 자잘하고 정밀하고 다양하다. 이는 안팎의 성질이 모두 한 덩어리 불처럼 타오르는 정욕과는 다르다. 정감은 비교적 심후하고, 다면적이고, 여러 가지 가능성을 갖고 있을 뿐 아니라 여전히 성장하고 변화하는 감정에 비교적 가깝다. 이에 정감은 일련의 상이한 단계의 고뇌를 구성하면서, 직접적인 감수성과 진전된 사색의 확인으로부터 언어와 문자의 포착(재현)에까지 이르고, 다시 타자에 연결되고 세계에 연결되어 어떤 의미와 일반 법칙을 찾아낸다. 이런 일은 갈수록 더 어렵고 갈수록 더 실패하기 쉽다. 말하자면 우리의 진정한 어려움은 그것을 깨닫는 데 있지 않고(우리는 수시로 깨닫는다), 어떻게 그것을 말해야 하는지에 놓여 있다. 이것은 마치 아우구스티누스가 말한 것처럼 "네가 내게 묻지 않을 때 나는 알고 있지만 네가 내게 묻는 순간 나는 그다지 잘 알지 못하게 된다"는 상황과 같다.

인간의 정욕은 인간의 육체와 함께 존재하므로, 인간 존재의 오랜 역사만큼 정욕의 존재도 오래되었다. 혹은 더욱 정확하게 말하자면 인간이 출현하기 전에 이미 다른 생물이 출현했다. 그럼 정감은 어땠을까? 정감은 도대체 언제부터 존재하기 시작했을까? 우리는 여전히 그것도 정욕과 마찬가지로 육체에서 연원했다고 믿고 있다. 또 인간 외부나 인간에 앞서 존재한 다른 생물에게서도 정감을 관찰할 수 있다(그런 현상은 많지 않고 비교적 후기에야 출현했으며, 생물 구조가 비교적 복잡한 생물, 예컨대 조류나 포유류에서 관찰된다). 그러나 인간과 크게 다른 것은 정감이 아마도 좀 '늦게 나타났고', 인간 외부에 존재하는 다른 생물에게서는 정감이 전혀 뚜렷하지도 않고 고정적이지도 않다는 점이다. 감각은 정감의 초기 모습이거나 모종의 추형으로 여전히 성장과 발전과 변화를 기다리는 것이고, 심지어 어떤 정감은 감각 작용의 멈춤과 연장일 뿐이므로 생물 진화의 '완성품'인 정욕과는 다르다. 따라서 많은 사람들은 오랫동안 정감을 인간만이 가질 수 있는 인간 특유의 감정이라고 거칠게 인정하곤 했다.

아마도 이와 같기에 정감은 감각기관의 진화와 발전보다 더욱 의존적이고 더욱 민감하고 또 더욱 추종적이며, 심지어 제1차 감각기관이 아닌 두뇌, 즉 감각기관으로부터 기억하고, 정리하고, 귀납하고, 사색하고, 판단하고, 상상하는 기관으로 등급이 높아진 두뇌의 발전과 밀접한 관련을 맺고 있다(두뇌의 발전에 따라 정감도 발전했다는 학설도 있다). 말하자면 정욕에 비해 정감은 일종의 '지각(知覺)'에 더 가까우며, 정욕이 일방적인 '발산'인 것과는 달리 정감은 쌍방향의 주고받기라 할 수 있다. 이 때문에 정감은 미완성, 비고정, 미종료의 상태로 세계에 대한 지각 변화를 계속하고 축적하고 소화할 뿐 아니라 인간과 세계의 관계 및 조정 내용을 기록하고 반영하여 인식을 완성하고 학습을 완성한다. 이밖에도 우리는 또 정욕이 특정한 생물적 충동에 의해 추진력을 얻는 동시에, 단일하고 침중한 생물적 목표에 의해 제한도 받지만 정감은 그렇지 않다는 점을 떠올릴 수 있을 것이다. 정감은 본래 마치 감각 자체의 연장일 뿐인 것처럼 느껴지고, 모종의 생물 진화 과정에서 예기치 않게 따라오는 어떤 것 혹은 작용인 것처럼 생각되기도 한다. 따라서 정감은 '현실에서 직접적인 효용은 없는 듯하고' 파편적이어서 오히려 자유로운 특징을 보인다. 또 이 때문에 정감은 명령이나 지휘를 받지 않고, 간섭도 받지 않고, 사람이 금방 자각할 정도로 진행, 지속, 축적, 성장하지도 않는다. 그리고 이러한 축적은 생물 집체가 아니라 개체 안에서 진행되므로, 즉시 생물 전체로 돌아와 귀속되지 않고, 감각 기관이라는 공통 기초 위에서(이 때문에 서로 이해할 수 있다) 개별적으로 발산하면서 더욱 다양한 특성과 가능성을 갖추고, 자신의 공간 위치와 시간 위치에 민감하게 반응한다.

적어도 나는 너무나 분명하게 생각하고, 또 회피할 수도 없지만 사람들이 상이하게 해석해야 하는 점이 한 가지 있다고 믿는다. 그것은 바로 생물 진화 역사에서 인간이 갖는 독특한 전환과 '이탈' 그리고 인류 자신의 독특한 역사 및 그 발전에 따라 이른바 '인간의 세계'가 출현했다는 점이다. 이것은 지구 전체 역사로 보면 기이하게도 지극히 늦게 출현한 사건이다(이전의 역사가 몇 백만 년인 데 비해 '인간의 세계'가 형성된 역사는 몇 천 년 혹은 길어야 1만 년 정도에 불과하다). 생물학자나 인류학자는 그것을 뭉뚱그려서 '신석기시대 빅뱅'이라 부른다. 이 일이 대체 어떻게 발생했을까? 혹은 더욱 의미심장하게 물어야 한다. 어째서 인류는 이미 몇 백만 년 동안 생존해왔으면서도 그렇게 늦게 몇 천 년 전에 이르러서야 '인간의 세계'를 만들어냈을까?

내가 좋아하는 생물학자 중 이미 고인이 된 굴드의 서술에 이에 대한 초보적인 해석이 포함되어 있다. 그는 대략 이렇게 지적했다. 이전에 인류의 진화는 모든 생물의 진화처럼 '다윈 식'으로 진행되면서 생존경쟁을 지향했다. 생명의 절대적 임무가 바로 생존과 번식 그리고 종(種)의 유지였기 때문이다. 그러나 인간 특유의 역사적 진화는 오히려 '라마르크 식'이었다. 즉 진화가 문화적 특성을 띠면서 후천적 학습 축적이라는 완전히 새로운 기초를 갖게 되었고, 그런 기초 위에서 새로운 진화가 이루어짐과 동시에 그 진화가 사망에 의해 중단되지 않음으로써 일일이 원점에서 다시 시작할 필요가 없이 신속하게 진행될 수 있게 되었다. 이에 따라 생명의 양식도 화려하고 다양해졌다. 굴드는 프랑스인 라마르크의 아름답지만 생물학적으로 부정확한 지난날의 진화 주장을 오히려 인류 세계의 독특하고 비생물적 진화(형성) 방식으로 재해석했다. 굴드는 또한 다윈식 생물 진화도 당연히 존재하지만 그것은 상대적으로 너무 완만하고 미세하게 진행되므로 새로운 진화에 의해 덮이게 된다고 우리를 세심하게 일깨우고 있다.

인류는 아주 일찍부터 존재했지만 인류의 독특한 진화 방식은 너무 늦게 발생했기 때문에 그 돌연한 일을 설명할 방법이 없다. 사실 우리는 어떤 명확한 시점도 찾을 수 없고, 당시에 어떤 경천동지할 사건이 발생했는지도 알 수 없다. 하지만 모든 것은 옛날부터 지속되어 왔다. 우리의 생물학적 구조도 변함없이 그 오래된 육체를 유지하고 있다. 우리는 하희, 신공 무희와 똑같은 육체를 갖고 있을 뿐 아니라 (하희의 외모가 아름다운 점이 다르다) 동일한 영장류인 침팬지와도 거의 의미가 없을 정도로 차이가 크지 않다(정도의 차이에 불과할 뿐 어떤 성질상의 차이도 없다). 특히 우리는 오늘날 그런 차이의 비밀이 생물학적 유전자에 있는 것으로 보기도 한다. 눈앞의 이러한 인류세계의 출현을 직접 해석할 수 있는 간단하고 편리하면서 과장을 허용하지 않는 어떤 생물학적 이유도 없다. 하지만 인류세계는 다른 생물 세계나 침팬지의 세계와 확실히 다르다. 인간은 "실제로 매우 특별하지만 어떤 특별함도 없는 동물이다."

다음 문장을 읽어보도록 하겠다.

1758년 린네(Carl von Linné)는 저명한 저서 『자연의 체계(Systema naturae)』의 마지막 원고를 쓸 때 곤란한 선택에 직면했다. 그것은 도대체 인간을 어떤 생물 종(種)으로 귀속시킬 것이냐 하는 점이었다. 다른 동물과 함께 넣어야 할까 아니면 또 하나의 범주를 특별하게 만들어야 할까? 마지막으로 린네는 절충적인 방법을 썼다. 그는 인류를 원숭이와 박쥐에 근접한 계통에 넣은 후 약간의 묘사를 통해 인류와 다른 동물을 나눴다. 그는 몇 가지 구체적인 특징(예를 들어 몸집 크기, 형상, 손가락이 몇 개인지 발가락이 몇 개인지 등의 특징)에 근거하여 우리와 친척 관계에 있는 동물을 묘사했다. 그러나 인류에 대해서는 소크라테스 말 한 마디(사실 델포이 신전에 새겨진 신탁 언어)를 써놓았을 뿐이다. "너 자신을 알라."

우리도 헉슬리(Thomas Henry Huxley)가 왜 이렇게 말했는지는 대체로 짐작할 수 있다. 다른 생물의 안정성, 성숙성, 예측가능성에 비해 "인간은 예측하기 어려운 어린 동물"일 뿐이기 때문이다.

여기에서 우리는 작은 경각심을 가져야 한다. 분명하게 말하기는 쉽지 않더라도 매우 필요한 일이라고 생각한다─역사 읽기는 우리에게 인지 상의 함정을 쉽게 제공한다. 이 때문에 우리는 어떤 대형 시간의 껍질을 벗겨 내거나 방해물을 제거하는 것과 같은 작업을 통해 감춰진 인간의 어떤 '원형'을 분명하게 드러내야 한다. 그렇게 되면 인간에게는 진정한 육체만 남고, 식욕과 성욕만 남아서 가장 원시적인 생명체를 회복하게 된다. 결국 이것을 세상의 냉소적 언어보다 더 오래된 견유식(犬儒式) 언어 또는 저녁 햇살 같은 문학적 언어로 말하거나, 아니면 철학적인 깨달음의 언어로 말하거나 하는 차이만 존재하게 된다. 나의 단순한 경각심은 바로 이것이다. 이것은 사실 특정한 글쓰기 형식이 지향하는 '선택과 포기'의 결과로 드러나게 된다. 인간은 모두 이와 같지 않으면서도, 오직 이와 같을 뿐이다.

정욕은 『좌전』 곳곳에서 읽을 수 있는 것처럼 여전히 강대한 생물적 본능을 추동하는 힘이다. 그러나 만약 우리가 이해하고 싶고 해석하고 싶은 것이 인간 세계가 출현하기 이전 몇 백만 년이 아니라 그 이후의 몇 천 년 동안 이루어진 인류의 독특한 역사(진상)라면, 특히 인간이 어떻게 순수한 생물학적 진화를 계속하면서도 단독으로 전진해왔는지(어디로 가는 것일까? 그 결과는 비교적 아름다울까? 아니면 일련의 재난일까? …)에 대한 역사라면 우리는 우리의 시선을 단순한 정욕으로부터 다른 영역으로 이동시키지 않을 수 없을 것이다. 그렇지 않으면 우리는 다시 한 바퀴를 돌아 몇 백만 년 전으로 회귀하여 그 모든 것과 그 모든 경우가 단지 생물의 종족 번식 수단 및 위장일 뿐이라는 사실을 확인하는 일 외에는 어떤 다양한 지식도 얻을 수 없을 것이다.

제5장

한 차례의 회맹,
한 명의 군주와
한 명의 노인

노 양공 27년 여름, 당시에 공자는 이미 태어나서 대략 여섯 살이 되었을 것이다.

당시 "숙손표는 진나라 조무, 초나라 굴건, 채나라 공손귀생(公孫歸生), 위(衛)나라 석악(石惡), 진(陳)나라 공환(孔奐), 정나라 양소(良霄), 허(許)나라 사람, 조(曹)나라 사람과 송나라에서 회맹했다."(叔孫豹會晉趙武, 楚屈建, 蔡公孫歸生, 衛石惡, 陳孔奐, 鄭良霄, 許人, 曹人於宋.)—이것은 『춘추』노 양공 27년 기록이다. 여러 해 뒤 성인이 된 공자가 기록한 것이다. 그러나 이런 기록만으로 당시에 실제로 무슨 특별한 일이 발생했는지 알아챌 수 없지 않은가? 또한 회맹 장소도 당시 소국이었던 송나라였고, 참가 인원 중 지위가 가장 높은 사람은 정경(正卿) 정도였을 뿐이다. 춘추시대 대부분의 회맹은 모두 각국 군주가 직접 참여하지 않았던가? 이 때문에 우리에게 진정으로 『좌전』이 필요하다. 인간의 기억은 바람 따라 사람의 죽음 따라 사라져버리기 때문이다. 『춘추』만 보고 『좌전』을 보지 않으면 우리 같은 후세 사람은 당시에 어떤 일이 발생했는지 전혀 모르게 된다.

이것은 사실 상당히 중요한 회맹이었고, 적어도 매우 특수한 모임이었다. 후대에는 이 회맹을 '미병지회(弭兵之會)'라고 부르기도 한다. 말하자면 일종의 정전협정 또는 평화회의라고 할 수 있다. 아홉 나라가 참여했지만(송나라까지 포함하면 10개국이고, 더 정확하게 제나라까지 넣는다면 11개국이다) 사실은 진(晉)나라와 초나라의 대화해 협상이었다. 좀 더 세신하게 살펴보면 참여한 회원국 명단에서 그런 사실을 간파할 수 있다. 이 명단이 심상치 않은 점의 하나는 바로 진나라와 초나라 두 강국에서 오히려 집정자(실질적인 일인자)가 직접 참석하여 춘추 시대 국가 간 회맹 특유의 간단한 결산 방식을 강구했다는 것이다. 그렇지 않으면 예절바르지 못하거나 체면을 잃는 것으로 간주되었다 (2000년 후 지금의 타이완도 이런 형식에 대해 여전히 민감하게 반응하지만 여전히 취약한 입장에 놓여 있다. 소위 형식적으로 대등한 관계를 실질적 내용보다 더욱 중요하게 여기는 듯하다. 혹은 내용에는 관심이 없기 때문에 형식에만 더욱 매달린다고 말하기도 한다). 예를 들어 소국의 1등급 인물은 그보다 좀 큰 나라의 2등급 인물과 대등하게 취급되고, 또 대국의 3등급 인물과 대등하게 취급되는 경우가 그것이다.

당시 회맹이 유용했을까? 뒷부분을 직접 들춰보면(후대에 역사를 읽는 사람은 매우 유리하다. 역사의 다음 페이지를 볼 수 있으므로) 대체로 진나라와 초나라가 이때부터 춘추시대 종료 때까지 정식으로 교전을 벌이지 않았던 것으로 보인다. 적어도 70년 간은 이 협상의 유용성이 보장된 셈이다. 그러나 이 덕분에 전쟁이 중지되거나 줄어들었을까? 전혀 아니었다. 열국은 여전히 일대일로 맞붙어 살상을 일삼았다. 다만 각국이 연합하여 대회전을 치르는 일이 드물어졌을 뿐이고, 진나라와 초나라 양국은 여전히 군사행동을 계속했다. 이로부터 양강 사이에 보이지 않은 담장을 쌓아놓은 것처럼 두 나라는 각각 자국의 세력 범위 안에서만 약소국을 병탄했을 따름이다. 초나라의 상황은 좀 복잡했다. 동쪽 이웃 오나라의 국력이 일취월장한 탓에 초 무왕이나 초 장왕 때처럼 계속 북상하여 중원에서 패권을 노릴 수 없었기 때문이다. 따라서 진정으로 득실을 따져보면 이 협정은 향후 진나라에 대한 비교적 실질적인 약속으로 기능했음이 증명되었다. 이것은 본래 목적에 부합하는 사실이다. 사실 진상은 진나라가 초나라에 비해 정전과 평화에 더 적극적이었다. 즉 이 회맹은 본래 진나라 측, 특히 진나라 집정관 조무의 일방적 구상과 추진에 의한 것이었으므로 그 공은 응당 그에게 주어져야 한다. 이 내용은 회맹의 실제적인 진행을 다룰 때 거듭 살펴볼 것이다.

한 차례 회맹으로 이미 '충돌 상태'로 접어든 현실 문제를 해결할 수 없음은 당연한 일이다. 어떻게 그렇게 좋은 일이 금방 생길 수 있겠는가? 이는 우리가 사후에 알게 된 일일 뿐 아니라, 당시 실제로 그 일을 추진한 사람들조차 불행하게도 그런 사실을 알고 경계하고 두려워했다. 노 양공 25년 가을, 즉 미병지회가 있기 2년 전,『좌전』에는 다음과 같은 대화 내용이 상세하게 기록되어 있다.

조문자(趙文子)가 진(晉)나라 정사를 담당한 후 제후들에게 공물을 줄이고 예의를 중시하게 했다. 노나라 목숙(穆叔)이 그를 찾아오자 목숙에게 말했다. "지금부터 전쟁이 조금씩 멈출 것입니다. 제나라에서는 최씨(崔氏)와 경씨(慶氏)가 새로 정권을 잡았으니 장차 제후들에게서 화친을 구할 것입니다. 저도 초나라 영윤을 알고 있으니 공경심으로 예를 행하고 아름다운 외교 수사(修辭)로 인도하여 제후들을 안정시키면 전쟁을 그칠 수 있을 것입니다."(趙文子爲政, 令薄諸侯之弊而重其禮. 穆叔見之, 謂穆叔曰, "自今以往 兵其少弭矣. 齊崔慶新得政, 將求善於諸侯. 武也知楚令尹, 若敬行其禮, 道之以文辭, 以靖 諸侯, 兵可以弭.")

우리는 이 짧은 대화에서 특별히 주의할 만한 점 몇 가지를 발견할 수 있다. 첫째, 대화 상대가 바로 조무와 숙손표인데, 이후 두 사람은 미병지회에서 진나라와 노나라 대표로 활약했다. 둘째, 조무가 먼저 모종의 기반을 닦으며 대화해의 분위기를 만들었다. 진나라는 자발적으로 각국의 조공품을 줄여줬을 뿐 아니라 제후국들에게 예(禮)

를 중시하자고 답장을 보냈다. 이로써 전쟁은 일시적으로나마 화해의 경향을 보였으며, 미병지회는 사실상 조무의 군건한 의지에 의해 다음 단계로 나아갈 수 있었다. 즉 2년 후에 결실을 맺은 미병지회가 이때 이미 시작되고 있었음을 알 수 있다. 셋째, 조무는 진전된 기회를 간파했을 뿐 아니라 그것을 잡아야 한다고 생각했다. 그중 제나라의 최씨와 경씨가 막 정치무대에 올라 널리 친교를 맺으려는 움직임을 보였는데, 이는 하늘이 내려준 기회였다. 그리고 초나라에서도 바로 그해에 굴건(子木)이 영윤이라는 막강한 지위에 올랐다. 그것도 아주 좋은 기회였지만, 그를 설득해야만 회맹이 제대로 효과를 거둘 수 있을 터였다. 조무는 자신이 굴건이라는 사람을 잘 이해하고 있다고 생각했다. 심지어 일찍부터 그와 교분을 맺고 있었으므로 그와 대화가 통할 수 있고 그를 끌어들일 수 있다고 판단했다. 이런 상황은 사람을 흥분시키기에 충분했다. 왜냐하면 초나라와 제나라 양대국과 약정을 맺기만 하면 일은 거의 성공한 것이나 마찬가지였기 때문이다. 넷째, 조무의 궁극적인 목표는 '병가이미(兵可以弭)'였다. 이 네 글자를 비교적 정확하게 현대어로 풀이하면 다음과 같다.

"만약 우리가 한 걸음 한 걸음 모든 일에 잘 대처하면(공경심으로 예를 행하고, 문사로써 그것을 잘 인도하면…) 진정으로 전쟁을 종식시킬 수 있는 기회가 온다."

즉 그것은 조건도 있고 한도도 있는 조심스러운 현실 목표였고, 몽상가가 아닌 실천가가 추구한 목표였다.

이처럼 이 회맹은 군주급으로 올라가지 않은 점이 매우 재미있는 대목이다—노 양공 26년 정식 회맹 한 해 전에 전연(澶淵)에서 개최된 예비회담에서 위(衛)나라의 문제를 해결함과 동시에 먼저 노나라 측 문제를 정리하기 위해 노 양공이 직접 그곳으로 갔지만, 참가한 사람 중에 그만 홀로 군주였기 때문에 매우 난처한 상황에 처했다. 이 처럼 심상찮은 회맹을 하기 위해서는 각국 군주의 승낙을 얻어야(특히 진나라와 초나라 양국) 가능했다. 그러나 각국 군주가 출석하지 않은 이유는 다음과 같은 상황일 가능성이 가장 크다. 즉 대체로 당시 각국에서 모두 지혜롭게도 이 회맹을 파이널이 아닌, 충분한 경험도 없고, 미래의 결과도 알 수 없는 모종의 실험으로 간주했기 때문이다. 따라서 반드시 실패할 가능성에 대비해야 했으며, 아울러 회맹의 성과에 대해서도 유보적인 태도를 갖고, 필요할 때는 심지어 불승인의 여지까지 남겨둬야 했다(미국과 일본 정부가 협상이 끝난 '도쿄의정서'에 조인하지 않은 경우처럼). 말하자면 국가 측은 피동적인 자세로 잠시 관망의 태도를 유지해야 했는데, 이 때문에 이것은 어떤 국가의 현행 정책이 아니라 어떤 사람이 노력해서 생각해낸 하나의 목표였다고 봐야 한다. 인간의 노력, 즉 실무적인 판단과 특수한 의지를 동반한 불과 몇 사람만의 노력이 국경을 초월한 연대를 통해, 이렇게 절망적으로 흘러가는 현실세계에서 작은 틈이라도 내고 또 다른 가능성을 찾으려 했던 것이다. 이것이 바로 소위 미병지회에 내포된 가장 진실하고 가장 비범한 의미일 것이다.

나중에 공자는 이 회맹을 어떻게 보았을까? 그는 『춘추』라는 그 좁은 죽간 위에 자신의 모든 판단을 기록할 방법이 없었을 것이다. 『좌전』에서는 "외교적으로 아름다운 수사가 많았음(多文辭)"을 공자가 찬미했다고 기록했다(전쟁 중지의 성과는 아니다). 아마 회맹 과정에 있었던 어떤 잔치를 겨냥한 듯하지만 그것에 그치지는 않은 것 같다―이 회맹에 대해 우리가 합리적으로 생각해보면 기존 관례에 따른 회맹처럼 과거의 극본에만 의지하여 진행할 방법은 없었을 것이다. 이 회맹에는 미지의 어떤 것과 사람을 불안하게 하는 어떤 것이 적지 않게 포함되어 있고, 또 많은 사람들이 현장에서 임기응변의 대처법을 찾아내어, 피차간에 서로가 서로를 설득해야 했을 것이다. 그리고 사람들은 그다지 일치하지 않고, 지금까지 이야기해본 적이 없고, 상상력이 가미된 담론을 시험하면서, 아름다운 수사를 고도의 경지로 끌어올려 모종의 세밀한 틈새로 그것을 밀어 넣어야 했을 것이다.

적어도 이 회맹에 대한 『좌전』의 묘사는 매우 뛰어나다. 훌륭한 서술 결과가 어떤 회맹 묘사도 초월한다. 게다가 도덕적 명분에 빠져들지도 않았고 순리대로 펼치는 휘황찬란한 담론에도 빠져들지 않았다. 묘사가 진지하고, 통찰력 있고, 냉정하여 모든 인물이 진실한 모습에 근접해 있으며, 또 마땅히 해야 할 말을 하고 있다.

이후 나는 시간의 터널로 들어가는 것처럼 2000년 전의 그 회맹 현장으로 진입하여 특히 집필자의 글쓰기 소재 선택에 주의를 기울일 것이다. 그 집필자는 베르길리우스이고, 우리는 단테다. 과연 베르길리우스는 우리에게 무엇을 보여줄까?

미지, 불신,
공포

유엔 사무총장은 세계를 좌우하는 강대국에서 뽑히지 않는다. 그와 유사하게 이 회맹의 소집인 겸 큐레이터는 송나라의 상술(向戌)이었다. 그러나 『좌전』의 저자는 사실의 진상을 모두 알고 있었으므로 그 회맹의 공훈을 그에게 수여하지 않았다. 사실 『좌전』에서는 인정사정 없이 언급했다.

"제후들과의 전쟁을 그치게 하려는 일을 명분으로 삼았다."

오늘날의 언어로 이야기하자면 상술은 이 기회를 빌려 노벨평화상을 받으려고 분주하게 뛰어다닌 사람이었다. 상술 본인은 송나라에서 권력을 잡고 발호하는 자였지만 그에게는 아무 가치관도 없었다. 그에게 있어서 전쟁 중지(弭兵)는 무슨 이념적 목표가 아니라 정객으로서의 현실적 목표였다. 그는 비교적 훌륭한 세계를 위해서가 아니라 자신을 위해서 무대를 참조했다.

상술이 각국을 설득하기 위해 분주하게 뛰어다닌 순서는 상당히 합리적이었는데, 흡사 주사위 순서처럼 보이기도 한다. '진(晉)→초(楚)→제(齊)→진(秦)→기타 소국' 순서로 방문했다. 과연 일찍부터 전쟁 중지의 뜻을 품었거나 심지어 미병지회를 암묵적으로 승인한 진나라를 먼저 설득해야 성공할 확률이 높았다. 위에서 아래로 물이 흐르는 것처럼 진행된 과정 중에서 『좌전』은 두 가지 대표적인 찬성 의견만 선택하여 기록했다. 첫째는 진(晉)나라 한선자(韓宣子) 한기(韓起)로 나중에 조무를 이어 두 번째로 진나라 집정관이 된 인물이다. 그는 전쟁을 악(惡)으로 보았다―"전쟁은 백성을 해치는 적이요, 재물을 축내는 좀이요, 소국을 망치는 대재난입니다."(兵, 民之殘也, 財用之蠹, 小國之大菑也.)(『좌전』「양공」 27년).

그러나 그는 전쟁을 정말 중지할 수 있고, 평화를 정말 오래 유지할 수 있다고는 생각하지 않았다. 여기에서 주의할 만한 가치가 있는 것은 한선자의 말이 소위 "전쟁은 필요악이다"라는 평범한 주장을 한 게 아니라는 사실이다. 그는 전쟁 중지 회맹에 누가 가장 찬성할지 구체적으로 지적했다. 그 답은 오랫동안 심각한 피해를 당한 모든 소국과 모든 일반 백성(대국의 백성도 포함)이었다. 이것은 이 일의 필요성을 판단하는 현실적 배경이므로 의식하지 않을 수도 없고, 고려하지 않을 수도 없다. 따라서 '전쟁 중지에 관한 논의(弭兵之議)'는 "비록 가능하지 않더라도 반드시 허락해야" 했다. 한 차례의 회맹으로 모든 전쟁을 없앨 수 없음을 분명하게 알고 있었지만 그래도 그 회맹에 참여하지 않을 수 없었던 이유는 이렇다. 만약 진(晉)나라가 동의하지 않으면 초나라는 틀림없이 첫 번째로 동의할 것이고, 아울러 이 일로 호소하면 모든 소국, 심지어 모든 일반 백성은 예외 없이 초나라 편에 설 것이다. 그럼 아무 일도 하지 않았는데도 진나라는 맹주의 지위를 잃게 된다. 둘째, 제나라 진문자(陳文子)는 다른 사람들의 의구심을 극력 배제하고 다음과 같이 분명하게 말했다.

"진나라와 초나라가 모두 미병지회 참가에 동의했는데 우리에게 다른 선택 여지가 있겠습니까? 또한 모든 사람이 전쟁 중지를 공언하고 있는데 우리나라만 전쟁 수행 국가로 변하면 우리나라 백성들마저 모두 도망갈 것입니다. 그럼 무슨 전쟁을 할 수 있겠습니까?"

『좌전』은 우리에게 당시 사람들의 판단과 각자의 속셈을 직접 핵심적으로 알려주고 있다. 미병지회 추진자들은 어리석지만 마음씨 좋은 사람들이 아니라 세태를 잘 알고 있는 외교 전문가들이었다. 이에 우리가 지금 볼 수 있는 것은 "어떤 사람이 전쟁을 중지시키려는" 선의에만 그치지 않고 이 선의가 험준한 현실세계로 진입한 그 진정한 모습 및 당시 사람들이 그것을 믿었던 모습이다.

이어서 촬영 카메라처럼 각국 대표단을 하나하나 비춰주고 있다. 이 대목에서 『좌전』은 한 걸음 더 나아가 우리로 하여금 몇 가지 진실한 모습을 분명하게 볼 수 있게 해준다.

첫째, 대표단 도착 순서에 따라 앞뒤 두 부류로 나눌 수 있다. 노·제·위(이상하게도 정나라가 빠졌다)와 진(晉)나라가 연이어 먼저 도착했고, 진(陳)·채·조(曹)·허 네 나라는 진(晉)나라와 초나라—공자 흑굉(黑肱)을 먼저 파견했다—가 초보적인 협상을 완성한 이후에야 질서 정연하게 초나라 영윤 굴건의 인솔 하에 회맹장으로 진입했다. 이 때문에 이 회맹은 아홉 나라의 회맹이었다고 말하기보다는 남북 양대 정치 집단의 각축장이었다고 말하는 편이 더 사실에 부합한다. 이 중에서 남쪽 소국에 대한 초나라의 지배력은 아주 강해서 진·채·조·허 네 나라는 완전한 독립국이 아니라 마치 초나라의 부용국과 같았다(나중에 공자는 7의 제자들을 데리고 회의장으로 쳐들어왔다. 7는 정말 모든 것을 돌보지 않았다).

둘째, 실제로 회맹에 참여한 나라는 실제로 아홉 개 나라에 그치지 않고, 『춘추』의 명단에 들어있지 않은 대국 제나라 및 소국 등(滕)나라와 주(邾)나라도 포함되어 있었다. 이들 나라는 모두 매우 신중했고, 제나라 대표는 경봉(慶封)과 진문자 양대 인물이었으며, 등나라와 주나라는 군주가 직접 회맹장으로 왔다. 그러나 제나라는 너무 컸고, 등나라와 주나라는 너무 작아서 나라의 '규모'가 당시 회맹에 맞지 않았다. 이 때문에 최종적으로 정식 명단에는 넣지 않기로 결정했다. 『좌전』에서도 이 특수한 처리에 관한 현실적인 이유 및 과정을 해설하고 있다.

셋째, 남북 두 그룹 대표단은 "가을 칠월 무인일(秋七月戊寅)"을 경계로 각각 회의장에 도착했다. 이 날은 진정으로 중요한 날이다. 당일 저녁에 진나라 조무와 초나라 흑굉은 먼저 문을 닫고 협상을 진행했다. 상술이 현장에 있었던 것은 확실하고 다른 나라 대표단은 전부 밖에 있었을 가능성이 지극히 크다. 마침내 대표단은 "하나의 협정문으로 회맹을 맺었다."(盟以齊言.) 오늘날의 어휘로 말하자면 합의에 도달하여 통일된 조약문을 만들었다는 것이다. 즉 진정으로 논쟁해야 하고, 해결해야 하고, 배제해야 할 것 모두를 이 날 저녁에 완료했다. 현대식으로 말해서 회맹 현장에서는 호화로운 의식만을 진행하면서 이미 완성된 조약문에 서명을 하고 보도자료용 단체 사진을 정중하게 찍은 것과 같다. 이런 모습은 오늘날의 국제 협상과 완전히 일치하며, 또한 밀란 쿤데라가 상기한 분노 유발 방식과 같다. 당년에 쿤데라의 조국 체코 대표는 이처럼 눈도 붙이지 못하고 밤새도록 열강의 회의실 바깥에서 기다렸는데, 날이 밝고 나서 열강은 그들의 조국이 이미 멸망했다고 통보했다. 혹은 그들의 조국이 근본적으로 존재하지 않는다고 말했다고 한다.

수많은 일이 2000년 전이나 2000년 후나 별로 큰 차이가 없다. 역사의 감각은 자기 꼬리를 뒤쫓으며 같은 곳을 맴도는 개와 비슷하다. 우리는 아마도 본래 2000년 전 사람들이 인간 만사를 모두 처리할 수 있었을 뿐 아니라 그처럼 익숙했다는 사실에 경악할 수도 있다. 또한 본래 우리 인간의 총명도가 그렇게 많이 변하지 않았다는 사실에도 경악할 것이다. 그것은 어떤 생물학자가 말한 것과 같다.

"육체적으로 볼 때 지금 우리의 몸은 아주 이른 시기의 크로마뇽인과 사실 아무 차이도 없다."

제나라를 명단에 넣지 않은 것은 제나라를 존중했기 때문이지 폄하한 것이 아니다. 미병지회는 초나라의 거친 요구 때문에 외교 무대 전면에 등장했으므로 당사국들이 처리하지 않으면 안 될 사안으로 변했다. 이 또한 초나라가 이 회맹을 개최하려 한 진정한 의도일 것이다. 그것은 바로 "진나라와 초나라 종속국들을 서로 만나게 하려는 시도다." 즉 이후로는 진나라의 종속국은 반드시 초나라에 조공을 바쳐야 했고, 초나라 측에서도 자신의 종속국에 북상하여 진나라에 조공을 바치게 했다. 따라서 이것은 '진나라와 초나라의 종속국 회맹'이었으므로 참여국이 아홉 나라가 아니라 진나라와 초나라 양대 집단의 종속국 모두였음이 증명된다. 이에 조무의 반응이 매우 훌륭했다. 그는 제나라를 존중했고, 또 일군(一軍)을 거느린 채 초나라 측에 압력을 가해 그들로 하여금 어려움을 알고 물러나게 하여 회맹이 파국에 이르지 않도록 보호했다. 그는 초나라와 친하고 진(晉)나라와는 적대적인 나라, 즉 회맹장에 오지 않은 진(秦)나라까지 끌어들여 진(晉)·초·제·진(秦)이 모두 대등한 국가라고 지적했다. 이들 나라가 바로 나중에 전국칠웅의 바탕이 되었다. 진(晉)이 세 나라로 갈라졌으므로 여기에 동북 지방에서 굴기했지만 국력은 일곱 나라 중 맨 끝에 해당하는 연나라를 보태면 칠웅이 된다. 조무의 말이 기본적으로 사실에 해당했기 때문에 다른 나라가 반박할 방법이 없었다. 조금 수준이 높고 조금 개인적인 입장에 선 사람들이라 해도 억지로 반박할 수 없었다. 이런 경향은 2000년 후인 오늘날 우리에게도 비교적 나쁜 모습으로 전개되고 있다.

진(晉)나라가 제나라에 명령을 내릴 방법이 없는 것은 초나라가 진(秦)나라에 명령을 내릴 방법이 없는 것과 같았다. 만약 초나라가 진(秦)나라로 하여금 진(晉)나라에 조공을 바치게 할 수 있으면, 제나라로 하여금 초나라에 조공을 바치게 할 수도 있을 것이다. 이 논란은 결국 초 강왕(康王)에게 보고되었고, 멀리서 스스로 아무 것도 할 수 없다는 걸 안 초 강왕은 제나라와 진(秦)나라를 회맹 명단에 포함시키지 않기로 결정했다.

등(滕)나라와 주(邾)나라 문제는 제나라와 송나라 간에 의견이 갈렸다. 따라서 당시 회맹장에서도 순리에 따라 주나라는 제나라의 속국이고, 등나라는 송나라의 속국이라고 정식으로 인정되어 이 두 소국은 자신의 자리를 부여받지 못했다. 심지어 두 나라는 정식 국가로 인정받지도 못했다. 상상해보라. 천신만고 끝에 회맹에 참가하러 온 등 성공(成公)과 주 도공(悼公)은 이 광경을 보고 너무나 슬프지 않았겠는가? 이 일은 아닌 밤중에 홍두깨 식으로 노나라에까지 여파가 미쳤다. 그 원인은 당시 노나라를 지키고 있던 계손씨가 노 양공의 명령을 빙자하여 숙손표에게 성취 불가능한 임무를 요구했기 때문이다. 그것은 바로 노나라가 등나라와 주나라의 경우에 비추어 진나라와 초나라에 바치는 공물의 삭감을 쟁취하라고 요구한 것이다(회맹 이후 소위 "진나라와 초나라 종속국들을 서로 만나게 하려는 시도"의 결과는 바로 보호비를 이등분해서 각각 진나라와 초나라에 모두 바치는 것이었다). 『좌전』을 보면 계손씨가 담판에 나선 숙손표에게 악의적으로 이런 요구를 한 것이 한 번에 그치지 않았음을 알 수 있다. 권력이란 시시각각 도처에서 이런 음모를 작동시킨다. 숙손표는 당시에 그래도 운수가 좋았다고 할 수 있다. 등나라와 주나라 등의 강등을 보고 그는 자동으로 계략을 간파했기 때문이다. 이런 상황을 근거로 숙손표는 당당하게 보고했다.

"등나라와 주나라는 다른 나라의 부용국이나 우리는 제후국이요. 그런데 무슨 까닭으로 그런 나라에 비춰본단 말입니까? 송나라와 위나라가 우리와 대등한 나라입니다."(邾滕人之私也, 我列國也. 何故視之, 宋衛吾匹也.)(『좌전』「양공」27년)

국격을 보호한 대가는 물론 더 많은 조공품을 바치는 것이었다.

이런 우여곡절을 한바탕 겪고 나서 당시 열국의 현실 상황이 있는 그대로 드러났음은 의심할 바 없다. 게다가 그것은 당시 여러 나라가 각국의 형편을 시시콜콜 따져본 공동 인식의 결과물이었다. 즉 당시 사람들의 믿음 속에는 바로 이와 같은 열국의 이미지가 자리 잡고 있었다. 이 점이 아마도 더욱 중요했을 것이다. 춘추시대 열국은 피차 평등 관계가 아니라 수직적인 계층을 형성하고 있었는데, 그것은 대체로 네 계층으로 나뉘어졌다. 진(晉)과 초는 맹주로서 최고 계층이었고, 제와 진(秦)은 독립 대국으로 제2 계층에 속했다. 또 노, 위(衛), 정, 송, 진(陳), 채, 조(曹), 허와 같은 소국은 제3 계층에 속했고, 최하위층 등나라와 주나라는 지리적 위치에 따라 어떤 국가의 속국으로 간주되었다. 이것이 바로 숙손표가 말한 "다른 나라의 종속국(人之私)"이다. 이런 상황은 물론 변동 가능했다. 예를 들어 초나라의 종속국으로 남방에 위치한 진(陳), 채, 조(曹), 허는 사실상 이미 제4 계층 나라로 전락하여 초나라의 부용국으로 변해가고 있었다. 그러나 중점은 어느 나라가 어느 계층에 속하느냐에 놓여 있지 않고, 이처럼 분별된 등급과 공동 인식이 존재한다는 사실에 놓여 있었다. 이것이 어떤 국가를 대우하는 방식을 결정했고, 여기에는 한 국가의 존속과 멸망까지 포함되어 있었다.

이처럼 우리는 춘추 열국의 '온유하면서도 잔혹한' 국가존망 유희의 기괴한 현상을 간단하게 이해할 수 있다. 즉 그 기괴한 현상은 다른 나라를 멸망시킬 수 없다고 공언하면서도 실제로는 끊임없이 다른 나라를 멸망으로 몰아넣는 현상을 말한다. 자산이 말한 것처럼 그렇지 않았다면 저들 대국이 어떻게 큰 영토를 가진 나라로 성장할 수 있었겠는가? 우리가 알기로 춘추시대에 당시 열국은 모종의 제한적인 전쟁을 수행하며 상대국을 굴복시키는 것을(멸망시키는 것이 아닌) 원칙으로 삼았다. 그렇지 않았다면 거의 모든 나라가 멸망했을 것이다. 여기에는 제나라도 포함되고[예를 들어 진(晉)나라 극극(郤克)의 복수 전쟁], 심지어 진(晉)나라도 포함된다[예를 들어 진(秦) 목공이 진(晉) 혜공을 사로잡은 전쟁]. 즉 이후 전국시대처럼 상대방의 전력을 철저하게 소멸시키는 전쟁은 추구하지 않았다. 『좌전』에는 초 장왕이 필(邲) 땅 전투에서 승리한 후 다시 대전 현장으로 돌아가는 장면이 기록되어 있다. 이것은 진(晉)나라와 초나라가 벌인 정식 대전 중 초나라가 찬란하게 승리한 처음이자 마지막 싸움이었다. 이 때문에 반당(潘黨)은 '경관(京觀)'을 건축하여 전공을 기념하자고 건의했다. 소위 '경관'이란 적군의 시체를 쌓고 그 위에 다시 진흙을 덮는 인공 산이다. 이처럼 사람의 시체로 쌓은 산은 높으면 높을수록 더욱 위세를 떨치겠지만 초 장왕은 윤허하지 않았다. 그는 무(武)에는 일곱 가지 덕(七德)이 있다고 거침없이 진술했다. 그것은 바로 폭도를 금하고(禁暴), 전쟁을 끝내고(戢兵), 존귀함을 보존하고(保大), 공훈을 세우고(定功), 백성을 편안하게 하고(安民), 대중을 화합케 하고(和衆), 재산을 풍부하게 하는(豊財) 것이다. 그런 후 초 장왕은 각 조항에 따라 자신을 점검했으며, 결국 스스로 이 일곱 가지 덕이 하나도 없고 한 가지도 실천하지 못했다고 결론을 내렸다. 그리고 자신에게 자랑할 만한 무슨 무공이 있겠느냐고 하면서 본인이 유일하게 할 수 있는 것은 귀국하여 선조들께 한 가지 일을 이루었다고 고하는 것뿐이라고 했다. 또한 초 장왕은 '경관'을 쌓는 건 일종의 징벌이고, 쌓아올리는 시체는 대역죄를 범한 사람들인데 지금 저들 진나라 병사는 아무 죄도 없이 오직 자신의 충성과 직분을 다하다가 전사했을 뿐이라고 했다. 그런 사람들을 어떻게 그처럼 가혹하게 대할 수 있느냐는 것이다. 다른 나라를 멸망시키는 것이 목표도 아니고 선택 사항도 아니며, 전쟁은 억제되어야 하는 것이기 때문에 춘추시대 특유의 전투 기법, 진법 예의가 발전했고 또 패전국 항복과 관련된 표준 절차가 마련되었다.

우리는 여기에서 좀 기괴하게 보이는 점만 좀 더 지적하고자 한다. 『좌전』의 기록에 의하면 수많은 전쟁에 각국의 군주가 직접 참전하여 200여 년 동안 전투를 치렀지만 군주가 전장에서 전사한 일은 발생하지 않았다(송 양공도 다리에 부상을 입었을 뿐이다. 그의 죽음은 추후 부상 감염이나 합병증이 원인이었을 가능성이 크다). 군주가 직접 참전했을 때 발생할 수 있는 가장 큰 위험은 적에게 생포되거나 불운하게 멀리서 적이 쏜 화살에 맞는 경우다. 그러나 이런 사례는 당시 전투의 정상적인 확률에서 어긋난다. 그 확률은 대체로 인간의 절제와 공동 준칙에서 연원한다. 하지만 안심해도 된다. 정말 이처럼 위험한 사태가 닥치면 각국 군주들은 군대의 후미로 숨을 줄 알았다. 이것은 이후 2000년 동안의 전쟁에서도 여전히 그러했다.

춘추시대 특유의 회맹은 바로 이런 상황을 배경으로 발전했다―

춘추시대 회맹은 전쟁의 도화선과 전후의 수습 작업으로 기능했을 뿐 아니라 종종 전쟁을 대신하는 역할을 하기도 했다. 즉 방법을 생각하여 대화나 행동으로 상대방을 굴복시키거나 망신을 주거나 유치하기 이를 데 없는 방법으로 우위를 점하려고 했다. 이런 경향은 20세기 냉전기에 올림픽조차도 국가 간 전쟁으로 변한 상황과 같다.

그럼 나라의 멸망은 어떻게 발생했을까? 대체로 멸망은 일종의 과정이었다. 어떤 국가가 가장 낮은 계층으로 떨어지면 하나의 국가로 간주하지 않고 어떤 나라의 부용국으로 간주했다. 그럼 나라의 존속 여부는 종주국의 의견에 따라 결정되었다. 국제적인 옹호와 간섭 역량도 그 종주국 내부로는 파고들어가기가 쉽지 않았다. 또는 그런 부용국은 먼저 인간의 시야에서 사라지기 때문에 그런 나라를 멸망시켜도 아무 반향이 없었고 어떤 사람도 놀라지 않았다. 그러므로 다시 비장한 사태가 발생하거나 또 그런 사태를 기록으로 남겨 놓을 리가 없었다. 이것은 마치 조용한 소멸이나 분해와 같아서 자연계의 사망과 아주 비슷하다. 실제로 살펴봐도 이런 '국가'는 끊임없이 멸망했지만 일반적으로 『춘추』와 『좌전』에 전혀 기록이 남아 있지 않고 이따금씩 관련 글자 몇 자만 보일 뿐이다. 상황을 살펴봐도 당년에 한 번이라도 언급할 만한 가치가 있는 일은 어떤 것도 발생하지 않았음을 알 수 있다.

이런 상황은 우리에게 자연계의 어떤 '규칙'을 생각나게 한다. 즉 어떤 동식물의 종류가 일정한 숫자 아래로 떨어지면 멸종 시스템이 작동하기 시작하여 '죽음의 터널' 속으로 진입해 들어간다는 규칙이 그것이다. 민족학 분야에서도 이런 규칙을 부족과 민족의 멸망에 적용할 수 있음을 아주 이른 시기에 발견했다. 우리는 아마도 제1차 세계대전 후 미국 윌슨 대통령이 비분강개하며 제기한 민족자결주의의 주장 및 그 난처하고 암담한 결과를 상기할 수 있을 것이다. 실제로 그들은 그 주장을 집행하는 과정에서 해결할 수 없는 겹겹의 난관을 발견했고, 결국은 무단으로, 잔혹하게, 전혀 믿을 수 없는 이론을 근거로 다음과 같은 사실을 확정했다. 즉 민족은 최소한의 규격과 실력을 갖춰야 한다. 인구가 어떤 지표에 도달하지 못했거나 자결권을 가지고 자신의 국가를 세울 수 있는 민족으로 간주되지 못하면 다른 나라의 사사로운 부용국이나 어떤 대국의 '백성'이 될 수 있을 뿐이다. 그렇다. 이는 2000년 전 주 도공과 등 성공이 천 리 길을 멀다 하지 않고 회맹장에 당도하여 들었던 내용과 일치한다.

다시 당시 회맹 현장으로 돌아가보자—각국 대표가 계속 회맹장에 도착하기 시작하자 상술은 자연스럽게 대화를 시작했고, 이에 『좌전』에서는 서술의 주요 방향을 조무에게로 힘껏 옮겨가고 있다.

회맹은 진(晉)나라와 초나라가(물론 서로 군대를 대동했다) 피차 고도로 불신하는 상황에서 전개되었다. 예컨대 진나라의 순영(荀盈)은 현장에 들어가서 "초나라의 분위기가 매우 험악한 것을 보고 진정으로 환란이 발생할까 두려워했다." 당시 공기 속에는 초나라로부터 전해온 매우 농도 짙은 불안 요소가 가득 차 있었고, 그것은 수시로 폭발할 가능성을 갖고 있었다. 이 대목에서 『좌전』은 '충갑(衷甲)'(오늘날 용어로 풀이하자면 회맹에 참여한 인원이 방탄복을 입는 것)이라는 절박한 문제로 바로 진입하고 있다. 카메라는 진나라와 초나라 양측 진영에서 진행된 각각의 토론을 나눠서 비춰주고 있다. 쌍방의 막료들은 옷 속에 갑옷을 입지 말자고 했으나 인솔자인 초나라 굴건과 진나라 조무는 완전히 상이한 결정을 내렸다. 굴건은 너무 세속에 물든 것 같지만 장기적으로 유지되어 온 기본 사실에 착안했다

"진나라와 초나라 사이에는 신의가 없어진 지 오래되어서 이익

만 추구할 뿐이오. 진실로 뜻을 이룰 수 있다면 신의가 무슨 소용이겠소?"(晉楚無信久矣, 事利而已. 苟得志焉, 焉用有信?)(『좌전』「양공」27년)

이러한 논리는 배척하기가 매우 어렵기 때문에 그는 옷 속에 갑옷을 입자고 했다. 조무는 완전히 숙향의 견해를 받아들였다. 숙향은 신의와 불신의 장단점을 논리적으로 한바탕 설파했다. 그는 겉으로 보기에 너무 순진한 것 같지만 사실 당시 회맹의 특수성을 더욱 세밀하고 주의 깊게 파악하고 있었다. 또한 그는 회맹의 현장성, 현지성, 현물성에 주의하면서 이에 근거하여 차원이 깊고 집행 가능한 판단을 내렸다. 숙향은 특히 '전쟁 중지(弭兵)'라는 이 회맹의 주장과 구속력, 호소력, 전파 효과를 지적했다. 즉 이번 일을 중시하는 국가는 거의 모두 회맹장에 왔고, 온 천하 사람들이 이번 회맹의 일거수일투족을 마음 졸이며 단단히 주시하고 있는 상황인데, 갑옷을 받쳐 입는 일 때문에 험한 꼴을 보인다면 어떤 모험을 하더라도 성공하기 어려울 뿐 아니라 그 대가가 너무나 크다는 것이다. 한 걸음 물러나 말해 보더라도 초나라 측에서 정말 비이성적으로 행동한다 해도 진나라 측 인원은 아주 쉽고도 신속하게 송나라 성 안으로 들어가(회맹 현장은 송나라 도성 서문 밖 넓은 땅이었다) 수비를 튼튼하게 할 수 있기 때문에 안전을 확보할 수 있다는 것이다. 따라서 숙향은 옷 속에 갑옷을 받쳐 입을 필요가 없다고 주장했다.

그의 판단은 매우 정확했다. 공기 속에 떠도는 불안 요소는 사실 공포일 뿐이었다. 그러나 쌍방이 모두 두려움을 느끼면 스스로 보호하기에 급급하므로 상대를 공격할 가능성은 없다. 쌍방이 격렬하게 토론할 때 예복 속에 방어용 갑옷을 받쳐 입을 수 있지만 살인 흉기를 감출 수는 없는 것이다.

다음 단계의 골치 아픈 일은 회맹의 클라이맥스에서 일어났다. 그것은 회맹의 파국 여부를 가늠하는 시험대였다. 즉 정식으로 회맹 결의문에 사인(삽혈)을 할 때 누가 가장 먼저 하느냐는 문제였다. 진나라 측에서는 과거 회맹 때 모두 맹주인 진나라가 가장 먼저 삽혈을 했다는 관례를 들었다. 초나라 측에서는 진나라와 초나라의 국력이 이미 대등하므로 이번에는 순서를 바꿔보는 것이 좋지 않겠느냐고 했다. 이 마지막 난제는 진나라가 신속하게 양보함으로써 큰 문제가 되지 않았고, 회맹도 평화롭게 막을 내렸다. 『춘추』에서는 우리가 앞에서 인용한 기록처럼 진나라의 행위를 긍정했다. 이 때문에 정식 역사서에서는 진나라 조무를 초나라 굴건 앞에 기록하고 있다. 이것은 결과적으로 숙향이 조무로 하여금 초나라에 양보하라고 건의한 역사적 판단과 부합한다(공자의 『춘추』 기록은 엄격하게 사실을 준수하는 후대 기록과는 달리 글쓴이가 어떤 사실에 진입하여 직접 그 일을 바로잡으며, 일련의 가치판단을 시도한 후 응당 그래야 할 이미지를 제시한다. 혹은 그 일은 그렇게 발생해서는 안 되고, 응당 이렇게 발생해야 한다고 대놓고 말하기도 한다). 그러나 실제로 회맹에서 초나라가 진나라에 앞서 삽혈했든 『춘추』에서 진나라가 초나라보다 앞서 삽혈해야 했다고 주장하든 상관없이 우리 같은 후세 사람이 보기에는 누가 먼저 했든 그건 전혀 중요하지 않게 느껴진다. 목전에서는 생사를 걸고 다투는 일도 내일이 되면 전혀 중요하지 않은 일로 변한다. 일련의 사태들이 단지 이와 같을 뿐이다.

당위적 주장에서
현실 속 진상으로 다시 돌아온『좌전』

『춘추』에서는 30자 내외 죽간 1매의 기록에 불과했지만,『좌전』에서는 지난날의 회맹을 다시 구성하여 매우 성공적이고도 아름다운 기록으로 변화시키고 있다. 시간 순서에 따라 사안의 진행 층위, 인간의 생각과 대화의 변화 층위 및 외부 현실의 이동 층위를 모두 일목요연하고, 정확하고, 긴밀하고, 조화롭게 묘사했다. 서로 모순되면서 말이 통하지 않는 서술은 없으며, 또한 앞의 발언과 뒤의 발언이 서로 연결되지 않는 신경질적 인물도 전혀 존재하지 않는다(많은 이야기가 사건 순서에 따라 잘 전개되고 있으며, 인물들도 그러하다). 게다가 시종일관 긴장감도 사라지지 않고 있을 뿐 아니라 여러 가지 난관도 한 차례 한 차례씩 끊임없이 사람들을 기다리고 있다. 아마도 너무나 완벽하고 너무나 총체적이고 병폐도 없고 공백도 없는 탓에 오히려 미병지회가 정말 이처럼 정밀하게 진행되었는지 의심이 든다. 여기에는 "일이 발생할 때마다 왜 그는 늘 현장에 있을까"라고 의심받는 사람, 즉 누가 녹음기를 틀어놓은 것처럼 늘 발언이 인용되는 숙향과 한기도 포함된다. 이밖에도 다음 사실을 쉽게 짐작할 수 있다(『좌전』은 사건과 시간을 긴밀하게 연관시키면서 시간의 존재와 작용을 분명하게 인식하고 있다. 이것은 중국의 역사 기록자들이 매우 민감하고 정확하게 느낀 경각심인데, 인류 전체 중에서 아주 일찍부터 그런 경향을 드러냈다). 『좌전』의 이 기록 재건 작업은 그 일이 있은 후 100여 년 정도 지난 시점에 이루어졌다. 100년 전의 과거사 및 그 적막감에도 불구하고 이처럼 생생한 현장감을 전해주는 건 정말 놀랄 만한 일이 아닌가?

혹은 우리는 『좌전』에서 묘사한 이 회맹이 믿을 만하다고 느낀다. 우리는 이 일을 『좌전』에서 묘사한 것처럼 100% 믿을 수 있을지는 모르지만 읽어보면 신빙성이 있는 것처럼 느껴진다─이것이 가르시아 마르케스가 말한 '믿을 만함'이다. 글을 쓸 때는 다른 사람이 믿을 수 있게 써야 한다. 지금 내가 다시 한 번 그의 생전 발언을 인용하고 있는 이 순간보다 15분 전에 그가 결국 세상을 떠났다는 소식을 전해 들었다. 나의 친구이며 중국 대륙의 소설가인 펑웨이(豊瑋)가 컬럼비아에서 방금 돌아왔는데, 우리는 그녀가 가르시아 마르케스가 생존해 있던 최후의 컬럼비아를 본 사람이라고 말했다.

자, 그럼 말을 되돌려 먼저 근본적인 사실을 확인하도록 하자. 나는 이것이 아주 중요하다고 생각한다. 『좌전』 저자(혹은 저자들)의 스승인 공자의 『춘추』 기록과는 달리 『좌전』에서는 역사 사실을 수정하여 어떤 당위의 세계로 계속 나아가도록 하지 않고, 고개를 돌려 『춘추』에서 수정되기 이전의 사실은 실제로 이렇게 발생했다고 강력하게 진술하고 있다. 『좌전』에서 이렇게 한 것은 『춘추』에 반대하기 위한 것이 결코 아니라 (점차) 사실 기록의 필요성을 깨달았기 때문이다─이 두 가지 기록 사이의 관건은 바로 시간이다. 시간은 거의 어떻게 할 수 없을 정도로 사람의 기억을 빼앗아간다. 직접 계산해보면 『춘추』 기록에서 『좌전』의 재기억까지는 30~40년의 세월이 훌쩍 흘렀다. 이에 생존자도 크게 바뀌어서 거의 절반에서 2/3까지 줄었다. 『춘추』의 역사 사실 수정은 본래 매우 감정이 격한 상태에서 쓰여졌으며, 심지어 분노, 불평, 풍자 등의 심리도 개입되었을 가능성이 크고, 아울러 공자의 특수한 심리 상태도 감춰져 있다고 봐야 한다. 그러나 이 역량은 당위의 세계와 현실의 세계 양쪽의 끌어당김에서 온다. 이 장력의 크기와 양자의 거리는 정비례한다. 현실 세계 쪽의 힘이 줄어들면(즉 인간이 현실에서 실제로 발생한 일을 이미 망각하는 것) 당위의 세계도 응당 필요한 설명을 잃어버리고 그 무게감도 잃어버리며, 또 현실을 통찰하고 바로잡는 가장 고귀한 역량을 잃어버린다. 즉 "왜 일이 이처럼 정확하게 진행되지 않았느냐"는 심문 하에서 우리로 하여금 현실세계의 갖가지 곤란과 한계, 인간의 갖가지 곤란과 한계를 일일이 살펴보고 생각하도록 핍박한다. 여기에는 인간이 어떻게 할 수 없는 부분과 운명의 장난도 포함된다(고대 그리스인이 중국인에 비해 더욱 감각적이었다). 인간은 때때로 매우 가공할 만한 부주의함, 곳곳에 만연한 우매함 그리고 제거할 수 없는 탐욕과 비겁 아울러 심도 있는 무지를 드러내곤 한다. 『춘추』에서 수정된 역사 사실을 다시 깨달을 수 없으면 공자가 그 속에 부여한 의지 및 세계에 대한 간언도 전부 사라지게 된다(『춘추』를 쓸 때 공자는 아마 자신의 일생에서 가장 신중하고 가장 긴장된 시간을 보냈을 가능성이 지극히 크다). 이렇게 되면 우리는 단지 당시 일은 본래 그렇게 발생했고, 조무도 본래 굴건에 앞서 삽혈했으며, 제나라는 본래부터 회맹에 참가하지 않았다고 생각할 수 있을 뿐이다. 강력한 힘을 가진 문자로 개칠된 기록, 이것은 어쩌면 최악의 상황이 아닐지도 모른다. 더욱 나쁜 것은 『춘추』 필법에서 고개를 돌려 순수한 분식 작업, 순수한 '감추기'를 하는 경우다. 어떤 인간 이 잘못된 일이나 악한 일을 저지르면 우리는 마지막에 그에게 한두 마디 충고를 하여 인간 세상에 잔류할 수 있게 하는데, 이제 그런 일 말의 공평함조차 더 이상 존재할 수 없게 된다. 우리는 목전의 현실에 패배하는 순간 그것으로 그만이라고 여기고 또 그것을 습관화하며 당위의 현실을 자동으로 미래에 맡겨 버린다. 이에 역사 기록은 가장 자연스러운 그리고 가장 최소한의 교정, 경고, 보상 기능조차도 박탈 되어 현실의 권력에 저항하는 입장에서 현실의 권력에 복무하는 입 장으로 기능이 바뀐다. 또 그 권력이 반드시 소멸되는 미래, 또 현실 의 힘이 미치지 못하는 미래를 위해 앞당겨 복무하게 된다. 용감한 글 쓰기는 아첨하는 글쓰기로 바뀐다. 우리가 어찌 공자의 『춘추』 필법 을 이 지경으로 타락시킬 수 있겠는가?

공자가 이와 같이 역사를 기록하면서 보여준 힘의 원천은 미래에 서 왔다. 그는 틀림없이 완전히 믿을 수 없는 시간이 그래도 그의 편 에 서 있다고 믿었을 것이다.

이 때문에 우리는 『좌전』의 저자가 본래의 현실 세계로 돌아가고, 역사 현장의 기본적인 의도로 되돌아가려고 노력한 점을 의심할 필 요는 없다. 이것이야말로 『좌전』이 탄생한 진정한 이유다. 『좌전』은 세상 사람들의 기억을 회복시켜 주는 방법으로, 『춘추』를 탄생시킨 당위의 글쓰기와 대조하며, 스승인 공자의 신중하지만 정련된 문자를 다시 새롭게 닦아서 반짝반짝 빛을 내도록 만들었다. 남은 것은 바로 그런 새로운 글쓰기의 성공 여부와 호오(好惡) 여부였을 뿐이다.

그러나 '사실'이란 무엇인가? 사실은 언제나 곳곳에 뒤죽박죽 널 려 있거나 반죽된 덩어리처럼 마구 뭉쳐 있다. 그것은 세심하게 골라 내어 다시 조립해야 할 대상이다. 게다가 사실은 또 언제나 너무 많으면서도 충분하게 많지 않다. 우리는 사실을 대할 때 항상 뭔가 빠진 듯한 그림 조각 퍼즐로 비유하며(예를 들면 어떤 살인 사건의 진상을 찾으려는 추리소설 속 명탐정이 이런 비유를 가장 좋아한다) 조각이 잘 맞는 곳과 그다지 잘 맞지 않는 곳이 있다고 말한다. 비교적 잘 맞는 곳이라 해도 실제로 퍼즐 조각을 맞추는 글쓰기 과정에서 우리는 언제나 여기에 한 조각이 부족하고 저기에 또 한 조각이 부족하다는 사실을 발견하곤 한다. 조각이 잘 맞지 않는 곳이라 해도 사실이 결코 먼저 존재한 것도 아니고, 이미 완성된 조각 그림을 다시 해체한 것도 아니다. 그것은 심지어 '한 조각'이나 '한 폭의 그림'이 전혀 아니기도 하고 또 단지 '한 조각'이나 '한 폭의 그림'에 그치지도 않는다. 사건의 자잘한 조각은 상이한 사실로 조립될 수도 있고, 복수로 조립 가능한 상이한 사실도 동일한 사실의 조각을 중첩하거나 함께 사용할 수도 있다. 따라서 심지어 사실은 흔히 '정확함'과 '부정확함'으로 단순하게 판별할 수 있는 대상이 아니라 '더욱 정확하고' '더욱 양호한' 선택과 비교의 대상일 뿐이다. 이 때문에 글쓰기를 통한 조립 작업은 설명서나 완성된 도안이 있을 수 없고 또 고정된 조립 순서도 있을 수 없으며 단지 더욱 많은 저자(작가)를 요구할 뿐이다. 따라서 이들은 손이 아니라 눈(관찰하고, 찾고, 판단하고, 통찰하고 응시하기 위한)으로, 눈이 아니라 두뇌로, 또 신체의 모든 감각기관으로 감지할 수 있는 느낌을 받아들여야 한다.

현실 속 실제 현장, 특히 미병지회처럼 아차 하는 사이에 100년이 지나버린 실제 현장으로 되돌아간다 해도 당사자들은 벌써 그곳을 떠났으며, 더욱이나 어떤 '한 가지 사실'도 그곳에서 멍하니 우리를 기다려주지 않는다. 이 때문에 아마도 '사실의 조립'이라는 이 어휘는 전혀 타당하지도 않고 충분하지도 않은 듯하므로, 적어도 다시 주조해야 한다고 말해야 마땅하다. 본래의 모든 것이 손상된 조각들 그리고 오늘날 더 많이 흩어져서 다시는 찾을 방법이 없는 사건의 조각들을 다시 구성하고, 먼저 주조한 연후에야 그것들을 순조롭게 조립할 수 있을 것이다. 그러나 이런 사실에 인위적으로 주조할 수 있는 부분이 남아 있을까? 그렇게 할 수 있을까? 그것은 물론 그만둘 수 없는 일이며, 비현실적이고 위험한 상상력까지 동원해야 하는 일이다. 보르헤스는 언어의 오용(誤用)을 걱정했다(반드시 이런 일이 발생한다). 그는 우리에게 상상은 (줄곧) 과대 포장되어 온 어휘라는 사실을 알려준다. 즉 소위 상상이란 "기억과 망각 사이에서 일어나는 끊임없는 교환과 보충일 뿐"이라는 것이다. 그의 말은 이처럼 평이하고, 정확하고 또 지극히 총명하다.

아마도 인간에게는 사방팔방으로 날아가며 현실을 벗어나고 현실을 버리려는 또 다른 상상력이 있는 듯하다. 혹은 모종의 위로를 얻기 위해, 어떤 극치감, 어떤 먼 곳, 있을 수 없는 어떤 아름다움들, 어떤 유토피아, 어떤 천당을 찾기 위해 혹은 단지 인간의 풀어짐, 인간의 자유로움, 흐르는 물처럼 질펀한 놀이를 위해 또 다른 상상력을 발휘하기도 한다. 그러나 역사 서술에 있어서의 상상력은 수렴적이고 제한적이다. 그 진행 모습도 도보이지 비상이 아니다. 또 그것은 이미 확인된 이 사건과 저 사건 사이에서 폐쇄된 채로 활동한다. 가공으로 무엇을 창조해서는 안 되며, 이미 알고 있는 두 가지 지점을 이어주고 또 단단히 접착시킬 책임만을 질 수 있을 뿐이다. 그리하여 '사실'이 비교적 완전한 형태로 이야기될 수 있도록 해준다. 상상력은 이 두 가지 지점을 둘러싼 겹겹의 구속에 얽매인다(시간, 장소, 의미 등). 실제로는 이 두 가지 지점 사이에도 흔히 희미한 빛과 같은 거미줄이 남아 있다. 그곳은 완전한 공백이 아니다. 예를 들어 조무와 공손흑굉(公孫

黑肱)이 관문에서 벌인 비밀 협상과 같은 것을 말하는데, 사후에도 완전히 사실로 증명하기 어려운 내용이 흘러나오기도 했다. 그건 당연한 일이다. 이 때문에 이러한 상상에는 소위 '상상'의 성분이 상당히 희귀하고, 이해의 성분 및 이해를 통해 조심스럽게 한두 걸음 내딛는 합리적 추정이 훨씬 많다. 역사 서술을 할 때는 이런 추정을 구체화하고 사건화 하여 함께 조립할 수 있는 동일한 규격의 부품으로 만들어야 한다. 대체로 이와 같다.

하나의 문자가 매우 신성하게 여겨지고, 이해되지 않는 사물에 대해 인간들이 의심하기보다 믿음을 갖는 그런 시대에(보르헤스는 이렇게 말했다. 지금 우리는 "'쉽게 믿는 걸 말하기 어려워하는' 집필자로서 '쉽게 믿는 걸 말하기 어려워하는' 독자에게 글을 써서 보여줘야 한다.")『좌전』의 저자는 이미 고도로 절제된 글쓰기를 했다. 그 저자는 당시 사람들보다 훨씬 '스스로 쉽게 믿는 걸 말하기 어려워하지' 않았겠는가? 이런 특성은 비교의 대상을 찾기 쉽다. 춘추시대에서 조금 뒤인 전국시대까지 보존된 다른 텍스트(예를 들어『국어』,『전국책』,『관자』와 같은 책)를 막론하고 이런 비교를 당시 세계 각지, 예컨대 고대 그리스나『구약성경』, 특히 모세 5경의 배경인 초기 유태인의 역사 기록에까지 끌고 들어갈 수도 있다. 일반적으로 말해보면 아마도 이미 알고 있는 사건은 많지 않고 역사의 공백은 너무 많기(크기) 때문에, 또 대대로 구두로 전해지며 제한할 수 없었던 상상력 때문에(따라서 나는『좌전』이 이 노선과 방식을 따라 집필되었다고 생각하지 않는다) 역사 기록은 이르면 이를수록 연극성이 더욱 강해질 뿐 아니라 더욱 완전하고 심지어 단선적이기까지 한 '하나의' 옛날이야기처럼 된다(천하가 그처럼 큰 데도 마치 어떤 한 사람 또는 불과 몇 사람만 있는 것처럼 묘사한다). 그리하여 그런 이야기를 신화라고 칭하는데(우리는 이것이 이미 현실 세계에서 발생할 수 없는 일이라는 걸 인정한다) 이런 경향은 모두 상식에 속한다. 비교해보면『좌전』의 기이한 묘사가 그처럼 어수선한 것은 사실을 억지로 꿰어 맞췄거나, 사실을 억지로 해석했거나, 다소 온전한 세계의 이미지를 억지로 스케치했기 때문이 아니다. 벤야민의 비교적 아름다운 말로 형용하면 이렇다.

"마치 어린 아이가 방금 꺾은 신선한 꽃을 한 아름 가득 당신에게 바치는 것과 같다."

『좌전』을 읽는 한 사람의 독자로서 우리는 이 때문에 고생스럽게 책을 읽으며 상당 정도 스스로 저자처럼 행동해야 한다. 즉 독서를 할 때 스스로 실마리를 연결하고 사실을 조립해야 한다(예를 들면 조무와 숙손표의 전쟁 중지 대화 장면, 미병지회의 정식 회맹 장면이 내가 읽은『십삼경주소』판본에서는 장장 23쪽에 달한다. 우리는 이처럼 나란하게 병치된 사건 무더기 속에서 진실을 발견하고 연결해야 한다). 심지어 우리 스스로 사실을 이해하고, 추정하고, 상상하여 공백을 메워야 하는데, 이는『좌전』의 저자가 한 일과 똑같은 일이다. 이 때문에 우리는『좌전』을 읽으며 '만족감'을 느끼지 못한다. 수많은 실마리가 중도에 끊기고, 더 알고 싶은 사람들에 대한 서술이 이어지지 않아서 종적을 알 수 없게 되고, 글을 읽으며 고무된 다양한 감정들이 허공을 맴돌거나 심지어 치기로 끝나게 되고, 수많은 악행이 철저하게 폭로되지 않거나 흘러가는 물처럼 처리되기도 한다. 그렇다. 이런 경향은 우리가 자신의 인생 현실에서 맞닥뜨리는 상황과 유사하다. 이따금씩 어떻게『좌전』읽기를 시작하는 것이 좋으냐고 내게 묻는 친구들이 있다. 나는 먼저 대략『동주열국지』(『좌전』의 구어판, 축약판, 이야기판이다)를 한 번 읽고, 당시 세계의 밑그림이라도 그려서 길을 잃지 않는 편이 좋다고 제안한 적이 있다. 이와 같이 심혈을 기울인 나의 제안에 나는 오히려 불안감을 느낀다. 나는 지금 그 제안이 도대체 옳은지 그른지 또 타당한지 부당한지 모르겠다.

조금 뒤에 지어진 『사기』는 상상에 의한 보충 작업이 『좌전』에 비해 훨씬 개방적이어서 앞을 향한 발걸음을 크게 내디뎠다. 예를 들어 조무의 생애에 관한 이야기가 그러한데 이것은 잠시 후에 다시 이야기하겠다.

회맹 후 그들은
모두 어디로 갔는가

이 회맹의 가장 중요한 인물은 소집자로서 가장 바빴던 상술도 아니었고, 가장 일찍 회맹의 과정과 결과를 노나라로 가져간 숙손표도 아니었고(이치대로 말하면 노나라 측에서는 숙손표의 눈을 통해 이 회맹을 관찰했다), 대화가 가장 많이 남아 있고 가장 현명한 지자(智者) 같은 숙향도 아니었고, 어려운 문제를 가장 많이 제기하면서 이 대회의 말썽꾼 각색을 연기한 굴건도 아니었다. 바로 조무였다. 그는 진정으로 이 회맹의 전 과정을 꿰뚫고 있었으며 2000년 전에 이미 전쟁 중지 사유를 제기한 영감에 찬 인물이었다. 자세히 살펴보고 자세히 생각해보면 조무야말로 처음부터 끝까지 이 회맹장에 참석한 인물이었다. 전쟁 중지에 관한 이 사고를 정형화 하고, 국경을 뛰어넘어 이에 관한 대화가 이루어지게 하고, 국제 정치의 초점으로 격상시킴과 아울러 정식 논의의 일정을 마련하고, 최종적으로 가종 회의, 불안, 공포, 제로섬 게임처럼 치열한 현실 이익을 극복하고 그것을 진실로 만든 사람, 즉

진정으로 강한 의지력을 갖고 회맹이 파국으로 치닫지 않게 하고, 참을성 있게 회맹을 성사시킨 사람이 바로 조무였다(초나라에게 먼저 삽혈을 하게 한 것은 아마도 초나라 국내의 정치 풍파를 유도하려는 목적이 개재되었을 가능성이 있으며, 심지어 초나라 미래 권력과의 알력을 유보했을 가능성도 있다). 또 조무는 이 미병지회를 자기 인생의 마지막 일로 간주하고 온 힘을 바쳤을 가능성이 크다.

대회가 끝난 후 참가자들은 일일이 악수를 나누며 작별 인사를 하고 각자 동서남북의 음악 소리 속으로 사라졌다. 이제 그들의 행적을 계속해서 관찰해보는 것도 무방하리라. 그들은 각각 무엇을 했고, 어디로 갔고, 어떤 일에 봉착했고, 또 어떻게 죽었을까?

흥미롭게도 송나라 상술을 제외하고, 고찰할 만한 기록이 있는(본래 비교적 중요한 인물이라는 의미다) 각국 대표단은 거의 모두 이후 5년을 지탱하지 못하고 실각하거나 심지어 사망했다. 우리의 이런 언급에는 아무런 암시도 포함되어 있지 않다. 예를 들면, 소위 투탕카멘의 저주와 같은 암시 말이다. 각국 대표단의 불행은 아마도 그들의 나이가 본래 비교적 많았기 때문에 일어난 현상에 불과했을 것이다(이를 통해서도 우리는 전쟁 중지가 비교적 연장자나 연로자의 사유일 수 있음을 추측할 수 있다. 그것은 만년에 보르헤스가 말한 바와 유사하다. "젊을 때 나는 시골, 황혼, 슬픔을 좋아했다. 지금 나는 도시, 아침, 편안함을 비교적 좋아한다."). 당시는 본래 죽음의 발자국이 좀 더 빨리 다가오던 시대, 즉 죽음이 각종 경로와 각종 방식으로 쉽게 사람을 찾아오던 시대이기도 했고, 특히 당시에 정치라는 산꼭대기에서 하늘을 배경으로 선 사람은 멀리서도 쉽게 눈에 띄어 남이 쏘는 화살에 명중할 가능성이 많았다. 아마도 이 모든 것은 단지 우연의 일치였을 뿐인지도 모른다.

상술은 여전히 송나라 좌사(左師) 직을 수행했다. 『좌전』에는 직접 그와 관련된 일이 추가로 기록되어 있다. 각국 대표단은 거의 모두 전방을 향해 발을 내디뎠지만 상술은 고개를 돌려 송나라 군주에게 토지를 상으로 달라고 요구했다. 그는 그것을 '면사지읍(免死之邑)'이라고 불렀다. 이 말에는 두 가지 해석이 있다. 아마도 이중적인 의미를 담고 있었을 가능성이 크다.

첫째, 전쟁 중지 회맹이 성공하여 백성을 정벌과 살육 전쟁의 죽음에서 벗어나게(免死) 했다는 의미다. 특히 진나라와 초나라 사이에 끼어 남의 나라 전쟁터에서 살아가야만 했던 송나라 전체 백성 모두가 죽음에서 벗어나게 되었다는 것이다.

둘째, 상술 자신이 다행히 전쟁 중지라는 거의 불가능한 임무를 완성했음을 강조하는 의미다. 너무나 위험한 회담을 성공시켰으므로 상술 자신은 죽음으로 사죄할 필요가 없이 죽음을 면제해달라는 것이다. 그러나 결국은 똑같은 의미의 말이다. 즉 이 몸의 공훈이 너무나 크다는 뜻이다. 토지는 순리대로 하사하는 것이 옳으므로 송 평공(平公)은 그에게 60읍(邑)을 내렸다. 그러나 상술은 자신의 동료인 사성(司城) 자한(子罕)에게 통박을 당해야 했다. 자한은 아주 정확하게 미병지회의 실상을 간파했다. 그것은 천하의 전쟁을 중지하기 위한 회맹이 아니라 진나라와 초나라의 화해에 불과하다는 것이다. 자한은 송나라 입장에서 그 회맹은 시끌벅적하기만 했지 어떤 현상도 바꾸지 못했으며(송나라는 여전히 소국으로 양대 강국 사이에서 자세를 낮추고 생존을 도모해야 한다) 전쟁도 제거하지 못했다고 인식했다(전쟁은 자체적으로 발생하는 갖가지 이유가 있다. 심지어 전쟁은 일종의 수요이기도 하다). 이 때문에 자한은 지극히 진중하게 말을 하며 그것은 상술이 한바탕 연극을 한 것에 불과하다고 했다. 심지어 그것은 사기극(詐詣)으로 간주해야 하고 그런 사기극으로 제후들을 희롱하는 것은 천하의 대죄이며, 그런 죄를 처벌하지 않는 것만 해도 다행인데 어찌 토지까지 요구하느냐고 질책했다—자한의 견해는 당시의 주류 의견일 가능성이 지극히 크다. 회맹을 전후하여 전쟁 중지에 대해 환상을 품은 사람은 사실 많지 않았던 것으로 보인다. 이러한 분위기에 상술은 어떻게 반응했을까? 상술은 땅을 돌려주고 자기 친족들이 군대를 동원하여 자한을 공격하려는 일을 막았다. 그는 자한이 자신을 구해준 것이지 해친 것이 아니라고 말했다. 상술은 총명한 사람이지만 각종 잘못을 범할 수 있다. 그러나 자한을 공격하려는 것과 같은 멍청한 잘못을 범하지는 않았다. 게다가 전체 상황을 살펴보면 그 자신도 전쟁 중지에 대해 환상을 품지는 않았던 것으로 보인다.

숙손표는 아마도 회맹에 참여한 각국 대표 중에서 나이가 비교적 많았던 것 같다. 우리는 이미 앞에서 그의 비극적인 종말을 이야기한 적이 있다. 그는 조짐이 맞아떨어진 듯한 자신의 꿈에 의해 죽임을 당했다고 하지만 노환 중에 아사한 것으로 보는 편이 좋을 것이다. 『좌전』의 기록을 살펴보면 숙손표는 아주 괜찮은 사람이다. 그는 늘 마음을 선량하게 쓰며 성실하게 직책을 수행했다. 춘추시대 200여 년간 노나라에서 어떤 정치인도 그보다 훌륭한 활동을 거의 하지 못했다. 아마도 계찰의 말이 정확한 것으로 보인다. 계찰은 숙손표의 단점을 가리켜 "선(善)을 좋아하여 사람을 가리지 않는(好善而不能擇人)" 것이라고 했다. 이 말은 마음속에 잠재된 선량한 마음이 그의 안목과 총명함을 초월하여 그린이 말한 것처럼 "마음 씀씀이가 고귀한 사람이 저지르는 잘못"을 더욱 쉽게 범한다는 뜻이다. 계찰은 노나라를 방문했을 때 숙손표의 면전에서 이 말을 했지만 안타깝게도 그를 구하지 못했다. 그러나 당시는 정말 재미있는 시대였다. 평소에 일면식도 없었던 사람에게 그처럼 허심탄회하게 직언을 할 수 있었으니 말이다.

경봉은 다음 해에 바로 변을 당했다. 아마 그도 나이가 많았고 술을 좋아하여 제나라의 대권을 전부 삼손과 같은 대역사인 자신의 아들 경사(慶舍)에게 넘겼다. 그러나 경사는 궁정 정변 과정에서 암살당했다. 그는 왼팔을 절단 당한 중상을 입고도 한 손으로 궁궐 기둥을 무너뜨려 결국 건물에 깔려 죽었다. 이 또한 삼손의 죽음과 같다. 이 암살을 주도한 사람은 바로 경사 자신의 사위이고 경봉의 손녀사위인 노포계(盧浦癸)였다. 경봉은 친족을 인솔하고, 천하 갑부로서의 재산을 모두 실은 채 노나라로 달아났다[계무자(季武子)에게 선물한 귀한 수레는 너무나 반짝거려서 거울로 사용할 수 있을 정도였다. 장인의 옻칠 기술이 일류였음을 알 수 있다]. 그는 또 오나라로 옮긴 후 주방(朱方)에 거주하며 계속 술을 마셨다. 숙손표가 아사한 바로 그 해에 초나라 군대가 주방을 공격하여 경봉의 일족을 모두 죽였다.

정나라 양소(良霄: 伯有)의 단점은 경봉과 같은 지나친 음주였는데 그는 한 단계 더 업그레이드 된 수준이었다. 그는 오늘날 거부와 고관대작의 VIP 게스트룸과 같은 호화로운 지하실을 마련해놓고 매일 그 속에서 술을 마시고 노래를 불렀다(그의 부하들은 모두 "우리 공께서 깊은 계곡에 계신다"는 사실을 알고 있었다). 그러다가 정나라에 정변이 일어나자 양소는 도망을 가야 했다. 그는 인사불성으로 만취하여 수레를 타고 나라 밖으로 도주했다가 잠시 후 군사를 이끌고 반격에 나섰다. 그러나 그는 결국 패배하여 양 우리에서 살해되었다. 양소는 사람들과의 사이가 나빠서 아무도 도와주지 않았으나 오직 자산만이 그곳으로 가서 눈물을 흘리며 시신을 수습해줬다.

중요하지 않은 인물로 몇 글자 기록이 남아 있는 사람은 위나라 대표 석악이었다. 그도 회맹 바로 다음 해에 세력을 잃고 망명했다.

초나라 굴건은 가장 빨리 죽었다. 그는 회맹 다음 해에 초 강왕과 함께 정상적으로 죽었다. 굴건의 영윤 지위를 이어받아 전쟁 중지 회담의 후속 업무를 계속한 사람은 바로 강왕의 아우 공자 위(圍)였다. 조금 뒤 그는 아예 초 강왕의 임금 자리를 빼앗았다. 제나라 경봉도 그에게 살해되었다.

공자 위가 바로 나중에 초나라 임금이 된 영왕(靈王) 건(虔)이다(즉위 후 건으로 개명했다). 그는 전체 『좌전』에서 가장 생동감 있게 묘사된 인물 중 하나다. 이어진 국제정치의 초점은 그의 몸에 모였고, 그는 거의 혼자서 연기를 펼쳤다.

공자 위에서
초 영왕 건에 이르기까지

미병지회 이후에도 몇 년 간 각국은 여전히 일상적으로 회맹을 가졌다. 그중에서 초나라 혹은 초나라 공자 위가 가장 열심이었다.

단기적으로 살펴보거나 피상적으로 말해보면 미병지회의 가장 큰 수혜자는 초나라였다. 진나라 조무는 전쟁을 그치게 하려는 생각뿐이어서 각국의 요구를 증감하려 하지 않았고 또 자신이 억지로 무엇을 하려고도 하지 않았다. 그러나 초나라는 "진나라와 초나라 종속국들을 서로 만나게 한다"는 미병지회의 결의에 따라 진(陳)·채·조·허를 정식으로 북상시켜 진(晉)나라에 조공을 바치게 했으며, 아울러 이후로는 명실상부하게 천하의 제후를 소집할 수 있게 되었다. 초나라는 분명히 이 새로운 놀이를 즐기고 있었다.

게다가 그것은 또 공자 위라는 사람, 그의 욕심, 그의 성격에서 기인한 일이기도 했다─초 강왕이 죽고 그의 아들 웅균(熊麇)이 보위를 이었다. 그의 장례는 미병지회의 여파로 공전의 성황을 이루었다. 천하의 제후가 모두 장례식에 애도를 표했고, 각국 대부도 묘지까지 장송 행렬을 수행했다. 당시 장례식에 참여한 군주로는 진후(陳侯), 정백(鄭伯), 허남(許南) 및 노 양공도 있었다(그는 이미 나이가 많았고, 당시에 재위 29년차였으며, 2년 뒤에 죽었다). 장례에 참석한 모든 사람들은 초나라 후임 웅균에게 아무 힘이 없고 모든 권력이 공자 위의 수중에 있으며, 조만간 왕위 찬탈이 일어날 수밖에 없는 상황임을 간파했다.

『좌전』의 저자는 장례식에서 공자 위가 보여준 놀랄 만한 위세를 우리에게 보여주지 않고, 이와 관련된 묘사를 2년 뒤로 보류했다. 노 소공 원년에 이런 기록이 있다.

"숙손표가 진(晉)나라 조무, 초나라 공자 위, 제나라 국약(國弱), 송나라 상술, 위(衛)나라 제악(齊惡), 진(陳)나라 공자 초(招), 채나라 공손귀생(公孫歸生), 정나라 한호(罕虎), 허나라 사람, 조나라 사람과 괵(虢) 땅에서 회맹했다."(叔孫豹會晉趙武, 楚公子圍, 齊國弱, 宋向戌, 衛齊惡, 陳公子招, 蔡公孫歸生, 鄭罕虎, 許人, 曹人于虢.)

이 기록에서도 대거 사람이 바뀌었고 장소도 진나라 세력 범위 안인 괵 땅임을 분명히 알 수 있다. 그러나 조무는 여전히 초나라에 앞자리를 양보하며 자신의 평화 의지를 관철하고 있다. 이 회맹에서는 도대체 무슨 일을 토론하고 해결하려 했을까? 아마 별로 중요한 일이 없어서 한가한 분위기였던 듯하다. 비바람이 몰아치고 목숨이 위태로웠던 지난 번 회맹과는 완전히 달랐다. 새로 영윤이 된 초나라 공자 위가 정식으로 국제무대에 등장하여 혼자서 특별한 공연을 펼쳤다는 것이 가장 합리적인 해석이다. 『좌전』의 현장 묘사는 매우 흥미롭다. 각국 대표가 한 사람씩 등장하여 한 마디씩 주고받는 대화체로 되어 있는데, 그것은 정말 100년 전의 일에 대한 회상이 아니라 현장에서 패션쇼를 감상하는 것처럼 생생하다. 또한 이 대목은 현대 소설가 첸

중수(錢鍾書)가 쓴 것이 아닌가 의심이 들 정도여서 『좌전』을 읽는 것이 아니라 그의 장편소설 『포위된 성(圍城)』을 읽는 것처럼 느껴진다.

초나라 공자 위가 온몸에 스포트라이트를 받으며 나타나자 숙손표가 말했다.

"초나라 공자께선 참으로 의상이 아름답습니다. 그야말로 임금님 같습니다."

정나라 한호가 그의 말을 이어받았다.

"저기 좀 보십시오. 창을 든 호위 무사 두 명이 앞에서 인도하고 있군요."(임금이라야 창을 든 호위 무사의 인도를 받을 수 있다.)

이어서 채나라 공손귀생이 좀 위험한 한 마디를 덧붙였다.

"벌써 초나라 이궁(離宮)에 거주한다는데 저런 위세가 뭐 그리 대수겠습니까?"

그러자 초나라 부대표 백주리(伯州犁)가 난처한 모습으로 해명에 나섰다.

"우리 전하께서 영윤의 이번 행차에 군주의 의상을 빌려주셨습니다."

정나라 부대표 자우(子羽)가 말했다.

"빌렸다가 돌려주지 않을 수도 있겠습니다."

백주리는 금방이라도 싸울 듯이 화를 내며 결례의 말을 내뱉었다.

"내 보기에 귀국에선 자석(子晳: 公孫黑)의 반란을 걱정해야 할 듯하오만!"(자석은 얼마 전에 정변을 일으켜 양소를 죽였다.)

그럼에도 자우는 아무 동요 없이 자신의 말을 계속했다.

"임금 복장을 돌려주지 않아도 정말 두렵지 않겠습니까?"

제나라 국악이 말했다.

"보아하니 두 분은 별로 걱정이 없는 듯한데, 제가 두 분 대신 참으로 걱정이 됩니다."

진나라 공자 초가 말을 받았다.

"그나저나 걱정하지 않고 어떻게 일을 이룰 수 있겠습니까? 두 분은 뭐가 그리 즐거우십니까?"

위나라 제악이 말했다.

"만약 누군가 대란이 일어날 줄 미리 알고 있다면, 근심할 일이 있더라도 무엇이 해가 되겠습니까?"

이처럼 청산유수와 같은 대화를 끊고 이 장면을 수습한 사람은 송나라 상술이었다. 그는 과연 총명하고 냉정했다.

"대국이 명령을 내리면 소국은 명령을 따라야 할 뿐입니다. 나는 명령에 따라 일을 처리할 줄만 알지 다른 화복(禍福)에 관한 일은 알지 못합니다."

마지막에 말을 한 사람은 진(晉)나라 악왕부(樂王鮒)였다. 진(晉)은 초나라에 대적할 수 있는 유일한 나라로 초나라에 죗값을 물을 수 있는 대국이었으며 이번에도 홈그라운드의 이점을 갖고 있었다. 그런 상황에서 초나라 공자 위라는 위인이 위세를 부리며 등장했지만, 악왕부는 우아하게 마침표를 찍듯 사람들의 설왕설래를 종결시켰다. 게다가 그는 정말 우아한 『시경』 「소아(小雅)」의 시를 인용했다.

"「소민(小旻)」의 마지막 장은 아주 내용이 좋습니다. 나는 그 내용을 따를 것입니다."(「小旻」之卒章善矣, 吾從之.)

『시경·소아』 「소민」은 난세에 관한 모종의 사유를 읊은 시다. 사람이 시시각각 위험을 의식하고 신중하게 처신해야 함을 비유하고 있다. 또한 「소민」의 마지막 단락에서는 "맨손으로 호랑이를 잡는 일과 걸어서 황하를 건너는(暴虎馮河)" 무모한 일에 대해 주의를 당부하고 있다. 즉 무지막지한 악인을 피해야 할 뿐 아니라 우리를 직접 해칠 것 같지 않은 소인배와도 일정한 거리를 유지하는 것이 가장 좋다는 것이다. 악왕부는 이런 모습이 올바르면서 좋은 태도라 여겼기 때문에 당시 대화에 끼어들지도 않았고, 또 덩달아 공자 위를 비난하지도 않았다.

이런 릴레이식 대화를 읽으면 우리는 당시 현장의 왁자지껄한 웃음소리가 들리는 듯한 느낌을 받는다. 그것은 본래 공자 위를 비난하고 비꼬는 웃음소리였다. 그러나 점점 분위기가 가라앉고 부지불식간에 비교적 심각한 그 무엇이 스며들어 웃음소리가 달라지고 있다. 이후로는 무절제하게 권력자에게 아부하며 "오늘 저녁은 어떤 저녁인가(今夕何夕今)"라는 시구를 미친 듯이 읊는 듯한 분위기로 바뀌고 있다. 공자는 자신이 말세를 살고 있다고 몇 번인가 탄식한 적이 있다. 그 스스로 자신을 포기하지 않았고, 심지어 모종의 천명 의식, 즉 "하늘이 어째서 나를 지금 이 땅에 태어나게 했나"라는 모종의 신비한 사유로 자신을 분식하고 있음에도 말이다[정말 말세임을 인정한다면 일련의 자기 조정 과정을 거쳐 가치, 선의, 시비, 정오(正誤) 등에 대한 필요한 판단과 그것을 고수하는 것 같은 다양한 사유는 팽개쳐두고 상관하지 않을 것이다. 이것이 말세 사유가 치러야 할 가장 큰 대가다. 이 때문에 장난치듯 가볍게 행동할 수 없다].

2000년 전에 벌어진 일을 우리가 직접 느끼기는 어려울 수도 있지만, 어쩌면 공자의 과장된 말이 개인적인 관점일 뿐이고, 전체 역사를 살펴보면 그렇게 말한 사람이 너무나 많다는 사실을 인식할 수 있을 것이다. 그러나 이런 것과 전혀 상관없이 기록된 회맹 참가자들의 대화를 통해 우리는 당시에 모종의 분위기가 존재했음을 간파할 수 있다. 모든 참가자가 어떤 속마음을 지닌 채 현장에 참석했고, 그것이 당시 상황에서 쉽게 드러났다고 말할 수도 있다. 근심과 즐거움은 공자 위나 대란을 목전에 둔 초나라에 머물지 않고 모든 참가자와 그들의 국가, 그들의 환경으로 신속하게 확장되었다. 그렇다. 당시 어느 국가에 공자 위와 자석 같은 반란이 없었겠는가? 그러므로 누가 미래를 향해 고민하며 망연자실하지 않을 수 있었겠는가?

당시 분위기를 보면 참가자 모두 모종의 더욱 강력한 폭풍이 몰려오고 있음을 느끼고 있었던 듯하다(벤야민이 말한 역사의 폭풍은 모든 것을 폐허로 만들고 나서 오히려 사람을 미래로 끌고 간다). 아마 대국이든 소국이든 그 폭풍은 이미 문 밖까지 닥쳐왔던 듯하다. 이 대목에서 우리는 그런 시간이 아무도 모르게 박두한 것 같은 느낌을 받는다. 인간 세상엔 일종의 기괴한 평등이 존재한다. 마치 죽음 앞에서는 누구나 모든 것을 내려놓은 채 스스로도 어쩔 수 없이 완전한 평등 상태에 처하듯이 말이다. 사람들은 신분을 초월하여 직설적으로 말을 내뱉기도 한다. 채나라 공손귀생과 같은 경우는 현장의 모든 사람이 그가 초나라(특히 다음 초왕)에게 절대로 죄를 지어서는 안 된다고 여겼다. 정나라 자우는 아침에 저녁을 보장할 수 없는 소국의 부대표일 뿐이어서 현장의 논란에 끼어들어서는 안 될 처지였다. 제나라 국약, 진(陳)나라 공자 초, 위나라 제악 등은 분분히 한 마디씩 말을 섞었지만 그처럼 진지해지는 분위기를 바로 감지했다. 즉 논리에 균열이 생기면서 앞서 한 말을 완전히 수습할 수 없게 되고, 심지어 어디에서 연유한 것인지도 모를 진지한 분위기가 스며드는 것을 느끼고 있었다. 그 진지함은 응당 신중함을 강구해야 할 외교적 수사와는 달리, 갑자기 촉발되어 걷잡을 수 없는 대화에 의해 표출되기 시작했다.

『좌전』은 이런 대화를 통해 모든 사람의 미래 운명을 예견할 수 있다고 말하고 있는 셈이다. 어떤 사람은 난리를 피하여 편안하게 자신의 몸과 자신의 나라를 보존할 수 있고, 어떤 사람은 틀림없이 폭풍우 속으로 휘말려 들어갈 것이다. 이런 예상은 아마 정확한 것이며 또 적어도 근거가 있다고 할 수 있다. 참가자들의 몇 마디 대화에는 각자의 인성, 생명에 관한 태도 및 황망하고 고통스러운 순간에 그들이 취해야 할 방법이 드러나 있다.

공자 위는 오래 끌지 않았다. 그와 같은 성격을 가진 사람은 본래 인내심이 없으므로 새로 즉위한 초왕이 튼튼하게 기반을 잡도록 내버려두지 않는다. 괵(虢) 땅의 회맹은 그 해 정월에 열렸는데, 같은 해 11월 공자 위는 바로 궁궐로 쳐들어가서 초왕 웅균을 목 졸라 죽였다. 백주리도 피하지 못하고 함께 피살되었다. 그러나 나중에 백주리보다 더욱 유명해지는 손자 한 명이 도주하여 초나라의 적국 오나라에 투항했다. 그가 바로 오자서와 함께 초나라를 격파하고 초 평왕의 시신을 파내어 매질한 백비(伯嚭)다. 복수에 성공한 셈이다. 흥미롭게도 백주리는 본래 진(晉)나라 사람이었다. 그의 부친 백종(伯宗)은 직언을 하다가 당시 진나라 권력자였던 삼극(三郤: 郤錡, 郤犨, 郤至)에 의해 살해되었다. 권력자에게 죄를 지어 적국으로 망명한 몇 세대 사람의 기이한 운명이 가족의 전통으로 굳어진 것처럼 보인다. 찬탈에 성공한 공자 위를 이제 우리는 초 영왕 건(虔)이라고 불러야 한다.

미병지회는 세계를 바꿨고, 초 영왕은 보위에 올랐다. 언뜻 보기에 드넓고도 멋지고 참신한 국면이 확실히 그를 기다리고 있는 듯했다. 우선 "진나라와 초나라 종속국들을 서로 만나게 한다"는 결의는 '양강 맹주제(雙盟主制)'를 승인한 것과 같다. 그것은 역대 초왕들이 계속 추구했지만 얻을 수 없었던 지위였다. 초 장왕처럼 강력한 군주조차 그런 지위를 누리지 못했다. 다음으로 진나라와 초나라의 대화해가 진정으로 성공한 데다 진나라 집정자가 조무에서 한궐로 바뀌면서도 남방과 전쟁을 하지 않겠다는 의지를 관철했다. 이 또한 남방의 소국들을 완전히 초나라에 일임한 것과 같은 효과를 발휘했다. 초왕에게는 확실히 신나는 일이었다. 북쪽 나라를 향해서도 맹주의 지위를 누리고, 남쪽에서도 소국을 하나하나 멸망시킬 수 있게 되었다. 유일하게 평정하지 못한 나라는 국력이 강대하면서도 아직 국제질서 속으로 들어오지 않은 나라, 초나라보다 더욱 구속을 받지 않으려는 오나라뿐이었다(초나라는 마침내 자신들보다 더욱 억지를 부리는 나라를 만나게 되었다. 이것은 초나라가 대국으로 굴기하여 국제적 지위를 얻는 과정에서 필연적으로 치러야 할 대가였다). 초나라와 오나라의 싸움은 결정적인 승부가 나지 않는 피로한 전쟁이었으므로 손해를 더 많이 보는 쪽은 당연히 초나라였다. 왜냐하면 그것은 마치 정식 국가와 산적 패거리의 전쟁과 비슷했기 때문이다.

『좌전』에 의하면 초 영왕의 첫 번째 대사(大事)는 또 다시 천하의 회맹을 소집하는 것이었다. 그 장소는 초나라의 신(申) 땅이었다. 이번에 그는 초나라 공자 위가 아니라 초왕 건의 신분이었다. 『좌전』에서는 사실의 진상을 완전히 파악했다. 즉 회맹은 본래 언급할 만한 가치도 없는 따분한 일이라는 사실이다. 이 대목에서 『좌전』은 여전히 초 영왕 개인을 두드러지게 묘사하면서 두 가지 일을 분명하게 기록했다.

첫째, 회맹 예법의 선택이다(규모, 현장 설계, 진행 순서 등). 초 영왕은 120년 전 제 환공이 주도했던 소릉(召陵) 회맹의 방식을 채택하거나 모방하기로 결정했다. 그 회맹은 당년에 제 환공이 초나라의 죄를 문책하고 또 초나라를 굴복시키기 위한 행동이었다(이 때문에 초나라는 더욱 심각하게 기억하고 있었을 것이다). 따라서 그것은 이른바 일광천하(一匡天下)를 처음으로 완성한 최고위급 회맹이었다고 할 수 있다[천하의 제후를 하나의 광주리(籮筐)에 담은 것과 같다]. 말하자면 초 영왕도 어쩌면 스스로 그렇게 하여 당년의 제 환공으로 행세하고 싶었을지도 모른다.

둘째, 초나라 영왕과 정나라 자산의 대화다. 자산은 초 영왕에게 노·위(衛)·조(曹)·주(邾) 등의 나라가 국내의 어려움 때문에 참가하지 못한 걸 제외하고 천하의 제후 중에서 "누가 감히 오지 않을 수 있겠습니까?"라고 더없이 정확한 판단을 내렸다. 이 대목에서 초 영왕은 자산의 말을 받아 바로 다음과 같은 질문을 했다. 사실 그는 방금 우유를 배불리 먹은 고양이처럼 흡족한 마음이었다.

"그럼 내가 하려고 마음만 먹으면 불가한 것이 없단 말이오?"(然則吾所求者, 無不可乎?)(『좌전』 「소공」 4년)

이 회맹에서는 또 진나라와 초나라 사이의 국제적 혼담이 동시에 진행되었고, 다음 해에 진나라는 약정에 따라 한기와 숙향을 시켜 진나라 여인을 초나라로 호송하게 했다. 두뇌 씀씀이가 다른 사람과 그다지 같지 않은 이 초 영왕이라는 위인은 뜻밖에도 이런 생각을 했다.

'내가 그들을 잡아 둘 수도 있지 않을까? 진나라 상경 한기의 발을 잘라 초나라 성문을 지키게 하고, 상대부 숙향을 거세하여 환관을 만드는 것이 대대로 원수였던 진나라에 멋진 복수를 하고 초나라의 위엄을 크게 떨치는 일이 아닐까?'

그는 생각하는 데 그치지 않고 정말 자신의 위대한 생각을 초나라 신료들에게 자문했다. 모든 사람이 즉석에서 깜짝 놀라 바보처럼 굳어졌다. 오직 위계강(薳啓彊)만이 천천히 대답했다.

"물론 가능합니다. 무슨 일인들 하지 못하겠습니까?(이후로도 우리는 『좌전』에서 거의 모든 사람이 이러한 어투로 말을 시작하여 초 영왕의 각종 기상천외한 질문에 대답하는 걸 계속 보게 된다. 여기에 포함되지 않은 자산도 마치 어린 아이를 다루는 것처럼 포악한 독재자를 다뤘다.) 다만 계속해서 각종 준비만 잘 하면 됩니다. 진나라와 심리적 측면에서 현실적 측면에 이르기까지 사돈의 나라에서 원수의 나라로 안면몰수 할 준비를 하고, 또 예상할 수 있는 천하 각국의 갖가지 반발을 받아들일 준비를 하고, 더욱 지금 바로 우리보다 훨씬 뛰어난 군사력으로 밀물처럼 진격해 올 진나라 대군을 맞아 싸울 준비를 잘 할 수 있다면 가능합니다(이 대목에서 위계강은 진나라의 실력, 즉각 동원 가능한 병거와 전사 숫자 및 군사를 이끌 각급 장수 인선과 같은 일은 언급도 하지 않고 있다). 그렇습니다. 이런 준비를 잘 할 수 있다면, 하지 못할 일이 무엇이겠습니까?”

초 영왕은 그의 말을 이해하고 이렇게 생각했다.

‘아! 본래 불가능한 일이었군!’

그는 한기에게 후한 예물을 증정했고, 또 박학다식한 숙향을 더 이상 시험하지 않고 그에게 탄복하며 똑같이 후한 예물을 증정했다. 사람을 포박하려던 입장에서 포상을 내리는 것과 같은 생기발랄한 모습은 확실히 초 영왕 특유의 행위 방식이다. 그는 아랫사람의 말을 이해하지 못하는 군주가 아니었으며 멍청한 군주도 아니었다. 다만 탓할 수 없는 순진함만 가득한 사람이었다(그린은 순진함이란 일종의 천치 같은 모습인데 그것은 영원히 무죄라고 말했다). 즉 그것은 성장하지 않는 유년 상태의 지속이고, 소년의 마음을 영원히 이어가는 상황이기 때문에 여기에는 소년 특유의 유아독존적이고 난폭하고 잔인하고 서정적인 특징이 수반된다. 쿤데라가 말한 것처럼 어떻게 성인의 세계로 타당하게 진입하는지 모르는 상태라 할 수 있다.

다시 2년 후 초 영왕은 장화대(章華臺) 낙성식을 거행하게 되었다. 호화로운 궁궐의 ‘집들이’ 행사에 하객들이 북적이지 않으면 어찌하겠는가? 위계강은 노 소공을 초청하라는 임무를 부여받았는데 마지막에는 물론 노 소공을 위협했다(“군후께서 낙성식에 가지 않으신다면 우리와 전쟁할 날짜를 알려 주십시오"라고 했다). 초 영왕은 새 궁궐에서 잔치를 열고 현장에서 시중드는 사람을 모두 수염이 긴 사람으로 선발했다(길고 아름다운 수염을 가진 남자가 당시 유행하는 심미적 기준이었음이 분명하다). 아마도 초 영왕은 잠시 너무나 즐거웠던 듯 초나라의 귀중한 보배인 '대굴(大屈)'이라는 활을 노 소공에게 주었다. 이것은 그의 성격으로 봐서 충분히 할 수 있는 일이었다. 그러나 그는 바로 후회했다. 이것도 그의 성격으로 봐서 충분히 가능한 일이었다. 결국 위계강이 나서서 또 노 소공을 위협한 끝에 활을 돌려받을 수 있었다.

노 소공이 장화대로 가는 행차에서 뜻밖에도 아주 중요한 일 한 가지가 발생했다. 그것은 바로 '맹희자(孟僖子)가 치욕을 당한 일'이었다. 맹희자는 노 소공을 수행하여 초나라로 가다가 정나라를 지나게 되었다. 그는 정나라 군주가 베푼 연회석상에서 예절을 몰라 체면을 깎였다. 초나라에 도착해서도 그곳 사람들이 교외에서 환영 행사를 할 때 어떻게 그들에게 답례를 해야 하는지 몰랐다. 맹희자는 그 부끄러운 일을 마음에 담아두었다가 노나라로 돌아온 후 사방으로 학자들을 찾아다니며 예절을 공부했다. 임종에 이르러서도 그는 자신의 두 아들 맹의자(孟懿子)와 남궁경숙(南宮敬叔)을 일개 서민 학자였던 공자에게 보냈다. 이는 당시에 노나라를 깜짝 놀라게 한 사건이었고, 이후 이를 본받아 이와 같은 일이 유행했을 가능성이 있다. 맹희자가 당시 행차에서 예절을 몰랐을 때 공자는 겨우 17세였다. 맹의자와 남궁경숙이 공자의 문하에 들어간 것은 다시 17년이 지난 후였다. 맹희자는 너무나 진지한 자세로 그 일을 평생 잊지 않고 자신을 단련했다. 이것은 너무나 감동적인 일이다. 나 자신은 이렇게 일을 처리하고 이렇게 일을 기억하는 사람을 매우 좋아한다.

『좌전』에는 예의를 몰라서 허둥대는 일들이 너무나 많다. 거의 책 전체에 널려 있다고 할 수 있다. 사람들은 전에 보지 못했던 장면이 너무나 많아서 어떻게 반응해야 할지 몰랐고, 또 전에 듣지 못했던 말이 너무나 많아서 들어도 이해할 수 없었고, 그런 말에 어떻게 대답해야 할지도 몰랐다. 일찍이 초 문왕(文王)이 겪었던 상황처럼 말이다. 그는 허나라를 핍박하여 항복을 받을 때, 허나라 군주가 두 손을 뒤로 결박하고 입에는 옥구슬을 물고 있는 광경을 목격했다. 그리고 허나라 대부들은 모두 그들의 군주 뒤에서 상복을 입고 관(棺)을 떠메고 있었다. 그것은 바로 '죽음'을 형용하는 장면이었고, 허나라 군주는 죽은 사람으로 분장한 것이었다. 초 문왕은 갑자기 출현한 이 장면을 전혀 이해하지 못하여 방백(逢伯)에게 물어보고서야 그 의미를 알게 되었다. 본래 이것은 옛날 주 무왕이 상나라를 정벌할 때 미자계(微子啓)가 보여준 특이한 행동이었다. 주 무왕은 직접 그의 포승줄을 풀고 그의 입에서 옥구슬을 빼낸 뒤 관을 불태우며 흉조를 제거하는 작업을 진행했다. 주 무왕의 행동은 미자계를 죽음에서 구출하여 다시 산 사람으로 만든다는 의미였다. 이것은 이후 항복 의례로 답습되었다(미자계가 '발명'한 것일까?). 맨 처음 이 행사 속에는 완전한 망국자의 사유 및 그 의미가 암시되어 있었다. 주 무왕도 그 의미를 모두 이해했다. 이 때문에 그의 답례(이 또한 주 무왕에게서 시작된 것일까?)는 상대를 충분하게 이해한 사람의 부드러운 행동이라 할 만했다. 말하자면 의례로 굳어지기 전의 모습이었는데, 특히 첫 번째 행사는 서로 간의 대화였다. 쌍방은 이처럼 평상시와 다른 상황에서 깊이 있고 정확할 뿐 아니라 아주 멋진 모습으로 소리 없는 대화를 나눴다.

　　노나라를 춘추시대의 큰 박물관이자 큰 학교로 간주해야 한다고 말한 적이 있다. 맹희자는 또 삼환(三桓) 중에서 맹손씨(孟孫氏) 가문의 주군이었다. 당시 노나라의 권력을 좌우한 세 가문을 '삼환'이라고 불렸는데, 그것은 노 환공의 세 아들이라는 의미다. 즉 노 환공 사후 장공이 보위를 잇는 과정에서 분가한 각 가문을 가리킨다. 계산해보면 맹희자에게 권력이 전해질 때까지 이미 환공, 장공, 민공(閔公), 희공, 문공, 선공, 양공, 소공 등 8대의 군주를 거쳤고 그 시간은 장장 170년에 이른다. 게다가 이 세 가문은 시종일관 노나라 권력의 핵심을 하루도 놓친 적이 없었으므로 내부인 중의 내부인이라 할 수 있다. 따라서 맹희자가 예절을 몰랐다는 건 다소 이상하다. 하지만 그 원인은 그가 어린 시절 예절 학습을 소홀히 했기 때문이라고밖에 할 수 없다. 또한 전란이 휩쓴 시대에 옛날 예절이 유실되었다고도 상상할 수 있지만 사정은 단지 그런 상황에만 그치지 않은 듯하다.

나는 춘추시대 사람들의 예(禮)에 어긋난 언행이나 예에 무지한 사례를 보면서 당시에 이미 그런 '예가 사라졌거나' '예를 망각한' 부분이 있다고 생각한다. 그리고 나는 사람들이 아직 그런 예를 '배우지 않았거나' '예를 갖추지 못한' 부분도 많다고 여긴다. 가장 간단하고 가장 근본적으로 말해서 예는 인간과 인간 사이에서 각종 타당한 관계를 추구하고 확인하는 절차와 방법이다. 성가신 것은 인간과 인간의 관계가 늘 바뀌거나 추가된다는 점이다. 우리는 인간의 신분이나 지위가 변동될 뿐 아니라 끊임없이 복잡다단해진다는 사실을 발견할 수 있다(시대와 사회구조의 변화에 따라 이렇게 된다). 이 때문에 인간과 인간이 맞닥뜨리는 각종 상황도 변동될 뿐 아니라 전에는 보지 못한 광경과 흔히 맞닥뜨리기도 한다. 이밖에 인간 자신의 사유, 인간의 가치관과 선택, 삶의 우선순위도 변동된다. 춘추시대 200년이 앞 시대와 확연히 다른 점은 전쟁이 빈번하게 발발하기 시작했다는 점이 아니다. 오히려 전쟁은 일종의 결과이거나 피하기 어려운 파생물이었을 뿐이다. 즉 인간과 인간 사이에서 불가피하게 발생할 수밖에 없는 만남, 충돌, 방해, 간섭, 침입의 과정에서 야기된 파생물이라 할 수 있다. 국가와 국가, 부족과 부족이 이빨을 드러내고 으르렁거리기 시작하면 본래 양쪽 사이에 존재하던 빈 땅은 하나씩 소실되기 마련이다.『좌전』에는 오나라와 초나라의 전쟁이 기록되어 있는데, 두 나라의 충돌 지점은 바로 두 나라의 경계선이었다. 그곳에서 뽕잎을 따는 여인들이 뽕나무 한 그루를 다투면서 분쟁이 발생했다. 그 경계 지역에서는 토지와 천연자원 채취가 더 이상 당연한 것이 아니게 되었다. 즉 적어도 하나의 국가나 하나의 부족 내에서처럼 저절로 분배 또는 중재되지 않게 되었다.

회맹을 빈번하게 개최하고 그 내용이 자주 바뀌는 것도 이와 같은 사정 때문이다(이전의 회맹은 관례적이었을 뿐 아니라 기본적인 개최 연한도 정해져 있었다). 빈번하고도 고통스러웠던 춘추시대의 회맹은 물론 따분한 것이었다. 어떤 나라, 어떤 사람의 허영을 과시하기 위한 경우가 많았기 때문이다. 그러나 절박한 필요에 의해 개최될 때도 있었다. 그런 사례 중 가장 흔한 것은 전쟁을 막거나 수습하기 위한 것이었다. 사실상 춘추시대 회맹의 횟수와 내용 변화를 이끈 것은 전쟁이며, 당시 사람들은 전쟁에 직면하고 전쟁을 공부하고 전쟁을 처리하기 위한 특수한 방법을 찾고 있었다. 또 당면한 문제를 더욱 구체적으로 해결하기 위한 회맹도 열렸다. 예를 들어 노 양공 11년에 박(亳) 땅에서 개최된 회맹에서는 각국이 식량을 매점매석하거나 통제해서는 안 되고, 천연자원을 농단해서는 안 되고, 국경을 넘어간 범죄자를 비호해서는 안 된다고 결의했다. 이것은 흡사 오늘날의 국제 사법 공조 및 범죄자 인도 조약과 비슷하다. 또 이보다 더욱 이른 시기에 제 환공이 개최한 규구회맹(葵丘會盟)에 대해서『좌전』에서는 정전 평화협정만 기록했지만『공양전』과『곡량전』에서는 더욱 상세한 내용을 기록했다. 이 회맹에서 결의한 다양한 조항에는 각국이 마음대로 보위 계승자를 바꿔서는 안 되고, 첩을 정실부인으로 맞아들여서는 안 된다는 등의 내용이 포함되어 있다. 이것은 물론 각국의 내정에 개입하기 위한 제도적 장치인데, 당시의 국가와 부락이 이미 더 이상 고립된 채 무엇이든 할 수 있는 상황이 아니라는 사실을 직접 말해주고 있다. 즉 한 나라와 한 가문의 동란과 충돌이 직접적으로 천하 전체에 영향을 미칠 수밖에 없는 세상이 된 것이다. 그러나 가장 흥미롭고 가장 구체적인 것은 다음과 같은 조항이다.

"각국은 마음대로 하천의 물 흐름을 끊거나 통제하여 하류 사람들이 정상적인 취수와 용수 활동을 할 수 없게 해서는 안 된다."

하천의 유장한 흐름은 자연스럽게 국경을 통과하므로 그 흐름을 제한해서는 안 된다는 의미다.

오늘날 우리의 입장에서 신성한 서적으로 간주하는 중국 고대의 '육경(六經)'은 이미 사라진 『악(樂)』을 제외하면 『예(禮)』가 가장 두텁다. 사실 이른 시기에 『예』는 한 권이 아니었으며 이후 나누고 나서도 『예기(禮記)』, 『의례(儀禮)』, 『곡례(曲禮)』라는 매우 두툼한 세 권의 책으로 완성되었다. 사실 그것은 본래 두꺼운 책이었던 것이 아니라 시간의 흐름에 따라 끊임없이 두꺼워진 책이다. 내용의 시간성이나 시간적인 감각으로 말해보자면 『시경』, 『서경』, 『역경』은 모두 폐쇄적인 서적이다. 즉 이 책들은 본문이 이미 고정되어서 그 옛날 어느 한 시점에 멈춰 있다. 설정 시간이 조금 늦은 『춘추』도 폐쇄적인 텍스트다. 노 은공에서 시작하여 노나라 교외에서 기린이 잡힐 때 혹은 공자의 죽음에 멈춰 있다. 게다가 『춘추삼전(春秋三傳)』『좌전』, 『공양전』, 『곡량전』도 해석만 책임졌을 뿐 『춘추』 본문은 감히 변동시킬 수 없었다. 오직 이 삼대 예서(禮書)만(특히 『예기』는 가장 두껍고 가장 무질서한 책이다) 그 내용을 계속 보태왔고, 텍스트가 다루는 시간도 세월의 흐름에 따라 계속 진행형으로 이어져왔다. 책이 완성될 당시에 이르러서도 아직 미완이고 잠정적인 텍스트로 느꼈던 듯하다. 이 때문에 이 삼대 예서의 문장은 당당하고 낭랑하고 조리가 분명한 기타 네 경전과는 확연하게 다르다. 이들 예서의 문장은 기세가 약하고 불확정적이며 아직 사유가 진행 중인 것으로 느껴진다. 여전히 유동적이고, 여전히 탐색 중이고, 여전히 사물의 더욱 미세한 부분으로 진입하려고 시도하고 있으며, 또한 여전히 눈앞의 현실과 얽혀 있다. 다른 하나의 견해는 바로 삼대 예서의 문장을 진정으로 현실과 분리할 수 없어서 그것을 고정된 텍스트로 정착시키지 못했다는 점이다. 현실이란 생생하게 살아 움직이고, 인간과 인간 사이의 각종 새로운 만남과 부딪침이 끊임없이 발생하므로 그런 현실에 대해서는 어떤 결론도 내릴 수 없다.

이밖에 삼대 예서의 본문도 앞뒤가 엇갈리거나 상호 모순된 부분이 매우 많으며, 특히 수많은 예법 규정에도 앞뒤의 실제 숫자가 어긋나는 경우가 많다(예를 들어, 세금 액수, 제후국 분봉 방식, 분봉 논리 및 분봉 크기 등이 그러하다). 이에 대한 비교적 간단하고 합리적인 해석은 이렇다. 이들 텍스트의 본문은 동일한 사람이나 동일한 사례에 근거하여 서술된 것이 아니다. 그것은 객관적 조건이 상이한 장소에 적용되기도 하고, 상이한 단계, 상이한 시도가 이루어지는 각종 시간에 시행되기도 한 방법들이다. 또 이 텍스트의 배경은 그처럼 큰 혼란을 겪으며 끊임없이 변화해가는 현실세계다. 또 삼대 예서에는 이상적으로 응당 그러해야 하지만 현실적으로 그렇지 못한 요소가 너무나 많다. 이 점은 많은 사람들에 의해 이른 시기에 이미 결론이 내려진 사항이다. 사람들은(아마도 한 사람에 그치지 않을 것이다) 세계에 대한 자신의 기대,

시비와 선악에 대한 자신의 주장 및 사물의 더욱 아름다운 양태에 대한 자신의 상상을 한 차례, 한 차례 끊임없이 예서에 써넣었다. 이런 것들은 예전에 존재하지 않았을 뿐 아니라, 현실에서 통용될 수 있을지 여부나 다른 것에 저촉되는지 여부조차 알 수 없는 내용이었다— 거의 대부분 이와 같았다. 고색창연한 기억, 목전의 판단과 행위, 새로운 발명 등이 모두 포함되어 있다. 과거, 현재, 미래가 마구 뒤섞여 있다. 이런 점은 삼대 예서 중에서, 특히 『예기』에 가장 많이 들어 있다. 그것은 멀고 오래된 한 줄기 신성한 빛으로부터 온 것이 아니라 물결처럼 계속 반짝이는 인생 현실의 큰 강물로부터 온 것이다.

나 자신의 독서 경험으로 말하자면 젊은 시절에는 절대적인 음성으로 가득 찬 『서경』을 좋아했고, 나이가 들수록 불명확한 언어로 가득 찬 『예기』를 더 좋아하게 되었다. 『예기』에는 오늘날에도 생각을 멈출 수 없고 지금도 여전히 성장 중인 어떤 것이 가장 많이 포함되어 있는 듯하다. 물론 나보다 더 나이가 많은 사람은 『역경』을 좋아할 수도 있다. 이 책은 아마도 사람의 궁극적 피곤함을 다룬 내용으로, 인생 최후의 답안을 추구하는 듯하다. 전설에 의하면 공자를 마지막으로 유혹한 책도 바로 『역경』이었다고 한다.

따라서 맹희자의 결례는 이상하게 여길 일이 아니었을 듯하다. 그는 결국 그 시간, 그 장소에 존재한 일개 현실 정치인이었을 뿐이다. 먼지 같은 미미한 존재에 불과했다. 이 때문에 그가 이후 꼬박 17년 동안 예를 배우고도 여전히 부족하다고 느낀 건 당연한 일이었다.

초 영왕 건으로 되돌아가자. 다시 또 확인된 남방 초나라 세력 범위 안에서 초나라의 병탄 작업은 더욱 가속화되었다. 신(申) 땅의 회맹이 끝나자 초 영왕은 내친 김에 초나라 주방으로 진공하여 경봉 일족을 몰살시키고 아울러 그곳 소국도 병탄했다. 4년 후 진(陳)을 멸망시키고 두 차례 회맹에 진나라 대표로 참가한 공환도 살해했으며, 공자 초는 월나라로 추방했다. 다시 3년 후 초나라는 채나라를 멸망시키고 그곳의 "은태자(隱太子)를 강산(岡山) 제사의 희생품으로 썼다." (用隱太子于岡山.) 즉 다른 나라의 태자를 소나 양 대신 제물로 사용했다는 의미다. 중간에 그는 또 회맹을 열고 궁궐을 건축했으며 초나라 신료들을 죽였다. 또 근본적으로 격파할 수 없는 오나라를 계속 공격했다. 참으로 바쁘고 충실한 나날을 보낸 것처럼 보인다. 그러나 달리 보면 이런 행동들은 평화조약에 역행하고 대규모로 군비를 확장한 일에 다름 아니다. 진나라와 채나라처럼 영토가 작고 인구가 적은 빈약한 나라도 그에 의해 개조되어 병거 1천 량(輛)을 동원할 수 있는 큰 성이 되었다. 아마도 적극적으로 이민을 추진했겠지만 세금 인상 폭도 틀림없이 경악할 만한 수준에 이르렀을 것이다.

이때 북방의 여러 나라는 어떻게 반응했을까? 마치 눈살을 찌푸리며 장난이 심한 아이를 바라보는 부모와 같은 심정이었을 것이다. 춘추시대 200년 동안 이처럼 언행일치의 행동을 한 인간이나 나라는 아주 드물었다―공자 위에서 시작하여 초 영왕에 등극하기까지 사람들은 모두 그가 무슨 일을 할지 금방 간파할 수 있었다. 괵 땅 회맹에서 사람들은 그가 자신의 임금을 시해하고 보위를 찬탈할 것이라고 예상했다. 신 땅 회맹에서도 모두들 그가 틀림없이 한바탕 소동을 벌일 것이라고 예견하면서 10년이 걸리지 않을 것이니 지금 긴장하거나 무슨 조치를 취할 필요는 없고 편안하게 기다리자고 결론을 내렸다. 심지어 그들은 초 영왕을 대신할 다음 초나라 임금이 누구인지도 정확하게 예상했다. 그는 바로 채나라로 파견되어 천 승의 병력을 장악한 초 영왕의 막내 동생 공자 기질(棄疾: 楚 平王)이었다.

『좌전』에서 초 영왕의 모습을 마지막으로 묘사한 건 노 소공 12년,

즉 채나라를 멸망시키고 나서 1년이 지난 시점이었다. 당시는 추위가 극심한 한겨울이었다. 초나라는 서(徐)나라를 포위하기 위해 출병했는데, 그것은 오나라를 압박하기 위한 조치였다. 초 영왕은 친히 건계(乾溪)까지 전진하여 전방 부대를 후원했다. 그러나 그것은 다시는 돌아올 수 없는 행차였다―그날 폭설이 내렸다. 초 영왕은 '가죽으로 만든 관(冠)'을 쓰고 '진복도(秦復陶)'●를 입고, 그 위에 다시 '취피(翠被)'●●를 걸치고, '표범가죽으로 만든 신발(豹鳥)'을 신은 채 채찍을 들고 밖으로 나왔다(위풍당당한 등장이다). 초 영왕이 묻고 우윤(右尹) 자혁(子革)이 대답하는 대화가 한동안 이어졌다. 전반부에서는 여전히 초 영왕의 치기 어린 천박함이 드러나고 있지만 마지막에는 뜻밖에도 다소 슬픈 분위기가 감돌고 있다.

"만약 내가 주나라 천자에게 구정(九鼎)을 달라고 하면 내게 주겠는가?"
"물론입니다."
"내가 정나라에 땅을 달라고 하면 주겠는가?"
"줄 겁니다. 주나라 천자도 구정을 줄 텐데, 정나라가 어찌 감히 땅을 주지 않겠습니까?"
"천하의 제후가 모두 나를 두려워하는가?"
"그렇습니다. 어느 나라가 두려워하지 않겠습니까?"

여기까지 읽고 나면 우리 모두는 이런 초 영왕 특유의 전용 문답이 진행될 때, 가장 중요한 말은 가장 마지막 부분에 등장한다는 사실을 짐작하게 된다. 이 대목에서 자혁은 초 영왕이 잠시 자리를 비운

● 추위를 막기 위해 진(秦)나라에서 만든 고급 깃털 옷.
●● 비취 깃털로 만든 방한용 외투.

사이에 공윤(工尹) 노(路)에게 자신은 지금 칼을 날카롭게 갈고 있는 중인데 적당한 시기가 도래하면 바로 손을 써서 왕을 참수하겠다고 했다. 이후 과연 자혁은 방법을 강구하여 화제를 옛날 주 목왕(穆王)으로까지 이끌고 갔다. 이 저명한 주나라 천자도 지나치게 활동적이었다. 그의 저명하고 거대한 몽상은 천지사방을 모두 다니면서 하늘 아래 모든 땅마다 자신의 수레바퀴와 말발굽 자국을 남기는 일이었다. 마지막에 주 목왕의 행차를 가로막은 것은 채공(祭公) 모보(謀父)가 지은 〈기초(祈招)〉•라는 시였다. 자혁은 바로 이 시 때문에 주 목왕이 과도한 여행을 멈추고 천하를 보존했으며, 자신도 피살되거나 흉악한 죽음을 당하지 않고 천수를 누렸다고 말했다.

자혁은 이 〈기초〉 시를 영왕에게 들려줬다.

"기초는 온화한 모습으로 왕의 덕음(德音)을 밝히네. 우리 왕의 풍모를 생각하니, 옥과 같고, 금과 같네. 백성의 힘을 잘 헤아리며, 술에 취하거나 배불리 먹으려 하지 않네."(祈招之愔愔, 式昭德音. 思我王度, 式如玉, 式如金. 形民之力, 而無醉飽之心.)(『좌전』「소공」12년)

『좌전』은 이 대목에서 우리에게 마치 한 줄기 맑은 바람과 같은 청량함을 선사한다. 초 영왕은 이 시의 뜻을 완전하게 알아들은 것으로 보인다. 그는 공경하게 자혁에게 한 번 읍을 하고 조금은 낙담한 표정으로 묵묵히 자신의 거처로 돌아가서 며칠 간 밥도 먹지도 않고 잠도 자지 않았다. 그러나 이 며칠간의 맑은 심사로도 그는 자신의 일관된 인생관, 과대망상, 소동을 그치지 않는 지나치게 젊은 영혼을 주

•『시경』에는 실려 있지 않고 『좌전』에만 전하는 고대 시다. 기(祈)는 주나라 사마관(司馬官)이고, 초(招)는 당시 사마관 직에 재임하던 사람의 이름이다. 채공 모보가 주 목왕의 지나친 여행을 막기 위해 왕을 수행하는 사마관 초의 행적을 빌려 주 목왕을 부드럽게 풍자한 내용이다. 주 목왕은 이 시를 듣고 여행을 중지했다.

체할 수 없었다. 그는 결국 "자신을 억제할 수 없어서 환난을 당하게 되었다."(不能自克, 以及于難) 현실적으로 말해보면 그가 당시에 즉시 초나라 도성으로 돌아갔다면 그래도 환난에 대처할 시간이 있었을 것이다.

『좌전』의 묘사는 정말 전문적이고 집중적이다. 사실 행적을 추적해 내막을 깊이 이해하지 않으면 묘사할 수 없는 초나라 군주에 대해서 역사의 기록을 남겼다기보다는 문학적 호기심을 펼쳐 보이고 있다. 심지어 『좌전』은 마지막에 모종의 가련한 느낌과 동정심까지 드러내고 있다.

겨우 반 년 후에 초 영왕의 아우 몇몇이 도성을 공격했다. 태자 녹(祿)을 포함한 영왕의 아들은 모두 피살되었다. 소식을 전해들은 영왕은 수레 위에서 땅으로 떨어져 그처럼 슬프면서도 천진하고 유아독존적인 질문을 했다.

"보통 사람들도 나처럼 자식을 사랑하는가?"

시종이 대답했다.

"더욱 깊이 사랑합니다. 보통 사람들은 늙어서 자식이 없으면 더욱 비참해집니다. 그들은 자신이 노년에 굶어죽은 후 도랑에서 썩어간다는 걸 압니다."

영왕은 절망적으로 깨달았다.

"그럼 나는 남의 자식을 많이 죽였으므로 오늘 이런 경우를 당하는 것도 이상할 게 없다."

이에 초 영왕은 우윤 자혁의 제의를 거절했다. 자혁의 제의에는 대략 다음과 같은 내용이 포함되어 있었다. 초나라 도성 교외에 진주하여 백성이 어떤 선택을 하는지 본다(영왕이 대답했다. "민중의 분노에 대항할 수 없다."). 각국 제후들에게 구원병을 청한다("모든 제후가 배반했다."). 우선 국외로 망명했다가 다시 구원병을 구하여 귀국한다("큰 복은 다시 오지 않으므로 이젠 치욕을 당할 수밖에 없다." 영왕은 자신이 이제 살 수 없음을 알았다). 그는 스스로 목을 매어 자결했다.

『좌전』에서는 이 기록을 보충했다. 그것은 초 영왕이 진정으로 추구한 인생의 큰 꿈에 관한 것이었다—영왕은 생전에 거북점을 친 적이 있다.

"내가 천하를 차지할 수 있겠습니까?"

점괘가 불길하게 나오자 영왕은 거북껍질과 탁자를 내던지며 하늘을 우러러 고함을 질렀다.

"이런 구구한 것조차 내게 주지 않으려 합니까? 주지 않으면 나 스스로 차지하겠습니다."

조무,
한 노인의 죽음

말을 시작하고 보니 재미있는 느낌이 든다. '조씨 고아(趙氏孤兒)' 이야기가 널리 퍼져 있기 때문에 조무는 늘 우리에게 젊고(사실 그는 영아로 정권투쟁의 도구였을 뿐이다) 영명한 이미지로 다가온다. 어린 조무의 미간에는 늘 피바다에서 살아남은 깊은 원한이 어려 있어서 후대에도 연극이나 TV 드라마에 이르기까지 모두 생기 있는 청년이 배역을 맡곤 했다. 그러나 『좌전』에 등장하는 조무는 노인의 모습이다. 물론 그의 실제 연령은 쉰 살 전후였다. 춘추시대 200년 동안 적지 않은 노인이 활약했지만 아마도 조무가 나오는 대목이 『좌전』에서 유일하게 노인을 묘사한 부분일 것이다.

사실 '조씨 고아' 이야기는 가짜다. 사마천이 『사기』를 쓰면서 그 이야기를 채택한 것은 너무나 비정상적인 일이었다. 아마도 사마천이 글을 쓰다가 지쳐서 갑자기 자극적인 TV 드라마를 본 것이라고밖에 말할 수 없다―조씨 고아 이야기의 진정한 주인공은 사실 조무가 아니라 그를 길러준 은인 정영(程嬰)이다. 이 이야기의 진정한 클라이맥스는 두 곳이다. 그중 한 곳은 정영과 공손저구(公孫杵臼)가 스스로를 희생하는 일과 고아를 기르는 일 중 어느 것이 어려운지 선택하는 대목이다(이 때문에 공손저구는 웃으면서 자신과 정영의 친아들을 희생하는 것이 더 쉬운 일이라고 말했다). 다른 한 대목은 모든 원한을 갚고 해피엔딩으로 이야기가 마무리될 때 정영이 자살을 선택하는 순간이다. 이야기 속에서 조무는 울면서 그를 제지하지만 정영은 조용하게 말한다.

"안 된다! 원통하게 죽은 모든 사람과 자신의 목숨을 희생한 모든 사람이 초조하게 나를 기다리고 있다. 내가 얼른 가서 이 기쁜 소식을 전하지 않으면 그들은 큰일을 아직 이루지 못한 줄 알고 편안하게 쉬지 못할 것이다."

울어야 한다! 이런 장면을 보고 어찌 함께 울지 않을 수 있을까? 울지 않는다면 그는 불충, 불효, 불인, 불애(不愛), 불신, 불의한 사람이리라.

진짜 이야기는 대체로 이러했을 것이다. 그것은 진나라 여러 가문이 200년 동안 권력투쟁을 벌이는 도중 마지막 승부(한, 위, 조 세 가문) 과정에서 일어난 한 단락의 이야기로 그 도화선은 아마 불륜과 사통이었을 것이다. 당시에 조씨 가문의 주군 조삭(조돈의 아들)이 사망하자 그의 아내 장희공주(莊姬公主: 진 성공의 딸)는 조삭의 숙부 조영(趙嬰: 趙嬰齊)과 사통했다. 조돈의 아우 조동(趙同)과 조괄(趙括) 등 조씨 가문 사람들은 모두 힘을 합쳐서 조영을 축출했다. 조영은 떠나기 전에 대체로 다음과 같은 이야기를 했다.

"인간은 누구나 단점도 있고 장점도 있다. 내가 여기 있으면 적어도 장희공주가 조씨 집안을 보호하려 할 것이고, 난씨(欒氏) 패거리도 감히 경거망동하지 못할 것이다. 그러나 내가 쫓겨나면 조씨 집안은 위험해진다."

그의 말대로 장희공주는 추방된 조영을 위해 복수를 하려고 친정집인 진나라 궁궐로 돌아갔다. 그녀는 반란을 모의했다는 죄명으로 조동과 조괄을 모함해서 죽였다. 물론 자신의 아들 조무는 자기 곁에 두고 안전하게 보호했다. 사후에 한궐은 조최와 조돈의 후손이 없어서는 안 되므로 조무로 하여금 가업을 계승하게 하고, 조씨 집안에서 박탈한 모든 토지의 소유권도 조무에게 돌려주자고 요청했다. 이것은 모두 같은 해에 발생한 일이므로(노 성공 8년) 실제로 이야기 속에서 영아 상태의 조무를 천천히 성장시킬 시간이 없었다.

기록을 살펴보면 조무는 어린 시절의 상처가 거의 남아 있지 않고 인격이 아주 건강했던 것 같다. 왜곡된 심성이나 음습하고 어두운 성격이 없어서, 자신의 상처를 입에 달고 살지 않았다(보통 나쁜 일을 준비하거나 적어도 좋은 일을 하기 싫어하는 이기적인 사람들은 걸핏하면 어린 시절의 상처를 들먹인다. 어린 시절에 겪은 고생과 학대 때문에 현재 나는 모종의 도덕적인 특권을 갖고 있다는 것이다. 사회도 내게 빚을 졌고, 인생도 내게 빚을 졌으며, 모든 사람들도 내게 빚을 졌다고 여긴다. 그렇지 않은가?). 그러나 조무는 그렇지 않았다. 이 점을 보더라도 그는 정말 대단한 인격을 지녔음을 알 수 있다. 우리는 또 조금 삐딱한 마음으로 이렇게 볼 수도 있다. 조씨 집안의 우환은 본래 그렇게 심각한 것이 아니었으며[『백경기(白鯨記)』에서는 조씨 가문이 멸문지화를 당하고 한 사람만 살아남아 이 이야기를 전한 것으로 과장되어 있다] 사건이 진행된 시간도 매우 짧았다. 조동과 조괄의 죽음은 너무나 어린 계승자 조무(당시에 겨우 열 살 전후였다)가 자신의 장애물을 제거한 일일 뿐이다. 물론 그것은 그의 모친 장희공주가 궁궐로 들어간 진정한 의도일 것이다. 『좌전』에 나오는 어떤 사람(賈季)은 조최와 조돈 부자 집정자의 서로 다른 특징을 다음과 같이 비교했다.

"조최는 겨울의 태양이고, 조돈은 여름의 태양이다."(趙衰, 冬日之日 也, 趙盾, 夏日之日也.)

말하자면 한 사람은 겨울날 비스듬히 내리쬐는 따뜻한 태양이고, 한 사람은 여름날 머리 위로 곧바로 쏟아지는 뜨거운 태양이라는 의미다. 조무는 아마 그의 증조부 조최에 더 가까워서 사물의 세세한 부분까지 온화하고 부지런히 돌아보며 대내외적으로 늘 관용과 양보의 미덕을 발휘한 듯하다. 사실 집정 기간 동안 그의 지위는 매우 탄탄했다. 국내에서는 비교적 위험했던 극씨(郤氏)와 난씨(欒氏) 가문이 모두 패망했고, 진나라 군주의 권력도 한층 더 강화되고 있었다(그의 조부 조돈의 집정 기간에는 진나라 군주를 암살하려던 몇 차례 음모를 아슬아슬하게 피했다). 국외에서는 진나라의 맹주 지위가 의심받지 않고 순조롭게 안정기를 구가하고 있었다. 사람은 자기 마음대로 할 수 있는 위치에 있을 때 보통 두 가지 길을 선택한다. 조무는 여행객이 비교적 드문 길을 선택했다. 그가 건재했던 시대에 천하의 제후들은 가장 편안한 생활을 하며 도의를 강구했다. 세금도 가장 가벼웠을 뿐 아니라 각국에서 침탈한 토지도 가능한 본래의 나라로 귀속되도록 조치했다. 조무의 시야는 진나라 국경선을 넘어 드넓은 세상을 지향하고 있었다. 또 그는 이성적인 질서 의식을 갖고 자신의 손이 미칠 수 있는 목전의 세계에 더 많은 기대를 품고 있었다.

우리가 이렇게 생각할 수 있게 해주는 더욱 분명한 증거는 '전쟁 중지 회담(弭兵之會)'이다. 조무는 이 일을 그가 할 수 있는 일로 간주했을 뿐더러 심지어 그의 인생 마지막 대사로 여겼다. 정전은 전쟁이라는 가장 편리하고 가장 군말이 필요 없는 무기 또는 해결 수단을 더 이상 사용하지 않는 것이다. 따라서 정전 회담은 일반적으로 전쟁이라는 큰 권력을 장악하고 있는 사람에게서 시작되는 것이 아니라 (일종의 포즈나 책략 또는 선전으로서의 정전은 제외) 늘 전쟁으로 고통 받은 사람에게서 시작되곤 했다[한기(韓起)가 지적한 것처럼 소국이나 일반 백성이 그들이다. 이후 전국시대에 유일하게 '비공(非攻)' 사상을 제기한 사람도 당시 세계의 최하층 단체 혹은 계층에 속하는 묵가 출신이었다].『좌전』이나 믿을 만한 다른 전적에 근거하여 살펴보면 당시에 아직 전쟁 중지에 관한 명확한 목소리는 형성되지 않았거나 적어도 대국과 권력자의 압력으로는 존재하지 않았다. 사실 상술이 각국을 왕래하면서 던진 실제적이고 외교적인 질문을 통해 우리는 각종 대소 국가의 정치인들 중 전쟁을 폐지할 수 있거나 폐지해야 한다고 인식한 사람이 없었음을 분명하게 확인할 수 있다(흥미로운 것은 전쟁 중지에 관한 의견이 제기되자 오히려 진나라나 제나라와 같은 대국이 압력을 느끼며 최하층 국가의 존재를 의식해야 했다는 점이다. 따라서 전쟁 중지 의견은 언급된 것만으로도 유익하고 가치 있는 시도라고 할 만하다). 전쟁으로 많은 피해를 입은 송나라의 2인자 자한은 심지어 전쟁 중지 회맹은 사기극이라고 직언했다.『좌전』의 저자도 그의 의견에 전혀 반대 의사를 표시하지 않았다.

아무도 호감을 표시하지 않았고, 아무도 진심으로 찬성하지 않았고, 현실에서도 전쟁 중지를 촉구하는 압력이 존재하지 않았으며, 오히려 곳곳에 실행의 장애물만 널려 있었다. 따라서 이 전쟁 중지에 관한 구상을 가장 합리적이고 가장 공평하게 설명하자면 한 가지 선의라고밖에 할 수 없다. 그것은 맨 처음 조무의 마음속에서 탄생했고 그 혼자만의 생각이었다. 모든 것이 여기에서 시작되었다. 말하자면 그의 몽상은 그리 타당하지 않았고, 그처럼 원대하지도, 찬란하지도, 순수하지도 않았다. 또 그것은 현대 유행어로 말하자면 처녀자리의 성향이 있는 조무 같은 사람, 즉 평소에 계산적이고 고도의 실무 감각을 발휘하는 사람에게는 부합하지 않는 일이었다. 그러나 그것은 가능한 목표, 좀 멀지만 바라볼 수 있고 발견할 수 있는 목표처럼 보였다. 즉 알렉산드르 게르첸(Алекса́ндр Ге́рцен)이 말한 바와 같다.

"너무 아득한 목표는 목표가 아니다. 의미 있는 목표는 반드시 좀 가까워야 한다."

구상한 사람의 입장에서 말하자면 이와 같은 목표는 현실적인 조건 내에 존재하는 것이고, 현실 사물의 진전된 변화 논리로부터 추동되어 나올 수 있는 것이다. 따라서 적어도 곧바로 배척당하는 지경에 이르지는 않을 것이다. 마치 사람들이 원료가 아주 비슷하고 겉으로 보기에 서로 닮은 자신의 잎을 현실의 숲 속에 몰래 숨긴 뒤, 그것이 다른 사람에 의해, 현실의 운행 시스템에 의해, 하느님에 의해 발각되어 버려지지 않기를 바라는 것처럼 말이다. 이런 일은 한 가지 장점이 있다. 그것은 바로 인간이 생각할 수 있고 실행할 수 있는 일이 기회가 있을 때마다 많은 변화를 일으키며 증가한다는 점이다. 이는 인간의 큰 꿈이 늘 줄어들면서 시간에 따라, 나이에 따라 우리가 한 가지씩 '불편한 진상'을 알게 되는 것과는 다른 모습이다. 이 때문에 인간은 계속 상심에 빠져들지 않을 수 있고, 또 상심이 그를 완전히 다른 종류의 인간으로 만들어 현실 세계를 한 차례 성공적으로 속이는 결정에 이르게 하지는 않는다(성공에는 쉽게 출판할 수 없는 책이나 본래 통과될 수 없는 중요 법령이 끼어들기 마련이다). 이렇게 함으로써 아주 실재적으로 자신의 의지를 보존하며 오랫동안 허무를 향해 굴복하지 않을 수 있게 된다. 나는 몇 십 년 동안의 인생 경험을 통해 다음과 같은 사람을 적지 않게 보았다. 여기에는 나의 젊은 친구들도 포함되어 있다. 그들은 너무나 밝고 환한 이곳에서 완전히 어둡고 음울한 저곳으로 건너갔고, 너무나 많은 꿈을 가진 이상주의자에서 인간 세상에 꿈이 있다는 걸 불신하고 다른 사람의 꿈조차 꼴 보기 싫어하는 비방자나 파괴자로 변신하기도 했다. 이런 전환의 시간은 지극히 짧아서 단한 번의 제자리 뛰기와 단 하루 저녁의 '순간적 깨달음(頓悟)'만 필요할 뿐이다. 안면을 몰수하듯 말이다. 이것은 인간의 몽상이 직면할 수 있는 가장 나쁘고 가장 나태한 막장이다. 만약 그 대상이 당신의 친구라면 그건 이미 슬프고 슬프지 않고의 문제가 아니라, 분노의 문제로 바뀌게 될 것이다.

미병지회 이후 몇 년 간 각국 내부에서는 여전히 전투와 혼란과 살상이 계속되었다. 그러나 국제적인 분위기는 확실히 좋아졌다. 진나라의 세력이 미치는 북방에서는 특히 그러했다. 몇 년 동안 『좌전』의 기록도 전쟁에 중점을 두지 않고 일련의 대형 국제 연회에 초점을 맞추고 있다. 그중에서 가장 유명한 것은 물론 신령이 강림한 것과 같은 오나라 계찰의 탐방이었다. 그는 노나라에서 각국의 역대 음악을 들었다. 그의 음악 감상은 위로 순(舜) 임금의 소악(韶樂)에까지 이르렀는데, 그는 즉석에서 중국 역사상 가장 이르고 가장 중요한 음악 비평을 남겼다. 그 시절 조무의 심정도 아주 흡족했던 것으로 보인다. 그는 여러 번 연회에 참석했다. 그중 노 소공 원년에 정나라에서 거행한 연회는 그가 개최한 것으로 암시되어 있다. 연회에 참가한 인물 중 정나라 자피와 노나라 숙손표는 모두 미병지회에서 걸어 나온 사람들이다. 이 연회야말로 조무에게는 가장 즐거운 순간이었다. 술도 적지 않게 마신 것으로 보인다. 연회를 마치면서 그는 이렇게 말했다.

"나는 다시는 이런 즐거움을 누리지 못할 것이다."(吾不復此矣.)

그렇다. 정점에 도달했으므로 쾌락을 포함한 모든 것은 다시 반복되지 않는다.

이처럼 우리는 희한하게도 급속하게 늙어가는 조무, 즉 점점 쇠약해지는 노인 조무를 목도하게 된다.『좌전』에서는 일반적인 사례와는 달리 그의 행동을 연이어 세 차례 기록하면서 각각 상이한 인물 세 사람의 눈과 입을 빌리고 있다. 가장 먼저 등장하는 사람은 숙손표인데, 그 시점은 괵 땅에서 회맹이 열리기 전이었다. 그는 그 시절에 조무와 가장 많은 이야기를 나누면서 가장 가까이에서 그를 관찰한 사람일 가능성이 지극히 크다. 숙손표는 노나라로 돌아가서 맹손씨와 계손씨 양대 가문에 가급적이면 빨리 조무가 죽은 이후의 세월과 국제 정세의 필연적인 변화(악화)에 대비해야 한다고 요구했다.

"조맹(趙孟: 조씨 가문의 맏이라는 의미, 조무를 가리킴)은 곧 죽을 것입니다. 그는 구차하고 안일한 말이나 내뱉고 있으니 백성의 주인답지 못합니다. 또한 나이가 아직 쉰도 되지 않았는데 여든, 아흔 먹은 사람처럼 사소한 일을 가지고 횡설수설합니다. 오래 살 수 없을 것입니다."(趙孟將死矣. 其語偷, 不似民主. 且年未盈五十而諄諄焉如八九十者, 弗能久矣.)(『좌전』「양공」31년)

즉 조무가 갈수록 시시콜콜하게 작은 일에나 신경 쓰며 반복해서 잔소리나 늘어놓는다는 의미다. 어떤 사람의 생동감 있는 명언을 빌리자면 "당신이 그에게 지금 몇 시냐고 물으면, 그는 시계탑의 내부 구조에서부터 강의를 시작한다"와 같은 상황이라는 것이다. 그런 후 별로 상관이 없는 두 사람이 등장한다. 외부자들은 편견 없는 신선한 안목을 보여준다. 그중 하나는 주나라 천자의 사자 유정공(劉定公)이었다. 그는 괵 땅의 회맹이 끝난 후 주나라 천자를 대표하여 연회를 열고 조무를 칭송했다. 연회 이후 그는 다음과 같이 주나라 천자에게 보고했다.

"속담에 소위 '늙으면 지혜롭게 되지만 멍청함도 따라 온다'라는 말이 있는데, 조맹이 그런 듯합니다."(諺所謂老將知而耄及之者, 其趙孟之

謂乎.)(『좌전』「소공」원년)

　그는 여기에서 한 걸음 더 나아가 아마도 조무의 두뇌가 멍청해져서 지혜를 잃어가는 조짐이 보인다고 지적했다. 이 때문에 유정공은 조무가 오래 살지 못할 것이라고 단언했다. 이어서 너무 돈이 많아서 진(秦)나라 군주에게 죄를 짓고 진(晉)나라로 망명한 후자겸(后子鍼)이 등장한다. 조무가 그에게 언제 진(秦)나라로 돌아갈 계획이냐고 묻자, 그는 진(秦)나라의 현임 군주가 죽을 때까지 기다렸다가 귀국하겠다고 하면서 그것이 길어야 5년을 넘지 않을 것이라고 대답한다. 이 대목에서 『좌전』의 저자는 다음과 같이 묘사하고 있다.

　조무는 고개를 돌려 그늘을 바라보았다. 마치 감촉으로 모종의 광음(햇볕과 그늘), 즉 확실한 시간의 흐름을 느끼려는 듯이 말이다. 그리고 이렇게 말했다.

　"아침에 저녁을 기약할 수 없는데 누가 5년을 기다릴 수 있겠소?" (朝夕不相及, 誰能待五?)

　지금까지 계속 진행된 과정에서 이것이 조무의 죽음을 신묘하게 예언한 세 번째 사례다. 사람들은 이런 예언에 주의하고 있지만 우리는 조무가 모종의 임무를 끝냈다는 기이한 감각을 느꼈던 건 아닌지 관찰하고 이해해볼 필요가 있다. 그것은 진나라 집정자로서의 임무가 아니라(이 임무는 끝이 없고, 매일 해야 하는 평상시 일과다. 게다가 당시에는 임기도 없었다) 조무가 개인으로서 구상하고 또 자신의 능력으로 실행하려고 한 임무라 할 수 있다. 당시 맹주국의 대집정자는 무슨 일이든 할 수 있을 것 같지만(오늘날의 사례로 이야기하자면 미국 대통령이 전 세계에서 가장 막강한 권력을 가진 것과 같다) 그것은 현실 속에서 기존의, 일상적인, 순조로운 일에 한해서만 그렇다. 그가 구상한 어떤 일에 현실의 경계를 뛰어넘는 요소가 있거나 인간의 경험을 초월하는 성분이 있어서 어떤 미지의 세계를 지향하게 되면, 인간은 능력과 권력에서 시간에 이르기까지 매우 한정적인 존재일 뿐임을 아주 쉽게 발견하게 된다. 세계는 정말 광대하고, 단단하고, 끈끈하기 때문이다. 이것은 진지하게 일을 처리하고 구상하는 사람이 조만간 확실하게 맞닥뜨리는 생명 상황이다. 그렇다. 조무는 이렇게 생각했을 것이다.

'내가 알고 있는 건 모두 말했고, 내가 할 수 있는 건 모두 글로 썼으며, 내 능력으로 할 수 있는 것은 여기까지다.'

갑자기 한 가지 일이 생각난다. 나의 오랜 친구 추안민(初安民)은 당년에 위험을 무릅쓰고 잡지와 출판사를 운영했다. 그가 한 번은 내게 "나는 이번에 '필생의 절학(畢生絶學)'을 모두 동원했네"라고 말했다. 그는 정말 '필생절학'이라는 이 네 글자의 무협 용어를 썼다.

개인적인 입장으로는 이 세계에 이제 더 이상 먼 곳은 없다고 생각한다(쿤데라의 말이다). 남은 것은 편안하게 살거나 편안하게 죽는 것이다. 이 두 가지는 가능하다. 삶과 죽음이 크게 다르다는 점을 제외하면 나머지는 전혀 다른 점이 없다.

숙손표, 유정공, 후자겸이 이런 상황에 근거하여 조무가 노쇠하여 사망할 것이라고 판단했는데, 여기에는 한 가지 중요한 공통점이 있다. 그것은 바로 조무의 신분에 비춰볼 때 그의 사유와 행위가 이미 맹주국 대집정자의 역할에 부합하지 않는다는 점이다['백성의 주인답지 않다(不似民主)'라는 구절의 민주는 백성의 주인이라는 말이지 오늘날의 민주가 아니다]. 높이 나는 새매가 늘 암탉보다 낮게 난다면, 그것이 노쇠했거나 날개가 손상된 새매라 하더라도 나 자신은 실로 그런 행동을 믿지 못하겠다. 마음은 선량하지만 줄곧 총명함이 부족했던 숙손표, 천자의 사자일 뿐 뛰어난 모습을 보여주지 못한 유정공 그리고 1천 승의 수레를 거느린 재력의 소유자 후자겸은 진정 충분히 높은 수준에서 조무라는 사람을 이해할 기회가 있었을 것이다. 그러나 더 직접적으로 말해서 그들은 조무와 같은 고위 관직에 도달할 기회나 조무가 본 세계의 어떤 경관을 목도할 기회 및 그가 처한 막다른 골목과 갖가지 불가능을 느껴볼 기회는 전혀 없었을 것이다. 그런 지점에 섰을 때 인간은 일상적인 것과 다른 어떤 일을 하고 싶겠지만 그것은 늘 고독한 일이어서 대화를 나눌 친구조차 쉽게 찾을 수 없는 경우가 많다.

조무는 그의 증조부 조최와 비교적 많이 닮았지만, 그는 이미 황혼이 드리우는 겨울날의 태양이었다. 그런 태양은 크고, 따뜻하고, 즐거움을 준다. 그러나 곧바로 서산 저편으로 모습을 감춘다—나는 숙손표 등 세 사람이 가까이 다가오는 죽음의 발자국 소리를 분명하게 들었다고 믿는다. 나는 또 그들이 모종의 동물적인 감각을 갖고 있었다고 믿는다. 하지만 결과는 다음과 같을 뿐이다.

노 소공 원년, 미병지회가 개최되고 나서 5년 후 이 회맹에 참가한 사람들은 거의 모두 세상을 떠났다. 조무는 온(溫) 땅으로 가서 '증(蒸)'이라고 칭하는 겨울철 조상 제사를 거행했다. 그곳에 그의 집안 사당이 있었다. 당년에 그의 증조부 조최는 중이(重耳)를 따라 망명을 떠나기 전에 적족(狄族) 여인 숙외(叔隗)를 아내로 맞아 조돈을 낳았다. 그의 적통 혈맥은 중화와 오랑캐의 '혼혈'이다. 이 가문은 춘추시대 전체 200년 가운데서 가장 뛰어난 혈맥을 자랑한다. 조최, 조돈, 조무와 조무의 손자 조앙(趙鞅: 趙簡子)은 여우처럼 총명하고 기민하게 온갖 지혜를 다 발휘했다. 그리고 그의 증손자 조무휼(趙毋恤: 趙襄子)은 성격이 완전히 상이했다. 그는 인내심이 강하고, 침착하여 마치 드넓은 대지처럼 모든 감정을 속으로 삼켰다.

증제를 지내고 엿새 후 조무는 죽었다.

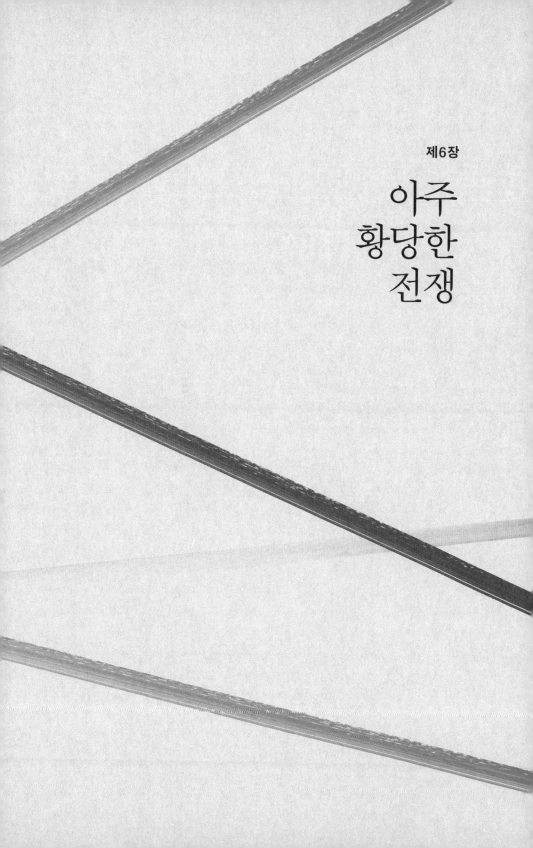

제6장

아주
황당한
전쟁

여러 해 전에 『좌전』을 다시 읽는 과정에서 기이한 생각이 들어 유치하고도 바보 같은 일을 한 적이 있다. 그것은 『좌전』의 기록을 한 해, 한 해 조사하여 전쟁과 충돌이 발생하지 않은 해가 있는지, 또 완전한 평화를 이루었거나 최소한 잠시라도 전쟁을 중지한 해가 있는지 확인하는 일이었다.

나중에 타이완의 어떤 '행정원장'도 이와 비슷한 일을 했다. 당시는 타이완의 교통 암흑기여서 교통사고가 빈번하게 발생했다. 당시 타이완 '행정부의 최고 수장'은 시정 목표를 한 가지 세웠다. 그것은 한 해 동안 최소한 어느 하루라도 교통사고 사망자가 생기는 날이 없기를 바라는 일이었다.

이 모든 일은 명확한 결론이 나지 않았다. 도대체 전쟁이나 충돌이 발생하지 않은 해가 있었던가? 당시 나는 조사를 마무리하면서 이 과제는 근본적으로 명확하게 범주를 설정할 방법이 없고 또 이처럼 낭만적으로 사태를 바라볼 수 없다고 결론을 내렸다. 춘추시대 200년은 기본적으로 각국이 지속적인 충돌 상태에 처해 있었다. 이 점이 당시 내가 받은 비교적 정확한 인상이었다. 나라와 나라, 가문과 가문, 한 파당과 또 다른 파당이 아주 오래 전부터 전력을 기울여 생존을 위해 분투해왔다. 목전에서는 서로가 서로의 행동을 방해하고 제한하는 데 그쳤지만 조만간에 충돌과 침범이 발생할 수밖에 없는 생존 상황이 끝없이 이어지고 있었다.

이 대목에서는 '조만간'이라는 단어가 키워드다. 이 단어의 숨은 뜻은 필연인데, 그 밑바닥에는 견고한 인과의 논리가 작용하고 있다.

별도로 더 큰 사건이 발생하여 인과 관계를 끊어버리거나 인간이 점점 불안함과 부당함을 깨닫고 그런 나쁜 상태가 지속되도록 내버려 둘 수 없어서 어떤 특별한 노력으로 그것에 저항하지 않는 한, 보다 개선된 환경은 통상적으로 일찍 도래하지 않는 법이다. 어쩌면 어떤 한 사람 또는 어떤 몇 사람이 먼저 깨달을 수도 있겠지만 의미 있는 행동체 결성은 충분한 인원이 모여야 가능하게 된다. 이 때문에 먼저 깨달은 사람 혹은 사람들에 대해서 말하자면 한동안 견디기 힘든 시간을 보내거나 또는 이제는 돌이킬 수 없는 시간을 가속화하거나 반대로 사람을 질식시킬 것 같은 특수한 시간의 틈바구니에서 정체되기도 한다. 그리고 그들은 또 한동안 끊임없이 인간을 자극하여 목전의 사안을 생각하게 하거나 그것을 분명하게 이야기하는 시간을 가지면서 자아의 처지를 점검하고, 자아를 반성하고 분별하는 단계로 진입하게 한다. 춘추시대 200년은 이와 같은 시기였다.

이와 관련된 전쟁이나 충돌이 중국에서는 옛날부터 계속 감소해 왔다고 언급되었는데, 사실 이 언급은 바로 이 오래된 대지에 사는 사람들이 마치 물방울을 뿌린 듯 고립적인 '자연' 상태에서 점차 집체를 이루어 모여 살게 된 기본적인 사실을 드러내고 있다. 가장 이른 시기인 황제(黃帝) 시대에 '만국(萬國)'이라고 불릴 때는 그것이 1만 개의 독립적 소단위를 모두 계산한 숫자이거나(촌락, 마을, 가족 등을 가리킨다. 레비 스트로스는 "몇 십 명에서 2000~3000명까지"라고 말했다) 헤아릴 수 없이 많고도 많은 숫자를 의미했을 것이다[만(萬)은 가득 찬 숫자다. 즉 인간이 일상생활에서 쓰는 가장 큰 수였다. 이보다 더 크면 실제로 계산하기가 쉽지 않아서 순수한 사유 속의 숫자가 된다. 경(京), 해(垓), 자(秭), 항하수(恒河數), 아승지(阿僧祇), 불가사의(不可思議) 등이 그것이다. 인도의 불가에서는 이런 숫자를 사용하여 눈앞의 실제 세계보다 크고, 이 세상이 다 담아내지 못하는 무한

한 것을 상상한다]. 그런 만 개의 집단 혹은 단체가 요 임금, 순 임금, 우 임금 때에 이르러 각각 얼마간만 남게 되었고, 상(商)나라 때에 이르러 또 얼마간만 남게 되었으며, 주나라 때에 이르러서 또 얼마간만 남게 되었다.

『좌전』에도 유사한 기록이 있는데 그 기록은 물론 시간과 수량에 있어서 현격한 차이가 난다. 즉 우 임금이 천하의 제후를 소집했을 때도 '옥 홀을 든 사람(持玉圭者)' 중에서 하나라에 귀속되기를 바란 제후가 1만 단위에 이르렀다고 하므로 그때도 여전히 '만국'이었던 셈이다. 이 때문에 중국의 역사 사유에서는 깊이 생각할 것도 없이 이런 현상을 모종의 수렴수열로 간주해왔다. 그 종착점이 최후의 답안일 텐데, 그것은 물론 하나의 정치단체만 남는 대일통(大一統)을 의미했을 것이며, 이보다 좀 더 규모를 줄여서 가장 적당한 수량, 크기, 범위를 생각할 수도 있었을 것이다.

중국에서 사람들이 점차 집체를 이루어 모여 살게 된 오랜 과정은 전 세계 다른 곳의 사례와 일치한다. 물론 포악하고 단조로운 수단인 살육만으로 다른 집단을 병탄하고 멸망시킬 수는 없었다. 오직 이런 수단만을 좋아하는 사람은 좀 멍청하거나 좀 무지한데, 더러 불안정한 심리 상태에서 살상을 저지르거나 말로 표현할 수 없는 원한을 배설하곤 한다. 예를 들어, 지난 날 타이완에서 중국 역사 통속물을 옛날 이야기식으로 공연한 보양(柏楊)의 표현이 그러했다. 반면에 실제로 치른 대가는 비교적 작지만 거둔 이익은 비교적 큰, 더욱 정교하고 더욱 자연스러운 갖가지 방식도 존재했다. 가장 현저한 예를 들자면, 통혼이나 무역이 그러했다. 이 방식들은 모두 교류와 통합의 '수단'이 되어 더욱 일상적이고 더욱 효율적이면서 더욱 진전된 형태로 발전해나가게 되었다. 이에 대해 오늘날의 인류학은 이미 우리에게 반박할 수 없는 증거를 제시해주고 있다.

살육만 자행할 줄 안다면 이는 복잡한 인간 사유의 가능성을 모독하는 일일 뿐 아니라 인간의 생물성을 너무나 과소평가하는 일이기도 하다. 인간의 사안을 이렇게만 생각하는 사람은 보통 모종의 환원론자이거나 생물결정론자인 경우가 대부분이다. 이들은 생물 현상을 즐겨 원용하지만 그것을 진정으로 이해하지는 못한다. 대자연의 생존경쟁은 절대로 종이 한 장에 적힌 살육의 역사가 아니다. 이런 견해는 오늘날 이미 상식이 되었다. 진정으로 우리로 하여금 감탄을 금치 못하게 하는 것은 생명에 필요한 것을 섭취하고 유지한다는 대전제 하에서 생물들이 각각 그처럼 충돌을 정교하게 처리하고, 피하고, 대체하고, 억제(자기억제)하려 한다는 점이다. 이것은 신체구조(외모, 색채, 냄새까지 포함)로 진화했고, 또 갖가지 의식 행위로 진화했다(물러남, 거리두기, 회피, 굴복 등). 그러나 결론적으로 말하자면 인간에겐 아직도 비교적 위험한 경향이 내포되어 있는 듯하다. 왜냐하면 인간은 다른 생물에 비해 '현실적이지 못하기' 때문이다. 따라서 생존에 필요한 첫 번째 수요에서 벗어나 특수한 사유 및 행동을 발전시킬 수도 있고, 인간 특유의 각종 생명 의의, 목적, 사용방식을 발전시킬 수도 있다. 이렇게 되면 자연스러운 충돌이 단계를 높여 점차 의식적이고 목적 지향적인 전쟁으로 확대된다.

예를 들어, 사자는 동물세계 먹이사슬의 가장 높은 곳에 위치한다. 이 때문에 우리는 늘 사자를 백수의 왕으로 비유한다. 그러나 사자는 인류의 군왕처럼 '적군 1만 명을 죽이고 아군 3천 명을 잃는' 방식으로 먹잇감을 공격하지 않는다. 사자는(사자 떼는 집단으로 먹잇감을 사냥하므로 사자들이라고 해야겠다) 심지어 너무 강한 '먹잇감'에 대해서는 사냥을 포기한다. 대자연에서 생존하려면 부상을 당해서는 안 되므로 사자에게 체면은 문제가 되지 않는다. 또한 그 때문에 위신을 잃고 정치적 풍파를 겪지도 않는다. 헤밍웨이(Ernest Miller Hemingway)의 할아버지는 헤밍웨이에게 사냥이나 낚시를 막론하고 "다 먹을 수 있는 수량"만 잡으라고 가르쳤다. 이것이야말로 생물 본연의 사냥으로 회귀하는 일이다. 그러나 헤밍웨이는 이 기본 원칙을 전혀 따르지 않으면서 많이 잡은 걸 자랑하고 즐기고 또 이와 관련된 다른 일까지 하려 했다. 그도 생물성을 즐겨 강조한 사람이었지만 그에게는 인간만이 가지는, 또 생물성에만 의지할 수 없는 나쁜 병폐가 너무 많았다.

충돌은 일상적이고 지속적인 상황이 되었다. 그렇게 된 가장 단순한 이유는 그것을 피하기 어렵다는 것인데, 그 관건은 바로 땅과 연관되어 있다. 주나라 사람들이 충돌을 회피한 가장 심각한 기억은 그들의 선조 고공단보(古公亶父) 시절에 발생했다. 고공단보는 맹자가 여색(女色)을 좋아하는 모범으로 내세운 바로 그 태왕(太王)이다.● 전해오는 이야기에 의하면 당시에 주나라 사람들은 적족(狄族)에게 핍박을 받았는데, 적족이 끊임없이 공물을 요구해오자 마침내 고공단보는 적족이 진정으로 필요로 하는 것이 그곳 땅이라 생각하고 무저항 이주 정책을 선택했다. 그는 자신의 부족을 이끌고(더욱 아름다운 일은 사람들이 그를 믿고 자발적으로 따라나섰다는 점이다) 기산(岐山) 아래 주원(周原)으로 가서 영원한 정착지를 건설하고 황무지를 개척하여 농경을 발전시켰다. 맹자는 여색을 좋아하는 그의 본성을 말하면서 그가 다른 남녀에게도 은혜를 베풀며 그들이 가정을 이루어 종족을 늘릴 수

● 『맹자』 「양혜왕」 하에서 맹자는 주나라 태왕 고공단보가 왕비 강씨를 좋아했고, 모든 백성에게 짝을 찾아주었으므로 이것은 백성과 함께 색을 좋아한 것이라고 하면서 이민 호색(好色)은 왕도정치를 펴는 데 아무 문제가 없다고 했다.

있도록 그들의 혼인에 적극적으로 관심을 기울였다고 칭송했다. 『시경·대아(大雅)』「면(綿)」에 기록된 것이 바로 주나라 부족이 주원에 정착한 일이다. 이 일은 통상적으로 희성(姬姓) 부족이 정식 정착지를 마련하여 강대한 나라로 성장하는 진정한 기점으로 간주된다. 하지만 이 대목에서 우리는 다음과 같은 질문을 던져볼 수 있다. 만약 적족이 계속해서 소란을 피우며 그들을 핍박했다면 고공단보와 주나라 사람들은 어떻게 반응했을까? 그런 일이 다시는 발생하지 않을 수도 있지만 혹시 발생했더라도 주나라 사람들은 양보하지 않고 그들을 성공적으로 격퇴하지 않았을까? 후자의 확률이 전자보다 훨씬 클 것이다.

땅이 관건인 이유는 다음과 같다.

첫째, 땅과 인구 사이의 비례 관계가 변화하기 때문이다. 인간이 점점 많아지면 땅 중에서도 특히 인간의 거주에 적합한 땅은 점점 빼앗고 방어해야 할 귀한 물건이 된다(『좌전』을 살펴보면 나라와 나라 간, 또 가문과 가문 간에 이런 다툼이 지속적이고 격렬하게 진행되었다). 게다가 더욱 처리하기 어려운 것은 시간이 갈수록 더욱 불가피하게 직면하는 '함께 어울려 살기'다. 즉 상이한 생각 및 상이한 생활 습관을 가진 이웃과 함께 살아야 하는 상황이 도래한다.

둘째, 땅과 인간의 관계도 천천히 변화한다. 수렵채취에서 목축을 거쳐 농경에 이르기까지 인간은 점차 그가 거주한 땅과 한 덩어리를 이루어 생활하게 된다. 그런 땅은 이미 대체하기 어려운 대상이고, 떠나고 싶다고 해서 바로 떠나기 어려운 대상이며, 떠난 후 다시 돌아와 처음부터 바로 삶을 시작하기도 어려운 대상이다. 밀이 익으려면 몇 달을 기다려야 하고, 과일은 심지어 몇 년을 기다려야 열매를 맺는다(일본인들은 농업의 기본 지식을 동요로 만들어 아이들에게 대대로 부르게 했다. "복숭아는 3년, 밤도 3년, 감은 8년인데, 멍청한 유자는 18년을 지나서야 열매를 맺네…"). 또 그런 땅의 어떤 산과 강에는 무엇으로도 대체할 수 없고 다른 곳에는 있을 수 없는 신령이 깃들기도 한다. 그것은 마치 북아메리카 인디안 나바호족이 미국 연방 정부의 이주 정책을 거절한 것과 같다(나바호족은 '장거리 이주'를 그들의 가장 절망적인 역사라고 칭한다). 그들은 새 땅이 훨씬 더 비옥하다 해도 이주를 원하지 않고, 자신들의 고향 디네타(Dinetah)로 돌아가려 한다. 그곳은 사방 네 곳의 성스러운 산이● 둘러싸고 있는 신성한 땅인데, 그 말을 직역하면 '토지' 또는 '우리 종족의 땅'이라는 뜻이다. 돌아가지 못하면 더욱 비참한 죽음에 직면할 수 있다. 그것은 육체의 죽음이 아니라 마음과 정신의 영원한 죽음이며, 한 사람의 죽음이 아니라 모든 희망을 상실할 가능성이 있는 전체 부족의 집단 사망이다. 나바호족 자체의 말로 표현하자면 그들은 영원히 '아름다운' 그곳으로 돌아갈 수 없게 된다.

사실 농경에도 토지의 '가치 상승'이 수반된다. 인간은 토지를 아름답고, 부드럽고, 풍요롭게 만들어 더욱 갖고 싶고 살고 싶은 땅으로 만든다. 이런 땅은 멀리서 바라보기만 해도 그 가치를 간파할 수 있다. 그것은 우리가 오늘날 일본 교토(京都) 오하라(大原) 일대로 가 보는 것과 같기도 하고, 『시경』의 「칠월(七月)」과 같은 몇몇 시를 읽었을 때 그 광경을 눈앞에 밝게 상상할 수 있는 것과도 같다. 문명의 '명(明)' 자는 부드러운 한 줄기 빛이다. 그 빛은 밝게 펼쳐지며 미개한 어둠을 걷어낸다. 물론 농경에 수반된 토지 개발과 인구 집중에 의해 전염병이 발생하거나 심각해지기도 한다(예를 들어 공포의 에볼라 바이러스는 아프리카 콩고의 캄캄한 밀림 속에서 몇 백 년 동안 깊이 잠들어 있다가

● 미국 콜로라도 주 생그리더크리스토산맥(Sangre de Cristo Range) 인디안 보호구역에 있는 4000미터급 산이다. 블랑카피크(Blanca Peak), 린지산(Mount Lindsey), 엘링우드포인트(Ellingwood Point), 리틀베어피크(Little Bear Peak)를 가리킨다.

사람들의 침입으로 잠에서 '깨어났다'). 이런 전염병은 상이한 지역의 거주민을 갑자기 만날 때 더욱 쉽게 발생한다(상이한 땅에 사는 사람은 상이한 항체를 갖고 있다). 오늘날 인류학이 거듭 증언하는 바에 따르면 실제로 전염병에 의해 사망하는 인류의 숫자가 원시적인 무력 충돌에 의해 사망하는 숫자보다 훨씬 많다고 한다. 왜냐하면 원시적인 무기는 살상력이 한정되어 있고, 멀리까지 미치기 어렵고, 인간의 도주 속도가 무기의 속도보다 더 빠르기 때문이다.

도저히 피할 수 없는 충돌이어야 가장 참혹한 충돌이라고 할 수 있다. 예를 들면, 동물이 사각지대로 몰린 경우가 그러하다. 중국인도 일찍부터 이런 상황을 관찰하고 그것을 '곤궁에 처한 짐승의 싸움(困獸之鬪)'이라고 불렀다. 생물학자들이 우리에게 알려주는 바에 의하면, 짐승이 도망칠 길이 없게 되면 가장 연약하고 온화한 동물들은 모두 위험에 빠진다고 한다.

춘추시대 200년 동안 충돌이 끊이지 않았는데, 우리가 이상하게 생각하는 건 왜 충돌이 발생했느냐가 아니다. 충돌은 인간의 부패와 타락에서 연유하지도 않았고 더더욱 그렇게 해석할 필요도 없이 그냥 '닥쳐왔을' 뿐이기 때문이다. 우리가 물어야 할 것은 대체로 다음과 같다. 충돌이라는 이 오래되고 익숙한 상황이 춘추시대라는 '계단'에 당도하여 (점차) 어떤 변화를 발생시켰는가? 충돌 그 자체의 상태와 내용을 포함하여 그리고 충돌 밖의 전체 세계를 포함하여 그 모든 것에 어떤 새로운 사물 그리고 사람들이 결코 알지 못하거나 아직 충분히 경험해보지 못한 어떤 새로운 사물을 탄생시켰는가? 사람들도 이에 상응하여 무슨 새로운 경각심을 갖게 되었는가? 이렇게 질문한다고 해서 절대로 인간 행위에 대한 지속적인 탐구에서 두 손을 떼려는 것이 아니다. 오히려 탐구 이전에 먼저 당시 사람들의 기본 상황을 가능한 명확하게 인식하고 나서 계속 이어지는 질문을 그 위에 자리 잡게 하고, 그것을 하나의 바탕으로 삼으려는 것이다. 인간의 상황은 실제로 인간의 행위를 제한하지만 결코 그것을 완전히 결정하지는 않는다. 양자는 일대일의 엄밀한 함수 관계가 아니다. 따라서 이런 접근법 또한 비교적 공평한 탐구 방식의 하나라 할 수 있다. 우리는 춘추시대 사람들에 대해서, 제1차, 제2차 세계대전을 겪으며 거의 1억 명에 가까운 사망자를 목도한 20세기 유럽인들처럼 전쟁을 생각하거나 전쟁을 처리하도록 기대할 수는 없다. 그것은 당시 사람들이 모종의 전염병 백신을 갑자기 개발할 수 없었던 것과 마찬가지다. 이런 접근법 또한 비교적 정확한 탐구 방식의 하나이므로 춘추시대 역사를 다시 읽는 우리 자신의 입장에서는 진정으로 변화를 시작한 부분에 초점을 맞출 기회가 생기면 비교적 정확하고 비교적 효과적인 질문을 던질 수 있다.

우리가 보기에 『좌전』에 기록된 사람들은 모두 매우 '정상적'이다. 좋은 정도도 정상이고, 나쁜 정도도 정상이다. 멍청한 정도도 정상이고, 총명한 정도도 정상이다. 고귀한 정도도 정상이고 비열한 정도도 정상이다. 그들은 인간의 모습에 대한 우리의 이해를 전혀 초월하지 않는다. 또한 그들은 결코 기괴한 모습의 '별종'이 아니다. 대단한 것은 특정한 시대가 인간의 '자리 이동'을 야기했고, 또 시대가 어쩌면 고무하고 장려할 가치가 없는 사람들을 고무하고 장려했다는 점뿐이다(아마도 민심의 타락을 질책한 몇몇 사람은 바로 이 점을 목도하고 모종의 전략적인 규정으로 그런 의도를 막으려 했을 것이다). 그러나 진정으로 참을 수 없었던 시대는 조금 뒤 전국시대까지 기다려야 했다. 충돌이 끊이지 않는 시기에서 한 걸음 더 나아가 전쟁이 끊이지 않는 역사 시기로 진입했다. 그렇다. 인간은 그것을 끊지 못하거나 저지하지 못하고 한 걸음, 한 걸음 심각한 지경으로 빠져 들어갔다.

『좌전』은 정말 평이하고 소박한 책이다. 이 책이 완성된 시대를 고려해보면 당시 사람들은 늘 몇몇 기기묘묘한 인간과 사건에 대해 듣고 싶고 전하고 싶은 유혹을 받았을 것이다. 사실 후대의 역사서에 비해 『좌전』은 분명 침착하고 절제된 모습을 보인다. 『좌전』에는 적어도 역사책의 필수 인물인 영웅이 출현하지 않는다. 또 완전한 이야기나 완전한 인물을 꿰어 맞추려고도 하지 않는다. 『좌전』은 차라리 지리멸렬하고 밑도 끝도 없는 현실을 목도하고 그것을 보존하려는 듯한 양상을 드러낸다. 보태지도 않고 빼지도 않은 이런 태도는 극도의 진실함을 의미한다. 요행이나 안위를 생각하지 않는 자세다. 이는 틀림없이 집중적으로 진상을 밝히려는 입장에서 출발한 태도다. 문제 많은 목전의 현실을 해결한 방법이 없는데 어떻게 다른 이유가 있을 수 있겠는가?

이 대목에서 우리는 먼저 당시에 벌어진 전쟁 한 가지를 살펴볼 것이다. 교전국은 진(晉)나라와 진(秦)나라였다. 전쟁 발생 당시 진(晉)나라는 아직 맹주가 아니라 가장 크고 가장 오랜 내란을 겪는 중이었다. 심지어 진(晉)나라 군주 몇 명과 세자까지 피살되었다─전쟁 자체도 상당히 황당했고, 당시 진나라 군주 혜공(惠公) 이오(夷吾)는 더욱 황당한 사람이었다. 그러나 『좌전』에서 이 전쟁을 진술하는 사람은 어떤 흥미진진한 어감도 없이 냉정함을 유지하고 있다.

말 한 필로
결말이 난 전쟁

두 나라의 교전 현장으로 바로 뛰어들어 가보자. 매우 재미있다. 전체 전장 묘사는 말 한 필에 집중되어 있고, 다른 이야기는 없다. 이 말의 이름은 '소사(小駟)'●로 정나라에서 보내준 것이다. 틀림없이 신령스런 준마였을 것이고 겉모습도 매우 아름다웠을 것이다. 진(晉)나라 군주 이오는 이 말을 아주 사랑했기 때문에 이 말이 끄는 수레를 타고 전장에 나가기로 결정했던 것으로 보인다. 그러자 대부 경정(慶鄭)이 반대하면서 매우 전문적인 의견을 제시했다.

옛날에 큰 싸움을 할 때는 반드시 자기 나라에서 생산된 말을 탔습니다. 본토에서 생산된 말이라야 사람의 마음을 이해하여 주인의 가르침에 잘 따르고 길도 익숙하게 알기 때문입니다. 오직 주인의 명령만을 받아들이

● 이 글에서는 '소사'를 말 한 필처럼 묘사하고 있지만 사실 '사(駟)'는 수레 한 대를 끄는 말 네 필을 가리킨다. 아마도 '소사'는 당시 진 혜공의 수레를 끌던 작은 말 네 필이었던 것으로 보인다.

므로, 주인의 뜻대로 하지 못할 것이 없습니다. 지금 다른 곳에서 생산된 말을 타고 전투에 나가면 말이 두려운 상황을 만나 성질을 바꾸게 되어 주인의 마음과 다르게 행동하게 됩니다. 그럼 숨결이 거칠어지며 불만을 터뜨리고, 음습한 혈기가 온몸에 두루 퍼지고, 맥박이 빨라져 흥분 상태에 처하게 됩니다. 겉으로는 강해 보이지만 속으로는 여유가 없어서 전진과 후퇴에도 맞지 않고, 여러 상황에 대처할 수도 없으니 주군께서 반드시 후회하실 것입니다.(古者大事, 必乘其産. 生其水土而知其人心, 安其教訓而服習其道. 唯所納之, 無不如志. 今乘異産以從戎事, 及懼而變, 將與人易. 亂氣狡憤, 陰血周作, 張脈僨興. 外彊中乾, 進退不可, 周旋不能, 君必悔之.)(『좌전』「희공」 15년)

놀라서 날뛰는 말을 생동감 있게 묘사한 점 이외에도 앞의 설명은 아주 실제적이면서 아주 쉽게 이해된다. 대원칙은 수레를 몰고 전투를 할 때 본토에서 태어나고 자란 말을 이용해야 한다는 것이다. 전장에서는 매 순간마다 예기치 못하게 임기응변으로 대처해야 하는 상황이 많이 발생하기에 인간과 말은 반드시 하나의 마음으로 행동해야 한다. 이 때문에 오랜 시간 함께 거처하며 훈련시킨 말이 필요한 것이다. 게다가 당시 전쟁은 진(晉)나라 경내에서 벌어졌다. 말은 성질이 지극히 예민하여 쉽게 놀라는 동물이다. 본국에서 태어나 본국에서 자란 말이어야 본국의 경관, 강산, 지형, 사물에 익숙하다. 전진하고 후퇴하거나 각종 상황에 대처할 때 그런 말을 타야 놀라서 통제불능 상태에 빠지는 걸 방지할 수 있다.

진나라 군주 이오는 물론 경정의 말을 듣지 않았다. 그가 애초에 다른 사람의 말을 듣는 사람이었다면 당시의 전쟁도 발생하지 않았을 것이다.

과연 두 나라 군대는 한원(韓原)에서 전투를 벌였고, 진(晉)나라 군주의 병거는 진흙탕에 빠져서 헤어 나오지 못했다. 『좌전』에 따르면 경정은 본래 성공적으로 진(秦) 목공의 병거를 가로막고 있는 중이었다. 그런데 자국의 군주 이오가 구해달라고 고함을 질러서 진 목공을 생포할 호기를 놓치고 말았다. 결국은 진(晉)나라 군주 이오가 오히려 진(秦)나라 군사들에게 사로잡혔다. 이 전투는 물론 이미 예견된 바와 같이 진(晉)나라의 대패로 끝났다.

　『좌전』에서는 더 이상 우리에게 '일국의 군주를 잃게 한' 말 소사가 어디로 갔는지 알려주지 않고 있다. 어쩌면 진나라 군주 이오의 생사보다 그 말의 생사에 더욱 관심을 기울이는 사람이 있을 듯하다. 예를 들어, 나 자신도 나이가 들면서 동물이 학대받는 모습을 차마 볼 수 없게 되었다. 동물은 무고하므로, 아무 것도 모르는 동물에게 죄를 물을 수는 없는 일이다.

이오라는
사람

앞에서 경정이 말한 것처럼 진(秦)나라 대군이 이처럼 깊숙하게 진격해오면 어떤 방법을 써야 할까?—한원 전투 이전에 진(晉)나라는 이미 연이어 세 번이나 패전했다. 패전의 책임은 모두 진(晉)나라가 자초한 것이었다. 그러나 이 일의 내막을 이야기하려면 훨씬 먼 시대에서 시작해야 한다. 그것은 꼬박 두 세대 동안 진(晉)나라 공실에서 멈추지 않고 자행된 일련의 황당한 행적과 관련되어 있다.

사람들은 이 좋지 않은 역사의 발단이 이오의 부친 진(晉) 헌공에게서 비롯되었다는 걸 알고 있다. 그는 몇 십 년 동안 계속된 진나라 내란과 이 대패한 전쟁의 첫 번째 원인 제공자였다—진 헌공 재위 시 진나라는 본래 솟아오르는 태양처럼 신속하게 국력을 키우던 제후국이었다. 진 헌공 자신도 훌륭한 모습을 보였으며 그에게는 또 현명한 아들도 있어서 모든 일이 순조롭게 전개되었다. 진 헌공의 인생 및 진나라의 전환점은 노 장공 28년에 발생했다. 지극히 아름답고 너무나 매력적인 여인이 하늘에서 내려온 것처럼 진 헌공의 눈앞에 나타났다. 그 해 진 헌공은 여융(驪戎)을 정벌하고 미녀 여희(驪姬)를 얻었다. 그와 여희 사이에서 곧바로 아들 해제(奚齊)가 태어났다. 또 여희의 여동생도 진 헌공의 또 다른 아들 탁자(卓子)를 낳았다. 늘그막에 아들을 낳으면 흔히 마음이 약해지는 법이다. 여희는 분명 두뇌 회전이 빠르고 야심만만한 미녀였다. 그녀는 10년이 넘는 시간을 들여 오로지 한 가지 일을 성취하는 데 집중했다. 그것은 바로 그녀의 아들 해제를 진나라의 후계자로 삼는 일이었다.

『좌전』에서는 그녀의 온갖 계략과 태자 신생(申生)이 어떻게 한 걸음씩 권력에서 배제되었는지를 상당히 상세하게 기록했다. 결국 신생은 변경의 중진도시 곡옥(曲沃)을 지키기 위해 파견되었다. 해제를 위협할 수 있는 신생의 두 동생 중이(重耳: 진 문공)와 이오도 각각 포성(蒲城)과 굴(屈) 땅 수비를 위해 도성에서 추방되었다. 여희 일파가 내세운 당당하고도 반박하기 어려운 이유는 바로 융적(戎狄)을 방어하려면 강력한 공자들이 변방을 지켜야 한다는 것이다. 그러나 결과적으로 신생의 신세는 다음 보위를 잇는 태자가 아니라 궁궐에서 분가한 다른 아들과 비슷하게 되었다. 진 헌공의 곁에는 해제와 탁자만 남게 되었다.

이 10년 동안 진나라 대부들은 누구나 장차 폭풍이 몰아칠 것을 예상했다. 태자 신생도 마찬가지였다. 그러나 대외적으로 진나라는 인내심 있게 괵(虢)나라와 우(虞)나라를 병탄하며 영토 확장을 계속했다. 이 와중에 위(衛)나라는 멸망했다가 다시 일어났고, 노나라 집정자 계우(季友: 계손씨)는 그의 두 형 숙아(叔牙, 숙손씨)와 경보(慶父: 맹손씨)를 핍박해서 죽이고 내란을 해소했다. 이후 계우는 노나라 공실의 화합을 위해 숙아와 경보의 아들에게 각각 부친의 제사를 받들게 했다. 후세에 노나라를 함께 다스린 '삼환(三桓)'● 통치가 이때 정식으로 성립되었다. 노나라 공실을 위해 큰 공을 세운 계우는 문양(汶陽) 땅과 비(費) 땅을 봉토로 받았으며, 이곳은 이후 누구도 훼손할 수 없는 땅이 되었다. 이 두 고을은 이후 노나라 100년 간의 역사에서 독버섯과 같은 악명을 날렸다(영역도 매우 넓었다). 그러나 당시 내란으로 노나라 군주 두 명이 연속해서 시해되었다. 남방의 초나라가 북상을 시작하자 정나라가 가장 먼저 침략을 당했다. 이에 제 환공은 북방의 제후들을 규합한 후 남방으로 내려가 초나라의 죄를 물었다. 당시 열국의 상황은 대체로 이와 같았다. 그렇다. 이 10년 간의 춘추시대도 끊임없이 충돌이 발생한 '정상적인' 춘추시대였다.

제 환공이 소릉에서 회맹을 개최한 그 중요한 해에 여희도 자신의 계획을 완성했다. 그녀는 세자 신생을 유인하여 신생의 모친 제강(齊姜)의 제사에 참여하게 했다. 이어서 그녀는 신생이 제수로 올린 술과 고기에 독을 탔다. 어떤 맹독인지 모르겠지만 "땅에 부으니 땅바닥이 부풀어 올랐고, 개에게 던져주자 개가 즉사했으며, 어린 내시에게 먹이자 그도 바로 즉사했다"고 전해진다. 여희는 신생이 부친을 죽이려 했다고 모함했고, 이에 진 헌공은 피비린내 나는 살육을 자행했다. 성격이 유약했던 태자 신생은 차마 변명도 할 수 없다면서 자살을 선택했다. 여희에 의해 졸지에 공범으로 몰린 중이와 이오는 아슬아슬하게 국외로 도주할 수밖에 없었다(중이는 추격자에게 옷소매를 잘릴 정도로 다급했다. 정말 생사가 경각에 달린 순간이었다). 이 추격전은 정말 신속하고 악랄해서 당시 상황을 살펴보면 매우 많은 사람이 죽었을 것으로 짐작된다.

● 계손씨 계우, 숙손씨 숙아, 맹손씨 경보가 모두 노 환공(桓公)이 아들이어서 삼환이라고 한다.

진 헌공과 여희가 누린 기쁨의 세월은 얼마나 됐을까? 계산해본 결과 약 15년이었다. 해제가 보위를 이었을 때 이 나이를 넘지 않았을 것이다. 진 헌공은 분명히 해제가 너무 어린 데다 정통성이 없다는 걸 알고, 해제의 안위를 자신의 사부 순식(荀息)에게 부탁했다. 그러나 진 헌공이 9월에 사망하자 큰 내란이 바로 폭발했다. 그것은 두 달 동안 연이어 발생한 참사였다. 10월에 대부 이극(里克) 일당은 먼저 해제를 죽였다. 그러자 순식은 탁자를 보위에 올렸다. 11월 이극이 또 탁자를 죽이자 더 이상 후계자가 없었던 순식은 진 헌공과의 약속대로 탁자와 함께 죽었다. 『좌전』에 의하면 이극 등은 중이가 돌아와 보위를 잇기를 바란다고 했다. 그러나 이오가 한 걸음 먼저 움직였다. 그는 매우 좋은 조건을 진 목공에게 제시하고 도움을 받았다. 진 목공은 직접 나서서 제후들을 설득하고(특히 맹주였던 제 환공) 그들과 함께 이오가 귀국하여 보위를 잇게 했다. 이 사람이 바로 진 혜공이다.

여희는 어디로 갔을까? 알 수 없다. 마치 사라진 전마(戰馬) 소사처럼 그녀도 퇴장했다.

나는 이오가 그의 부친 헌공보다 훨씬 사악한 것으로 느껴진다. 진 헌공의 황당함은 불가사의하기는 하지만 사람 마음의 가장 연약한 부분과 연관되어 있다. 사람이 늙으면 밝고 따뜻한 어떤 것을 붙잡고 모종의 몰입 상태로 빠져들려 한다. 그것은 신생이 차마 말하고 싶어 하지 않았던 부분이다.

"주상전하게 희씨(姬氏: 여희)가 없으면 평소에 거주할 때도 불안해하시고 식사를 할 때도 배불리 드시지 못하십니다."(君非姬氏, 居不安, 食不飽.)

이 일을 제외하면 진 헌공은 한 나라의 군주로서 줄곧 자신의 직책을 성실하게 수행했다. 그의 실패는 아버지로서의 실패라 해야 한다. 좋은 아버지가 되는 것이 좋은 군왕이 되는 것보다 훨씬 어려운 법이다. 제 환공, 당 태종 이세민(李世民), 청 강희제(康熙帝)가 바로 이와 같지 않았던가? 이오는 근본적으로 임금답지 않았다. 이 자의 황당함은 전방위적이었고 마음 씀씀이도 매우 음험했다. 그는 인격이 비열한 사람일 뿐이어서 하찮은 이익을 위해 거짓말을 하고, 얼굴을 바꾸고, 기억과 약속을 뒤집고, 남을 희생시키고, 짓밟는 등 무소불위의 학정을 일삼았다. 우리는 일생동안 불행하게도 늘 이런 사람 몇몇을 만난다.

『좌전』에 의하면 이오가 등극하고 나서 첫 번째로 실행한 일은 바로 자신을 위해 보위 계승의 장애물을 제거해준 이극을 죽이는 것이었다. 그것은 오직 내 편과 네 편의 경계를 명확하게 하기 위한 행동이었고, 그의 보위 찬탈에 의문을 품은 사람들의 시선을 떨쳐버리기 위한 행동이었다. 사실 이오는 앞서 이극에게 백만 평에 달하는 분양(汾陽) 땅을 주기로 약속한 적이 있다. 따라서 아마 이 드넓은 땅을 주지 않으려는 속셈도 있었을 것이다. 이 또한 당시 충돌의 주요 원인인 땅과 연관되어 있다!『좌전』에서는 이 대목의 구역질나는 대화를 감각적으로 기록했다. 이오는 이극을 죽이기 전에 사람을 보내 다음과 같은 말을 전했다.

"대부가 아니었으면 나는 순조롭게 보위에 오를 방법이 없었을 것이오. 그렇지만 그대는 결국 임금 두 명과 대부 한 사람을 죽였소. 지금 그대의 군주가 된 나는 정말 곤란한 입장이라 마음을 편하게 가지기가 어렵소."

이극은 그 말의 의미를 알아듣고 자신의 운명을 인정했다.

"죄를 주겠다고 마음먹었으니, 핑계가 없겠습니까? 신은 운명을 따르겠습니다."

그리고 깨끗하게 칼 위에 엎어져 자결했다.

다음 해 주나라 천자는 이오에게 사자를 보내 옥을 하사했다. 이것은 정식으로 그의 보위를 인정하는 조치였다. 이오는 옥을 받은 후 교만해졌다. 아마도 허장성세를 부리고 싶었을 것이다―그는 이미 망명객으로 사방 제후들에게 무릎을 꿇고 처분을 기다리던 몰락한 공자가 아니었다. 그는 이제 대제후로 대국의 군주가 되었다.

이오는 노 희공 14년에 악행의 정점을 찍었다. 진(晉)나라 군주가 된 후 5년만이었다―이보다 1년 전에 진(晉)나라에는 흉년이 들어 이웃의 진(秦)나라에 식량을 원조해달라고 요청했다. 사실 당시에 진(秦) 목공은 이미 그에게 좋지 않은 감정을 품고 있었다. 그러나 목공은 "임금은 악하지만 그 백성에게 무슨 죄가 있는가?"(其君是惡, 其民何罪?)라고 하며 식량 원조를 했을 뿐 아니라 그 양도 어마어마했다. 식량 수송선이 진(秦)나라 도성 옹(雍)에서 진(晉)나라 도성 강(絳)까지 하나의 대열을 이룰 정도였다. 당시에 그 모습을 '범주지역(泛舟之役)'이라고 불렀다. 그런데 다음 해에 흉년이 서쪽으로 이동하여 진(秦)나라가 진(晉)나라에게 식량 구원을 요청해야 할 상황이 되었다. 뜻밖에도 진(晉)나라는 구원 요청을 거절했다. 진(晉)나라가 내세운 거절 이유는 자신들이 이미 진(秦)나라에 죄를 지은 게 많기 때문에 이번 한 차례 더 보탠다고 해서 상황에 별 차이가 없다는 것이었다. 본래 5년 전에 이오가 보위에 오르려고 진(秦)에 도움을 요청할 때는 하늘만큼 비싼 진(晉)나라 황하 밖 다섯 성(또 땅 문제다)을 진(秦)나라에 주기로 약속했다. 그 땅은 "동쪽으로 괵략(虢略) 끝까지 닿고, 남쪽으로는 화산에까지 미쳤으며, 안으로는 해량성(解梁城)에까지 이르는" 요지여서 크기로나 중요성으로나 근본적으로 타국에 줄 수 없는 땅이었다. 이오는 보위에 오른 후 완전히 마음이 변하여 자신은 그런 말을 한

적이 없다고 억지를 부렸다.

나중에 이오와 마찬가지로 여러 나라의 도움을 받아 보위에 오른 그의 형 진(晉) 문공 중이는 이와 같지 않았다. 두 사람은 정말 완전히 다른 행동을 했다―중이가 초왕에게 승낙한 것은 장차 진(晉)나라와 초나라가 전쟁터에서 만나면 진나라 군사를 90리 후퇴시켜 초왕의 은혜에 보답하겠다고 했다. 과연 진 문공은 천하의 패권을 다투는 전투에서 자신은 군주로서 초나라 신하와 대결했지만[초나라 총사령관은 영윤 자옥(子玉)이었음] 스스로 초왕과의 약속을 준수하여 성복(城濮)까지 후퇴한 뒤 전투를 벌였다. 이것이 바로 오늘날까지 잘 알려진 고사성어 '퇴피삼사(退避三舍)'●의 유래다. 망명 중인 진 문공이 감히 그런 약속을 했는데도, 초왕은 너그러운 태도로 그의 약속을 받아들였다. 이것은 모두에게 쉽지 않은 일이었을 뿐 아니라 대범한 품성이 있어야 가능한 일이었다.

이오의 배은망덕한 행위 때문에 진 목공은 도저히 참을 수 없어서 군사를 거느리고 진(晉)나라를 공격했으며, 경정도 진(晉) 혜공 이오가 진나라 군사를 불러들였다고 말했다.

● 1사(舍)는 30리다. 진 문공이 초왕과의 약속을 지키기 위해 먼저 90리를 물러나 의리를 지켰다는 뜻이다. 은혜를 갚기 위해 먼저 많은 것을 양보하고 나중에 승리를 얻는 것을 비유한다.

백성과 사대부의
극단적인 의견

이오를 구해준 이는 다른 사람이 아니라 바로 그의 이복 누나이며 진목공의 부인인 목희(穆姬: 伯姬)였다. 앞서 살펴본 것처럼 두 사람이 혼인하면 불길하다고 점괘에 나온 적이 있다. 그녀는 맨 먼저 진 목공에게 최후통첩을 했다.

"진(晉)나라 군주를 아침에 잡아오면 저는 저녁에 자결할 것이니, 주상께서 알아서 하십시오."

사실 목희는 개인적으로 이오에게 매우 불만이 많았다. 『좌전』에 의하면 진 목공이 당년에 이오의 귀국을 도울 때 목희가 아주 중요한 역할을 했음이 분명하다. 그녀는 국내에 있는 진 헌공의 차비(次妃) 가군(賈君)이 이오와 호응하도록 도움을 줬다. 목희가 이오에게 요구한 대가는 여희의 난으로 뿔뿔이 흩어진 진나라 공실의 여러 공자들을 불러 모아 잘 대우하라는 것뿐이었다. 그러나 이오는 귀국하여 곧바로 가군과 사통하고는 그녀 한 사람만 잘 돌보면서 귀국 전에 목희와

한 약속은 내팽개쳤다. 정말 이 작자에 대해선 할 말이 없을 정도다.

진 목공은 마침내 이오를 도성으로 감히 잡아오지 못하고 영대(靈臺)에 구금해둘 수밖에 없었다. 또 이 때문에 진(晉)나라와 회담을 해야 했다. 이에 진 목공은 진(晉)나라 태자 어(圉)를 이오 대신 인질로 잡고 이오는 귀국시키기로 결정했다.

이어서 『좌전』은 우리에게 진(晉)나라 쪽 사정을 보여준다. 특히 다음 대화는 2000년 전의 것이지만 지금의 어떤 국가라도 여전히 이와 같은 상황에 처했을 때 보여줄 수 있는 표준 반응으로 여겨질 정도로 매우 정확하다.

평화회담 석상에서 진 목공이 물었다.

"진(晉)나라 국내는 화합이 잘 되오?"

진(晉)나라 대표 음이생(陰飴甥: 呂甥)도 사실에 근거하여 교묘하게 대답했다.

"화합하지 못하여 의견이 양 극단으로 치우쳐 있습니다. 일반 백성은 자기 임금이 포로가 된 일을 심한 치욕으로 여길 뿐 아니라 그들의 친척이 많이 전사한 탓에 마음 가득 원한을 품고 있습니다. 이 때문에 진(秦)에 복수하겠다고 맹세하면서 도움을 받을 수 있으면 오랑캐 섬기는 일도 아까워하지 않겠다고 합니다. 그런데 사대부들은 자기 임금이 치욕 당한 일을 참지 못하는 것은 마찬가지지만, 그 죄가 우리 임금 자신에게 있고, 우리가 사리에 맞지 않게 행동했음을 깊이 깨닫고 있습니다. 이 때문에 냉정을 유지하려고 애를 쓰며 진(秦)나라의 결정을 기다리고 있습니다."

진 목공이 또 물었다.

"그럼 진(晉)나라에서는 이오가 어떤 결말을 맞으리라고 예상하시오?"

음이생이 대답했다.

"마찬가지로 두 가지 견해로 나뉩니다. 백성은 비분에 젖어 주군께서 절대 좋은 결말을 맞지 못할 것으로 생각합니다. 그들은 우리가 먼저 진(秦)나라에 해를 끼치며 죄를 지었는데 어떻게 우리 주군이 풀려날 수 있겠는가라고 말합니다. 그러나 사대부들은 사리를 통찰하고 있는지라 주군께서 틀림없이 무사히 귀국하실 것으로 믿습니다. 그들이 그렇게 판단하는 까닭은 진(晉)이 진(秦)을 배반하여 이미 포로로 잡히는 징벌을 당하면서 죄를 자복했으므로 이제 사면을 받는 것이 기본 이치이고 또 그것이 패주(霸主)의 은혜와 위엄을 보여주는 길이라고 믿기 때문입니다."

그러고는 음이생은 교묘하게 책임을 진 목공에게 전가하며 이제 패주가 될 것인가 아니면 원수가 될 것인가 아주 중요한 선택을 해야 한다고 말했다.

백성의 숫자와 사대부의 숫자는 물론 비교할 수 없으므로 이 일은 다수결로 처리할 수 없다. 더더욱 당시 진(晉)나라에는 오늘날과 같은 대중매체도 없었고 여론조사 기관이나 페이스북도 없었다. 특히 지금 내가 사는 타이완의 대중매체처럼 수준 높은 여론조사 방법이나 페이스북을 이용할 수 있었다면 사람들은 자신의 전문지식이나 세상의 이치를 설파할 기회를 가질 수 있었을 것이다. 따라서 사람들이 눈앞의 여론에 맞장구나 치며 단지 격정에만 의지하거나 표피적인 감각의 포퓰리즘에 빠져 그것을 운명처럼 여기지는 않았을 것이다.

우리는 앞에서 자산에 대해 언급했다. 몇 십 년 동안 정나라의 수호신과 같은 역할을 했던 자산 말이다. 사람들은 일찍이 그를 죽이려 하거나 당시 정나라 몇 대 가문 중에서 자산의 가문이 가장 먼저 멸망할 것이라고 조심스럽게 예언하기도 했다. 그런데 어떤 가문은 가장 오래 명맥을 이었다. 그 이유가 무엇일까? 『좌전』에 기록이 있다.

노 양공 29년 자산의 집권을 지지한 자전(子展)이 노환으로 죽었고, 그보다 더욱 자산을 지지한 자전의 아들 자피(子皮)가 집정자의 지위를 계승했다. 당시 정나라에 기근이 발생하자 자피는 사망한 부친 자전의 명령을 빙자하여 전국 백성에게 일인당 1종(鍾: 6斛 4斗)의 곡식을 나눠줬다. 이 때문에 "정나라의 민심을 얻어 자피의 가문은 늘 국정을 장악하고 상경(上卿)의 지위를 유지했다." 정나라의 이웃 송나라에서도 기근이 심하게 들자 송나라 제2인자 사성(司城) 자한은 당시 송나라 군주에게 국가의 비축 식량을 풀어 재난을 구제함과 아울러 대부들의 가문도 함께 참여하게 하자고 요청했다. 다만 자한의 가문만 재난 구제에 나서면 모두들 참여하지 않을 것이기 때문에 식량을 내지 않는 대부들 대신 자한의 가문에서 식량을 더 많이 희사하겠다고 했다. 이에 숙향은 대략 이렇게 설명했다—정나라 자피의 가문과 송나라 자한의 가문은 민심을 얻었으므로 틀림없이 가문의 생명이 가장 오래 갈 것이다. 이 두 나라의 국운이 지속되는 세월만큼 이 두 가문의 생명도 똑같이 지속될 것이다.

말하자면 자산은 정나라를 존속시키기 위해 거의 모든 일을 다 했지만 정나라 백성 입장에서는 자산의 노력이 자신들에게 구체적으로 곡식 1종(鍾)을 나눠주는 것보다 못하다고 생각했을 가능성이 지극히 크다. 이것은 사람을 슬프게 하는 점이지만 너무나 진실하고 현실적인 이야기이기도 하다.

민주정치는 비교적 훌륭한 제도이고, 적어도 우리가 비교적 신임하는 제도이며, 결점이 비교적 적은 제도이기도 하다. 그렇더라도 이런 점이 우리가 게으름뱅이처럼 아무 생각도 없이 민주제도를 이용하거나 만병통치약처럼 어떤 경우에나 그것을 이용할 수 있음을 의미하지는 않는다. 우리는 보르헤스가 말한 것처럼 민주제도를 '투표함의 유희'가 되도록 남용해서는 안 된다. 민주제도는 제한적으로 사용해야 할 때도 있는데, 그 제한의 다른 한 측면은 바로 어떤 분야의 전문성을 추구해야 하는 경우다. 민주제도의 다수결이 전문성을 담보하지는 못하기 때문이다. 이는 또한 사물의 정확한 인과 관계와 사물의 타당한 이치를 분석해야 하는 경우에도 마찬가지다. 가장 어려운 점은 바로 이 경계선을 정확하게 판별하고 유지하고 절제해야 한다는 것이다. 더욱 중요한 판단은 다수결에 의지할 수 없는 경우도 많다. 포퓰리즘은 이 경계선을 침범하여 지워버린 후 사람들을 무지와 용속의 나락으로 추락하게 한다. 이것은 우리가 매일 목도하는 풍경이다.

그래도 진(晉)나라 당시에는 소수의 판단에 따랐으므로 상대와 절대 공존하지 않겠다는 맹세도 없었고, 죽은 뒤에야 그만두겠다는 결의도 없었으며, 우량한 것과 불량한 것이 함께 훼손되는 사태도 발생하지 않았다.

진(秦) 목공은 도량이 넓고 판단력이 정확한 군주였다(개인의 자질로 말하자면 그는 춘추시대에서 가장 훌륭한 군주였을 가능성이 높다. 또 다른 한 사람은 바로 초 장왕이다). 그는 아내의 말을 들었을 뿐만 아니라 진(晉)나라에 틀림없이 조정과 변화의 국면이 나타나리라 짐작했다. 잠시나마 이오가 자리를 비운 사이(포로로 잡힌 사이) 진나라는 오히려 정확하게 작동하기 시작했다. 이오가 저지른 무거운 죄과를 벗어버린 듯이 매우 경쾌하고도 신속하게 응당 시행해야 할 일련의 조치를 결정해나갔다. 여기에는 공실의 이익을 대중들에게 나누는 '원전(爰田)'● 제

● 『좌전』 「희공」 15년에 "晉于是乎作爰田"이라 했다. "진나라에서 신료들에게 공전(公田)을 상으로 내려 본래 땅을 바꾸게 했다"라는 뜻이다. 땅을 바꾼다는 것은 본래 경작하던 땅을 휴경(休耕)하여 지력을 높이게 하고 새로운 공전에 농사를 짓게 한다는 뜻이 포함되어 있다. 공전은 본래 공실(公室)의 땅이므로 결과적으로 그 이익을 대중에게 나누는 것이다. 진(晉) 혜공이 진(秦) 목공에게 억류되어 있을 때 진(晉)나라에서 백성의 악화된 여론을 무마하기 위해 시행한 제도다.

도와 갑사(甲士)의 전력을 강화하는 '주병(州兵)'• 제도가 포함되어 있었다(춘추시대의 세제 개혁은 대부분 전쟁과 관련이 있다. 노나라와 정나라에도 관련 기록이 있다). 가장 결정적인 것은 진(晉)나라에서 이미 또 다른 군주 옹립에 착수했다는 점이었다. 그것은 태자 어(圉)가 보위를 잇는 것인데, 이는 이오의 뜻이기도 했다(여러 해 정치를 하면서 그가 내린 유일하게 정확한 결정). 이오의 뜻은 음이생이 귀국할 때 진나라로 전해졌다. 이처럼 진(秦)나라에 구금된 이오는 진나라에 의해 길러지는 대상이었을 뿐 더 이상 밀고 당기는 협상의 대상이 아니었다. 춘추시대에 사로잡힌 군주가 이렇게 처리된 건 이번 한 차례에 그치지 않았다. 예를 들어, 노 성공 10년 진(晉)나라가 정나라 군주를 억류했을 때도 이와 같았다. 당시 기록은 이렇다.

"정나라에서 다른 군주를 세우면 우리는 개인 한 사람을 잡고 있는 것에 불과하게 되는데, 여기에 무슨 이익이 있겠습니까?"(鄭人立君, 我執一人焉, 何益.)(『좌전』「성공」 10년)

불편하고 절망적인 현실에 처한 사람들이 신속하게 이런 방법을 배운 것이다. 즉 임금은 잃을 수 있는 존재라는 깨달음이 그것이다. 혹은 더 정확하게 말하자면 임금이란 하나의 자리에 불과할 뿐 특정한 개인이 아니라고 인식하게 된 것이다.

생명은 값으로 따질 수 없다. 이상적으로 볼 때 모든 개체 생명은 존중받고 보호받아야 한다. 하지만 여기에 임금, 대통령 및 각양각색의 호칭으로 불리는 국가 영도자가 포함되어서는 안 된다. 그것은 그들의 직위가 직면해야 할 정상적인 위험의 일부로 간주해야 한다(이런 위험에 직면하고 싶지 않으면 그런 직위를 선택하지 않으면 된다). 대통

• 지방 고을(州)에서 농사짓는 백성에게 군역을 부과하여 국가나 귀족의 군사조직을 확장하고 병력을 강화한 제도다. 역시 진 혜공 때 나라의 무력기반을 튼튼히 하기 위해 시행했다.

령제를 채택한 미국은 마치 앞에서와 같은 춘추시대의 사례를 배운 듯하다. 즉 어느 날 대통령이 인질로 잡혀 직책을 수행할 수 없는 지경에 빠지거나 국가의 이익에 마이너스 요인이 되면 최단 시간에 부통령이 바로 대통령 취임선서를 하고 직책을 이어받는다(그렇게 많은 돈을 들여 부통령이라는 한가한 직책을 유지하는 이유가 바로 이런 때를 대비하기 위해서다). 테러분자와 협상하지 않고 그들의 요구도 받아들이지 않기 위해서다. 그러나 우리가 미국 대통령제에서 배우지 말아야 할 것은 대통령에 대한 과도한 안전 조치다. 하늘과 땅을 뒤덮으며 무소부지의 상황에까지 신경을 쓴다. 타이완에서는 이것을 배웠다("우리는 안전이 아니라 만전을 기하려 한다." 이것은 경호 부서에서 입만 열면 주문처럼 되뇌는 보안 공작 요구다). 이 때문에 안전 담당 부서에서는 현장 경호뿐 아니라 사전 경호까지 강구한다. 그것은 바로 모든 방법을 동원하여 감시와 감청을 행하고, 위협이 될 만한 어떤 역량에 대해서도 가급적 일찍 그들의 동향을 발견하고 파악하려는 조치를 가리킨다. 여기에는 개인에서 단체와 적국에 이르기까지 모든 대상이 포함된다. 이 때문에 현실에서는 직접적으로 정보 부문의 규모와 권력이 급격하게 팽창하는 결과를 초래한다(미국 정보 기구의 거대함은 민주주의 간판 국가의 입장에서는 일종의 치욕이다). 이처럼 팽창한 정보 시스템은 늘 권력을 남용하고 자신을 소외시키며 절대다수의 시간을 자국 국민 감시에 소비한다. 결국 거대 정보기구는 모종의 악성종양이나 모종의 괴물로 성장하여 궁극적으로 사악한 역량으로 변신한다.

이런 현상은 어떻게 해결해야 할까? 사실 전혀 어렵지 않다. 군주나 대통령이나 영도자에 대한 살해 시도를 그만두면 된다. 납치범이나 살해 모익범들이 그런 수단은 아무 의미가 없고, 가소롭다는 것을 확실하게 깨닫고 나면 음모를 꾸미지 않을 것이다. 프란치스코 교황은 방탄차를 타지 않겠다고 선언했다. 교황이 마주하고 있는 위협은 종교적인 것이어서 더욱 광적이고, 더욱 분별해내기 어려울 정도로 널리 분포해 있다. 그러나 그는 신념에 차 있을 뿐 아니라 스스로 실천을 통해 변화를 이끌어내는 보기 드문 교황이다(그는 팔레스타인 건국을 지지하고, 손을 내밀어 이슬람과 화해하고, 동성애자를 관대하게 대하는 등 다양한 모습을 보여주고 있다. 나는 내 일생에 이런 교황이 나타나리라곤 전혀 생각하지 못했다. 혹자는 야훼가 마침내 깨어나서 좋은 일을 좀 하려 한다고 말한다). 프란치스코는 자신이 믿는 것처럼 삶과 죽음을 모두 하느님께 맡겼다.

그 해(노 희공 15년) 이오는 가을에 포로가 되었다가 겨울에 풀려났다. 진(秦)나라에서 얼마 기다리지도 않고 일찌감치 석방되었다. 귀국하여 다시 보위에 오른 후 그가 한 첫 번째 일은 줄곧 그에게 반대한 대부 경정을 죽인 것이었다(경정도 자신이 틀림없이 죽을 줄 알았지만 도망치려 하지 않았다). 이 해 진(晉)나라에 다시 흉년이 닥쳤고, 진(秦) 목공은 이전과 마찬가지로 "나는 그 임금을 원망할 뿐 백성은 긍휼히 여긴다"라고 하면서 역시 드넓은 마음으로 진(晉)나라에 식량을 지원했다. 이오는 정말 운이 좋은 사람이었다. 그는 계속해서 진(晉)나라 임금 자리를 8~9년 더 누리다가 천수를 다하고 죽었다. 악행으로 일관한 그의 일생은 분명 사람들의 마음을 격려할 만한 이야기가 아니다. 역사를 기록하고 역사를 읽는 사람도 그의 악행을 다루려면 강한 인내심을 발휘해야 한다.

그러나 이오 대신 진(秦)나라에 인질로 잡힌 그의 아들 어(圉)는 이런 좋은 운명을 타고나지 못했다. 이오가 죽자 그의 형 중이가 진(秦)나라의 지원 하에 귀국하여 진(晉) 문공이 되었다. 임금의 자리가 아직 따뜻해질 겨를도 없었던 진(晉) 회공(懷公) 어(圉)는 고량(高粱) 땅에서 피살되었다. 여러 해 동안 내란이 지속된 진(晉)나라는 이 때에 이르러 천하 맹주의 모습으로 환골탈태하기 시작한다.

전쟁은 아직
새로운 것이 아니었다

계산해보면 여희가 해제를 낳은 때로부터 문공이 보위에 오를 때까지 꼬박 30년 동안 진(晉)나라에서는 끊임없이 충돌이 발생했다. 그러나 자세히 살펴보면 나라와 나라 사이의 진정한 전쟁은 단지 며칠 뿐이었다(30년 동안 일어난 세 번의 전투에 대해 『좌전』은 언급할 가치가 없다고 여겼거나 약화된 전투 의지로 인해 싸우지 않고 패배한 사소한 전투로 간주했을 가능성이 높다. 게다가 마지막 전투는 우습기 짝이 없는 한원 전투였다). 또한 진(晉)과 진(秦) 두 나라가 진정으로 칼끝을 마주 댄 시각은 아마도 한원 전투의 그 짧은 순간뿐이었을 것이다—그 30년 동안 진(晉)나라가 벌인 살육이 주로 국내에서 자행되었기 때문에 내란으로 사망한 사람의 숫자가 한원에서 전사한 군인의 숫자보다 훨씬 많다고 믿을 수밖에 없다. 특히 역사 기록에 이름과 성이 남아 있는 유명인의 경우는 더더욱 그렇다—신생, 두원관(杜原款), 해제, 탁자, 순식, 이극, 비정부(丕鄭父), 경정, 호돌(狐突), 자어(子圉), 여생(呂甥), 극예(郤芮) 등. 그들은 전부 자국인에 의해 살해되었다. 아마 바로 이와 같은 이유 때문에 춘추시대 사람들은 애초에 긴 세월 동안 전쟁이 특별히 공포스럽다거나 혐오스럽다고 인식하지 않았을 가능성이 높다. 당시 전쟁은 충돌이 서서히 규모를 확장한 것에 불과했지, 깜짝 놀랄 정도로 새롭거나 낯선 그 무엇이 아니었다.

시간을 따져보면 아직 102년을 더 기다려야 앞에서 다룬 바 있는 천하 제후의 미병지회가 발생한다―엄격하게 말해서 송나라를 구하기 위해 가장 일찍 진(晉)과 초(楚)의 정전 협정을 구상한 화원(華元)이 중간에 끼어 있다. 말하자면 아직도 100년 동안 크고 작은 전쟁을 더 겪어야 비로소 전쟁 중지와 전쟁 억제에 관한 다소 진지하고 정식적인 구상이 나타나는 것이다(이에 관한 구상은 보편적이거나 집체적인 현상이 아니라 불과 몇 사람에 의해 제기되었을 뿐이다).

충돌은 인간이 살아가면서 어쩔 수 없이 마주해야 하는 경우나 처지를 만났을 때 그 완충지대가 줄어들거나 상실된 상황에서 발생한다. 즉 그것은 피차간에 오래 지속해온 생물적인 대응방식에서 벗어나는 것이 점점 소용없게 되어 감을 의미한다(노자가 생각한 것은 인간의 원초적 생활방식이다. 혹은 그런 방식이 여전히 유효한 세계로 되돌아가려 했다고도 할 수 있다. 물론 개인도 그렇게 할 수 있고 현재 세계도 그렇게 할 수 있다. 노자의 인식은 개인에게 필요한 인식과 선택을 통해 우리에게 일종의 독특한 '지혜'로 제공된다. 그것이 노자가 우리에게 주는 교훈이다). 그것은 사실 인간이 당면한 새로운 환경이었으므로 다른 방법을 생각해내어 충돌에 대응하고 충돌을 처리해야 했다. 또 불가사의한 것은 충돌이 외부가 아니라 내부에서 빈번하게 발생한 연후에 인근 부락이나 이웃 나라로 확대된다는 점이다. 예를 들면, 『좌전』에서 간단하게 볼 수 있는 진(晉)과 진(秦), 노와 제, 초와 오 등의 사례가 그러하다. 물론 여기에는 우군과 적군이 마구 뒤엉킨 정, 송, 진(陳), 채, 위(衛) 등의 나라도 포함된다. 사람에게 권고하고 사람을 위로하는 옛말 "가까운 이웃이 멀리 있는 친척보다 낫다"라는 속담도 있지만 우리의 현실에서 늘 발생하는 것은 "악랄한 이웃이 멀리 있는 원수보다 사납다"라는 상황이다. 이것은 모든 사람이 매일 증명할 수 있는 사실이다. 이 때문에 이와 상반된 말로 사람들을 위로해야 한다. 그렇지 않은가?

또 한 가지 지적해야 할 것은 황제(黃帝) 시대부터 호칭한 만국의 끊임없는 이합집산 과정에서 충돌은 사실 이합집산 이전이 아니라 그 이후에 더 많이 발생했다는 사실이다. 이렇게 될 수밖에 없었던 불가피한 이유를 들자면 국가가 끊임없이 통합을 추구하기 때문인데, 이는 상이하고 이질적인 사람들을 계속 받아들여야 함을 의미한다. 이에 인간과 인간의 관계는 더 이상 자연스럽고, 단순하고, 긴밀하게 유지되거나 온통 혈연에 의지하고, 친족관계에 의지하고, 오랫동안 함께 거주한 공동습관에만 의지하여 단순하게 결합·조직되던 관계가 아니게 된다. 이와 동시에 토지의 끊임없는 확장도 더욱 이질적인 사물을 받아들이게 한다. 상이한 형상과 성질, 상이한 작물을 길러내는 토지(평탄하거나 울퉁불퉁하거나, 온전하거나 분리되어 있거나, 풍요롭거나 척박하거나, 건조하거나 습하거나…)를 병탄하는 것은 인간의 상이한 노동과 생활 습관, 상이한 투자와 산출, 상이한 기후 변화, 상이한 사유와 욕구 및 공포 등을 받아들여야 함을 의미한다. 그러나 이렇게 포용하고 통합하는 일은 결코 쉽지 않다. 의지와 선의(善意) 이외에도 능력과 기술이 요구된다. 예를 들어, 정전제처럼 가장 간단하고 원시적이고 직선으로 분할하는 방식, 즉 누구나 한눈에 그 분할이 공평한지 불공평한지 간파할 수 있는 토지 분배 방식은 금방 다시 적용하기가 어려워지므로 일종의 기본 원칙으로만 남게 된다. 『좌전』에는 토지를 판별하여 처리하는 아주 정밀한 기록이 남아 있다. 이 기록은 아주 중요하여 늘 역사 자료로 인용된다. 그 내용은 초나라 강왕 시기에 제정하여 사마 위엄(蔿掩)에 의해 집행되었다(사마는 군대를 통솔하는 직책이다. 따라서 이 일의 출발점은 군사업무 정리였을 가능성이 지극히 크다. 토지, 세금, 군비는 본래 한 덩어리를 이루던 제도였다).

토지 상황을 기록하고, 산림을 조사하고, 소택지를 측량하고, 땅의 기복을 판별하고, 땅의 염도(鹽度)를 밝히고, 땅의 경계가 되는 물도랑을 구분하고, 저수지를 재고, 소규모로 분할된 땅을 구획하고, 물가 언덕에 목축지를 마련하고, 평탄하고 비옥한 땅을 나누고, 각종 수입을 헤아려 조세를 정했다. 수레와 말에도 세금을 매겼고, 병거 군졸과 보졸이 사용하는 갑옷과 무기의 수량에 맞춘 세금도 징수했다. 이런 제도의 기록을 완성하여 영윤 자목(子木)에게 넘겨줬다. 이것은 예법에 맞는 일이다.(書土田, 度山林, 鳩藪澤, 辨京陵, 表淳鹵, 數疆潦, 規偃豬, 町原防, 牧隰皋, 井衍沃, 量入修賦, 賦車籍馬, 賦車兵徒兵甲楯之數. 旣成, 以授子木, 禮也.)(『좌전』「양공」 25년)

그렇다. 토지 판별의 초점은 토지 형식의 상이함에 놓여 있고, 이 일에는 지질학과 수학도 관련되어 있으며, 또 더욱 총체적인 농업과 목축업 생산 지식 및 인간의 판단도 개입된다(조세 대상에는 사람, 수레, 목재, 가죽, 식량 등이 포함된다). 그러나 이와 같기는 해도 세금을 보태고 빼는 과정에서의 공평성은 케이크나 과일을 자르듯 모든 사람에게 일목요연한 모습으로 비칠 수 없다. 따라서 조세 제도는 불평과 오해와 문제를 야기하기 쉬우므로 반드시 상하 간, 피차간의 더욱 강력한 신뢰에 의지해야 하거나 더욱 강력한 권력자의 과감한 시행에 의지해야 한다.

대체로 그것은 인류의 역사가 가문에서 나라로 나아가는 진화의 한 단계였으며, 또 경험이 부족하고, 방향을 알 수 없고, 행위가 불확실하고, 성패를 예상하기 어려운 실험 단계였다고 할 수 있다. 게다가 그 과정은 각 세력 간의 충돌과 조정이 반복되던 동요의 시간이었음에 틀림없다. 어리석고 사사로운 새 행위도 충돌을 야기했을 것이며, 총명하고 정직한 새 행위도 똑같이 충돌을 야기했을 것이다(자산이 정나라를 다스리던 시절이 이와 같았다). 춘추시대 200년이 대체로 이런 단계에 이르러 가문에서 나라로 나아간 것은 마치 자연스러운 확장일 뿐인 것처럼 보이기도 한다. 이렇게 생각하고 이해하려 노력하는 것은 나름대로 일리 있는 일이긴 하지만 부득이한 일이기도 하다. 왜냐하면 인간 고유의 경험이 매우 다양하기 때문이다. 나중에 우리는 물론 이것이 단절의 한 단계이고, 양적 변화에서 질적 변화로 나아가는 한 단계였음을 알게 되었다. 즉 국가는 규모가 더욱 커지고 구성원이 더욱 많아진 가정이나 가족이 아니라 그보다 더 새로운 그 무엇이며, 도처에서 인간의 직접적이고 구체적인 경험을 이탈하는 새로운 그 무엇이었다. 수신·제가·치국·평천하라는 폐쇄적이고 단선적인 공식은 이에 대한 매우 불충분한 접근 방법으로 전락했다. 새로운 단계에서 인간은 생각하고, 배우고, 시험하고, 발명해야 할 것이 너무나 많았다.

국가는 새로운 그 무엇이었으므로 이에 상응하여 충돌도 질적 변화를 보였다―전쟁은 규모가 더욱 커지고 참여 인구가 더욱 많아진 충돌에 그치지 않았다. 전쟁도 더욱 새로운 그 무엇이 되었다.

초 강왕에 대해 언급하자면 우리는 『좌전』에 실린 또 한 단락의 매우 재미있는 기록을 살펴야아 한다. 그것은 초나라 군주 입장에서 초 강왕이 토로한 고백이다. 사실 이 고백은 7년 후 위엄이 전면적으로 토지를 정리하고 조사하는 근본 원인으로 작용했을 가능성이 지극히 크다. 사안의 발생 원인은 정나라 자공(子孔)이 초나라에 정나라 공격을 요청한 데서 야기되었다. 이는 정나라 각 대부 가문의 권력 독단을 제거하기 위한 시도였다. 이 일은 표준적인 내부 충돌이 외부로 퍼져나가는 상황을 잘 보여준다. 당시 초나라 영윤 자경(子庚)이 승낙하지 않자 초 강왕은 사정을 알고 나서 사람을 보내 자경을 다음과 같이 질책했다.

> 국인(國人)들은 과인이 사직의 주인이 되어 군사를 출정시키지 않으면 사후에 올바른 예법으로 대접을 받지 못하게 될 것이라고 말하고 있소. 과인은 즉위한 지 지금 5년이 되었지만 군사를 출정시키지 않았소. 사람들은 아마도 과인이 스스로 편안함만 추구하며 선군의 유업을 망각했다고 여길 것이오. 대부께서는 잘 생각해보시오. 어찌하면 좋겠소?(國人謂不穀主社稷而不出師, 死不從禮. 不穀卽位於今五年, 師徒不出. 人其以爲不穀爲自逸, 而忘先君之業矣. 大夫圖之, 其若之何?)(『좌전』 「양공」 18년)

강왕은 초나라 군주로서 자신이 줄곧 스트레스를 받은 건 5년 동안 출병도 하지 않고 전쟁도 하지 않았기 때문이었다고 토로했다. 그는 또 백성이 자신을 게으름에 빠져 향락을 추구하느라 임금의 직분을 적극적으로 이행하지 않는 사람으로 여기거나 아니면 열성조의 가르침을 배신한 불초자손으로 여길까 근심했다. 이 대목에서 우리는 더욱 자발적으로 외국을 공격하려 한 사람이 뜻밖에도 집권자나 권력자가 아니라 일반 백성이었음을 알 수 있다. 이것은 오늘날 전쟁에 대한 우리의 기본적인 이해와 상반되는 모습이다. 일반적으로 말해서 집단적으로 어떤 격정이나 광기에 빠지지 않고 전쟁을 일으키려 하는 사람은 늘 '그들'이다(모든 집정자, 군부, 무기상과 석유상 등 대기업 및 두뇌와 심리가 비정상적인 사람들을 가리킨다. 과거 타이완에는 아주 진지한 군가가 있었는데, 가사 중에 "우리의 사업은 전쟁이다"라는 구절이 있다. 그렇다. 전쟁도 일종의 사업이어서 투자 대비 수익률이 매우 크다. 또는 원가가 매우 저렴한 사업이라 할 수도 있다. 그 원가는 바로 다른 사람의 재산과 생명이다). '그들' 소수의 사람은 전쟁으로 이익을 획득한다. 사실 군중의 격정은 아무 이유 없이 발생하지 않고 먼저 자극적인 발단이 있어야 한다. 이런 발단을 '그들'이 날조하고, 유발하고, 고무하고, 확대한다. 백성은 아무 사단 없이 어떤 나라를 공격하라고 요구하지 않는다. 백성은 이런 자극을 받은 후 보통 함정에 빠진 것처럼 치욕을 씻고 나라를 보위하려면 부득불 전쟁을 해야 한다고 호소한다. 지금까지 모든 국가의 무력 행사는 한결같이 공격이 아니라 '방어'를 명분으로 삼았다.

초 강왕도 백성의 전쟁 호소를 명분으로 삼았을까? 그랬을 가능성이 있지만 전체 국가에 그런 분위기가 형성된 이후에야 전쟁 수행이 가능하다. 춘추시대가 끝날 때까지 초나라처럼 발전이 다소 느린 대국에서는 이런 종류의 분위기를 조장하는 소식이 계속 흘러나왔다. 예를 들어, 위대한 군주 초 장왕은 보위에 오른 후 꼬박 3년 동안 마치 외톨이처럼 지내며 아무 일도 하지 않았다. 이 때문에 신하들이 참지 못하고 은유적인 이야기로 그의 마음을 떠보며 자극했다(큰 새가 3년 동안 나무에 앉아 울지도 않고 날지도 않는다는 이야기가 그것이다. 사실 이 이야기는 전혀 뛰어난 비유가 아니다). 그 결과 그들은 "울지 않으면 그만이지만 한 번 울면 사람을 놀라게 할 것이고, 날지 않으면 그만이지만 한 번 날면 하늘 끝까지 솟아오를 것이다"(不鳴則已一鳴驚人, 不飛則已一飛衝天)라는 만족스런 대답을 듣는다. 『좌전』에는 또 아주 재미있는 이야기 한 대목이 들어 있다. 그것은 '근친상간과 족외혼' 부문에서 다뤄도 좋을 만한 내용이다.

이 이야기는 좀 더 이른 시기인 초 문왕 때 발생했다. 정확하게 말하자면 초 문왕이 죽고 나서 바로 발생한 일이다(그 해에 진 여희는 해제를 낳았다). 당시 초나라 영윤 자원(子元)은 바로 초 문왕의 아우였다. 그는 초 문왕의 부인이며 그의 형수인 식규(息嬀)를 유혹하려고 온 심신을 기울였다. 특히 그는 궁궐 바로 옆에 자신의 거처를 마련하고 온갖 무무(武舞)를 공연했다. 오늘날로 말하자면 근육을 과시하며 자신의 몸매를 자랑하는 보디빌더 같았다고 할 수 있다. 그러자 식규는 슬피 울며 이렇게 말했다.

"선군께선 이런 춤으로 군사를 훈련시켰는데, 지금 영윤은 적국은 바라보지 않고 미망인 곁에서 이런 춤을 추고 있다. 이게 대체 무슨 수작인가?"

자원은 그 말을 듣고 좀 부끄러워서 이렇게 말했다.

"부인도 나라에 적국이 있음을 기억하는데 나는 오히려 완전히 망각하고 있었다."

그리하여 병거 600승을 동원하여 정나라를 쳤다(그러나 패전 후 돌아와서 다시 이 춤을 췄다).

기묘한 것은 전쟁의 압력을 느꼈다고 스스로 토로한 초 강왕이 바로 미병지회 때 진(晉)과 초의 대화해를 주관한 초나라 군주였다는 사실이다. 이것은 우리에게 무엇을 알려주는가? 매우 의미 깊은 '시간차'를 분명하게 드러내준다. 초나라에서는 전쟁에 대한 상하계층의 생각이 기본적으로 일치했다. 즉 전쟁은 모든 백성과 직접적으로 관계된 사안이며, 심지어 전체 '국가'는 개개인을 모두 군사로 징집하고 고도의 전투 인원으로 동원할 수 있는 단체라는 것이다. 이 때문에 진(陳), 채(蔡) 같은 소국은 초나라의 수중에 떨어지면서 초대형 제후국처럼 1,000승의 군사를 출동시켜야 했다. 또 참전 군사는 모두 전쟁에서 약탈한 재화를 구체적으로 나눠 가질 수 있었다. 그런 모습은 마치 저명한 바이킹 해적과도 같았고(전투를 제외하고 그들이 가장 잘 할 수 있는 것은 바로 전리품 분배였다. 분배의 공정함이 바로 해적에게 가장 필요한 덕목이다. 이는 그들 집단의 전투력을 보증한다. 트로이전쟁에서 그리스 해적 연합군이 전진하지 못한 까닭이 바로 해적 두목 아가멤논의 분배가 불공평했기 때문이다. 오늘날 북유럽 국가에서 여전히 가장 많은 세금을 거둬 가장 폭넓고 완전한 복지제도를 운영하는 것이 바로 강고한 집단 분배 전통 유습이다. 이런 제도는 근대의 사회주의적 사유에서 온 것이 아니라 그들의 전통에서 온 것이다) 그리스의 도시국가들과 같았으며, 모세 시대에 사막을 떠돌며 약탈하던 이스라엘 부족과 같았다. 그러나 북방의 오랜 제후국들은 진(晉)나라 한 기가 지적한 것처럼 적어도 전쟁이라는 사안에서 개인의 처지는 국가와 분리되기 시작했다. 즉 전쟁의 이익이 더 이상 아래로 분배되지 않았다. 위선적이고 혐오스러운 소위 국족(國族)의 영광을 제외하고 (미국 소설가 커트 보니것이 언급한 바와 같이 모든 근대국가의 축제는 거의 대부분 살인을 경축하는 것이고, 축제의 규모와 크기는 살인 숫자와 정비례한다) 전승국 인민을 포함한 일반 백성은 오직 고통을 당하고 상처를 입고 살해당할 뿐이다. 이와 같은 점진적인 깨달음으로 인해 당시 사람들에게 좋은 인상과 굳은 믿음을 주지 못했던 미병지회가 뜻밖에도 순조롭게 거행될 수 있었으며, 또 많은 국가가 미병지회의 뜻에 동의하며 참가하지 않을 수 없었다.

지역 간, 국가 간의 이와 같은 시간차 현상은 매우 정상적이고 일반적인 사례다. 모든 시대의 현재는 이전 시대가 켜켜이 쌓인 화석층이다. 새로운 것은 왔지만 옛 것은 여전히 물러나지 않고 있다. 심지어 응당 사라져야 할 어떤 것들도 여전히 모종의 습관과 집념으로 완강하게 남아 있다. 그것은 초 강왕 치하의 초나라처럼 이미 체제상 새로운 '국가'의 모습을 갖고 있지만(체제, 법률, 통치 관리 방식 등에서 그러했고, 춘추시대 여러 나라들도 아주 자연스럽게 그 추세를 따랐다) 일단 전쟁이 시작되면 일반 백성의 처지가 북방의 여러 나라와 큰 차이를 보이는 것과 같다. 그러나 이러한 의식은 장기간 계속 남아 있을 가능성이 있기 때문에 더욱 비통한 사건을 통해 한 차례, 한 차례 깨끗하게 씻어내야 했다. 이처럼 층층이 쌓인 화석층도 시간의 기록이자 시간의 천연 박물관이다. 우리는 여기에서 구체적으로 역사의 변동 상황, 발전과 조정, 인간의 학습과 실패를 목도할 수 있다. 여기에는 유형의 사물에서 무형의 민심까지 포함되어 있으므로 매우 유용하다.

소위
충돌 상태

이제 소위 충돌 상태를 분석해보고자 한다.

　이것은 나 개인의 입장에서 어쩌면 그리 적절하지 않은 용어 선택일 수도 있다. 나는 이 용어로 어떤 특수한 역사 시각, 일종의 소용돌이 같은 그 시각을 묘사하고자 한다. 간단하게 말해서 충돌이 계속 발생하고 쌓이면서 전체 시대가 불량한 상태로 끌려 들어가게 되어 충돌이 점차 일상적이고 관성적이며 기본적인 반응으로 타성화 되었다. 본래 사건이 발생하면 인간은 그것을 처리하기 위해 다양한 방법을 선택할 수 있고 아울러 절대다수의 사람은 직접적인 충돌보다 더욱 합리적이면서 서로 간에 유리한 방법을 찾는다. 그러나 이처럼 충돌 상태가 지속되는 상황에서는 직접적인 타개가 당연히 첫 번째 선택 대상이나 심지어 유일한 선택 대상이 된다. 이 때문에 사람들은 고귀하면서도 다양한 선택의 가능성을 상실하는 동시에 이지적인 협상력도 잃고 만다.

충돌은 충돌을 부른다. 이번 전쟁은 다음 전쟁을 위해 길을 닦는 것이고 그것은 정당한 행위로 합리화 된다. 『좌전』에서 우리는 전쟁에 대한 다음과 같은 묘사를 흔히 목도할 수 있다. 그것은 늘 서로 이웃한 나라 사이에 발생한 전쟁을 묘사한 경우다.

"정나라 사람들이 위(衛)나라 도성 교외를 침공했는데, 이는 동문 전투에 대한 보복이었다."(鄭人侵衛牧, 以報東門之役也.)

"송나라 사람들이 정나라를 쳐서 장갈을 포위했다. 이는 부 땅 전투에 대한 보복이었다."(宋人伐鄭, 圍長葛, 以報入郛之役也.)

"적인(狄人)이 진(晉)나라를 쳤는데 이는 채상 전투에 대한 보복이었다."(狄伐晉, 報采桑之役也.)

"진후(晉侯)가 진(秦)나라를 쳐서 완과 신성을 포위했다. 이는 왕관 전투에 대한 보복이었다."(晉侯伐秦, 圍刓新城, 以報王官之役.)

"진(秦)나라 사람들이 진(晉)나라를 쳐서 무성을 탈취했다. 이는 영호 전투에 대한 보복이었다."(秦人伐晉, 取武城, 以報令狐之役.)

가장 흥미롭고도 가장 설명을 필요로 하는 점은 성복(城濮) 전투와 필(邲) 전투 등과 같은 대형 전투가 한결같이 비록 어떤 작은 불평이나 어떤 나라의 내란이나 어떤 두세 나라의 충돌에 의해 야기되기는 했지만 그 규모의 거대함이나 그 영향의 심원함 혹은 전쟁 자체에 포함된 특수한 내용 때문에(어떤 나라의 군주가 생포되었거나, 어떤 사람이 화살을 명중시켰거나, 어떤 총사령관이 술에 만취했거나 등) 지극히 평범하지 않은 전쟁으로 인식되었다는 사실이다. 이 때문에 이들 전투는 역사에 기록되어 확실하게 기억할 만한 가치가 있는 사건으로 인정되었다. 즉 그것은 단독으로 취급해야 할 전쟁이나 하나의 특수한 사건으로 다루어지게 되었다. 하지만 "××전투에 대한 보복"을 제외하고 한 번 언급할 가치도 없는 것처럼 여겨진 기타 소규모 전투는 일상적이나 관례적인 것으로 취급되었던 것으로 보인다. 그런 전투는 시작도 없고 끝도 없었다. 그건 전투가 아니라 끝없이 지속되는 어떤 '상태'로 인식되었고, 마치 진흙탕에 빠진 것처럼 쌍방 누구도 먼저 발을 뺄 수 없었다. 이 때문에 전쟁은 일종의 의무처럼 굳어졌다. 그러나 전쟁이 어찌 의무가 될 수 있겠는가?

　한 차례 전쟁은 다음 전쟁을 소환하고 양성한다. 이런 연쇄반응이 일어나기 시작하면 갈수록 더욱 중단하기 어려워진다. 따라서 국가는 다음 전쟁을 준비해야 하기 때문에 민심도 다음 전쟁을 준비하게 된다(예를 들자면, 백성 사이에 원한과 광증이 쌓인다). 국가체제에서 개인에 이르기까지 모두 전쟁에 적합한 상태나 곧바로 전쟁할 수 있는 상태로 적응하게 된다. 이에 다음 전쟁이 도대체 필연적으로 수행해야만 하는 것인지 아니면 일반적인 필요에 의한 것인지 분명하게 구분하기 어렵게 된다. 동시에 이런 상황은 완전히 전쟁의 승패와 무관하며, 전쟁 이전에 확실하게 시작되어 전쟁 발발 이후에도 계속 이어진다. 이 점이 아마도 전쟁이 인류를 해치는 가장 방대하고 가장 뿌리 깊은 요인일 것이다. 인류 역사에서 이 점에 대해 가장 경각심을 가진 사람은 영국 철학자 러셀(Bertrand Russell)일 가능성이 크다. 이 때문에 러셀은 영국이 제1차 세계대전에 개입하는 걸 격렬하게 반대했다(만약 영국과 프랑스 등이 개입하여 확대하지 않았다면 그것은 본래 유럽 전쟁에 그쳤을 것이다. 심지어 중부 유럽에 국한된 지엽적인 민족 충돌에 그쳤을 것이다). 그러나 재미있는 건 나중에 영국이 제2차 세계대전에 참전할 때 러셀이 그리 심하게 반대하지 않았다는 사실이다. 당시는 어쩔 수 없는 상황이었고 심하게 비판해봐야 아무 것도 얻을 게 없었다고 말할 수 있을 것이다. 그는 제2차 세계대진을 피할 수 없는 진징으로 인식했다. 즉 일찍이 제1차 세계대전이 시작되는 순간에 이미 20년 후 규모가 더욱 크고 살육이 더욱 극심한 제2차 세계전쟁이 예정되어 있었다는 것이다. 사실 이에 대해 드골(Charles De Gaulle)이 더욱 직설적으로 언급했다. 그는 제1~2차 세계대전은 근본적으로 동일한 전쟁이며, 30년 간 진행된 그 전쟁은 중간에 20년 동안 휴전이 있었을 뿐이라고 생각했다. 러셀은 제1차 세계대전 당시에 영국이 응당 더 타협적으로 행동해야 했다고 인식했으며, 또 영국이 투항하는 것으로 간주되고 심지어 정복당하거나 노예가 되는 것으로 보이더라도 전쟁을 하는 것보다 전쟁을 하지 않는 것이 더 낫다고 인식했다. 그는 투항과 전쟁이라는 두 가지 견딜 수 없는 상황 하에서 벌어질 수 있는 영국의 사회 상황을 아주 진지하게 비교한 후 더 나쁜 경우는 후자라고 여겼다. 즉 내부인에서 외부인에 이르는 모든 사람이 장기적인 노력을 기울여야 건설할 수 있고, 획득할 수 있고, 보유할 수 있는 목전의 아름다운 것들이 전쟁의 불길로 삼켜지거나 소실될 뿐 아니라(물론 운이 좋았겠지만 제2차 세계대전과 같은 포화 속에서 손상을 피한 사례도 적지 않다) 전면적으로 하나도 남김없이 폐기되면서 민심이 모종의 잔혹하고 광적이고 차가울 뿐 아니라 허무하고 완전한 암흑 상태 속으로 빠져들어 모든 가능성을 상실하게 된다는 것이다. 이런 상황은 전쟁의 승패와 무관하므로 인간은 더 이상 희망을 가질 수 없으며 심지어 자유도 없고 노예보다도 부자유한 상황에 갇히게 된다.

러셀이 내린 이처럼 과격한 역사적 판단에 우리가 반드시 동의할 필요는 없다. 20세기 초 영국인들이 그의 이론을 수용하지 않은 것처럼 말이다. 그러나 이것은 아주 가치 있는 주장이자 이론이며 또 정말 용감한 인식이기도 하다. 어쩌면 이와 마찬가지로 우리가 찬미해야 할 것은 당시 영국 사람들이 뜻밖에도 이와 같은 이론을 그런 시절에도 완전하게 발언할 수 있게 했을 뿐 아니라 그런 발언을 한 사람도 안전하게 살아갈 수 있게 했다는 점이다. 증거가 필요한가? 만약 나라가 바뀌고 대중도 바뀌었다면 러셀은 아마도 춥지 않은 날에도 온몸을 벌벌 떠는 지경에 빠졌을 것이다. 러셀의 주장을 증명할 수 있는 또 다른 증거도 널려 있다. 그것은 바로 전쟁의 신성화다. 전쟁을 신성하게 여기면 전쟁에 대해 의문을 표시할 수 없고 토론도 진행할 수 없으며 전체 국가와 전체 사회에 한 가지 관점만 남게 된다. 이런 사회에 어떻게 진실이 살아남을 수 있으며 어떻게 조금이라도 건강함을 유지할 수 있겠는가? 보르헤스는 이와 같은 거짓 신성함의 이면에 숨은 허장성세의 비겁함을 정확하게 간파했다. 나는 여기에서 더없이 정확한 그의 말을 다시 한 번 인용하려고 한다. 그가 이야기한 것은 아르헨티나이지만 거의 모든 세계라고 봐도 무방하다.

"쇼비니즘, 아르헨티나의 거짓 쇼비니즘은 전혀 두려움을 불러일으키지 못하는 가련한 것이며, 우연히 완성한 풍자시, 정확한 숏, 강력한 어퍼컷 한 방도 견디지 못한다. 그러나 한 번의 미소, 한 번의 무심한 망각은 우리를 가슴 아프게 한다."

이처럼 강력하고 단단하면서 영원한 진리처럼 100% 정확한 그것이 어찌 누구의 말 한 마디나 어떤 축구시합이나 권투경기처럼 순식간에 화해될 수 있겠는가?

다음과 같은 썰렁한 농담도 있다. 어떤 사람이 아프리카로 가서 사냥을 하게 되었다. 그는 마침 사자와 마주쳤다. 그는 단 번에 사자를 쏘아죽이지 못했지만 다행히 사자의 공격에서 벗어났다. 혼비백산한 그는 밀림 속에서 부지런히 연습하여 사격의 정확성을 높였다. 그런데 밀림 저편에서 무슨 소리가 들렸다. 그것은 바로 그가 쏘아죽이지 못한 사자도 그를 습격하기 위해 맹렬하게 연습을 하는 소리였다.

인간에게는 날카로운 이빨이나 손톱, 발톱이 없다. 더욱 정확하게 말하자면 비슷한 체형을 가진 생물 중에서 인간은 체력도 그리 강하지 못하고 공격력도 매우 약하다. 그러나 인간은 연습을 할 수 있고 도구를 만들 수 있다. 이런 도구에는 각양각색의 살인 도구도 포함된다. 그리하여 충돌에 의한 인간의 살상은 마침내 가장 치명성이 부족한 상태에서 가장 치명성이 강력한 상태로 발전했다. 이에 이제 누구라도 우리가 거의 충돌을 일으켜서는 안 되는 막다른 골목에 몰려 있음을 알고 있다(이 때문에 감히 충돌을 일으켜 모든 것을 불태우는 사람은 우리를 인질로 잡고 사리사욕을 추구하기 쉽다. 솔로몬 왕의 현명한 판결에 나오는 악한처럼 감히 자신의 아이를 두 동강 내려고 한다). 동시에 사자, 호랑이, 이리떼는 여전히 자신들의 날카로운 이빨과 발톱만을 사용한다. 그것은 몇 백만 년 동안 반복하면서도 크게 개선되지 않은 조상 전래의 살상 동작이다. 그것은 어쩌면 100% 과학적이라고 할 수 없는 이론인데, 총명한 두뇌로 훌륭한 문장을 쓴 동물학자 로렌츠(Konrad Lorenz)가 제기한 것이다. 간단하게 말하자면, 동물은 공격력이 강하면 강할수록 공격 본능을 억제하는 능력도 더 강하다는 것이다. 특히 동족 사이에서는 거의 모두 냄새, 소리, 일련의 의식 행위로 시위하고 협박하고 추방하는 행위에 그친다고 한다(예를 들면, 동물이 자신의 몸을 크게 부풀리는 행동 같은 것이다). 로렌츠는 그것이 생존과 진화의 필요성인데, 그렇게 하지 않으면 동족상잔으로 멸종하기 쉽다고 인식했다. 이 대목에 이르러 우리는 어떤 불길한 느낌에 젖는다. 그렇다. 바로 이어서 로렌츠는 이렇게 말한다.

"인간의 생물적인 공격력은 매우 약하다. 따라서 인간은 몇 백만 년 동안의 진화 과정에서 공격 억제 본능이 불필요했거나 그것을 발전시킬 필요가 없었다. 그러나 이제는 마침내 지구 생물의 생명 역사에서 동족상잔을 가장 심각하게 자행하는 동물이 되었다."

내친 김에 동물을 관찰하고 동물의 행동을 해석한 로렌츠의 또 다른 견해를 제시하고자 한다. 그것은 전쟁을 다루는 우리의 이야기 범위에 포함될 수 있는 내용이다. 이번에 그가 관찰한 것은 물고기 떼였다. 떼 지어 헤엄치는 물고기는 집단으로 리더의 행동을 따르며 빙빙 돌거나 직선으로 달려갈 수 있다. 그들은 일치된 행동으로 아름다움을 연출한다. 로렌츠는 다소 잔혹한 실험을 했다. 그는 어떤 물고기의 뇌엽(腦葉)을 제거하고 다시 풀어줬다. 이 '무뇌'의 물고기는 예상대로 미친 듯이 어지럽게 유영하기 시작했다. 그때까지 한 몸처럼 움직이던 물고기 떼는 순식간에 혼란에 빠졌다. 그러나 즉시 모든 물고기는 마치 이상한 점을 깨달은 것처럼 동작을 멈추고 움직이지 않았다. 그런 후 물고기 떼는 적당한 해결방법을 찾은 것 같았다. 그것은 바로 집단적으로 그 무뇌의 물고기 행동을 따라하며 그 물고기를 새로운 '리더'로 받들고 '질서'를 회복하는 것이었다. 물고기 떼는 다시 리더의 동작을 따르며 일치된 모습을 연출했다. 그것은 마치 활시위를 벗어난 화살처럼 더욱 빠르고 맹렬하고 예측할 수 없는 행동이었다.

로렌츠는 그 실험 결과를 보고하면서 기괴한 뉘앙스로 말을 계속하려다 그만두었다. 물고기 떼에서 직접 인간 세계로 화제를 옮기면 우리는 그의 실험을 과학적 사실이라기보다는 매우 예리한 역사 은유로 보는 편이 더 좋을 듯하다. 이 실험은 우습지만 사람을 끝없는 슬픔에 빠뜨린다―그가 생각한 것은 악랄한 이웃 국가 독일이었음에 틀림없다(로렌츠는 오스트리아 사람이다). 그것은 바로 히틀러와 그의 신질서 및 히틀러를 따라 온 유럽을 어지럽게 헤엄치는 위대한 게르만족이라는 거대한 물고기 떼였다.

로렌츠는 인간이 이제 자신의 공격 본능을 억제하는 능력을 배우기 시작해야 한다고 했다(로렌츠는 그의 책 제목 『공격성에 관하여』에서 드러낸 것처럼 공격이 생물의 본능이라고 인식했다). 그것은 아주 늦은 단계의 진화와 같고, 또 분명 시간이 부족하고 마지막 숨을 몰아쉬는 단계의 진화와 같다. 이와 동시에 그것은 그리 공평하지 못하고 그리 낙관적이지 못한 달리기 경기와 같다. 무엇을 따라잡으려 하는가? 물론 그것은 아주 오래 전에 출발하여 가속도가 붙은 인간의 공격 능력이다 (현대의 무기도감을 찾아서 읽어보라). 더욱 골치 아픈 것은 그런 공격 능력 진화가 다윈식 인류 특유의 진화가 아니라 라마르크식이라는 점이다. 따라서 우리는 인간의 공격 능력 억제가 자연스럽게 진행되어 인류라는 종족 전체의 일치된 '본성'으로 진화하기를 기대할 수 없다. 따라서 모든 사람의 육체 속에 동일한 시스템이 장착되어 때가 되면 알람이 울리는 것과 같은 명령은 시달될 수 없으므로 오직 개별적이고 의지적으로 교훈, 기억, 각성, 학습, 사색, 판단, 토론, 창작, 권유 및 내가 알지 못하거나 인류가 아직 배우지 못한 방식을 통해 공격 능력에 대한 억제 시도를 발전시켜 나가야 한다. 여기에는 아마도 기도도 포함될 수 있을 것이고 또 그렇게 바랄 수도 있다―무엇을 바랄 수 있는가? 아마도 전쟁과 살육이 줄어들기를 바랄 수 있을 것이다. 인류의 전쟁에서 벌어지는 살육 횟수와 강도가 인간이 받아들일 수 있는 수준으로 줄어들 정도로 말이다.

따라서 이런 면으로 판단해볼 때 춘추시대는 인간이 공격 능력을 억제하기에 너무 이른 시기가 아니었을까? 당시에 인간들은 여전히 충돌을 일으켜 싸워야 한다고 인식했을 것이다. 혹은 전쟁의 빈도가 늘어남에 따라 전쟁에 참가했다가 죽거나 상해를 당한 사람 숫자도 늘어났지만 이전부터 지속된 인간의 이해 범위와 사고 범위 내에서는 여전히 다른 방식이나 다른 사유로 전쟁에 대처하거나 전쟁을 해석할 필요가 없었다고도 할 수 있다. 아마도 거의 그런 상황이 전개되었을 것이다. 『좌전』에서처럼 차라리 개별적으로나 표면적인 현상만으로 이전과는 다소 상이하면서도 신선한 모습을 보이는 전쟁을 사실대로 기록하는 편이 더 나을지도 모르겠다. 예를 들면, 보병 작전을 응용하기 시작한 때를 살펴보면[정나라, 진(晉)나라 등 여러 곳에서 훌륭한 성과를 거뒀다] 그렇게 보병을 위주로 싸우는 것이 아마 보다 더 잔혹하다고 판단했을 것이다. 본래 직접 싸우기보다 무력을 과시하여 승부를 판별하는 병거전(兵車戰) 방식에서 보병들이 길이가 짧은 무기를 들고 육박전을 벌이는 방식으로 전환함으로써 물불을 가리지 않고 적을 죽이기는 쉽지만 전쟁을 수습하기는 쉽지 않게 되었기 때문이다. 흥미롭게도 무기의 발전은 나라 전체의 발전이 비교적 느렸던 남방(오나라와 월나라를 포함)에서 오히려 더욱 빨랐던 듯하다. 아마도 장강 유역 국가들이 무기의 발전을 선도한 것으로 보이는데, 그것은 중국 남방의 여러 나라가 갖고 있던 원초적 침략성 및 양호한 군사 동원 체제와 관련이 있는 것 같다.

『좌전』에는 정나라가 애초에 초나라를 섬겼다고 기록되어 있다. 그러자 초왕이 기뻐서 품질 좋은 커다란 쇳덩어리를 하사했다(하지만 초왕은 금방 후회하고 쌍방 정식으로 조약을 맺었다. 조약 내용은 그 쇳덩어리를 국방 산업에 전용하지 말고 큰 종 세 개만 만들어야 한다는 것이었다). 이밖에도 『좌전』에서는 활에 대해 깊은 관심을 기울인 것으로 보인다. 『좌전』에서 우리는 명도(名刀)나 명검(名劍)에 관한 기록은 찾아보기 어렵지만, 노나라의 금복고(金僕姑)나 초나라의 대굴(大屈) 등과 같은 명궁(名弓) 기록은 쉽게 찾아볼 수 있다. 이것은 아마도 우연일 뿐이어서 과장하거나 견강부회해서는 안 되지만(활도 물론 이른 시기에 발명되어 짐승, 조류, 사람을 쏘기 위해 시용되었다) 이처럼 전쟁의 종심과 폭을 지극히 넓게 확대할 수 있는 무기인 활을 통해 우리는 현대의 총기에서 발전한 특수무기를 연상할 수 있다. 당시의 역사 기록자도 은연중에 말로 표현할 수 없는 그 무엇을 깨달았던 것이 아닐까? 또 『좌전』의 저자는 전쟁에 대한 깊은 이해를 바탕으로 단호한 표현을 하고 있는 것으로 보인다. 즉 전쟁은 거의 모든 국가에서 절박한 변혁을 가능하게 했다는 것이다. 삼군(三軍),* 삼항(三行),** 주병제(州兵制) 등과 같은 군사 확장 정책을 시행한 것이 물론 가장 직접적인 변혁이었고, 이보다 더 깊이 있게 조세제도, 토지정책, 법률제도에 관한 변혁이 수반되었다. 통치자의 사유가 즉각적이고 책략적으로 바뀜으로써 천 년 동안 지속될 정책을 구상하는 것이 아니라 먼저 한 때를 구할 수 있는 정책을 찾게 되었다. 이렇게 고착된 일시적 정책이 모종의 새롭고도 말살하기 어려운 현실을 만들어내서 미래의 가능성에 대한 인간의 사색과 상상을 바꾸거나 적어도 방향을 전환하게 했다.

인간의 죽음과 부상 문제를 다룰 때 『좌전』의 저자는 충돌과 전쟁 과정에서 직접 전사한 사람 가운데 대부분 성도 있고 이름도 있는 개별 인물들을 기록했다―영고숙(潁考叔), 남궁우(南宮牛), 선진(先軫) 등. 하지만 전체 사상자 수는 거의 계산하지 않았다(물론 더러 찾아볼 수는 있다. 예를 들면, 노 환공 6년 정나라 태자 홀이 거의 망국의 지경에 빠진 제나라를 구원하고 북융을 대파한 후 갑옷 입은 적병 300명의 수급을 베었다는 기록이 그것이다. 숫자가 많지는 않다). 이에 비해 이후 전국시대의 전쟁 기록을 보면 사망자 숫자를 과장하는 데 진력하여 흔히 30만을 죽였다거나 60만

● 『주례(周禮)·하관(夏官)』「사마(司馬)」에 의하면 1군은 1만 2500명이고, 천자는 6군(六軍)을, 큰 제후국은 3군을, 그 다음은 2군을, 그 다음은 1군을 두었다고 한다. 삼군은 중군, 상군, 하군을 가리킨다.
●● 진(晉) 문공 때 기존 중군, 상군, 하군 외에 새로 편성한 군대조직이다. 천자의 육군을 모방하여 기존 삼군을 보좌하는 부대로 중항(中行), 우항(右行), 좌항(左行)을 신설한 것이다. 삼군은 병거(兵車) 부대 중심이고, 삼항은 보병 중심이다.

을 생매장했다고 자랑하곤 한다. 이것은 마치 제2차 세계대전 당시 독일의 전황 통계와 같아서 이미 현실을 전혀 아랑곳하지 않는 기록에 속한다. 겨우 개전 2년을 전후한 시점에 독일 해군이 보고한 바에 의하면 물에 뜰 수 있는 동맹국 측 선박이 이미 대부분 격침되었는데도 여전히 과장을 멈추지 않았다. 지금으로부터 겨우 100~200년 전 기록의 양극화 현상을 완전히 기록자의 편향 때문이라고만 말할 수는 없다. 여기에는 틀림없이 상이한 두 시대와 상이한 두 전쟁의 실제 내용 차이 및 사후에 검토한 기록의 차이가 상당히 충실하게 드러나 있다. 또 여기에는 가장 현실적인 문제인 논공행상 방식의 차이도 포함되어 있다―단지 적군을 격퇴하고 축출하고 굴복시키기 위해서라면 살상자 숫자가 얼마인지는 중요하지 않고, 심지어 그 숫자가 공훈이 될 수도 없으므로 그것을 더 이상 계산할 필요도 없다. 그러나 가능한 적국의 소위 '살아 있는 전력'(매우 악의적인 용어다. 사실 생명을 가리킨다)을 소멸시키기 위해서라면 적을 더 많이 죽일 방법을 생각해야 할 뿐 아니라 전쟁 후에도 자세하고도 시시콜콜하게 시체 숫자를 계산하고, 머리 숫자를 계산하고, 귀 숫자를 계산해야 한다(한쪽 귀를 잘라서 전공의 증빙자료료 삼는 것은 아주 오래된 방법이다. 이것이 바로 갑골문에 나오는 '取' 자의 본래 형태로 한 손으로 귀를 잡고 있는 모양이다). 심지어 거짓 정보를 널리 퍼뜨리기도 하는데, 이는 마치 커트 보니것이 드레스덴(Dresden) 대공습*을 조롱한 소설 『제5도살장(Slaughterhouse-Five)』에서 묘사한 바와 같다.

"한 사람을 죽일 때마다 나는 5달러의 인세를 받는 것으로 환산

● 1945년 2월 13일에서 15일까지 영국과 미국에 의해 벌어진 독일 드레스덴 폭격 사건이다. 모두 네 차례에 걸쳐 이루어진 무자비한 대공습으로 드레스덴 도심 40km²가 파괴되었고, 2만 2700명에서 2만 5000명(혹은 4만 5000명에 이른다고도 함)에 이르는 사망자가 발생했다. 독일 항복이 박두한 상황에서 진행된 잔인하고 무분별한 이 공습은 이후 많은 논란을 불러일으켰다.

했다."

　이런 합리화 작업은 사람들에게 의구심을 덜 품게 하는데, 흔히 관방의 지도자에 의해 진행된다. 또한 군사들 사기에 도움을 주기 때문에 거짓말조차도 신성한 것으로 치부한다. 여기에는 전쟁이 인간을 파괴하는 측면에 대한 러셀의 우려가 포함되어 있다.

　성복 전투는 대체로 춘추시대를 통틀어 가장 유명하고 가장 결정적인 일전이었고, 춘추시대에 최초로 발발한 국제적인 정식 대전이었다. 누가 죽었는가?『좌전』에 의하면 첫 번째로 죽은 사람은 진(晉)나라 중군 총사령관 극곡(郤縠)이었다. 그는 불행하게도 전쟁 발발 전야에 급환으로 갑자기 죽었다. 그 다음은 진(晉) 나라 전힐(顚頡)이었다(그는 진 문공의 망명을 수행한 공신 여러 명 중 하나다). 그도 아직 전투가 벌어지기 전에 군법을 어긴 죄로 진 문공에 의해 처형되었다. 그 다음은 초나라 총사령관 영윤 자옥(子玉)이었다. 그는 성복 전투에서 패배한 후 얼굴을 들 수 없어서 자살했고, 진 문공은 이 때문에 안도의 한숨을 쉬게 되었다. 그 다음은 진나라 장수 기만(祁瞞)이었다. 그는 세찬 바람 속에서 중군의 큰 깃발을 잃어버려서 행군을 헷갈리게 만들었고, 전투가 끝난 후 사형에 처해졌다. 마지막에 죽은 사람은 진나라 장수 주지교(舟之僑)였다. 그는 진나라 군사가 개선가를 울리며 귀국할 때 무슨 미친 생각이 들었던지 황하의 배를 관리하다가 탈영해서 군법으로 처형되었다. 이 다섯 명 중 전장에서 죽은 사람은 하나도 없다. 성복 전투와 관련하여 유일하게 남아 있는 통계는 진 문공이 주나라 천자에게 바친 초나라 포로 숫자다(춘추시대가 끝날 때까지 초나라는 줄곧 미묘하게 '외족'이나 '외적'으로 간주되었다). 그 규모는 병거 100승과 군사 1000명이었다.

　『좌전』에 기록된 전쟁의 잔혹한 장면 중에서 가장 놀라운 것은 아마도 진(晉)나라가 패배한 필(邲) 땅 전투의 한 대목일 것이다. 성복 전투 이후 35년 만에 벌어진 전투이지만 놀라운 점은 통계 숫자가 아니라 매우 생동적으로 묘사된 한 장면이다―패전 이후 진나라 군대의 총사령관 순림보(荀林父)는 아마도 전력을 보존하기 위해 먼저 황하를 건너는 부대에게 상을 내리겠다고 명령을 내렸다. 이 때문에 중군과 하군이 서로 배를 다투게 되었다. 두 대군은 한정된 배를 탈취하여 도망치기에 바쁜 나머지 뒤늦게 물 속에 뛰어들어 뱃전을 단단하게 부여잡은 동료들의 손가락을 잔인하게 잘랐다. 각 배 위에는 잘린 손가락이 수북했다. 물론 이 일은 도망자에게 상을 주기 위해 아군이 아군에게 저지른 만행이었다.

한 차례 전쟁에 총체적인 숫자(통계나 추산)가 남아 있지 않은 건 틀림없이 특별하고 놀라운 숫자 또는 인간의 눈앞에 제시할 만한 숫자가 발생하지 않았음을 의미한다. 그렇지 않다면 그 의미가 분명하지 않아서 역사 기록자도 먼저 전쟁 상황만 기록해두고 이후 다시 상세한 숫자를 보충할 생각이었을 수 있다. 혹은 통계로 내세울 만한 어떤 사람이나 어떤 시스템이 없더라도 경악스럽고 공포스러울 정도로 사상자가 들판에 가득한 장면을 눈앞에서 목도하는 경우도 있다. 이처럼 도저히 망각할 수 없는 악몽과도 같은 장면은 나중에 틀림없이 반복해서 회고되고, 서술되고, 전송되는 과정에서 모종의 거대한 숫자로 환산되기도 한다(축소되지 않고 오직 과장된다). 총체적인 사상자 숫자가 없는 전쟁의 또 다른 의미는 아직 특수하고 독립된 문제로 제기되지 않았다. 이에 인간은 아직 전체적으로 그 의미를 규명하기 위해 전쟁을 바라보거나 사고하지는 않고 있다. 물론 틀림없이 어떤 광야의 목소리가 울릴 것이다. 당시 현장에 있던 어떤 사람, 전쟁으로 직접 상처를 입은 어떤 사람 혹은 비교적 민감하고 쉽게 근심에 젖는 어떤 사람, 사전 대책에 익숙한 어떤 사람으로부터 개별적이고 감성적이고 산만하게 그런 목소리가 터져 나올 것이다. 그것은 『시경』「국풍(國風)」에 일찌감치 자신의 전쟁 경험에서 우러난 원망의 목소리가 들어 있는 것과 같다. 원정길이나 눈보라 속에서 울부짖은 최하층의 목소리, 즉 전쟁의 '이익/손해'를 분리해야 한다고 가장 먼저 깨달은 사람들의 소박한 목소리 말이다.

당시 사방에서 교전이 진행되던 땅에 살면서 동주 왕실의 패망을 바라보며 그것을 기록할 책임을 지고 있던 노자는 전쟁 및 인간의 모든 다툼과 계산을 지극히 혐오했다. 그러나 그의 사유는 너무 방대하고 너무 심원했다. 그의 입장에서 한 걸음 크게 내디디면 인류의 문명 시스템을 모두 폐기하고, 그것을 한바탕 허망한 꿈이나 한 사람의 악몽으로 간주하게 된다. 이에 전쟁은 독립적으로 문제를 해결할 수 있는 방법이 될 수 없고 단지 많고도 많은 인간의 어리석은 행동 가운데 하나의 항목에 불과하게 된다. 즉 그것은 관건적인 방법이 아니라 어리석은 행동의 필연적인 결과이자 견디기 힘든 병리 상태일 뿐이다. 올바른 이치를 이야기하기 좋아한 공자도 전쟁으로 대화를 대신하고 이치를 강구할 여지가 없는 이런 야만적이고 원시적인 수단을 기본적으로 지지하지 않았다. 베이징의 문인 아청(阿城)의 말을 빌리자면 그것이 바로 '무화(武化)'가 아니라 '문화(文化)'다[문명의 수단으로 감화시키거나 화해를 추구하는 것이다. 예컨대 먼 곳에 사는 사람들이 복종하지 않으면 문덕(文德)을 닦아서 귀순해 오게 하고, 더욱 훌륭한 사회구조와 더욱 안락한 생활로 그들을 흡인하는 것이다]. 하지만 공자의 또 다른 면을 보면 그가 늘 실제 세계의 각종 사안에 대해 너무나 깊은 관심을 기울였고, 또 매우 명확하게 이해하고 있었음을 알 수 있다. 그는 인간 세계 곳곳에 한계가 가로놓여 있어서 일반인의 마음속에 존재하는 너무 비

현실적이고 너무 순진하고 너무 조급한 환상은 어떻게 처리할 방법이 없다는 걸 알았다. 이 때문에 공자는 가장 용감하고 가장 과감하게 논리를 펼칠 때도 늘 조금은 유보적이고 불확정적인 태도를 보여주면서 너무 심하게 사람을 핍박하지 않았다. 따라서 전쟁에 대한 공자의 태도는 매우 애매할 뿐 아니라 완전한 이론도 갖추지 못하고 있다. 그의 태도는 사실 완전하게 전쟁을 단절하기 어렵기 때문에 부득이하게 인정하는 것처럼 보이며, 또 부득이하게 전쟁이라는 수단을 남겨서 어떤 최후의 징벌 수단으로 삼으려는 것처럼 보인다. 인류 세계는 언제나 이성적인 방법과 이치를 강구할 수 없는 시각, 올바른 이치가 때때로 막히는 시각, 이치를 강구할 시간이 없어서 먼저 제재에 착수해야 할 절박한 시각에 직면하게 마련이다.

인간의 각종 주장에는 다소 순수한 면이 포함되어 있어서 현실세계로부터 추정한 것을 아랑곳하지 않는 경우가 많다. 어떤 경제학자가 이에 대한 명언을 남겼다.

"당신이 말하는 현실세계가 경제학에서는 유일한 예외에 속한다."

그런 면이 다소 포함되어 있다는 것은 그것이 상대적일 뿐더러 현실세계에서 이해관계로 환산되는 잠정적인 선택일 뿐이라는 의미다. 즉 그것은 현실세계의 변화에 따라 수정할 수 있고 또 반드시 수정해야 한다. 또 우리는 다음과 같이 상상해볼 수도 있다. 만약 공자가 제1~2차 세계대전이 끝난 유럽 대륙에 서 있었다면, 방금 거의 1억 명에 가까운 인간이 살육된 애통한 역사적 순간에 서 있었다면 어떻게 생각했을까? 전쟁에 대해서 어떤 주장을 펼쳤을까? 이 때문에 나는 전쟁이 춘추시대 당시에는 아직 어떤 마지막 순간은 아니었을 것으로 추측한다. 사람들이 아마도 불안은 느꼈겠지만 직접 양자택일의 선택에 몰릴 정도로 급박하지는 않았을 것이다. 모종의 불공정이나 모종의 비극에 당면하더라도 눈을 한 번 질끈 감거나 이빨을 한 번 꽉 물면 그냥 지나칠 수도 있었다. 아직도 인간은 좀 더 많이 보고, 좀 더 많이 생각하고, 좀 더 많이 기다릴 수 있었다.

『좌전』에 의하면 춘추시대 당시의 현실 상황은 국제 전쟁이 바야흐로 시작되었지만 그 전쟁이 아직 살육이라는 흉악한 면모를 드러내지 않고 여전히 적을 격퇴하고 축출하고 굴복시키는 본래의 형식을 유지하고 있었다. 다른 나라를 멸망시키는 것도 이와 같은 경향을 보였으므로 정복에 병탄이 더해져야 그 일을 완성할 수 있었다. 즉 다른 나라를 멸망시키는 것이 살육이나 멸절(滅絶)과는 전혀 달랐다. 비교해보면 한 나라 내부의 권력 투쟁, 토지 쟁탈, 기세 싸움, 미녀 탈취와 같은 무소부지의 알력과 충돌 과정에서 살인 사건이 훨씬 더 많이 발생했다. 『좌전』을 읽는 사람들이 스스로 통계를 내보면 이와 같은 사실을 금방 알 수 있을 것이다. 『좌전』에 등장하는 사람들이 이렇게 죽어간 경우는 다른 사례와 비교할 수 없을 정도로 많다. 상세한 사례를 열거하자면 너무 많아서 종이 한 장에 다 쓸 수 없다. 마치 로렌스 블록(Lawrence Block)의 책 제목 『죽은 자들의 긴 줄(A Long Line of Dead Men)』과 같다.

가장 불공정하고 가장 잔혹하게 사람을 사지로 몰아넣지 않으면 만족하지 않는 일이 한 곳으로 집중되면 사람의 주의력과 불안감도 틀림없이 그곳으로 집중될 것이다. 이런 경향은 당시 사람들의 기본적인 이미지 및 사유 방식으로 고착되었고 전쟁도 이러한 충돌 과정에 종속되거나 포괄되었다. 또한 이러한 충돌이 만연하면서 결국 그 여파가 타국으로까지 연장되어 나간 것일 뿐이고, 결국 이런 경향이 사람들로 하여금 당시 전쟁에 대한 해석과 해답의 기본 방향을 찾을 수 있도록 이끌어주었을 것으로 짐작된다. 예를 들면, 응당 우선적으로 모색해야 할 것은 모종의 안정적인 질서였지 총체적인 무력을 제한하거나 총포와 탄약으로 조례를 통제하는 것이 아니었다. 사실 안정적인 질서를 확립하고 그것을 수호하는 것은 요행을 바라지 않는 입장에서 말하자면 근본적인 체제를 설계하고 발명하는 것 그리고 인간의 신분, 지위, 행위를 확인하고 약속하는 것 외에도 역으로 '폭력'을 필요로 한다. 질서를 유지하려는 사람은 자기 손으로 통제할 수 있고 독점할 수 있는 폭력을 필요로 한다.

나는 춘추시대 200년 동안이나 그 이전 시대에 이런 사유 방식이 분명하게 존재했다고 생각한다. 공자도 기본적으로 전쟁을 이렇게 생각하고 이해했다.

한 가지
정당한 전쟁

앞에서 커트 보니것의 『제5도살장』을 언급했으므로 여기에서는 그의 책에 나오는 글 한 대목을 다시 끌어오지 않을 수 없게 되었다. 주인공 빌리(Billy)는 제2차 세계대전의 대폭격 영화를 거꾸로 재생하듯이 소설을 이끌어간다. 이에 당시 현실은 소설에서 다음처럼 아름답게 변했다.

부상자와 전사자를 가득 실은 미국 비행기는 영국의 모 비행장에서 시간을 역행하여 날아간다. 프랑스 상공에서는 독일 전투기 몇 대가 시간을 거슬러 응전에 나선다. 상대 비행기로부터 일련의 총알과 포탄 조각이 날아든다. 이어서 이들 전투기는 또 부서진 땅 위의 미국 폭격기에 대고 동일한 행위를 한다. 그런 후 시간을 거슬러 고도를 높여 상공의 비행기 대오에 합류한다.

미군 비행기는 거꾸로 날아서 막 불길이 치솟는 독일 도시에 이른다. 폭격기는 폭탄 탑재실 문을 열고 포화를 흡수할 수 있는 신비한 자력(磁力)을 발산한다. 그렇게 흡수한 포화는 원통형의 철제 수용기 속에 모인다. 그런 후 다시 이 수용기들을 탑재실로 거둬들여 가지런 하게 선반에 배치한다. 독일 전투기도 신비한 설비를 장착하고 있다. 그것은 바로 긴 강철 관 세트인데, 적기에서 날아오는 포탄을 흡수한 다. 하지만 미국 폭격기에는 여전히 부상자가 몇 명 타고 있고, 기체 는 수리할 수 없을 정도로 손상되었다.

미국 폭격기는 기지로 돌아온 후 탑재실 선반에서 원통형 철제 수 용관을 분리하여 다시 미국 본토로 돌아간다. 미국 국내 공장에서는 밤낮으로 작업을 하여 수용기를 내리고 그 속의 위험한 성분을 꺼내 서 다시 광물로 바꾼다.

감동적인 것은 이런 일을 하는 사람이 대부분 여성이라는 점이다. 계속하여 이런 광물은 그곳에서 멀리 떨어진 지역의 전문가에게 운 반된다. 전문가의 임무는 이런 광물을 지하에 매장하여 사람들을 해 치지 못하게 하는 것이다.

이어서 미국 비행 요원들은 모두 그들의 제복을 반납하고 중학교 학생으로 변하며, 히틀러는 어린 아이로 변한다. 모든 사람도 어린 아 이로 변하고 모든 인류는 생물학 연구를 수행하면서 함께 힘을 합쳐 아담과 하와로 불리는 완전한 인간을 생산하려고 한다. 같은 제목의 영화에서는 이런 것들이 아무 것도 들어가지 않았고 빌리의 생각으 로만 존재할 뿐이다.

어떤 사람도 전쟁에 찬성해서는 안 된다. 혹은 조금이라도 '인성' 을 가지고 있거나 인간의 사정을 생각하는 사람이라면 절대 전쟁을 지지해서는 안 된다. 또 이 때문에 전쟁이 존재해야 할 이유를 이야기하려면 다른 방법으로 대신하기 어려운 전쟁의 어떤 '기능'을 적극적으로 인정하든 아니면 전쟁이 갖고 있는 민심 안정 기능을 어찌해도 폐기할 수 없다고 소극적으로 해명하든 상관없이 그보다 더 특별한 이유를 제시해야 한다. 그것은 엄격하게 제한되고, 수많은 단서가 달리고, 아주 신중하고 조심스러운 이유여야 한다.

가장 자주 당당하게 제시되면서 반박하기 어려운 이유는 물론 '방어'를 위한 전쟁이다. 이는 옛날부터 그러했고 또 가장 확실한 이유이기도 하다. 적개심이 충만한 생명 현장이나 인간이 농경생활을 한 이래 말처럼 쉽게 거주지를 옮길 수 없게 되면서 방어를 위한 전쟁 요청은 더욱 강화되었다. 『좌전』에도 역사 기록자가 줄곧 주의를 기울인 일이 두루 기록되어 있다. 그것은 바로 축성(築城)인데, 험난한 장애물이 없는 평탄한 땅에 방어를 위해 인공으로 높은 성벽을 쌓는 일이다. 책에서는 그 형태와 제도에 대해 분명하게 설명하지 않고 있지만 우리는 그것이 이미 더 이상 대자연의 홍수를 막기 위해 아래는 폭이 넓고 위는 폭이 좁게 비탈형으로 쌓던 제방이 아니라 사람이 맨손으로 오르기 어렵게 수직으로 쌓은 성벽임을 짐작할 수 있다. 이것은 인간 침략자를 막기 위한 것이다[『좌전』에서 적국을 공격하며 성벽에 오른 첫 번째 기록은 정나라가 허나라를 칠 때다. 또 첫 번째로 순조롭게 적의 성벽 위로 기어오른 사람은 영고숙이다. 그러나 그는 사사로운 원한을 품은 자기 편 장수 공손알(公孫閼)의 화살을 맞고 성벽에서 떨어져 죽었다].● 동시에 우리는 『좌전』을 통해 역사 기록자로부터 책에 기록된 춘추시대 인물에 이르기까지 모두가 당시의 빈번한 축성 공사에 의문을 품었을 뿐 아니라

● 영고숙과 공손알은 모두 정 장공의 맹장이다. 그러나 두 사람은 서로 용력이 강하다고 경쟁하는 관계였는데, 허나라 공격 때 영고숙이 맨 먼저 허나라 성벽 위로 올라라 용맹을 떨치자 그것을 시기한 공손알이 화살로 영고숙을 쏘아 죽였다(『좌전』 「은공」 11년).

분명 부정적인 반응을 드러내고 있음을 간파할 수 있다. 그것은 인력의 낭비, 농사 시기의 놓침, 하층민 부담 조성이라는 근본적인 이유에만 그치지 않는다. 그렇다면 다른 이유는 무엇인가?

직접적으로 말하자면 축성 공사는 이미 단순한 방어 논리를 벗어나 (필연적으로) 질적 변화를 겪고 있었다. 물러나 지킨다는 또 다른 측면은 물론 나아가 공격하는 것이다. 이밖에도 축성 공사는 본래 오랫동안 거주한 땅에서 진행될 수도 있지만 시간이 지나면 지날수록 공격하여 탈취한 땅에서도 진행될 수 있었다. 그리하여 마침내 축성 공사는 노획물을 확실하게 보유하는 표준 작업이 되었고, 또 영역 확장을 위한 준비 작업 및 불길한 전쟁의 조짐으로 진전되었다. 춘추시대 축성 공사 중에서 가장 황당한 것은 양(梁)나라라는 작은 국가의 사례다. 『좌전』에 이런 기록이 있다.

"양나라 군주는 성을 쌓고 도시를 만들었으나 백성을 채울 수 없었다. 그는 그곳을 신리(新里)라 명명했고, 진(秦)나라가 그곳을 탈취했다."(梁伯益其國而不能實也. 命曰新里, 秦取之.)(『좌전』「희공」18년)

즉 양나라가 당시 유행에 따라 성곽을 쌓고 영역을 확대했으나 그곳에 살게 할 거주민이 충분하지 않았다는 뜻이다. 이 일은 오늘날 땅 투기꾼이나 건물 투기꾼이 새로운 아파트와 상가를 지었다가 분양이 되지 않아 그곳이 유령의 도시(新里)로 변하는 것과 같다. 결국 진나라가 때맞추어 진격해 와서 그곳을 점령했다.

한층 더 심도 있는 경각심은 아마도 이러한 '침입 대 방어'의 유희를 계속하도록 더 이상 방임해도 되느냐의 여부에서 생겨났을 것이다. 이것은 토마스 홉스(Thomas Hobbes) 식의 경각심인데, 그의 저서 『리바이어던(Leviathan)』[중국어로 『거령(巨靈)』으로 번역하기도 함]이 이런 기본적인 논리에 입각해 있다. 사실 시간이 지날수록 더욱 빈번하고 강렬해지는 충돌이 전쟁으로 치달려가는 것이 바로 이런 유희의 '자연스러운 결과'가 아니겠는가?

우리가 앞에서 언급한 바와 같이 춘추시대의 전쟁 중에서 『좌전』에 기록된 오나라와 초나라의 혈전은 두 명의 여자가 양잠을 위해 뽕나무 한 그루를 다툰 것에서 비롯되었을 뿐이다. 이밖에도 또 다른 황당한 전쟁을 이야기하자면 아마도 노 성공 2년 제나라를 거의 멸망으로 몰아넣은 그 전쟁을 들어야 할 것이다. 전쟁의 원인은 3년 전 아주 사소한 일에서 야기되었다. 당시 진(晉)나라 극극은 제나라로 시신을 갔다. 극극은 절름발이어서* 계단을 오를 때 아마도 조금 이상한 모습을 보였던 듯하다. 그러자 제 경공(頃公, ?~전 582)의 모후 소동숙자(蕭同叔子)**가 그 모습을 보고 큰 소리로 웃었다. 극극은 큰 모욕을 당한 것으로 여기고 제나라를 나서며 하늘을 우러러 이 원한을 갚지 않고는 다시 황하를 건너 제나라 땅에 발을 들여놓지 않겠다고 맹세했다. 그것은 정말 군자가 복수를 하기 위한 일전이었다. 진나라에서는 성복 전투 때보다 100승이 더 많은 800승의 병거를 동원했다. 또 제후국 맹주의 신분으로 노나라, 위(衛)나라, 조(曹)나라 군대를 소집했다─그렇다. 네가 공격하면 그는 방어에 나서야 한다. 밤거리 주점에서 벌어진 사소한 분규가 한바탕 광풍과도 같은 살인극으로 발전하는 것도 이와 같은 이유 때문이다. 춘추시대 전쟁에는 이런 원시적 형태가 여전히 남아 있었는데(어느 시대를 막론하고 전쟁은 영원히 원시적이며 야만적이다), 어째서 사태가 계속 그렇게 진행되도록 방치했을까?

『예기』에서도 우리는 이에 대한 정식 주장을 찾아볼 수 있다. 『예기』는 사실을 기록한 책이 아니라 인간이 응당 실천해야 할 행위를

●『동주열국지』에서는 애꾸눈으로 묘사되어 있다. 제54회와 제56회 참조.
●● 소태부인(蕭太夫人)이라고도 부른다.

탐색한 책이다. 이 때문에 극극처럼 복수하는 것이 법률에 합치되고, 더 나아가 예에 맞으며, 심지어 이상적인 행동이라고 말한다. 즉 부모의 원수와는 같은 하늘을 이고 살 수 없으며 형제의 원수를 갚을 때는 "무기를 가지러 집으로 돌아갈 겨를조차 없다"(不反兵)고 한다. 말하자면 형제를 죽인 원수를 갚으려면 신체기관처럼 늘 흉기를 몸에 지니고 다녀야 한다는 것이다. 그래야 어느 날 거리에서 우연히 원수를 만났을 때 무기를 가지러 집으로 돌아가느라 복수의 기회를 놓치는 일이 생기지 않을 수 있다. 더욱 엄중한 것은 부모를 죽인 원수다. 그것은 인간의 생명 역정에서 가장 중요하거나 심지어 유일한 대사건이다. 따라서 나와 원수 중 한 사람만 목숨을 유지할 수 있다. 부모의 원수를 갚기 위해서는 자발적으로 천지를 다 뒤져서라도 원수를 찾아야 한다. 인생의 다른 모든 것은 잠시 중지되고 내 손으로 원수를 죽인 후에야 그 모든 것이 다시 회복된다. 부모의 원수는 내 손으로 갚아야 한다. 그러나 이것이 어떻게 가능할까? 또 어떻게 진정으로 실천할 수 있을까? 또 권력이 있고, 무력(武力)이 있고, 많은 형제들이 보위하거나 나보다 힘이 훨씬 센 원수를 내가 어떻게 직접 죽일수 있을까? 정의를 그렇게 완성할 수 있을까?

진정으로 단절할 수 없고 완전히 폐기하기 어려운 전쟁이 있을 수 있다면서 춘추시대 사람들은(사실 춘추시대 사람들뿐만이 아니다) 그것을 더욱 높고 초월적인 위치로 끌어올렸다. 다소 이상적이고 상상으로나 가능한 것이지만 전쟁이 결국 정당할 수 있다는 것이다. 이런 정당한 전쟁을 조금 뒤 중국인들은 '의전(義戰)'이라고 불렀다.

우리는 상상 속에서 굳건하고 절대적이지만 모든 것으로부터 초언히면서 공정한 여량을 보유할 수 있다(하느님의 능력에 가까운 것처럼). 가장 좋기로는 유일한 역량, 즉 우리가 언급한 바 있는 유일하고 합법적인 폭력을 갖는 것이며, 또 그런 힘을 잘 갖춰두고 사용하지 않는 것이다. 말하자면 그것은 또 모든 것을 격파할 수 있으면서도 완전한 자제력을 갖춘 역량이다. 그러나 전쟁은 실제로 습관적으로 사용하는 것일 뿐 결코 타당한 견해는 아니다. 전쟁의 진정한 내용은 상대를 한 차례 한 차례 심판하고 징벌하여 그들을 해방에 이르게 하는 행동인데, 말하자면 이런 힘의 사용은 영원히 피동적으로 대응 차원에서만 행해져야 한다. 그것은 법원이 '기소되지 않은 사건은 재판하지 않는 것'과 같다. 따라서 반드시 먼저 모종의 좋지 않은 사건이 발생해야 대응 차원에서 전쟁을 수행하게 된다. 이 때문에 전쟁은 잔혹하거나 고통스러운 것이 아니라 병을 치료하기 위해 병원에 가서 주사를 맞는 것과 같을 뿐이다. 주사 바늘에 찔리는 고통은 금방 지나간다. 당연한 이야기지만 어떤 전쟁이라도 가장 고통 받은 계층은 하층민들인데, 그들은 아주 기이하게도 기쁨에 젖어 목을 빼고 전쟁을 기다리며 희망을 기탁한다. 여기에 매우 아름다운 그림 한 폭이 전해오고 적지 않은 사람이 아직도 그것이 역사에서 확실히 발생한 적이 있다(예를 들어 주나라 문왕 때처럼)고 믿는다. 이에 따라 그런 그림 같은 장면이 다시 또 발생할 것임을 믿지 않을 이유가 없다고 생각한다. 그것은 바로 전쟁이 동쪽에서 발생하면 서쪽에 거주하는 사람들이 그 전쟁을 부러워하거나 심지어 애원하고, 이와 반대의 경우에도 그리 한다는 것이다.

"왜 먼저 군사를 동원하여 우리를 먼저 치지 않는가?"

춘추시대 사람들은 이처럼 정당하고 또 이와 같이 아름다운 전쟁을 완전히 공상이라 생각하지 않았고, 그것을 합리적이고 확실한 목표라고 여겼다. 그들에게 이런 목표는 논리적으로 직접 추론해낸 결과이고, 남은 것은 현실 속 가시덤불을 헤쳐 나가는 일뿐이었다—이

것이 바로 우리가 앞에서 거론한 적이 있는 세계의 기본적인 이미지 및 사유 방식인데, 말하자면 국제 전쟁을 국내 충돌 모델로 환원시키는 논리로 확장되고 있다. 목전의 부당한 전쟁들은 충돌의 범람과 연장에 불과하므로 전쟁보다 더욱 일상적이고 더욱 잔혹한 국내 충돌 모델에 포함되고 종속된다는 것이다. 전쟁과 충돌은 한 계단 차이일 뿐인데 그것은 천하와 제후국이 한 계단 차이임과 같다. 기본적으로 그것은 '동질', 즉 동일한 물질이고, 동일한 논리이므로 결코 다른 사유로 바꿀 필요가 없다.

우리는 자고이래로 더욱 심각한 국내 충돌을 어떻게 해결해왔던가? 등급이 다른 국가에게 군대를 대등하게 갖도록 허용하지 않았다. 더 정확하게 말하자면 등급이 다른 국가에게 각각 삼군, 이군, 일군 등과 같이 차별적으로 그 등급을 넘지 못하게 하면서 대등하지 않는 공격 역량을 보유하게 했다. 한 국가가 자신에게 속한 각 가문의 동란과 충돌을 진압할 방법이 없었던 이유는 틀림없이 이런 차등 역량이 파괴되거나 찬탈되었기 때문이다. 말하자면 그런 방법이 잘못되었던 것이 아니라 그런 방법을 준수하지 않았을 뿐이다. 『좌전』에서 우리는 춘추시대 사람들이 이에 대해 고도로 민감하게 반응하면서 이런 파괴와 찬탈을 거의 직접적으로 동란(또는 충돌)과 동등하게 여겼음을 목도할 수 있다. 예를 들어 정 장공이 그의 아우 공숙단(共叔段)을 경성(京城)에 봉하여 그 봉토의 크기가 전국의 1/3을 넘지 않아야 한다는 제한을 어기자, 채중(祭仲)은 곧바로 국가에 내전이 발생할 것이라고 경고했다. 초 영왕은 진(陳), 채(蔡), 불갱(不羹)을 각각 병거 1,000승을 보유한 거대 지역으로 양성했다. 그는 초나라가 어느 나라도 비견할 수 없는 강국임을 자랑하고 싶었을 것이다. 그러나 초나라 내부인에서 각국 대부에 이르는 모든 사람들은 초 영왕이 멍청한 짓을 하여 난국이 이미 조성되었고, 그의 보위를 장악할 사람은 틀림없이 그의 아우 채공(蔡公) 기질(棄疾)일 것이라고 보았다. 『좌전』에는 이와 같은 종류의 기록이 곳곳에 남아 있는데 거의 모든 국가에서 유사한 사례를 발견할 수 있다. 모든 사례는 한결같이 다시 토론할 필요도 없고 예외의 가능성도 전혀 없다. 이와 같이 일치된 긴장감에는 확실한 경험 및 공통의 결론과 우려가 분명하게 드러나 있다.

이러한 이상 속 전쟁은 군사적이라기보다 법률적이라고 말하는 편이 더 낫다. 전쟁을 실행하는 사람은 전투에 뛰어난 장수처럼 보이지 않고 공정한 법관에 더욱 가까워 보인다. 이 때문에 전쟁은 더 이상 상대가 있는 싸움이 아니라 승자의 발언대로 변하여 시시비비와 선악을 이야기하는 법정이 된다. 이에 전쟁을 총체적인 질서 내지 도덕적 구조 안으로 받아들여도 모순점이 발생하지 않으므로, 전쟁을 통해 더욱 수준 높은 율령 준수뿐 아니라 여기에서 더 나아가 그것을 집행하고 실현한다. 나는 이와 같은 도덕적 함의가 부득이하게 전쟁이라는 존재를 인정하는 사람(공자와 같은 사람)들에게 위안을 줬다고 생각한다. 다 믿을 수는 없지만, 춘추시대 사람들의 역사 기억에 의하면(모종의 기대가 섞여든 기억일 가능성이 지극히 크다) 이런 일의 유래는 이미 오래되어서 춘추시대에 시작되지 않았다. 심지어 이런 일은 점점 특수하게 부여된 직책과 업무가 되었으며, 주나라 천자가 이런 업무를 정중하게 어떤 사람에게 맡겨(그는 통상적으로 주나라 천자와 친근하면서 강한 힘을 가진 대부족, 대제후국의 군주다) 모든 제후의 권한을 뛰어넘게 했다. 그것은 이른바 마음대로 다른 제후국을 정벌할 수 있는 권한, 즉 '살인면허(license to kill)'이다. 그렇다. 그것은 007 영화 시리즈 속 제임스 본드의 특허권이자 전쟁 면허증이다.

노 희공 4년 제 환공이 처음으로 천하의 제후를 규합하여 초나라를 문책하는 역사적 순간에 관중은 초나라의 다음과 같은 질문에 응대해야 할 책임을 지고 있었다.

"당신들은 북방에 있고 우리는 남방에 있어서 소와 말처럼 전혀 상관없는 사이인데 어째서 우리 땅을 침략했소?"

관중이 내민 것은 오래된 면허증이었다.

> 옛날에 소강공(召康公: 召公 奭)이 우리 제나라 선조 태공(太公: 姜尙)에게 이렇게 명령했소. "오후구백(五侯九伯)●을 그대가 사실대로 정벌하여 주나라 왕실을 보필하라." 그리고 우리 선조 태공에게 신발을●● 하사하고, 다스릴 영토를 동쪽은 바다에 이르게 하고, 서쪽은 황하에 이르게 하고, 남쪽은 목릉에 이르게 하고, 북쪽은 무체에 이르게 했소.(昔召康公命我先君太公曰, 五侯九伯女實征之, 以夾輔周室. 賜我先君履, 東至于海, 西至于河, 南至于穆陵, 北至于無棣.)(『좌전』 「희공」 4년)

전해오는 기록에 의하면 은나라 주왕(紂王)은 당시 희창(姬昌: 나중의 주 문왕)의 선물에 매우 만족하여 그를 서백(西伯)에 봉하고 이 전쟁 면허증을 수여했다고 한다. 주나라 초기에 주공과 소공에게 각각 서쪽과 동쪽 영역을 관장하게 한 것도 이와 같은 방법이다. 관중의 말에 의하면 영토의 절반인 동쪽 땅을 책임진 소공이 한 걸음 더 나아가 제나라 태공 강상에게 자신의 업무를 넘겼다는 것이다. 우리는 『좌전』에서 소위 춘추시대 주나라 천자의 경사(卿士)라는 특수한 직위를 발견할 수 있다. 그런 직위를 받은 사람은 주나라 왕실의 직속 신하

● 오후(五侯)는 작위의 등급으로 공·후·백·자·남(公·侯·伯·子·男)을 가리킨다. 구백(九伯)은 중국 전역인 구주(九州)를 총괄하는 패주(霸主)를 가리킨다.
●● 여기에서 신발은 지극히 명확한 상징물로 행동의 자유를 나타낸다. 또 부월(斧鉞)이나 궁시(弓矢)를 하사받으면 천자를 대신하여 사람을 죽일 수 있는 권한을 가진다.

가 아니라 제후국 군주였다. 따라서 그들은 왕실 직할의 내정을 책임지지 않고 천하 제후의 질서를 책임졌다. 춘추시대 첫 번째 경사는 정나라 무공(武公)과 장공 부자였다. 그것은 주 평왕이 동쪽으로 천도할 때 정 무공이 천자 호위에 진력한 공으로 얻은 지위였다. 그리고 정 장공 때 정나라는 확실히 당시에 국력이 가장 강한 국가였다. 제나라, 진(晉)나라, 초나라, 진(秦)나라는 아직도 깊은 잠에 빠져 있었다. 그때 입지가 아직 튼튼했던 주나라 천자가 갑자기 경사 직위를 주 왕실과 비교적 가까운 서괵공(西虢公)에게 하사했기 때문에 주나라와 정나라의 관계가 악화되어 정식으로 전쟁이 벌어졌다. 이때부터 이미 천하의 질서를 수호하지 못하게 된 천자 본인은 독점적인 공격 권한을 갖지 못했을 것이다.

조금 뒤 춘추시대 맹주는 이전과 그리 같지 않은 모습을 보였다. 맹주의 지위는 물론 강력한 힘에 의지하여 획득했으므로 현실적인 생산물이라 할 수 있다. 이 때문에 송 양공과 초나라 군주들 그리고 춘추시대 말기의 오왕 부차와 월왕 구천도 모두 실력에 의지하여 맹주가 되려는 의도를 드러냈다. 그러나 단지 여기에 그치지 않았다. 우리는 이 이면의 친소 관계에 얽힌 미묘한 심리를 어렵지 않게 간파할 수 있다. 여기에는 어떤 관성적인 인식 내지 어떤 전통이나 시간의 강물 속에서 오랫동안 응결된 어떤 것 그리고 어떤 의식(儀式), 행위와 사물까지 포함되어 있다. 이 때문에 춘추시대의 맹주는 우리가 상상하는 것보다 훨씬 안정적인 지위를 누렸다. 이것이 가장 재미있는 점이다. 단순히 변동과 기복이 심한 전투력이나 국력에만 의지해서는 그렇게 되기가 어려우므로, 틀림없이 더욱 끈질기고 더욱 항구적인 또 다른 힘이 작용했다고 단언할 수 있다. 실제로 춘추시대 200년 동안 맹주는 제 환공 한 명에다 대대로 진(晉)나라 군주가 담당했다(이런 구도는 성복 전투 승리에 기반을 뒀다. 혹은 '주나라 천하'를 대표하여, 침입해온 외적을 격퇴한 가장 강대한 제후국, 소위 "사방 오랑캐 평정에 공로"를 세운 제후국 군주가 맹주 역할을 담당했다고 할 수 있다. 제 환공도 맹주 지위를 이와 같은 같은 방식으로 얻었다. 그것은 우연의 일치가 아니라 일종의 필요조건이었다). 이것은 또 진(晉)나라가 시종일관 제일 강력한 권력을 잃지 않았다기보다는 진나라를 압도적인 차이로 초월하여 그 실력을 오랫동안 유지한(당시의 권력 관계를 상쇄하고, 망각하고, 대체할) 나라가 없었다고 보아야 한다. 이 때문에 초 장왕은 필 땅 전투에서 한 차례 대승을 거둔 것만으로 맹주가 될 수 없었고, 난영(欒盈)은 내란을 일으켜 직접 진(晉)나라 수도 강성(絳城)을 공격하며 "화살이 임금의 궁궐에까지 미치게 했고" 당시 집정관인 범선자(范宣子)까지 단도를 빼들고 육박전을 벌이게 했지만 맹주가 되기에 부족했다(진나라의 내전은 거의 멈춘 적이 없다. 진나라는 목숨 걸고 싸울 것이 너무 많은 대국이었다). 또 몇몇 회맹에서 초나라 굴건이나 오왕 부차처럼 맹약 문서에 가장 먼저 서명하는 것은 더더욱 아무 의미가 없는 것이었다. 춘추시대 제후국 중에서 어느 나라가 가장 순종적이었을까? 그것은 바로 의심할 것도 없이 노나라였다. 노나라의 그런 경향이 단지 우연에 불과할지도 모르지만(예를 들면 주공 후손들의 유전자에 비교적 유약한 성격이 들어 있다고 말하기도 한다) 우리는 노나라가 가장 전통적이고 천하 질서를 가장 신봉하는 제후국이었으며, '정당하고 이상적인' 전쟁이라는 사유가 발생한 땅이었다고 상상해볼 수도 있다.

절대적인 힘에 의지하여 다른 모든 사람을 제지하고, 심판하고, 징벌한다면 또 누가 나서서 그 힘을 제지하고, 심판하고, 징벌할 책임을 질 수 있을까? 홉스 식으로 말해서, 질서 및 질서가 가져온 보호막이 어떤 것보다 더 튼튼하므로, 불의하고 잔혹한 질서가 무질서나 혼란과 충돌에 빠진 인간 세계보다 더 낫다는 것이다. 또 이 절대적인 힘이 인간을 순순히 복종시킬 가능성 내지 인간이 갈망하는 정의에 부합할 가능성도 있지 않을까?

이것은 아주 쉽게 상상할 수 있는 문제지만 정말 대답하기 어려운 문제이기도 하다. 2000년 전 일은 언급할 필요도 없이 오늘날에도 우리는 이 문제를 잘 이해하지 못한다. 보니것의 슬픈 농담이야말로 사물의 기본 이치이면서 자세한 현실 경험이기도 하다.

"당신은 아는가? 만능 용해제(어떤 것도 녹일 수 있다)를 발명하는 건 결코 어렵지 않다. 어려운 것은 발명 이후 어떤 물건을 용해시킬 것인가이다."

조금 뒤 보니것은 만능 용해제가 왕수(王水)●와 같은 용해력을 갖춘 것은 아니라고 지적했다. 왕수는 다른 것이 녹이지 못하는 황금을 녹일 수 있는 액체일 뿐이기 때문이라는 것이다. 인간 세상에서 진정으로 만능 용해제에 가까운 것은 전혀 재미없게도 바로 맑은 물이다. 여기에서 나는 노파심에서 한 마디 경고를 남기고자 한다. 즉 절대로 보니것의 말을 참선의 화두나 어떤 철학적 사유로 간주하지 말아야 한다는 점이다. 이것은 소홀히 취급하기 쉬우며 인내심을 잃고 방치하기 쉬운 상식일 뿐이다. 그것은 어떤 특수한 '지혜'를 제시한 것이 아니라 매일 수행해야 할 착실한 업무 요구, 그 가능성, 그 필요성을 지적한 것이다.

우리는 춘추시대의 맹주 교체를 주나라 천자의 경사(卿士) 직 교체로 간주해야 한다. 권력과 책임도 비슷하고 거는 기대도 비슷하다. 그러나 상이한 것은 탄생 방식이나 절차다―맹주는 경사와 반대의 절

● 진한 염산과 진산을 혼합한 액체다. 색깔은 노란색이며 독특한 냄새가 난다. 금이나 백금과 같은 귀금속을 녹일 수 있다.

차를 밟는다. 그는 먼저 현실 속에서 전투를 벌이고 다시 주나라 천자에게 칭찬을 받는다. 혹은 그가 아무 청원을 하지 않았는데도 주나라 천자가 그를 불러 그의 힘을 인정하고 그에게 의식(儀式)에 사용되는 몇 가지 물품을 하사한다. 이런 역전된 절차는 당시 현실의 무정한 변화를 분명하게 드러내준다. 이제 보통 사람들은 자신의 세계를 조종할 수 없으며, 주체적인 선택 공간도 가지기 어렵게 되었다. 간단하게 말해서 경사 직도 선택할 수 없게 된 것이다. 플라톤이 말한 것처럼 강자가 바로 정의로 인정된다. 이것은 어쩔 수 없이 지향할 수밖에 없는 현실적인 책략이고, 일종의 타협이므로 갈수록 '이상'에서 더욱 멀어진다. 분명하고도 즉각적인 걸림돌은 "누가 나서도 이 통제하기 어려운 역량을 통제해야 하는" 난제에 대해 마음 놓고 대답하기가 더욱 어렵게 된 것이다. 그리고 소위 '정당한 전쟁'이라는 모호한 기대도 이 때문에 더욱 요원해지고 애매해지고 믿을 수 없게 되었다. 급박하게 대답해야 하는 현실 문제에서 점차 아득하게 멀어지는 순수한 사변 문제로 변했다.

물론 상황이 이와 같이 되어도 틀렸다고 할 수 없다. 이 때문에 후대의 소위 '의전(義戰)'에 관한 완전한 문장은 사실 다음과 같다.

"춘추시대에 의전은 없었다."(春秋無義戰.)

궁극적으로 이러한 소망 가운데서 정당한 전쟁을 분명하게 이야기하는 순간에도 정당한 전쟁을 동시에 부인하고 있는 것이다. 그렇다. 한 차례 한 차례 지속된 전쟁을 거듭 회상해보면 춘추시대 200년 동안에는 어떤 전쟁도 의로움의 기준에 미치지 못했고, 어떤 전쟁도 상대를 교정하고 징벌할 만큼 충분히 깨끗하거나 사람들이 안심할 만한 역량을 갖추지 못했다. 춘추시대 맹주 및 맹주가 되고 싶어 한 군주들은 모두 동일한 리그의 경쟁자였으며, 모두 자신의 이익, 욕망,

상상을 품고 행동했다—이런 사실은 물론 조금 뒤 전국시대, 즉 맹자세대가 활동한 시대에 이르러 한 시대를 총결하는 과정에서야 분명하게 그 내막이 드러났다.

다만 그 세대의 상황이 한가로웠거나 풍파가 잦아들었거나 눈앞의 시간이 청량했던 건 아니다. 실제로는 포연과 먼지가 사방에서 더 심하게 피어나고 살상을 자행하는 소리가 하늘에 진동한 시대였다. 따라서 앞에서와 같은 총결은 자기 자신을 추궁한 결과였다—지금 여기의 말로 표현하면, 전국시대에는 전 세계가 충돌 상태에서 전쟁 상태로 진입했고, 인간의 죽음이 전쟁으로 방향을 바꾸었으며, 전쟁의 가혹한 불길이 도저히 잡히지 않는 시대였다. 또한 오늘날의 전쟁에는 맹주가 없어서 각 국가는 완전한 행동 자유를 누릴 수 있다. 전쟁을 발동하더라도 더 이상 춘추시대처럼 어떤 이유를 내세워 변명할 필요가 없고, 또 그 이유를 질문하는 사람도 없다. 역사가 이와 같이 급전직하했고 또 그런 상황이 계속 이어졌기 때문에 춘추시대 전쟁에 대한 이와 같은 부정을 단순하고도 직접적으로 질책하기는 어렵다. 그 내면에는 다소간의 곤혹스러움과 비애가 감춰져 있다. 적어도 우리 자신의 현실을 둘러보면, 춘추시대의 맹주들이나 강국의 군주들이 오히려 위대한 인물처럼 보일 것이다. 그들이 벌인 전쟁은 어떻게 말하더라도 소위 정당한 전쟁에 비교적 접근해 있다고 할 수 있다. 춘추시대에는 의로운 전쟁이 없었다고 진술하지만 의로운 전쟁에 대한 상상은 희미하게나마 존재했던 듯하다. 만약 원한을 품고 전쟁을 했다면 모종의 '타락'으로 해석될 뿐이다. 요·순·우·탕·문·무에서 춘추오패에 이르기까지(이렇게 말하면 너무 거칠고 조급하게 많은 사람과 사건을 뛰어넘었다고 할 게 분명하지만) 그것을 직접 연결하면 하향하는 모습의 역사 곡선이 될 것이다(따라서 맹자는 조금도 주저하지는 않았지만 충분한 이유도 없이 제 환공이 진 문공보다 더 낫다고 단언했다. 그가 말한 것은 개인의 업적이 아니라 이런 시간 곡선의 어떤 경향이다). 또한 한 차례의 분명한 대추락이 춘추오패라는 역사의 고리에서 발생했다. 여기에는 마치 요·순·우·탕·문·무는 한 부류이고, 춘추오패는 또 다른 부류인 것처럼 양쪽으로 분리하여, 마침내 정당한 전쟁에 대한 그런 파괴가 너희들로부터 시작되었는데, 그런 파괴의 유산을 이처럼 불량한 우리의 세계에 남겨놓지 말아야 했다는 애원의 기미가 느껴진다.

전국시대에는 춘추오패(즉 천하의 맹주가 되었거나 되려 했던 다섯 군주)에 대해 관심을 갖고 토론하고 분별하려는 노력이 매우 깊이 있었고 심지어 놀랍기까지 했다. 특히 그런 큰 의제를 가장 깊이 사색한 사람은 맹자였지만 그런 경향은 그 시대에 그쳤다. 이후 중국 역사에는 다시는 천하의 맹주와 같은 제도가 나타나지 않았다. 혹은 희망을 회수한 것처럼 그런 제도를 다시 필요로 하지도 않았고 인정하지도 않았다. 제 환공과 진 문공은 단순하게 역사 속 개인으로 회귀했으므로 앞에서 서술한 바와 같은 심층적인 의미를 잃어버렸다. 사람들은 제 환공에 대해서 관중과 관련된 이야기만 말하고 기억했다. 샴쌍둥이처럼 함께 언급되던 '제 환공과 진 문공'이라는 말은 이제 완전히 새롭게 '제 환공과 관중'이라는 말로 변했다. 이로써 사람들의 마음속에는 이전과 다른 역사 이미지가 떠오르기 시작했다.

그것은 한 차례 실패한 '실험'처럼 그런 방법은 통하지 않는다고 증명하는 것 같았다. 그러나 그것이 춘추시대 200년에만 적용될까 아니면 과거, 현재, 미래에 모두 적용될까? 또 그런 부당한 힘을 방치하고 정당한 전쟁을 추구하는 일이 절망에 빠진 것일까? 그렇지는 않을 것이다. 예를 들어 사람들은 또 이렇게 생각할 것이다. '전쟁을 군사 행위에서 법률 행위로 전환하려는 근본적인 생각은 결코 실패하지

않았고, 실제로는 그런 생각을 더욱 강화했을 수도 있다.'

전국시대 당시처럼 만약 우리가 공평과 정의에 대해 그리 깊이 탐구하지 않았다면(과격한 것처럼 보이는 맹자도 줄곧 인의 도덕을 아주 '넓은 의미'로 해석하려고 노력했다. 모종의 이익과 여색과 전쟁을 좋아하는 그렇고 그런 수준의 사람들조차도 모두 인의 도덕을 추구한다고 인정했다), 또 만약 먼저 충돌과 살육을 없앤 후 다시 생각하자고 했다면, 아울러 다른 요소는 깊이 고려하지 않고(예를 들어 전쟁 상태는 한 나라를 잠시 거짓으로 긴밀하게 단결시키도록 핍박한다. 단기간에 치안도 양호하게 변한 것처럼 느껴진다. 왜냐하면 전시에는 악당이나 깡패들조차 애국지사로 돌변하기 때문이다) 전국시대 국가들이 충돌을 외부로 전이하고 내란으로 분쟁하는 일을 정말 줄였다면, 그리하여 인간도 안정을 찾고 순종하게 되었다면 나라의 군주도 더 이상 쉽게 피살되지 않았을 것이다. 말하자면 최소한 국가라는 등급과 그 범주 내에서 아마도 정당한 전쟁이 통용될 수 있었을 것이다. 그럼 천하가 더욱 강대한 국가로 발전할 수 있었을까? 또 천하가 반드시 하나로 통일된 그리고 그 하나에 그치는 더욱 강대한 국가가 되어야 했을까?

"천하는 어떻게 결정되겠소?"(天下惡乎定?)

"하나로 결정됩니다."(定于一.)

"누가 천하를 하나로 결정할 수 있겠소?"(孰能一之?)

"살인을 좋아하지 않는 사람이 하나로 결정할 수 있습니다."(不嗜殺人者能一之.)

이것은 위(魏) 양왕(襄王)과 맹자의 일문일답이다. 맹자는 귀찮다는 듯이 또 조금은 단순화하여 자신의 기본적인 생각을 토로했다. 온 천하를 하나로 통일하는 것이 관건인데 그 정점에 서 있는 사람은 누구라도 개인적인 조건이 그렇게 중요하지 않고, 또 너무 가혹하게 개인적인 조건을 따질 필요도 없다. 어떤 나라의 군주와 같은 사람도 우리는 이미 강물 속 물고기처럼 많이 목도했고, 그들에게 반드시 하느님 같은 정의나 성인 같은 깨끗함을 요구할 필요는 없다. 그것은 하나의 지위일 뿐이기 때문이다. 이와 같이 문지방을 낮추고 사람들로 하여금 즐거운 마음으로 일을 단순화 하면 인간의 희망도 순간적으로 커지지 않겠는가?

　나중에 일곱 대국은 전쟁을 통해 하나로 통일되었고, 중국에서 처음으로 진정한 하나의 행정 단위가 생겼다. 이 역사의 방향에는 물론 또 다른 역사의 실마리가 들어 있다. 그것을 현실에서 귀신에 홀린 것처럼 깨끗하게 청산하기 어려운 원인 및 그것과 관련된 곡절 많은 노정은 결코 어떤 사람들이 생각하는 것을 현실화해주지 않았다. 그러나 생각과 역사가 보여주는 이와 같은 결과는 서로 용인될 수 있으며 또 그것에 근거하여 당시 사람들의 행위와 면모를 얼마간 해명할 수도 있다. 이처럼 가장 마음 약하고 가장 동정심 많은 사람들이 자신의 정체성에 전혀 어울리지 않는 강력한 목소리로 전쟁을 반대하고 질책하곤 했다(전국시대의 무자비한 살육 방법에 대한 반응일 것이다). 그들의 강력한 목소리와 마음 약한 목소리는 이처럼 반비례의 양상을 보인다. 이런 사유를 극단적으로 밀고 나가는 사람들에게서 우리는 위험하고 심지어 황당무계한 모습을 쉽게 발견할 수 있다─정당한 전쟁을 갈망하고 추구할 때 마음이 조급해지거나 부주의하게 되면 쉽게 이와 같은 모습으로 변한다. 그리하여 그들은 가능한 한 하루라도 일찍 히니만 남을 때까지 신속하게 싸우고 천저하게 싸우자고 한다. 그때가 되어 다시 맑은 생각을 하겠다는 것이다.

다시 후대로 이어진 중국 역사에서 전쟁은 여전히 스스로 진화하는 것처럼 계속 발전했다. 총체적으로 살펴보면 발발 횟수는 줄었지만 살상력은 수직으로 상승했다. 또한 춘추시대 전쟁을 전국시대 사람들이 점검하는 것과 같은 표준으로 살펴보면 이후에도 소위 '의전'이라고 부를 만한 전쟁은 하나도 없었다. 따라서 미래에 과연 그런 전쟁이 있을 수 있겠는가? 이것은 모두 역사의 상식이다.

아마 이것은 중국 역사가 전쟁에 관해 개설한 첫 번째 강의일 뿐이지만 비교적 정확한 결론은 소위 정당한 전쟁이 전쟁에 대한 하나의 순수한 부정이라는 것이다. 즉 200년 간 벌어진 모든 전쟁이 결국은 부당하다는 사실을 확인한 것이다. 그 다음 강의에서는 여기에서 한 걸음 더 나아가 세계에 정당한 전쟁이라는 것이 결코 존재하지 않는다는 사실을 확인했다. 최대한 양해한다 해도 그것이 부득이하기는 하지만 사실 재난이나 가위눌림처럼 벗어나기 힘든 혐오스러운 전쟁일 뿐이고, 그것을 환영하거나 아름다운 꿈처럼 여기는 사람은 여태껏 있지 않았고 있을 수도 없었다. 이처럼 전쟁을 부정해온 정신이 나는 인류의 가장 고귀한 역사 인식이라고 생각한다. 이런 정신은 사실일 뿐 아니라 우리를 보호하여 각종 함정에 빠뜨리지 않게 해준다. 그 하나하나의 함정이 모두 인류의 역사에 존재했다는 것은 사실로 증명되었다. 우리는 어떤 긍정적인 언어로 수식되고, 어떤 거대한 명분으로 정당화된 전쟁이라도—'의전'으로도, '성전(聖戰)'으로도 불린다—모두 허위적이고 암흑적인 방법으로 사람을 사지로 몰아넣을 뿐 아니라 인류의 가장 잔인한 모습을 보여준다는 사실을 잘 알고 있다.

근본적으로 말해서 현실 속에 확실히 남아 있는 전쟁은 경솔하게 부추겨서도 안 되고 장난처럼 발동해서도 안 된다. 몇 천 년 동안 인간은 각종 방법을 다 생각하고 사용했지만 어찌할 수 없었다. 즉 한 차례로 끝낼 교묘한 방법이나 해결 방안 또는 소위 '한 번의 다스림으로 다시 혼란이 발생하지 않을 수 있는' 방법은 없었다(이것은 중국 역사에서 최악의 환상 가운데 하나다). 다만 인간이 하루하루 힘들게 살아가면서 사태에 따라 그때그때 임시로 대응 방법을 강구할 수 있을 뿐이다.

춘추시대 사람들(예를 들면 공자와 같은 사람)이 정당한 전쟁에 대해 애매모호한 상상을 한 것은 비교적 타당한 태도였던 것으로 보인다. 그들은 이런 애매모호한 태도, 즉 저항하고, 질의하면서 목전의 충돌과 전쟁에 대해 폭로하고 교정하는 일을 멈출 수밖에 없었음에 틀림없다. 또 여기에는 인간에게 필요한 위안, 즉 인간이 절망에 빠지지 않으려고 시도하는 일종의 위안도 포함되어 있을 것이다.

제7장

음악
혹은
악

먼저 '음악이 조성하는 멍한 상태'에 대해 말하고자 한다.

밀란 쿤데라는 음악에 대해 완전히 전문가다. 그가 음악 전문가로서 일정한 경지에 오른 것은 사실 가학(家學)에 힘입은 바가 크다. 그의 부친은 그가 자신의 소설 『커튼』 첫 번째 구절에서 묘사한 바와 같이 체코의 주요 음악가였다. 쿤데라는 일찍이 악곡의 구조를 모방하여 소설을 쓴 적이 있다. 아마 소설의 진행을 도돌이 형식으로 시험하여 사람 마음의 가장 자연스러운 기복과 흐름 및 리듬감을 회복하고 다시 가장 원초적이고 원시적인 지점의 확실한 시정(詩情)을 찾으려 했던 것으로 보인다(현대소설은 상당한 정도로 시적 운치를 희생하면서 인간을 떠났다. 즉 그것은 시를 잃어버리고 나서 말로 표현한 문학작품이다). 또 똑같이 이런 작업을 한 사람을 들자면 레비 스트로스도 있다. 그는 더욱 놀랍게도 직접 악곡의 구조를 자신의 신화이론 구조로 삼고, 사색에서 표현에 이르는 자신의 학문 작업을 드러냈다. 레비 스트로스 말에 의하면 자신이 인류학자나 인생의 다른 길을 걷지 않았다면 교향악단의 지휘자가 되고 싶었다고 했다.

두 사람은 모두 악보를 직접 자신의 책에 인쇄한 적이 있다. 그러나 이런 일이 물론 자신의 책에 기이한 사물을 보태서 작품의 무게를 늘려보려는 시도는 아니다. 이들 두 사람의 책은 그 자체로 보통 사람과 목전의 세계에 대해서 이미 지나치게 무거운 내용을 담고 있다. 또 그들은 그런 음악의 구조를 맹목적으로 가져와서 몇몇 어휘의 말단에 숨은 어지 의미로 자신의 작품을 덧칠하지 않았다(반자크가 밑한 작가, 즉 하루 전에 배운 것을 함부로 구사하며 혼란을 부추기는 작가들이 그렇다).

그들은 음악이라는 예술의 가장 특수한 성질을 깊이 알고 있다. 그 특수성이란 음악은 근본적으로 외부 세계를 필요로 하지 않는다는 점, 음악과 숫자의 깊이 있고 지극히 정밀한 연계 및 일치성, 음악은 자신의 구조를 연역해내고, 스스로 하나의 '세계'를 이룬다는 점 등이다. 또 음악은 유일하고 순수한 시간 예술이며, 그 형상은 바로 시간으로 구성 가능한 형상이라고 말하기도 한다. 동시에 예술 부문에 음악과 같은 것은 어떤 것도 없다. 또 음악은 인간의 지각과 전혀 격리되지 않으므로 어떤 중개물도 필요 없이 직접 생명의 호흡과 기복에 따라 흘러간다. 그것은 마치 쿤데라가 헤겔의 말을 인용한 바와 같다. 즉 음악은 "내면세계의 가장 은밀한 박동을 부여잡고 있는데, 이런 박동은 문자로는 도달할 수 없다"는 것이다. 인간의 의식과 사유가 만약 더욱 자연스러운 곳, 더욱 마음 깊은 곳으로 되돌아가는 전개와 진행이라면 그것을 음악이라고 할 수 있고, 또 응당 음악이라 해야 하지 않겠는가?

보르헤스가 아무 의미도 없는 시를 쓰고 싶다고 말했을 때─그 결과물이 바로 마리아 코다마(Maria Kodama)에게 써준 〈달〉이다─그가 생각한 것은 완전히 음악으로 돌아가서 시를 써보는 것이었음에 틀림없다. 그가 거듭해서 말한 것처럼 최초의 시는 바로 노래였다. 그것은 처음 생겨난 소리였을 뿐 아무 의미도 없었다. 그것은 또 사람 마음의 슬픔과 즐거움보다 일찍 생겨난 소리였다.

타이완 작가 양자오─본명은 리밍쥔(李明駿)─는 근래에 '역방향의 가학(家學)'에 영향을 받고 있다. 그의 딸 리치루이(李其叡)가 천재적인 소녀 피아니스트인지라, 그는 아버지로서 딸을 좇아 그녀의 인생에 참여하고 그녀를 이해하기 위해 마침내 더욱 진지하게 음악을 공부하고 있다─양자오의 방법은 일반인의 그것과는 다르다. 그는 음악을 해석하는 데 힘쓰면서 우리 모두가 음악을 함께 듣고 함께 이해하기를 바란다. 그가 문학 경전, 역사, 민주정치, 마르크스 등 인류의 대사상을 해석하기 위해 노력하는 것처럼 말이다. 그는 날이 갈수록 더욱 탄복할 만한 작가로 발전해가고 있다.

그렇다. 쿤데라가 음악의 이런 특수한 효과와 역량을 이야기한 것은 음악에 가장 강대하고도 가장 위험한 힘이 들어 있음을 인정한 발언일 가능성이 지극히 크다. 쿤데라의 지적에 의하면 소설 한 권 내지 보도기사 한 편을 읽을 때의 느낌과 생각은 언제나 사방팔방으로 자유롭게 날아다니지만 사람마다 모두 완전히 다른 지경에까지 이르지는 않는다. 그러나 여전히 상당한 차이와 불일치가 존재하고 거기에서 논쟁의 발단이 생겨나기도 한다. 우리가 모차르트의 음악을 들을 때는 어떤가? 여기에서 우리는 쿤데라가 예로 든 음악 작품이 너무 고급스럽고 듣는 사람도 드물어서 사례가 갖춰야 할 보편적인 생활 경험이 부족하다는 사실을 감안해야 하지만, 다른 계층의 좀 더 대중적인 음악 작품으로 대체한다 해도 그 효과와 역량은 동일할 뿐 아니라 어쩌면 더 직접적이고 분명하다는 사실을 알 수 있을 것이다.

예를 들어 우리 함께 나쓰카와 리미(夏川里美)의 오키나와 명곡 〈눈물이 주룩주룩(涙そうそう)〉을 들어보자. 오키나와의 탄성 강한 세 가닥 현악기 소리가 울리면 우리가 그것을 좋아하든 좋아하지 않든, 느낌이 있든 없든, 진정으로 타인과 다른 감수성이 생기기는 어렵다. 우리 모두는 마치 강물 같은 음악의 흐름 속으로 빨려 들어가는 것처럼 느낀다. 쿤데라가 음악은 모든 것이 감각미이고, 그 감각이 사람을 감동시키며, 또 까닭 없는 자유를 느끼게 한다고 말한 것처럼 말이다. 특히 일본의 도호쿠대지진(東北大地震, 흔히 동일본대지진이리고도 한다)이 지나간 후 사람들은 상흔 가득한 폐허로 돌아와(조금 전만 해도 당연히

고향 집이었지만 이제 친척들은 이미 어느 곳에 살고 있는지도 모른다) 이 노래를 다시 부르고 다시 들으며 마음의 상처를 씻고 함께 살아갈 이유와 힘을 얻었다. 우리는 이 노래가 일본 도호쿠대지진이 발생하기 훨씬 이전에 지어졌고, 가사의 무대는 본래 먼 남방의 작은 섬 오키나와임을 알고 있다. 그러나 지금은 마치 앞날을 예견한 듯, 바로 그날 그들을 위해 쓰인 것처럼 느껴진다. 또 가사에는 과연 눈물이 주룩주룩 흘러내릴 내용이 담겨 있다.

"낡은 앨범을 넘기며 고맙다고 말했어요."(古いアルバムめくり, ありがとうってつぶやいた.)

"맑게 갠 날도 비오는 날도 그대의 웃는 얼굴 떠오르네요."(晴れ渡る日も雨の日も 浮かぶあの笑顔.)

"처음 뜬 별에게 기도해요, 그것이 내 버릇이 되었어요."(一番星に祈る, それが私のくせになり.)

"그대가 있는 곳에서 내가 보인다면,"(あなたの場所から私が見えたら,)"

"분명히 언젠가 만날 수 있을 거라 믿으며 살아가요."(きっといつか, 会えると信じ, 生きてゆく.)

또 비틀스(The Beatles)의 대표 싱어 폴 매카트니(Paul McCartney)가 작곡한 〈헤이 주드(Hey Jude)〉는 2012년 런던올림픽 개막식 마지막 곡으로 불렸다. 더욱 기묘하게도 이 노래의 주인공 주드는 원래 존 레논(John Lennon)과 그의 전처 신시아 파월(Cynthia Powell) 사이에서 태어난 아이다. 이 노래는 삼촌 격인 폴 매카트니가 당시 부모의 이혼을 경험한 쓸쓸한 사내아이를 위로하기 위해 작곡한 것이다. 런던 올림픽에 참가한 전 세계 젊은 남녀 선수들이 모두 주드와 유사한 성장 경력을 가진 건 아닐 것이다. 그러나 많은 사람들은 당시 정말 신기한 일막을 목도했다. 그것은 대체로 올림픽경기장 가득 가장 평화롭고 가장 감미로우면서 서로서로 가장 친밀함을 느끼는 순간이 연출되고 있었다는 사실이다. 공허하면서도 구역질나는 소위 사해일가(四海一家)라는 구호가 뜻밖에도 정말 달성된 것처럼 느껴졌다. 참가자들은 자연스럽게 또 전염된 것처럼 춤을 추며 그 노래를 따라 불렀다. 모두들 마음에서 우러난 웃음으로 앞으로 며칠 내에 다시 벌어질 '너 죽고 나 살자' 식의 싸움을 그곳에서만큼은 망각하거나 잠시 내려놓을 수 있었다. 이 노래를(또한 이처럼 의견이 분분한 노래를) 선곡하기 위해 런던 시가 얼마나 많은 돈을 절약했는지 모르지만 이것은 정말 천금을 주고도 바꿀 수 없는 선택이었다. 한 사람이, 한 곡만으로 연출한 이처럼 간단한 개막 공연을 보면 그로부터 4년 전, 막대한 자금을 허비하며 공전의 인력을 동원한 베이징올림픽 개막 공연이 허장성세였고 값비싼 코미디였음을 알 수 있다. 그러나 폴 매카트니 음악의 효과와 역량은 거대하면서도 매우 진실해서 그중 일부분은 바로 현금으로 환산할 수 있을 정도였다. 당시 무대에 선 폴 매카트니는 늙어가는 모습을 숨길 수 없었다. 그는 이미 더 이상 인형 같은 모습을 한 옛날 리버풀 소년이 아니라 마치 유구한 제국에서 열리는 유구한 의식의 사제이자 무당처럼 보였다.

이와 같은 음악의 효과와 역량은 홍수가 밀려오는 것처럼 이성을 침몰시키고, 개성을 잃게 만들고, 갈라진 틈을 봉합하게 하고, 늘 존재해온 분열을 다시 드러나지 않게 하여 인간을 평등하게 하나로 만들고 아울러 서로 긴밀하게 의지하는 물리적 온정을 생겨나게 한다. 이것은 한나 아렌트가 말한 것처럼 온 세상을 대체할 수 있는 예술이다. 음악을 듣는 그 순간 인간은 암흑, 고통, 위험 및 갖가지 불가능을 포함한 외부 세계를 망각한다. 또 그 순간 인간에게는 심지어 세계가 필요하지 않다. 그것은 온전히 서정적으로 한 덩어리를 이룬 모습이다. 이 때문에 쿤데라는 "이것이 바로 음악이 조성하는 멍한 상태"라고 했다.

그렇다면 본래 스스로 의미를 가진 문자(가사)는 어떻게 되는가? 여기에서 우리는 음악(혹은 음악이 감싸는 잠깐 동안의 세계)이 아주 쉽게 가사를 뒤덮고, 용해하고, 순종하게 하며, 심지어 직접 음악이 요구하는 방향으로 성질을 바꾸게 한다는 사실을 목격할 수 있다. 문자(혹은 우리 자신의 마음)도 이와 같은 탄력을 갖고 있지 않은가? 본래 아무 상관도 없는 〈헤이 주드〉 가사 속 '그녀'는 떠나간 어머니를 특정할 수도 있고, 남자의 마음을 울리는 소녀일 수도 있고, 또 밀어를 속삭이는 의인화된 어떤 사물일 수도 있으며, 심지어 고향과 민족의 상징이나 그 올림픽 현장에서는 영국 여왕을 가리킬 수도 있다. 따라서 『시경』에 나오는 여인은 당연히 후비(后妃)일 수 있고, 『초사』에 나오는 여인은 덥수룩한 수염으로 덮인 임금일 수도 있다. 그러나 폴 매카트니는 금메달 획득이라는 너무나 무거운 짐을 진 젊은 운동선수들에게 "온 세상을 모두 자신의 어깨에 올려놓지는 말라"고 속삭인다. 이것이 옳고 정확하고 친절한 권유가 아닐까? 이런 내용의 주체는 물론 음악이지 문자가 아니다. 먼저 우리의 신체에 작용하는 것도 음악이지 늘 몇 박자 늦게 따라오는 가사가 아니다―"음악은 만물이 처음 생겨난 태초에 발생했고, 예의는 만물이 생성되고 나서 이루어졌다." (樂著太始, 而禮居成物.)

문자는 식별과 사색과 이해 등 몇 겹의 가림막을 통과해야 의미를 드러낸다. 사실 우리는 거꾸로 살펴볼 수도 있다. 즉 〈눈물이 주룩주룩〉이든 〈헤이 주드〉이든 음악을 제거하고 문자로만 읽으면 너무나 평범한 '시'로 변하여 사람을 결코 만족시킬 수 없다(이 또한 오늘날 우리가 『시경』을 거듭 읽을 때 경각심과 포용심을 가져야 하는 이유다. 또 일본인들은 오늘날까지도 여전히 노래 가사를 직접 '시'라고 일컫는다). 음악이라는 보호막을 걷어낸 문자는 본래 자신에게 속하지 않은 절대적인 매력을 즉시 상실한다. 음악은 만물이 처음 생겨난 태초에 발생했지만 예의는 만물이 생성된 이후에 생겨났기 때문이다.

기본적으로 문자는 여전히 음악에 순종하기도 하고 맞서기도 한다. 순종하고 맞서는 힘은 물론 문자 자체의 양식과 내용에 의해 결정된다. 일반적으로 말해서 오묘하고, 뜬구름 잡는 식이고, 실체가 드물고, 세밀한 내용이 부족한 문자일수록 가장 쉽게 음악에 순종한다. 이와 반대로 정밀하고, 집요하고, 의미 깊은 문자일수록 더욱 완강하게 음악에 동화되지 않는다. "시어로 진입하지 못하는" 문자일수록 노래 가사가 되기 어렵다. 그러나 아마도 더욱 풍부한 의미의 분별은 여기에 있지 않은 듯하다. 음악과 문자는 근본적인 면에서 서로 다른 양식이고, 작용하는 방식 및 감지하는 신체 부위도 다르다. 예를 들면 중국인이 "음악은 마음속에서 우러나고, 예의는 신체 밖에서 만들어진다"(樂由中出, 禮自外作)라고 말한 바와 같다. 우리는 특히 양자의 '시간차'에 주의해야 한다—문자의 순종은 결코 오래가지 않는다. 매우 갑작스러운 경우나 제때에 미칠 수 없는 경우에만 음악 속으로 녹아든다. 문자는 좀 더 많은 시간을 들여야 비로소 천천히 총체적인 가능성, 음악의 허락을 받지 않는 또 다른 가능성을 모두 드러낸다. 또 문자는 음악이 정지되기를 기다리거나 이번 악곡과 다음 악곡으로 이어지는 과정에서 틈새가 생겨야 천천히 그 의미를 드러낸다. 그리고 음악이 중복된 효과를 좋아하고 제자리에 머무는 것과 달리 문자는 느리지만 누적된 결과를 지향하며 조금씩 전진한다. 그런 문자를 매번 읽을 때마다 우리는 각각 상이한 느낌을 받을 뿐 아니라 문자 스스로 의미를 연역하고 힐난하고 질문하면서 자신에게 반대하고 자신을 교정하는 각종 가능성을 생산하기도 한다. 이 때문에 문자의 역량이 계속해서 강화되는 가운데, 음악을 배반하는 의미가 중첩되고, 긍정과 부정의 양상이 함께 드러나고, 온통 서로 화해하지 못하고 의심을 품는 혼란한 세계가 별도로 구성된다.

음악의 이런 효과와 역량을 쿤데라는 "음악이 조성하는 멍한 상태"라고 말했다. 중국인은 이런 상태를 깊이 있게 알고 있었고 아주 일찍 이론화 했다. 고대 중국에서는 음악에 대한 사색의 핵심과 그에 따른 유일한 결론을 "동일화 추구(樂用以求同)" 혹은 이와 유사한 담론이라고 했다. 중국에서 가장 일찍 탄생한 음악 논술 텍스트는 『예기』에 포함된 「악기(樂記)」 편이다―더욱 이른 시기의 텍스트 『악경(樂經)』은 이미 유실되었다.

이 글을 자세히 읽어보면 더욱 더 알찬 논문처럼 느껴진다. 일반적인 서술이 대세이던 시대에 그것은 매우 특별해 보인다. 「악기」는 음악의 독특한 효과와 역량을 긍정하고 추종하고 그것에 경이감을 표시한다. 여기에는 간격이나 중개물도 없이 사람의 마음에 직접 진입하는 음악의 특징도 포함된다. 그것은 쿤데라가 인용한 헤겔의 말 "음악은 내면세계의 가장 은밀한 박동을 부여잡는다"는 의미와 같다. 사실 그것은 「악기」의 가장 처음에 나오는 말이다.

"모든 음(音)의 시작은 사람의 마음에서 비롯된다."(凡音之起由人心生也.)

여기에는 모든 것과 상이한 신속함 및 강력함이 포함된다. 이에 "사람을 깊이 감화시켜 풍속을 바꾸기 때문에 선왕들이 음악에 관한 가르침을 밝힌 것이다."(其感人深, 其風移俗易, 故先王著其教焉.) 따라서 음악은 직설적으로 효과를 드러내므로 인간이 그것을 감추거나 차단할 수 없다. 마치 원형으로 되돌아가서 사람의 마음을 적나라하게 펼쳐놓고 서로가 서로를 바라보는 듯하다. 이 때문에 음악은 마침내 정치가들이 어느 곳, 어느 지방 사람들의 진상을 파악하고 싶어 할 때 가장 편리하고 가장 믿을 만하고 가장 의지할 만한 근거가 되었다. 음악을 통해 인간을 이해한다는 것은 "오직 음악만이 거짓되지 않을 수 있고" 음악에 취한 순간 인간은 가짜 행동을 할 수 없다는 믿음에 근거해 있다. 또 위험을 깨닫기 시작하고 아울러 통제를 시도하기도 했다.

"樂勝則流"라는 말에 그런 경향이 잘 드러나 있다. 즉 음악이 성하면 민심이 무질서해진다는 의미다. 이 구절에 나오는 '流'는 '심취하다, 범람하다, 어떤 집체적 최면 상태에 빠져 들다'라는 의미를 지닌다. 이런 현상은 지금도 음악회 현장에서 거듭해서 관찰하기가 어렵지 않다. 그것은 끝나지 않는 연주회, 멈추지 않는 열광, 미련이 남아 해산하려 하지 않는 사람들, 순순히 집으로 돌아가 잠을 자려 하지 않는 사람들 등의 모습에서도 쉽게 확인할 수 있다. "過作則暴", 즉 "도를 넘어 행동하면 포악해진다"는 진술은 여기에서 한 걸음 더 나아간 것이다. 음악의 강대한 평정 능력은 완전히 감성적이고, 완전히 서정적인 폐쇄 세계를 창조해낸다. 인간은 마법에 걸린 것 같은 표정과 통제할 수 없는 신체를 드러내기 시작하는데, 여기에 긴밀하게 수반되는 것이 바로 폭력이다. 고함, 동란, 야만 행위를 필요로 하는 모종의 집체 폭력에 대해서는 2000~3000년 후의 우리가 더욱 상세하게 알고 있다. 왜냐하면 이처럼 도를 넘어서 폭력적으로 변한 역사의 유혈 사태를 무수하게 경험했거나 청취했기 때문이다. 융(Carl Gustav Jung)은 이런 심취 상태의 감성과 서정이 바로 폭력의 상부구조라고 정확하게 지적했다.

엄격하게 말해서 음악의 이런 효과와 역량을 깨닫는 건 매우 보편적인 일이지만, 일반적으로는 그것이 대개 종교 숭배 과정 속에 갇혀 있기 때문에 제사장이나 무당과 같은 사람들 손에 비밀스럽게 통제되면서 모종의 독점적 지식, 설비, 조작기교로 전락했다. 고대 중국의 사례가 비교적 특수한 것은 일찌감치 음악의 그런 성질을 대명천지에 낱낱이 펼쳐 보였다는 점이다. 즉 이론화 작업으로 그것을 일반적인 세계 속에 석방하여 더욱 드넓은 이해와 결합과 응용을 가능하게 했다. 예컨대 음악을 모종의 통치 지식과 수단으로 삼으면서도 일찌감치 그것의 마력을 제거하는 작업을 동시에 진행한 것이다.

정나라의 일곱 사람은
도대체 무슨 말을 했나

이어서 오랜 방식과 오랜 수법인 춘추시대의 국제 연회를 좀 '복원'해 보겠다─춘추시대에 이와 같은 종류의 연회는 대체로 대동소이하게 진행되었다. 우리가 이 연회를 선택한 이유는 첫째, 발언자가 많고 내용이 풍부하기 때문이고, 둘째, 미병지회가 개최된 후 그것을 이어받아서 익히 아는 사람도 있고, 내력도 있고, 이미 잘 아는 실마리도 있어서 비교적 쉽게 감각을 발휘할 수 있기 때문이다.

당시 연회의 주요 손님은 방금 전쟁 금지 조약에 서명한 조무였고, 주인은 정나라 군주였다. 정나라에서는 장관급 인물들이 모두 참가했다.

정나라 군주가 수롱(垂隴)에서 조맹(趙孟: 趙武)에게 연회를 베풀었다. 자전, 백유, 자서(子西), 자산, 자대숙, 인단(印段), 공손단(公孫段)이 수행했다. 조맹이 말한다. "일곱 분이 군주를 수행하여 제게 은총을 베푸시니, 청컨대 모두 시를 읊어 군주의 은혜를 완성하게 해주십시오. 저도 일곱 분의 뜻을 살펴보겠습니다." 자전은 『시경』의 「초충(草蟲)」 시를 읊었다. 조맹이 말했다. "훌륭합니다. 백성의 주인이십니다. 저는 그 내용을 감당하기 부족합니다." 백유는 「순지분분(鶉之賁賁)」「순지분분(鶉之奔奔)」 시를 읊었다. 조맹이 말했다. "침대 속 이야기는 문지방을 넘지 않게 해야 하는데, 하물며 들판에까지 전해지게 할 수 있겠습니까? 다른 사람이 듣게 해서는 안 됩니다." 자서는 「서묘(黍苗)」 시 제4장까지 읊었다. 조맹이 말했다. "우리 주군께서 계신데 제가 어찌 그렇게 할 수 있겠습니까?" 자산은 「습상(隰桑)」• 시를 읊었다. 조맹이 말했다. "저는 그 마지막 장을 받아들이겠습니다." 자대숙은 「야유만초(野有蔓草)」•• 시를 읊었다. 조맹이 말했다. "대부의 은혜입니다." 인단은 「실솔(蟋蟀)」••• 시를 읊었다. 조맹이 말했다. "훌륭합니다. 대부께선 가문을 보전할 주인입니다. 저도 희망을 갖습니다." 공손단은 「상호(桑扈)」•••• 시를 읊었다. 조맹이 말했다. "교만하지도 않고 거들먹거리지도 않으니 복이 장차 어디로 가겠습니까? 만약 이 시구를 지킬 수 있다면 복을 사양하려 해도 그것이 가능하겠습니까?" 연회를 마치고 조맹이 숙향에게 말했다. "백유는 장차 살육당할 것이오. 시는 마음 속 뜻을 말로 표현하는 것인데, 그 뜻이 윗사람을 모함하므로 군주는 그를 원망할 것이오. 그런데도 그것을 빈객의 영광으로 여기고 있으니 오래 갈 수 있겠소? 행운을 만난다 하더라도 뒤에 결국 도

• 『시경·소아』에 나온다. 「모시서」에 의하면 유왕을 풍자하며 덕 있는 군자를 생각한 시라고 한다. 마지막 장은 군자를 마음속으로 그리워한다는 내용이다.
•• 『시경·정풍(鄭風)』에 나온다. 「모시서」에 의하면 남녀가 우연히 만나는 광경을 상상한 시라고 한다. 조무의 말은 이렇게 좋은 연회에서 좋은 사람들을 만난 것이 그대의 은혜라고 치하한 것이다.
••• 『시경·당풍(唐風)』에 나온다. 「모시서」에 의하면 진(晉) 희공(僖公)을 풍자하면서 본분에 맞게 가문을 지키는 것을 읊은 시라고 한다.
•••• 『시경·소아』에 나온다. 「모시서」에 의하면 유왕을 풍자하며 천자가 덕을 지켜야 함을 읊은 시라고 한다.

망치게 될 것이오." 숙향이 말했다. "그렇습니다. 너무 교만합니다. 소위 5년도 못 간다는 말이 그 사람을 가리키는 말일 것입니다." 조맹이 말했다. "그 나머지 사람들은 모두 여러 세대를 이어나갈 가문의 주인이오. 자전은 아마 최후에 망할 것이오. 윗자리에 있으면서도 겸양을 잊지 않고 있소. 인씨가 그 다음이오. 그는 즐거워하면서도 지나치지 않소. 즐겁게 백성을 안정시키며 과도하지 않게 백성을 부리고 있소. 그러니 늦게 망하는 것이 옳은 일이 아니겠소?"(趙孟曰, "七子從君以寵武也, 請皆賦以卒君貺, 武亦以觀七子之志." 子展賦「草蟲」. 趙孟曰, "善哉, 民之主也. 抑武也, 不足以當之." 伯有賦「鶉之賁賁」. 趙孟曰, "床笫之言不踰閾, 況在野乎? 非使人之所得聞也." 子西賦「黍苗」之四章. 趙孟曰, "寡君在, 武何能焉?" 子産賦「隰桑」. 趙孟曰, "武請受其卒章." 子大叔賦「野有蔓草」. 趙孟曰, "吾子之惠也." 印段賦「蟋蟀」. 趙孟曰, "善哉, 保家之主也, 吾有望矣." 公孫段賦「桑扈」. 趙孟曰, "匪交匪敖, 福將焉往? 若保是言矣, 欲辭福祿得乎?" 卒享, 文子告叔向曰, "伯有將爲戮矣. 詩以言志, 志誣其上而公怨之, 以爲賓榮, 其能久乎? 幸而後亡." 叔向曰, "然. 已侈, 所謂不及五稔者, 夫子之謂矣." 文子曰, "其餘皆數世之主也, 子展其後亡者也. 在上不忘降. 印氏其次也. 樂而不荒, 樂以安民, 不淫以使之, 後之不亦可乎?")(『좌전』「양공」27년)

홀륭하다. 조무는 대부들에게 시를 읊게 하여 그들의 관점이나 생각을 알아보려 했다. 일곱 사람은 도대체 무슨 말을 한 것일까? 여기에서 『시경』으로 돌아가 해당 시를 읽지 않으면 그 뜻을 말할 수 없다. 즉 화자와 청자가 그 의미를 말할 수 없고 이해할 수 없는 경우까지 다 포함된다.

자전이 읊은(낭송했거나 노래했을 수도 있다) 것은 『시경·소남(召南)』이 「초충」이다. 내용은 다음과 같다.

찌르르 찌르르 풀벌레, 펄쩍 펄쩍 메뚜기.

님 만나지 못하니, 시름으로 우울하네.

뵙게 된다면, 만나게 된다면, 내 마음 놓이겠네.

(喓喓草蟲, 趯趯阜螽.

未見君子, 憂心忡忡.

亦旣見止, 亦旣觀止, 我心則降.)

아래 두 단락은 대의가 거의 비슷한데, 음악의 선율과 정조를 길
게 반복하고 있을 뿐이다. 내용은 아주 단순하다. 군자를 만나면, 내
가 그리워하는 그 사람을 만나면, 슬픔이 기쁨으로 바뀐다는 뜻이다.
「국풍」 가운데서 「주남(周南)」과 「소남」은 햇빛이 비치는 것처럼 가장
밝고 낭랑한 분위기를 보여준다. 여기에 묘사된 소소한 슬픔과 근심
은 모두 청량한 햇빛의 그림자일 뿐이다. 조무는 자신이 시 속에 묘사
된 사람에 해당할 수 없다고 겸손하게 말하면서, 군자와 현인을 갈구
하는 자전의 마음을 칭찬하고 있다. 자전은 직분에 충실한 집정관임
에 틀림없다는 것이다.

백유는 「용풍(鄘風)」의 「순지분분」을 읊었다.

메추라기는 쌍쌍이 날고, 까치도 짝을 지어 나네.

인간 중에 불량한 자를, 나는 형으로 섬겨야 하네.

까치는 짝을 지어 날고, 메추라기도 쌍쌍이 나네.

인간 중에 불량한 자를 나는 소군(小君: 군주의 부인)으로 섬겨야 하네.

(鶉之奔奔, 鵲之彊彊.

人之無良, 我以爲兄.

鵲之彊彊, 鶉之奔奔,

人之無良, 我以爲君.)

「용풍」은 위(衛)나라 노래다. 음란한 일과 내란과 망국을 겪은 국가에서 사람들은 모두 그런 일을 생생하게 기억하고 있다. 이 시가 본래 누구를 풍자한 것인지 상관없이 사람들은 이 시를 읽고 즉시 위 선공(宣公) 이후 일어난 황음무도한 일(앞에서 근친상간을 다룰 때 서술한 적이 있다), 특히 위 선공의 부인 선강과 공자 완의 강제 사통을 연상할 것이다. 또 이 시의 내용은 정나라에서 진행 중이던 음란한 일에 연결될 수도 있다. 따라서 조무는 이 시를 들으려 하지 않았으며, 또 정나라 궁궐 내부의 여러 가지 불미한 일을 염탐하려 하지 않았다.

자서는 「서묘」 5장 중 제4장을 읊었다.

무성한 기장 싹을, 장맛비가 적셔주네.

머나먼 남쪽으로 가면, 소백께서 위로해주시리.

내 수레에 짐을 싣고, 내 수레에 소를 매네.

우리 가는 길 이루고 나서, 언제 다시 돌아올까?

걷는 사람 수레 탄 사람, 작은 무리 큰 무리.

우리 가는 길 이루고 나서, 언제 다시 돌아올까?

사(謝) 땅의 일을 엄정하게 소백께서 다스리시네.

길기는 사람들을 위엄 있게 소백께서 이끄시네.

들판의 진펄도 정리하시고, 샘물도 맑게 하셨네.

소백께서 성공하시면, 임금님 마음도 편안하시리.

(芃芃黍苗, 陰雨膏之.

悠悠南行, 召伯勞之.

我任我輦, 我車我牛.

我行既集, 蓋云歸哉?

我徒我御, 我師我旅.

我行既集, 蓋云歸處.

肅肅謝功, 召伯營之.

烈烈征師, 召伯成之.

原隰既平, 泉流既清.

召伯有成, 王心則寧.)

리듬감 있고 낭랑한 이 시는 「소아」에 실려 있다. 「소아」는 주나라 사람들 자신의 노래로 「국풍」의 경향과 그다지 같지 않다. 「소아」에는 생활 현장을 묘사한 시가 드물다. 대부분의 시는 지위가 좀 높은 사람들에 집중되어 있으며, 대체로 집권자를 겨냥하여 찬미가 아니라 풍자를 행하고 있다. 그러나 그것도 같은 일이라 할 수 있다. 사람들은 대개 좋은 사람이나 좋은 일을 거론하면서 자연스럽게 나쁜 사람이나 나쁜 일을 공격하기 때문이다. 우리가 오로지 마땅히 그렇게 되어야 할 사람과 사건의 아름다운 모습만을 묘사하더라도 현실 속에서 악을 행하는 사람들은 종종 자신이 비교의 대상이 됨을 느끼며 상처를 받고, 우리가 온갖 궁리를 다해 그들을 해칠 것이라고 생각한다. 특히 이러한 찬양이 회고나 회상의 방식으로 행해질 때는 더욱 그렇다. 우리가 어느 날 옳은 일을 해보려 하고, 좋은 말을 하려고 해도 우리는 결국 끊임없이 남에게 죄를 짓게 되는 것이다.

나 자신이 여러 해 동안 겪어본 진실한 경험이 늘 이와 같았다. 내가 너에 대해 이야기하는 것이 아니고, 근본적으로 너를 입에 담을 필요가 없으며, 또 네 이름이 내 글이나 책에 나오는 걸 원치 않는다고 성심성의껏 해명해도 아무 소용이 없다―타이완의 소설가 장다춘(張大春)은 나보다 여러 해 앞서 이런 선언을 했다. 따라서 공자가『춘추』를 쓴 일을 지금 우리의 말로 설명하자면 당연히 그렇게 되어야 하지만 그렇지 못한 역사 속 지난 일을 정확하게 묘사하는 것만으로,『춘추』가 중국 역사에서 가장 엄격하고 가장 총체적인 풍자 서적이 되게 했다고 할 수 있다. 이 때문에 묘사가 지극히 훌륭하여,『시경』시 가운데서 걸작의 하나로 인정되는「서묘」는 소공을 그리워하는 동시에 부지불식간에 많은 사람을 꾸짖을 수 있게 된 것이다. 자서는 이 시의 4/5만 취하고, 마지막 장 네 구절은 회피한 듯하다. 왜냐하면 예법을 위로 천자에게 미치게 하는 것이 사람을 불안하게 만들 수 있기 때문이다. 주나라 시대에 가장 고결한 인격자로 고정화된 소공을 조무에 비견하자 조무는 겸손한 모습을 보이며, 이 영광을 자신은 감히 감당할 수 없는 진(晉)나라 군주에게 돌렸다. 이것은 물론 순수하게 예절바른 모습이다.

자산은「습상」시를 읊었는데 이 시도「소아」에 나온다.

진펄의 뽕나무 아름답고, 그 잎도 무성하네.

멋진 님 만났으니, 그 즐거움 어떠할까?

진펄의 뽕나무 아름답고, 그 잎도 윤기 나네.
멋진 님 만났으니, 어찌 즐겁지 않으랴?

진펄의 뽕나무 아름답고, 그 잎도 풍성하네.
멋진 님 만났으니, 사랑의 언약 굳게 하네.

마음으로 사랑하는데, 어찌 말하지 않으랴?
마음속에 품고 있으니, 어느 날인들 잊을까?
(隰桑有阿, 其葉有難.
既見君子, 其樂如何.

隰桑有阿, 其葉有沃.
既見君子, 云何不樂.

隰桑有阿, 其葉有幽.
既見君子, 德音孔膠.

心乎愛矣, 遐不謂矣.
中心藏之, 何日忘之)

　조무는 마지막 장 4구만 수용했다. 자신에 대한 찬미는 피하고, 서
로 염려하면서 공통으로 지향하는 동일한 목표, 즉 동일한 꿈을 꾸는
것과 같은 우정만 받아들였다.

자대숙은 「야유만초」를 읊었다.

들판에 자란 넝쿨풀에 방울방울 이슬이 맺혔네.

저 아름다운 사람 눈도 맑고 이마도 환하네.

우연히 서로 만나 내 소원을 이루었네.

들판에 자란 넝쿨풀에 이슬이 가득하네.

저 아름다운 사람 눈도 맑고 이마도 환하네.

우연히 서로 만나 그대와 함께 좋아졌네.

(野有蔓草, 零露溥兮.

有美一人, 清揚婉兮.

邂逅相遇, 適我願兮.

野有蔓草, 零露瀼瀼.

有美一人, 婉如清揚.

邂逅相遇, 與子偕臧.)

이 시는 「정풍」에 나오는데 정나라와 직접 관련된 일을 읊었다.
조무는 선물을 받는 것처럼 공손하게 그에게 감사 인사를 했다.

　　인단은 「실솔」을 읊었다.

귀뚜라미 집에서 우니 한 해가 저물어가네.

지금 우리가 즐기지 못하면 세월은 그냥 흘러가리.

무사태평으로 놀지 말고 집안일도 생각해야지.

지나치지 않게 즐기며 훌륭한 선비는 조심하네.

(蟋蟀在堂, 歲聿其莫.

今我不樂, 日月其除.

無已大康, 職思其居.

好樂無荒, 良士瞿瞿.)

뒤의 두 장은 같은 의미를 반복하며 리듬감을 강화하고 있다. 이 시는 「당풍」에 실려 있다. 바로 조무가 속한 진(晉)나라의 노래다. 귀뚜라미가 집안에서 우는 가을이 되자 시간의 흐름이 너무 빠르다는 걸 느낀다는 내용이다. 해야 할 일을 다 하고 연말에 쉴 수 있게 되었지만 감히 가벼운 마음을 가질 수도 없고 가져서도 안 된다. 인간에겐 아직도 너무 많은 일이 남아 있는데 세월은 끊임없이 흘러가며 사람을 기다려주지 않는다. 이 시는 분명히 비교적 엄숙한 내용이어서 현장의 분위기도 긴장감에 싸였을 것이다. 조무는 이 시를 교묘하게 다시 인단에게 돌려줬다. 그는 인단이 이런 생각을 하고 이런 생명관을 가진 사람이며, 근심이 깊고 생각이 심원하여 난세에도 가문을 보전할 사람이라고 생각했다.

마지막에 공손단은 「상호」를 읊었다.

찌륵찌륵 청작(青雀)은 그 깃이 아름답네.

군자께서 즐기나니 하늘의 복을 받았네.

찌륵찌륵 청작은 그 목이 아름답네.

군자께서 즐기나니 만국의 울타리네.

울타리이고 담장이니 모든 제후가 법도로 삼네.

크게 화목하고 크게 공경하니 받는 복도 많으시네.

뿔잔은 휘어 있고 술맛은 부드럽네.
사귐에 교만하지 않아 만복이 모여 드네.
(交交桑扈, 有鶯其羽.
君子樂胥, 受天之祜.

交交桑扈, 有鶯其領.
君子樂胥, 萬邦之屛.

之屛之翰, 白辟爲憲.
不戢不難, 受福不那.

兕觥其觩, 旨酒思柔.
彼交匪敖, 萬福來求.)

이 시도 「소아」에 나온다. 기본적으로 시가 말하는 것은 부귀와 복록이 인간의 행위와 맺고 있는 정확한 관계나 정확한 순서다. 부귀와 복록은 스스로 얻을 수 있지만 그것이 우리를 도와주는 것이지 우리가 그것을 도와주는 것은 아니다. 인간이 옳은 일을 하면 반드시 보상을 받는다는 것이고, 이치가 마땅히 그와 같다는 것이다. 이 시는 물론 조무를 직접 가리키고 있다. 맹주국의 첫 번째 인물이자 당시 천하에서 가장 높고 귀한 자리에 위치해 있던 조무는 자신의 부귀가 정당할 뿐 아니라 그 정당함을 당장 증명할 수도 있었다. 그러나 조무는 여전히 이전과 똑같은 자세로 양보하면서 이 시가 보편적인 원리에 입각하여 모든 사람에게 적용될 수 있게 했다. 이것은 연회의 전 과정을 통해 드러난 조무의 일관된 태도다. 시를 읊은 대부들의 정은 받아들이면서도 자신의 과시욕은 억누른 채 모든 사람과 평등한 위치에 서서 즐거움의 본뜻을 되살려냈다. 우리 모두가 당시와 똑같은 역사적 순간과 생존의 환경에 처했을 때 더욱 높고 심원한 그 무엇이 출현한다면 그것은 우리 모두가 함께 공유하고, 함께 소망하고 함께 이루고 싶었던 것이리라. 조무는 정말 품성이 훌륭한 사람이어서 예법 준수를 뛰어넘었다.

　유일하게 귀신 씻나락 까먹는 소리를 지껄인 사람은 백유였다. 그는 안타깝게도 세상에 너무 일찍 태어난 사람임이 분명하다. 그가 만약 오늘날 타이완에 태어났다면 아마도 현장의 모든 사람 중에서도 가장 쉽게 자신을 과시할 수 있는 텔레비전, 주간지, 신문 매체를 찾았을 것이다. 조무는 백유가 자기 나라 궁궐의 더러운 이야기를 떠벌리며 당시 현장에 있던 정나라 군주와 모든 사람의 체면을 깎는 것도 아랑곳하지 않고, 아첨을 하고 비위를 맞추며 그것을 자랑스럽게 생각한다는 걸 가장 정확하게 지적했다.

　이런 태도는 사실 어떤 한 사람에 국한되지 않고 동일한 부류의 많은 사람이 모두 그렇다. 어느 누구의 곁에도 이런 사람이 있기 마련이다. 그들은 갑자기(타당한 시기도 아니고, 깊은 교분이 있는 것도 아니다) 가장 추악한 모종의 비밀을 우리에게 알려주고, 필요한 과장, 날조 및 더 많은 암시를 통해 자신의 의도를 관철하려고 한다. 그들이 가장 흔히 이용 대상으로 삼는 건 자신과 친밀한 가족과 친구다. 이런 행동은 흔히 사람들에게 어떤 착각을 불러일으켜 그가 솔직담백하고 용감하게 진실을 말한 사람이거나 적어도 현실의 허상을 타파한 사람으로 여기게 만든다. 또는 더욱 비밀스럽게 일대일로 너무나 친밀한 사람처럼 마음 속 가장 깊이 감춰둔 비밀도 아까워하지 않고 알려줄 바에야 두 사람이 바로 관계를 한 단계 더 업그레이드시켜 평상시와 다른, 모든 것을 함께 향유하는, 목숨까지 건 친구가 되어야 하지 않겠는가? 그러나 실상은 전혀 그렇지 않다.

2000년 전 정신이 맑았던 조무는 속임수에 당하지 않고 백유가 틀림없이 좋은 종말을 맞이하지 못할 거라고 지적했다. 총명한 국외자 숙향은 심지어 5년을 넘지 않을 것이라고 시한까지 못박았다(진정한 답은 3년이다. 백유는 양 구유에서 피살되었다). 이 대목은 매우 재미있다. 왜냐하면 숙향이 시간을 판단하며 "소위 5년도 못 간다"라고 한 것은 분명 당시의 어떤 관용어나 당시 어떤 사람들의 정론을 인용한 것이기 때문이다. 즉 그것은 당시 사람들이 믿거나 수용한 한 가지 시간 계산 공식이다. 어떤 한 가지 원인은 일정한 시간 내에 어떤 한 가지 결과를 드러내게 마련이다. 5년은 거듭 검증을 거친 극한의 시간이고 상수인 것이다[『좌전』에서 이유를 밝히지 않은 "5년도 못 간다"라는 이 말은 한 곳에만 출현하지 않는다. 진후자(秦后子)는 망명을 떠나며 진(秦)나라 정국이 변화하는 시간을 5년으로 판단했다. 또 괵(虢)나라가 진(晉)나라에게 멸망당하기 전에 복언(卜偃)은 괵나라의 망국 시기를 예언하면서 "5년을 못 간다"라고 했다]. 이것은 당시 사람들의 아주 중요한 사유이며 판단방식이다. 옛날 사람들은 갖가지 생존 경험을 편집하여 속담, 옛이야기, 시가로 만들었다. 벤야민이 말한 것처럼 특정한 개인을 떠나 집체로 진입한 것과 같다. 또 쿤데라가 의문을 품고 말했듯이(사실은 데이비드 흄의 말을 인용한 것이다) 시간의 전후 순서는 일종의 인과관계이기도 해서 기억하기도 쉽고 활용하기도 쉽다. 그러다가 마지막에는 그 하나하나의 시간이 공리나 심지어 공식이 되어 마치 수학의 연산처럼 지금 어떤 일이 발생하면 이와 관련된 그리고 유사한 속담, 옛이야기, 시가를 찾아내어 즉시 먼 앞날의 결과를 도출할 수도 있다. 이 때문에 세계는 아주 단순하고 안정되게 변하여 한눈에 결과를 간파하거나 일일이 내막을 파악할 수 있게 된다. 당시 연회 과정에 참여한 정나라 일곱 대부는 『시경』도 그처럼 적극적으로 활용하고 있다. 이에 『시경』은 문학 시집이라기보다는 생명공식 백과전서로 간주하는 편이 낫다. 더 많은 것을 기억할수록(우리가 고등학교 때 수학공식을 외우는 것처럼) 세계를 어떻게 계산해야 하는지 더 많은 방법을 알게 되기 때문이다. 따라서 "시를 배우지 않으면 말을 할 수 없다"(不學詩無以言)[『논어』 「계씨(季氏)」]는 말의 한층 더 깊은 뜻은 생명 역정을 알지 못하면 목전의 세계에서 발생하는 갖가지 사안을 근본적으로 이해할 수 없다는 것이다. 즉 귀머거리나 벙어리가 될 뿐 아니라 맹인이 된다는 의미다.

음악과 문자가
교차하는 곳

다음과 같은 사실에 주의했는가? 『시삼백(詩三百)』에[•] 실린 시가 당시에는 300여 편에 그치지 않았을 것이라는 사실이다. 전설에 의하면 『시경』 300편은 공자가 시를 정리한 이후의 결과물이라고 한다.[••] 그런데 왜 정나라 일곱 대부가 인용한 것은 「국풍」과 「소아」에 불과했을까? 「대아」나 「송(頌)」에도 더욱 휘황찬란하고 이런 의례에 더 적합한 시나 국제적 행사의 응답에 부합하는 시가 있음에도 불구하고 말이다. 그러므로 앞에서 언급한 연회에서 인용된 시는 정나라 일곱 대부가 우연하게 뽑은 것이 아니었을 가능성이 지극히 크다.

[•] 공자 당시에는 『시경』을 흔히 『시삼백』이라고 불렸다. 『시경』에 총 311편의 시가 실려 있기 때문이다. 이 중 「남해(南陔)」, 「백화(白華)」, 「화서(華黍)」, 「유경(由庚)」, 「숭구(崇丘)」, 「유의(由儀)」 6편은 제목만 있고 내용이 없다. 『시경』이라는 명칭은 한나라 이후 유가독존의 분위기가 형성되면서 사용되기 시작했다.

[••] 이것이 이른바 '산시설(刪詩說)'이다. 본래 공자 당시에 전해진 시는 3,000여 편이었는데, 공자가 이를 정리하여 300여 편만 남겼다는 학설이다. 그러나 역대로 공영달(孔穎達), 방옥윤(方玉潤), 굴만리(屈萬里) 등 많은 학자들이 이를 부정하기도 했다.

『시삼백』의 「풍(風)」, 「아(雅)」, 「송(頌)」은 대체로 동심원과 같은 구조를 이룬다. 시간이 만들어낸 시의 호수처럼 누군가 작은 돌멩이를 그 속에 던져 넣으면 가장 중심에는 「송」, 그 다음에는 「대아」, 그 다음에는 「소아」, 가장 바깥에는 다소 혼란한 내용의 「국풍」이 동심원을 이루며 잔잔하게 퍼져나간다. 여기에서 동심원을 이루는 잔물결은 점점 평평하게 밖을 향해 감돌아 나가며 거울 같은 드넓은 호수면을 형성한다. 그러나 당초 『시삼백』 편집자가 단순하게 '주나라 사람들의 시가'라는 이유로 함께 「아」에 선별해 넣은 「대아」와 「소아」 사이에는 실제로 상당한 간격이 존재한다. 그러나 그것은 '남과 나, 안과 밖을 나누는' 가장 오래된 분류법임을 명심해야 한다. 더욱 다양하고 더욱 풍부한 의미를 가진 이해방식으로 『시경』의 시를 읽어보면 「소아」는 여러 가지 점에서 오히려 「국풍」에 가깝다. 이 두 종류의 차이점은 지리적 공간이 다르다는 것뿐인데, 여기에 시간의 진전에 따른 미묘한 풍격 변화도 감지된다. 「소아」는 '이미 개발이 완료된' 그리고 '이미 너무나 익숙한' 특수 지역에서 생성된 듯하다. 그곳이 바로 주나라 천자의 '직할 통치 지역'이었다. 따라서 「소아」는 기이한 사물이 가득한 먼 지방의 「국풍」처럼 생명의 현장을 경이로운 마음으로 일일이 묘사할 필요가 없었다. 또 나라의 중심에 위치한 지역에서는 권력의 존재가 분명하고도 거대하다는 사실을 쉽게 느낄 수 있다. 이런 지역에서 권력은 인간 생활의 구석구석까지 영향을 끼치며 직접 인간을 견인하는 역량을 발휘한다. 인간의 희로애락, 생명과 재산, 행복과 불행 등이 대부분 권력의 진퇴, 변화, 기복에 의해 결정된다. 주 선왕에서 주 유왕으로 천자가 바뀐 것처럼, 인간의 생명 환경, 인간의 총체적 생명 이미지 및 그 가능성이 눈앞에서 거대하게 변화하면 시도 거대하게 변화할 수 있다. 「소아」에 실린 시는 합리적으로 이 지점에 시선을 옮겨놓고 거의 긴장된 마음으로 대상을 바라보고 있다. 따라서 소박한 전원시 같은 풍경은 더 이상 존재하지 않으며 단순하고 자연스러운 서민풍의 민요와도 다르다. 춘추시대 현장에서 「소아」의 노래를 들은 계찰이 첫 번째로 내린 평가는 「소아」에 슬프고 원망하는 듯한 풍격, 즉 친한 사람들이 갖는 애원의 풍격이 깃들어 있다는 것이었다.

"아름답습니다! 고민하면서도 두 마음을 먹지 않고, 원망하면서도 함부로 말하지 않으니, 주나라의 덕이 쇠한 것이겠지요? 아직도 선왕의 백성이 남아 있습니다!"(美哉! 思而不貳, 怨而不言, 其周德之衰乎? 猶有先王之遺民焉!)(『좌전』「양공」 29년)

이러한 시의 동심원 물결은 권력의 물결임이 분명하다. 「송」의 중심에는 거의 주나라 천자 한 사람만 존재한다(그는 고독하고 경건하게 하늘을 우러른다). 「대아」에는 함께 나라를 다스리는 조정의 사대부들이 득실거린다. 「소아」에는 연원이 오래된 동족, 즉 아주 이른 시기의 주나라나 초기 부족시대의 주민이 포함되어 있다. 「국풍」에 이르러서야 천하의 억조창생이 『시경』의 시로 진입한다. 이는 대체로 하늘 위에서 인간 세계로 퍼져가는 물결이다. 제사 숭배 대상에서 왕국의 통치자로 퍼져나갔고, 다시 생명 현장의 농민과 노동자, 연인과 부부 내지 화초, 수목, 새, 짐승, 벌레, 물고기에까지 퍼져나갔다. 이 때문에 이런 과정도 유장한 세월이 만들어낸 물결이라 할 수 있다. 이것은 『시경』에 실린 시의 배열 순서가 모두 생성 시기에 따라 순차적으로(또는 역순으로) 이루어졌다고 말하려는 것이 아니라 역사적 개념 단계의 시간에 의한 것임을 말하려는 것이다. 『시경』 시를 수집하고 편집한 사람은(편집자의 업무는 바로 그가 가장 적합하고 기장 의미 있다고 생각하는 질서를 찾는 것이다) 모든 시의 구체적인 아우라에서 은연중 드러나는 거대한 시간의 이미지나 질서를 깨닫고 그것을 질서화 했다. 나는 당시 눈앞의 세계가 도대체 어떤 모양인지 알고 싶지만 들쭉날쭉한 『시경』 시의 시간은 이 업무의 종심(縱深)의 깊이를 드러낸다. 이에 눈앞의 세계가 거대한 화석층이고, 연속된 시간으로 형성된 것이며, 그러한 세계 속에 그러한 까닭을 포함하고 있을 뿐 아니라 그러한 까닭 속으로 진입해야 비로소 세계를 비교적 완전하게 설명할 수 있음을 알려준다.

고대 사회의 가장 큰 일은 제사와 전쟁이었고, 이 중 제사가 전쟁보다 앞섰다. 그것은 종교의 사제가 늘 부락의 전쟁 영웅보다 한 걸음 앞서 왕국의 기초를 닦는 것과 같다. 사제(모세, 여호수아 등) → 판관(기드온, 사울 등) → 국왕(다윗, 솔로몬 등)으로 이어지는 『구약성경』의 시간 순서 또한 유태 역사가 시작된 순서인데, 이것은 또한 『시경』에 나오는 「송」, 「아」, 「풍」의 배열 순서이기도 하다. 이 때문에 『시경』은 공시적인 관점으로 만든 단순한 시집이 아니라 어떤 역사, 즉 '나/세계'의 내력 및 수집자와 편집자의 마음 속 일을 다시 펼쳐놓은 시집이다. 우리는 이 오래된 노래의 길을 따라 어떤 깊이 있는 의문을 던지면서 이처럼 미묘한 결과를 얻는다.

좀 더 첨언해야 할 것은 이것이 또 음악에서 문자로 나아가는 시간의 물결이라는 사실이다. 바로 이러한 의미에서 우리는 비로소 「소아」와 「대아」의 비교적 넓은 간격 및 「소아」와 「국풍」의 더욱 가까운 측면에 주의하게 된다. 아울러 정나라 일곱 대부가 왜 「국풍」과 「소아」만 인용하고 「대아」와 「송」은 거론하지 않았는지도 이해할 수 있으며, 어쩌면 작은 문제를 크게 부풀린 듯한 이 질문에 가능한 해답을 제시할 수도 있을 것이다—「송」은 거의 순수한 음악이므로 문자 양식으로는 독립적인 존재 의의를 가질 수 없다. 후대의 우리는 문자만 남은 「송」을 읽고 그것을 완전한 작품으로 간주하기는 어렵다. 단지 단편적인 인상이나 일종의 신물(信物)로 느낄 수 있을 뿐이다. 거대하고 찬란하지만 공허한 「송」의 시들이 진정으로 사람을 유혹하는 건 우리가 그와 같은 시대와 그런 종류의 시간을 상상할 수 있게 해주고, 또 어떤 빛줄기, 어떤 사다리로 음악을 하늘에 도달하게 해주는지 상상할 수 있게 한다는 점 때문이다. 그리고 이러한 음악으로 가득차고 튼튼해지는 인간의 육체와 마음까지 떠올릴 수 있게 한다. 마치 2000년 전 오나라 계찰이 「송」음악을 들었을 때 가장 격렬하고 가장 감각적인 순간을 만나 가장 긴 감상문을 남긴 것처럼 말이다. 계찰의 감상문은 우리가 지금 순수하게 문자로만 읽는 『시경』에 대한 느낌과 상반된다. 그것은 물론 음악에 대한 감상이지 문자에 대한 감상이 아니다.

> 지극합니다! 정직하면서도 거만하지 않고, 완곡하면서도 비굴하지 않고, 가까우면서도 핍박하지 않고, 멀면서도 벗어나지 않고, 자리를 바꾸면서도 지나치지 않고, 반복되는데도 싫증이 나지 않고, 슬프면서도 우수에 젖지 않고, 즐기면서도 황음무도하지 않고, 쓰면서도 고갈되지 않고, 관대하면서도 드러내지 않고, 베풀면서도 낭비하지 않고, 이익을 취하면서도 탐욕스럽지 않고, 편안하게 거처하면서도 거기에 멈추지 않고, 나아가면서도 흐트러지지 않습니다. 다섯 가지 음이 조화를 이루고, 여덟 가지 풍악이 고르게 펼쳐지고, 가락에 법도가 있고, 음을 고수함에 순서가 있으니 성대한 덕을 모두 갖춘 것입니다.(至矣哉! 直而不倨, 曲而不屈, 邇而不逼, 遠而不攜, 遷而不淫, 復而不厭, 哀而不愁, 樂而不荒, 用而不匱, 廣而不宣, 施而不費, 取而不貪, 處而不底, 行而不流. 五聲和, 八風平, 節有度, 守有序, 盛德之所同也.)(『좌전』「양공」29년)

「대아」를 직접 읽을 수도 있지만 「대아」의 내용은 사실 『상서』와 매우 가깝다. 아마 형식과 내용이 조금 달랐기 때문에 『상서』에 들어갈 수 없었을 것이다. 「대아」에서 노래하고 있는 건 아주 독특해서 거의 다시 볼 수 없는 역사와 인물이다. 혹은 정확하게 반대로 말해야 할지도 모르겠다. 즉 「대아」의 시는 완전히 독특한 방식으로(독특한 사건, 독특한 신령과 같은 사람, 독특한 역사 현장 등) 역사적 시간을 회상한다. 헤라클레이토스(Heraclitus of Ephesus)가 같은 강물에 두 번 발을 담글 수 없다고 말한 것처럼 이런 일들, 이런 사람들, 이런 하나하나의 역사적 특수성은 비교 대상도 없고, 거듭 재현할 수도 없고, 다시 돌아갈 수도 없으므로 슬픈 마음을 금할 수가 없다. 또 「대아」는 우리에게 아주 쉽게 사시(史詩)를 생각나게 한다. 그중 주나라 중흥 군주인 주 선왕의 분투를 노래한 시 다섯 수—「숭고(崧高)」, 「증민(烝民)」, 「한혁(韓奕)」, 「강한(江漢)」, 「상무(常武)」—가 거의 그런 작품이다. 누군가 이 시들을 스토리텔링 형식으로 연결해서 필요한 줄거리 및 구체적인 디테일을 보충하면 또 다른 『아이네이스(Aineis)』●나 적어도 『롤랑의 노래(Chanson de Roland)』●●와 같은 완벽한 음유 역사시를 만들 수도 있다. 주 선왕은 그처럼 어두운 시대에 한 줄기 찬란한 빛을 발산했지만 끝내 한 걸음이 모자라서 추락하는 주나라를 구원할 수 없었다. 그는 가져야 할 것은 모두 가졌고, 모든 준비를 잘 하지 않았던가?

「송」과 「대아」는 기본적으로 인간을 삶의 현장에서 분리하여 먼 곳, 사람을 도취시키는 어떤 곳, 함께 영광을 누린 시각 또는 이미 석

● 로마 시인 베르길리우스의 장편 서사시다. 트로이전쟁에서 그리스에 패배한 트로이의 영웅 아이네아스가 각지를 전전하며 온갖 고통을 겪은 뒤 라티움에 로마제국의 기초를 세운다는 내용이다.

●● 프랑스 고대 무훈시의 대표작이다. 대체로 11세기에서 12세기에 걸쳐 창작된 것으로 여겨지며 작자는 미상이다. 778년 스페인 원정에서 귀환한 샤를마뉴 대제의 후위부대가 피레네 산맥 속에서 바스크인의 습격을 받아 전멸한 사실에 근거를 두고 있다.

양처럼 영광이 스러져간 시각으로 데려간다. 그런 곳 혹은 그런 시각에 인간은 집단적이고 서로 유사한 심리 상태나 정감 상태로 진입하는데, 더 이상 음악을 동반하지 않아도 여전히 음악의 '수렴' 효과는 유지한다. 그러나 너무나 거대하고 너무나 공허한 문자는 사실 어떤 세밀한 생명 현장으로도 진입하지 못하고, 예리한 듯한 목전의 특수한 시간 및 장엄하지도, 위대하지도 않지만 확실히 인간을 힘들게 하는 목전의 구체적인 사실도 정확하게 조준할 수 없다. 인간은 그런 문자로는 자신에게 필요한 대화나 건의를 진행하기 어렵다. 이는 인간이 자리를 낮추고 서로 동일한 수준에 도달하여 문자는 줄이고 사실은 구체화한(음악이 가진 침잠 역량과 세척 역량, 음악의 큰 물결 속에서 암석처럼 완강하게 머리를 드러내는 역량이 모두 포함된다)「소아」와「국풍」으로만 얻을 수 있는 결과다. 레비 스트로스가 지적한 것처럼 생명 현장은 혼란하고 제멋대로이면서도 사실 매우 견고하다. 또 장소와 시간이 달라질 때마다 생존을 위한 조정 과정을 거치면서도, 여전히 해가 뜨고, 해가 지고, 봄에 밭을 갈고, 여름에 김을 매고, 가을에 추수하고, 겨울에 갈무리하는 지극히 유사하고 반복되는 기본 환경 및 요구가 존재한다. 이에 따라 인간은 서로 동일하기도 하고, 서로 참고할 수도 있고, 아울러 지속적으로 수정하여 진전시킨 아름다운 생활 용품과 갖가지 생존전략을 발명해냈다. 「주남」, 「소남」, 「패풍(邶風)」, 「용풍(鄘風)」, 「위풍(衛風)」, 「정풍(鄭風)」 등에서 묘사한 것처럼, 당신이 그런 행동을 한 첫 번째 사람이나 유일한 문제아는 아닐 것이다(기다려도 오지 않는 사람, 비가 내리지 않거나 너무 많이 내리는 상황, 골치 아픈 일을 저지르는 가족이나 친구, 사람을 유혹하거나 위험에 처하게 하는 어떤 것이 갑자기 눈앞에 나타나는 경우 등). 다만 약간의 동정심에 약간의 상상력만 보태면 인간이 어디로 갈 필요도 없고 또 다른 인생으로 바꿀 필요도 없이 이러한 시가 정확한 시기에 당신을 찾아올 것이다. 또한 이러한 시는 '하나의 답안'이라는 형식에 그치지 않고 당신이 현재 마주하고 있는 상황에 대해 흡사 마음을 아는 것처럼 반복된 진술을 가능하게 한다. 인간이 자신의 처지와 유사한 환경이나 동일한 문제를 지닌 타인을 만나면 적어도 자신이 '정상'임을 알고, 마음 놓고 용감하게 본래의 자리에서 계속 생활할 수 있다. 벤야민이 말한 것처럼 생명은 중단되지 않고 계속 이어져 나갈 뿐이며 결코 한 가지 답안만 요구하지도 않는다.

『좌전』에서 사람들은 대체로 이런 원칙에 의거하여 길이도 다르고 내용도 다른 「풍」, 「아」, 「송」의 문자를 인용하고 있다. 「송」과 「대아」는 큰 장면에 인용하여 반박할 수 없는 큰 이치를 설파한다. 갈라진 의견을 수렴하여 토론을 끝내고 결론을 내리면서 모종의 대단결의 분위기를 조성하고 사람들이 각자의 신분을 유지하게 한다. 「국풍」과 「소아」는 비교적 은밀하고 긴밀한 상황에 사용되고, 일대일 대화에 인용되는 경향이 있다. 대화 과정에 또 통상적으로 정말 분명하게 이야기하고 해결해야 할 구체적인 문제가 제기되면 인간은 자신의 본모습이나 자신의 본질에 비교적 가까이 다가가게 된다. 춘추시대 연회의 경우, 특히 『좌전』에서 기록해둘 만한 가치가 있다고 여기는 국제적 대연회의 경우는 당연히 의식대로 예를 행하며 「송」과 「대아」의 시가(詩歌)를 사용했다. 『좌전』에 의하면 다소 이른 시기의 대연회는 확실히 이와 같았다. 이런 연회석상에서 읊는 시 대부분은 「송」과 「대아」였다. 확실한 시대 구분을 제시하기는 어렵지만 「소아」와 「국풍」이 천천히 이런 연회 자리로 스며들어 점차 「송」과 「대아」를 대체하고 마침내 조무와 정나라 일곱 대부가 대화하는 자리에서는 7:0이라는 스코어가 나게 되었다. 역으로 생각해보면 이를 통해 우리는 당시에 이미 사태가 변했음을 깨달을 수 있다. 아니면 적어도 사람들이 이미 이런 상황이나 만남을 더 이상 순수한 의식(儀式)이나 응대 행위로 간주하지 않았음을 알 수 있다. 마치 흐르는 물처럼 상황과 인식이 바뀌면서 같음에서 다름으로, 수렴에서 전개로 모종의 원심력이 나타나기 시작했다. 춘추시대 후기의 연회에서는 인간의 존재감이 구체화 되어 더 이상 모국(某國) 대표의 공허한 이름만 내세우지 않았고, 분위기도 조금 상이하게 변했다. 당시 사람들은 이미 거듭해서 다소 불안하고 위험한 요소를 깨닫고 있었으며 연회가 시작되어 어떤 일이 발생하더라도 동일한 취향의 음악 소리로 완전히 그것들을 압도하거나 융화시킬 수 없었다.

"대부는 사사롭게 제후와 교분을 맺어서는 안 된다(大夫無私交)"라고 한다. 무슨 연유인가? 이 엄정한 금령(禁令)은 전혀 도덕적 근거가 없고 인생 현실에도 부합하지 않으며 사실 어떤 한 가지 체제와 질서의 특수한 요구일 뿐이다. 그것은 마치 모종의 직업에서 비밀 준수 규약에 서명해야 하는 것과 같고, 또 오늘날 우리가 영원히 익숙해지지 않고, 어떤 정부 단위나 민간 대기업도 감당할 수 없는 일(탐욕, 탈세, 섹스스캔들 등)을 흔히 보는 것과 같다. 이러한 체제의 역량이 첫 번째로 묻는 것은 언제나 누가 비밀을 누설했는가이지 일의 시시비비나 잘잘못 자체가 아니다. 그렇다. 이처럼 당당해 보이는 금령이 세상에 전혀 필요 없는 건 결코 아니지만, 나쁜 일이나 나쁜 사람을 옹호하는 경우가 훨씬 더 많다. 춘추시대 중후기에는 각국 대부들의 만남과 대화가 매우 빈번해졌고 진실해졌다. 이 때문에 더욱 의미 깊은 현실 판단 및 반성이 수반되었다. 이것은 단순한 한 가지 사실에서 유래했다.

연회에 참가한 사람들은 국적이 상이하고 적대적인 관계라는 점 외에 사실 더욱 실질적인 신분을 공유하고 있었다.

다음과 같이 생각해보기로 하자. 소위 진(晉)나라 대부라고 할 때 진나라라는 어휘의 의미는 기본적으로 이미 결정된 사항이고 이미 완성된 사항이다. 이는 다른 무엇을 보탤 필요도 없고 더 많은 무엇을 조작할 방법도 없이 단순한 명칭에 더욱 가깝다. '더욱 진나라다운 사람'이라든가 '진나라 사람이기를 배운다'라든가 하는 일은 실제로는 있을 수 없다. 진나라에 태어남으로써 진나라 사람이 되는 일은 완성되기 때문이다. 이런 말은 모두 상당히 혐오감을 일으키는 그 나라 중심의 언어일 뿐이다. 이에 비해 대부라는 말은 실질적인 의미를 담고 있다. 매일 해야 할 일이 있고, 또 그 일을 하지 않으면 안 되는 신분을 가리킨다. 이 말에는 구체적인 업무와 전공이 포함되어 있다. 배워야 하고, 토론해야 하고, 방법을 생각하여 명확히 해야 할 것이 들어 있다. 레비 스트로스는 그것을 "인간이 세계에서 차지하는 위치"라고 했다. 즉 인간은 이로부터 일상적이고 지속적이며 치밀하게 자신과 다른 사람, 일, 사물의 관계를 발전시켜 구체적인 네트워크를 형성하고 아울러 세계에 대한 자신의 기본적인 관점과 '생명/세계'에 대한 이미지를 형성한다. 다시 말해 당시에 적대적으로 대치하던 국제 정세 하에서도 각국 대부들은 상당히 일치된 생명 환경에 처해 있었고 또 동일한 업무를 담당하고 있었으며 심지어 그들이 처한 어려움, 모험, 위기의 양식도 모두 비슷해서 서로 비교가 가능했다(군주를 모신다든가, 회담에 참여한다든가, 군대를 거느린다든가 등).

우리는 진정으로 의미 있고 끝도 없는 이야기가 언제나 전문 분야에서 필연적으로 발생하는데(위대한 화가 프란시스 베이컨은 만년에 함께 이야기할 만한 사람이 없다고 탄식한 적이 있는데, 이는 전문적인 예술가가 사라졌음을 두고 한 말이다) 그것이 거의 인성이라고 말할 수 있을 정도임을 알고 있다. 춘추시대 각국 대부는 국제적인 모임 횟수가 나날이 증가하고, 모임 시간도 길어지면서 관례에 따른 행사 업무도 시원시원하게 처리했다(일처리가 능숙할수록 속도도 더욱 빨라진다). 행사 음악이 멈추면 사람들은 자기 본연의 심성을 회복하고 진실한 대화를 나누기 시작한다. 우리가 인용한 적이 있는 제나라 안영과 진나라 숙향은 한밤중에 당시 자신들의 나라가 이미 말세에 이르렀다고 마음 속 이야기를 나누면서 탄식했고, 또 계찰이 북쪽 나라를 주유하며 일일이 이들 대부에게 충고한 일을 서로 이야기했다. 이들의 대화는 모두 대부라는 공통적인 신분을 매개로 진행된 것이지 대부 신분 위의 국가에까지 미친 것은 아니다. 심지어 이들의 이야기에는 모두 자신의 나라를 배신하는 반란의 의미도 다소 깃들어 있었고, 국가의 기밀을 누설하거나 적어도 국가를 비방하는 뉘앙스가 포함되어 있었다. 깊이는 서로 다르지만 이와 같은 부류의 이야기가 『좌전』, 특히 그 후반부에 두루두루 실려 있다.

자신의 전문 분야에서 서로 간에 이와 같은 대화가 진행되는 건 너무나 익숙한 일이다. 전공자들은 서로 대화를 듣자마자 모든 상황을 이해하며 회심의 미소를 짓는다. 책을 편집하는 일이 바로 이런 상황과 완전히 같다. 편집 업무는 특정 출판사에 예속된다. 그러나 편집 업무는 이와 동시에 유구한 역사를 갖고 있으므로, 책의 역사, 지식의 역사를 계승하여 목전의 고용 관계와 평행으로 존재하는 문필종사자 신분에 대한 자각과 그 일에 대한 충성심을 갖게 한다. 출판사가 난립하면 서로 책, 저자, 언론매체, 발행기관, 서점의 책 배열 위치를 놓고 치열하게 경쟁하는데, 이것을 좋지 않은 감정으로 과장하여 전쟁이라 부르기도 한다—나의 오랜 친구 잔훙즈(詹宏志)는 출판사 대표로 재직할 때 불후의 명언을 남겼다. "우리는 ××출판사와 최후의 일전을 벌여야 한다." 이것은 물론 음악과 같은 세뇌 언어다. 그러나 이런 상황 아래에서도 편집 업무는 회사를 초월하여 상당히 명확하게 하나의 '편집자 그룹'을 형성하고, 은연중에 하나의 '완전한 유기체'나 하나의 부류를 이룬다. 이들 편집자는 늘 모임을 갖고 커피숍에 앉아 끝도 없이 대화를 나눈다. 제대로 된 이야기도 있고, 괴이한 잡담도 있다(『좌전』이 이와 같다). 이직(離職)에 관한 정보도 서로 나눈다. 이들은 상당히 빈번하게 출판계 내에서 동일 직종으로 이동한다(『좌전』의 인물도 이와 같다). 목전에 이룰 수 없는 일을 이야기하면서 함께 망망한 미래를 근심한다(불행하게도 이런 점도 『좌전』에 나오는 이야기와 매우 유사하다). 화제가 끝도 없이 이어지면서 최후에는 결국 각자 자기 출판사 대표를 매도한다(『좌전』에 나오는 대부들이 자기 나라 군주를 욕하는 것처럼 아무 거리낌 없이 욕한다). 그런 자리에서 진정으로 자신의 출판사를 위해 변호하는 사람은 없다. 하늘도 알고, 땅도 알고, 너도 알고, 나도 아는데 어쩔 수 있겠는가?

한층 더 주의할 만한 가치가 있는 것은 대부라는 신분의 특수한 내용과 의미다. 여기에서 우리는 그들을 잠시 '귀족'이라고 부르고 그들을 더 많은 인류의 공통적인 역사 경험과 연관시켜보겠다. 우리는 귀족과 군주의 권력 등급 체계에 단지 한 계단의 차이만 존재한다는 사실을 알고 있다. 비유하자면 바로 위층과 아래층에 사는 사람들이라 할 수 있다. 심지어 그들은 일찍이 친족이나 가족 또는 어린 시절 친구이기도 하다. 말하자면 귀족은 권력에 익숙하고 권력의 진상 및 그 조종방식을 깊이 알고 있다. 권력으로 속임수를 쓸 때도 그들은 본래 남을 속이는 사람이었지 속임을 당하는 사람이 아니었다. 그들은 흡사 마술사나 무당의 조수와 같았다. 이 때문에 권력의 각종 지배 방식 내에서 그들은 유독 군주가 내세우는 카리스마식의 기이한 역량에 완전한 면역력을 갖고 있다. 그들은 군주, 영웅, 영수, 성현이 퇴근 후에 드러내는 각종 세속적 모습이나 다섯 살, 열두 살 때 드러낸 미성숙한 모습을 너무나 많이 보았다. 그들이 그런 사람을 신성하게 볼 수 있겠는가? 그건 매우 어려운 일이다. 이 때문에 인류가 지도자의 신성함을 없애는 일은 언제나 일반 평민이 아니라 귀족에게서 시작되었다. 우리 현대에도 여전히 이와 같다. 이는 역사의 일반 법칙이다.

귀족들은 태어나면서 평등하지 않은 특권을 누리는 점(공평과 정의의 문제와 관련된다) 외에도 거기에 수반된 극복하기 어려운 일상적 병폐를 많이 갖고 있다. 예를 들어 가장 쉽게 부패한다든가 너무나 유약하게 허무에 빠지는 것과 같은 것이 그것이다. 이런 점만이 정직한 모습이다. 보통 사람들은 어떤 격동하는 역사적 순간에 좀 더 많은 격정과 집념이 필요하고, 더 이상 생각할 것도 없이 끝까지 함께 하는 전우가 있으면 하나의 집체로 뭉치기 쉽다고 여긴다. 하지만 귀족들은 이런 격정에 빠지지 않고 늘 맑은 정신을 유지한다. 마치 그들이 늘 일에 대한 생각을 멈출 수 없고, 자유로운 태도로 어느 한 곳에 집착하지 않는 부류인 것처럼 말이다. 항상 방관자와 같은 입장에서 이처럼 '불필요하고' 부적당하게 깨어 있음은 흔히 사람을 화나게 하고 사람의 흥을 깬다. 이것이 아마도 더욱 큰 병폐로 여겨질 것이다.

『좌전』에 등장하는 각양각색의 각국 대부는 많게든 적게든 모두 이와 같은 특성을 보인다. 비교적 분명한 표현을 하고 있는 안영과 숙향도 모두 이와 같고, 사실 자산도 그러하다. 이밖에 계찰은 자신의 조국 오나라에 관심을 기울이면서 자신만의 방식으로 오나라에 협력했다.

풍운이 몰아치던 19세기 러시아의 대표 인물인 투르게네프(Иван Сергеевич Тургенев)는 귀족 출신 작가였는데, 그는 당시 위대한 소설가들 중에서 가장 냉정하고 가장 암담한 사람이었다. 그는 '격정이 부족했고' '밀랍처럼 유약한' 사람이었다. 투르게네프 작품에는 매혹적이고 환상적인 요소가 없고, 저자가 현실에 억지로 부여하는 시적 요소도 없으며, 심지어 '먼 곳'에 대한 충분한 사고도 없다. 그는 어쩌면 이후 자연주의적 글쓰기의 전조를 보여주는 듯하다. 우리는 그가 당시 러시아의 현실을 그리 탐탁지 않게 여기며 그것을 숨김없이 묘사했다고 말할 수 있다. 당시 러시아 사회는 각종 격정의 안개로 가득 덮여 있었고, 꿈과 현실이 분리되지 않았기 때문에 투르게네프의 글쓰기는 그런 현실을 '꿰뚫어보고' '환원하는' 특성을 보인다. 그는 비밀을 밝히는 것과 같은 글쓰기 방식으로(여기에는 깊은 불안감과 미안함이 동반된다) 양 극단의 유혹을 제거한다. 여기에는 러시아 황제와 동방정교의 갖가지 정치적 속임수가 포함되어 있고, 지나치게 서정적인 혁명가의 갖가지 속임수도 포함되어 있다.

그러나 내가 진정으로 생각하는 사람은 프랑스 귀족 토크빌이다. 그는 진상을 분명하게 파악하기 어려운 역사적 순간, 즉 유럽 대륙 쪽에서는 화산처럼 프랑스대혁명이 폭발하고, 신대륙 쪽에서는 사람들의 눈앞에 마치 약속된 나라나 신의 나라처럼 갑자기 아메리카합중국이 흥기하는 순간, 다시 말해 전 세계가 고삐 풀린 망아지처럼 날뛰던 그런 순간을 살았다. 사람들은 세계를 완전히 새로운 것으로 간주하고 그것을 전통에서 분리해냈다. 그들은 이제 기왕의 역사적 경험으로 세계를 해석하거나 검증할 필요도 없었고 그럴 수도 없었다(동시에 이는 또 행동과 언론의 무한 자유라는 속임수이기도 했다). 그러나 토크빌은 속지 않았다. 그렇다. 민주제도와 아메리카는 완전히 새로운 체제였지만 핵심이 쉽게 변하지 않는 권력은 절대 새롭지 않다. 권력은 오래되고 안정적이고 예측 가능한 것이다. 여기에는 권력이 편애하는 것과 권력이 할 수 있는 것과 할 수 없는 것이 모두 포함된다. 이것은 권력 보유자의 이동 및 대체라는 권력 수여방식이 완전히 상이한 것으로 변했기 때문에 일어난 현상이 아니다. 이밖에도 그런 권력에 참여한 사람들은 마찬가지로 오래되고 안정적이고 예측 가능하다. 인간에게 계속해서 충분한 호기심과 관심을 요구할 뿐이다. 토크빌은 이런 상황을 너무나 잘 알고 있어서 변화하는 것과 변화하지 않는 것을 간단하게 분리할 수 있었다. 소위 완전히 새로운 사물이라 해도 일종의 작은 변화에만 그쳤거나 심지어 '형태 변화'에만 그친 경우가 더 많다. 그런 변화는 나름의 내력이 있고 궤적이 있어서 실마리를 찾을 수 있다. 이 때문에 토크빌은 사람을 끝없이 흥분시키지만 불가해한 세계의 진상을 가볍게 간파할 수 있었다('가볍게'라는 말은 그에 대한 우리의 찬사다). 아울러 그는 우리 모두에게 조리 있게 그 진상을 풀어서 이야기할 수 있었다. 토크빌은 대혁명 기간에 국회의원에 선출되어 그 임무를 수행한 적이 있지만 무슨 대단한 일을 하지는 못했다. 이 점이 그의 진정한 가치를 대변하지는 못한다. 그는 적극적으로 행동하지 않고 관전자로 살았다. 그의 비교적 정확한 위치는 국외(局外)였다. 그의 불가사의한 성과는 수백만 자에 달하는 책 한 권에 남아 있다. 그 책의 제목은 『미국의 민주주의(De la démocratie en Amérique)』다. 이 책에 쓰인 '민주'라는 말은 더욱 넓은 시야와 더욱 긴 역사를 갖고 있다. 미국 건설을 인류의 민주적 사유가 구체적으로 실현된 일, 즉 아주 희귀한 표본으로 간주하며 그 성패와 득실, 건설 과정에서 이룬 성과와 예기치 못한 효과를 자세하게 분석하고 점검했다.

토크빌은 『미국의 민주주의』에서 미국 연방 대통령제의 설치에 대해 토론했다. 그는 의미심장한 어조로 이렇게 말했다.

"좀 이상하다. 그들은 막 한 국왕(영국 조지5세)의 체제에서 성공적으로 벗어났는데도 불구하고 다시 다급하게 한 명의 국왕을 선출하여 자신들을 다스리게 했다."

이것은 진정으로 이상한 일이 아니라 '국민'의 사유에 의해 이루어진 일이다. 프랑스에서도 이와 같았다. 프랑스 사람들도 가까스로 국왕을 단두대에 세웠지만 미국의 경우와 마찬가지로 황급하게 또 한 명의 국왕을 찾거나 국왕으로 변신이 가능한 사람을 왕위에 올리려 했다. 이 때문에 나폴레옹 3세와 같은 시정잡배도 국왕이 될 수 있었다. 더욱 분명한 건 국왕을 결정하는 장면에서는 여전히 오래되고 신성한 의식을 사용했고, 유구한 음악 소리도 하늘에까지 울려 퍼졌다는 것이다.

대혁명은 통상적으로 어떤 노래 한 곡이 다른 노래 한 곡에 대항하는 과정이고, 이 음악의 효과가 다른 음악의 효과를 압도한다. 그것은 오늘날에도 마찬가지다. 문자의 사색과 인식 추구 능력은 음악의 앞이나 뒤에서만 기능할 수 있을 뿐이고 음악이 연주되는 중간에는 아무런 기회도 갖지 못한 채 순종적인 가사로 작용할 수 있을 뿐이다. 「송」과 「대아」도 그러하다―혁명은 자체적으로 한 수의 대형 서정시이고 모든 혁명은 진실하게 각각의 노래를 작곡하고 부르고 남기는 과정이다. 그렇지 않은가?

이 때문에 기존 체제의 미신을 타파하는 일은 소위 시민의 각성에서 시작되는 것이 아니라 이보다 훨씬 이른 시기 귀족의 분리에서 발생한다. 한 차례 한 차례 이어진 춘추의 대연회에서 귀족들의 자각과 불만이 발생한 것처럼 말이다. 미신 타파는 인간이 상상한 것보다 유구한 역사를 갖고 있기 때문에 더욱 느리게 진행되며 바위 위에 물방울이 떨어지는 것처럼 점진적이므로 완성에 이르기가 더욱 쉽지 않다.

『악경』도 틀림없이
여기에 있었으리라

이처럼 연회에서 시를 읊는 광경을 통해 우리는 또 다른 일 한 가지를 상상할 수 있다.

이는 순수하게 재미를 위한 논증일 뿐이다. 러셀의 유명한 집합 패러독스, 간단하게 말하면 모든 집합을 포함하는 집합이 존재하는가에 대한 역설인데, 그 답은 다음과 같다. 우리는 모든 종류의 집합을 포함하는 대집합을 상상해볼 수 있다. 그러나 이와 동시에 우리는 반드시 또 하나의 새로운 집합을 창조하여 대집합 밖에 자리 잡게 할 수 있다. 하지만 그 새 집합도 모든 종류의 집합을 포함하는 대집합 자체에 포함될 수밖에 없다. 만약 우리가 새 집합을 대집합 안에 포함한 후 또 다른 새 집합을 다시 만들면 어떻게 되는가? 마찬가지의 과정이 계속된다. 따라서 새 집합은 대집합의 원소가 아니면서 원소일 수밖에 없다. 이것은 그리스 신화에 나오는 괴물 히드라(Hydra)의 머리 하나를 자르면 또 다른 머리가 생기며 끝도 없이 이어지는 과정과 같다.

'육경'은 『시경』, 『서경』, 『예기』, 『악경』, 『역경』, 『춘추』를 가리킨다. 우리는 습관적으로 이것들을 분할하여 나란하게 배열한다. 그러나 『좌전』(『춘추』를 확대한 판본으로 볼 수 있다)에서 우리는 등장인물들이 걸핏하면 '시·서·예·역'을 인용하는 걸 볼 수 있다. 이들 경서의 대집합에 기타 경서를 흡수하여 포함하는 것처럼 말이다. 물론 이런 인용에는 현재의 『시경』에 들어 있지 않은 시—일시(逸詩)라고 부른다—, 『서경』에 수록되지 않은 글—일서(逸書)라고 부른다—, 『역경』계열에 속하지 않거나 『역경』보다 훨씬 오래된 각종 점술 내용이 포함되어 있고, 또 관련 제도, 법령, 예의, 인정세태, 풍속습관에 관한 지난날의 경험도 더 많이 포함되어 있으며, '육경' 이외의 내용과 '육경'이 신뢰하지 않는 여러 가지 신화, 전설, 속담 등도 들어 있다. 이런 기록은 우리에게 꽤 흥미롭고도 생동적인 시간 이미지를 제공해준다.

문제는 『좌전』이 다른 경전보다 늦게 생산되었느냐 여부에 있지 않다. 『좌전』은 분명히 늦게 세상에 나온 경전임에 틀림없다. 그러나 수록 인물은 그렇지 않다. 『좌전』 수록 인물 중 절반도 넘는 사람이 공자보다 일찍 태어났기에 필연적으로 그들은 '육경'이 완성된 시기보다 일찍 활동한 사람이다. 따라서 우리는 『좌전』에 실린 다른 경전의 인용문을 완전히 허구로 보던가(그건 불가능하고 생각할 수도 없는 일이다) 아니면 『좌전』 집필자가 나중에 날조하여 경전 어구를 『좌전』에 집어넣은 것으로 봐야 한다. 마치 소설가가 다른 책의 인물을 등장시켜 대화를 하게 하는 것처럼 말이다. 그렇지 않다면 모든 경전이 각각 한 권의 책으로 완성되기 전에 각각 유장한 흐름의 대소 하천처럼 종횡으로 교차하는 총체적인 수계(水系), 즉 지혜의 네트워크를 갖고 있었던 것으로 봐야 한다. 사람들은 오랫동안 그 강물 유역에서 생활하고 주거하며 수시로 손을 뻗어 그 물결을 떠마시며 살았을 것이다. 이런 상황에서 『춘추』는 다른 다섯 경전의 성격과 전혀 평행하지 않는 상이한 측면을 보인다. 『춘추』가 담고 있는 건 역사다. 『좌전』에서는 역사 현장 복원에 공을 들여서 이런 『춘추』의 특수성을 구체적이고 분명하게 드러냈다. 시간을 세밀하게 나누어(242년에 이르는 역사가 소갈비처럼 잘게 나눠졌다) 어떤 시대의 완전한 진상을 공시적으로 기록했다. 따라서 여기에는 당시의 실존 인물들이 교류한 위대한 지혜의 네트워크가 기록되어 있다. 『춘추』가 모든 경전의 대집합처럼 다른 경전을 포함하고 있는 건 필연적이면서도 단순한 사실일 뿐이다.

그럼 『악경(樂經)』은 어떨까? 『좌전』에는 다른 경전이 인용되어 있는 것처럼 곳곳에 음악이나 제사와 관련된 토론과 인용이 기록되어 있다. 여기에는 틀림없이 『악경』의 내용이 포함되어 있을 것이다. 다만 현재 『악경』이 유실되어 우리는 다른 경전처럼 그 내용을 일일이 대조해볼 수 없다. 따라서 음악과 관련된 몇몇 구절이 『시경』이나 『상서』에 나오는 것으로 알고 있을 뿐이다. 다시 말해 다른 경전과 마찬가지로 『악경』도 완성되었다가 유실되기 전에는 현실 속에서 줄곧 생생한 형태로 존재했을 것이다. 인간의 기억과 대화 속에서 사유나 현실 업무의 확실한 일부분으로 기능했을 것이다. 이처럼 실제적으로 바라보면 소위 『악경』의 소멸은 철저하게 한 글자도 남김없이 그 모든 내용이 마치 한 줄기 빛조차 탈출할 수 없는 역사의 블랙홀 속으로 완전하게 사라진 것이 결코 아니다. 그처럼 코미디 같고 그처럼 비참하거나 처량한 일은 일어나지 않았다. 진정으로 소멸된 것은 한 권의 책이었을 뿐 음악과 관련된 사유는 아니었다. 사유에는 내력이 있고, 시간의 경과가 있고, 숫자가 일정하지 않은 사람들의 투신이 들어 있다. 사유가 남겨 놓은 것이 어떻게 이른바 '1마일의 꼬리'에 그치겠는가? 사유의 진정한 소멸 방식은 이와 같지 않다. 기본적으로 두 가지가 있다. 그 하나는 인간이 세계의 종말을 맞아 하나도 남김없이 사라지는 것인데 이런 일은 아직까지 일어나지 않았다. 다른 하나는 인간의 망각이다. 어떤 사유가 인간의 기억에서 퇴출되고 인간의 현실에서 퇴출되는 것이다. 에머슨(Ralph Waldo Emerson)이 말한 것처럼, 책이 아직 존재하더라도 이미 죽음의 암흑 속으로 들어가서 그 사망 속에 고요하게 누워 있으면 그 사유도 죽은 것이다.

조금 과장하자면 우리가 잃어버린 것은 『악경』에만 그치지 않는다. 우리는 매일 이 책, 저 책을 잃어버릴 뿐 아니라 더욱 빨리 잃어가고 있다.

움베르토 에코는 책벌레이자 책 사냥꾼 겸 귀중본 수집가이기도 하다. 그의 소설 『장미의 이름』에 나오는 중세 수도원 암살극은 어떤 책을 찾고, 쟁탈하고, 보호하고, 금지하는 과정에 대한 묘사를 줄거리로 삼고 있다. 그 책은 바로 아리스토텔레스의 『시학』 완질본으로, 거기에는 이미 실전된 것으로 알려진 제2권까지 포함되어 있다. 제2권에는 바로 희극(喜劇)에 관한 토론이 들어 있다. 범인인 맹인 수도사 호르헤(Jorge)는 아마지(亞麻紙)로 만든 책 페이지에 독을 발라 놓는다 ("전갈 1000마리에 해당하는 맹독"은 물론 은유다. 어떤 사람들은 모종의 책에 독이 들어 있다고 믿는다). 그러나 사건 해결을 담당한 영국 수사 윌리엄 (William)은 호르헤의 속임수에 당하지 않는다. 7일째 되는 날, 즉 최후의 날에 이 두 사람은 수도원 대도서관 미로의 '아프리카의 끝'이라는 밀실에서 대치한다. 윌리엄 수사도 그 그리스 책을 진정으로 읽을 수 없다(읽을 수 있었다면 바로 맹독에 중독되어 죽었을 것이다). 그는 첫 페이지만 읽고 건성으로 전체 책을 뒤적였을 뿐이다. 이 대목이 가장 흥미로운 부분이다. 그는 그가 아직 읽은 적도 없는 책의 내용을 알고 정확하게 말하고 있기 때문이다―윌리엄 수사는 상당히 정확하면서도 완전하게 아리스토텔레스 희극 이론의 내용을 이야기한다. 그것은 그가 이전에 아리스토텔레스를 충실하게 이해하고, 동시에 그와 같은 사유의 제목을 광범위하게 이해했기 때문에 가능한 일이었다. 아울러 그는 이전에 이와 관련된 서적을 읽고 기억함으로써 많은 도움을 받았다. 역사 속에서 한 권의 책은 결코 단독으로 존재하지 않고, 다른 많은 책 속에서 동시에 탄생하고 존재하고 완성된다.

따라서 "우리가 장래에 미지의 걸작을 발견할 수 있을까?"라는 질문을 받았을 때 에코는 대체로 아래와 같이 대답했다. 만약 정말로 그처럼 중요한 책이라면(『악경』처럼 중요한) 완전히 흔적을 남기지 않을 수 없고, 우리가 그것에 대해 전혀 모를 수가 없다. 또 마치 하늘 밖에서 날아온 것처럼 그것이 생산된 당시 세계와 완전히 동떨어진 채 아무 관련을 맺지 않을 수 없다. 책은 그렇게 생성되지 않는다. 책은 자신이 소재한 세계와 천 갈래 만 갈래로 끊을 수 없는 관계를 맺는다. 공중으로 날아올라 당시의 하늘 위를 날면서 초기에는 항상 대대로 수많은 사람들의 손을 거치다가 길고 긴 시간의 흐름 속에서 한 권의 책으로 완성된다. 이 때문에 에코는 이렇게 말했다.

"한 부의 걸작이 '걸작'으로 완성되려면 사람들에게 알려지고 거기에 따른 각종 해석을 흡수해야 한다. 이런 해석들이 최종적으로 걸작의 일부분을 형성한다. 사람들에게 알려지지 않은 걸작은 독자, 독서, 해석을 충분히 확보할 수 없다. 따라서 우리는 궁극적으로 『유태법전』이 『성경』을 만들었다고 말할 수도 있다."

또 다소 자극적인 발언도 있다.

"엘리엇(Thomas Stearns Eliot)이 『햄릿』을 평하는 문장에서 분명하게 말했다. 『햄릿』은 걸작이 아니라 혼란한 비극이어서 각종 상이한 단서에 적응할 수 없다. 바로 이와 같기 때문에『햄릿』은 하나의 수수께끼가 되어 모든 사람이 끊임없이 탐색하는 대상이 되었다.『햄릿』은 문학작품의 품질 때문에 걸작이 된 것이 아니라 사람들의 주석과 해석을 거치면서 걸작이 되었다. 작품을 후세에 전하기 위해서 때때로 미친 소리를 크게 늘어놓을 필요도 있다.”

『좌전』은 우리에게『악경』이 완성되기 이전의 모습, 즉 음악에 관한 인간의 여러 가지 실제적인 이해와 견해와 행위를 보여준다(여기에서는 잠시 음악이라고 칭하지 않겠다. 왜냐하면 음악, 제사 의식, 강신 의식 및 여기에서 연장된 용도는 함께 존재하기 때문이다).『예기』「악기」는 ‘『악경』이 유실된 후’ 가장 완전하게 남아 있는 음악 관련 총체적 논문의 일종이다. 하나는『악경』이 완성되기 이전의 글이고 하나는 완성된 이후의 글이다. 여기에서 공자의 말을 모방하여 썰렁한 농담 한 마디를 던지고자 한다.

“『악경』은 이 중간에 존재했다”

이 지점 말고『악경』이 과연 어디로 갈 수 있겠는가?

『좌전』의 광범위하고 산만한 기록에서「악기」의 체계적인 논술에 이르기까지 그 이전과 이후에는 어떤 일관된 맥락이 존재한다. 서로 용해되지 않은 이질적인 내용은 없고, 심지어 아직 넘치지 않으면서 단편적으로 존재하는 상이한 생각과 주장이 들어 있다. 마치 당시 중국인들이 이미 그런 것을 즐기고, 분명하게 생각하고, 최종 결론을 내렸을 뿐만 아니라, 모두들 그런 생각에 동의하고 그것이 이미 상식이 된 것처럼 말이다. 사실 이전과 이후의 각 과정 속에서 각 문헌은 그 영향력을 길게 이어갔다. 다시 말해 논술의 층위로만 보자면『좌전』이전의 모든 문헌, 즉 믿을 수 있거나 믿을 수 없는 문헌을 막론하고 모두『악기』를 뛰어넘거나『악기』에 저촉되는 것은 없었다. 그 이후에는 사마천의 『사기』「악서(樂書)」에 음악에 관한 기록을 계속 수록했는데, 이는 서한 당시의 문장을 소폭 조정하여 몇 글자만 고쳤을 뿐이다. 이를 보더라도 이전에도 연원이 심원했고, 이후에도 영향력이 더욱 길게 이어졌음을 알 수 있다.

이 때문에 이렇게 말하는 것은 조금도 과감한 발언이 아니라 오히려 차분하고 실제적인 언급인 셈이다—땅 속에서 한 무더기의 죽간을 발굴하거나 공자의 저택에서 옛날 책을 다량 찾아낸 것처럼 『악경』이 오늘날 갑자기 2000년의 잠에서 깨어나 우리 앞에 모습을 드러낼 수도 있다. 이것은 물론 경천동지할 일이지만 그 혜택을 보는 것은 일부 연구자일 뿐이다. 그들은 흥미진진하게 경전과 관련된 대조 작업과 고증 작업을 곧바로 진행할 수 있을 것이고, 아울러 그것을 일일이 글로 써서 학술논문을 완성할 수 있을 것이다. 이밖에도 소더비(Sotherby's) 경매에서 이들 죽간은 틀림없이 천정부지로 가격이 치솟을 것이다. 그러나 죽간이 그런 곳에 유출될지는 알 수 없는 일이다. 결론적으로 본래 『악경』의 스타일은 바뀌지 않을 것이고 고대 중국인의 음악에 대한 생각이나 음악에 대한 이미지도 변하지 않을 것이며, 심지어 무슨 내용이 보태지지도 않을 것이다. 아무 변화도 없을 것이다.

『예기』「악기」가 『악경』이거나 『악경』의 새로운 판본일 수 있을까? 『사기』「악서」가 「악기」의 또 다른 판본인 것처럼 말이다. 적지 않은 사람들이 합리적인 입장에서 이와 같이 추측한다—예(禮)와 악(樂)은 인간의 사유를 깊이 탐구하는 과정에서 점차 한 곳으로 합류했는데, 특히 도덕체계, 사회규범, 정치제도를 설계하고 안배하는 과정에서 필연적으로 함께 논의되었다. 그리하여 빛과 어둠처럼 빈드시 함께 생각해야 완전하게 이해할 수 있는 한 덩어리가 되었다. 적어도 중국인의 입장에서는 일찍부터 이와 같았고, 『좌전』에서 드러나고 있는 사유도 이와 같다. 이 때문에 『예경(禮經)』은 한층 더 성장하는 과정에서 자체적으로 분열하여 지금 우리가 볼 수 있는 『예기(禮記)』, 『주례(周禮)』, 『의례(儀禮)』라는 세 권의 책이 되었다. 아울러 실질적으로 당시 세계질서의 총체적인 구조를 업그레이드 할 때(춘추시대의 혼란한 질서가 절박하게 이러한 업무를 요청했다) '악'은 '예'와 분리될 수 없는 일부분이 되었다(혹은 그렇게 생각되었다). 이에 『악경』은 새로운 예서(禮書) 속에 수록되거나 융화되었다. 마치 악관(樂官), 춘관(春官), 천관(天官)이 모두 더 이상 독립된 관리로 인정받지 못하고 왕조의 관료 시스템 속으로 편입된 것처럼 말이다. 예컨대 『예기』「곡례」 하에는 이런 기록이 있다.

"천자는 천관을 세우고, 먼저 여섯 태관(太官)을 둔다. 태재(太宰), 태종(太宗), 태사(太史), 태축(太祝), 태사(太士), 태복(太卜)이 그것인데, 이들이 여섯 가지 법전을 관장한다. 천자의 오관(五官)은 사도, 사마, 사공, 사사, 사구인데 이들이 오관부(五官府)의 관리를 관장한다."(天子建天官, 先六大, 曰大宰大宗大史大祝大士大卜, 典司六典. 天子之五官, 曰司徒司馬司空司士司寇, 典司五衆.)

여기에 단계적인 고리가 드러나고 있다. 당시에는 천관에 속하는 여섯 태관과 오관부의 관리가 평행 구조를 이루고 있었고, 심지어 천관이 좀 더 존귀하게 앞에 위치하고 있지만 그것이 하나로 합류하여 동일한 치국 행위에 포함되고 있다.

『악경』이 정말 「악기」인지 여부를 여기에서 반박하거나 증명할 능력은 없다. 솔직하게 말해서 나는 더 심층적인 탐구를 진행할 흥미도 없다. 이것은 전문가가 연구해야 할 제목일 뿐이다. 여기에서 우리가 관심을 가져야 할 것은 그 변화, 성장, 쇠퇴 과정이다. 또 이를 빌려 지적해야 할 것은 예(禮)가 끊임없이 분별, 분할, 확장하면서 번잡한 방향으로 나아가 부단히 높이를 쌓아가는 등급 위주인 데 비해 악(樂)은 시종일관 쉽게 말을 마칠 수 있는 내용을 갖고 있다는 것일 뿐이다. 또 악(樂)은 평화롭게 상하 내외의 관계를 동질로 만들고, 등급 분할에 저항하는 성격을 갖고 있다. 그것은 거의 평등하고 무정부적인 모습을 보인다. 한나라 고조 유방이 고향으로 돌아가 「대풍가(大風歌)」를 부른 것과 같은 이미지가 바로 그것이다. 그 순간엔 천자, 서민, 존비, 장유의 차별이 없었다. 안타까운 것은 그 시간이 너무 짧아서 그런 상태를 계속 길게 지속할 방법이 없다는 점이다(이것은 사실 음악의 근본적인 문제다. 꿈이나 환상처럼 음악은 늘 오래 지속할 수 없다).

문자로 묘사하고 설명할 수 있는 건 본래 제한적이지만 음악은 자체적으로 독특한 성장과 발전의 길을 갖고 있다. 그것은 결코 이 세계를 모사하지 않고 뒤쫓지 않으면서 신속하게 이 세계를 벗어난다. 음악은 세계의 형성보다 앞서 더욱 이른 시기에 더욱 혼돈의 자연에서 근원하여 스스로 하나의 세계를 이루었다. 우리는 사람의 마음이 자유롭게 흐르도록 놓아주는 것처럼 음악도 자유롭게 놓아주어야 한다. 기본적으로 음악은 소리, 곡조, 리듬이지만 물론 여기에만 그치지 않는다. 음악과 문자가 교차하는 지점은 크지 않다. 대체로 시가 그런 지점에 위치하여 더욱 어렴풋하고 더욱 미약하게 문학으로 진입한다. 우리가 시적 감동을 느끼는 작품도 그렇다. 와일드의 수필과 동화, 마르케스의 소설, 토머스 퀸시(Thomas De Quincey)의 논술문 등이 그럴 것이다. 이 때문에 보르헤스는 시에 대해 이야기할 때 소리와 악센트와 표정과 몸짓이 드러나도록 큰 소리로 읽어야 한다고 요구했다. 그에 의하면 문학은 인간 육체의 피와 살이 직접 감지하거나 '접촉'할 수 있는 것이고, 책 읽기는 그것을 확실하게 경험하는 과정이면서 직접적으로 편력하는 과정이다. 나보코프는 문학을 두뇌와 마음으로 읽어야 할 뿐 아니라 척추로도 읽어야 한다고 했다. 1899년 같은 해에 태어난 이 두 작가는 모두 시를 쓰는 소설가이거나 소설을 쓰는 시인이었다. 여기에서 그들이 가리키는 것은 문자가 아니라 문자로 진입해온 음악 및 음악만이 보유하고 있는 '본래적 의미'의 친밀한 관계다. 재미있는 건 이런 말을 만약 고대 중국의 문언문으로 바꿔 쓰면 직접 「악기」 본문 속에 녹아들어가는 것이 전혀 어렵지 않고 전혀 이질적으로 보이지 않는다는 점이다.

'육경' 중에서 『시경』이 바로 음악과 문자가 교차하는 지점에서 생긴 경전이다. 우리는 『시경』 자체의 「송」, 「아」, 「풍」이 노래에서 시로 흘러가는 변화를 통해, 또 사람들이 『시경』의 시를 이용하여 마음을 표현하는 인용과 선택의 변화를 통해 음악에서 문자로 나아가는 과정을 꽤 분명하게 목도할 수 있다. 이것은 사실 인류의 역사가 동질에서 이질로, 하나에서 다수로 쪼개지며 확대되는 과정이기도 하다.

사실
반음악적인 것이었다

『예기』「악기」는 아주 아름다운 글이다. 논리도 당당하고 어조도 힘차고 후련하여 마치 궁극적인 지점에 도달한 것 같은 느낌을 준다. 가장 유쾌한 점은 아마도 문자가 낭랑하고, 즐겁고, 활달한 뿐만 아니라 밝은 빛이 가득하다는 점일 것이다. 이처럼 어려우면서도 진지한 논증 방식은 마치 천리마가 목표 지점으로 곧바로 치달리듯 주저함이나 거리낌이 없고 그 과정에 발목을 사로잡는 진흙탕도 없다. 따라서 사람들이 이 글을 읽으면 '미국의 수업: 다음 천 년을 위한 여섯 가지 제안 (Lezioni americane: Sei proposte per il prossimo millennio)'이라는 강연에서 칼비노(Italo Calvino)가 속도에 대해 찬탄한 일을 상기할 것이다.

『예기』「악기」의 한 단락을 마음대로 선택하여 읽어보기로 하자.

이러한 까닭에 청명함은 하늘을 본받고, 광대함은 땅을 본받고, 처음에서 끝으로 나아가는 모습은 사시(四時)를 본받고, 두루 감도는 모습은 비바람을 본받은 것이다. 오색이 찬란하게 무늬를 이루며 혼란하지 않고, 팔방의 바람이 음률을 따르며 어지럽지 않고, 온갖 헤아림이 체계를 얻어 일정한 원칙을 이루었다. 음악의 작은 마디, 큰 마디가 서로 보완 작용을 하고, 음악의 처음과 끝이 서로 호응 효과를 내고, 부르고 화답하는 소리의 맑음과 탁함이 서로 줄기를 형성했다. 이 때문에 음악이 잘 행해지면 윤리가 맑아지고, 귀와 눈이 밝아지고, 피와 숨결이 화평해지고 풍속이 변하여 천하가 모두 편안해진다.(是故淸明象天, 廣大象地, 終始象四時, 周還象風雨. 五色成文而不亂, 八風從律而不奸, 百度得數而有常. 小大相成, 終始相生, 倡和淸濁, 迭相爲經. 故樂行而倫淸, 耳目聰明, 血氣和平, 移風易俗, 天下皆寧.)

천당이라 해도 아마 이런 경지에 도달하기는 어려울 것이다. 인류 현실 세계의 지고지선의 경지에 이처럼 신속하게 몇 걸음만으로 도달할 수 있는 것이다.

이것은 실제로 당시의 전형적인 논리이고 쉽게 구사할 수 있는 논증 언어여서 거의 공식(혹은 악곡의 형식?)으로 굳어진 것이다. 후세에도 줄곧 이런 공식을 이어 받았는데 이는 거의 일종의 신성한 언어가 되어 아무도 반대할 수 없는(혹은 반대를 허용하지 않는) 진리를 설파했다. 그러나 우리가 냉정하게 이 글을 읽어보면 '원인/결과'의 논리 관계에 의문점이 많고, 또 일일이 뜯어서 자세하게 생각해보면 사정이 결코 이 글의 논리와 같지 않거나 그렇게 간명하지 않다는 사실을 느낄 수 있다. 다만 우리가 이 글을 읽을 때, 특히 당시 사람들처럼 소리 내어 낭독할 때(시험 삼아 소리 내어 책을 읽어보면 우리는 몇 천 년 전 사람들의 감수 방식으로 되돌아갈 수 있고, 소리에 따라 울려 퍼지는 언어의 완전한 힘을 재현할 수 있다) 우리는 아주 쉽게 소리가 형성하는 특수한 세계로 진입하여 그것이 이끄는 힘에 따라 빨리 달려 나갈 수 있다. 그것은 논리적인 설득이라기보다는 음악의 최면이라고 하는 편이 더 낫다. 이런 점에 기대어 우리는 사람들이 흔히 경험하는 기이한 현상 한 가지를 해석할 수 있다. 그것은 바로 우리가 늘 문자가 아니라 대화에 의해 쉽게 설득 당한다는 사실이다. 대화가 문자보다 상대적으로 논증이 허술하고 논리의 비약이 심한데도 말이다. 특히 사후에 대화를 문자로 정리하면 더욱 엉망진창이 되어 허튼 소리에 가까운 경우가 많다. 이 때문에 책임감 있는 문자 업무 종사자들—칼비노나 주톈원(朱天文)과 같은 사람—은 대화로 논리를 진술하는 걸 두려워하고, 대화의 거친 논리를 걱정하며, 또 논리가 거칠지만 전혀 손상을 받지 않는 소리의 부당한 매력과 역량을 근심한다.

아마 진리의 이름을 띤 모든 대화는 줄곧 이와 같이 기능하고 음악처럼 한 방향으로만 쏟아져 흐르며 중단도 허용하지 않고 회의의 간격도 남기지 않는다. 그런 소리 아래에서 우리는 아무 말 없이 듣는 청취자일 수밖에 없다(예를 들어 2~3시간 지속되는 음악회에서 우리는 앉아서 움직이지도 않고 말도 하지 않고, 무대 위의 무용과 노래를 보고 듣기만 할 수 있을 뿐이다. 아울러 "이렇게 하면 좋을까요?"라는 물음에 큰소리로 "좋아요!"라고 대답할 수 있을 뿐이다. 생활 속에서 우리는 어떤 경우에도 이처럼 경건하고, 집중적이고, 사심이 없고, 낮은 자세를 유지하지 않는다. 그렇다. 일요일 아침 교회에 가서는 이렇게 행동하기도 한다). 언어의 형상은 폭포와 같고 빛줄기와 같아서 늘 하늘에서 쏟아져 내리는 어떤 형상과 유사하다. 본래의 모습은 유구한 신의 계시일(그것을 계승하고 모방했을) 가능성이 지극히 크다. 신의 계시는 자고이래로 모두 '음악'이었고 천관(天官)의 직책에 속했다. 또 그것은 바로 『시경』의 숨은 원천이었다. 『시경』은 「송」에서 시작되었고, 「송」이 바로 신에게 바치는 대화를 받아들이고, 거듭 낭송하고, 화답하고, 감사를 올리는 음악이다.

또 우리는 모두 유럽의 오래된 대성당이 하느님의 성전인 동시에 가장 훌륭한 음악당이라는 사실을 알고 있다. 현대의 건축가들과는 달리 당시의 성당 건축 책임자는 소리나 음악을 잘 알지 못하면 안 되었다.

「악기」는 마치 궁극적인 지점에 도달한 것처럼 신속하게 음악을 최고의 지점으로 밀어 올리고, 그 지점에서 당연히 갖춰야 할 모양을 제시했다. 사실 이런 내용은 문장의 끝이 아니라 본문 시작 지점에서 멀지 않은 곳에 크게 기술해놓았다. 이 때문에 그것은 사색과 논증 과정에서 마지막에 발견한 결론처럼 보이지 않고 이미 오랫동안 알고 있던 진리나 오랫동안 실천해온 기본적인 사실처럼 보인다. 「악기」의 문자는 과연 신의 계시처럼 이후 중국 역사를 관통하며 몇 천 년 동안 끊임없이 후세의 서적과 문장 속에 수록되었다.

> 이런 까닭에 음악의 높은 경지는 지극한 소리에 있는 것이 아니고, 제례의 좋은 예절은 지극한 맛에 있는 것이 아니다. 「청묘(淸廟)」를 연주하는 슬(瑟)은 거친 주사(朱絲) 현(弦)을 써서 소리가 엉성한 듯하며 겨우 세 사람만 따라 부르지만 그 여운을 즐길 만하고, 큰 제례의 의례는 물을 숭상하고 생선을 볼품없는 제기에 담으며 국에 조미료도 넣지 않지만 음미할 만한 맛이 있다.(是故樂之隆非極音也, 食饗之禮非致味也. 淸廟之瑟, 朱弦而疏越, 壹倡而三歎, 有遺音者矣. 大饗之禮, 尚玄酒而俎腥魚, 大羹不和, 有遺味者矣.)(『예기』「악기」)

대체적인 뜻을 보충 설명하면 다음과 같다. 진정으로 가장 높고 가장 융숭한 음악과 의례는 소리나 음식의 화려함을 끝 간 데까지 추구하는 것이 아니라 오히려 가장 간단하고 가장 소박한 것을 추구하는 것이다. 그것은 마치 천지 창조의 초기, 즉 모든 시간의 초기로 돌아가

는 것과 같다. 이 때문에 음악을 연주하는 슬(瑟)에 사용하는 현은 거
칠면서 팽팽하지 않은 주사(朱絲)이고, 공명 상자의 구멍도 크게 뚫어
서 소리를 맑게 하지도 않고 멀리까지 퍼지게 하지도 않는다. 오직 낮
고 탁한 소리만을 울려 나오게 할 뿐 아니라 다른 악기도 없이 겨우 세
사람만 그 반주에 노래를 따라 부르게 한다. 제사에 올리는 음식도 이
와 같아서 맑은 물(玄酒)과 익히지 않은 생선만 쓰고 탕에도 조미료를
넣지 않는다. 그 의미는 술을 빚고 음식을 만드는 초기로 되돌아가자
는 것이다. 이와 같이 하여 모든 것을 잡다한 장식 없이 깨끗하게 마련
한다. 제사에 올리는 음식은 유구한 시간, 즉 끝도 없는 시간에 접근하
려는 매개다. 그리고 이와 같은 유구한 시간 속에서 인간은 변함없이
대대로 경건함을 유지하면서 음악의 여운과 음식의 여미(餘味)를 전한
다. 사실 제사를 올리는 장소도 이와 같은 소박함에 맞춘다. 소위 "땅
을 쓸고 제단을 만든다(掃地爲壇)"는 말은 흙을 쌓아 제단을 만드는 것
이 아니라 땅을 깨끗하게 쓰는 것이 바로 가장 높은 제단이라는 뜻이
다. 지극한 음악과 예의는 궁극적인 지점에 도달할 방법이 없고, 또 그
렇기 때문에 사람들로 하여금 더 높고, 더 멀고 더 무한한 대상을 알게
한다. 인간은 있는 힘을 다해 그 지점에 도달하려 할 뿐이다. 또 인간
은 고독하게 속수무책으로 천지 앞에 서서 한 걸음도 더 나아가지 못
한 채 우리 육체의 어떤 부분이나 어떤 사물, 예를 들면 가벼운 향불,
인간의 숨결, 들을 수 없는 가녀린 소리와 같은 것으로 미묘하고도 말
로 표현하기 어려운 방법을 사용하여 하늘이나 영혼에 제사를 올린다.

『예기』「악기」는 매우 아름답고 매우 총명한 언어이고, 또 반대
하거나 배척하기 어려운 마지막 계시다. 마치 음악이 가득한 왕소군
(王昭君) 묘 그림을 보는 것처럼 우리는 「악기」의 문장이 그렇게 이
른 2000년 전에 쓰였다는 사실에 놀라움과 기쁨을 동시에 느낄 것이

다—그러나 문제도 함께 존재한다. 그렇게 이른 시기에 음악에 관한 인식을 극한의 경지에까지 밀어올리고 언어도 그에 걸맞게 구사했는데, 그건 좋은 일일까? 음악의 정치적 교화 작용을 지나치게 강조한 이론일 수 있기 때문이다.

「악기」의 묘사는 한 줄기 빛이 비치는 것 같지만 우리는 늘 그것의 그늘에도 주의해야 한다. 음악은 동화(同化)를 추구한다. 음악은 거대한 용해 역량과 응집 역량을 갖고 있는데, 이것을 이용하면 어떤 일도 할 수 있다. 한 걸음 더 나아가 「악기」에서는 또 소리가 마음의 변화와 대응관계에 있는 것처럼 이런 역량을 더욱 세밀하게 분별하고 파악한다.

> 이런 까닭에 마음에 느끼는 것이 슬픈 사람은 그 목소리가 애가 끓어 잦아들고, 마음에 느끼는 것이 즐거운 사람은 그 목소리가 명랑하면서 여유 있고, 마음에 느끼는 것이 기쁜 사람은 그 목소리가 발랄하면서 산뜻하고, 마음에 느끼는 것이 노여운 사람은 그 목소리가 거칠면서 사납고, 마음에 느끼는 것이 공경스러운 사람은 그 목소리가 정직하면서 겸손하고, 마음에 느끼는 것이 사랑스러운 사람은 그 목소리가 온화하면서 부드럽다. 이 여섯 가지는 본성이 아니라 사물에 감정이 촉발되어 생겨난 것이다. … 이런 까닭에 치세의 음악은 편안하고 즐거우니 그 정치는 평화롭고, 난세의 음악은 원통하고 노여우니 그 정치는 어그러지고, 망국의 음악은 슬프고 생각이 깊으니 그 백성은 곤궁하다. 소리의 이치는 정치와 통한다.(是故其哀心感者, 其聲噍以殺, 其樂心感者, 其聲嘽以緩, 其喜心感者, 其聲發以散, 其怒心感者, 其聲粗以厲, 其敬心感者, 其聲直以廉, 其愛心感者, 其聲和以柔. 六者非性也, 感於物而後動. … 是故治世之音安以樂, 其政和. 亂世之音怨以怒, 其政乖. 亡國之音哀以思, 其民困. 聲音之道, 與政通矣.)(『예기』「악기」)

사람의 마음은 사물에 의해 감정이 촉발되어 변화하기 때문에 이 것을 거꾸로 이용하여 음악을 적당하게 통제하면 민심을 인도하는 효 과, 즉 민심을 평화롭게 하거나 슬프게 하거나 노엽게 하는 효과를 달 성할 수 있다. 따라서 궁(宮)·상(商)·각(角)·치(徵)·우(羽)(현대적으로 말 하면 C장조, A단조 등이다)의 상이한 곡조가 상이한 인도 효과를 이끌 수 있다. 또 재질이 다른 각종 악기, 즉 종(鍾: 종소리), 석(石: 편경 소리), 사 (絲: 금과 슬 같은 현악기 소리), 죽(竹: 피리나 퉁소 같은 관악기 소리), 고(鼓: 북 소리)는 각각 인간의 특정한 감정과 상상(다스림, 노동, 방어, 전투 등) 및 직접적인 생리 반응을 자극한다. 이런 현상은 오늘날 우리가 깊은 산 속 절간의 종소리를 들으면 고요하고 심원한 생각에 잠기고, 둥둥 울 리는 북소리를 들으면 심장이 뛰고 가슴 속 피가 솟구쳐 오르는 듯한 감정을 느끼는 것과 같다. 또 근래에 사람들이 갑자기 애창하는 노래 가 뮤직홀에서 거리로 옮겨진 것과도 상통한다. 그것은 바로 뮤지컬 『레미제라블』의 주제가 〈들리는가? 민중의 노래가?(Do You Hear The People Sing?)〉이다.

들리는가 민중의 노래가? 분노한 사람들의 노래가? / … 당신의 심장이 뛸 때 전투의 북소리는 메아리치고 / 거기엔 새로 시작되는 삶이 있다 / 내일이 다가올 때(Do you hear the people sing? / Singing the song of angry men? / … When the beating of your heart/ Echoes the beating of the drums / There is a life about to start / When tomorrow comes)

이 대목의 결론은 이렇다.

"군자가 음악을 듣는 것은 아름답게 울리는 가종 악기 소리만 듣 는 데 그치지 않고 거기에 또한 내 마음과 예의에 맞는 것이 있음을 즐기는 것이다."(君子之聽音, 非聽其鏗鏘而已也, 彼亦有所合之也.)

다시 말해 고단수의 사람은 음악 자체를 청취하는 데 그치지 않고 그 음악의 효과, 즉 수학의 함수처럼 서로 호응하는 음악과 외부세계의 효과에 더욱 유의한다는 것이다.

음악은 인간을 신속하게 천당으로 데려갈 수도 있고, 지옥에 던져넣을 수도 있다. 혹은 이렇게 과장해서 말하지 않고도 음악은 인간을 선으로 인도할 수도 있고 마찬가지로 악으로 이끌 수도 있다. 우리가 어떻게 이쪽만 보고 저쪽은 보지 않을 수 있겠는가? 이것은 강력한 역량이고, 한 번 풀어놓으면 거두어들이기 어려운 역량이다. 거의 폭력이라고 할 수 있을 정도다(혹은 융이 세밀하게 말한 것처럼 "폭력의 상부구조"라고 할 수도 있다). 이 때문에 인간은 아주 조심스럽게 근본에서부터 음악을 잘 통제해야 한다. 그러나 이와 같은 밝은 면과 어두운 면이 바로 풍속을 바꾸는 교화의 양면이며 또 민심을 통제하는 모종의 기술이다. 우리가 어떻게 이쪽만 보고 저쪽은 보지 않을 수 있겠는가?

『예기』「악기」는 이와 같은 음악의 거대하고 유익한 역량을 흔쾌하게 감지하고 있는 동시에 이에 대한 깊은 우려를 감추고 있다. 자세히 살펴보면 우려의 정도는 당시의 상황 및 인간이 이미 알고 있고 경험한 일과 다소 비례하지 않는 모습을 보인다. 그것은 거의 추정한 결론이며 기우(杞憂)의 수준으로 과장된 논리처럼 보인다.

제사에서 정치로, 종교사제에서 세속 국왕으로, 악(樂)에서 예(禮)로 나아가는 것은 대체로 인류 역사의 발전 법칙이라 할 수 있다(오직 개별 역사에서만 종교사제의 단계에 멈춘 경우가 있다). 이 과정에는 늘 상당히 잔혹하고 장시간 지속된 톱니 같은 권력 충돌과 알력이 끼어 있다. 유태인의 『성경』에도 이와 같은 역사적 사실이 분명하게 기록되어 있다. 그 기록이 바로 유태인이 가나안으로 들어간 후에서부터 건국 전에 이르는 시기, 즉 종교사제가 정권을 장악한 과도기에서 국왕이 다스리는 통치기 사이의 역사인 「판관기」다. 이후 기정사실이 된 유태인의 왕국 시대에도(이 왕국은 신속하게 북쪽의 이스라엘국과 남쪽의 유태국으로 분열되었다) 종교사제들은 여전히 단념하지 않고 거듭해서 기회를 보아 반격을 가하거나 진짜 정변을 일으켰다. 우리는 이보다 훨씬 후인 중세기 유럽 대륙이나 현재 우리 눈앞의 아프가니스탄과 이란에서도 이런 상황을 거듭 확인할 수 있고, 이것을 악(樂)과 예(禮)의 전쟁이라고 말할 수 있다. 종교사제가 대항 수단으로 의지하는 것은 바로 그들이 몇 천 년 동안 장악해온 강대한 힘, 즉 동화를 추구하고 순수함을 유지하는 음악의 강대한 힘이다. 그것은 흔히 가장 잔혹한 폭력, 다시 말해 분할할 수도 없고 단속할 수 없는 폭력으로 작용할 수 있다. 그러나 중국 고대에는 이와 같은 폭력의 역사가 전혀 드러나지 않았는데, 중국에서는 아마도 그런 폭력이 발생하는 데까지는 이르지 않았던 듯하다(거의 불가사의에 가깝다). 그리하여 그것은 역사 기억이나 역사적 악몽으로 분명하게 집적되지 않았으며 이후 인간을 위한 사유의 근거 및 경계로 작용하지도 않았다.

요·순·우·탕에서 더욱 아득한 시대인 삼황오제에 이르기까지 중국 선사시대의 역사 기록(혹은 상상)은 후세 군왕의 통치 사유 및 형태에 의해 이룩된 것이다. 심지어 우리는 후대인들이 당시의 종교사제를 군왕으로 직접 바꿨다고 말할 수도 있다. 중국에서 직접적인 역사 경험에 의한 경고는 아마도 주나라 바로 이전인 은(殷)나라의 멸망에 기대고 있는 듯하다. 이에 주나라 사람들이 관 뚜껑을 닫고 결론을 내린 관방의 보고서(『상서』에 수록됨)에 의하면 은나라 사람들은 귀신을 숭상하고 신령 숭배와 조상 제사에 빠져 있었다고 한다. 또 은나라 사람들은 술을 좋아하여 큰 연못을 파고 술을 채웠으며, 그 술로 한밤중까지 연회를 계속했고, 환상에 빠져 귀신을 강림하게 했다고 기술했다. 주나라 사람들이 내세운 표준은 "음악이 너무 지나치면 함부로 행동하게 되고(樂勝則流)", "잘못 작동하면 포악하게 된다(過作則暴)"라는 것이었다. 이 때문에 은나라 말기의 이미지는 긴 밤이 계속되고, 어두컴컴하고, 술에 취해 있는 모습으로 그려진다. 「악기」에서는 음악 문제를 처리할 때 특별히 술을 언급했는데 이는 결코 우연이 아니다. 음악의 광범위한 의미, 음악의 효과와 역량이라는 층위에서 술과 음악은 지극히 분명하고 긴밀한 관계를 맺고 있으며 심지어 거의 동일한 것으로 간주될 수 있다. 실제로 이 두 가지는 항상 함께 사용되고 동일한 목적으로 동원되었다(향기와 음악은 모두 위를 향해 피어오르는 것으로, 분명한 환각 작용을 수반한다). 또 동일한 부작용 및 위험도 함께 갖고 있다. 「악기」에서는 이렇게 말하고 있다.

> 대저 돼지를 기르고 술을 빚는 것은 재앙을 만들기 위한 것이 아닌데도, 송사가 더 빈번해지는 것은 술이 지나쳐서 재앙을 만들기 때문이다. 이런 까닭에 선왕이 음주에 관한 예절을 만들었다. 술 한 잔을 건넬 때의 예절도 주객을 나눠 백 번 절을 하는데 이로써 온종일 술을 마셔도 취하지 않았다. 이것이 선왕이 술의 재앙을 방비한 방법이다.(夫豢豕爲酒, 非以爲禍也, 而獄訟益繁, 則酒之流生禍也. 是故先王因爲酒禮, 壹獻之禮, 賓主百拜, 終日飮酒而不得醉焉. 此先王之所以備酒禍也.)

예절을 이용하여 음주를 절제하게 하고, 멈추게 하고, 제지했는데, 그 수법만 정교하게 하고 재미있게 했을 뿐 술을 금지하지는 않았다. 즉 음주 동작을 견딜 수 없을 정도로 번잡하게 만들어 술 한 잔을 마실 때도 먼저 수많은 예절을 행하게 하고 수많은 인사말을 하게 하

여 귀찮아 죽을 정도로 번거로운 음주 환경을 조성했다. 게다가 당시
에는 아직 증류주가 출현하지 않아서 알코올 농도가 20%를 넘지 않
았다(이 때문에 은나라 주왕은 연못 가득 술을 준비해야 했다). 주량이 센 사
람은 온종일 마셔도 취하지 않고 피로만 증가할 뿐이었다. 이에 비해
2000년 후 미국 청교도가 그 유명한 금주령을 내린 것은 종교적 입장
에서 너무나 멍청하고도 미숙한 조치가 아니었을까?

「악기」가 음악에 대해 이처럼 고도의 경각심을 갖게 된 것은 기
본적으로 역사적 경험에서 얻은 생생한 공포심 때문이 아니라 사유
의 완전한 추론에서 기원한 것이다―음악의 동화 효과 및 역량에 근
거하여 끝까지 생각하고 극한까지 끌어올렸다. 따라서 우리는 그 마
지막 부분에서 어쩔 수 없이 음악의 폭력성과 아무도 제지할 수 없는
광란을 목도하게 되었다. 우리는 2000년 후의 오늘날 이런 모습을 더
욱 구체적으로 묘사할 수 있는 다양한 역사 현실을 경험했다. 즉 인간
은 귀신에 홀린 듯 집단 군체를 이루어 각자의 차이를 상실한 채 일
종의 본능에만 충실하며 반성도 하지 않고 의문도 품지 않았다. 심지
어 조금씩 유예하고 중지한 것조차도 모두 아랑곳하지 않았다. 그것
은 맹목적으로 앞을 향해 돌진하는 거대한 짐승이었다.

그런 음악의 폭력은 아직 미약할 때 그리고 시작할 때 제지하고
중단해야 한다. 「악기」에서는 정면으로, 밝게, 드높은 어조로, 흥분해
서 음악에 대한 토론을 이어가고 있다. 그런 의미에서 「악기」는 오히
려 반음악적이다―이런 점도 결코 우연이 아닌 듯하다. 「악기」는 점
차 가치가 낮아지면서 단지 『예기』의 1편이 되어 1/25 분량을 점유하
고 있을 뿐이다. 아울러 「악기」는 예(禮)의 단속 범위 안에서 기능하
므로 역사 속에서 줄곧 예와 악이 나란하게 거론되던 인상과는 전혀
다른 지위로 격하되어 일정 정도 자신의 독립성을 상실하고 있다. 어

떻든 규범으로 제약하기 어려운 음악의 역량도 결국 규범 속에 가두지 않으면 안 되었던 셈이다.

확실히 「악기」에는 '예'에 의해 강제된 기미가 배어 있다. 이에 불가피하게 희생되고 취소된 것은 바로 음악 자체의 역사 발전 가능성과 음악 자체의 끊임없는 발현과 발명이었다. 물론 음악의 발생 현장은 모든 곳에 두루 편재해 있고 발생하는 시기도 제멋대로다. 그것은 노래와 언어가 모두 자연스럽게 생성되는 것과 같다. 인간은 사물이나 사건에 느낀 바가 있으면 그것을 말로 '펼쳐내는데', 노래는 여기에서 한 걸음 더 나아가 그 감정과 언어를 응집한다. 따라서 노래는 전체 수량이 줄어든 언어일 뿐이다―말을 하게 되고, 길게 말하게 되고, 읊고 노래하게 되고, 손으로 춤추고 발로 뛰게 된다.(言之, 長言之, 詠之歌之, 手舞之足蹈之.)

드넓은 민간에서 드러나는 이 부문의 활력은 아직도 그다지 손상을 입지 않았다―"예는 서민에게 시행하지 않는다"(禮不下庶人)라고 한다. 우리가 말하려 하는 것은 음악의 재'승진'으로 그것은 음악 자체의 탐구와 완성이다. 음악은 독립적이고 완결된 세계로서 게으름 없이 매진해야 할 전문 분야가 되어, 인간이 의식적으로 목표를 가지고 추구해야 할 창작 형식이 되었으며, 또 우리의 생명이 지향해야 할 모종의 가능성까지 내포하게 되었다. 근래 몇 세기 동안 유럽에서 만발한 음악세계가 바로 이와 같다. 이러한 전공으로서의 음악의 길은 오늘날까지도 고귀한 세계로 인정받고 있다. 또 음악은 인간이 간곡하게 시간을 바쳐 평생토록 집중해야 할 대상이 되었고 심지어 아주 어려서부터 시작해야 할 대상이 되었다(3세 또는 5세에 시작했다는 사람도 있다). 이것은 음악의 가장 취약한 측면이므로 부득이하게 속물적으로 흘러갈 가능성이 크다. 즉 음악가는 '길러지면서' 군왕, 종교, 귀족, 신흥부호에 의지해온 것이 역사적 사실이다. 오늘날의 음악가는 독립적인 신분을 획득했지만 여전히 곳곳에서 국가나 재단의 지원과 찬조에 의지하곤 한다. 「악기」에 포함된 사유(단순한 문장이 아니라 그런 문장으로 응결된 장기적인 사유를 가리킨다)가 민간에 미친 영향력은 매우 제한적이었을 것이다. 그러나 상위계층에는 깊은 뿌리를 내려 이후 음악에 대한 2000년 왕조의 기본 태도를 결정했으며, 이제 더 이상 음악과 긴장 관계를 형성하거나 음악에 대항하는 형국을 조성하지 않았다. 그러나 음악 전공을 고귀하게 양성하는 일에 대해 말하자면 권력이 그들을 직접 지원하지 않는 것으로도 충분했을 것이다. 이후 중국에서 독립적으로 이 음악의 길을 멀리까지 가는 것은 어렵게 되었고, 결국 일부 사람들에게는 현실에서 이루기 어려운 꿈이 되었다. 마치 훗날 삼국시대 위나라 혜강(嵇康)이 추구한 꿈처럼 말이다.•

『좌전』에는 어떤 군주나 대부가 음악을 좋아했다는 기록이 드물지 않다. 그러나 오나라 계찰 이외의 사람들은 거의 대부분 새로운 음악에 유혹되었다. 「악기」에도 이에 관한 생생한 이야기가 수록되어 있다. 그것은 조금 뒤 전국시대의 현명한 군주인 위나라 문후와 관련된 에피소드다. 그는 한 가지 의문을 품고 있었다. 그것은 아마도 2000년 이후의 중국인들도 불시에 품는 의문일 것이다.

"나는 예복을 입고 면류관을 쓴 채 옛 음악을 들으면 누워서 자고 싶소. 그런데 정나라와 위나라의 새로운 음악을 들으면 권태로운 줄

• 중국 삼국시대 위(魏)나라 혜강은 죽림칠현의 한 사람으로, 문학과 음악에 뛰어난 명사였다. 당시 위나라 권력을 잡고 왕실 찬탈을 노리던 사마씨(司馬氏)는 혜강을 회유하여 자신들 편으로 끌어들이려고 했으나 혜강은 완강하게 거절했다. 사마씨 세력은 결국 혜강을 모함하여 사형에 처했다. 혜강은 사형장에서 거문고를 달라고 하여 〈광릉산(廣陵散)〉이라는 명곡을 연주했다. 그의 비장한 연주를 듣고 모든 사람이 눈물을 흘렸다. 〈광릉산〉 연주를 마치고 혜강은 "〈광릉산〉이 이제 세상에서 사라지게 되었다(「廣陵散」於今絶矣)"라고 했다.(『진서(晉書)』「혜강전(嵇康傳)」

모르겠소. 감히 묻건대 옛 음악이 저와 같음은 무슨 까닭이오? 또 새로운 음악이 이와 같음은 무슨 까닭이오?"(吾端冕而聽古樂, 則惟恐臥. 聽鄭衛之音, 則不知倦. 敢問古樂之如彼, 何也? 新樂之如此, 何也?)

20세에 두각을 나타낸 젊은 시절의 주텐신은 일본에서 신에게 제사를 올릴 때 연주하는 노가쿠(能樂)에 대해 다음과 같은 일화를 들려줬다.

나는 옷깃을 여미고 단정히 앉아 노가쿠를 듣다가 염치불구하고 잠이 들고 말았다. 나를 초대하여 호의를 베푼 일본 친구에게는 예의 없는 일이었지만 어쩔 수 없었다. 나의 몸이 나의 주장을 실천하고 있었기 때문이다.

위 문후의 스승 자하(子夏)도 문후를 잘 훈계했다. 이 이야기는 꽤 길지만 주의할 만한 점이 있다. 그것은 자하가 '악(樂)'과 '음(音)'의 차이점과 우열을 구분했다는 사실이다. 그에 의하면 우리가 오늘날 말하는 음악은 단지 '음(音)'일 뿐이다. 이것은 차원이 낮은 소리지만 종종 사람을 정신없이 탐닉하게 만든다―'소리에 탐닉하는 것(溺音)', 이른바 음악을 평생의 전공으로 삼는 일은 모두 '소리에 탐닉하는 것'이라는 의미가 그 개념 속에 포함되어 있다. 또 '음(音)'으로는 정치적 목적에 도달할 수 없고, 민심을 바로잡을 수 없으며, 신에게 제사를 올릴 수도 없다(이런 까닭에 제사에 쓰지 않는다). 이런 생각은 「악기」 안에서 더욱 넓고 더욱 오래 전해져온 또 다른 견해와 호응한다.

'악(樂)'이란 황종, 대려의 곡조나 현악기에 맞춘 노래나 방패와 도끼를 들고 춤추는 것 따위를 이르는 말이 아니다. 그런 것들은 '악'의 말단이다. 이 때문에 어린 아이도 춤출 수 있다. … 악사는 음성과 시를 분별할 수 있기에 북쪽을 향해 앉아 현악기를 연주한다. … 이 때문에 덕을 이룬 사람은 윗자리에 위치하고, 예(藝)를 이룬 자는 아랫자리에 위치한다.(樂者非謂黃鍾大呂弦歌幹揚也. 樂之末節也. 故童者舞之. … 樂師辨乎聲詩, 故北面而弦. … 是故德成而上, 藝成而下.)

소위 현대의 음악 전공은 전통적인 '악(樂)'에서 중요하게 여기지 않는 말단이다. 어린 아이와 악사가 다루는 일일 뿐이므로 꼭 자세히 강구하고 집요하게 추구할 필요가 없다. 초기 인류의 역사에서 국가의 대사는 제사와 전쟁이어서 일반적으로 이와 관련된 전문 직업은 크게 흥성했지만 그 전문 분야에 종사하는 사람의 지위는 높지 않았다. 이 것은 논쟁할 필요도 없는 보편적인 사실이다. 그러나 이 대목은 당시의 사실을 온건하게만 드러내는 것이 결코 아니고, 이런 사실과 이런 이론에 하나의 해석거리를 제공한다. 즉 우리는 당시에 음악 전공 부분에 대해서 유례없는 경멸과 멸시가 이루어졌다는 강력한 결론에 도달하게 된다. 이론에는 시간에 저항하는 비교적 강한 힘과 미래에 대해 좀 더 진전된 지시와 약속을 제시할 수 있는 역량도 포함되어 있다.
「악기」에서 말하는 음악의 종착점과 궁극적인 완성은 소리가 낮고 탁한 악기인 고금(古琴) 반주에 소박하고 맑은 인간의 목소리를 조화시키는 것뿐이다. 인간은 그 목소리로 읊고 감탄하고 화답한다. 이 것은 하나의 개념이나 상상 속 화면으로서는 매우 아름답다. 그러나 인간의 실제 삶의 현장에서는 이와 같을 수 없고, 한나절이나 기다려야 한 가지 음악 소리와 한 가지 시 구절을 들을 수 있다―나는 일본 교토에서 열리는 최대 축제인 기온사이(祇園祭)와 지다이마쓰리(時代祭)에서 직접 이와 유사한 답답한 장면을 경험한 적이 있다. 당신이 찾는 것이 어떤 경지나 어떤 지혜가 아니라 음악 자체일 뿐이라면 더

더욱 그렇다—사실 이것은 너무 빨리 도달하는 종점이고 직접 건너뛰는 종점이다. 왕소군 무덤 그림에서 미인 왕소군은 결국 백골로 변했고, 좋은 시절의 화려함도 마침내 황량함으로 귀착되었다. 아직 진정으로 시작도 하지 않았는데 상황은 이미 종료되었고 모든 가능성은 가로막혔다. 이에 시간은 가장 황당무계한 그 무엇이 되었다. 그것은 참아야 하고, 직접 겪을 수 있지만 빨리 지나갈수록 더욱 좋은, 그다지 큰 의미가 없는 것이다. 이처럼 촉박하고 공허한 시간에는 작은 풀조차 키우지 못하거나 키울 가치가 없고, 무슨 일을 해도 가소로운 것으로 여겨질 뿐이다. 마치 오스트리아 소설가 토마스 베른하르트(Thomas Bernhard)의 명언과도 같다.

"죽음에 생각이 미치면 모든 것이 가소롭게 변한다."

대체로 이와 같다. 물론 사람의 마음이 수시로 곳곳에서 사물과 사건에 촉발되는 것처럼 새로운 음악도 여전히 근절되지 않고 생산될 것이다. 이런 과정에는 음악에 대한 일부 사람들의 더욱 심도 있는 상상과 탐색이 포함되어 있다. 이에 자하는 다음과 같은 전형적인 비평을 남겼다. 이것은 분명 그 혼자만의 견해가 아니라 당시에 점점 철석처럼 보편화되어 가던 결론이었을 것이다(이른바 정나라 음악은 망국의 음악이라고 말하는 식이다). 다만 자하의 말이 비교적 상세했을 뿐이다.

정나라 음악은 흔히 한계를 넘어 사람의 마음을 음란하게 만들고, 송나라 음악은 여색에 빠져 사람의 마음을 탐닉하게 합니다. 위나라 음악은 박자가 빨라서 사람의 마음을 번거롭게 하고, 제나라 음악은 소리가 편벽하여 사람의 마음을 교만하게 합니다. 이 네 가지는 모두 색욕에 지나치게 매몰되어 덕망을 해칩니다.(鄭音好濫淫志, 宋音燕女溺志, 衛音趨數煩志, 齊音放辟喬志, 此四者皆淫於色而害於德.)(『예기』 「악기」)

이 말로는 이미 뼛속 깊이 박힌 악한 소리와 악한 기운을 깨끗하게 씻어내기 어렵다. 아울러 이 말을 지금 정확하게 번역하기도 어렵다. 또 우리는 당시 정, 송, 위, 제 네 나라에서 새롭게 발전한 새 음악도 들어볼 방법이 없다. 그러나 자하의 말에서 우리는 다소나마 다음과 같은 특징을 간파할 수 있다. 그것은 아마도 더욱 부드럽고 고운 곡조이거나(정나라 음악), 더욱 광포하고 자유로운 곡조이거나(제나라 음악), 또 더욱 친근하고 더욱 비밀스럽고 더욱 말로 표현하기 어려운 감정이거나(송나라 음악), 더욱 복잡하고 다양한 변화를 추구하며 음악 전공을 향해 탐색과 실험을 진행하는 과정이었을 수도 있다(위나라 음악). 여기에서 또 주의해야 할 것은 자하의 반대가 결코 이런 새 음악이 거칠고 비루하기 때문에 야기된 것이 아니라는 사실이다. 이와는 상반되게 자하가 제지한 것은 더욱 다양하거나 더욱 값비싼 음악의 발전이었다. 이처럼 음악 밖에서 정치 사회적 수요로 회귀하거나 음악의 현실적 기능을 강조하거나 심지어 도덕적 내용을 강조하려는 생각은 흥미롭게도 후세의 좌익 음악가들의 기본적인 주장에 더욱 가깝다.

그러나 물론 좌익이 살았던 현실과 춘추시대의 현실은 상황이 아주 다르다. 좌익은 이런 음악적 역량, 즉 함께 기뻐하고 슬퍼하는 일체감을 지향하면서 그것을 끌어들여 더욱 많은 시와 노래를 생산했다. 이론조차도 실천 속에서 하나하나 시와 노래가 되었다(『자본론』과 같은 책도 기묘하게 시와 노래가 되었다). 사실 혁명은 그 자체로 찬란한 교향곡이며 거대한 서정시로 그 속에 모든 아름다움과 폭력이 포함되어 있다. 중국의 역사 흐름은 오히려 혁명을 방어하고 해소하는 방향으로 흘러갔는데, 이렇게 된 하나의 원인은 아마 권력 보유자와 권력 도전자의 차이가 「악기」에 밝혀진 것과 같았기 때문인 듯하다. 사람들이 아주 이른 시기에 발견한 것처럼 이런 음악의 효과와 역량은 기본적으로 평등하다. 오히려 동화를 지향하는 음악의 특징이 등급의 차이를 용해할 수 있으므로 권력자에게 전혀 유리하지 않다. 한 걸음 더 나아가 말하면, 음악은 공평한 역량이며, 목전의 질서를 해체하는 역량이기 때문에 궁극적으로 권력자 편에 오히려 더욱 불리하게 작용한다.

후대에 중국 역사는 상대적으로 '안정된' 모습을 보였다. 중국의 왕조가 바뀐 소위 혁명은 결코 우리가 오늘날 말하는 의미의 혁명이 아니다. 그것은 왕조 교체일 뿐이었으며 많은 경우 전쟁(내전)과 더욱 유사했다. 음악의 현실 교정 효과와 광적인 폭력은 대부분 시작 시점에 잠깐 발생했다가 순식간에 사라진다. 심지어 새로운 왕조의 건설도 진정으로 어떤 특수한 '천명'을 필요로 하거나 음악을 통한 일체화, 특히 종교적인 권력의 세례를 필요로 하는 것은 아니다. 중국의 새로운 왕조 통치 정당성의 긴장 상태는 기본적으로 이미 이러한 현실적이고 경험적인 역사 규율에 의해 완화되었다. 신성한 것은 유일한 지위였지, 어떤 특정한 사람이 아니었다. 천명은 달의 뒷면처럼 알 수 없는 것이지만, 누구라도 순조롭게 보위에 앉기만 하면 바로 그 누구가 결과적으로 옳았다는 걸 대오각성한 것처럼 증명할 수 있다. 따라서 실제로 인과관계는 전도되었고 여기에는 칼뱅(Jean Calvin) 교파의 특수한 이론인 '예정설'•의 기미가 깃들어 있는 것처럼 보인다. 그리고 종종 '이민족'의 새 왕조도 이런 이론 범위에 포함된다. 이것으로 우리는 자주 목도하는 역설적인 또 다른 권력 현상을 해석할 수 있다. 우리는 역대 역사책 곳곳에서 군왕(황제)이 절대적이고 유일하며, 그의 심기를 건드리지 않게 조심스럽게 말해야 한다는 내용을 읽

• 종교개혁가 칼뱅의 핵심 이론이다. 어떤 인간이 구원될 수 있는가 여부는 신의 의지로 예정되어 있기 때문에 인간은 그 운명을 바꿀 수 없다는 주장이다. 신의 섭리와 기독교인의 절제된 생활을 강조하는 이론으로 발전했다.

을 수 있다. 조심해야 할 언어에는 각양각색의 왜곡된 금기어도 포함된다. 그러나 이와 동시에 어느 누구라도 군왕의 곁에서 공직을 맡으면 군왕이 독단적이든 현명하든 상관없이 신하로서 언제나 당당하게 왕조교체의 역사적 사실 및 과거도 포함되고 미래도 포함된 역사의 필연적인 규율을 말할 수 있어야 한다. 물론 여기에는 불운한 인간에 대해 고려해야 할 문제는 전혀 들어 있지 않다. 이것은 군왕의 지위가 절대적인 동시에 상대적이라는 사실과 너와 나 모두가 알다시피 목전의 왕조도 마지막 왕조일 수 없다는 사실을 의미한다(첫 왕조가 마지막 왕조라는 환상을 가진 군주가 진시황이었다. 그는 정수의 무한수열을 황제의 일련 넘버로 삼았다. 심지어 그는 또 장생불사를 추구하며 영원히 한 명의 황제로 머물고자 했다). 군왕과 신하 양측은 모두 이런 측면에 동의할 수밖에 없었다. 이것은 개인의 정서나 정감 및 염원이나 의지보다 더 높은 규칙인 동시에 거부할 수 없는 진상이자 철칙이었다.

전문분야로서 음악의 발전은 단지 가로막히는 데 그치지 않았다. 더 넓은 '악(樂)'의 의미 및 포괄 범위에서 살펴보면 이후 2000년 중국 왕조의 역사에서 '악(樂)'은 날이 갈수록 그 중요성이 쇠퇴하고 약화되었다. 음악을 관장하는 악관(樂官)의 규모와 지위도 끊임없이 위축되고 하락했으며, 악관의 직무도 점차 단순한 의식이나 권력을 장식하는 데 그쳤다. 아울러 음악은 현실 정치의 요소가 약화되면서 퇴근 후의 연회나 향락을 주관하는 방향으로 활동을 전환했다. 또 이런 행사는 조정 밖의 특수한 지점과 특수한 시간에만 진행되었다. 역법(曆法)을 개정하고 복식(服飾)을 바꾸는 것은 관례적인 일이었지만 태산에 봉선례를 올리는 대행사는 불필요할 뿐 아니라 일찍부터 부적당하고 과장되고 좋지 않은 일로 간주되었다. 그 근거는 언제나 현실적인 낭비에다(수입과 지출이 맞지 않는다는 의미) 백성을 불안하게 한다는 것이었다(하지만 음악의 효과는 본래 모종의 특수한 소동을 일으키기 위한 것이 아닌가?). 『사기』 「봉선서(封禪書)」의 첫째 구절은 "옛날부터 천명을 받은 제왕이 어찌 봉선례를 올리지 않았겠는가?"(自古受命帝王, 曷嘗不封禪?)이다. 그것은 옛날부터 새로운 군왕이나 통치자가 보위에 오른 후 첫 번째로 행하는 일로, 권력의 확인 및 진정한 완성을 과시하기 위한 행사였다. 중세 이래 유럽 각국 군왕이 하느님과 그 사제들 앞에 가서 대관식을 하는 것과 유사하다. 마지막으로 이 유구한 역사적 행동을 해야 한다고 주장하고 정중하게 요구한 사람은 사마천이었다. 그 때가 서한 초기로, 중국에서 안정적인 왕조가 출현하던 여명의 시각이었다. 사마천은 무엇을 깨달았던 것일까? 어떤 것이 사라지고 있음을 깨달았던 것일까?

이후 음악 행사가 상당 부분 저지당하면서 폭력도 상당히 감소했다. 2000년 동안 사망자도 적지 않게 줄어들었다. 특히 마법에 걸린 듯 도취하여 잔혹한 일을 저지르고 피비린내를 풍기며 흉악하게 행동하던 사람들이 대폭 감소했다. 동일한 논리로 어찌 한쪽만 제거하고 다른 쪽은 제거하지 않을 수 있겠는가? 음악 자체의 복잡함과 뜨거운 격정을 포함하고 있는 바그너(Richard Wagner)와 같은 음악가가 중국에서 출현할 거라고는 상상하기 어렵다.

춘추시대 200여 년 동안 가장 유명한 악사는 누굴까? 진(晉)나라의 사광(師曠)을 꼽을 수 있을 것이다. 다소 뜻밖이지만 음악에 있어서는 가장 완비된 국가가 아닌 진나라에서도(『좌전』은 본래 노나라 역사이지만 노나라 악사의 이름은 한 사람도 남겨 놓지 않았다) 당시에 아마 음악에 대해 다른 곳과 비슷한 사실 및 진상을 드러내고 있었을 것이다. 따라서 음악에 대한 더욱 완비된 이해에는 새로운 음악에 대한 항거도 포함되어 있었던 것으로 봐야 한다. 새로운 음악의 발생이나 음악

기술의 새로운 진전은 음악에 대한 통제가 좀 느슨해진 곳에서 이루어진다. 물론 그런 곳에서도 음악의 성과와 기술에 대한 공유가 필요할 뿐 아니라 좀 더 많은 자유가 필요하다.

진나라에서는 사광이라는 아주 특별한 사람이 있었기 때문에 음악의 발전이 가능했을 것이다. 사광은 개인적으로 초월적인 능력을 갖고 있었다. 모든 것이 부족하여 성과를 기대할 수 없는 현실 조건에서도 그는 놀라울 정도로 도약하고 비상했다. 그의 성과는 우리로 하여금 불가능한 현실에서도 희망을 품을 수 있게 해준다. 하지만 사광이라는 역사적 이미지를 평생 음악에 묻혀 산 사람으로 연결시키기는 사실 어렵다. 물론 악사가 「악기」에서 말한 것처럼 예술적인 성취는 이루었지만 지위는 높지 않은 것이 역사적 사실이다. 또 음악의 전문적이고 기술적인 성취를 문자로 기록하여 남기기 어렵다는 것도 또 다른 역사적 사실이다―후세 백거이는 〈비파행(琵琶行)〉에서 자신의 능력을 다 발휘했다. 그러나 사광은 특별한 사람이었음을 부정할 수 없다. 그는 시종일관 냉정하고, 이성적이고, 참을성 있는 모습을 보였다. 마음은 냉철했고 말은 논리적이었다. 칼비노의 분류에 따르면 그는 횃불처럼 격정적인 사람이 아니라 수정처럼 투명한 사람이었다. 우리가 현재 볼 수 있는 건(『좌전』 및 기타 서적의 기록을 통해) 현명하고 지혜로운 카운슬러 및 늘 마음이 자상하고 안목이 심원한 철인(哲人)이다. 그의 생명 역정에서 가장 높은 성취를 이룬 분야도 여전히 음악일까? 안타깝게도 우리는 그에 대해 더 많은 걸 알아낼 방법이 없다. 더욱이 이와 같은 사람과 가장 밀접하게 연관된 일, 즉 "그가 일생 동안 가장 힘써 종사한 그 일"에 관해서는 더더욱 그러하다.

제8장

뱃전에
새긴
흔적

소설가 주시닝(朱西甯)에게는 소설을 평생 사업으로 삼은 모든 소설가와 마찬가지로 세상을 떠날 때까지 완성하지 못한 작품이 있다. 평생 사업은 생명 자체보다 좀 더 길게 설정된다. 혹은 평생 사업은 생명이 끝나는 날 바로 마칠 수 있게 설계되기 어렵다. 그런 상황을 모르는 것이 아니라 거의 '망각'하게 된다. 이렇게 하루하루를 보내면서 작가들은 마치 공자가 "늙음이 장차 닥쳐오는 것도 모른다"(不知老之將至云爾)라고 말한 것처럼 자신은 죽지 않을 것이라고 착각하며 살아간다. 또 이 때문에 평생 사업은 소위 퇴직이 없고 오직 매진과 죽음이 있을 뿐이다. 그러다가 갑자기 죽음이 닥쳐오면 쓰던 소설을 마무리할 겨를도 없고 그것을 원만하게 처리할 방법도 없다―그러나 주시닝은 사실 이와는 반대로 50세가 되기 전에 서둘러 군에서 제대했다. 서둘러 퇴직한 것은 물론 소설을 쓰기 위해서였다. 주시닝 선생이 말씀하신 걸 나는 똑똑하게 기억하고 있다. 그가 퇴직한 첫날 아침에 비가 내렸다. 사람을 우울하게 하는 타이베이의 전형적인 비였다. 그는 이불 속에서 몸을 뒤척이며 몇 분간 게으름을 부리다가 이제 다시 출근할 필요가 없다는 사실을 떠올리고 너무나 기뻤다. 그때 이후로 주시닝 선생은 매일 새벽부터 글쓰기를 시작했다. 하루를 소설 두 편을 쓰는 시간으로 나눠 저녁 6시까지 8시간 동안 글을 썼다. 그 일을 죽는 날까지 계속했다.

물론 선생의 작업은 소설 두 편에 그치지 않았다―일반인들은 그가 완성하지 못한 소설이 최후의 장편 『화타이핑 가전(華太平家傳)』이라고 알고 있다. 이는 자신의 가족을 배경으로 한 소설인데, 가족 중에서도 유일하게 마치 귀신에 홀린 듯 남방의 작은 섬 타이완으로 이주해온 자신을 모델로 삼았다―선생은 대륙 고향 산둥성(山東省) 린취(臨朐)로 돌아갈 생각을 전혀 하지 않았다. 이는 쿤데라의 말과 그다지 일치하지 않는다. 인생은 너무나 짧지만 타이베이시를 하나의 '고향'으로 삼을 만한 시간은 충분했다.

그러나 내가 알기로는 그가 완성하지 못한 일련의 소설이 또 남아 있다. 그것은 단편소설 10편을 한 권의 책으로 엮는 작업이었다. 책 제목은 으스스한 느낌을 주는『지옥 열 궁전의 염라대왕(十殿閻羅)』이다.

『화타이핑 가전』은 그의 죽음으로 중단되어 100만 자 정도의 제1권만 완성되었다. 그 시기는 경자년(1900년) 의화단사건 발발과 8국 연합군● 침입 무렵까지다. 이후 다루어야 할 역사도 100년에 이른다. 그 시기는 역사에 대한 시비, 선악, 성패가 진흙탕처럼 혼란스럽고 미로처럼 뒤얽혀서 아직도 논쟁이 분분하므로 더욱 쓰기 어렵다. 나는 늘 다음과 같이 생각하곤 했다. 그렇다면 완성된 전반부『화타이핑 가전』은 도대체 무슨 의미가 있을까? 묘사된 내용은 도대체 일찍이 '존재했던' 것일까? 또 그 내용이 일찍이 엿본 적은 있지만 종적을 알 수 없는 진귀한 어떤 것과 같을 수 있을까? 그렇다면 "지금까지 존재하지 않았던" 것과 도대체 무슨 차이가 있을까? 적어도 나 개인에 대해서 말하자면, 실제로 전혀 존재하지 않았던 완성본『화타이핑 가전』에 이미 물리칠 수 없는 모종의 '진실'이 담겨 있는 것

● 1900년(庚子年) 중국 베이징을 침략한 미국, 영국, 프랑스, 독일, 러시아, 일본, 이탈리아, 오스트리아 연합군이다. 1900년 산둥(山東)의 의화단이 기독교 선교에 반대하며 베이징으로 진격하자, 당시 외국에 폐쇄적인 입장을 견지하고 있던 서태후는 의화단 세력에 의지하여 서양 각국에 선전포고를 했다. 이를 계기로 중국에서 세력 확장을 꾀하던 제국주의 국가들이 연합군을 편성하여 베이징을 공격했다.

처럼 느껴진다. 나는(물론 나는 운이 좋았다) 이 소설에 일부 소재로 쓰인 가족의 구체적인 일을 알고 있고, 또 타이완과 중국 대륙에 생존한 사람을 포함한 최후 세대 가족 구성원을 적지 않게 알고 있다. 나는 또 목전의 현실과 중화민국에 대한 선생의 대체적인 생각도(불평, 비애, 확인과 망연자실, 실망 속에서도 믿을 수밖에 없는 희망 등) 알고 있다. 심지어 나 자신은 소설의 마지막 장에서 틈입자처럼 등장할 가능성도 있었다. 문제는 내가 자연스럽게 선생을 따르며 여러 일을 목도하는 과정에서 적지 않은 사실을 알게 되었고 또 그런 일을 선생과 함께 겪었다는 데 있지 않다. 오히려 문제는 내가 이미 알고 있는 일상의 파편들이 일찍이 어떤 거대한 일과 연계되었거나 통합되어 있을 수 있다는 데 있다. 따라서 평상시와 다른 어떤 의미, 광채, '용도'가 원래 그러했던 것처럼 더 많이 드러날 수도 있다. 따라서 나도 확실히 새로운 시각, 새로운 취미와 사상으로 선생과 관계된 그 일과 그 소설을 돌아볼 수 있게 되었다. 그 소설은 또한 내가 아주 익숙하게 알고 있는 또 다른 책과 독서 상태처럼 변했다. 즉 상당량의 책은 내가 일부만 읽다가 어떤 원인 때문에 읽기를 멈췄고, 일부 책은 사실 내가 전혀 읽은 적이 없지만 각종 다른 방식으로 그 내용을 알게 되었다—다른 책에 인용되었거나 사람들이 끊임없이 거론하는 등의 상황이 그것이다. 마르크스에 대한 100년 간의 토론 과정에서 실제로 『자본론』을 완독하고 거기에 참여한 사람은 많지 않다. 그렇지 않은가?

물론 나는 진정으로 완성되지 못한 책과 내가 단지 읽지 않은 책은 많은 부분이 다르다는 사실을 이해한다. 그 사이에는 소재에서 결과에 이르는 가장 중요한 사색과 창작 과정이 더욱 결핍되어 있다. 내가 가리키는 것은 이 두 가지가 접촉하고 교차하는 부분이고, 나에게

나 어떤 사람에게나 확실히 유사하게 작용하는 지극히 특수한 부분이다.

어쩌면 내가 진정으로 말하고 싶은 것은 다음과 같은 사실일 뿐인지 모른다—모든 평생 사업이 갑자기 중단되면 그 뒤편에 늘 나와 주시닝 선생과 같은 몇몇 사람의 그림자가 어른거린다(그들이 꼭 가족이나 제자인 것은 아니다. 나는 또 한나 아렌트와 발트 벤야민의 관계를 이와 같이 보았다). 나는 글쓰기가 완성되지 않았거나 끝내 완성되지 못한 것은 그런 글쓰기가 전혀 없었던 것과는 크게 다르다고 생각한다. "아직 이루지 못한 뜻"은 좀 더 실재적이어야 하고 좀 더 현실적으로 중량감을 가져야 하는 일에 비해 너무 크고 너무 공허하기 때문에 여전히 색다른 어떤 것들, 마음으로 염원하는 어떤 것들을 유물처럼 전해줄 수도 있다.

주시닝 선생이 병으로 너무나 지쳐서 더 이상 견디기 힘들어 할 때 그의 딸 주톈신은 아버지를 다시 일으켜 세우기 위해 노력했다. 이를 위해 그녀는 아직 어린 자신의 딸 셰하이멍(謝海盟)(『화타이핑 가전』에 나오는 유일한 자료 정리 조수로 매일 할아버지와 함께 놀았다)과 아직 완성하지 못한 『화타이핑 가전』을 이용했다. 선생은 웃으며 고개를 가로저었지만 마음은 벌써 꽤 유쾌해져 있었다—『예기』에 실린 공자의 죽음에 관한 기록은 전체 문장 중에서 가장 훌륭한 한 단락이라 할 만하다. 나도 그 일을 전후한 상황이 그런 형편이었을 것이라고 믿는다. 첫 번째로 공자의 죽음을 알아챈 자공에 대한 묘사도 더 이상 정확할 수 없다. 여기에서 나는 가능한 한 본래의 의미와 아우라를 손상시키지 않고 현대어로 다시 한 번 진술해보고자 한다.

그날 공자는 평소와 다르게 이른 시간에 문 밖을 서성이고 있었다. 그 모습은 너무나 경쾌해보였고, 한 손은 뒷짐을 지고 다른 한 손은 지팡이를 짚은 채 노래를 불렀다.

"태산이 무너지려나? 대들보가 엎어지려나? 철인(哲人)이 쓰러지려나?"(泰山其頹乎? 梁木其壞乎? 哲人其萎乎?)

그리고 바로 집 안으로 들어가서 문을 바라보고 좌정했다. 누군가 오기를 기다리는 것 같았다. 자공은(틀림없이 근처에 있었을 것이다) 공자의 노래를 구구절절 모두 들었다. 그는 느낌이 좋지 않아서 즉시 스승을 따라 바로 들어왔다. 공자는 어렴풋이 웃는 모습으로 말했다.

"너는 어째서 이렇게 늦게 왔느냐?"

이어서 공자는 빈소를 설치할 때 하·상·주 세 나라가 서로 상이한 방법을 사용했음을 이야기했다. 하나라 때 동쪽 계단에 시신을 안치한 것은 그곳이 바로 주인의 위치이기 때문인데, 죽은 사람이 여전히 주인이라는 의미다. 주나라에 와서 서쪽 계단에 시신을 안치하게 된 것은 그곳이 빈객의 자리이기 때문인데, 죽은 사람이 이미 떠났다는 의미다. 상나라 때는 시신을 동서 양쪽 기둥 사이 중앙에 안치했다. 이것은 죽은 사람이 지금 주인인지 빈객인지 확실하게 알지 못한다는 의미이거나 죽은 사람이 이 시각 이후 주인에서 빈객으로 천천히 우리 곁을 떠난다는 의미다(여기에서도 우리는 산 사람과 죽은 사람의 관계가 시간 속에서 바뀌거나 이동하면서 하나의 여정이 되고 있음을 분명하게 관찰할 수 있다). 공자는 자신의 선조가 송나라에서 왔고 더욱 이른 시기에는 상나라의 유민이었다고 말했다(그러나 그는 평생 동안 다시 송나라로 돌아갈 생각을 전혀 하지 않았고 천하 제후국을 주유할 때도 그런 마음을 먹지 않았다). 공자는 자신이 두 기둥 사이에 단정하게 앉아 있는 꿈을 꿨기에 그것이 죽음의 형상임을 전혀 의심하지 않았다. 공자는 이런 심정이었을 것이다. 밝은 임금이 일어나지 않으니 사람들이 모두 제 마음대로 행동한다. 나의 생각과 나의 주장은 아마 따르는 사람이 없을 것이다. 나는 이미 금방 죽어 없어질 사람이다. 공자의 죽음은 현재 우리의 입장에서는 아주 행복한 죽음이라고 말할 수 있다. 그는 병으로 쓰러져서 혼수상태에 빠지지도 않고 7일만에 바로 죽었다.

주시닝 선생의 딸 주톈원과 주톈신은 모두 소설을 쓰지만 아버지의 『화타이핑 가전』을 이어서 쓰지는 않았다. 글쓰기는 결국 개인적인 것이고 가장 고독한 직업이다. 글쓰기를 계승하는 것이 어려운 까닭은 그것이 그처럼 자신의 내면을 직접 표현하는 방식이기 때문이다.

쓰지 못한 『지옥 열 궁전의 염라대왕』은 어떤 내용일까? 그것은 아주 격렬한 소설 구상에서 비롯되었고, 아마도 어떤 의분(義憤)의 시각에서 시작되었음이 분명하다. 선생은 자주 화를 내는 사람은 아니었고, 자신의 일 때문에 화를 내는 사람은 더더욱 아니었다―나는 방금 현실의 근심을 내려놓지 못하는 첸융샹(錢永祥)의 이야기를 들었다. 그에 의하면 현재 타이완에서는 의로운 분노를 더 이상 찾아보기 어렵다고 한다. 겨우 남아 있는 것이라고는 자신을 위한 빈번한 분노, 소비자 권익을 위한 분노, 무대에서 공연하는 배우를 위한 설정식 분노, 사람 면전에서의 분노, 페이스북에서의 분노, 더할 줄만 알고 줄일 줄 모르는 분노 등일 뿐이라는 것이다.

아마 선생은 악인 10명을 각 층의 지옥으로 보내 염라대왕의 심판을 받게 하는 것으로 소설의 내용을 구상했던 것으로 보인다―이것은 정말 그의 평소 글쓰기와 그다지 부합하지 않는 방식이다. 오히려 내가 그런 글쓰기에 뛰어나다고 장담할 수 있다.

결과는 이러했다. 악인에 대해서는 모두 구상을 마쳤고(우리는 감히 그 모델이 누구인지, 또 그것이 열 명인지 열 종류의 사람인지 감히 묻지 못했다) 각 염라전의 염왕에 관한 자료에도 괴상하고 흉악한 형구와 그 용법이 포함되어 있었는데 조사할 수 있는 내용은 모두 조사했지만 안타깝게도 그것을 소설로 쓰지 못했다. 선생을 줄곧 곤혹스럽게 한 것은 자신이 이런 소설을 쓸 '자격'이 있는가라는 문제였다. 이런 소설 쓰기는 확실히 하느님으로 분장해야 하고 또 단테가『신곡』에서 묘사한 것처럼 지옥의 10개 궁전에서 받는 고통은 죄질에 따라 그 경중이 달라지겠지만 모두 사면 받을 수 없는 것이고, 그 형기도 영원히 지속되는 것이다. 이 때문에 그렇게 고통 받는 오늘이 어제나 내일과 똑같다는 사실을 알아야 한다. 모든 고통은 영원한 시간을 따라 끝도 없이 커지기에 보르헤스는 지옥에서 징벌을 받는 진정한 공포는 고통이 아니라 변동 없는 무한의 시간이라고 했다.

젊은 시절 나는 선생의 망설임이 글쓰기 바깥이나 글쓰기를 통해 성취하려고 하는 모종의 도덕 규범 내지 종교적인 금기 때문이라고 생각했다(선생은 훌륭한 기독교인이었다. 기독교는 오직 하느님만이 사람을 논단할 수 있다고 여긴다). 그런데 당시에 나는 하느님의 지위를 잠시 훔치거나 참칭하는 것이 뭐가 그리 대수이겠는가라고 생각하곤 했다. 정의와 공평이야말로 훨씬 중대한 도덕이 아닌가? 또 이것은 소설 쓰기일 뿐이고, 재미있는 소설을 설정한다고 해서 정말로 어떤 사람을 지옥으로 보내는 것은 아니고, 소설의 중점은 죄행의 폭로에 놓여 있을 뿐이지 않는가? 지금 나는 나이가 들고 경험이 쌓임에 따라 점차 그것이 글쓰기 과정 속에서 겪는 문제임을 알게 되었다. 글쓰기는 아주 실제적으로 거듭해서 경험하는 곤혹 그 자체다. 다만 하나의 규범이나 금기를 과장해서 드러내는데, 소설이 구체적인 내용을 처리하는 단계, 즉 진정한 집필 단계로 들어서면 작가는 필연적으로 진실하고 진문적인 본래의 곤혹감을 회복할 수밖에 없다. 소설 묘사의 중점이 죄행 폭로에 놓여 있다면, 그 사실을 완전하게 드러내야 한다고 간단하게 말할 수 있지만, 실제로 사실은 언제나 거대할 뿐 아니라 상황에 맞게 몸을 바꾸는 아메바처럼 소설(즉 심문)의 전개에 따라 더 거대하게 모습을 바꾼다. 어지럽고 두서없고 수시로 변모하는 거대한 사실과 제한된 수량의 문자 사이에는 영원히 해소하기 어려운 긴장 관계가 형성된다. 여기에는 다소 역설적인 의미가 담겨 있다. 성실하고 책임감 있게 사실의 내막을 끝까지 탐구하려는 작가는 결국 그 역설을 철저하게 극복할 수 없다고 말하게 될 것이다. 예를 들어 나보코프가 "우리는 사실에 영원히 가까이 다가갈 수 없다"고 말한 것처럼—이 때문에 각주구검(刻舟求劍)에 다뤄진 바보 이야기가 감동적으로 다가온다. 그것은 진실하면서도 심각한 절망이다—한두 마디 말로 자신이 안심할 수 있는 일시적인 결론조차 명확하게 내리기가 쉽지 않다. 하물며 태산과 같은 확증으로 영원히 사면 받을 수 없는 형벌을 내려야 하는 경우에야 말해 무엇 하겠는가. 따라서 소설에서 추궁하는 죄행은 법정에서 심판하는 죄행과 같을 수 없으므로 내재적 의미에서 외재적 형태까지 모두 상이하다. 소설에서 내리는 '판결'도 법정의 심판과 다르다. 다시 긍정하거나 다시 분노한다 해도 여기에는 심각하게 불확정적이거나 슬프게 반성하는 어떤 요소가 남아 있다.

소설가는 개체의 잘못과 비극적인 결과 사이에 언제나 메울 수 없는 거대하고 단단한 세계가 가로놓여 있음을 분명하게 의식한다. 그곳은 빠르게 지나가거나 사법적 인식에 부합하도록 연계시키기 어려운 간극이고, 소설가는 또 그렇게 하기를 원치도 않는다. 소설가는 거의 모든 시간을 허비하며 그 사이를 배회한다. 그러나 이런 상황이 소설로는 인간의 잘못, 죄행, 어리석음을 견책할 수 없음을 의미하는 것은 결코 아니다(사실 이것은 소설이 줄곧 추구해온 일이다. 소설은 사법체계보다 훨씬 많이, 크고 작음을 가리지 않고, 격렬하게 이런 일을 추구했다. 사법체계에서는 통상적으로 관용을 베풀거나 귀찮다는 듯이 '작은' 잘못을 내버리고, 또 나약하거나 힘이 부족하다는 듯이 '큰' 잘못을 방기한다. 사법체계는 늘 자신을 크지도 작지도 않은 중간 지대로 운신의 폭을 제한한다). 다만 인간의 법정으로 가져가지 않을 뿐이다. 우리는 역으로 생각해볼 필요도 있다. 바로 사법적 인식 및 절차에 부합하거나 부합할 필요가 없기 때문에 소설은 모든 사법체계가 판단할 수 없는 죄와 영원히 법망 밖에서 활보하는 죄인을 추궁하고, 폭로하고, 견책할 수 있다. 소설 쓰기는 바로 법률이나 과학(명확한 요구에 기반한)으로 처리할 수 없는 것, 불확정적인 것을 잘라내어 사회가 자체적으로 처리하도록 다시 던져주는 어떤 과정이다.

소설이 모종의 법정 스타일로 되돌아가면 이 모든 어려움과 한계도 불가피하게 전부 따라서 되돌아간다. 물론 현실세계에 단순하면서도 인과관계가 확실한 죄행, 예를 들어 현행범을 체포할 때처럼 범죄의 증거가 확실한 죄행도 있을 수 있다. 그러나 이것은 좋은 소설제목이 되기엔 부족하다(사법적 판단은 소설에 비해 결정을 내리기도 쉽고 전문적이다). 그렇다면 소설은 실제로 어떤 판단을 내려야 하고 그것으로 무엇을 할 수 있을까? 도스토옙스키(Фёдор Михайлович Достоевский)의 『죄와 벌』의 범죄 행위는 아무런 의문점도 없이 소설 시작 부분에서 모두 알 수 있다. 바로 대학생 라스콜리니코프는 고리대금업자 노파를 죽이는데 그 흉기는 바로 도끼였다. 범죄 행위는 끝났지만 소설의 진정한 물음은 거기에서 시작된다. 소설은 이미 분명하게 판단된 형사사건을 다시 세상으로 끌어들인다. 혹은 소설은 튼튼하게 결합된 인과관계를 다시 풀어 거대한 중간계로 되돌려 놓는다. 소설은 각종 모험을(미로의 모험, 상대주의 모험, 허무주의에 빠져드는 모험 등) 무릅쓰고 더 많은 것을 알려고 한다. 또 소설은 쿤데라가 말한 것처럼 "사건의 내막이 생각한 것보다 훨씬 복잡하다는 사실을 길이길이 우리에게 알려준다."

사실 "소설가는 하느님으로 분장해서는 안 된다"는 이 질책은 상당히 이른 시기에 나왔다. 일찍이 19세기 대서사 소설이 창작되던 시대 말기에 여기저기에서 끊임없이 이와 같은 목소리가 울려 퍼지기 시작했다. 외래의 지적에서 비롯된 것이 아니라 소설가 내면에서 우러난 목소리가 훨씬 많았다. 이 때문에 더욱 심각하고 더욱 실제적이어서 조금 뒤 소설 쓰기가 역사적 대전환을 맞이하는 계기로 작용했다—이것은 또 소설가가 하느님처럼 누구를 심판할 수 있기 때문이 아니라, 다만 소설 쓰기가 모든 것을 알고 있는 것처럼 또 이 모든 것이 '객관적인 사실'의 모습과 말투처럼 어떤 사람과 어떤 역사 사건을 진술할 수 있기 때문에 얻은 결과일 뿐이다. 말하자면 걸핏하면 몇십만 자에서 백만 자에 이르는 문자를 사용하고, 또 몇 십 명에서 백여 명을 웃도는 사람들의 눈빛, 어투, 두뇌, 영혼을 동원하여 '하나의 사실을' 진술하지만 그래도 부족하고, 그래도 선별적이며(질적 의문), 그래도 부분적일 수밖에 없는 것이다(양적 부족).

실제로 『지옥 열 궁전의 염라대왕』을 구상하던 시절에 주시닝 선생은 이 말이 비할 수 없이 진실하고 비할 수 없이 보편적이어서 거의 모든 사람에게 적용할 수 있음을 너무나 정확하게 깨달았다고 나는 추측한다—보르헤스는 자신이 평생 행했던 일을 자세하게 생각해본 후 한 가지 판단을 내렸다. 즉 그가 한 좋은 일은 천당에서 막대한 상을 받을 수준에 미치지 못하고, 그가 범한 잘못은 지옥에서 엄혹한 징벌을 받을 수준은 아니라는 것이다.

분명하게
시간을 기록하다

이제 '각주구검'이 무슨 이야기인지 간단하게 다시 회상해보고자 한다. 그것은 어떤 사람이 강을 건너다가 부주의하여 보검을 강물 속에 빠뜨린 이야기다. 그는 즉시 보검을 떨어뜨린 뱃전에 기억을 위한 표시를 했지만 강물은 끊임없이 흘러가는 가운데 배는 절망적으로 앞을 향해 이동할 뿐이었다. 그 사람의 표시는 결국 자신의 보물이 어디에 있는지 알려주지 못하는 바보의 상징이 되고 만다.

헤라클레이토스여! 우리가 바로 당신이 말한 강물이다.

우리가 바로 시간이고, 다시 돌이킬 수 없는 강물이다.

공자는 노나라 역사 『춘추』를 개편했다. 이 2000여 년 전 이미 재가 되어 사라진 작은 나라의 국사가 가장 먼저 우리를 끝도 없이 놀라게 하는 것은 시간에 대한 고도의 경각심이다. 시간이란 또한 연속된 시간의 나눔임을 명확하게 의식했다. 인간은 목전의 어떤 일을 주목하지만 동시에 멈추지 않은 시간의 흐름에서 탈출한 후 어떤 먼 곳에 자리를 잡고 파노라마식 시각으로 자신의 위치와 전체를 조망하며, 동시에 거기에서 어떤 의미를 찾아보려고도 한다. 우리는 실제로 죽간과 목간에 새겨진 흔적들을 읽는다. 다음은 『춘추』의 역사가 시작되는 그 해의 기록이다.

원년 봄 주(周)나라 왕 정월.

3월 은공이 주(邾)나라 의보와 멸 땅에서 회맹을 했다.

여름 5월 정 장공(莊公)이 언 땅에서 공숙(共叔) 단에게 이겼다.

가을 7월 천자가 재상 훤을 시켜 노 혜공과 중자의 영전에 장례 예물을 내렸다.

9월에 송나라 사람과 숙 땅에서 회맹을 했다.

겨울 12월에 채백(祭伯)이 왔고, 공자인 익사(益師)가 죽었다.

(元年春王正月.

三月公及邾儀父盟于蔑.

夏五月鄭伯克段于鄢.

秋七月天王使宰咺來歸惠公仲子之賵.

九月及宋人盟于宿.

冬十有二月祭伯來公子益師卒.)

이것은 노나라 은공 원년 한 해 동안에 일어난 일이다. 아마도(많아도) 죽간 여섯 매만 사용했을 것이다. 기록해둘 만한 가치가 있는 일이 이 여섯 가지뿐이라고 여겼기 때문이다. 이 중 다섯 가지는 노나라 자신의 역사이고, 정 장공이 언성(鄢城)에서 자신의 친동생 공숙 단을 축출한 전투는 당시 국제적인 빅 뉴스였다. 또 이 해 12월은 '다사다난하여' 두 가지 일이 발생했다. 첫째는 외국 귀빈의 방문이고, 둘째는 공족의 상사(喪事)다. 우스갯소리를 하자면 당시 노나라 사관의 업무는 정말 가벼웠을 것이다. 우리는 또 당시 간략한 역사 기록 방식이 각주구검 이야기에서 뱃전에 새긴 흔적과 거의 흡사하다는 사실을 분명하게 간파할 수 있다. 특히 시간 표시가 우리의 눈길을 끈다.

『춘추』의 시간은 가죽 끈처럼 개별 죽간을 하나하나 꿰어서 일련의 책(冊)으로 만들어준다. 이와 동시에 기록을 새긴 흔적에는 일일이 자세한 시간이 각주처럼 달려 있다. 이것은 마치 인간이 좀 더 총명해져서 배가 이동하는 것을 알게 된 것과 같다. 이 때문에 배에서 칼을 떨어뜨릴 때 배가 언제 어느 곳을 지나갔는지, 그곳의 경치와 전체 날씨가 어떠했는지를 기록하기 위해 많은 노력을 기울였다. 뒷날 칼을 건져낼 때 혹시라도 당시 상황을 모두 환원할 수 있다면 칼을 찾아낼 확률을 높일 수 있기 때문이다.

또 우리는 당시 달의 명칭에서 경이로움을 느낄 수 있다. 이와 동시에 우리가 만약 외부세계의 상황을 의식한다면 더욱 놀라움을 금치 못할 것이다(자신의 민족 상황에만 매몰되어 있으면 더 많은 것을 생각할 수도 없고 간파할 수도 없다. 흔히 자신의 진정한 위치조차 알지 못한 채, 아무 내용도 없이 신경질적으로 자신이 특수하고 유일한 사람이라고 주절거리기만 할 것이다). 당시 사람들이 정월, 2월, 3월이라는 명칭, 즉 특정한 색깔이 들어가지 않은 깨끗한 숫자를 달의 명칭으로 사용한 것은 사실 아주 특별한 일이다. 2000년 이후 오늘날에도 여전히 특별하게 느껴진다. 이미 글로벌화 된 영어에서 달의 명칭도 아직 이와 같지 않다(사실 영어에 쓰이는 달의 명칭은 본래 라틴어에서 기원했고, 로마력에서 이어서 썼다. 이전에는 1년을 10개월로 나누던 것을 로마시대에 와서야 12개월로 개정했다). 이 과정에는 복잡하고 어지럽고 역사의 화석과 같은 숫자도 포함되어 있고, 인명도 포함되어 있고(율리우스 카이사르와 아우구스투스가 각각 7월과 8월 명칭으로 들어 있다) 인간의 일상적인 활동을 기념하고 경축하는 표시도 들어 있다. 또 전쟁의 신 마르스(Mars: March), 여신 마이아(Maia: May), 하늘의 여왕 유노(Juno: June)도 있다. 그리고 두 얼굴의 신 야누스(Janus)를 교묘하게 가져와서 1월의 명칭인 'January'로 사용하고 있다. 이것은 바로 1년이 끝나고 시작하는 교차점에 'January'를 놓아 시간의 문신(門神)으로 삼으려는 의미가 담겨 있다. 야누스는 노인 얼굴과 젊은이 얼굴을 함께 갖고 있으며 그 하나는 대문 안쪽을 바라보고 다른 하나는 대문 바깥쪽을 바라본다고 한다. 물론 이 열두 가지 명칭은 벌써 숫자화하고 기호화하여 본래 갖고 있던 실제 내용은 거의 탈락되어 있다. 이것은 롤랑 바르트(Roland Barthes)가 지적한 것처럼 기호 사용의 통상 법칙 중 하나다.

중국에서 전면적이고 단일하게 숫자로 달의 명칭을 기록한 것이 (날짜는 간지라는 또 다른 숫자를 사용했다) 진정으로 언제 시작되었는지는 아직 알 수 없다. 다만 불가사의할 정도로 이른 시기에 시작되었다는 사실만 알려져 있다. 다른 문명이나 다른 나라와 비교해볼 때(나는 여기에 예외가 있는지는 확실하게 알지 못한다) 이런 방법은 절대 원시적인 것이 아니다. 사람들이 달을 나누고 이름을 붙이는 일은 더욱 정밀한 관찰과 연산이 순수한 천문학으로 진입하기 전에 아주 오랜 시간 동안 특정한 지역의 구체적인 사물과 사건을 통해 각각 다양한 명명법을 모색했을 것이다. 각 지역 인간의 일상생활을 연결하고 조화시키는 안배와 절차의 원칙에는 원래 실용성이 강하다. 실용은 형식의 통일이나 논리의 일관성을 요구하지 않고, 기능적으로 어떤 달에서 가장 사람의 눈에 잘 띄거나 가장 사람을 잘 일깨우는 사물을 그 달의 표기물로 삼는다. 그 표기물이 그 달의 농작물이기도 하고 폭염이나 장마의 도래 등과 같은 기후의 변화이기도 하다. 이 대목에서 일본의 전통적인 달의 명칭을 살펴보는 것도 참고가 될 듯하다. 우리는 그것이 무질서하지만 비망록과 같은 명명법임에 주의해야 한다. 아울러 그 명칭 속에는 실제 사물이나 실제 사건 및 인간의 연중 활동과 심리 변화가 담겨 있는 것으로 보인다. 그 명칭은 다음과 같다.

"무쓰키(睦月: 1월), 키사라기(如月: 2월), 야요이(彌生: 3월), 우즈키(卯月: 4월), 사쓰키(皐月: 5월), 미나즈키(水無月: 6월), 후미즈키(文月: 7월), 하즈키(葉月: 8월), 나가쓰키(長月: 9월), 칸나즈키(神無月: 10월), 시모쓰키(霜月: 11월), 시와스(師走: 12월)"

합리적으로 생각해볼 때 각종 시간의 순환을 가장 쉽게 찾아내고 또 거기에 가장 주의를 기울이는 사람은 바로 농부다. 인간은 장기적으로 같은 땅 위에 살면서 해, 달, 별, 기온, 강수량, 토양 상태, 공기, 각종 작물의 상이한 성장주기와 그 한계, 새, 짐승, 곤충, 물고기의 본능에 따른 정기적인 변화에 주의해왔다. 인간은 자신보다 더욱 거대한 이런 자연법칙에 순응하고 따르면서 그것을 기억하고 지식으로 삼아야 했다. 그러나 이런 법칙은 인간이 통제할 수 없을 뿐 아니라 더욱 심각하게도 고정불변의 규율이 아니다. 그것은 지연되거나 발생하지 않을 때도 있다. 예를 들어, 날씨가 추워야 할 때도 있고 춥지 않아야 할 때도 있으며, 비가 와야 할 때도 있고 오지 말아야 할 때도 있다. 그러나 이런 규율은 지켜지지 않을 때도 있어서 인간에게 손해를 끼치거나 인간을 기아로 몰고 가기도 한다. 그리고 실제로 겪은 고통스러운 경험에 의하면 1년 중에서 늘 어떤 한두 달은 특별히 긴장해야 하고 반드시 대비를 철저히 해야 한다. 더욱 정성스러운 기원이나 제사가 필요할 때도 전혀 안정적이지 않은 자연법칙에 의지해야 하고 또 희로애락이 일정하지 않은 신명에 빌어야 한다. 이 때문에 달의 명칭도 자신의 몸에서 가까운 것을 취해야 할 뿐 아니라 신속하게 신의 문전에 도달할 수 있는 것이어야 했다.

이러한 실물과 실체가 반영된 명칭은 비교적 아름답다. 우리가 그
것을 아름답다고 느끼는 이유는 그 내용이 정확하고 풍성하며, 직접
그 땅 및 그곳의 생활방식으로 사는 사람들과 밀접하게 연계되어 있
기 때문이다. 따라서 명칭과 그 내용으로 서로 설명이 가능하고, 12개
월의 명칭을 펼쳐 놓으면 구체적인 세시풍속도처럼 보이기도 한다.
그러나 문제는 바로 이 지점에 놓여 있다. 땅을 바꾸거나 생활방식을
바꾼 사람에게는 어떨까? 이곳에서 좀 더 정확하게 맞아떨어지는 내
용이 흔히 저곳에서는 좀 더 부정확하기 마련이다. 심지어 여태껏 없
었고 이해할 수 없는 것은 더더욱 그렇다. 동시에 만발하여 사람을 놀
라게 하는 벚꽃 경치도 상이한 위도에서는 서로 다른 달에 엇갈려 핀
다. 미국 인디안 나바호족의 말, 즉 "우레의 신이 깊이 잠자는 계절"
이라는 말은 거의 비 한 방울도 내리지 않는 미국 남서부 지역의 겨
울을 가리킨다. 그것은 계절풍을 타고 끊임없이 우울하고 차가운 비
가 쏟아지는 타이완 북동쪽 기후와 완전히 다르다. 타이완의 저습한
자난평원(嘉南平原)에서 농사짓는 농민에게 각 계절에 맞는 달의 명
칭을 지으라고 하면 틀림없이 '대설(大雪)'이나 '상월(霜月)' 같은 이름
을 지을 수 없을 것이다. 우리에게 잘 알려져 있다시피 너무나 심심한
일본인이 일본에 육상경기를 하러 온 케냐 어린이를 스케이트장으로
데려갔다. 처음으로 용기를 내어 얼음을 만져 본 이 가련한 아이는 깜
짝 놀라 울음을 터뜨렸다. 그는 자신이 불에 데었다고 느꼈다. 그렇
다. 얼음덩이에서도 연기가 피어오르지 않는가? 그의 반응은 『백 년
동안의 고독』에 나오는 아우렐리아노 대령의 어릴 적 모습과 완전히
일치한다. 또 드넓은 해양에 관심을 두고 사시사철 떠도는 해적이나
경작지에서 멀리 떠난 종교사제와 정치영수는 달이나 계절이 갖는

의미가 농민과 전혀 다를 것이다. 그들이 생각하는 것은 아마도 목욕 재계─재월(齋月)로 명명할 것이다─와 같은 종교적 명령이거나 북아메리카 주니족(Zuni族) 조상의 혼령이 1년에 한 번씩 마을로 돌아오는 것과 같은 신령의 자취거나 로마인이 율리우스 카이사르와 아우구스투스를 7월과 8월의 명칭으로 삼은 것처럼 전쟁터에서 무수한 사람을 죽인 인물, 즉 대도살자와 같은 장수일 것이다.

종합해보면 숫자로 달의 명칭을 쓰는 것은 마지막 명명법일 것이다. 숫자에는 물처럼 흐르는 순서 외에 어떤 내용도 포함되어 있지 않지만, 역으로 말하면 그 숫자에 어떤 내용도 채울 수 있다. 또 모든 사람에게 적용할 수 있으므로 숫자 명명법에 반드시 반대하는 사람은 없다─우리는 이런 방법이 어떻게 중국에서 그렇게 일찍 쓰였는지 적절하게 해명할 방법이 없다. 이처럼 신속하게 각양각색의 생활방식과 생활경험을 가진 상이한 사람들을 포용한 것은 정말 쉬운 일이 아니다. 예를 들어, 중국처럼 아주 이른 시기에 종교의 탈주술화를 이루었거나 상대적으로 종교성이 강하지 않고 이성적인 사유가 발달한 지역에서는 사람들의 사유가 지혜롭고 사리에 밝으며, 어두운 미신에 집착하지 않는다.

황런위(黃仁宇)는 중국 역사를 말하면서 중국인이 "숫자 관리를 잘 못한다"고 지적했다. 그러나 적어도 진(秦)나라 이전에는 그렇지 않았다. 윈멍진간(雲夢秦簡)*이 출토되어 우리는 당시 왕조가 숫자에 집착하여 사사건건 너무 가혹할 정도로 사람들에게 여지를 남기지 않으려 했다는 사실을 실제 증거로 알 수 있게 되었다(그 위에는 시황제, 2세

---

* 1975년 중국 후베이성(湖北省) 윈멍(雲夢) 수이후디(睡虎地) 11호 진나라 무덤(秦墓)에서 출토된 간책(簡冊) 10종을 가리킨다. 진나라 시대 경제와 법률에 관한 매우 구체적이고 진귀한 자료가 포함되어 있다.

황제, 3세 황제처럼 숫자로 임금을 명명한 진나라 황제제도도 있었다). 아울러 그것은 실패로 인정되는 중요한 역사 경험과 교훈이 되었다(또한 숫자 관리와 신속하게 패망한 폭정을 대략 연계시키기도 한다). 숫자로 달의 명칭을 기록한 것은 아마도 이런 상황의 또 다른 방증일지도 모르겠다. 중국 역사에서 아주 이른 시기의 사람들은 이처럼 정밀한 시간에 맞춰 엄격하게 일을 할 필요가 아직은 없었다. 나중에 중국인이 "숫자 관리를 잘 못한다"고 인정된 내막에는 그렇게 할 수 없었기 때문이 아니라 그렇게 하기를 원하지 않았거나 그렇게 하도록 허락되지 않았기 때문으로 봐야 할 것이다. 말하자면 이는 사람들에게 숫자에서 벗어난 넓은 공간을 제공하여 분위기를 풀어주려는 것인데, 여기에는 모종의 노쇠함과 허무감이 포함되어 있다.

중국 농민들도 달의 명칭을 붙이는 데 인색하지 않았던 것으로 보인다. 사실 그들은 더욱 정확한 세시풍속도를 펼쳐보였다. 그것은 바로 24절기다. '12×2'이므로 두 배의 정확성을 요구한다. 가장 먼 별자리 운행에서 출발하여 가장 가까운 일상 노동에까지 도달했다. 이제 그것을 펼쳐서 살펴보도록 하겠다. 그것은 1년 전체의 시간을 감동적으로 그려낸 두루마리와 같다―소한(小寒), 대한(大寒), 입춘(立春), 우수(雨水), 경칩(驚蟄), 춘분(春分), 청명(淸明), 곡우(穀雨), 입하(立夏), 소만(小滿), 망종(芒種), 하지(夏至), 소서(小暑), 대서(大暑), 입추(立秋), 처서(處暑), 백로(白露), 추분(秋分), 한로(寒露), 상강(霜降), 입동(立冬), 소설(小雪), 대설(大雪), 동지(冬至). 그렇다. 얼마나 성실하고 세밀한 삶을 산 사람들인가? 여기에 거론된 모든 명칭에는 자신이 사는 세계에 대한 인간의 자각이 포함되어 있다. 또 모든 명칭마다 각각 한 가지 명령이 들어 있어서 사람들에게 다음 15일에는 어떤 일을 해야 하고, 또 그 일을 어떻게 해야 하는지 알려준다. 이처럼 하루하루, 한

해 한 해를 반복하면서 한 걸음 더 나아가 시간에 매인 매일의 활동을 구체적으로 말하면 그것이 바로 한 해의 별자리가 서쪽으로 기울기 시작하는 시기에 쓴 「7월(七月)」이라는 시가 된다. 그것은 『시경』에서 매우 뛰어난 시의 하나다.

타이완의 농민에게 24절기는 정확성이 떨어진다. 그러나 여전히 다른 종류의 정확성으로 명맥을 잇고 있다. 그것은 사람들이 24절기 명칭에서 끊임없는 시간의 흐름과 반복을 느낀다는 것이다. 즉 마치 피부에 스며들 듯이 계절의 변화를 직접 감지한다. 그 과정에서 반복해서 발생하여 끊임없이 지속되는 인간의 행위도 늘 훼손되고 부활하면서 모종의 질곡과 어리석은 행위 혹은 바로 인성이 된다―주톈신은 이 24절기를 뼈대로 자신의 새로운 소설 『남국세시기(南國歲時記)』를 쓰려고 한다. 제1편은 이미 완성하여 「대설」이라는 제목을 붙였다. 그것은 바로 분지에도 떨어지지 않고 평야에도 떨어지지 않고 사람의 마음속에서 펄펄 휘날리는 대설이다.

한
구절

본래 노나라 사관이 담당한 『춘추』 기록은 가벼운 업무였을 것이다. 많은 생각을 할 필요도 없이 어떤 일이 발생했다는 소식을 들으면 바로 몇 글자로 대서특필하면 그만이었다. 또 노 은공 원년의 기록에 의하면 그 해 사관의 일은 여섯 차례뿐이었다. 그러나 『춘추』를 다시 편집하려고 결심한 공자의 입장은 이와 같지 않았다. 그것은 힘도 많이 들고 규모도 방대한 프로젝트였다―그는 모든 내용을 처음부터 하나하나 생각하면서 아마 다시 역사 현장을 탐방하고 사건을 연결하여 새롭게 그 가치를 판단하고 시간의 폭이 장장 200년에 이르는 모든 사건 기록을 분명하게 일일이 파악했을 것이다. 이것은 어떤 한 사람의 기억 능력을 초과하는 일이지만 이렇게 하지 않으면 어떻게 자신이 정확하게 그것을 고쳐 쓸 능력이 있다고 믿을 수 있을 것이며, 또 최종 판결을 내리는 마음으로 그것을 고쳐 쓸 수 있겠는가?

그리고 이것은 또한 형태로 볼 때 지극히 많은 양을 투입하여 지극히 적은 양을 얻는 지극히 기이한 작업이다. 이미 그렇게 많은 생각을 투입하고서도 실제로는 겨우 몇 글자만 바꾸거나 심지어 한 글자도 보태지 않고 삭제만 할 때도 있다. 그럼 이미 방치된 다량의 사유는 어떻게 처리해야 할까? 이것은 극도의 불균형이다. 여기에서 우리가 말하려는 것은 그렇게 방치된 사유가 아깝고 아깝지 않고의 문제가 아니라 그것이 더욱 심도 있거나 더욱 직접적일 수도 있다는 것이다. 이에 사유와 글쓰기라는 양 극단에서 발생하는 대립으로 인해 역사 기록의 양적인 큰 격차는 필연적으로 질적인 분리를 초래한다.

『춘추』기록의 문자 형식은 말 한 마디와 죽간 한 매의 공간에 총체적이고 광대한 모종의 사건을 담는 것이다. 이것은 인간이 확정적·최종적으로 결론을 내리거나 아니면 냉담하게 여러 생각하지 않고 사무적으로 그것을 기록해야 함을 의미한다. 인간의 사유는 일단 발생하면 완전히 돌이키기 어렵다. 또 일단 사건의 복잡성을 확실하게 알고서 그와 같은 한 마디 말을 이용하여 전체의 문자 형식에 모두 맞추려 하면 거의 말로 표현하기 힘든 심한 어려움을 겪을 것이다. 마치 어떤 사람이 집필자의 붓을 꽉 틀어잡고 있듯이 말이다. 파스칼(Blaise Pascal)은 당신이 어떤 한 가지 일을 너무 깊이 생각하면 사람들이 만족할 만한 대답을 내놓을 수 없다고 말했다. 이 대목에서 우리는 노 선공 2년의 한 가지 기록을 살펴보고자 한다.

"가을 9월 을축일에 진(晉)나라 조돈이 자신의 임금 이고를 시해했다."(秋九月乙丑, 晉趙盾弑其君夷皋.)

이 기록이 바로 나중에 중국인에게 널리 알려진 '동호직필(董狐直筆)'이라는 고사성어의 유래다. 『춘추』의 기록은 진나라 사관 동호의 기록에서 직접 발췌했고, 공자도 그것을 고치지 않은 것으로 보인다. 이 구절의 정확한 의미는 당시 진나라 내전에서 진(晉) 영공(靈公)을 살해한 범인은 바로 집정관 조돈이라는 것이다.

그러나 실제로는 어떤 일이 발생했을까? 『좌전』에 전체적인 경과가 대략 복원되어 있다. 사실 살인미수범이면서 오히려 목숨을 잃은 사람은 진 영공이었다. 범인으로 기록된 조돈은 오히려 피해자이고 살인을 저지른 적이 없다. 그는 그 사건이 발생할 당시에 이미 도성을 벗어나 도망치고 있었다.

『좌전』에 의하면 진 영공은 악질적인 군주로 백성의 힘을 소모시키며 궁궐을 수리하고 장식했다. 또 궁궐 누대에서 탄궁(彈弓)으로 사람을 쏘고 그들이 혼비백산하며 도망치는 모습을 보고 즐거워했다. 곰발바닥 요리가 익지 않았다고 요리사를 죽인 후 궁녀들에게 그 시체를 담아 거리 밖으로 실어내게도 했다. 조돈이 연이어 간언을 올리자 그 소란을 견디지 못한 진 영공은 그를 제거하기로 결심한다. 그는 먼저 서예(鉏麑)를 보내 조돈을 암살하려 했다. 그러나 서예는 이른 새벽에 조돈이 조복(朝服)을 차려 입고 입궐 준비를 하면서 단정하게 앉아 눈을 감고 정신을 가다듬는 모습을 보았다. 그는 결국 조돈을 차마 죽이지 못하고 스스로 목숨을 끊었다. 9월에는 진 영공이 연회를 열고 조돈을 죽이기 위해 갑사(甲士)를 매복했지만 조돈의 수레꾼 제미명(提彌明)에게 발각되었다. 소식을 듣고 조돈이 한 발 앞서 궁궐 문으로 도망치자 진 영공의 갑사와 충견 오견(獒犬)이 그의 뒤를 추격했다. 제미명은 그들과 전투를 벌이며 후퇴했다. 그는 오견을 죽였지만 결국 힘이 다하여 전사했다. 위험한 순간에 조돈을 구출한 사람은 궁궐 무사로 조돈을 뒤쫓다가 창을 거꾸로 잡은 갑사 영첩(靈輒)이었다. 그는 본래 3년 전 예상(翳桑) 땅에서 거의 굶어죽게 되었을 때 조돈에 의해 구출된 사람이었다. 조돈은 많은 음식물을 그에게 주고 그것을 가지고 돌아가 그의 어머니에게까지 드리게 했다. 소위 "예상에서 굶주리던 사람이었다."(翳桑之餓人也.)

을축일 당일에는 조천(趙穿)이 군사를 동원하여 도원(桃園)에서 진영공을 공격해 죽였다. 막 국경을 넘으려던 조돈은 그 소식을 듣고 급히 돌아와 난국을 수습하고 진(晉) 성공(成公)을 옹립했다. 그는 아주 훌륭한 군주였고, 이에 진나라는 이 일을 전화위복의 계기로 삼았다. 사건은 해피엔딩으로 막을 내렸다. 그러나 사후에 동호는 이 일을 기록하면서 "조돈이 자신의 임금을 죽였다"라고 대서특필하고 당장 그 사실을 공포했다. 조돈은 물론 자신을 변호했지만 동호는 이렇게 이야기했다.

"당신은 국가의 정경(正卿)인데 사건 발생 후 국경도 넘어가지 않았고(이것은 당시 예법이다. 국경을 넘어가면 군신간의 의리가 끊어지므로 역적을 토벌할 필요가 없다. 군신관계는 제한적이고 취소할 수 있는 것이었다) 돌아와서도 임금을 시해한 역적을 추궁하지 않았소. 그러므로 당신이 임금을 죽이지 않았다면 누가 죽였소?"

이와 같은 판결은 물론 사법적 판단이 아니고 역사적 판단이다. 조돈도 그의 말을 받아들이고 슬픔에 젖어 "내가 진나라 땅을 생각하며 떠나지 못하다가 스스로 우환을 야기했다"(我之懷矣, 自詒伊戚)●라는 시구를 인용했다. 즉 조돈이 진나라 고국 땅을 차마 떠나지 못하고 발걸음을 멈췄다가 끝내 임금을 죽인 죄명을 덮어쓰게 되었다는 뜻이다. 정말 이 시가 가리키는 것처럼 감정은 흔히 사람에게 불행과 번민을 초래하게 한다.

그것은 또 『성경』에 나오는 롯의 아내와 유사하다. 그들 가족은 유황불이 활활 타오르는 죄악의 도시 소돔과 고모라에서 도망쳤지만

● 『시경·소아』「소명(小明)」에 "내 마음의 근심으로 스스로 우환을 야기했네"(心之憂矣, 自詒伊戚)라는 구절이 있다.

도망친 곳도 여전히 그들의 고향 땅이 아니었던가? 롯의 아내는 자신이 살던 화려한 도시를 잊을 수 없어서 뒤를 돌아보다가 결국 소금 기둥으로 변했다—소설가 보니것은 이 대목이 『성경』에서 가장 흥미로운 장면이라고 생각했다. 인간이라면 이와 같아야 한다. 롯의 아내는 그들 가족 중 남은 의인 중에서 가장 훌륭한 사람이었다.

일말의 감정도 남기지 않고 "가을 9월 을축일에 진(晉)나라 조돈이 자신의 임금 이고를 시해했다"라고 기록한 공자는 전체 사건을 어떻게 보았을까? 『좌전』에서는 지혜롭게도 다음과 같이 흥미로운 말을 남겨놓았다. 그것은 아마 공자의 진정한 생각이었을 가능성이 크다.

"애석하다. 국경을 넘어갔으면 이 모든 일에서 벗어날 수 있었을 것이다."(惜也, 越境乃免.)

공자는 동호를 긍정하면서도 그가 살신성인의 용기를 지녔음을 지적하지 않고, 그가 사관으로서 당당한 이해와 판단에 근거하여 직필을 구사했음을 찬양했다. 또한 조돈이라는 이 '범인'이 당시 내란 속에서 자신에게 필요한 모든 행위 및 그 가치를 깊이 알고 있었음을 찬미했다. 이와 같은 역사적 단죄는 불행이라고 할 수밖에 없다. 어떤 경우에는 사로잡힌 몸이 되어 애초에 예상하지 못한 어쩔 수 없는 진퇴양난(혹은 그 이상)의 곤경으로 빠져들기도 한다. 그래서 "애석하다. 국경을 넘어갔으면 이 모든 일에서 벗어날 수 있었을 것이다"라고 말한 것일까?

동호와 공자를 포함하여 정말 당시에 정적을 토벌해야 한다고 여긴 사람은 없었다. 의미를 따져볼 만한 문제는 여기에 있지 않다. 나중에 송나라 문천상(文天祥)은 자신의 마음을 드러낸 「정기가(正氣歌)」를 읊으며 "제(齊)에서는 태사가 죽간에 사실을 기록했고, 진(晉)에서는 동호가 직필을 휘둘렀네"(在齊太史簡, 在晉董狐筆)라고 했지만, 사실 이것은 곡해다(공평하게 말하자면 이 곡해는 문천상에서 시작된 것이 아니고 그 유래가 아주 오래되었다). 제나라 태사 형제는 "최저가 제나라 임금을 시해한"(崔杼弑齊君) 사실을 직필했다가 연이어 피살당했다. 그러나 동호가 마주한 조돈은 이와 같은 위협을 가하지 않았다. 동호와 관련된 역사 기록에는 복잡하고 다양한 역사 난제가 포함되어 있다. 진정한 위험은 인간의 안전이 아니라 역사 기록 자체에 있다는 것이다. 우리에게 한 마디 말만 쓸 수 있는 기록 공간이 남아 있다면 어떤 가치를 더 높게 쳐야 할까? 어떤 대목의 잘못과 불행을 분명하게 드러내야 할까? 어떤 사건을 선택하고 강조하여 후세 사람들에게 남겨놓아야 할까? 이것은 매우 어려운 문제다. 그러나 더욱 어려운 것은 설령 우리가 이미 최선을 다해 어떤 사람을 선택했다고 생각하더라도—예를 들어, 공자가 동호의 단호한 기록을 긍정하며 그를 '훌륭한 사관(良史)'으로 부른 것과 같은 것— 이 역시 그와 관련된 나머지는 배제하는 결과를 초래한다는 사실이다. 즉 한 번 거론할 만한 가치가 있는 더 많은 것을 묻어둘 수밖에 없게 되는 것이다. 역사의 편향은 단지 사관에게서만 유래하는 것이 아니고 '역사'라는 글쓰기 자체에 존재하는 문제인 셈이다.

이렇게 한 번 살펴보기로 하자. 앞의 사건과 관련하여 『좌전』에서는 사람 네 명과 개 한 마리가 죽었다고 기록했다. 죽은 사람의 면면을 보면 좋은 식재료를 망친 요리사, 자살할지언정 불의한 일을 하지 않으려 했던 서예, 굳건한 충성심을 실천하다가 불행하게 전사한 제미명, 실제 흉악한 살인을 저지르고 보복을 당한 진 영공이 그들이다(앞 세 사람은 모두 타살로 간주할 수 있다. 사법적으로 직접 살인과 간접 살인이 포함되어 있다). 역사시에서는 사건의 초점을 영공의 죽음에 맞추고 있다. 사건 본질의 중요성으로 취사선택을 할 때 이렇게 한 것은 합리적이라 할 수 있다. 그러나 이와 동시에 인간에겐 이와는 다른 더욱 완전한 감정이 있다. 어떤 사건을 보고 어떤 역사기록을 읽으면서 자연스럽게 느끼는 감정이 있다. 이것은 막을 수 없는 것이다. 적어도 한 차례에서 세 차례까지는 의심하고, 불평하고, 달리 생각한다. 역사를 꼭 이렇게 써야 했을까? 이렇게 쓸 수밖에 없었을까? 왜 내가 더욱 가치 있다고 여기고 더욱 감동적이라 여기는 것은 기록으로 남겨놓지 않았을까? 이에 인간은 천천히 다른 방식으로 역사를 기록할 수 있는 가능성을 찾을 것이고, 또 역사 밖에서 추구할 수 있는 다른 형식의 글쓰기 가능성에도 도움을 받으려 할 것이다. 예를 들면, 현재 문학이나 소설 장르 또는 훌륭한 소설가들이 사실 이와 같은 일을 하고 있다. 내 생각으로는 서예나 제미명에 대해 더 많은 글을 써보고 싶어 하는 사람이 있을 듯하다. 특히 서예와 관련된 사건은 구로사와 아키라(黑澤明)가 촬영한 어떤 영화와 유사하다는 느낌이 든다.•

• 구로사와 아키라가 1945년에 만든 영화 〈호랑이 꼬리를 밟은 사나이(虎の尾を踏む男達)〉의 설정과 유사하다.

한
글자

한 구절로 어떤 역사의 한 단락을 모두 담아내려 한 것과 마찬가지로 한 글자로 온전한 한 사람의 온전한 생애를 설명하려 한 시도도 있었으니 그것이 바로 시법(諡法)●●이다.

이에 관한 이야기를 계속하기 전에 모의실험을 한 번 해볼 수도 있다. 어떤 글자 하나를 찾아서 함수처럼 나 자신 및 내가 아는 모든 사람에 대응시켜 보자. 그 사람의 모든 인격과 심성, 일생의 업적과 인생 전체를 포괄하도록 말이다. 매우 어려울 것이다. 잘 아는 사람일수록 더욱 어렵다. 특히 그 대상이 자신이면 정말 불가능한 일이다. 예컨대 우리가 항상 생동적이면서도 진심이 담긴 글자 '笨(ben: 바보)'을 선택하여 자신을 비웃고 해명하는 경우를 제외하고는 거의 그렇다.

시법이 언제 시작됐는지는 확실하게 알 수 없다. 가장 믿을 만한

●● 과거 왕조시대에 어떤 인물이 죽은 후 그 사람의 평소 행적에 따라 시호를 내리는 방법이다.

학설은 주나라 시대에 시작됐다는 것이다. 우리가 『좌전』을 읽어보면 적어도 춘추시대 200년 간 시법이 상당히 성실하게 시행되었고, 각국에서도 국가대사로 처리했음을 확인할 수 있다. 이에 비해 이보다 조금 전 인물로 주공이나 소공처럼 중요한 사람에게도 시호를 썼다는 기록은 찾아볼 수 없다. 그들의 시호가 실전된 것이 아니라 그런 제도가 없었음에 틀림없다. 혹은 시호를 천자에게만 사용했을 수도 있다. 이처럼 시법을 제후나 대부에게 시행하는 것은 애초에 '참람된 행위'로 여겨졌고, 또 여기에 중앙 권력이 붕괴되는 과정이 반영되어 있는 것이 아닐까?

이 때문에 지나치게 숭고하고 정중한 시법의 목표와 지나치게 간략한 시법 시행 문자 사이에 마침내 거대한 간극이 발생했음을 상상하기 어렵지 않다—시법은 고정적으로 몇 글자만 사용했을 뿐이다. 예를 들면, 혜(惠), 은(隱), 문(文), 소(昭), 영(靈), 여(厲), 도(悼), 애(哀) 등의 글자가 그것이다. 마치 당시 사람들이 이미 현대의 원소주기율표와 같은 인표(人表)를 찾아냈거나 전해 받아서 종이 한 장으로 우주에 존재하는 모든 원자를(인류가 아직 발견하지 못한 원자까지 포함하여) 망라하려 한 듯하다. 사람이 죽으면 가장 이른 시기에 이 표에서 정확한 글자 하나를 찾아서 시호로 정했고, 이는 어떤 인물의 일생을 정산하는 매우 편리한 방법이었다. 즉 관 뚜껑을 닫는 동시에 그 사람에 대한 평가를 확정했다. 그것은 마치 어떤 원자를 확인하여 그 양성자, 중성자, 전자수 및 그 질량과 기본적인 화학 성분을 알게 되는 것과 같다. 재미있는 것은 시법에 사용한 글자 숫자가 원자 숫자보다 훨씬 적다는 사실이다. 또한 시법에는 완전한 대형 그물처럼 어떤 구조나 질서도 없다. 포착하려는 것이 원자보다 훨씬 복잡한 사람인데 어디에서 이런 자신감이 나왔는지 모를 일이다.

『좌전』에 나오는 두 인물의 시호와 관련된 이야기를 실제로 살펴보겠다. 한 사람은 초나라 공왕(共王)이고, 또 한 사람은 진(秦)나라 목공(穆公)이다. 이것은 사실 시법을 잘못 적용한 실패 사례에 해당한다. 우리는 실패한 사례에서 흔히 사안의 진상을 가장 잘 파악할 수 있다.

초 공왕의 아버지는 초나라에서 가장 위대한 장왕이다. 이것은 그가 역대 초나라 군자와 다른 특수한 환경에 처해 있었음을 알려준다. 그는 분명히 자신의 평생 사업에 만족하지 못한 군주였다. 병이 위중해지자 그는 초나라 대부들을 소집하여 유언을 했다. 그는 자신의 임기 내에 언릉 전투에서 패배한 일을 오랫동안 마음에 간직하고 있었다. 아마도 그는 늘 부친 장왕이 필(邲) 땅 전투에서 큰 승리를 거둔 일을 생각하고 있었을 것이다. 그는 자신의 패배에 늘 부끄러움을 느끼며 스스로 불초한 자식이라 여겼다. 이 때문에 그는 신하들에게 자신이 죽고 나서 시호를 정할 때 '영(靈)'과 '여(厲)' 두 글자 중에서 하나를 선택하라고 유언을 남겼다. 이 대목의『좌전』기록은 매우 생동감 있다. 초나라 대부들은 아무 소리도 내지 못했고, 누구도 대답을 하지 못했다. 초 공왕은 다섯 차례나 명령을 내렸고 그제야 대부들은 어쩔 수 없이 고개를 끄덕였다. 이 두 글자는 물론 나쁜 시호(惡諡)에 해당한다. 초 공왕은 틀림없이 진지하게 생각했을 것이다. '영(靈)' 자에는 일반적으로 "혼란을 야기했으나 손해는 나지 않았다"(亂而不損)는 뜻이 포함되어 있다고 인식된다. 이 글자는 언릉 전투 패배 후의 초나라 상황과 잘 들어맞는 것처럼 보인다. '여(厲)' 자에는 "무고한 사람을 살육했다"(戮殺不辜)라는 더욱 무겁고 나쁜 뜻이 들어 있다. 초 공왕은 아마 한 걸음 더 나아가 언릉에서 전사한 사람들을 생각하고 있었을 것이다.

초 공왕의 자책은 성공하지 못했다. 그의 최종 시호는 '공(共: 恭)'

으로 정해졌다. 신료들의 의견을 강력하게 배제하고 유언을 어긴 사람은 영윤 자낭(子囊)이었다. 그는 이렇게 인식했다.

"빛나는 초나라에서 임금으로 군림하여 오랑캐를 위무하고 남해를 정벌했으며, 중원을 복속시키고도 그 잘못을 알았으니 공(共)이라 하지 않을 수 있겠습니까? 시호를 공(共)으로 정하기를 요청합니다."
(赫赫楚國, 而君臨之, 撫有蠻夷, 奄征南海, 以屬諸夏, 而知其過, 可不謂共乎? 請諡之共.)

자낭의 이 말은 아첨이 아니고 비교적 공정하게 완전한 진상을 밝힌 것이다. 이 때문에 『좌전』에서는 공왕의 유언을 어긴 일을 기록하고 자낭을 찬미했다. 초 공왕은 재위 31년 동안 언릉에서 패배한 일만 했던 것은 결코 아니다.

춘추시대가 끝날 때까지 초나라에서는 어떤 왕도 '여(厲)'라는 시호를 받지 않았다. 그러나 '영(靈)' 자에는 자못 복잡한 곡절이 얽혀 있다. 초 영왕 몇 대 전 임금인 초 성왕(成王)은 자신의 태자 상신(商臣: 穆王)을 쫓아내려다 실패하고 오히려 "벌의 눈을 하고 승냥이의 목소리를 내는"(蜂目而豺聲) 그 흉악한 아들에게 핍박을 받아 자결했다. 그의 시호가 본래 '영(靈)'이었으나, 그가 저승에서 편안히 눈을 감지 못할까 염려하여 '성(成)'으로 고쳤다. 말하자면 "혼란을 야기했으나 손해는 끼치지 않은" 그의 일생이 갑자기 "백성을 편안히 하고 정치를 올바로 세운"(安民立政) 삶으로 변화한 것이다. 이것은 물론 순간적으로 그의 인생에 거대한 변화가 일어난 것이 아니라 그의 후대가 시호를 흥정한 결과일 뿐이다(저승에서 눈을 감지 못한다는 것은 기괴한 항의방식일 뿐이다). 공교롭게도 초 성왕도 성복 전투와 바로 앞 전투에서 대패한 임금이었다. 우리가 이미 알고 있는 것처럼 앞의 두 임금에게 사용하지 못한 이 '영(靈)' 자는 결국 공왕의 아들 공자 위(圍)에게 귀착되었다.

그 다음은 진(秦) 목공(穆公)이다. 이와 관련된 이야기는 우리가 이미 앞에서 서술한 적이 있다. 그는 영명한 군주였지만 엄식, 중항, 겸호라는 세 현신을 순장했기 때문에 본래 시호가 '무(繆)'로 귀착된 것으로 알려져 있다. 즉 본래 그는 진 무공(繆公)이었다. 그러나 이 시호에는 다른 의견이 있을 수 있다. 『춘추』 경문에는 진 목공의 죽음이 기록되어 있지 않다. 『좌전』에는 그 경과가 기록되어 있지만 나쁜 시호를 둘러싼 내막은 언급하지 않았다. 다만 진 목공이 죽은 후에 순장이라는 잘못된 일이 발생했음을 매우 안타깝게 여겼고, 동시에 이로부터 진나라가 찬란한 굴기의 역사에서 다시 침체의 역사로 되돌아갔고, "이런 까닭에 군자들이 진나라가 다시 동쪽으로 진출하지 못한 연유를 알았다"고 결론을 내렸다. 만약 진 목공의 진정한 시호가 '무(繆)'였다면 『좌전』에서 온건하게 "목(穆) 자로 무(繆) 자를 대신한(以穆代繆)" 것은 참으로 흥미로운 대목이다.● 이것은 검은 글자 하나로 진 목공의 일생을 규정하는 걸 『좌전』이 거절했다는 의미다. 현실에서는 인간이 한 가지 잘못 때문에 자신의 일생을 영원히 망칠 수 있지만 역사의 기록은 그렇게 해서는 안 된다. 역사의 기록은 이러한 현실 속 편파성과 불공정성 및 잔혹하고 불인한 측면을 바로잡아야 한다. 또한 『좌전』에서는 이미 진 목공의 일생 사적을 한 가지씩 더욱 자세하고 완전하게 서술했다. 그러므로 그의 방대한 업적을 누에고치처럼 한 글자 속에 구겨 넣을 필요가 없었던 것이다. 시법은 원래 문자를 사용한 부득이한 제한일 뿐이지 문자를 통한 현명하고 지혜로운 설정이라 할 수 없다. 사실 진나라 초기에 활동한 이 현명한 군주

● 제4장 각주 '무공(繆公)' 참조.

는 진 무공(繆公)이 아니라 진 목공(穆公)이라는 명칭에 비교적 잘 어울린다. 그렇지 않은가?

『좌전』에서 이처럼 문자의 속박을 풀고 서술의 지면을 회복한 것은 시법 한 가지에 그치지 않는다. 공(公), 후(侯), 백(伯), 자(子), 남(男)과 같은 제후의 분봉 등급도 공자가 쓴 『춘추』 경전에서는 여전히 송공(宋公), 제후(齊侯), 정백(鄭伯), 초자(楚子), 허남(許男)처럼 본래의 작위 칭호로 부르고 있다(아마도 제후국 군주의 시호를 인정하지 않은 듯하다). 이는 아마도 노나라 관방의 역사 기술 방식을 답습한 결과로 보인다. 그러나 『좌전』에서는 더 이상 이런 원칙에 구애되지 않고 시선을 현장으로 옮겨 하나하나 '목전'의 실제 상황을 반영했다―『좌전』은 글쓰기의 '시태(時態)'를 바꿨다. 『춘추』에서 사용한 것은 완료형이지만 『좌전』에서는 진행형으로 기울었다.

정 장공, 제 환공은 말할 것도 없고, 허나라와 등(滕)나라와 같은 작은 나라까지도 허 영공(靈公), 등 성공(成公) 등으로 불렀다. 온 천지에 공(公)이 넘쳐나게 된 것이다. 대체로 어떤 나라가 자신의 군주를 어떤 칭호나 어떤 시호로 부르면 『좌전』의 저자가 그대로 따라 쓴 것으로 볼 수 있다. 이와 같기 때문에 『좌전』에서는 마침내 천하에 하나의 왕만 있지 않고, 하늘에 두 개의 태양이 떠 있는 것과 같은 상황이 연출되었다. 그 하나는 주나라 천자였고, 다른 하나는 역대 초왕이었다―공교롭게도 『좌전』에 등장하는 첫 번째 초나라 군주(楚子)는 스스로 왕을 칭하기 시작한 초 무왕이다.

춘추시대가 끝날 무렵에는 또 두 명의 왕, 즉 오왕(吳王)과 월왕(越王)이 추가되었다. '2+2'가 된 것이다. 이로부터 천하 도처에서 왕을 칭하는 전국시대로 진입하게 되었다. 이와 같은 글쓰기의 '참람함'이 손상을 끼치는 것은 정치적 측면에 제한되고, 이밖에 일부 후세 독서

인들의 집념과 감정을 상하게 할 뿐이다. 역사 쓰기 자체에는 아무 손상도 끼치지 않고, 또 그것과 아무 관련도 없다. 이와는 반대로 역사 서술 부문에는 바흐친(Михаил Бахтин)이 말한 것과 같은 잡어성(雜語性)을 드러낸다. 즉 상이한 사람들의 시각과 사유가 다양하게 보태져서(또 인정되어) 당시 현실 곳곳과 민생 곳곳의 갖가지 진상을 포함한 실제 사실에 더욱 가까이 다가가게 된다("우리는 영원히 사실에 충분히 가깝게 다가갈 수 없다."). 이처럼 방대한 세계에서 어찌 더 많은 사람의 눈과 마음에 도움을 받아서 현실을 바라보지 않을 수 있겠는가? 『좌전』이 이런 글쓰기 방식을 견지한 태도에서 우리는 어떤 두려움이나 망설임을 전혀 발견할 수 없고 인위적인 힘쓰기도 찾아볼 수 없다. 이것은 특별한 태도와 어투로 시도하는 '대결성 글쓰기'가 전혀 아니다. 서술자는 이처럼 자유롭고 합리적인 생각으로 순리에 따라 사실을 이야기하려고 할 뿐이다. 마음에 거리낌이 없고 다른 일에 신경을 쓰지도 않으면서 단 번에 두 가지 목표를 달성하려고도 하지 않는다. 또 공(公)이라는 명칭에서 왕(王)이라는 명칭에 이르기까지 모든 군주의 명칭이 누구나 햇볕, 공기, 물처럼 마음대로 쓸 수 있도록 평가절하되었기 때문에 마치 후예(后羿)가 하늘의 태양을 쏘아 떨어뜨리듯 모든 왕을 멸망시킨 진시황이 등장하여 비로소 '황제'라는 완전히 새롭고 독창적이며 신성한 명칭을 창조해냈다.

이처럼 한 글자로 한 사람의 전 생애를 설명하는 오래된 시법은 사실 문자로 역사를 서술하는 기법이 다양하게 발전한 이후에는 어떤 중간형이나 과도형 상품처럼 도태되어야 했지만, 후대에 이르러서도 여전히 사라지지 않고 계속 시행되었다. 그리고 한 글자가 두 글자 또는 일련의 어휘 조합을 이루게 되었다. 그러나 여전히 면밀한 서술 방식을 가진 문장에 훨씬 미치지 못한 채, 결국 정치적 의미 속으로 폐쇄되고 말았다. 즉 충과 효를 가르치는 교육용이나 심지어 만사(輓詞)와 같은 장례 의식용으로만 사용되었다. 따라서 시호의 역사 설명 효과는 크지 않게 되었고, 역사를 읽는 사람들도 시호에서 그가 어떤 사람인지 알아볼 생각은 하지 않았다. 우리 모두의 독서 경험도 이와 같다. 시호에는 최대한으로 잡아도 비망의 흔적 정도만 남아 있을 뿐이고, 사람들에게도 최초의 큰 인상만 제시할 뿐이다. 말하자면 시호는 그가 좋은 사람인지 나쁜 사람인지, 성격이 흉악한지 비겁한지, 늘 사람을 괴롭혔는지 사람에게 기만을 당했는지, 평생을 득의만만하게 살았는지 비참하게 살았는지를 희미하게 기억하게 해줄 뿐이다—현실이라는 '대유희'는 종종 사람을 양 극단으로 몰고 간다. 예컨대 온화함이 비겁함으로, 강경함이 흉악함으로 간주되는 경우가 그렇다. 『손자병법』에서 "청렴하면 쉽게 더러워질 수 있다"(廉潔, 可辱也), "백성을 사랑하면 쉽게 번거로운 일을 겪는다"(愛民, 可煩也)라고 한 것과 같다. 초 성왕은 전쟁에 패배했으므로 중간이나 정상 임금으로 간주되기 어렵다. 이것이 현실의 '대유희'가 사람을 혐오스럽게 만드는 점 가운데 하나다.

우리는 또 한 가지 작업을 해볼 수 있다. 『좌전』을 펼치고 '환(桓)'이라는 시호를 받은 군주를 전부 찾아내서 비교해보는 일이다. 제 환공, 주 환왕, 노 환공, 진(陳) 환공, 채 환후 등이 그들이다. 그들은 키, 체중, 지력(智力) 등이 모두 달랐고, 또 "죄가 있으면 각자가 책임을 진다"는 방식으로 각자의 삶을 살아서 교집합이 거의 없다. 시호만 같았을 뿐 그들의 행동과 인생이 같았다고 해설할 수는 없다. 이렇게 보는 것이 『좌전』 저자의 기본적인 심리 상태에 가까이 다가가는 길이며, 우리 삶의 경험 자체로 되돌아가는 길이다—우리는 늘 어떤 사람을 조금 알게 되면 대부분 그에게 구체적인 일을 이야기를 하게 되는데, 그 때 그를 부르는 호칭과 이름은 본래의 의미를 거의 상실하고 최종적으로 소리만 남게 된다. 최초의 호칭과 이름에 심사숙고의 과정을 거쳐 상당한 의미를 담았거나 마음 가득 희망을 기탁했을 수도 있지만 말이다.

오늘날 춘추시대의 시호를 되돌아볼 때 진정 놀라운 것은 그런 방법이 상당한 성공을 거뒀거나 '매우 효과적으로' 기능했다는 점이다. 사람들은 그런 시법을 진지하게 믿고 또 그것을 대대로 신중하게 시행했다. 하나의 글자로 글쓰기를 하는 방법이 시작되고, 인간이 자기 몸에 의지하여 모든 일을 기억하던 시대에 사람들은 어떤 방법을 만들어 흐르는 물처럼 흘러가버리는 기억과 박투를 벌여야 했을까? 단지 하나의 글자와 하나의 구절이라는 고도로 제한된 문자를 빌려 인공으로 하나하나의 선을 새기는 실험을 할 수밖에 없었다(그러나 특히 플라톤이 통찰한 것처럼 문자의 사용이 기억을 인간 자신에게서 떼어낸다는 사실은 아직 알지 못했다). 시법의 구상과 시행은 사실 극복하기 어려운 인성의 모순적인 경향에 적지 않게 위배되고 또 인간의 인식과 판단 능력을 지나치게 높게 평가한 제도다. 여기에는 부정확한 시간, 위치, 진상이 늘 시간의 흐름에 가로막힌다는 근본적인 문제도 포함된다(따라서 후대에는 죽은 후에 시호를 줘야 하느냐 여부를 두고 논쟁이 일어나기도 했고 이에 제도를 조정하기도 했다. 그것은 사람이 죽고 나면 대체로 그 사람을 칭찬하는 분위기가 형성되는 것과 같다). 그러나 이것은 또 인간이 반드시 자신을 더욱 공정하고, 전문적이고, 이성적이고, 냉정하고, 감정이입 없이 다른 사람을 평가하기 위한 방법을 강구해야 함을 의미한다. 여기에는 방금 죽은 혈친(통상적으로 부친이나 형제)이나 원수(이 또한 부친이나 형제인 경우가 많나)나 자기 자신까지 포함된다. 어쩌면 일부 극복하기 어려운 것들이 있다 해도 그것을 진정으로 극복할 수 없는 건 아닐 것이다. 인간이 자신을 위해 좀 더 높은 목표를 찾을 수만 있으면, 현재의 좋은 것들을 영원히 좋은 상태로 유지할 필요는 없다. 나중에 좋은 것이 생길 수도 있고, 그것으로 사람에게 믿음을 줄 수도 있으므로, 그것을 정중하게 대할 수 있으면 된다.

춘추시대 사람들은 시법을 매우 진지하게 대했는데 이 점은 매우 인상적이다. 그들은 시호를 망자에게 부여하는 것으로 그치지 않았다. 산 사람들도 시호를 계승하여 높이 내걸고 현실 속에서 계속해서 그 가지와 잎이 무성하게 자라게 했다—『좌전』노 은공 8년 노나라에서는 대부 무해(無駭)가 죽고 나서 시호 수여를 토론했다. 중중(衆仲)은 "제후는 자(字)로써 시호를 삼고, 또 그 시호를 씨족의 이름으로 삼습니다"(諸侯以字爲諡, 因以爲族)라고 했다. 즉 죽은 사람의 후손이 씨족을 나눌 때 시호로써 그들의 새로운 씨족 이름을 삼는다는 의미다. 우리가 흔히 말하는 노나라 삼환(三桓)도 노 환공의 후예들이 환족(桓族)이라고 칭한 것이다. 이에 우리는 애초에 노 환공에게 맏아들 외에 세 아들이 더 있었음을 알 수 있다. 맏아들 동(同)은 보위를 이어 노 장공이 되었다. 이것이 바로 노나라라는 뱃전에 새긴 '환(桓)'이라는 흔적이다.

가장 두려운 것은
시간이다

단테는 『신곡』을 쓰면서 주시닝 선생이 『지옥 열 궁전의 염라대왕』을 쓸 때 및 공자가 『춘추』를 쓸 때 피하기 어려웠던 동일한 난제에 직면했다―그는 『신곡』에서 일찌감치 판결을 내려 방금 죽은 사람이나 심지어 아직 죽지 않은 사람을 나눠서 각각 천당, 연옥, 지옥으로 보내야 했다. 이것이 사람들의 논쟁과 비난을 야기한 건 당연한 일이었다. 그중에서도 단테를 가장 흉악하게 매도한 사람은 니체였다. 그는 단테가 "무덤 위에서 시를 쓰는 하이에나"라고 말했다(우리는 확실히 이런 글쓰기 악습이 존재하고 있음을 알고 있다). 가장 부드럽고도 심각하게 지적한 사람은 보르헤스였다. 그는 "하이에나가 시를 쓰는 건 모순이다"라고 하면서 니체의 공격을 가볍게 완화시키며 지극히 총명하게 이렇게 지적했다. 작가로서 단테는 하느님으로 분장하여(혹은 하느님도 탐지할 수 없는 결정을 추측하지 않을 수 없었다) 인간을 천당, 연옥, 지옥으로 보냈다. 그러나 단테는 또 그 책 속의 한 인물로 등장하여 때때로 이런 결정에 경악과 몰이해와 의문을 표시했다. 특히 책 속의 단테는 지옥에서 당대의 유명한 연인 프란체스카와 파올로를 만났다. 두 사람은 간통죄 판결을 받았고 하느님의 율법을 어긴 죄로 지옥에 떨어져 있었다. 그 때 남자는 이미 한 줄기 그림자처럼 말을 할 수 없는 상태였으며, 생명력이 비교적 강한 프란체스카만 단테의 질문에 대답했다.

"사랑이 우리를 죽음으로 이끌었습니다."

보르헤스는 이렇게 말했다. 책 속의 단테는 그들이 지옥으로 떨어진 판결에 아무런 흥미도 없었다. 그가 알고 싶었던 것은 "더욱 심도 있는 것"이었다. 즉 그들 두 연인이 어떻게 서로 사랑하고 있는지 알게 되었으며, 또 어떻게 사랑을 시작했는지, 그들의 달콤한 시절은 또 어떻게 도래했는지 등과 같은 것이었다. 바로 이 대목에서 보르헤스는 정확하게 말했다(나는 그가 완전히 정확하다고 생각한다) 단테는 그들을 부러워했다. 설령 그들의 몸이 지옥에 있다 하더라도 그들은 단단하게 함께 의지하고 있다.

"영원히 함께 하며 지옥을 향유하고 있다."

그러나 단테가 사랑한 베아트리체는 천당에 있어서 영원히 자신과 떨어져 살 수밖에 없다. 『단테』의 이 여정 마지막 장면은 베아트리체가 혼자서 가장 높은 하늘로 올라가고 두 사람이 영원히 다시 만나지 못하게 되는 것이다. 보르헤스는 베아트리체의 마지막 미소가 전체 텍스트에서 가장 슬픈 시구라고 말했다.

천당에도 원래 슬픔이 있을 수 있고, 지옥에도 다른 곳에서 영원히 얻을 수 없는 행복이 있을 수 있다. '천당/지옥'이라는 궁극적인 판결도 사실 궁극적인 것이 아니다. 이런 판결과 징벌에서 벗어난 일부에서는 희미한 빛이 감돌기도 한다. 이처럼 글쓰기를 통해 부득불 내려야 하는 판결에 결국 구멍이 생기게 되었고 또 갖가지 긴장 관계가 나타나게 되었다. 인간의 행운과 불행의 긴장 관계, 당위적 상황과 실제적 상황이 교차하는 긴장 관계, 다채로운 가치의 여러 신들이 충돌하는 긴장 관계, 하느님의 삼엄한 율법과 억제할 수 없는 인간 정감의 긴장 관계 및 『신곡』 작가로서의 단테(천주교 교의와 글쓰기 원칙의 영향을 비교적 많이 받았다)와 온전하고 다면적인 인간으로서의 단테가 양쪽 끝에서 끌어당기는 긴장 관계가 그것이다―이처럼 단테가 작가이면서 작중인물로 등장한 것은 글쓰기 전략의 교묘한 안배에만 그치지 않는다. 이 또한 단테라는 인간의 기본적인 사실이면서 더욱 완전한 생각이라 할 수 있다.

"그 속에 포함된 비극적인 성분은 작품에 속한다고 말하기보다는 작가에게 속한다고 말하는 편이 더 낫다. 또 글 속 주인공 단테에 속한다고 말하기보다는 글쓴이와 창작자로서의 단테에 속한다고 말하는 편이 더 낫다."

"단테가 (타자의) 고통을 즐길 리는 없다. 그는 용서할 수 없는 죄악, 대죄악이 있다는 사실을 알았다. 그는 각종 죄악을 범한 사람을 선택했지만 그들의 다른 측면에 대해서는 사람들이 흠모하고 찬탄한다. 프란체스카와 파올로는 음탕할 뿐 다른 죄는 짓지 않았지만 그 한 가지 죄가 두 사람 전부를 판정했다."

공자는 『춘추』를 쓰면서 화살처럼 곧게 쓸 것은 쓰고 삭제할 것은 삭제했다(본래 삭제는 비판이 아니라 칼로 잘라내서 수정하거나 감추는 것이다). 공자는 본래 비교적 제한을 많이 받은 집필자였지만 나중에 『좌전』이 나옴으로써 단테처럼 작중인물이 되었고, 온전한 인간으로서의 존재를 회복할 기회를 갖게 되었다. 이는 『춘추』 집필자로서 또 다른 공자가 드러내는 것보다 훨씬 많은 면모를 드러내는 계기로 작용했다. 즉 공자는 "조돈이 자기 임금을 시해했다"라는 역사적 판결을 내렸지만 『좌전』에서는 이 판결에 애석함을 표시했고 또 계속 토론할 수 있는 여지를 남겼다.

사실 『좌전』에서는 공자만 텍스트 속으로 끌어들이는 데 그치지 않고, 『춘추』라는 책도 텍스트 속으로 끌어들였다. 노 성공 14년 숙손 교여는 제나라로 사신을 가서 노 성공의 부인 강씨(姜氏)를 맞아서 귀국했다. 『좌전』은 이 대목에서 좀 두드러지게 『춘추』를 칭찬하는 경건한 찬사를 '끼워' 넣었다. 마치 작은 틈새를 찾은 것처럼, 나뭇잎 하나를 전체 나무 사이에 감추는 것처럼, 단테가 『신곡』을 쓰기 시작할 때 죽은 베아트리체와 그녀에 대한 그리움을 묘사하고 싶어 했고, 이에 작품 속에 그녀와 다시 만날 가능성을 창조해 넣었다고 보르헤스가 이야기한 것처럼 말이다. 『좌전』에서 『춘추』를 찬양한 대목은 다음과 같다.

이 때문에 군자는 이렇게 말했다. "『춘추』의 서술은 희미하면서도 분명하고, 확실하게 기록하면서도 흐릿하게 감추고, 완곡하면서도 논리적이고, 곡진하면서도 비루하지 않게 악을 징계하고 선을 권장한다. 성인이 아니라면 누가 능히 이를 닦아 기록할 수 있겠는가?"(故君子曰, "『春秋』之稱, 微而顯, 志而晦, 婉而成章, 盡而不汚, 懲惡而勸善, 非聖人誰能修之?")(『좌전』 「성공」 14년)

명백하면서 은밀하고, 직언을 하면서도 완곡하고, 한 가지 잘못이라도 끝까지 추궁하면서도 대국적인 견지에서 각각의 잘못을 덮어주려고 했다는 것이다. 이처럼 끝까지 바늘처럼 치밀하고 분말처럼 세밀한 최적의 글쓰기 방법을 찾는 것은 가장 뛰어난 집필자가 아니면 누가 그 일을 담당할 수 있겠는가? 이를 위해서는 확실히 고도의 집필 기술과 절정의 문자 감지 능력과 문자 이해 능력이 필요하다. 과거 역사와 현실 세계에 관한 풍부한 기억, 광활한 이해, 예리한 통찰도 필요하고, 아울러 사람에게 고통을 주면서 진정으로 불안한 선택을 강인한 심지로 끊임없이 시도해야 할 필요도 있다. 우리가 설령 이런 일을 할 수 있다 해도 성공적인 글쓰기를 한 후에는 틀림없이 이에 수반된 새로운 난제에 직면하게 된다. 누가 이런 글을 읽을 수 있을까?

"성인이 아니라면 누가 이런 글을 읽을 수 있을까?"

이런 글쓰기는 독자들에게 집필자와 동일한 수준의 지극히 가혹한 요구를 하게 된다. 물론 독자의 수준은 다소 떨어질 수 있고, 집필자와 동일한 수준의 소양을 반드시 가질 필요는 없다. 하지만 집필자와 독자의 거리가 너무 멀리 떨어져서는 안 된다.

또 공자 생전에는 『공양전』, 『곡량전』, 『좌전』도 아직 없었으며 게다가 『춘추』에 대한 진전된 연구, 토론, 해석도 없었다. 이런 상황에서 진정으로 『춘추』를 이해할 수 있는 사람은 드물고도 드물었을 것이다.

우리는 당시의 상세한 상황을 전혀 알지 못하지만 합리적으로 상상은 할 수 있다. 『공자』가 『춘추』를 집필하는 것과 동시에 노나라 관방판 『춘추』도 여전히 기록되고 있었을 것이다. 그것은 노나라의 정식 국사 기록이었다. 아직 공자가 집필한 『춘추』에 의해 대체되지 않은 관계로 공자의 『춘추』는 여전히 민간에 머물러 있었다. 게다가 당시에는 아직 출판업도 없었고, 인쇄술도 발명되지 않았다. 따라서 당시 실제로 공자판 『춘추』를 읽은 사람은 더욱 드물었을 것이다. 우리는 심지어 다음의 가능성도 배제할 수 없다―아마도 공자는 『춘추』를 한 번도 밖으로 내돌리지 않았을 것이므로 당시에 공자 이후 그

책을 두 번째로 읽은 사람은 없었을 것이다(수업 시간에 단편적으로 제자들에게 강의한 것은 제외한다). 세상 소식에 밝은 사람이라 해도 공 선생님께서 무슨 큰일을 한 것 같다는 투로 『춘추』 집필에 대해 전해 들었을 것이다. 따라서 늘 사람을 놀라게 하는 공자가 지금 무슨 생각을 하고 있다 해도, 또 무슨 춘추대몽을 꾸고 있다 해도 조금도 이상하게 생각하지 않았을 것이다.

나는 당시 노나라 군신 상하가 이 연로한 공자에게 특별히 관용적인 태도를 보였다고 믿고 있다. 어쩔 수 없이 아무런 손해도 끼치지 않는 관용을 베풀며, 공자에게 쿤데라가 말한 고독한 자유, 즉 아무도 돌아보지 않는 '저녁의 자유'를 선사했음에 틀림없다(노년의 베토벤, 즉 가장 거리낌 없고 가장 훌륭한 때의 베토벤을 이와 같은 사례로 들 수 있다). 우리가 실제로 공자의 집필 과정을 살펴보면 공자판 『춘추』는 결코 완성되지 않았다(혹은 완성될 수 없었다). 그것은 본래 한 가지 작업이었지 한 권의 책이 아니었다(작업이 끝난 후에야 자연스럽게 책이 완성된다). 그 집필은 이상한 짐승(기린)이 가져온 죽음의 조짐에 의해 중단되었다. 그것은 공자의 죽음과 단 한 걸음만 떨어져 있을 뿐이고 그 사이에는 근본적으로 시간이 게재되어 있지 않다—공자 생전에서 죽음에 이르기까지 상당히 긴 시간 동안 『춘추』는 노나라를 놀라게 하거나 세상을 놀라게 할 책이 될 수 없었다. 『춘추』는 사실 또 다른 역사의 일반 법칙이었다. 나중에 세상을 놀라게 한 것은 모두 먼지투성이의 볼품 없는 구석에서 시작되었다. 이 과정에는 오직 시끄러운 세상에 의해 침몰하지 않고, 간섭받지 않고, 흡수되지 않는 자유로운 시간이 필요했다. 또 자신이 바라는 모습으로 자라나 조금씩 자기 자리를 잡을 기회가 필요했다. 마치 말구유에서 태어난 예수처럼, 도서관에서 독서에 탐닉한 칼 마르크스처럼 말이다.

공자는 "나에게 죄를 줄 것은 오직 춘추뿐이다"(罪我者其惟春秋乎)
(『맹자』「등문공」하)라고 했다. 공자는 『춘추』를 쓰는 과정에서 점차 더
많은 그 무엇을 깨달은 듯하다. 그의 인생 후반기 목표였던 일련의 경
전 정리 작업 과정에서 역사 편찬 작업은 이처럼 보통과 달랐으며 심
지어 애초에 예상하지 못한 방향으로 흘러갔다. 거기에는 끊임없이
확대되는 시야, 이처럼 침중하고 낯설면서 사람을 주눅 들게 하는 고
독한 환경도 포함되어 있었다. 우리는 이 대목에서 공자 생전에 『춘
추』를 읽은 사람이 지극히 드물었고 또 이 말에는 시간이라는 관점이
은폐되어 있다는 사실을 고려해야 한다—현재의 시선과 영원한 시비
판결 사이의 모순은 시간에 따라 더욱 분명하게 큰 간극을 드러낸다.
이 때문에 집필자는 진정으로 현재가 아니라 미래에 죄를 얻게 될 가
능성이 크다. 집필자가 잘못을 범했을 때 그것을 진정으로 간파할 수
있고 또 그 잘못에 의해 피해를 당한다고 느끼는 사람은 후세 사람들
이다. 『춘추』를 개편하고 교정하는 작업은 특정한 개인을 겨냥한 것
이 아니며(즉「조돈전」이나「노 은공의 비극을 논함」을 위한 것이 아니다) 심
지어 어떤 단일한 국가에 한정된 것도 아니고(『공양전』에 의하면 공자는
다른 나라 기록의 일부까지 고쳤다) 당시의 모든 세계, 즉 인간의 시선이
미칠 수 있고 영향력이 미칠 수 있는 모든 세계를 겨냥했다. 적어도
당시 공자 자신의 경향은 이와 같았다.

　『춘추』가 드러내고 있는 최종 이미지는 다음과 같다고 말할 수 있
다. 그것은 공자가 생각하기에 이와 같이 되어야 '정확하다'고 할 수
있는 세계로, 인간이 모두 올바른 위치로 돌아가 올바르게 일을 하고,
모든 사람이 항거할 수 없는 재난과 운명이 습격해왔을 때도 올바른
반응과 선택을 하는 세계다. 따라서 이런 세계를 위한 정확한 역사 판
본을 삐뚤어진 현실 세계 위에 놓아서 후세 사람들에게 전해지게 해

야 한다. 그들에게는 이 하나의 판본만 필요할 것이다. 이런 세계는 유토피아가 아닐까? 인성이나 인간의 이지, 행위, 인내심 등의 한계에 근거해서 말하면 이것은 아마도 유토피아일 것이다. 인간은 여태껏 보편적으로나(공간상) 지속적으로(시간상) 일을 올바르게 처리할 수 없었기 때문이다. 이밖에는 완전히 현실적으로 행동했다. 즉 공자는 『춘추』를 개편하면서 목전의 현실에 존재하지 않는 어떤 것을 몰래 들여오지도 않았고, 어떤 불가사의한 역량과 대속(代贖) 대상을 끌어들이지도 않았다. 심지어 역사 사건을 하나하나 모두 단독으로 바라보았다. 그 사건은 거의 모두 간단하여 일반인도 정확하게 처리할 수 있는 것들이다. 예를 들면, 며칠 앞서 조문한 것도 정확한 일이고, 2개월을 기다려 농한기에 다시 인원을 동원하여 성을 쌓은 것도 정확한 일이며, 찬탈자의 뇌물을 받지 않고 그 범인을 폭로하여 성토한 것 등도 모두 정확한 일이다. 인간에게 좀 더 신중하고 좀 더 인내심이 강하고 심지어 좀 더 많은 생각을 요구하는 건 가혹하거나 사치스러운 바람이 아니다. 바로 이처럼 간단한 듯 보이지만 실제로는 충분하지 않기 때문이다. 이 속에 아주 심각한 세계의 진상과 인간의 진상이 감춰져 있다.

사색의 방향은 이미 목전의 정치를 분명하게 초월하여 어떤 시간 깊은 곳과 역사의 먼 곳을 지향한다.

이후 장장 2000년 동안, 다시 말해 중화민국 초기나 홍색혁명에 이르기까지 『춘추』의 개편자 공자를 진정으로 탓한 사람은 아무도 없었다. 오히려 "공자가 『춘추』를 짓자 난신적자가 두려워했다"(孔子作春秋而亂臣賊子懼)라고 하며(『맹자』「등문공」하) 『춘추』를 높이 내걸었다. 공자의 근심은 진실로 변하지 않았지만 이런 상황이 그에게 위로가 되었을까 아니면 다소 유감으로 느껴졌을까? 그를 진정으로 탓하지 않은 건 두 가지 가능성이 있다. 하나는 사람들이 그에게 잘못이 있다고 인식하지 않았기 때문이고, 다른 하나는 사람들이 그의 의문을 진정으로 이어받지 않았고, 또 그의 불안과 불확실성을 동반한 특수한 깨달음을 후세에 그냥 스치듯 흘려보냈기 때문이다. 또 『춘추』 이외에 당위성으로 현실성을 대체한 역사서는 더 이상 한 권도 출현하지 않았다.

"난신적자가 두려워했다"라는 견해에는 이후 역사의 진정한 주체 인물인 군주, 황제, 천자가 감춰져 있다. 물론 이들을 '적자(賊子)'라는 명목 하에 귀착시킬 수는 있다. 더욱 과격한 사람은 그렇게 했다. 맹자도 일찍이 그렇게 했다. 그는 "필부인 주(紂)를 죽였다는 말은 들었지만 임금을 시해했다는 말은 듣지 못했다"(聞誅一夫紂矣, 未聞弑君也)라고 했다(『맹자』「양혜왕」하). 이후 2000년 중국 역사도 하나의 권력이 중심으로 응집된 과정으로 간주할 수 있고, 명나라 때에는 놀랄만한 정점에 도달해서 결과적으로 못하는 일이 없게 되었다. 사람들은 갈수록 더욱 강대해지는 임금에게 제한을 가하고, 균형을 잡게 하고, 간언을 올리기 위해 모든 방법을 동원하여 가능한 모든 역량, 즉 이성적이고 도덕적이고 역사적인 역량을 이끌어 와야 했다. 중국에서 간언을 올리는 관리(그들은 버슬아치에 그치지 않는 행동가였다)와 임금은 긴 역사 동안 서로 얽히고 서로 뒤쫓는 변화 발전의 관계를 형성했다. 또한 찬란하지만 참혹함을 면치 못한 일련의 감동적인 역사를 형성하기도 했다. 이처럼 살얼음을 밟는 듯, 호랑이와 싸우는 듯한 간쟁자(諫爭者)를 예로 들면, 조금 더 이른 시기의 비간(比干)*과 백이·숙제

---

* 은나라 마지막 임금 주왕(紂王)의 숙부다. 주왕이 포악한 정치를 계속하지 그것을 만류하는 간언을 올렸다. 주왕은 화를 내며 "성인의 심장에는 구멍이 일곱 개가 있다고 하는데 진짜인지 확인해봐야겠다"라며 비간의 흉부를 갈라 죽였다.

(伯夷·叔弟)*에까지(사실 뒤의 두 형제는 투항을 거절한 사람에 더 가깝다) 거슬러 올라갈 수 있다. 하지만 일반적으로 말해서 그 기점은 『춘추』에서 비롯되었다. 간관(諫官) 업종의 주요 성인은 바로 공자였다. 사람들은 우물에서 물을 길어 올리듯 바로 공자에게서 끊임없는 역량과 필요한 용기를 얻어서 이른바 간쟁자라는 역사 속 사망자의 긴 대열을 향해 걸어갔다. 물론 이런 견해가 완전히 오해는 아니다. 좀 뻔뻔하기는 하지만 결국 권력이 나날이 한 사람으로 집중되는 새로운 현실에서 군왕은 확실히 점차 "세계를 정확하게 다스리는" 관건 인물로 변했다. 그 정확성의 첫 번째 요인은 솔선하여 정확성의 핵심을 세상에 펼쳐 보이는 것이었다. 군왕이 바르면 누가 바르지 않을 수 있겠는가라고 하면서 말이다.

그러나 이런 견해는 공자의 '용기'을 과장했다거나 오히려 그의 진정한 용기를 과소평가했다는 혐의에서 자유롭지 못하다—『좌전』은 우리에게 이와 관련된 구체적인 증거를 많이 제시해주고 있다. 이것은 『논어』나 『예기』 등 다른 곳의 공자 행적과도 일치하여, 서로 인증할 수 있고, 서로 해명할 수 있다. 여기에서는 한 가지 사례만 살펴보고자 한다. 그는 제나라의 포견(鮑牽)으로 일찍이 거리낌 없는 직언으로 명성을 날린 포숙아(鮑叔牙)의 증손자다(그러나 증조부와 같은 실력과 신용을 갖지는 못했다). 포견은 제 영공(靈公)의 모친 성맹자(聲孟子)와 경극(慶克)의 궁정 스캔들을 폭로했다가(성맹자는 또 제나라에서 도주해온 숙손교여와 사통했다) 성맹자에게 모반 혐의로 모함을 당해서 발꿈치를 잘리는 형벌인 월형(刖刑)을 당했다(이상한 점은 왜 그런 형벌을 선택했는

● 은나라 말기 고죽국(孤竹國)의 왕자들이다. 당시 주나라 무왕이 은나라 주왕의 폭정을 못 이겨 정벌에 나서자, 백이와 숙제가 앞을 가로막으며 "신하로써 임금을 정벌하는 것은 의롭지 못하다"고 간언을 올렸다. 무왕이 듣지 않자 수양산으로 들어가 주나라 곡식을 먹지 않고 고사리를 캐먹다가 아사했다.

가 하는 것이다. 언뜻 깡패들의 '본보기'처럼 보인다).

공자의 논평은 상당히 냉정하고 조롱기도 섞여 있다. 그는 포견이 해바라기의 총명함에도 미치지 못했다고 말했다. 해바라기는 그래도 자신의 뿌리를 보호할 줄 알기 때문이라는 것이다(해바라기는 거대한 머리 부분과 예민하게 태양을 바라보는 성향에 의지하여 항상 자신의 뿌리를 직사광선을 피해 그늘 속에 자리 잡게 한다는 것이다. 이것은 공자의 특수한 생물학적 견해다).

이와 같은 '인의냐 죽음이냐' 혹은 '돈이냐 생명이냐'의 양자택일 놀이를 진정으로 즐긴 사람은 맹자였다. 그는 곰발바닥 요리와 생선 요리라는 두 가지 맛있는 요리 중 하나를 선택해야 하는 일을 흥미진진하게 이야기했다.●● 이것은 역사적으로 유명한 비유에 속한다. 만약 우리가 공자에게 이에 대한 대답을 하라고 추궁한다면 그는 아마도 인의가 생명보다 중요한 것이라고 동의하겠지만 그 동의에는 다소 시간이 걸릴 것이다. 맹자와 공자는 행동과 사유 방식이 매우 상이하다. 맹자는 인생이 한 차례, 또 한 차례 이처럼 이어지는 선택 과정과 같다고 강조했고 그 이미지도 매우 과격한 반면, 공자는 맹자가 예로 든 것과 같은 선택 과정이 인간의 삶에서 일상적으로 일어나는 사례라고 인식하지 않았다. 즉 그것은 길고 긴 인생에서 한두 차례 만나는 것으로도 충분히 침중하고 충분히 운수 나쁜 사례라는 것이다. 아마도 모종의 특수하고 불행한 순간이 이와 같을 수 있지만 그것은 해,

---

●●『맹자』「고자」 상에 나오는 이야기다. "맹자가 말했다. '물고기도 내가 먹고 싶은 것이고, 곰 발바닥도 내가 먹고 싶은 것이지만, 두 가지를 모두 먹을 수 없고 한 가지를 골라야 한다면, 나는 물고기를 버리고 곰 발바닥을 고를 것이다. 좋은 삶도 내가 바라는 바이고, 의로운 행동도 내가 하고 싶은 일이지만, 이 두 가지 중에서 하나를 골라야 한다면, 나는 나의 삶을 버리고 의로운 행동을 취할 것이다.'"(孟子曰, '魚我所欲也, 熊掌亦我所欲也, 二者不可得兼, 舍魚而取熊掌也. 生亦我所欲也, 義亦我所欲也, 二者不得兼, 舍生而取義者也.') 목숨을 버려서라도 올바른 행동을 해야 함을 강조하는 비유다.

달, 별이 인간과 어떤 교차점에서 만나는 것과 같아서 운명을 만나거나 천지신명을 만나는 것처럼 앞으로 나아갈 수밖에 없다.

그러나 사실 이와 같은 곤경의 대부분은 지나가는 과정에서 먼저 알아차리고 적절하게 처리할 수 있으므로 상황을 마지막 선택 단계까지 악화시킬 필요가 없다(공자는 인간이 어지러운 세상과 어지러운 나라에서 어떻게 처신해야 하는지 여러 번 이야기했다). 사람은 살아가면서 곳곳에서 선택에 직면한다. 거의 시도 때도 없을 정도로 자주 선택의 기로에 선다. 심지어 자신이 선택 상황에 놓였다는 것도 느끼지 못할 정도로 빈번하게 그런 일과 마주한다. 그러나 그건 삶과 죽음, 즉 "사느냐 죽느냐"와 같은 극단적인 상황이 아니다(부끄럽기도 하고 다행스럽기도 하지만 나 자신은 쉰이 넘는 인생을 살면서도 진정으로 곰발바닥 요리와 생선 요리를 선택해야 하는 것 같은 극단적인 선택 상황에 직면하지 않았다). 또 그건 통상적으로 동전을 던져 양자택일해야 하는 간단한 상황이 아니다. 그중에서 가장 골치 아픈 건 하나의 가치와 또 다른 가치의 끊임없는 충돌이다(이런 상황은 보통 양자택일에 그치지도 않는다). 이것은 사람을 고통스럽게 만들 뿐 아니라 일이 끝난 후에도 거듭 돌이켜보고 후회하며 괴로움을 곱씹게 만든다. 그렇다고 금방 죽을 수 있는 것도 아니다. 심각하게 말해서 이것은 맹자의 생사 결단보다 훨씬 어려운 일이다. 왜냐하면 이를 위해 필요한 것이 순간의 용기에 그치지 않고 지식도 필요하고, 끊임없는 사색과 결정과 회의도 필요하기 때문이다. 혹은 다양한 종류의 용기와 여러 차례의 용기도 필요한데, 회의는 가치관 자체에까지 영향을 미칠 수 있다. 여기에는 당신이 본래 전혀 주저하지 않고 어떤 것을 위해 죽을 수 있다고 생각한 그 신념과 가치도 포함되는데, 당신은 감히 그 어떤 것을 좌절케 하고, 실패하게 하고, 미로에 빠뜨려 돌아오지 못하게 할 수도 있다.

그린은 『말기 환자(A Burnt-out Case)』라는 소설을 통해 콩고 한센병 마을에서 매일 환자 60명을 진료하느라 눈코 뜰 새 없이 바쁜 의사 콜린(Colin)을 묘사했다.

"당신의 신이 이 세상을 본다면 틀림없이 조금은 실망할 것입니다."

그는 바티칸 교황청에 의해 성자로 추존된 모 신부를 비웃었다. 왜냐하면 그 신부는 한센병 환자를 돕다가 병에 감염되어 죽었기 때문이다. 콜린은 신부가 불필요한 일을 했다고 말했다. 한센병은 전염성이 지극히 약하고 기본적인 의학지식만 갖추고 간단한 몇 가지 예방조치만 취하면 피할 수 있는 것이기 때문이라는 것이다. 또 콜린은 이렇게 말했다.

"수녀들이 숲 속에서 운영한 한센병 병원을 아직 기억하시지요? D.D.S.가 (한센병 치료를 위한) 효과적인 약물임을 발견했을 때 그곳 환자는 즉시 6명으로 줄었습니다. 당신은 그곳 수녀 한 분이 내게 어떻게 말했는지 아십니까? '정말 무서워요. 의사 선생님, 오래지 않아 우리에겐 한센병 환자가 반 명도 남지 않을 겁니다.' 그녀는 정말 한센병 애호가입니까?"

만약 당신이 한 가지 신념만을 과장하고 동시에 그것을 단일한 사람, 사안, 사물에 철저하게 적용한다면 인간은 틀림없이 부지불식간에 한센병 애호가로 전락할 것이다.

임금에게 간언을 할 때 공자는 줄곧 직언에 찬성하지 않았다. 그는 '부드럽고 풍자적인 간언(諷諫)'을 하는 것이 좋다고 여겼다(이런 점을 통해 그가 그린 군신 관계 이미지를 엿볼 수 있다). 부드럽고 풍자적인 간언은 여러 번 올릴 수 있으므로, 이번의 잘못을 바로잡을 수 있을 뿐 아니라 다음이나 그 다음 잘못까지 바로잡을 수도 있다. 게다가 풍자적인 간언은 여러 경로로 대상자를 공략하기 위해 비교적 다양한 지식 내용, 기술, 창조적 재능을 강구하고, 여기에는 통상적으로 유머도 포함된다(이것은 지극히 중요하지만 늘 저평가되는 요소다). 그리고 간언을 올리는 사람 자신이 '하나의 간언 작품'으로 승화되어 대대로 교훈을 주고, 감상 대상이 되고, 후세에 계속 이용될 더 많은 기회를 얻게 된다—진실한 세계에서는 나와 남들이 모두 끊임없는 잘못을 범할 수 있다. 생명은 단번에 승부를 거는 도박이 아니라 일상적인 곤경과 근심이 이어지는 과정이다(공자는 그것이 종신토록 겪어야 할 근심이지 하루아침의 우환은 아니라고 했다). 진실한 세계에서는 더더욱 인간의 가치관이 단 하나로 한정되지도 않고 또 하나로 합칠 수도 없다. 수호해야 할 아름다운 것은 하나에 그치지 않지만 인간의 죽음은 단 한 차례일 뿐이다. 우리가 어질고 자애로운 덕목을 위해 죽는다면 정의, 성실, 선량, 고귀함 등을 위해 죽을 방법이 없다. 임금을 위해 죽는다면 가족, 애인, 친구 및 모르는 사람을 위해 죽을 방법이 없다. 이런 측면에서 극단적으로 말하자면 인간의 생명이 어떤 귀중한 것들의 숫자에 훨씬 미치지 못한다는 사실에 나는 동의한다(동의하는 사람이 적겠지만 상관없다). 그러나 이처럼 부득이한 수량 때문에 매우 신중하게 생명을 사용해야 한다.

"집안에 천금을 쌓아놓은 사람은 집안 처마 아래에 앉지 않는다"(千金之子, 坐不垂堂)●라고 했다. 그러나 이 말이 잔인한 사람이나 비겁한 사람의(이것은 흔히 한 사람의 두 측면이다) 어떤 핑계가 되지 않기를 바란다. 공자는 극단적인 간언의 위험을 깨닫고 있었을 가능성이 지극히 크다. 그는 간언과 관련된 일을 이야기할 때 목숨을 걸어야 한다고 말하지 않고 목전의 유연성과 운신의 여지를 확보해야 한다고 했

●『사기』「사마상여열전(司馬相如列傳)」에 나오는 한나라 시대 속담이다. 부귀한 사람은 쉴 때라도 기와가 떨어질지도 모르는 처마 아래처럼 위험한 곳에 앉지 않는다는 뜻이다.

다. 사람이 죽은 후에도 지각이 있다면 아마도 효성이 지극한 사람들은 한 평생 부모가 사망한 슬픔에서 벗어나지 못하고 영원히 혼령의 세계에서 살아갈 것이다. 사람이 죽은 후에 지각이 없다면 무정한 자손들은 부모의 시신을 함부로 내다버릴지도 모른다.

『춘추』 편찬은 공자에게
가장 어울리지 않는 일이었다

공자는 후반기 전 생애를 들여 『시』, 『서』, 『예』, 『악』, 『역』, 『춘추』 정리(본래는 책 여섯 권이 아니라 여섯 가지 일에 가까웠다. 아울러 공자는 이 일을 합쳐서 평생 매진해야 할 사업으로 삼았다)에 몰두하면서 제자를 가르쳤다. 이런 일을 하게 된 전환점은 대체로 그가 진(晉)나라 조간자(趙簡子)의 무도한 행위를 보고 황하를 건너지 않은 마지막 출장이었다.* 그것은 나이도 달라졌고, 생명의 시간도 달라진 공자, 즉 이미 현실에서 조금씩 물러서서 더욱 거대한 시야를 확보한 공자의 마지막 과제였다. 이른바 캉유웨이(康有爲)가 공자의 업적을 가리켜 "옛 것에 기탁하여 제도를 바꿨다(託古改制)"라고 개괄한 것은 그다지 옳은 견해가 아니다. 오히려 공자는 통시적 시간의 변화로부터 새롭게 세계를 파악하여 인간을 이해했다고 말해야 한다. 과거를 더욱 자세하게 탐구했지만

---

* 조간자는 당시 진나라 집정관 조앙(趙鞅)이다. 그가 당시 진나라의 현신 두주(竇犫)와 순화(舜華)를 죽이자 공자는 황하를 건너 진나라로 가려던 발길을 돌렸다.

오히려 더욱 의미 깊은 미래에 대한 지향과 기대를 갖고 있었다. 공자가 황하를 건너지 않자 그의 젊은 제자들은 아마 깜짝 놀라 모두 그곳으로 달려가지 않았을까? 춘추시대로부터 이후의 중국 역사는 아마도 이 지점에서 미묘하게 방향을 바꿨을 것이다. 이에 몇 가지 일이 발생했지만 그런 일들이 더 이상 아무 기능도 할 수 없게 되었다. 이 일이 공자가 마지막 용기를 내어 열국을 주유한 마지막 행차였다.

그러나 모종의 상황은 이미 아무도 깨닫지 못하는 사이에 변하고 있었다. 당시에 공자를 저지한 것은 그보다 한 발 앞서 진나라 조씨 가문에 투신하여 자리를 잡은 천하의 악당 양호(陽虎) 때문이라기보다는(물론 양호와 같은 악당과 사사건건 부딪쳐야 하는 상황도 고려했을 것이다. 그런 상황이 사람을 피로하게 하고 주눅 들게 하리란 건 확실한 사실이다. 그런 상황에서 자신이 도대체 무슨 일을 할 수 있을까라고 생각했을 것이다) 바로 눈앞에서 저토록 아름답고 무정하게 흘러가며 사람을 두렵게 만드는 황하였다고 하는 편이 더 합당하다.

"아름답도다, 물이여! 넘실넘실 도도하게 흘러가는구나!(美哉水! 洋洋乎!) 흘러가는 것은 이와 같도다! 밤낮을 쉬지 않나니!"(逝者如斯夫! 不舍晝夜!)●●

여기에서 말하는 것은 물론 시간이고, 또 자기 자신이고, 또 바꿀 수 없는 모든 흐름이다. 이와 같은 시간 속에서 인간만사와 삼라만상, 인간 자신의 존재와 행위는 불가피하게도 모두 지나간 것과 상이한 표준 그리고 그런 것과 그다지 비슷하지 않은 의미를 드러내고 있으며, 아울러 각자의 한계와 종점 및 헛수고를 보여주고 있다. 여기에는

●● 앞의 대목은 『사기』 「공자세가(孔子世家)」에 나오고, 뒤의 대목은 『논어』 「자한(子罕)」에 나온다. 이를 둘러싸고 다양한 견해가 존재한다. 여기에서는 공자가 자신의 힘으로는 어찌할 수 없는 세월을 탄식한 것으로 보고 있다.

뭔가 겉으로 떠도는 듯한 느낌도 배어 있으므로 새롭게 발붙일 만한 곳을 찾아야 했다.

공자는 그때를 노나라로 돌아가 정착할 시점으로 보았지만 그는 여전히 "동서남북을 떠도는 사람"이었다. 다만 그 떠돎이 이제는 공간에서 시간으로 바뀌었을 뿐이다. 노나라는 원대한 포부를 가진 이 사람에게 어떤 이상 반응을 보이지는 않은 듯하다. 일반적으로 이런 사람은 늘 고통과 조롱을 당하곤 한다.

인간은 후세에 이름을 남겨야 한다고 공자는 믿었다. 인간의 생명도 역사의 뱃전에 새긴 흔적이다. 그는 자신이 이 세상으로 진입한 이상 어떤 일을 해야 하며, 또 세계가 자신으로 인해 확실히 이전과 다르게 변했음을 실증하려 했다. 때때로 그는 자신의 용기를 한 번 북돋워야 할 때, 하늘이 자신에게 모종의 신비한 사명을 부여했다고 말하기도 했다.* 이러한 사유는 만년으로 갈수록 또는 생명의 종점에 가까이 다가갈수록 더욱 분명하게 표현되었다―광(匡) 땅에서 위기에 처해 거의 비명횡사할 지경이 되었을 때도 또 다른 종착점으로 볼 수 있다.** 이것은 하나의 신념이기도 한데, 이런 신념으로 무한한 시간, 즉 모든 것을 데려가고 모든 것을 씻어버리는 시간에 대항했다―이런 일은 확실히 사람을 견딜 수 없을 정도로 고통스럽게 만든다. 인간은 쿤데라가 말한 것처럼 '먼 곳'을 가져야 맹목적으로 눈앞의 현실에 빠져들지 않을 수 있다(눈앞의 현실은 번개처럼 지나가므로 우리는 하나의 순수한 눈앞을 상상할 방법이 없다). 이런 상황은 줄곧 인간의 어리석은 행위와 재난의 근본적인 원인으로 작용했다. 그러나 게르첸이 말한

---

* 공자는 여러 차례 하늘이 부여한 사명을 짊어지고 있다고 말했다. 대표적인 사례가 『논어』 「술이」에 나온다. "공자가 말했다. '하늘이 내게 덕을 주셨는데, 환퇴가 나를 어찌할 수 있겠는가?'"(子曰, '天生德於予, 桓魋其如予何?')
** 이 일은 『논어』 「자한」에 나온다.

의미 있는 목표는 너무 멀어서는 안 되고 좀 더 가까워야 인간과 사물을 상실하지 않을 수 있고, 그것들이 모두 미세한 먼지로 변하게 하지 않을 수 있다.

공자는 노나라 역사를 바탕으로 그것을 개편하여 『춘추』를 지었다. 공자가 역사를 철저하게 새로 쓸 생각을 가졌는지는 알 수 없다. 여기에서 이렇게 말하는 것은 아주 평범한 의미, 즉 전혀 놀랍지 않은 의미다—『춘추』에서 옛 글쓰기 체례를 답습한 것, 즉 죽간 1매에 한 가지 국가대사를 기록한 것을 공자가 고쳐 쓰기는 했지만 여전히 불가피하게 죽간 1매에 한 가지 역사 판결을 기록할 수밖에 없었다. 여기에 다시 모호하게 상의할 공간이 끼어들기는 어려웠다. 이것은 사실 공자와 가장 어울리지 않는 글쓰기 방법인데, 공자는 이런 방법에 대해 당시 다른 어떤 사람보다 어색함을 느꼈을 가능성이 지극히 크다(예를 들어 맹자에게 이런 일을 시켰다면 어떤 광경이 벌어지고 어떤 결과가 생겼을지 상상해보라).

공자는 생각이 너무 많은 사람이었다. 춘추시대 전체를 통틀어보더라도 그는 생각이 가장 많고 사유가 가장 복잡한 사람이었다. 그러나 아마 가장 흥미로운 건 바로 공자가 이처럼 자신에게 어울리지 않는 일을 했다는 점일 것이다. 그다지 당연하지 않은 일을 하며 당시 현실에 혼연일체로 녹아들 수 없었기 때문에 그중 일부는 그 시대를 뛰어넘거나 꿰뚫으며 후세로 흐름이 이어질 수밖에 없었다. 이 지점에서 역사의 틈이 생겨 용암의 불길이 치솟아 올랐다. 또 이미 마음속에 생성되었지만 이미 정해진 수량의 죽간에 써넣지 못한 판단들도 남게 되었다. 이런 것들은 결국 다른 출구를 찾거나 다른 공간을 찾거나 다른 방식을 이용하여 기록되어야 했다.

『춘추』를 지은 공자가 특별히 무섭게 느껴지는 까닭은 틀림없이 글쓰기 업무 밖의 어떤 요인에 의지하지 않고, 글쓰기의 내면에서 이와 같은 종류의 깊이 있는 깨달음을 얻었기 때문일 것이다. 우리가 이렇게 말하는 것도 공자의 평생 행적에 대한 기본적인 이해에 근거한 것이다. 특히 그가 중요한 순간에 행한 선택, 즉 몇 차례나 우쭐대듯이 출국했다가 다시 노나라로 돌아온 일이라든지(나라를 여관으로 삼은 것인가?) 또 그가 계손씨 때문에 벼슬을 얻고도 계손씨의 마지막 보루였던 거대한 비성(費城)을 철거하려고 고심한 일을 보면 더욱 그러하다―이러한 선택의 순간이 닥칠수록 그는 진정으로 권세와 세속에 개의치 않았다. 사람들이 가장 쉽게 불안을 느끼는 일에 대해서 그는 오히려 불안을 느끼지 않았다. 이것을 모험도 두려워하지 않는 그의 행동이라고 말하기보다는 그가 그런 것에 개의치 않았거나 신경 쓰지 않았다고 설명하는 편이 더 낫다. 공자는 지극히 세속적인 사람이지만 아주 중요한 일에 집중하거나 시시비비가 명백한 사안에 전념할 때는 이처럼 사람을 조마조마하게 하는 '천진함'을 드러내곤 했다. 이런 행동은 인정세태에 가깝지 않지만 매우 훌륭한 행동이다. 이는 자신의 세속성을 거부하고 억제하면서 그 속에 반드시 포함될 수밖에 없는 일부 허무적인 요소까지 씻어내는 행동이다.

오늘날의 어휘로 설명하자면 공자의 사유 경향은 공시적이라기보다 통시적 측면에 편향되어 있고, 철학이 아니라 역사에 더욱 근접해 있다. 완전히 무질서한 것으로 보이는 춘추 세계에서 질서를 찾는 데 진력하면서 그는 홉스봄이 조심스럽게 말한 것과 같은 모종의 일반 법칙을 믿고 있었다.

"역사를 연구하는 것은 결국 어떤 일반 법칙을 찾아내기 위한 것이 아닐까?"

그러나 일반 법칙은 하나가 아니고 복수로 동시에 존재하고 동시에 작용한다. 이런 일반 법칙들은 또 모두 제한적이어서 사람들이 떠드는 것처럼 서로 차단하고, 한정하고, 지연하고, 상쇄함을 면치 못하므로 사람들은 인내심을 가지고 일일이 분리하고 변별해내야 한다. 우리는 아마도 목전의 어떤 수요에 따라 그중 한두 가지를 선택하여 강조하고 있는 듯하다. 그러나 이와 동시에 그렇게 선택하고 강조하는 모험을 의식하지 않을 수 없으므로, 결국 그런 과정이 과장되고 고정화되면서 그것을 배제하고 부지불식간에 망각하는 모험을 하게 된다. 이러한 것들은 『논어』에서 가장 분명하게 살펴볼 수 있다―『논어』에서도 마찬가지로 곳곳에 어떤 일, 어떤 사람에 대한 시비 판단이 실려 있다.

그러나 공자가 제자들에게 알려주려고 노력한 것은 오히려 다음과 같은 내용이었다. 즉 일과 인간을 사실에 입각하여 판단하는 목전의 엄정한 시비 분별과 모종의 보편적이고 궁극적인 정론(모종의 진리) 사이에 엄청나게 큰 틈이 존재하고 아울러 그 중간에 또 가공할 만한 세계가 가로놓여 있으며, 거기에 또 모든 것을 끊임없이 변화시켜서 싣고 가버리는 더욱 가공할 만한 시간이 가로놓여 있다는 사실이었다. 사실 공자는 늘 같은 문제에 다른 대답을 했고 오늘과 내일이 달랐다. 자로의 질문과 염유의 질문에도 서로 다른 대답을 했다. 또 공자는 "모르겠다"라는 보류성의 대답을 항상 사용했다. 사람에게도 그랬고 어떤 사안에도 그랬으며 삶과 죽음에 대한 질문에도 "모르겠다"고 대답했다. 또 공자는 자신의 제자가 지나치게 자신의 말을 믿을 때, 자신이 이전에 한 말을 부정하거나 뒤집는 일도 마다하지 않았다. 그리하여 기억력이 좋아서 공자의 앞뒤 말에 헷갈린 제자들은 이렇게 항의하기도 했다.

"하지만 스승님! 좀 전에는 그렇게 말씀하지 않으셨잖아요?"

그렇다. 가장 무섭고 불확정적인 것은 시간, 즉 줄곧 이동하는 시간이다. 목전에 옳은 것이 미래에도 여전히 옳다고 할 수 없다. 흘러가는 것은 이와 같으므로 공자는 자신의 『춘추』 판본과 거기에 포함된 모든 판단을 후세에까지 관철할 수 없다. 몇 백 년 후나 몇 천 년 후에는 지금 이 시각에 공들여 새겨놓은 이 흔적들을 반드시 수정해야 한다. 그들은 수정해야 한다는 사실을 기억할 수 있을까? 아니면 그 때문에 공자를 탓할 수 있을까?

가장 좋은 사람, 가장 좋은 사물은
여기에 있지 않다

이번에 나는 이십대 때 했던 일을 한 가지 다시 해보았다. 『좌전』문장은 가려놓고 『춘추』의 경문만 읽는 일이다. 나는 젊은 시절 약간 멍청해서 주석본보다 원전으로 돌아가려 했다. 즉 본래의 얼굴빛이 분가루에 오염되는 걸 혐오했으며 그것을 당연하게 생각했다. 결과적으로 나는 마치 어떤 보복을 당한 것처럼 망연자실한 느낌을 받았고 또 사기를 당한 것 같은 느낌도 들었다. 그리고 이것이 위대한 『춘추』라는 사실을 믿기 어려웠다. 지금은 이런 사실을 알고도 일부러 읽었는데, 주요 목적은 실증적으로 그 내용을 다시 살펴보려는 것이었다. 여전히 앞의 느낌과 같은데도 이 책이 이처럼 재미있다고 말해야 한다면(설령 어쩔 수 없이 슬프고 진혹하더라도) 춘추시대 200년의 완전한 역사 기록인 『춘추』는 분명히 사람을 만족시킬 수 없고, 그것의 전체 이미지는 건조하고, 성글고, 황량한 것에 불과할 것이다. 나는 공자 자신이 처음부터 읽어나가던 모습을 상상했다. 집필자로서 마침내 그렇게 읽을 수 있는 시간이 있었을 것이다.

한 걸음 더 나아가 『춘추』와 『논어』를 비교해보는 것도 아주 재미있다. 『논어』는 공자 스쿨의 교육 실록, 즉 작은 역사 1부로 간주할 수도 있다. 책이 완성된 시간은 틀림없이 공자 사후일 것이지만 그 과정에서 가볍지 않은 제한을 받았을 것이다. 이 때문에 공자의 유동적인 대화가 어쩔 수 없이 개별적으로 '격언화' '진리화'될 수밖에 없었다. 그러나 그처럼 개별적인 어록체의 경쾌함과 그런 전개방식만으로도 우리는 『논어』 내용의 생동감, 복잡함, 풍부함을 목도할 수 있다. 등장인물들은 이름, 관직명, 윤곽에만 그치지 않고, 모두 생명력이 충만하여 그들을 부르기만 해도 바로 책에서 뛰쳐나올 듯하다. 자로, 자공, 안회, 염구(冉求), 재아(宰我)나 성격이 두드러지지 않은 자하, 자유(子游), 자장(子張), 증삼(曾參), 번지 등도 모두 전혀 혼동되지 않는다. 소설가 아청은 일찍이 『논어』를 일컬어 "공자의 가장 풍부한 삶이 포함된 책이다"라고 했다. 즉 이 책이야말로 공자의 비교적 완전한 모습을 보여주는 텍스트라는 의미다. 그가 어떻게 생각하고, 어떻게 제자들이나 당시 사람들과 어울리고, 어떻게 매번 당시 현실에서 중요한 선택을 하고, 또 어떻게 시간의 흐름이라는 배 위에서 인간과 세계를 바라봤는지를 폭넓게 보여준다.

'『춘추』도 『논어』처럼 썼으면 얼마나 좋았을까?'

『춘추』를 읽고 나면 첫 번째로 이런 느낌이 든다. 그러나 『춘추』도 마지막에는 이렇게 쓰려 한 것 같고, 거기에 『좌전』이 보태졌다. 공자의 의도에 더 완전하게 접근한 『춘추』에는 『좌전』과 같은 책이 포함되어야 한다. 그렇다면 결국 『좌전』과 『논어』는 『예기』 등과 도대체 어떤 점이 다른가? 모두가 공자의 제자 및 그 제자의 제자들이 대 사부님께서 세상을 떠난 후 그 어록과 행적을 정리한 기록이 아닌가? 아마도 그 차이는 우리가 우연히 『좌전』에 비교적 구체적인 저자를 붙여주고, 그 책을 공자에게서 분리하여 독립시키고, 마치 그것이 "다른 사람의 작품"인양 취급했다는 점뿐일 것이다. 공자는 『춘추』를 쓸 때 한 매의 죽간에 다 써넣지 못한 생각을 어디에다 두었을까? 『논어』에 의하면 그는 틀림없이 자신의 제자들에게 『춘추』를 강의했다(예컨대 조돈이 임금을 시해한 이야기). 이것은 공자의 실제 상황이고 또 당시의 기본 사실이다. 당시에는 소위 "지혜의 담지체"가 여전히 인간 자신이었다. 즉 인간의 기억과 대화에 의지했다. 예를 들어, 문자가 없는 나바호족도 "인간은 모든 걸 기억한다"라고 말한다. 문자는 본래 원시인들이 토기에 그려놓은 미완성 기호처럼 어떤 사실을 표시하는 기호에 불과하다. 또 어떤 완전한 기억을 다시 불러오는 뱃전에 새긴 흔적일 뿐이다. 그러나 문자는 시간에 의해 흘러가고 죽음에 의해 중지되는 기억에 강력하게 저항하는 특수한 능력으로 마침내 인간의 기억과 언어를 대신하게 되었다. 이처럼 천천히 완성되어가고 항거할 수 없는 역사의 발전 과정에서 춘추시대 조금 뒤의 시기는 바로 역사의 기록이 분명하게 눈에 띄게 늘어나는 시대, 즉 기록의 폭발이라고 형용할 만한 시대의 시작이었다. 그 시작 지점이 공자 문하에서 비롯되었다는 합리적인 믿음이 내게는 있다. 공자 이후 2~3대 제자들은 이미 시간의 무정한 침식 역량을 깨달았다. 아울러 실제로 그들은 인간의 망각과 사망을 겪으며 대 사부님이 생전에 하신 말씀을 기억하려고 노력했다. 자신들이 그 일을 마지막으로 알게 되는 사람이 되지 않으려고 말이다. 그런 대화를 기억하는 동시에 그들은 또 자신도 모르게 대 사부님이 견지한 사고의 기반 위에서 계속 그런 사고를 반복했다. 예(禮: 제도)와 춘추(역사)라는 두 과목, 즉 가장 현실적인 요소가 풍부하기 때문에 끊임없이 변화하는 이 두 과목은 더욱 그러했다.

죽간 한 매에 모든 걸 쓸 수 없으면 더 많은 대나무를 베어내고 또 심어야 한다.

『좌전』은 세월의 뱃전에 새긴 『춘추』의 흔적을 하나하나 해체하여 시간 순서와 구체적인 디테일과 인간의 이야기를 복원했을 뿐 아니라 그 내용의 서술을 회복한 책이다―레이몽 아롱(Raymond Aron)은 현실에 매우 적극적으로 개입한 학자의 한 사람으로, 프랑스학사원(L'Institut de France)의 역사 강의에서 아주 정확한 발언을 한 적이 있다. 대략 다음과 같은 내용이다.

서술은 역사의 초보적인 형식이 아니다. 서술은 여전히 역사에 대한 편향된 애호이고 역사 쓰기의 주체적인 형식이다. 인간들은 일찍이 오해를 했다. 특히 과학이 이념이 되는 시대에 역사 쓰기는 한결같이 과학적 사유방식을 진지하게 모방하여 역사로 하여금 "정확성이 조금 떨어지는 과학"이 되게 해야 한다고 말이다. 그러나 서술로 되돌아가는 것은 사실 정확성을 더욱 깊이 있고, 더욱 세밀하고, 더욱 완전하게 파악하려는 시도다. 과학에서 잘라내거나, 방치하거나, 간단하게 개념화, 데이터화하기 어려운 것을 빠뜨리지 않으려는 노력이다. 역사는 모호성과 불확실성을 드러내지 않을 수 없지만 모호성과 불확실성이 바로 인류 세계의 기본적인 진상이다. 이 세계를 구성하는 것은 행동하는 사람이지 운동하는 원자가 아니다. 이 또한 칼비노가 지적한 바와 같다. 정밀한 모호성은 사실 더욱 정확하다. 그것은 바로 인간과 사물이 가장 세밀하게 흔들리는 모습이다. 이에 데이비드 흄은 우리에게 지극히 심오한 철학적 기초를 제공했다. 그는 시간으로 회귀하여 시간의 전후 순서로 인과관계를 대체했다. 이와 같이 인과관계를 폄하하는 것은 사실 더욱 완전하고 미묘한 인과관계를 용납하는 태도다. 이 때문에 모든 사물과 모든 현상은 "이루 다 헤아릴 수 없는 과거의 원인이 축적된 결과이자, 이루 다 헤아릴 수 없는 미래의 결과가 배태되는 원인이기도 하다."

서술로 되돌아가는 것은(여기에는 이미 몇몇 논점과 일반 법칙과 아롱이 말한 '인식 패턴'이 포함되어 있고, 기존의 발견과 정리를 상실하지 않고 있다. 『좌전』이 그러한 것처럼) 또 역사로 하여금 개방성을 유지하게 하기 위한 노력이다. 이것은 공자의 우려에 호응하여 그것을 완화시켰다— 후세 사람들은 거듭해서 역사의 서술을 보고 사건 자체로 되돌아가서 모두가 새롭게 소재를 선택하여, 새로운 느낌을 가지고 새로운 판단을 내릴 수 있다.

마지막으로 공자의 『춘추』 판본에는 견디기 어려운 부적절함이 포함되어 있다. 혹은 정확하게 말해서 역사 쓰기가 피하기 어려운 부적절함이 과장되어 있다. 그 부적절함은 바로 거기에 기록된 인간의 숫자, 종류, 소양과 관련되어 있다. 『춘추』는 원본 노나라 역사 기록에 근거하여 쓴 역사서다. 노나라 역사는 한 국가의 일기로 등장인물의 주체는 노나라 군주와 각 대소 제후다. 그 좁은 죽간에 끼어 들어간 기타 인물은 그 자신의 삶이 뛰어나서가 아니라 그와 군주의 상관관계가 밀접해서 기록되었을 뿐이다. 기본적으로 두 부류의 사람이 있었다. 그 하나는 군주의 명령을 받들고 사신을 가거나, 전투에 나가거나, 혼인하는 사람을 맞아오거나 전송하는 부류다. 다른 하나는 다소 좋지 않은 부류인데, 군주에게 살해된 사람이 아니면 군주를 살해한 사람들이다.

공자 자신이 그린 역사 이미지와 당시 세계의 이미지는 아마 그런 혼란한 모습이 아니었으므로 그는 다소 번민에 빠지지 않았을까? 당시에는 노자도 없었고, 그 자신도 정사에 참여할 수 없었고, 안영, 숙향, 거백옥(蘧伯玉), 사어(史魚) 등, 그가 중시했거나 심지어 직접 만나서 대화를 나눠본 감각이 뛰어난 사람들도 없었다. 또 몇 갈래 여행길에서 우연히 마주쳐서 그에게 가장 어려운 질문을 던진(그를 바꾸려 하거나 아니면 그의 길을 가로막으려 한) 익명의 은자들도 더 이상 존재하지 않았다. 당시에 계찰이 노나라를 방문한 건 오나라 왕의 명령 때문이었으므로 국빈이라 할 수 있다. 공자 당시의 현인은 오직 그만이 희미한 흔적을 남겨놓았을 뿐이다.

『좌전』에는 훨씬 많은 기록이 남아 있다(그러나 단지 『춘추』보다 '훨씬 많다'는 것에 그쳤을 뿐이다). 우리가 의미 있게 생각하는 춘추시대 인물 태반은 『좌전』에서 소환해온 사람들이다. 흥미롭게도 『좌전』에는 결벽증이나 조울증으로 죽어간 사람도 기록되어 있다. 그것은 중국 역사에 최초로 등장하는 병증(病症)의 사례다. 그는 바로 작은 나라 군주 주(邾) 장공(莊公) 천(穿)이다. 원문은 매우 생동감이 있다.

주(邾)나라 군주가 문루에서 정원을 내려다보는데, 문지기가 병에 든 물을 정원에 부었다. 주나라 군주가 그것을 보고 화를 냈다. 문지기가 말했다. "이역고가 여기에서 소변을 본 적이 있습니다." 명령을 내려 그를 체포하게 했지만 잡지 못하자 더욱 화를 냈다. 주나라 군주는 스스로 좌상(座床)에서 뛰어내리다 화로의 숯불에 데어 화상을 입고 마침내 죽었다. 먼저 수레 5승과 사람 5명을 순장했다. 주 장공은 성질이 조급하고 깨끗한 것을 좋아했기 때문에 이런 일을 당했다.(邾子在門臺, 臨廷, 閽以瓶水沃廷, 邾子望見之, 怒. 閽曰, "夷射姑旋焉." 命執之, 弗得, 滋怒, 自投于床, 廢于爐炭, 爛, 遂卒. 先葬以車五乘, 殉五人. 莊公卞急而好潔, 故及是.)(『좌전』 「정공」 3년)

이 인용문에 나오는 '선(旋)'의 뜻은 소변이다. 정원에 물을 주는 시종을 대신하여 이역고는 틀림없이 물에 유기질 비료를 탔을 것이다. 조급증이 발작한 이 작은 나라 군주는 이 때문에 화상을 입고 죽었다. '선(旋)' 자는 지금도 타이완 방언에서 여전히 이런 의미로 사용한다. 특정한 의미의 동사인 셈이다. 그러나 오줌 줄기가 활 모양으로 휘어지는 시각적인 연상 작용 때문에 타이완 사람들은 어릴 때부터 이 글자를 비루하게 여겨 입 밖에 내지 않는 경향이 있다. 그런데 그 글자가 『좌전』과 같은 경전에까지 쓰일 정도로 그렇게 출신이 고귀한 줄은 상상도 하지 못했다.

하지만 『좌전』에는 소변을 본 문지기 이역고는 등장하지만, 바다 같은 지혜를 가진 노자는 등장하지 않는다. 또 전자는 이름도 있고 성도 있는데 노자의 성명은 여전히 불확실하다. 전설에 의하면 공자는 노자를 용과 같은 사람이라고 말했다고 한다. 어쩐지 용도 현실 속 생물과 상상 속 생물 사이에 끼어 있는 동물이 아닌가?

지금까지 줄곧 역사에서 느껴온 깊은 불안감은 분명히 '악(惡)'에 대한 서사가 부족하다는 데 집중되어 있다. '악'이 은폐되고 분식되어 있다는 측면은 바로 악한 사람과 악한 일을 철저하게 폭로하지 못했다는 사실을 가리킨다. 진실한 인류의 과거 세계는 역사책에서 읽는 상황보다 훨씬 더 좋지 못했다. 우리는 역사 집필자가 현실의 거대한 권력과 부귀 등의 요소를 견디지 못했다고 미루어 짐작할 수 있다. 인간은 공포와 욕망 앞에서 흔히 무릎을 꿇곤 한다. 이것은 진실이다. 우리는 지금도 직접 이런 상황을 목격할 수 있고 심지어 우리의 옛날 친구들까지 이런 상황에 연루되어 있음을 알 수 있다. 그러나 나는 실제로 더욱 심각한 것은 '선(善)'한 행동이 부족하다는 사실이라고 생각한다. '선'은 포착하기 어렵고, 머물게 하기 어려우며, 드러내기도 어려운데, 이런 측면은 더욱 많이 더욱 일상적으로 극복하지 않으면 안 된다. 여기에는 역사 집필자 자신(용기, 인내심, 인지와 판단 능력, 글쓰기 기교 등)도 포함되고, 역사적 글쓰기 자체도 포함된다(그 체례, 기본 설정, 한계에 대한 탄력적 운용 등). 다시 말해 인류의 가장 훌륭한 모습, 가장 아름다운 시절, 일찍이 획득했던 가장 좋은 물건은 더욱 역사 속으로 진입하기 어렵고, 실제 인간들도 우리가 역사책에서 목격하는 인물보다 훨씬 훌륭하다. 개별적으로는 좋은 점이 훨씬 많다.

글쓰기 자체로 돌아가면 이 모든 것이 곧바로 분명한 모습을 드러낸다. 모든 필자 및 독자는 선이 악보다 훨씬 쓰기 어렵다는 사실을 거듭해서 경험하곤 한다. 진지하고 용감하지만 기민하지는 않은 위대한 인류학자 마거릿 미드(Margaret Mead)가 이미 발견한 바와 같이 이상하게도 모든 민족에게서 지옥(혹은 이와 유사한 것)에 대한 묘사는 지극히 생생하고 정밀할 뿐 아니라 그 세부 구조도 매우 상세한 데 비해 천당에 대한 묘사는 재미없고, 생기 없고, 공허한 모습을 드러낸다. 이런 현상은 단테의 『신곡』에도 그대로 적용된다. 『신곡』의 천당부분에서 우리에게 감동을 주는 대목은 많지 않다. 또한 우리가 어떤 특별한 느낌을 받는 부분이 있다 해도 그건 통상적으로 의심이 들거나 불만이 있는 대목이다. 다시 말해 우리는 성공적인 묘사에 심취하는 것이 아니라 오히려 어떤 실패한 부분을 발견하는 데서 쾌감을 느낀다.

이에 비해 악에 대한 묘사는 다채롭고 생생하지만 통상적으로 일종의 깊이까지는 느낄 수 없고 일반인도 쉽게 이해할 수 있다. 그 핵심은 기본적으로 인간이라면 모두 갖고 있는 생물적인 본능과 욕망이기 때문에 이와 같이 생생하고 진실하게 묘사할 수 있었던 것으로 보인다(진정으로 무서운 것은 반드시 진실해야 한다. 즉 우리가 분명하게 알고 있는 일이 정말 발생할 수 있기 때문이다). 사람에게 오해를 불러일으키는 악의 깊이는 단지 기술적으로 필요한 은폐일 뿐인데, 그것은 마치 도적을 죽이기 위해 몰래 그 일을 진행하는 것과 비슷하다. 진정 심오한 것은 선(善)인데, 이것의 심도는 결코 헤아릴 수 없다. 왜냐하면 선은 인간만이 발견하고 발명한 덕목으로, 우리의 육체적 욕망, 우리의 생물적인 생존 본능과의 연계는 지극히 미약하고, 간접적이고, 불확정적이어서 자주 이율배반적인 모습을 보이기 때문이다. 따라서 선은 설명하기도 쉽지 않고 그것만의 원리로 다른 사람을 설득하기도 쉽지 않다. 선은 사람들에게 상대적으로 가혹한 요구를 하는데, 매일 한 걸음씩 전진하면서 많은 사람을 포기하게 만든다. 이에 그런 가혹한 요구를 이해할 수 없거나 이해하려 하지 않는 사람은 결국 인간 군체에게서 멀리 떠나 사람들의 시선 밖으로 사라진다.

공자가 『춘추』를 지을 때 만약 원본 노나라 역사 기록을 각 상황에 맞게 정정했을 뿐 아니라 당시 200년 동안 전개된 인간의 진상과 세계의 진상을 드러내고자 했다면 집필자 스스로는 그런 글쓰기 성과에 만족할 수 없었을 것이다.

가장 좋은 사람과 가장 좋은 사물은 역사 기록 속에 있을 수 없다. 인간 자체가 이와 같을 뿐 아니라 역사도 어떤 집체에 속한 사람의 일반적인 기록에 불과하기 때문이다. 가장 많은 것은 평범한 사람이나 사물일 뿐이다. 우리는 이것을 기본적인 사실인 동시에 하나의 '신념'이 되도록 깊이 기억해야 한다─역사를 읽으며 단순하게 기쁨을 얻기는 어렵다. 역사를 진지하게 읽을수록 늘 더 깊은 슬픔과 황량함에 젖기 마련이다. 따라서 인간이 "대지연 속에서 가장 공포스럽고 가장 가소로운 종족임"을 믿지 않기가 어려우며, 또 인간의 역사를 "끊임없이 어리석은 행위를 반복하며" "악몽에서 깨어나려고 몸부림치는" "미치광이의 자서전"으로 간주하지 않기가 어렵다.

인간의 가장 훌륭한 모습은 역사의 기록 속에 남겨놓을 방법이 없다. 심지어 인간 세계의 너무나 긴 시간 속에 보존할 방법도 없다. 우리에게 마음 놓고 그것을 진실로 믿으라 하는 것은 더더욱 환상이나 희망과 유사하다. 일찍이 소설로 역사를 대체하려고 시험한 『인간희극』의 작가 발자크는 이렇게 말했다.

"어떤 환상, 순결한 희망, 은백색 실은 어떻게 하늘에서 내려와서 땅에 닿지도 않고 다시 하늘로 되돌아갈까?"

신념은 인간이 오랫동안 축적하여 견지한 그 무엇이다. 그것은 실재하는 것이다. 그것에는 오랜 유래와 깊은 이치가 담겨 있다. 나는 보르헤스가 이와 유사한 말을 한 적이 있다고 기억한다. 신념은 사실 여러 물건을 한데 묶어놓은 보따리와 같다. 우리가 갖고 있는 일련의 지식, 경험, 이해가 뒤섞여 있는 방식이어서 그것을 말로 분명하게 설명하기 어렵다. 아마도 우리는 이 속에 어쩔 수 없이 밀수품을 욱여넣는 것처럼 수많은 것을 밀어 넣을 수밖에 없다. 그것은 인간이 가질 수 없는 신념과 신임일 수도 있고 그다지 가능해보이지는 않지만 정말 일어날 수도 있는 어떤 기대일 수도 있다. 대개 이와 같다.

옮긴이의 글

이 책은 원본의 부제가 표방하듯 "『좌전』 읽기(讀『左傳』)"다. 그러나 단순한 고대 역사 이야기에 대한 피상적인 감상문이 아니다. 본래의 제목 '眼前', 즉 '눈앞'이 바로 이 책의 본질을 규정하고 있다. '눈앞' 은 무엇인가? 인간 생존의 구체적인 현실이다. 피와 눈물을 가진 생명의 활동 영역이다. 그 '눈앞'은 희망일 수도 있고 절망일 수도 있지만 도피하고 싶어도 도피할 수 없는 운명 같은 것이기도 하다. 따라서 『좌전』을 매개로 복수의 '눈앞' 현실이 만나는 이 책은 과거와 현재가 교차하여 미래를 낳는 운명의 향연이라 할 수 있다. 『춘추』를 쓴 공자의 '눈앞', 그 『춘추』를 보충하고 해석한 『좌전』 작가의 '눈앞', 『좌전』에 등장하는 온갖 인물들의 '눈앞', 그 『좌전』을 다시 읽는 타이완 작가 탕누어의 '눈앞', 탕누어의 이 책을 번역한 나의 '눈앞', 내가 번역힌 이 책을 읽고 있는 독지 여러분의 '눈앞'이 독서의 바탕이며 출발점이라는 의미다.

좀 더 구체적으로 말하자면 저자 탕누어가 발 딛고 있는 눈앞의 현실은 거대한 중국 대륙의 위협에 맞서 늘 생존에 대한 우려를 안고 있는 작은 섬 타이완이다. 이는 『춘추』의 저자 공자의 눈앞과 겹친다. 공자가 태어난 노나라도 늘 강대한 제후국 제나라의 위협에 노출된 약소국이었다. 공자가 『춘추』에서 가장 많이 거론하며 현인으로 인정한 자산의 눈앞은 어떤가? 자산의 조국 정나라 역시 진(晉)나라, 제나라, 초나라, 진(秦)나라 사이에 끼어 하루도 편안한 날이 없었던 약소국이었다. 자산의 치밀하고 정확한 현실 대책은 모두 약소국 정나라를 위한 생존전략이라 할 수 있다. 『좌전』 저자의 눈앞도 마찬가지다. 그는 약소국의 지식인으로 천하의 질서를 회복하고자 희망한 공자의 뜻을 이어받아, 『춘추』 주석서 『좌전』으로 천하의 운행 원리를 밝히려 했다. 이 모든 '눈앞'은 4강, 즉 미국, 중국, 일본, 러시아에 둘러싸인 지금 여기 한반도 구성원의 '눈앞'과 겹친다. 이런 까닭에 나는 이 책이 지금 이 책을 읽고 있는 독자 여러분의 눈앞에서 강렬한 공명 현상을 일으킬 것으로 기대한다.

돌이켜보면 내가 『좌전』을 본격적으로 읽은 것은 대학원 석사과정 시절이었다. 당시 서울에 대학원 학적을 두고 지방 거처로 왕래하면서 그곳 대학원생들과 『좌전』 읽기 공부 모임을 만들었다. 아마도 양보쥔(楊伯峻)의 『춘추좌전주(春秋左傳注)』(中華書局)를 교재로 썼고, 전체 네 권 중에서 1권 정도만 읽었던 것으로 기억한다. 당시에 나는 『좌전』을 읽으면서 두 가지 목적을 염두에 두었다. 첫째, 우리 옛 선비들이 『맹자』와 함께 한문 모범 문장 텍스트로 인식했던 『좌전』을 읽으면서 한문 독해 실력을 늘린다. 둘째, 수많은 고사성어의 출처인 춘추시대 역사를 정확하게 이해하여 중국학 공부의 바탕을 튼튼하게 쌓는다. 그러나 『좌전』은 내가 평소에 생각했던 것보다 어휘와 문법이 훨씬 어려웠고, 양보쥔의 주석도 너무 방대하여 내가 기대했던 소기의 목적을 달성하지 못했다. 물론 춘추시대 역사에 대해서는 학부 시절 진순신(陳舜臣)의 『소설 십팔사략(小說十八史略)』 번역본(송지영 역, 교문사)을 읽으며 어느 정도 윤곽은 잡고 있었으므로 『좌전』 읽기 모임이 용두사미격으로 중단되고 나서도 그리 큰 아쉬움은 들지 않았다. 그리고 이후 나는 2015년 춘추전국시대 역사를 다룬 풍몽룡(馮夢龍)의 장회소설 『동주열국지』(글항아리)를 완역하는 과정에서, 당시의 역사를 더욱 상세하게 파악하며 인간의 사고와 행동에 대해서 보다 깊고 넓은 사색의 기회를 가질 수 있었다.

역사는 과연 우연을 가장한 필연의 반복일까? 아니면 필연을 가장한 우연의 반복일까? 게다가 우연과 필연을 맺어주는 수많은 인연은 또 무엇일까? 이 책 번역 과정에서도 나는 우연히 마주친 인연에 깜짝 놀랐다. 탕누어는 이 책 제5장에서 이렇게 말했다.

"이따금씩 어떻게 『좌전』 읽기를 시작하는 것이 좋으냐고 내게 묻는 친구들이 있다. 나는 먼저 대략 『동주열국지』(『좌전』의 구어판, 축약판, 이야기판이다)를 한 번 읽고, 당시 세계의 밑그림이라도 그려서 길을 잃지 않는 편이 좋다고 제안한 적이 있다."

나도 『동주열국지』를 번역한 이후 이런 이야기를 자주 하는 편이다. 더욱이 『동주열국지』 머리말에서도 나는 비슷한 언급을 한 적이 있다. 탕누어의 언급과 거의 똑같은 논리로 말이다. 이런 인연이야말로 우연 속에 숨은 필연처럼 느껴진다. 이런 학문적(혹은 문학적) 인연을 만나면 나도 모르게 흐뭇한 미소를 짓게 되고, 그 저자와 더욱 가까운 곳에 있다는 친근감에 젖는다. 게다가 탕누어는 『좌전』의 눈앞과 자신의 '눈앞'을 갈마들며 지식인, 글쓰기, 귀신, 정욕, 평화, 전쟁, 음악, 시간 등의 주제를 둘러싸고 깊이 있는 사색의 결과를 보여주고 있다. 그러나 그 결과는 '눈앞'의 현실 문제에 대한 관례적인 해답 찾기가 아니라 역사 속 인간 실존이 겪는 동요와 곤혹에 대한 공감이다. 나는 또 나의 '눈앞' 현실에 서서 그의 공감에 적극 공감한다. 이런 친근감과 공감이야말로 같은 시대를 사는 지식인으로서의 친밀한 연대의식이 아닐까?

탕누어 문장의 난해함 대해서는 여러 번 들은 적이 있다. 중국어 중견 번역가 김태성은 자신이 "지금까지 번역한 100권 남짓 되는 중국어 책들 가운데서 탕누어의 『마르케스의 서재에서(閱讀的故事)』(글항아리, 2017)가 가장 작업하기 힘든 책이었다"고 토로하면서 "탕누어의 책을 번역하는 일은 고형(苦刑)"이라고 했다. 나도 이번 번역 과정에서 똑같은 느낌을 받았다. 타이완식 중국어에다 영어와 일본어 표현과 구조를 뒤섞어 놓은 듯한 탕누어의 만연체 문장은 하루에 다섯 쪽도 번역하기 힘든 문자의 미로였다. 이번 작업은 실로 문장의 문법적 구조를 옮기는 형식상의 번역에 글의 논리와 의미를 옮기는 내용상의 해석이 동반된 고통스러운 과정이었다. 바이두(百度)를 검색해본 결과 중국인들도 탕누어의 글을 매우 어렵게 인식하는 듯했다.

"탕누어는 사유가 혼란하여 그것을 말로 잘 표현하지 못하는지라 굳이 여러 갈래로 에둘러 서술하다가 결국 독자를 헷갈리게 만든다. 나는 겨울방학 때 그가 쓴 『세간의 이름(世間的名字)』을 읽으면서 매우 난해한 느낌을 받았다."(知乎, https://www.zhihu.com)

하지만 탕누어의 글이 출구를 알 수 없는 미로는 절대 아니다. 지금 탕누어는 '프로페셔널 독자'를 표방하며 타이완에서 가장 많은 팬을 거느린 작가로 유명하고, 점차 팬의 범위를 중국 대륙으로 확장하고 있는 중이다. 그는 말 그대로 독서를 직업으로 선택한 전문적인 독자다. 그의 글이 출구 없는 미로라면 이처럼 광대한 독자군을 형성하지 못했을 것이다. 나는 그가 설치해놓은 미로를 헤쳐 나가면서 온 삶을 바쳐 책을 읽고 사색하는 그의 치열함에 깊은 감명을 받았다. 그의 미로는 구비를 돌 때마다 현실과 역사의 성찰을 통해 얻은 지혜로 가득 차 있었다. 난해한 탕누어의 글을 끝까지 읽게 하는 힘은 바로 이처럼 치열한 사색에서 얻은 지혜라 할 만했다.

지금까지와 다른 새로운 독서세계를 소개해준 노승현 선생에게 감사를 드린다. 이 책은 나의 독서 편력과 번역 세계에 또 하나의 이정표가 될 듯하다. 중국어가 얼마나 어려운 언어인지 체감했고, 그 어려움을 극복한 기쁨이 어떤지도 실감했다. 흐름출판 유정연 대표와 장보금 차장에게도 고마움을 표한다. 두 분은 지연되는 번역 과정을 인내하며 응원과 격려를 아끼지 않았다. 또 편집과 교정에 애써준 조현주 차장, 그리고 장정과 디자인 등 이 책 출간에 수고를 아끼지 않은 모든 378 식구들에게도 감사의 마음을 전한다.

2018년 9월
곤산(崑山) 기슭 수목루(水木樓)에서
옮긴이 김영문

덧붙이는 글
공자의 운명, 좌씨의 역사,
탕누어의 일기

'이 사람, 동족이로구나!'

탕누어의 글을 처음 접하자마자 알았다. 우리는 서로를 한 순간에 느낀다. 앎에 대한 열망과 탐구를 그치지 않지만, 우리는 이른바 학자라 불리는 '스페셜리스트'와 읽고 쓰는 법이 완연히 다르다. 우리가 갈망하는 것은 '읽기'뿐. '쓰기' 역시 읽기의 한 방법에 지나지 않는다. 우리 머릿속에는 자연과 사회 전체와 이어진 '하나의 책'(The Book)이 있고, 우리 가슴속에는 세상 모든 책이 함께 연결된 '무한의 도서관'(Infinite Library)이 있다. 새로운 책을 발견할 때마다 우리 심장은 고동치는데, '하나의 책'에 써야 할 페이지가 남았음을 알고 '무한의 도서관'이 '읽기의 도파민'을 온몸에 분비하기 때문이다. 우리는 책이라는 마약에 포획된 환자들, 그러니까 읽기 중독자들이다.

스페셜리스트는 하나의 텍스트를 미지의 광석을 대하듯 다룬다. 자르고 쪼고 문지르고 닦아서 어떤 본질이 드러날 때까지 사유의 도가니 안에서 정련한다. 텍스트의 껍데기를 벗기고 심층으로 파고들기 위해 시도와 실패를 무수히 반복한다. 이 수직적 인간에게 필요한 핵심 자질은 진실의 금맥이 발견될 때까지 어둠 속을 더듬고 또 더듬는, 지칠 줄 모르는 건강한 끈기다.

'읽기 중독자'는 다르다. 우리는 텍스트를 영감을 이어가는 연결의 고리로, 성찰의 꽃을 피우는 접속의 그물코로 사용한다. 하나의 텍스트를 종횡하면서 고금의 온갖 구절을 함께 접붙이고, 과감히 한 문장을 잘라 주저함 없이 뜻을 취하며, 공자와 대화하다 단테를 쳐다보는 호명의 연쇄를 통해 뜻밖의 이해를 도모한다. 절제하는 발랄, 금도를 넘지 않는 균형 감각이야말로 수평적 종단자의 중요한 자질이다.

이 책의 저자인 타이완 문화비평가 탕누어는 어떠한가. 이 지식의 고래는 읽기의 '그랑 블루'를 탐험하다가 때때로 사유의 '딥 블루'를 수색한다. 그의 글에는 진리가 세계의 어둠으로부터 갑자기 솟구치는 충격적 신선함이 있다. 읽기가 사유를 덧쓰는 이 순간이 바로 '읽기 중독자'의 힘을 전적으로 드러낸다. 탕누어의 글에는 넓이와 깊이를 함께 갖춘, 주석적 탐구가 해석의 신선함을 밑받침하는 걸출함이 있다.

탕누어의 이름은 『한자의 탄생』(김영사)에서 처음 접했다. 한국어판 제목과 달리, 이 책은 한자의 기원에 대한 책이 '거의' 아니다.(한자의 기원에 대해 알고 싶다면 차라리 시라카와 시즈카의 『한자, 백 가지 이야기』(황소자리)나 『한자의 기원』(이다미디어)을 읽는 편이 나을 것이다.) 이 책은 '하나의 글자로부터 무한히 뻗어가는 내면의 운동'이라고 할 수 있다. 탐구가 있되 문자학의 경계에 갇히지 않는다. 사람이 높은 곳에 올라 눈을 크게 뜨고 아래를 내다보는 '바라볼 망(望)'과 만물에 깃든 온갖 혼들이 전하는 소리를 듣고 사람들에게 전하는 '성스러울 성(聖)'을 이어서 살핀 후, 탕누어는 덧붙인다. "보르헤스가 말한 것처럼, 구상적일수록 더 현실적이고 현실적일수록 더 많은 감정과 사유, 상상이 들어갈 공간이 확보된다. 그리하여 큰 귀를 의미하는 '성(聖)' 자는 위대한 글자, 종교적인 글자가 되었고 큰 눈을 의미하는 '망(望)' 자는 평범한 생활 속에 남아 보통사람들과 매일 얼굴을 마주하는 시적(詩的)인 글자가 된 것이다." 고대 중국의 갑골학에서 지구 반대편의 작가 보르헤스로, 읽기의 웜홀을 타고 순간 이동, 그러나 여전히 사유의 힘으로 문장을 팽팽히 당길 줄 아는 재주야말로 이 '읽기 중독자'의 웅숭깊음을 보여 준다.

두 번째 읽은 책은 『마르케스의 서재에서』(글항아리)다. 이 책은 '구체적 예'를 파종함으로써 '전체적 틀'을 추수하는 법을, 동서고금의 책들에 대한 '누적된 읽기'로부터 '순금의 이론'을 드러내려는 정신의 운동을 보여준다. 죽간, 즉 기록을 세로로 정렬해 묶은 모양이 '책(冊)'이고, 붓을 들어 쓰고 가로로 쌓은 듯한 모습이 '서(書)'다. 따라서 원초적으로 서적은 '수집의 운명'을 타고났다. 서로를 끌어당기고 한데 모여 연결을 이룬다. 공간을 먹어치우며 서재로, 도서관으로, 나아가 세계 전체로 확장된다. '읽다'와 '수집하다'는 한 몸이다. 읽기 중독자는 필연적으로 수집가가 된다. 이러한 운명을 사유의 제물로 삼아 '읽기의 신'을 보려고 했던 사람이 발터 벤야민이다. 벤야민은 "소나 양을 방목하듯" 정성 들여 수집한 책들을 서재 "여기저기에 쌓아두거나 흩뜨려놓는 방식"으로 돌보았다. 책의 '수호자'이자 '해방자'로서 책을 "'유용함'이라는 시장질서에서 분리해" "책의 자유를 회복하고 책 자체의 풍부함과 원만함과 온전함을 되돌리려" 했다. 책들의 운명에서 수집가를 발견한 탕누어는 기꺼이 벤야민에게로 나아간다. 벤야민을 디딤돌 삼아 『독서의 역사』를 쓴 알베르토 망구엘로, 망구엘의 글에 나오는 『걸리버 여행기』를 빌미삼아 스티븐 제이 굴드의 분류학으로, 서재를 "깨끗하고 질서 있게 관리하는" 타이완 소설가 주톈원 이야기로, 벤야민을 닮은 자신의 서재로……. 10쪽가량의 짧은 글에서 탕누어는 세상의 온갖 서재를 빠르게 압축하고 순식간에 펼쳐놓는다. 독자의 머릿속에 저절로 자신만의 서재가 떠오를 때까지 무한히 여행할 준비가 되어 있다. 이것이 우리 '읽기 중독자'의 사유 방식이다. 세상의 온갖 책들은 건드릴 때마다 사유를 꽃피우는 촉매와 같다. 책은 기계다. 책들에 접속할 때마다 우리는 자지러지면서 '촉발'된다. 사유란 무엇인가. 아리스토텔레스의 말을 빌리면, '촉발의 연쇄'를 '처음과 중간과 끝'이 있도록 '필연적으로' 또는 '그럴듯하게' 이어붙인 것이다.

『역사, 눈앞의 현실』은 내가 읽은 세 번째 탕누어의 책이다.(한국에 출간된 탕누어의 책은 아쉽게도 이 세 권이 전부다.) 이 책은 탕누어의 독서 기록이다. 탕누어는 무엇을 읽었는가. 『춘추좌전(春秋左傳)』을 읽었다. 이 책을 읽은 사람은 수억 명에 달하고, 진지한 독서기록을 남긴 사람도 무수하다. 한국고전번역원에서 운영하는 한국고전종합데이터베이스에 '춘추좌전' '춘추좌씨전' '좌씨춘추' 등을 검색하면 1만 건에 이르는 결과가 나온다. 이 책은 우리의 정치이고, 역사이자 문학이며, 또 철학이었다. 이 책이 배양하고 파종한 사상은 우리 사유의 비단에 단단히 얽힌 채로 서로 분리할 수 없도록 짜여 있다. 이 책을 읽는 것은 우리 자신을 읽는 것에 다름없다. 중국, 일본, 베트남, 타이완 등에서도 마찬가지일 것이다. 탕누어는 『춘추좌전』에서 자신의 어떠한 모습을 발견했는가. 탕누어가 그린 자화상은 무슨 점에서 특별한가.

『춘추』는 공자가 썼다는 노나라 역사책의 이름이다. 원형은 전하지 않고, 곡량씨(穀梁氏), 공양씨(公羊氏), 좌씨(左氏)가 주석을 붙여 기록해 둔 것이 전한다. 세 가지는 많은 부분 일치하지만 다른 점도 적지 않다. 예부터 가장 중요히 여긴 것은 좌씨가 기록한 춘추, 즉 『춘추좌전』이다. 과거 시험의 필수과목이자 공부의 기초가 되는 다섯 경전 중 하나로 숭앙되었다. '전(傳)'은 성인의 저술인 '경(經)'에 후대 학자가 붙인 주석을 말한다. 춘추전(春秋傳)이라면 공자가 쓴 『춘추경』의 본문과 함께 주석을 더한 책이라는 말이다. 그렇다면 좌전(左傳)은 좌씨가 『춘추경』에 주석을 달아서 전했음을 의미한다.

좌씨인 이 사람은 도대체 누구인가. 『논어』에 나오는 좌구명(左丘明)이라고 이야기하는 이들도 있지만, 탕누어의 말처럼 사실일 가망성은 희박하다. 좌씨는 대대로 사(史)라는 관직을 맡았던 씨족을 일컫는다. 좌사(左史)라고도 했다. 문자가 없을 때 한 나라의 중요한 일을 외워서 전승하는 일을 담당한 문명의 전수자였고, 문자가 생겨난 후 제왕의 곁에서 국가의 일을 문서로 남긴 기록의 책임자였다. 『사기』에서 사마천은 이 일족의 일을 한 줄로 전한다. "좌구(左邱)가 실명한 뒤에 『국어(國語)』를 지었다." 『국어』는 『춘추좌전』과 비슷한 시기의 역사서다. 희랍 서사시의 위대한 전승자 호메로스와 마찬가지로, 좌구의 실명은 하나의 상징이다. 사(史)는 "중심에서 떨어진 곳"에, 즉 "권력의 이익이 종횡하는 뜨겁고 소란한 장소에서 벗어나" 권력의 손이 닿지 않는 시공간을 살아가는 '특수한 존재'라는 것이다. 국가 의례의 집행자인 무(巫)나 축(祝), 그리고 그 후예인 유(儒)가 '난쟁이'였다는 전승과 비슷한 상징 효과를 나타낸다.

『춘추』는 본래 노나라 국사(國史)의 이름이다. 좌씨들은 대대로 이 기록을 맡아 임무를 수행했다. 탕누어는 말한다. "국사는 본래 하나의 책이 아니라 일상 업무이며, 군주가 임명한 사관이 끊임없이 기록한 국가의 '일기'였다. 이 일기의 '나' 및 저자는 바로 국가였다." 하지만 오늘날 우리가 읽는 『춘추』는 좌씨들이 남긴 기록이 아니다. 공자는 역사를 "처음부터 끝까지" 새롭게 고쳐 썼다. 이로써 역사의 근본적 성격이, 시작은 있으나 끝은 존재하지 않는 사실의 무한한 집적체가 아니라 '자잘한 말 한마디(微言)조차 커다란 의로움(大義)을 실현하는 문명의 완결된 기록체'로 변화했다.

불후의 역사가 사마천은 일찍이 공자의 생각을 꿰뚫어 보았다. "노나라 242년 역사의 옳고 그름(是非)을 가려서 온 세상의 본보기로 삼았다. 천자도 깎아내리고 제후도 물리치고 대부도 성토했다. 이로써 왕도를 이룩하려고 했을 뿐이다." 왕도란 무엇인가. 문명의 정수, 즉 진리의 비유다. 역사는 단순한 사실의 나열이나 시간의 냉혹한 진전이어서는 안 된다. 뜻이 크고 굳센 선비들이 무거운 임무를 지고 걸어가는 머나먼 도정이어야 한다. "죽은 뒤에나 그만둘" 수 있는, 아니 죽음마저 이길 수 있는 진리의 찬란한 현현이어야 한다. 이는 비참한 현실에 갇힌 위대한 영혼의 탈출기이고, '이 문명' (斯文)의 꿈으로 현실의 가혹한 정치(苛政)를 넘어서려 했던 '상갓집 개'의 반격이기도 하다. "대국의 영혼과 소국의 육체가 결합한 나라"인 노나라 역사를 고쳐 쓴 『춘추』로써 공자는 예가 군대를 제압하고 말이 힘을 이기는 기적을 보여주려 했다.

『춘추』 이전의 역사가 '사실 그대로'를 전하는 술(述)이라면, 『춘추』 이후의 역사는 사실을 고쳐 써서 한 편의 이야기처럼 "처음과 중간과 끝을 갖춘 필연의 전개"를 지어내는 작(作)이 되었다. 문체란 무엇인가. "당사자에게는 선택의 여지가 없는 절박한 심정을 담은 것", 즉 "어쩔 수 없는, 막막한, 가망이 없는, '이렇게밖에 살 수 없는' 심정을 담은 것"(사사키 아타루)이다. 문체는 영혼의 움직임을 드러내는 흔적이며, 영성 그 자체이기도 하다. 『춘추』를 통해 공자는 [역사를 고쳐 쓰되] 새로 지어내지 않은 것처럼 진술하는(述而不作) 획기적 문체, 즉 춘추필법(春秋筆法)을 선보였다.

필법은 하나의 엄정한 관점, 즉 글 쓰는 방법이자 사유의 전개 방식이다. 역사는 이제 "누가 보더라도 똑같은 사실을 마구 모아놓은" '사실의 창고'에서 벗어나 인간의 끝없는 선택을 통해서 "이 사람을 기억하고 저 사람을 망각하며 이 일을 강조하고 저 일을 등한시"하는 '문화의 일터'가 된다. 요순에서 시작되어 우왕과 탕왕을 거쳐 문왕과 무왕으로 이어지는 문명의 법칙(天命)이 온 세상 끝까지 실현되는 장이요, 안으로 덕을 쌓아 성스러움에 이른 사람이 밖으로 폭력을 순화하고 야만을 교화하는 시간이다. 역사를 사실의 기록으로 버려두지 않고 의로움에 맞추어 일일이 고쳐 씀으로써 공자는 이 아름답고 거대한 이념을 한 치의 타협도 없이 드러내려 했다. 현재에 배반당한 정신을 추슬러 과거를 다시 배열함으로써 미래를 자신의 편으로 만들려 한 것이다.

『춘추좌전』은 어떤 책인가. 탕누어에 따르면 공자 사후, 그러나 멀리 떨어지지 않은 한 세대 후쯤에 공자한테 지극한 존경을 품은 사람이 공자의 『춘추』를 암송하고 공부하면서 하나하나 해설을 붙인 기록이다. 그러나 곡량씨나 공양씨와 달리, 좌씨는 공자의 역사를 그대로 놓아두지 않고 살짝 '고쳐 쓴다.' "신성한 분위기를 갖고 있고, 한 글자도 바꿀 수 없으며, 엄연히 저자가 있는 문자 텍스트"인 『춘추』를 이어받아 "한 글자 한 글자 학습하고 이해하고 암송할 책임"을 지는 한편 자신이 "마지막 암송자가 되지 않도록" 후대에 물려주는 무거운 임무를 "대대로 거듭"한 기록인 것은 분명하다. 하지만 『좌전』은 여기에 그치지 않는다. 『좌전』은 『춘추』에 존재하지 않는 사실을 덧붙이고, 『춘추』가 삭제한 사실을 되살려 써내려간 또 다른 역사책이다. 탕누어는 말한다. "『좌전』은 현실을 계속 기록하거나 미래의 방향을 계속 수정한 노나라의 역사 판본이 아니라 완결된 공자의 『춘추』 판본을 새로 읽고, 학습하고, 회상하고, 사색한 책이다. 이 책은 역사서를 쓰는 공자의 기본적인 뜻에다 당시의 상황 변화가 한 겹 더 가미된 저작이다."

이 말이 무슨 뜻인가. 탕누어는 『좌전』이 "미래를 회상하는 형식"으로 쓰였다고 말한다. 좌씨는 『춘추』에서 현재 진행 중인 사건의 무시무시한 귀결을 안다. 또한 공자가 기록할 수 없었던 공자 자신의 역사를 기록함으로써 공자를 역사의 한 부분으로 만든다. 제나라에서 진성지가 임금을 시해했을 때 공자는 노나라 조정에 나아가 제나라를 토벌하자고 주청한다. 이것이 『춘추』의 커다란 뜻이다. 실력을 따지지 않고 오직 의로움만을 보는 것이다. 그러나 실제 현실은 어떠한가. 약한 노나라가 강한 제나라를 치는 것은 어불성설. 이 사건은 공자를 '철없는 늙은이'이자 '반시대적 인물'로 만들었을 뿐, 정의가 실현되는 일 따위는 없었다. 이 사실을 기록함으로써 『좌전』은 공자 사후에 본격적으로 전개된 역사의 근본적 단절을, 공자 또한 기린의 포획이라는 사건에서 예감한 바 있으나 차마 더 이상 적을 수 없었던 '참월의 시간'을 표시한다. 작은 나라도 의로움에 의지해 생존을 도모할 수 있었던 커다란 뜻은 종말을 피하지 못하고, 하나의 큰 나라를 향해 모든 인간이 속절없이 휩쓸리는 변곡점이 『춘추』에 나타난다. 이로써 『춘추』와 『좌전』은 같지만 다른 책이 된다. 좌씨가 행한 이 일이야말로 '위대한 역사가'의 자질이요, 후대의 사마천이 본받고자 한 바다. 과거가 넘쳐흘러 현재를 침범한 상황에서 끝내 역사의 꽃을 완성하는 행위 말이다.

"『좌전』의 저자는 작은 나라의 국사를 천하의 역사로 만들었다. 노나라 역사 기록물 이름에 불과했던 '춘추'라는 명칭도 한 시대를 가리키는 명칭 및 시대분할 방식으로 승격해 242년의 역사가 시간의 큰 강물로부터 독립을 성취하게 했다." 화살 하나로 토끼 두 마리를 잡는 귀신같은 솜씨다. 『춘추』와 『좌전』의 분리선을 발굴함으로써, 탕누어는 공자를 위대한 과거의 대명사로 높이는 동시에 『좌전』을 최고의 역사서로 승격하는 놀라운 통찰력을 보여 준다. 왜 탕누어는 『춘추좌전』을 『춘추』로 읽지 않고 『좌전』으로 읽었을까. 이 점이 탕누어의 『춘추좌전』 읽기의 특이성이다. 여기에서 우리는 탕누어의 맨얼굴을, 즉 『좌전』의 거울에 비친 우리 자신의 자화상을 볼 것이다. 아마도 이 자화상에 이름을 붙인다면 '불우'가 될 것이다.

　불우란 무엇인가. 정신과 육체의 메울 수 없는 결렬, 즉 시대와
의 불화다. 니힐의 도래, 임박한 파멸을 예감하지만 데카당이 될 수
도, 은둔자가 될 수도 없는 이들의 일생을 한마디로 축약한 말이다.
헤겔이 말한 '불행한 의식', 주관과 객관의 불일치로 인해 고통당하
는 인간 실존의 얼굴이다. 몸은 아무것도 주도할 수 없는 작은 나라
에서 태어났으나 마음은 문명의 가장 빛나는 얼굴을 보아버린 이
들의 마음 상태다. 이는 『춘추』를 쓴 공자 자신의 초상이었고, 아마
도 멸망이 코앞에 닥친 노나라를 살아야 했던 좌씨의 현재였으며,
치욕 속에서 『사기』를 써야 했던 사마천의 실루엣이었고, 『좌전』이
가장 많은 삽화를 기록하고 있는 정나라 자산의 모습이었다.

　아아, 자산은 얼마나 천재인가. 평생 단 한 번도 실수하지 않았
다. 자산은 얼마나 불쌍한가. 진(晉)나라와 초나라 사이에 낀 소국
에서 태어났기에 단 한 차례 잘못도 용납될 수 없었다. 자산은 말
한다. "저는 재능이 없어서 자손대의 일까지 미칠 수 없고, 당대의
일만 구제할 수 있을 뿐입니다." 이 말을 씹는 자산의 내면에는 얼
마나 많은 비가 내렸을까. 공자는 또 어떠한가. 시스템이 갖추어진
큰 나라에는 감히 끼어들 자리가 없었고, 위태한 작은 나라를 기
웃대다가 그마저 여의치 않아 마침내 교육과 역사에 몸을 던졌다.
『좌전』을 읽으면서 탕누어는 오나라 계찰, 진나라 숙향, 제나라 안
영 등 "가장 훌륭한 자질과 인격을 갖춘 완벽한 인물들"이었지만,
역사의 폭풍우에 떠밀려 자신의 생명을 "운명과 우연에 부침하는
자들"의 손에 맡기는 수치를 견딜 수밖에 없었던 이들과 소리굽쇠
처럼 공명한다. 현실의 역사에서는 존재할 수 없고, 글로써만 자신

을 빛낼 수 있는 이들이다.

『춘추』의 역사적 실체인 노나라는 어떠한가. 주공의 후예들이 분봉된 나라로, 천자의 예를 행할 수 있는 문화 선진국이었다. 하지만 현실 세계에서는 큰 나라와 전쟁에서 지면 나라가 망하고 이기면 나라가 더 빨리 망하는 작은 나라에 불과할 뿐. 의식과 존재의 심각한 괴리가 노나라의 특수성이다. 주공의 목소리가 사람들 꿈 속에서 목소리를 내는 춘추의 시대에는 어찌어찌 버틸 수 있었지만, 이미 공자조차 "주공을 만난 지 오래된" 시대에 돌입하는 등 멸망의 징조가 완연한 시대에는 역사의 운전자가 될 수 없었다. 이런 나라에서는 마음에 천하를 품고 있어도 쓸데없다. 무슨 일을 도모하든지 '생사를 염려해야 하는' 상태에 놓인, 밀란 쿤데라가 '소국가 시골티'라고 부른 "변방 소국 사람들의 일상적 처지와 심리"가 절실할 수밖에 없다. 어떻게든 전쟁을 막아야 하지만, 제힘으로는 막을 길이 부재한 작은 나라에서 태어난 이들은 이런저런 계기로 "[천하의] 큰 문제를 생각하고 대세계의 변화에 관심을 품어도 아무 소용이 없다." 한 순간 전쟁의 폭풍이 불어오면 모든 것이 사라져 버리기 때문이다.

그렇다. 탕누어는 중국에서 태어나지 않았다. 작은 땅 타이완에서 태어나 자랐다. 그가 청년시절까지 타이완은 유엔 안전보장이사회 상임이사국이었다. 그러나 어느 날 갑자기 퇴출되면서, 역사, 눈앞의 현실이 선명하게 드러난다. 따지고 보면, "큰 영혼이 작은 육체에 억지로 끼어 있"는 꼴이요, "특이하고도 특이해 황당함에 가까운 일"이었다. 마음에 '무한의 도서관'이 있어 우주의 비밀을 끝까지 탐험하고, 쿤데라가 깃발을 놓고 보르헤스가 안내를 맡아 『좌전』의 세계를 함께 여행하더라도 차가운 이 현실은 변하지 않는다. 분단된 한반도 남쪽의 섬나라 아닌 섬나라에서 태어나 전쟁의 공포를 일상으로 여기고 살아온 우리 역시 무엇이 다르겠는가.

'위대한 진실'보다 '비루한 일상'이 힘이 세다는 데 역사의 잔혹함이 놓여 있다. 마음이 아무리 발버둥치고 애를 써도 소박한 현실을 이길 방법이 없다. 영웅들이 감은 희망의 태엽을 시간은 서서히 풀어 버린다. 찬란한 '신념의 빛'도 역사의 밤이 가져오는 거대한 어둠에 묻힌다. 자신의 믿음에 내기를 걸지만 세상은 마음과 다르다. "물결처럼 계속 반짝이는 인생 현실의 큰 강물"이 한 차례 힘을 쓰면 "멀고 오래된 한 줄기 신성한 빛"은 어느새 사그라진다. 냉정과 열정 사이에서 한없이 곡예를 부리는 탕누어의 풍부하고 중층적인 『좌전』 읽기의 동력은 아마도 이러한 비극적 인식으로부터 연유하는 듯하다. 텍스트 사이를 쾌속하게 여행하는 낭만적 동역학과 실제의 좌표를 끝없이 확인하는 현실적 위상학이 탕누어의 읽기를 이중으로 사로잡고 있다. 역사적 현장의 갈피갈피에서 방황하고 갈등하고 고민하고 좌절하고 묻고 답하는 영혼이 2000년 전 인물들의 행적을 능란하게 파고든다. 역사의 어두운 내면으로부터 탕누어가 발견한 실체는 인간 실존의 적나라한 얼굴이다. 탕누어는 말한다.

"역사를 읽으며 단순하게 기쁨을 얻기는 어렵다. 역사를 진지하게 읽을수록 늘 더 깊은 슬픔과 황량함에 젖기 마련이다. 따라서 인간이 '대자연 속에서 가장 공포스럽고 가장 가소로운 종족임'을 믿지 않기 어려우며, 또 인간의 역사를 '끊임없이 어리석은 행위를 반복하며' '악몽에서 깨어나려고 몸부림치는' '미치광이의 자서전'으로 간주하지 않기가 어렵다."

역사의 천사는 어디로 갔는가. 역사는 왜 선함이 아니라 악함으로 물들어 있는가. 그렇다면 『춘추』는 도대체 무엇인가. 공자가 '시간의 뱃전'에 새겨 넣으려 했던 문명은 사라졌단 말인가. 사소한 구절 하나라도 놓치지 않으려 했다는 거대한 뜻은 도대체 어떤 것일까. 이 질문에 대한 좋은 답이야말로 탕누어를 비롯한 우리 모두가 갈망하는 것이다.

공자가 삶의 나침반으로 삼았던 '이 문명'은 현실 자체에는 존재하지 않고 오직 이념의 형태로만 존재한다. 공자는 『춘추』를 써서 역사가 아니라 신념을 남기려 했다. 하루하루 닥쳐오는 일상에서 옳고 그름을 분별하는 일은 오직 비천할 뿐이다. 목숨이 걸린 엄중한 일이기에 모든 순간이 다 진실의 빛을 내뿜기 때문이다. 그러나 사소하고 시시한 것만이 인생의 전부는 아니며, 역사의 실체도 아니다. 현실의 잔혹한 결정을 초월하는 형식으로 '이 문명'의 운동은 분명히 존재한다. "흐르는 강물처럼 시간이 흐르고 난 후"에는 분명히, 결단코, 이 운동이 제 모습을 드러내리라는 것이다. 탕누어는 공자에게서 이것을 읽어낸다. "가장 무섭고 불확정적인 것은 시간, 즉 줄곧 이동하는 시간이다. 눈앞에서 옳은 것이 미래에도 여전히 옳다고 할 수 없다." 헤겔을 빌려서 말하자. "문명적인 것이 현실적인 것이요, 현실적인 것이 문명적인 것이다." 언젠가는 그날이 온다.

하지만 이것이 끝은 아니다. 『좌전』의 저자는 『춘추』를 읽으면서 일상을 다시 살려 넣었다. 시간 안에 공자의 초상을 그려 넣고,

비정한 현실을 되살렸으며, 『춘추』 자체마저 역사의 한 흔적으로 포섭함으로써 '공자라는 꽃'을 피우고 '『춘추』라는 열매'를 맺은 역사의 한 단락을 완결했다. 밤이 오는 것을 알아야 황혼이 아름다운 법이다. 하루의 정화가 서녘 하늘을 붉게 물들이는 황홀경에 젖을 수 있다. 이 사실을 분명히 한 것이야말로 공자의 위대함을 보여주고, 좌씨의 훌륭함을 드러내며, 또 탕누어 자신의 영민함을 알려준다. 한 번의 돌팔매로 세 마리 새를 잡은 셈이다. 탕누어, 참 매력적이다.

편집문화실험실 대표 장은수

엇갈리고 교차하는 인간의 욕망과 배반에 대하여

역사, 눈앞의 현실

초판 1쇄 인쇄 2018년 10월 8일
초판 1쇄 발행 2018년 10월 19일

지은이 탕누어
옮긴이 김영문
펴낸이 유정연

기획 노승현
주간 백지선
책임편집 조현주 **기획편집** 장보금 신성식 김수진 김경애 **디자인** 안수진 김소진
마케팅 임충진 임우열 이다영 김보미 **제작** 임정호 **경영지원** 전선영

펴낸곳 흐름출판 **출판등록** 제313-2003-199호(2003년 5월 28일)
주소 서울시 마포구 홍익로5길 59, 2층(서교동, 남성빌딩)
전화 (02)325-4944 **팩스** (02)325-4945 **이메일** book@hbooks.co.kr
홈페이지 http://www.nwmedia.co.kr **블로그** blog.naver.com/nextwave7
출력·인쇄·제본 (주)현문 **용지** 월드페이퍼(주) **후가공** (주)이지앤비(특허 제10-1081185호)
ISBN 978-89-6596-284-7 03800

이 도서의 국립중앙도서관 출판예정도서목록(CIP)은 서지정보유통지원시스템 홈페이지(http://seoji.nl.go.kr)와 국가자료공
동목록시스템(http://www.nl.go.kr/kolisnet)에서 이용하실 수 있습니다.(CIP제어번호: CIP2018029873)

은 흐름출판의 인문·사회·과학 브랜드입니다. "근원의 사유, 새로운 지성"